2017年度浙江省社科联省级社会科学学术著作出版资金资助出版（编号：2017CBZ11）

当代浙江学术文库

DANGDAI ZHEJIANG XUESHU WENKU

浙江现代十大家诗词赏析

丁茂远 著

中国社会科学出版社

图书在版编目（CIP）数据

浙江现代十大家诗词赏析／丁茂远著 . —北京：中国社会科学
出版社，2017.7
（当代浙江学术文库）

ISBN 978 - 7 - 5203 - 0422 - 1

Ⅰ.①浙…　Ⅱ.①丁…　Ⅲ.①诗词—诗歌欣赏—中国—现代
Ⅳ.①I207.2

中国版本图书馆 CIP 数据核字（2017）第 115840 号

出 版 人	赵剑英
责任编辑	徐沐熙
责任校对	李　莉
责任印制	王　超

出　　版	中国社会科学出版社
社　　址	北京鼓楼西大街甲 158 号
邮　　编	100720
网　　址	http://www.csspw.cn
发 行 部	010 - 84083685
门 市 部	010 - 84029450
经　　销	新华书店及其他书店

印　　刷	北京君升印刷有限公司
装　　订	廊坊市广阳区广增装订厂
版　　次	2017 年 7 月第 1 版
印　　次	2017 年 7 月第 1 次印刷

开　　本	710×1000　1/16
印　　张	25.25
插　　页	2
字　　数	414 千字
定　　价	99.00 元

序

陆　坚

　　浙江是中国古代文明的发祥地之一，地灵人杰，文人辈出。浙江历来是文学大省，自东汉以降，载入史册的文学家，超过千人，约占全国文学家的六分之一；特别是"五四"以来，涌现出一大批著名文学家，对现代文学的贡献更是居功至伟，创造了中国现代文学史上里程碑式的荣耀。在浙江现代文学家和文化名人中，不少都具有深厚的中国古代文化和古代文学功底。他们善于在继承前人文化传统的基础上，不断进行新的文化创造。他们善于运用传统的文学形式如旧体诗词，生动反映现代社会生活，也向为人们所关注。

　　旧体诗词，是我们中华民族引以为豪、人民广为珍爱的宝贵遗产。在五四运动的猛烈冲击过程中，几经较量，文言文的阵地一个又一个被摧毁，最后被白话文所取代。然而旧体诗词却没有被击垮，也没有被新诗词所取代，虽然此后还几经冲击，但依旧卓然特立，灿然不衰，是我国千年文脉、千年诗魂的历史见证之一，甚至连老一辈革命家，也曾以旧体诗词为武器，抒豪情，酬壮志，战邪恶，展宏图。他们并没有把旧体诗词视为封建主义的精神鸦片，也没有把它看作与新时代格格不入的腐朽的文学形式。

　　浙江现代文学家和文化名人中有众多才华横溢的诗人，所作旧体诗词，一定程度上与老一辈革命家的旧体诗词相辉映。他们旧瓶装新酒、老树发春华的佳作，不仅丰富了现代反映社会生活的艺术形式，使群星丽天的现代文学增添了霞光异彩，而且还起到了承先启后的作用，为全国解放以后，特别是 20 世纪 50 年代、70 年代、80 年代以至改革开放以后旧体诗词创作的活跃，开辟的道路，提供了范例。其功不可轻忽！作为一种传统的、特殊的文学样式，还应该是现代文学史不拘一格、异军突起的精彩篇章。但可惜尚未引起足够的重视，或略而不论，或视而不见，这恐不能不说是一种缺憾。

丁茂远学兄不囿成说，不避其难，独有感悟，独辟蹊径，编撰《浙江现代十大家诗词赏析》，实是嘉惠学林的可喜可贺之举。全书对入选作家及其诗作都有精要评介，对入选每一作品中的成语典故、疑难词语等又作随文疏解，这是坐着冷板凳干的劳心费时的苦活。编撰者还统摄全篇作鉴赏性的分析，这更有助于唤起读者兴趣，引导理解深入，给人以某种似曾相识却又脱离旧踪的醒目之感。

由于特殊的美学内涵和特殊的创作技艺，对旧体诗词的鉴赏，却不是一般性的阅读，而是高级审美活动。它不光是一种感情的参与，更重要的是鉴赏者的艺术再创造。一个作品的美学价值，能否为鉴赏者所接受，往往取决于鉴赏者的理解程度和审美水平。见仁见智，各有会心。刘勰《文心雕龙·知音》篇中曾说：“夫篇章杂沓，质文交加；知多偏好，人莫圆该。慷慨者逆声而击节，酝藉者见密而高蹈，浮慧者观绮而跃心，爱奇者闻诡而惊听。”旧体诗词鉴赏，作为文学功能的实现环节，是我国古代文学批评的一个传统，即使在朴学盛行的清代，也有初具现代美学鉴赏文字某些优长的论著。虽然古已有之，但又向来称难。茂远兄言简意赅的鉴赏短文，自出机杼，自有识见，使人心会意得，启发多多。

我与茂远兄是同乡、同学、同事。他早我一年跨长江、旅西湖，领略“三秋桂子，十里荷花”，“怒涛卷霜雪”。我们一起问学、教学、治学。书山寻喜乐，学海风雨重，转瞬一甲子，夕阳仍从容。勤奋的茂远兄年过古稀，依旧笔耕不辍，业绩斐然。近年三部著作相继问世，好评迭出，令人称羡。

新书《浙江现代十大家诗词赏析》，又将付梓，茂远兄嘱我为序，实不敢当，然却之不恭，只好匆匆伏案。笔墨荒落，缀拾芜言，聊以充数，恐难有当于万一。

2017 年早春二月草于杭州西溪河畔

前　言

　　我国旧体诗词有着源远流长的发展历史。从诗经、楚辞、汉魏六朝乐府民歌、五言古风，到唐诗、宋词、元曲，均曾取得划时代的辉煌灿烂的成果。直到"五四"文学革命时期，提出了"反对旧文学，提倡新文学"的口号，我们在充分肯定这场文学革命的同时，也应看到一度存在的否定传统文化的弊端。让人感到惊异的是，旧体诗词并未因此消失，反而在逆境中蓬勃生长。不少文化名人、著名作家都有着颇为深厚的文化功底，他们喜新却并未厌旧，仍然继续写作旧体诗词。鲁迅在致杨霁云信中曾经婉转地说："我以为一切好诗，到唐已被作完，此后倘非能翻出如来掌心之'齐天大圣'，大可不必动手。然而言行不能一致，有时也诌几句，自省殊亦可笑。"实际上有时也诌几句的何止鲁迅一人呢，新文学阵营中还有郭沫若、茅盾、沈尹默、刘大白、郁达夫、俞平伯、田汉等人，也都是能够翻出如来掌心之外的"齐天大圣"。他们写出过不少属于旧体诗词的优秀篇章，并使这一传统艺术形式大放异彩。先后出版的数以百计的现代诗词专集或选本也都在民间广泛流传。直到今天还有人呼吁应当将现代旧体诗词纳入新文学史，而引发了旧体诗词能否入史的讨论。《民国旧体诗稿》《中国当代旧体诗词论稿》等专著也陆续出现。现代旧体诗词的创作与研究越来越引起人们的重视。

　　现代旧体诗词，就严格意义而言，应从1911年辛亥革命到1949年中华人民共和国成立以前，即民国时期所创作的诗词。我们则拟放宽一点，包括当代，亦即新中国成立以后产生的诗词。这是因为不少老一辈诗词作者新中国成立以后仍在写作，且有新的成就，这样既可把握他们诗词创作的全貌，又能显示二十世纪中华诗词发展的实绩。我们之所以选择编写《浙江现代十大家诗词赏析》，是因为浙江向来称为文化发达地区，尤其在五四运动前后，可谓人才辈出，群星灿烂。无论小说、散文、戏剧，都曾出现过大量优秀的作品，同样旧体诗词创作也不例外。在新中国成立初期出现的第一本诗词合集《鲁迅郭沫若刘大白郁达夫四大家诗词钞》中，四位大家中浙江就有三席，由此可见一斑。所以，集中介绍浙江现代十大家的诗词，既有助于了解浙江现代诗词创作的整体风貌，亦将对今天推动浙江文化大省建设有所裨益。

《浙江现代十大家诗词赏析》一书中入选的十位大家是：蔡元培、章太炎、刘大白、鲁迅、马一浮、沈尹默、郁达夫、茅盾、俞平伯、夏承焘。他们在各自从事的政治、教育、文化、学术、文学等领域都卓然成家，且都在旧体诗词写作方面取得了一定的成就。为了方便起见，上述排列顺序完全根据他们的出生年月，与各自的社会地位及创作成就没有直接关系。浙江现代诗词创作人才辈出，除这十位以外，还有王国维、张元济、沈钧儒、周作人、王季思等，均为近现代文化名人，诗词创作亦有相当的水平。编著者限于自身精力与图书篇幅，只能暂时割爱，以后如有机会修订再作增补。

本书之所以定名为《浙江现代十大家诗词赏析》，是因为这十位入选作者分别都是我国现代著名的革命家、思想家、教育家、文学家、学问家，被称为"大家"均当之无愧；至于他们的旧体诗词创作，其思想艺术成就各有千秋，均属行家里手，但仍存有一定的差异。马一浮、夏承焘、郁达夫、俞平伯堪称诗词写作的"大家"，余则虽有成就，仍似称"方家"为宜。有鉴于此，我们没有采用"浙江现代诗词十大家"为书名，这样也许更加符合实际一些，会心的读者定能理解我们的初衷。对于这十位大家，则每人入选三十篇（多数一篇一首，也有一篇多首）诗词。入选作品总体要求选择思想与艺术统一的佳作，但考虑到有些作者的特定情况，如章太炎、刘大白的个别作品，艺术性较强而思想认识存在某种失误或流露消极情绪，这些作品有助于了解其人和特定时代，具有一定代表性仍予以保留。

我们为方便读者了解这十位大家的诗词，对于他们每人都写有一篇总体介绍各自生平与诗词创作的文章，一般在两三千字，以助了解他们诗词创作的基本状况和创作方面的特色。对于每人入选的三十篇作品，则各有一篇简明扼要的赏析文章，主要介绍每首诗词的写作缘起、基本内容与创作特色。至于人事故实、成语典故、疑难词语则随文疏解，不再一一加以注释。一般篇幅少则四五百字，多则千余字，个别更长一些，这些均由解析诗词内容需要而定。

　　本书在编写与出版过程中，曾经参阅了大量与浙江现代十大家诗词相关的图书资料；有幸取得了浙江省社联的全额出版资助；承蒙浙江大学人文学院博士生导师陆坚教授撰写了序言；还有中国社会科学出版社有关领导的大力支持与责任编辑的审阅订正；凡此均使我深怀感激，理应表示由衷的谢意。

　　我虽从事多年现代文学的教学与研究工作，但毕竟限于自身精力和学识水平，对于入选作者与作品的选择，每人的总体介绍与每篇的赏析文字，定然存在某些不足之处，恳请有关专家与广大读者予以批评指正。

丁茂远

2016 年 4 月

于浙江大学

目　　录

蔡元培

蔡元培生平与旧体诗创作

蔡元培（1868—1940），字鹤卿，号孑民，浙江绍兴人。现代著名教育家、民主革命家。清光绪年间进士，授翰林院编修。戊戌政变失败后，回绍兴兴办教育，任绍兴中西学堂监督。1902 年在上海与章太炎等发起组织中国教育会，创办爱国学社与爱国女学。1904 年与陶成章等组织光复会，次年加入同盟会。1907 年远赴德国留学。1912 年应召回国，任南京临时政府教育总长，发表《对于教育方针之意见》，产生深远影响。1917 年任北京大学校长，主张"思想自由""兼容并包"，实行教授治校，聚集大批文化精英，使北大成了"五四"新文化运动的策源地。1927 年任南京国民政府大学院院长，后改任中央研究院院长。1931 年"九·一八"事变后，力主抗日救亡，并与宋庆龄、鲁迅等组织中国民权保障同盟。抗日战争全面爆发后移居香港，赞成国共合作共同抗日。1940 年因病逝世。一生著述甚丰，有《蔡元培全集》传世。

蔡元培一生著述文字近千万。中国蔡元培研究会编成十八卷本《蔡元培全集》，已于 1997 年、1998 年由浙江教育出版社正式出版。其中收录了相当数量的旧体诗，据笔者统计有 150 题 248 首。此外《蔡元培年谱》《蔡元培日记》所载而未收入全集的尚有 200 首左右。这样合在一起当在 400 首以上。按照这样的数量与规模，完全可以编成一本像样的诗集。多年以来，蔡元培有关教育学、伦理学、哲学、美学、政论、随笔、书信、日记、讲演等，均已分类结集出版。就连蔡氏当年稍有涉猎的红学研究也有专著《石头记索隐》问世，唯独大量的旧体诗尚无专集。因此对于蔡元培旧体诗创作的总体状况与专题研究理当引起学界的重视。

蔡元培旧体诗创作，就其时间而言，从 1883 年参加科举应试至 1940 年辞别人世，长达五十八年之久，几乎贯穿一生。他在《读戴幼侨遗诗》

一文中说："虽不过百数十首，而自弱冠以至晚年，因寄所托，大略可见。"作者本人五十八年笔耕不辍，创作了四百余首诗歌，同样"因寄所托"，希冀能够展示一位民主革命家的人生理想与心路历程。就其诗体而言，以七言诗（包括七言古风与七言律诗）为数最多，几乎占全部诗作的三分之二以上。其次是四言，而五言诗较少，词作则未见。全集中有一首《国际反侵略运动大会中国分会会歌》，明明采用宋词《满江红》的体式，却未标出《满江红》的词牌，仍按一般旧体诗排列。这也许是蔡元培作为近代由科举而入仕的学人，认为从先秦《诗经》到唐代诗歌为"正统体式"，且自身写作亦得心应手的缘故。就其题材类型而言，蔡元培旧体诗中题赠诗最多，约占三分之二。其次为写景纪游、述怀、哀挽之作。作者一生，尤其是任北京大学校长之后，社会地位日隆，交际应酬增多，求其题诗题词与索取墨宝者络绎不绝，加之作者本人又总是"有求必应"，自然题赠应答之作增多。

值得注意的是，蔡元培旧体诗中占主导地位的题赠诗，并非一般敷衍了事的应酬之作，而是采用旧体诗的形式，基于自己的真情实感，或直抒友情，或感事述怀。正如他在《为〈黄公度诗集〉题词》中所说："公度先生之诗，活用旧格调，广收新材料，在最近数十年中，实为杰出冠时之作。"这一论述实属"夫子自道"，蔡元培不少题赠诗亦为旧瓶装新酒的"杰出冠时"之作。早年在故乡绍兴所作《岁暮怀人诗》十五首，分别记述十五位朋友，且有四百字序言。这一组诗实为了解作者早期生平与思想的重要作品。蔡元培与夫人周养浩伉俪情深。从 1923 年结婚之日的《题留园俪照》，到 1940 年的《题夫人周养浩画作》，中间还有《病起谢养友》《雪后谢养友》《贺夫人周养浩四十七岁生日》等近三十首诗作，既记述二人之间相濡以沫的夫妻深情，亦间接反映作者自身生活经历与特定时代的社会风貌。蔡元培的《贺周作人五十自寿二律》，既依韵奉和，又卓具特色。作者对于周作人在政治上的消沉与生活上的闲适，既有讽喻和质问，也有规劝与正告，还特别提醒友人对待"北虏"（入侵东北的日本强盗），必须是非分明，不宜闲适超脱。蔡元培的《旧作二绝书赠鲁迅》，更是面向现实，锋芒毕露。第一首为："养兵千日知何用，大敌当前暗不声。汝辈尚容说威望，十重颜甲对苍生。"诗句直接表达对于国民党当局不抵抗政策的强烈不满。第二首为祈盼团结，消除党派纷争，希望各派政治势力一致对外、共同抗日，表达了国民党有识之士的正义呼声。

　　蔡元培一生的旧体诗创作，特别是进入人生晚年，亦即20世纪30年代之后，创作的不少抗战题材的诗歌，更应引起读者的重视。他在1931年"九·一八"事变后，积极投入抗日救亡斗争，经常运用诗歌表达对于日本侵略者的强烈义愤，赞颂抗日前线将士浴血奋战的历史功绩和战斗精神。1933年12月写了《陆军二师南天门抗日阵亡将士纪念特刊征题》："腥风来自古北口，十万健儿跃马走。浓云起处炮火飞，但能报国死如归……"此诗再现了长城抗战中南天门抗日将士在疆场上浴血奋战的英雄壮举，以此激励人们吊慰忠魂、投身抗日救亡的斗争。抗日战争全面爆发后，写有《咏红叶四绝》，第一首为："枫叶荻花瑟瑟秋，江州司马感牢愁。而今痛苦何时已，白骨皑皑战血流。"作者当时流寓香港，故以白居易贬谪江州司马自比，诗人痛感国家危亡，中原大地，战火弥漫，尸骸遍野，血流成河。还有一首《题〈八·一三纪事诗〉》："世号诗史杜工部，亘古男儿陆渭南，不作楚囚相对态，时闻谔谔展雄谈。"作者将此诗赠予友人张仲仁（一麐）。这位爱国老人在1937年"八·一三"事变时，年已72岁，仍发起组织"抗日老子军"的倡议，大大鼓舞了国人的抗战斗志。此后写成《八·一三纪事诗》二百首，在《大风》杂志和《文汇报》上发表。蔡元培高度评价了张仲仁的这一组诗，认为堪比杜甫、陆游，具有诗史价值，可谓亘古男儿。通过此诗，作者赞扬友人奋起抗日救亡，以诗投身抗战。蔡元培所作数以百计的抗战时期的诗歌，无论是团结御侮、奋起抗日的热心呼号，还是一致对外"还我河山"的深情呼唤，无不表达了作者与民族共命运、与人民共呼吸的战斗精神。

　　综上所述，蔡元培生前虽不以诗名，却因旧学功底深厚，其诗崇实黜华，长于自抒襟怀，兼以策励他人。作者于赠友述怀、感时忧国之中，尽显诗人的高风亮节与爱国情怀。

题放翁秋夜读书图

　　　　别驾生涯似蠹鱼，简编垂老未相疏。
　　　　也知赋得寒儒分，五十灯前见细书。

赏析：

此诗写于1918年1月，录自《蔡元培全集》第三卷。当时，作者任北京大学校长，在繁忙工作之余，仍坚持读书写作。此诗名为《题放翁读书图》，实为自身读书生活的写照。

"别驾"二句，别驾，汉置别驾从事史，为刺史的佐吏。刺史巡视辖境时，别驾乘驿车随行，故名。宋于诸州置通判，近似别驾之职，后世沿此称呼，通判为别驾。宋代诗人陆游（放翁）曾为镇江、隆兴、夔州等地通判，因此以别驾代称。蠹鱼，蛀蚀书籍、衣物的小虫。简编，古人或书于简，或书于帛、纸，编次成书，后泛称书为简编。韩愈《符读书城南》："灯火稍可亲，简编可卷舒。"诗句意谓，陆游的日常生活像蠹鱼一样（与书为伴），虽已近老年，但与书仍未见疏远。

"也知"二句，赋得，科举考试时考官以古人成句为题，使学子作五言排律诗六韵或八韵，称为试帖，题目叫"赋得"。寒儒，泛称贫苦的读书人。五十，系作者自称，因生于1868年，时年五十周岁，故称。诗句意谓，也知通过科举考试有了寒儒的名分，虽已五十仍在灯前看书（无关紧要的书）。

这首题诗，先言古人的读书生活，再写自己的寒儒本分，可见天下寒士，古今相通，一脉相承。

读越缦日记感赋

卅年心力此中殚，等子称来字字安。
岂许刚肠容芥恶，为培美意结花欢。
史评经证翻新义，国故乡闻荟大观。
名士当时亦如鲫，独推此老最神完。

赏析：

此诗写于1919年7月，录自《蔡元培全集》第三卷。越缦堂日记，清代文学家李慈铭著，正编与补编共六十四册。系按日记述的读书札记，始于1853年，内容涉及百家及时事，至1889年成书，前后将近四十年。1894年冬，蔡元培在李慈铭京寓中任塾师。同年李病故，蔡为他整理《越缦堂日记》，并于1920年出版。作者读《越缦堂日记》有感而赋此诗。

首联言成书不易。卅（xì），四十。殚（dān），竭尽，如殚精竭虑。

等子，衡器名，一种称量黄金、珍珠或珍贵药材的小秤。诗句意谓，作者四十年来于此中竭尽心力，像用等子称过一样字字珠玑。

颔联言其人品格。刚肠，刚直心肠。芥恶，微小的罪恶。芥本指小草，可引申为微小纤细的事物。诗句意谓，岂许刚直的心肠容忍小恶（实为刚肠嫉恶），为培养美意而与花卉结欢。

颈联言其书卓具特色。国故，本国固有的学术文化。乡闻，乡间的传闻。大观，壮观，丰富多彩的景象。诗句意谓，评价史书论证经籍能够翻出新意，整理国故记载乡闻会集起来颇为壮观。

尾联再赞此老神完。亦如鲫，由成语"过江之鲫"化出，东晋王朝在江南建立后，北方士族纷纷来到江南。当时人称"过江名士多于鲫"，后用以形容多而且纷乱，亦有赶时髦的人很多之意。神完，精神完美。诗句意谓，当时名士亦如过江之鲫，独推此老（李慈铭）最为精神完美。

作者读李慈铭《越缦堂日记》后有感而赋此诗，对于其人其书均给予高度评价。结句"独推此老最神完"，可谓点睛之笔。《蔡元培全集》原为"先生多病转神完"，应据蔡元培手稿更正。

偕蒋梦麟游花坞（六绝）

一

游迹先经松木场，肥缸多许到途旁。
湖滨久吸新空气，到此居然忆故乡。

二

东阳艇子坐伽趺，粗席为棚顶上铺。
水涨桥低行不得，几番抽出一边弧。

三

几处桑根漾绿波，稻畦漫漫已成河。
舟人为避小桥阻，径自田间放棹过。

四

花坞无人再艺花，道旁茶竹翠交加。

逢人尚问坞何在？已入坞中二里赊。

五

茅蓬十八悉成庵，第一庵中我辈探。
掘笋烹茶日亭午，一僧庸朴耐闲谈。

六

中途忽遇雨倾盆，已过凉亭不见村。
衣履淋漓全透渗，始逢社庙急敲门。

赏析：

这一组诗写于 1919 年 7 月，录自《蔡元培全集》第三卷。编者附有
说明：五四事件后，蔡元培在杭州，因北大师生及全国各方的敦促，打消
了辞北大校长之意。7 月 14 日，约蒋梦麟由上海到杭州，请蒋先行北上，
代他处理北大校务。这一天"偕梦麟游花坞，遇雨。梦麟、尔和在此晚
餐，决请梦麟代表至校办事"。（《蔡元培杂记》）蒋梦麟（1886—1964），
浙江余姚人，早年留学美国获哲学博士学位。曾任北京大学校长、国民政
府大学院院长、行政院副院长。1919 年时任北京大学总务长。当时，蔡
元培因对北洋军阀政府镇压爱国学生运动不满，一度辞去北大校长职务回
到杭州，后请蒋梦麟代理校务。花坞，位于杭州西郊，为古荡至留下的法
华山下十八坞之一，风景秀丽。

第一首写途经松木场见闻。作者原注："绍兴人从前多露列肥缸，闻近
已改公厕，不意于此间又见之。"诗句意谓，出游踪迹先经松木场，肥缸大
多设在道路旁边。久在湖滨呼吸新鲜空气，到此居然让我想起绍兴故乡。

第二首写从松木场沿西溪至古荡。艇子，轻快小船。伽趺，即珈趺，
信佛者坐禅的方法，分降魔坐和吉祥坐两种，又称"趺坐""结伽趺坐"。
弧，木弓，《易·系辞下》："弦木为弧，削木为矢。"诗句意谓，我们盘
腿坐在东阳艇子里，粗布为棚铺在船顶上。水涨桥低小船无法通行，几次
抽出一边木弓，即暂时拆去顶棚。

第三首写船在西溪湿地航行。畦（qí），田陇、长条田块。棹，划船
的工具，也指船。诗句意谓，几处桑树根部漾起绿色水波，稻田漫漫亦已
成河。船夫为了避免船受小桥所阻，径自田间放船通过。

第四首写已入花坞。艺，种。翠，青绿色。赊（shē），远。诗句意谓，花坞无人再种花，道旁的茶树与竹林青绿交错。我们逢人还问花坞何在？实际已进入花坞二里多。

第五首写在茅庵挖笋烹茶。茅蓬，犹言茅舍。烹（pēng），烧煮食物。亭午，正午、中午，李白《古风》："大车扬飞尘，亭午暗阡陌。"庸朴，平庸朴实。诗句意谓，这里的茅舍十有八九成为小的寺庙，第一庵中我辈加以探访。挖笋烧茶已至中午，有一僧人虽平庸朴实，却耐闲谈。

第六首写途中遇雨。淋漓，沾湿或下滴貌，韩愈《醉后》："淋漓身上衣，颠倒笔下字。"社庙，俗称土地庙。诗句意谓，中途忽遇倾盆大雨，已过凉亭而不见村。衣服鞋子全已渗透滴水，才逢一土地庙急忙推门进去。

此系写景纪游之作。作者暂抛家国天下事，偷得浮生半日闲。文字朴实无华，却又颇为传神。江南水乡的田园风光，东阳艇子的漂流奇观，掘笋烹茶的茅庵野炊，无不给人以自然平和却又平中见奇的感觉。

登　高

越山隔岸望中收，一曲之江似细流。
更览全湖作灵沼，慢腾腾地几扁舟。

赏析：

此诗写于 1919 年 7 月，录自《蔡元培全集》第三卷。据《蔡元培年谱》1919 年 7 月 27 日载："作《登高》一绝：……（手稿）"作者登上高山远眺，江湖胜景尽收眼底。

"越山"二句，越山，越地群山。越为古国名，春秋五霸之一，建都会稽（今浙江绍兴）。之江，为钱塘江自萧山闻家堰至杭州闸口段的别称，以江流曲折如"之"字，故名。诗句意谓，隔江对岸越地群山望中尽收眼底，一条曲曲折折的之江像细长的流水一样。

"更览"二句，灵沼，具有灵性的水池。扁舟，小船。诗句意谓，更看西湖作为有灵性的水池，只见慢腾腾地游动着几条小船。

作者夏日登高远眺，笔下的山水胜景，均用艺术的夸张手法加以描绘。之江竟似细流，全湖视作灵沼，颇有"登泰山而小天下"的气势，可见作者的胸襟气度。

西湖诗五首

西湖荷

潋滟湖光里，荷花别样红。

水波清似许，莲叶碧无穷。

伫看三潭月，行吟曲院风。

凭栏香冉冉，把棹乐融融。

西湖柳

青青湖上柳，袅袅舞纤腰。

堤畔闻莺啭，桥边看絮飘。

鹅黄方吐艳，鸭绿又添娇。

苏小门前伫，依依几万条。

咏茉莉

为何冉冉座旁香，缘由茉莉在我房。

气与芝兰同臭味，瑞同蓂荚卜嘉祥。

轻裁玉蕊送诗兴，笑插冰姿助夜凉。

雅韵孤标真可爱，昼眠清梦也芬芳。

岫云

云在层岩上，浑无出岫心。

烟霞同啸傲，泉石卜知音。

岩泉

泉在层岩下，源头活水清。

出山嫌世浊，抱璞守廉贞。

赏析：

这五首诗写于1923年夏，录自《蔡元培全集》第八卷。1923年6月前后，蔡元培一直在杭州、上海一带活动，其间写了一组关于西湖的旧体诗。

第一首歌咏西湖荷花。

首颔二联直接描写湖中荷花。潋滟，水波相连的样子。清似许，这样特别的清。"似"为比拟词，超过的意思。这几句从苏东坡、杨万里的诗中化出。苏东坡《饮湖上初晴后雨》："水光潋滟晴方好，山色空蒙雨亦奇。"杨万里《晓出净慈送林子方》："接天莲叶无穷碧，映日荷花别样红。"

颈尾二联，三潭月与曲院风，即杭州西湖十景中的三潭印月、曲院风荷。冉冉（rǎn），慢慢地，渐进的样子。诗句意谓，在三潭印月处伫立观看，曲院风荷处行走吟咏。靠着栏杆观景香气冉冉上升，把住船桨游湖其乐融融。

第二首歌咏西湖柳树。

首颔二联，袅袅（niǎo），摇曳的样子。诗句意谓，青青湖上的柳树，迎风摇曳犹如舞动纤细的腰肢。堤岸边闻黄莺鸣啭，小桥边看柳絮飘飞。此系描绘柳浪闻莺的景色。

颈尾二联，鹅黄，淡黄色。鸭绿，绿色。二者形容春天由黄变绿的柳树。苏小，即南齐钱塘名妓苏小小，西泠桥畔有苏小小墓。伫，停留，停止。依依，轻柔的样子。《诗·小雅·采薇》："昔我往矣，杨柳依依。"诗句意谓，湖边柳树摇曳多姿，鹅黄才吐艳色，鸭绿又添娇美。苏小门前停留，万条柳枝依依。

第三首歌咏茉莉花。

首颔二联，冉冉，轻柔摇曳上升的样子。臭，气味。蓂（míng）荚，古代传说为瑞草名。相传尧时有草夹阶而生，随月生死，以是占日月之数，古人认为是一种吉祥的征兆。诗句意谓，为何座旁香气冉冉上升，缘有茉莉花在我房里。它与芝兰有着同样的气味，同瑞草蓂荚一样可卜人间嘉祥。

颈尾二联，玉蕊，花名。唐人颇重玉蕊，歌咏者甚多。王建诗有《唐昌观玉蕊花》。冰姿，犹冰肌雪肤，形容茉莉花。孤标，独立的标帜，形容清峻突出的归亦，用以形容人的清高品格。诗句意谓轻裁玉蕊花可送诗兴，笑插茉莉花可助夜凉。雅致的气韵和独特的标帜实在可爱，白天睡眠做梦也感到芬芳。

第四首歌咏出岫之云。

"云在"二句，层岩，重叠的山崖。岫（xiù），山穴。陶潜《归去来兮辞》："云无心以出岫，鸟倦飞而知还。"诗句意谓，云在重叠的山崖之上，本来全无出岫之心。

"烟霞"二句，烟霞，云气。啸傲，歌咏自得无拘无束的样子。泉石，山水园林佳胜之处。卜，预卜，事先选择。诗句意谓，可与烟霞一起啸傲，让山水园林胜景选择知音。

第五首歌咏岩下泉水。

"泉在"二句，源头活水，语出朱熹《观书有感》："问渠那得清如许，为有源头活水来。"诗句意谓，泉在层叠的岩石之下，因属源头活水，所以很清。

"出山"二句，抱璞，璞为未经加工的玉石。《战国策·齐策四》载，齐宣王欲用颜斶，斶推辞不就，谓"归反璞，则终身不辱"。后以"抱璞"喻保持本色不变。诗句意谓，岩下泉水因嫌世间污浊故不愿出山，宁愿保持本色，守住清廉贞洁。

这是一组描写西湖景物的小诗，作者笔下的荷、柳、花、云、泉，各具特色，匠心独运，给人留下深刻印象。

题留园俪照

忘年新结闺中契，劝学将为海外游。

鲽泳鹣飞常互助，相期各自有千秋。

赏析：

此诗写于 1923 年 8 月，录自《蔡元培全集》第五卷。1923 年 7 月 10 日，蔡元培与周养浩在苏州留园举行婚礼，并偕新妇摄影纪念。俪照，为结婚纪念照。后作者为俪照题诗。

"忘年"二句，忘年，即忘年交，年辈不相当而结为朋友。二人结婚时，女方三十三岁，男方五十七岁，故言忘年。闺中契，婚约。劝学，劝人好学，鼓励学习。诗句意谓，女方忘年新结婚姻之约，男方劝学将为海外之游。果然新婚不久二人即赴欧洲游学。

"鲽泳"二句，鲽（dié）泳鹣（jiān）飞，典出《尔雅·释地》："东方有比目鱼焉，不比不行，其名谓之鲽；南方有比翼鸟焉，不比不飞，其名谓之鹣鹣。"旧以"鹣鲽"或"鲽泳鹣飞"比喻夫妻相亲相爱。各自有千秋，各自有流传久远的价值，比喻各有优点，各具特色。诗句意谓，夫妻相亲相爱经常互相帮助，他们相互期盼各有千秋，即发挥各自的特长。

作者为结婚照片题诗，用语平实，言少意多。夫妻忘年相契，劝学海外，鲽泳鹣飞，各有千秋。诗句切人切事，尽显夫妻情谊。

读　史

公路终亡孟德兴，同槽诸马已崚嶒。
伯符不得江南地，鼎足三分尚未能。

赏析：

此诗写于1923年10月，录自《蔡元培日记》。1923年10月10日："报载曹锟已于五日被选为总统，本日就职，到总统府后，即往议会，议会已宣布宪法。读史……"当时北洋军阀直系首领曹锟赶走黎元洪，通过贿选任总统。其时孙中山在广州驱逐陈炯明后重建大元帅府，并拟定"联俄，联共，扶助农工"的三大政策。作者当时带着妻女在欧洲游学，有感于国内政局，借史抒怀写成此诗。

"公路"二句，公路，即东汉袁术，字公路，他曾在今安徽寿县称帝，搜刮民财，穷奢极侈，后为曹操所败。孟德，即曹操，字孟德。同槽诸马，指以曹操、袁绍为代表的地方割据势力。崚嶒，高峻重叠貌。诗句意谓，袁术终于灭亡而曹操兴起，同槽诸马已成强势而互相争斗，此指东汉末年各地军阀混战。

"伯符"二句，伯符，即三国吴主孙策，字伯符，曾在江东建立政权，后其弟孙权称帝。鼎足三分，像鼎的三足一样，比喻势均力敌三方呈对立之势。诗句意谓，东汉末年，在孙策占据江南之前，还未能形成魏蜀吴三国鼎立的局面。

此诗名为读史，实为针砭现实。当时我国正逐步形成北方直系、奉系军阀与南方革命势力鼎足三分的局面。只是广州的孙中山政权并不稳固，故诗中言"鼎足三分尚未能"。

戏赠适之

何谓人生科学观，万般消息系机缘。

日星不许夸长寿，饮啄犹堪作预言。

道上儿能杀君马，河干人岂诮庭貀。

如君恰是唯心者，愿与欧贤一细论。

赏析：

此诗写于 1926 年，录自《蔡元培全集》第五卷。适之，即胡适，字适之。现代著名学者，时任北京大学教授。作者戏赠此诗。

首联言对"人生科学观"的看法。消息，谓一消一长，互为更替。《易·丰》："日中则昃，月盈则食，天地盈虚，与时消息。"此指事物的发展变化。机缘，时机与因缘。佛教谓众生皆有善根，时机成熟，起信佛之缘，而得正果。后泛指机会和缘分。诗句意谓，何谓人生科学的观念，那就是事物的万般发展变化均系于一定的机会和缘分。

颔联言世事大小均是相对而言。饮啄，指人的饮食生活。《景德传灯录·尸利禅师》："一饮一啄，各自有分。"诗句意谓，不许夸天上的太阳星星长寿，人的一饮一啄犹堪作出预言，亦即"系之于分"。

颈联言事物均有因果关系。道上儿，语出《风俗通》："杀君马者路旁儿也。谓长吏养马甚肥，路旁小儿见到，大为赞赏，乘者喜其言，驰驱不已，使疲致死。"意思是信小儿之言让马积劳致死。河干，河岸。诮，讥诮、责备。貀，幼小的貉。《诗·魏风·伐檀》："坎坎伐檀兮，真之河之干兮。""不狩不猎，胡瞻尔庭有县貀兮？"这是伐木者斥责剥削者过着不劳而获的生活。诗句意谓，道上儿能杀君马，河岸边上的人岂止责备庭中有悬貀者。

尾联言愿以唯心说与欧贤细论。唯心，佛教语，佛教认为一切诸法（即万事万物）都出自内心，都是心造的，心以外不存在任何东西，故称唯心。诗句意谓，如君是持有唯心观点的人，愿以此与欧洲时贤一起仔细讨论。

此诗戏赠学界友人，实则就人生哲学命题加以探讨。阅者以大体了解为宜，不必作为学术问题深入探究。

题延平故垒

叱咤天风镇海涛，指挥若定阵云高。

虫沙猿鹤有时尽，正气觥觥不可淘。

赏析：

此诗写于 1927 年 1 月，录自《蔡元培全集》第六卷。延平，即明末抗清英雄郑成功，明永历帝封他为延平郡王。厦门鼓浪屿有郑成功水操台，他曾在此操练水师，故称延平故垒。1927 年 1 月，蔡元培在厦门凭吊郑成功旧日活动遗址时撰写此诗，现郑成功纪念馆刻有此诗。

"叱咤"二句，叱咤（chì zhà），发怒的声音。叱咤天风，形容人的威力很大。阵云，战地烟云。唐高适《塞下曲》："青海阵云匝，黑山兵气冲。"诗句意谓，叱咤天风镇住海涛，在战争烟云密布的时候仍指挥若定，描述郑成功指挥战斗沉着自信，稳操胜券。

"虫沙"二句，虫沙猿鹤，典出《艺文类聚》九十五《抱朴子》："周穆王南征，一军尽化，君子为猿为鹤，小人为虫为沙。"后来借指战死的将士。觥觥（gōng），刚直的样子。淘，用水冲洗汰除杂质。诗句意谓，造成死亡的战争总有尽头，刚正不屈的人间正气是不可冲洗的，亦即正气长存。

作者凭吊延平故垒，在高度评价历史人物的同时，也深信战争总有尽时，人间正气长存。

文　人

文人自昔善相轻，国手围棋抵死争。
大地知难逃坏劫，灵魂无计索真评。
即留万古名何用，宁似刹那心太平。
邓析惠施世多有，孰齐物论托庄生。

赏析：

此诗写于 1927 年 12 月，录自《蔡元培全集》第六卷。据《蔡元培年谱》载："1927 年 12 月 20 日，复孙伏园函，云承赐《贡献》，已得两册，谢谢。属写数字，录近作《文人》塞责。"此诗发表于同年 12 月 25 日出版的《贡献》第 3 期。当时，经历了大革命失败的政治动荡之后，他所期望的政治上的"和解"与"统一"并未实现，反而留下更深的裂痕。而且一些饱读诗书的人，也在这盘政治棋局上抵死相争，以致灵魂扭曲。作者感慨之余，乃作七律《文人》。

首联言文人相轻。语见曹丕《典论·论文》："文人相轻，自古而然。"国手，国内技艺、才能出众的人。诗句意谓，文人自古善于相轻，围棋国手更是抵死相争。

颔联言不少文人在劫难逃。坏劫，恶劫，严重的劫难。诗句意谓，大地知道难以逃过这场严重的劫难，人的灵魂无法求索真实的评价，以致无情地扭曲。

颈联言某些文人被扭曲的心态。诗句意谓，即使万古留名又有何用，宁可拥有刹那间的内心太平。

尾联言作者感慨系之。邓析、惠施、庄生，均为春秋战国时的人。孰，何如、不若、还不如。诗句意谓，邓析、惠施这样的人世上多有，还不如以《齐物论》托付庄生。言外之意是，春秋时邓析教人"法治"，战国时惠施主张"合同异"，其好友庄子更写下了《齐物论》，说世上万物有个"齐同"，都将"殊途同归"。可是，人们今天为何还是抵死相争，而不去学习呢？

此诗面向现实，寓意深沉。前面三联实写的当时某些文人的生存状态只是作为铺垫，尾联借古喻今才是理解本诗的关键！

贝多文（四绝）

一

吾邦音乐太单平，西友初闻顿失惊。
我爱贝多文法曲，包含理想极深闳。

二

自然主义宗希腊，希伯来风出世间。
融合两希成一片，曲中现出我生观。

三

妇人醇酒与清歌，行乐及时便奈何。
一任迂儒谈礼法，流传法曲壮山河。

四

丑面遗型到处传，哲人貌取亦成妍。

克林造像犹精绝，袒臂科头态俨然。

赏析：

这四首绝句写于1929年3月，录自《蔡元培全集》第六卷。贝多文（1770—1827），通译为贝多芬，德国著名作曲家。他的音乐创作集古典派之大成，开浪漫派之先锋，对近代西洋音乐的发展有深远影响。作者有感于中国音乐的现状与贝多文乐曲的影响而写了四首七言绝句。

第一首作者附言："吾国音乐，皆由单音构成，音波抑扬，相去不远，以五线谱写之自见。……有一德友见语'可惊的单纯'。且吾国美术均以形式见长，寓以繁深之理想者，竟不可得。西洋人之美术，则高者多含有理想，凡音乐、建筑、雕刻、图画皆然。贝氏之音乐，其著者也。"法曲，原指道观所奏之曲。唐太宗既通音律，又爱法曲，故法曲在唐代颇为流行。作者声称我之所以爱贝多文的法曲，是因为其包含的理想极为深沉、恢宏。

第二首作者附记："西洋思潮有二：其一，自然的，乐天的，世间的，即希腊风。其二，超自然的，厌世的、出世间的，即希伯来人所传之基督教也。……西洋中古时代，偏于希伯来风。文艺中兴以后，偏于希腊。近世则谋融合两种思潮。贝氏亦其一也。"两希，即希腊与希伯来。作者希望融合两希之风，使之成为一体，在曲中呈现出我的艺术观。

第三首作者附记："贝氏于音乐外，颇耽酒色。'酒色歌'，西人恒语也。……德法开战后，法人排斥德国派音乐，贝氏亦在其列。然法人崇拜贝氏者，谓氏祖先本比利时人，不当排斥。可以见美术与国家光荣之关系矣。"妇人醇酒，即醇酒妇人，意思是耽于酒色。迂儒，迂腐的儒生。作者认为，贝氏爱好酒色和音乐，及时行乐便又何如。任由迂腐的儒生谈什么礼法，世上流传的贝氏法曲依然可壮山河。

第四首作者附记："贝氏貌甚寝，然西人崇拜甚至，以石膏模其面型，多有悬诸壁上者。莱比锡最著名雕刻家克林该尔尝选各种文石，雕成贝氏像，陈博物馆中，到莱比锡者，均以一见为幸。"哲人，才能识见超越寻常的人。妍，美丽、漂亮。科头，光头，不戴帽子。诗句意谓，丑面遗下的模型到处在传，哲人取其貌也会让人觉得漂亮。克林该尔为贝多文造的像更为精彩绝伦，袒露臂光着头，神态仍显得庄严。

这是一组吟咏德国作曲家贝多芬的小诗。既写出他在西方音乐史上的地位与欧人对于这位音乐大师的崇拜，又就中西音乐之比较表明自己的观点，可见作者学贯中西识见超群。艺术表现上，还采用了欲扬先抑的手法，写其对于妇人醇酒的个人嗜好，袒臂科头的丑面遗型，人们却仍因他的法曲包含深沉、恢宏的理想而对他无限崇拜，以至他的作品风靡整个世界。

拿破仑（三绝）

一

四海惊传拿破仑，国民渐不我思存。
功名何似微生子，打破人间地狱门。

二

无非时势造英雄，亿万原因一果中。
乍败乍成均偶尔，托翁健笔写天功。

三

前车已覆后车来，第二威廉现舞台。
咄咄侏儒胡短视，野心不死欲燃灰。

赏析：

这三首绝句写于1929年3月，录自《蔡元培全集》第六卷。拿破仑（1769—1821），法国资产阶级政治家和军事家。1799年发动雾月政变，组成执政府。1804年称帝，建立法兰西第一帝国。其间，不断对外发动战争，既打击了欧洲封建势力，又与英俄争霸。1812年对俄战争的失败加速了帝国崩溃。1821年病死于被流放的海岛上。1929年3月，作者有感于国际、国内形势，作了歌咏拿破仑的三首绝句。

第一首作者附言："李君石曾为我言：某年巴黎某报招人投票，举法国最伟大人物，得票最多者为微生物学者巴斯德，而拿破仑次之。"微生子，即法国微生物学家巴斯德，他在微生物发酵和病原微生物方面的研究奠定了工业微生物学与医学微生物学的基础，并开创了微生物生理学。诗句意谓，当年拿破仑的名字四海惊传，而今国民渐忘而我却思念尚存；功名如何能像微生物学家巴斯德那样，打败人间的地狱之门，指巴斯德开创医学微生物学对于人类的贡献。

第二首作者附言："俄国托尔斯泰作《战争与和平》小说，写拿破仑侵俄，先胜后败，皆有种种原因，使之不得不然。彼此均无所谓战功也。"托翁，即俄国作家列夫·托尔斯泰，以《战争与和平》《安娜·卡列尼娜》《复活》等长篇小说著称于世。健笔，笔力矫健，指长于写作。天功，意同"天工"，意思是自然所造成的。诗句意谓，无非是社会时势才能造就英雄，亿万原因都在唯一的结果之中。忽然失败、忽然成功均属偶尔之事，托尔斯泰手中的健笔写出了自然所造成的结果。

第三首作者针对现实有所发挥。前车已覆，化用成语"前车之鉴"，比喻前人的失败后人应引以为戒。《汉书·贾谊传》："又曰：'前车覆，后车戒。'"第二威廉，即威廉二世，德意志帝国皇帝，富有侵略性，曾出兵加入八国联军攻占北京，1914 年又掀起世界大战。咄咄（duō），叹词，表示惊诧。侏儒，身材异常矮小的人。野心不死欲燃灰，由成语"死灰复燃"化出，意思是烧尽的余灰又重新燃烧起来，比喻失势者重新活跃起来。诗句意谓，前车已覆后车又来，威廉二世出现在世界舞台上。让人惊诧的是，这一侏儒何以如此短视，野心不死还想死灰复燃，步拿破仑后尘，发动侵略战争。

这是三首叙议结合的咏史诗。作者对拿破仑的评价只是铺垫，重点在于"第二威廉现舞台"。第二威廉，既指德意志帝国的皇帝威廉二世，亦指世界上敢于发动侵略战争的战争狂人。前车已覆，咄咄侏儒仍野心不死，讽喻影射的意思颇为明显。

题高奇峰画集（二首）

一

吸尽天风与海涛，迸将心力泼生绡。
云山瀚郁人人见，细入毫芒也不挠。

二

滓秽何曾损太清，要从神秘彻光明。
非经百炼千锤后，莫使刀圭误后生。

赏析：

这两首诗写于 1931 年 9 月，录自《蔡元培全集》第七卷。高奇峰（1889—1933），名嵤，字奇峰，广东番禺人。早年赴日本留学，加入同盟会。曾在上海创建审美画馆、美学馆，后任岭南大学教授。善画花卉鸟兽，为岭南画派倡导人。1931 年 10 月，蔡元培应约为《高奇峰画集》题诗二首。

第一首言其绘画特点。

"吸尽"二句，作者原注："先生居前后面水，自题天风海涛额。"迸（bèng），喷射，涌出。泼，泼墨，国画山水的一种画法，画时用水墨挥洒纸上，其势如泼，故名。生绡，没有漂煮的丝织品，古代用来作画，故也指画卷。诗句意谓，友人吸进天风与海涛，迸将自己的心力喷涌而出泼墨于生绡之上，即决心从事绘画创作。

"云山"二句，云山，高山，高耸入云的山。瀜郁，烟雾弥漫。毫芒，毫末，谓极微细。挠，搅和、扰乱。诗句意谓，高山烟雾弥漫却人人可见，细入毫末也不会受到扰乱，形容画家的工笔山水画已入至境。

第二首言其后人难学。

"滓秽"二句，滓秽，污浊。太清，道家谓天道，亦谓天空。道教最高的仙境之一为"太清圣境"。彻，贯通、透彻。诗句意谓，污秽之物何曾有损"太清圣境"，更从神秘之处贯通光明。

"非经"二句，作者原注："先生雄浑之作，非曾有基本功夫者，不许效颦，近编有《画苑》，以教初学。"刀圭，古代量取药物的工具。庾信《至老子庙应诏》："盛丹须竹节，量药用刀圭。"后亦称医术为"刀圭"。诗句意谓，非经千锤百炼，莫使艺术贻误后生，实即劝人切勿随意效颦。

这两首题画诗，既抓住了这位画家绘画的特点，给予很高评价；又发表了对于泼墨山水技法的见解，劝人不要东施效颦，应练好基本功。

旧作二绝书赠鲁迅

一

养兵千日知何用，大敌当前暗不声。

汝辈尚容说威信，十重颜甲对苍生。

二

几多恩怨争牛李，有数人才走越胡。

顾犬补牢犹未晚，只今谁是蔺相如。

赏析：

这首诗写于 1933 年 1 月，录自《蔡元培全集》第七卷。据《鲁迅日记》载：1933 年 1 月 17 日下午往民权保障大同盟开会，被举为执行委员。蔡孑民先生为书一笺，为七绝二首。蔡元培与鲁迅实为忘年交，当得知二人同被选为中国民权保障同盟负责人时，遂以旧作相赠，向知己坦诉衷曲。

第一首痛斥国民党当局的不抵抗政策。

"养兵"二句，暗（yīn），哑，缄默不言。诗句意谓，养兵千日不知何用，而今大敌当前竟成哑巴不吭声。

"汝辈"二句，十重颜甲，典出《开元天宝遗事》上，唐代进士杨光远食求无厌，时人鄙之，说他惭颜厚如十重铁甲。苍生，指百姓。诗句意谓，你们这些家伙还好意思说什么"威信"？竟然腆着十层厚甲般的脸皮来面对天下苍生。

第二首期盼国内团结，消除党派纷争。

"几多"二句，牛李，唐代后期牛僧孺、李德裕之间的朋党争斗，持续了近四十年。越，古时江、浙、鲁、闽之地，为越族所居，谓之百越。胡，古代泛指北方及西域少数民族。走越胡，指人才离开中原远走他方。诗句意谓，有多少恩恩怨怨如"牛李之争"，让为数不多的一点人才亦远走他方。

"顾犬"二句，顾犬，即"见兔顾犬"，见了兔子再回头唤狗追捕。比喻事虽紧急但及时想办法还来得及。补牢，即"亡羊补牢"，丢失了羊赶快补好羊圈，比喻出了差错及时补救。《战国策·楚策四》："臣闻鄙语曰：'见兔而顾犬，未为晚也；亡羊而补牢，未为迟也。'"蔺相如，战国时赵国大臣，因功任为上卿。他对同朝大臣廉颇容忍谦让，使其悔悟，最终成为团结御敌的知交。诗句意谓，见兔顾犬，亡羊补牢，犹未为晚，只是今天谁是蔺相如？意在呼吁国民党人要有容人之量，团结御侮，一致对敌。

此诗政治倾向十分明显。作者身为国民政府中央研究院院长，却敢于公开指责国民党执政当局消极抗日积极反共的错误政策，希望国共两党团结御侮，一致对敌，表达了国民党内有识之士的正义呼声。只是将国共两党的矛盾视为"牛李之争",且以蔺相如与廉颇为喻来化解双方矛盾,实为认识上的局限。作者在艺术上以形象的议论来抒情,让炽热的爱国之情融于形象的议论之中,读来使人感奋。

观养友绘《巨舶渡海图》题词

> 破浪乘风会有时,载将国产揭商旗。
> 岂徒自给夸衣食,美麦英棉塞漏卮!

赏析:

此诗写于 1934 年 3 月,录自《蔡元培全集》第七卷。原题《上海妇女提倡国货运动会月刊封面养友所绘〈巨舶渡海图〉题词》。养友,即蔡元培夫人周养浩。她善于绘画,所作《巨舶渡海图》,被用作上海妇女提倡国货运动会刊的封面,蔡元培欣然为此图题词。

"破浪"二句,李白《行路难》:"乘风破浪会有时,直挂云帆济沧海。"后用以比喻志向远大,不怕困难,奋勇前进。诗句意谓,我们的海船将会乘风破浪,装载国产货物,扬起商贸的旗帜。

"岂徒"二句,漏卮(zhī),有漏洞的酒器。《盐铁论·本议》:"故川源不能实漏卮,山海不能赡溪壑。"后用来比喻利益、权力为外人所得。诗句意谓,岂能徒然夸大我们衣食可以自给,美国小麦、英国棉花进口让我们的利益外流。

此诗完全根据画意题写,先是希望我们的"巨舶渡海"将国产货物揭起中国商旗,后又反映美麦、英棉进入中国市场以致国家利益外溢,这种理想与现实的矛盾正是 20 世纪 30 年代中国社会的悲剧。

和知堂老人五十自寿(二律)

一

> 何分袍子与袈裟,天下原来是一家。
> 不管乘轩缘好鹤,休因惹草却惊蛇。
> 扪心得失勤拈豆,入市婆娑懒绩麻。
> 园地仍归君自己,可能亲掇雨前茶。

二

厂甸摊头卖饼家，肯将儒服换袈裟。

赏音莫泥骊黄鸟，佐斗宁参内外蛇。

如祝南山寿维石，谁歌北虏乱如麻。

春秋自有太平世，且咬馍馍且品茶。

赏析：

这两首诗写于 1934 年 4 月，录自《蔡元培全集》第七卷。知堂老人，即周作人（1885—1967），知堂为其笔名，浙江绍兴人。现代著名诗人、散文作家，时任北京大学教授。1934 年 4 月 13 日，周作人五十岁生日，曾作《五十自寿打油诗二首》。在林语堂主编的《人间世》半月刊发表后，蔡元培、胡适、沈尹默、刘半农、钱玄同、俞平伯等纷纷写了和诗，曾经引起不小的轰动。

第一首根据周作人原韵原意奉和。

首、颔二联，袈裟，梵语，僧人的法衣。乘轩缘好鹤，由"鹤轩"一典化出，《左转·闵公二年》："狄人伐卫，卫懿公好鹤，鹤有乘轩者。将战，国人受甲者皆曰：使鹤，鹤皆由禄位，余焉能战！"注："轩，大夫车。"后指倖得禄位。惹草却惊蛇，由成语"打草惊蛇"化出。诗句意谓，何必分清袍子和袈裟，天下僧俗原来是一家。不要去管卫懿公缘于好鹤而鹤能乘轩，也休要因为惹草而惊动了蛇。

颈、尾二联，拈豆，似应作"掂掇（diān duō）"，以手估量轻重。《景德传灯录》十二《义玄禅师》："我遮镢，天下人掂掇不起，还有人掂得起么？"婆娑，盘旋，徘徊。绩麻，缉麻，即搓麻线。《诗·陈风·东方之枌》："不绩其麻，市也婆娑。"园地，周作人著有散文《自己的园地》。掇（duō）拾取、摘取。诗句意谓，扪心自问有何得失不妨勤于掂量，入市徘徊是因为懒于绩麻。需知园地仍归你自己，要亲手去摘谷雨以前的茶叶。

第二首扔按原韵原意奉和。

首、颔二联，厂甸，地名，在北京正阳门外，亦称"琉璃厂"。以售古玩、字画、书帖为主，乃文人聚集之地。骊，黑色的马。参，验。内外蛇，语出《左传·庄公十四年》："初，内蛇与外蛇斗于郑南门中，内蛇死。"诗句意谓，在厂甸摊头卖饼人家，岂肯将儒生之服去换袈裟。欣赏音乐不要拘泥于黑马嘶叫与黄莺鸣啭，宁可去检验内蛇与外蛇之争。

颈、尾二联，维系，连结。石，石刻、碑碣。《吕氏春秋·求人》："功绩铭乎金石。"北虏，来自北方的狄人，虏为对敌人的蔑称。春秋，岁月、光阴。诗句意谓，比如祝愿寿比南山则维系于碑刻，谁会去歌咏北方强敌入侵纷乱如麻，人间岁月自有太平之世，我们不妨且咬馒头且喝茶。

这两首七言律诗为和知堂老人五十自寿而作，既依原韵奉和，又卓具特色。因其采用打油诗的体式，多用口语入诗，所以能雅俗共赏。作者善于化用成语典故，如"乘轩缘好鹤""惹草却惊蛇""宁参内外蛇""南山寿维石"等语，既深入浅出，收到言少意多的功效；又较为通俗，切合打油诗的体式需要，从中可见作者驾驭语言文字的功力。

吊高奇峰先生（二首）

一

革命精神贯始终，政潮艺海两成功。
介推岂屑轻言禄，笔下烟云供养丰。

二

一生绝技有传人，爱女恂恂最逼真。
负土成坟虽未遂，勤罗画集一编新。

赏析：

这两首诗写于1934年8月，录自《蔡元培全集》第七卷。高奇峰为现代著名画家，世称"岭派"。1933年候船出国，登岸时失足受伤，同年12月在上海病逝。蔡元培连续写了《挽高奇峰二绝》《吊高奇峰先生》二首，表达沉痛哀悼之情。

第一首对逝者给予高度评价。

"革命"二句，政潮艺海，政治潮流与艺术海洋，指从事政治活动与艺术创作。诗句意谓，革命精神贯穿高奇峰的一生，他在政治与艺术两方面都很成功。

"介推"二句，介推，即春秋晋国贵族介子推，曾随晋文公流亡国外。相传晋文公回国赏赐流亡臣属时，没有提到他，他就和母亲隐居绵上山里，文公为逼他出来，放火烧山，他坚持不出被焚死。《左传·僖公二十四年》："晋侯赏从亡者，介子推不言禄，禄亦弗及。"烟云，犹云烟。杜甫《饮中八仙歌》："张旭三杯草圣传，脱帽露顶王公前，挥毫落纸如云烟。"比喻运笔挥洒自如。诗句意谓，画家有如介之推那样岂会介意轻言禄位，他笔下挥洒自如的画幅的供养已很丰厚，即在艺术创作中已得到满足。

第二首言逝者女儿事亲至孝。

"一生"二句，恂恂，形容诚实、恭敬。诗句意谓，逝者一生的绘画绝技已有传人，他的爱女的诚实恭敬最为逼真（真切）。

"负土"二句，作者自注："先生之义女坤仪女士，曾斥工赀为先生造坟于沙基，因忽有阻力竟舍之，现正全力为先生印画集也。"诗句意谓，负土成坟虽然未遂，辛勤搜罗的画集却已编成。

作者与逝者交往多年，有着颇为深厚的感情。诗中不仅表彰逝者于政潮艺海所取得的成功，而且爱屋及乌，对其义女的"负土成坟"与"勤罗画集"亦给予充分肯定。作者于抒情叙事中流露出深深的怀念之情。

观《黄花岗凭吊图》

碧血三年化，黄花终古香。
为群直牺己，后死尽知方。

赏析：

此诗写于 1935 年 3 月，录自《蔡元培全集》第八卷。原诗手迹附有跋语："亚子兄出王济远先生所作《黄花岗凭吊图》见示，赋此奉正。"黄花岗，1911 年 4 月 27 日，同盟会革命党人在广州举行起义，一百余人英勇牺牲。后经多方设法收殓死者遗体 72 具，葬于广州黄花岗，史称"黄花岗七十二烈士"。1935 年 3 月，蔡元培应柳亚子要求，在现代画家王济远所作的《黄花岗凭吊图》上题诗。

"碧血"二句，碧血，典出《庄子·外物》："苌弘死于蜀，藏其血，三年而化为碧。"后指为正义事业而流血。黄花，语义双关，既指菊花，又指黄花岗。诗句意谓，黄花岗烈士的碧血经过三年化为碧玉，在这里将终古留有芳香。

"为群"二句，知方，语出《论语·先进》，旧指懂得礼法，这里指懂得革命的道理。诗句意谓，烈士们为了群体径直地牺牲了自己，让我们这些后死者尽快懂得了革命的道理。

全诗四句采用对仗句式，一气呵成。"碧血"与"黄花"，"为群"与"后死"，属对工稳，切合题意要求，意味深长。

题刘海粟所绘《黄山松》

黄山之松名天下，夭矫盘拿态万方。
漫说盆栽能放大，且凭笔力与夸张。

赏析：

此诗写于 1935 年 12 月，录自《蔡元培全集》第八卷。诗前有序："海粟先生本年十一月游黄山，在风雪中作此，不胜岁寒后凋之感。"刘海粟（1896—1994），江苏武进人。现代著名画家，长期从事美术教育，时任上海美术专科学校校长。蔡元培欣然为其所绘的《黄山松》题诗。

"黄山"二句，安徽黄山向以奇松、怪石、云海、温泉"四绝"闻名于世。夭（yāo）矫，屈伸自如。司马相如《上林赋》："夭矫枝格，偃蹇杪颠。"盘拿，盘曲作攫拿状。杜甫《李潮八分小篆歌》："八分一字直百金，蛟龙盘拿肉屈强。"诗句意谓，黄山奇松名闻天下，屈伸自如盘曲而有气势，可谓仪态万方。

"漫说"二句，作者自注："人言黄山松石恰如放大之盆景。"漫，随意、枉、徒然。且，尚、尚且。诗句意谓，枉说盆栽可以放大，尚凭画家笔下的功力与艺术夸张才得以实现的。

此诗完全根据题意展开，在写景状物的同时，表达自己的艺术见解。作者既写出黄山之松何以名闻天下，又指出刘海粟的绘画艺术"且凭笔力与夸张"。

贺夫人周养浩四十七岁生日

我今七一卿四七，蛮𡡁相依十四年。
为我牺牲终却病，祝卿康健不羡仙。

娇儿已解呈书画，薄酒何妨中圣贤。

正是江春渡梅柳，月圆花好寿人天。

赏析：

此诗写于 1937 年 3 月，录自《蔡元培全集》第八卷。诗有题注："写定寿养友七律（三月二十六日即旧历二月二十四日，为养友四十七岁生日）。"作者为夫人写诗致贺。

首联言夫妻相依。卿，朋友、夫妇之间常以卿作为爱称。蛩蟨（qióng，jué），蛩与蟨皆为古代传说中的兽名，且相传二者互相依存。前者善走而不善求食，后者善求食而不善走，故平时后者供应前者甘草，遇难时则前者背负后者而逃。此处以蛩蟨为喻，谓夫妻二人相互依靠。诗句意谓，我今年七十一岁你四十七岁，我们夫妻二人彼此相依已有十四年。

颔联祝愿夫人身体健康。却，反而。诗句意谓，为我作出牺牲你却反而生病，祝愿你求得健康而不羡慕神仙。

颈联言个人喜好之事。娇儿，指养浩所生的次女，已有十岁。中（zhòng），适合，正好对上。诗句意谓，娇儿已经懂得向我呈上书画，我平时喝点薄酒以效仿圣贤。

尾联祝愿花好月圆人亦长寿。作者自注："是日后春分五日，后花朝二日。"渡，原指过河，可引申为引渡、转手。人天，即天人，此指才能出众的人。诗句意谓，正是江南春天梅柳转换之时，但愿花好月圆才人多寿。

作者夫妻伉俪情深，仅在同年三月下旬，就为妻子写了《病起谢养友》《雪后谢养友》《题夫人周养浩在医院作画》《贺夫人周养浩四十七岁生日》《为养友题前两年所绘青岛风景并志缘起》《和养友跎字韵》。凡所题赠，言出由衷，丽句清词，笔墨含情。

题刘海粟所临《黄石斋松石图卷》（二首）

一

黄山天目与天台，踏石看松曾几回。

选写英姿二十九，铁肩辣手一齐来。

二

晋帖唐临也逼真，每参个性一番新。

但求神似非形似，不薄今人爱古人。

赏析：

这两首诗写于1938年6月，录自《蔡元培全集》第八卷。诗有跋语："海粟先生出所临黄石斋先生二十九松图见示，题二绝奉正。"当时，上海美术专科学校校长刘海粟因办学经费困难，将珍藏多年的《黄石斋松石图卷》卖出，并自己临写一幅以作纪念。蔡元培、郭沫若等曾在刘海粟所临《黄石斋松石图卷》上题诗，谓先生因护校而割爱固然可惜，然而其事可为风范，亦是艺林的一段盛事。

第一首先写刘海粟所临《黄石斋松石图卷》。英姿二十九，指画上二十九株古松的英姿。铁肩辣手，出自明代杨继盛的一副名联："铁肩担道义，辣手著文章。"诗句意谓，黄山、天目山与天台山，作者踏石看松曾有几回。现在选择二十九株古松来描写它们的英姿，可谓铁肩担道义与辣手著文章一齐来。

第二首再从所临图卷抒发感想。晋帖，指晋代书法家所写的碑帖。唐临，指唐朝人临写晋人的书帖。参，参与、加入。神似，精神实质上相似。形似，形式外表上相似。诗句意谓，晋代的书帖唐人来临摹也可以逼真，帖中每每加入唐人的个性自有一番新的气象。临写求的是内在精神的相似而非外表形体的相像，我们应当不薄待今人而去爱古人。

这两首题画诗言简意明，语浅意深。作者通过对刘海粟所临《黄石斋松石图卷》的描述，既对临写者做出了高度评价，还就临摹艺术表达了自己精辟的见解。

赠莎菲夫人

女子何渠不若男，如君杰出更无惭。

外家文艺经陶养，西学英华久咀含。

能为孟坚完汉史，夙闻道韫善清谈。

酬唱更喜得佳耦，庐阜圣湖数共探。

赏析：

此诗写于 1939 年 2 月，录自《蔡元培全集》第八卷。原有跋语：
"奉赠莎菲夫人，即希俪正。"莎菲夫人，即陈衡哲（1890—1976），笔名
莎菲，江苏武进人。现代著名女作家、外国文学史家。早年赴美留学，回
国后任北京大学教授。是我国新文学运动中第一位女作家与第一位女教
授。作者与其过从甚密，遂以此诗相赠。

首联即肯定她是女界的杰出人才。渠（jù），通"讵"，岂，曾。诗
句意谓，女子何曾不如男儿，如陈君这样杰出的更加无须惭愧。

颔联言其兼通中西文化。外家，女子出嫁后称娘家为外家。莎菲赴美
留学，所以称祖国文艺为外家文艺。陶养，熏陶养育。英华，犹精英，精
华。咀含，咀嚼含味。韩愈《进学解》："沉浸浓郁，含英咀华。"指欣赏
玩味学问的精华。诗句意谓，经过祖国传统文艺的熏陶养育，又将西学精
华长久的咀嚼含味，实说莎菲夫人兼学中西文化。

颈联言其像古代的才女一样。孟坚，即东汉史学家班固，字孟坚，所
撰《汉书》未完稿，由其妹班昭续成。夙（sù），早。道韫，即东晋女诗
人谢道韫，谢安的侄女，聪慧有才辩。诗句意谓，莎菲夫人能像班昭那样
为兄班固续完汉史，早就听说她像谢道韫那样擅长清雅的言谈议论。

尾联言其喜得佳偶并结伴出游。酬唱，以诗词互相赠答。佳耦，耦通
"偶"，好的配偶。《左传·桓公二年》："嘉耦曰妃，怨耦曰仇。"此指莎菲
与任鸿隽结为夫妇。庐阜圣湖，即江西庐山与杭州西湖。相传汉代有金牛
在西湖中出现，是明圣祥瑞的象征，所以称西湖为明圣湖或圣湖。诗句意
谓，更喜的是因为酬唱而喜得佳偶，得以多次与佳偶共探庐山与西湖，实
即夫妻二人经常游山玩水。

此诗题赠莎菲夫人，情真意切，属对工稳。尤其是中间二联，既肯定
了友人为兼通中西文化的现代学人，又称赞友人具有古代才女班昭、谢道
韫的写作才华。切人切事，堪称佳作。

挽钱玄同

理想高谈不讳狂，久于大学耀锋芒。
古音善演余杭绪，疑事重增东壁光。
开示青年新道路，揄扬白话大文章。

可曾手订遗书目，堪与二刘旗鼓当。

赏析：

此诗写于 1939 年 3 月，录自《蔡元培全集》第八卷。钱玄同 (1887—1939)，浙江吴兴人。曾任北京大学、北京师范大学教授，积极投入"五四"新文化运动，一生致力于语言文字的研究。1939 年 1 月 17 日因病逝世，蔡元培撰送挽联致哀。

首联言逝者的为人及品格个性。不讳狂，钱玄同极力主张改革文字，实行拼音文字，进而主张废除汉字。自称"疑古玄同"，认为可以不用姓，并称道日本人武宫外骨废姓氏而自称"半狂堂外骨"的行为。久于大学，指逝者多年任教北京大学和北京师范大学。诗句意谓，逝者高谈理想并不忌讳狂放的言行，久于大学任教闪耀着学者的光芒，亦即很受学界尊重。

颔联言逝者治学渊源。余杭绪，指余杭章太炎的余绪。钱玄同在日本东京《民报》社时，师从章太炎研究国学，后在古代音韵学方面建树颇丰。东壁，即清代学者崔述，号东壁，一生治经攻史，考辩先秦古事。他认为战国遗下的书都不可尽信，著《考信录》，对于近代史学界的疑古书、古事之风颇有影响。诗句意谓，在古音研究上善于演绎余杭章太炎的余绪，在怀疑古书古事方面重增清代学者崔东壁的光辉。

颈联言逝者对"五四"新文化运动的贡献。揄扬，褒扬、提倡。当时经钱玄同倡议，从 1918 年起，《新青年》所刊的文字，全改用白话文并加新式标点。诗句意谓，开示青年新的道路，提倡白话是大文章。

尾联言逝者与二刘旗鼓相当。作者原注："君曾为刘申叔、刘半农结集遗书，深望君之著作已有自定本。"诗句意谓，逝者曾手订遗书的篇目，其学术成就与刘师培（申叔）、刘半农旗鼓相当。

这首挽诗高度评价逝者一生从教、治学的突出贡献，用语要言不烦，至为精当。

贺马相伯百龄大庆

百年自昔夸人瑞，学邃神完更足珍。
伏胜授书能启后，武公善谑助亲仁。
犹因爱国抒弘论，不为悲天扰性真。

愿藉台莱歌乐只，八千常与历秋春。

赏析：

此诗写于 1939 年 3 月，录自《蔡元培全集》第八卷。马相伯（1840—1939），江苏丹徒人。近代著名教育家。早年在上海创办震旦学校、复旦公学，后一度任北京大学校长。1931 年"九一八事变"后，呼吁团结抗日，被誉为爱国老人。抗战全面爆发后，任国民政府委员。1939 年 4 月 8 日，是马相伯百岁诞辰，蔡元培撰送祝寿诗致贺。

首联直入本题夸赞人瑞。人瑞，人间祥瑞，亦指年纪特别高的老人。俗称享百年之寿的人为人瑞，而学问深邃、精神完美更足以让人珍重。

颔联以古人喻寿翁。伏胜，即伏生，济南人。西汉今文《尚书》的最早传播者，曾任秦博士。汉文帝时，伏生已年过九十，还向晁错口授《尚书》。西汉的《尚书》学者都出自他的门下。今本今文《尚书》28 篇，即由他传授而存。武公善谑，武公指梁武帝。《南史·任昉传》："武帝克京邑，霸府初开，以昉为骠骑记室参军。始高祖与昉遇竟陵王西邸，从容谓昉曰：'我登三府，当以卿为记室。'……至是故引昉，符昔言焉。昉奉笺云：'昔承清宴，属有绪言，提挈之旨，形乎善谑。'"这里将马相伯比作梁武帝和任昉，请他提携后进。亲仁，爱仁，亲近仁义。《左传·隐公六年》："亲仁善邻，国之宝也。"诗句意谓，像伏生那样授书能启示后学，又如武公戏谑，提携后进，有助于爱仁，即助人为乐。

颈联言寿翁关心时政。弘论，犹宏论，见识广博的言论。悲天，哀叹时世的艰辛。天，天命，指时世。诗句意谓，犹因爱国而抒发见识广博的言论，不因悲叹时世而干扰自己个性的率真。

尾联愿老人健康长寿。台莱，皆草名。《诗经·小雅·南山有台》："南山有台，北山有莱，乐只君子，邦家之基。乐只君子，万寿无期。"是对有德有寿之人的赞颂。八千，喻长寿。典出《庄子·逍遥游》："上古有大椿者，以八千岁为春，以八千岁为秋。"后来把"椿龄"作为祝寿之词。诗句意谓，愿借台莱赞颂有德之人，并祝老人长寿有如大椿那样历八千春秋。

此诗为百岁老人贺寿，写得典雅庄重。或以祝寿词语直接表达敬意，或借助典故赞颂老人品德学业，无不充分反映出作者诚挚的情感。只是某些典故词语较为生僻，如"伏胜授书""武公善谑""台莱歌乐只"，因其深情含蓄，需要仔细体味。

题沧萍《己卯诗》

秋晚犹苦热，得读沧萍兄《己卯诗》为之一快，率题卷端

渊源远溯金华伯，风格近倚蒹葭楼。

自有清凉沁肝肺，不愁残暑袭深秋。

赏析：

此诗写于 1939 年 10 月，录自《蔡元培全集》第八卷。诗题亦作《李沧萍题所著〈己卯诗〉》。己卯，农历己卯即公历 1939 年。此系作者题友人李沧萍 1939 年所写的诗。

"渊源"二句，作者原注："陈后山称鲁直为金华伯，沧萍诗中用之。蒹葭楼为黄晦闻别号，沧萍当从晦闻学诗也。"渊源，本指水源，也泛指事物的根源。金华伯，指北宋诗人黄庭坚，字鲁直，号山谷道人。蒹葭楼，近代诗人黄节，原名晦闻，有书室名为"蒹葭楼"，自号蒹葭楼主，以诗文宣扬反清革命。诗句意谓，李沧萍己卯年间写诗的渊源远可追溯到宋代诗人黄庭坚，论其风格近则依傍蒹葭楼主黄晦闻。

"自有"二句，沁，渗入，如沁人心脾。形容吸入芳香或凉爽之气。诗句意谓，自有一股清新凉爽之气渗入人的肝肺，不用忧愁残存的暑气袭入深秋。

此诗深入浅出，清新明快。既点出友人《己卯诗》的风格渊源，又赞赏友人诗作沁人肝肺。言简意明，耐人回味。

寿蔡哲夫六十

吾家学艺溯中郎，现代得公宗又兀。

武达文通非执昔，吉金乐石恣收藏。

黄花犹忆谢英伯，绛帐曾亲马季良。

愿与本师同上寿，肖然南社鲁灵光。

赏析：

此诗写于 1939 年 10 月，录自《蔡元培全集》第八卷。蔡哲夫

（1879—1941），广东顺德人。南社社友，金石研究与古文字学家。晚岁自号荼丘居士。著有《寒琼碑目》《寒琼金石跋续》《说文古籀补》。1939 年 10 月 20 日，蔡哲夫六十岁生日，蔡元培写诗致贺。

首联先言蔡氏家学渊博。中郎，即汉代文学家、书法家蔡邕，曾任左中郎将，人称蔡中郎，有《蔡中郎集》传世。宗，同宗，宗门。亢，高亢，高傲。诗句意谓，我们的家族学艺可以追溯到汉代的蔡中郎，现代因为有蔡哲夫又使宗门引以为傲。

颔联言寿翁爱好金石与收藏。武通文达，意同文武全才。吉金乐石，即研究金石之学。诗句意谓，并非执着于往昔文武兼备的要求，而是意在研究金石之学与恣意的收藏。

颈联言寿翁的友人与师长。作者原注："公在广州时，常访谢英伯先生于黄花岗博物馆。""公曾受业于马相伯先生。"谢英伯（1882—1939），早年加入同盟会，参加辛亥革命与反袁斗争。马季常，即著名教育家、爱国老人马相伯。绛帐，后汉马融常坐高堂，施绛纱帐，前授生徒，后列女乐。后来用绛帐作为师长或讲座的代称。诗句意谓，犹忆黄花岗纪念馆的谢英伯，曾亲师长马季常。

尾联祝愿友人健康长寿。本师，指传授自己学业的人。上寿，高龄。《庄子·盗跖》："人上寿百岁。"南社，辛亥革命时期的进步文学团体。鲁灵光，宫殿名，典出汉王延寿《鲁灵光殿赋序》，后称硕果仅存的人或事物为"鲁灵光"。诗句意谓，愿你与本师马季常同样高寿，成为南社屹立于世的硕果仅存的人。

这首祝寿诗写得亲和得体，将受者视为自家兄弟一样。"吾家""本师""宗又亢""马季常"，用语亲切自然。二人同宗同门，亲如一家。诗中还有不少古典与近事，也都切合二者的身份。

国际反侵略运动大会中国分会会歌

　　公理昭彰，战胜强权在今日。概不问，领土大小，军容赢绌。文化同肩维护任，武装合组抵抗术。把野心军阀尽排除，齐努力。

　　我中华，泱泱国。爱和平，御强敌。两年来博得同情洋溢。独立宁辞经百战，众擎无愧参全责。与友邦共奏凯旋歌，显成绩。

赏析：

此词写于 1939 年 12 月，录自《蔡元培全集》第八卷。1938 年 1 月，国际反侵略运动大会中国分会在汉口成立，已迁居香港养病的蔡元培与宋庆龄等十九人被推荐为出席当年 2 月在伦敦举行的国际反侵略运动大会代表，蔡元培因病未能参加。次年 7 月，该会又将蔡元培推荐为第二届名誉主席。11 月，该会请蔡元培为中国分会写会歌。蔡元培填《满江红》词一首，不久谱成歌曲，并发表在同年《东方画刊》第 2 卷 12 期。

词的上阕号召世界各国人民共同展开反帝反封建的斗争。昭彰，犹彰明昭著，非常明显的意思。羸诎（léi qū），羸弱短缩。词句意谓，公理十分明显，战胜强权在今日。一概不问领土大小与军容如何。共同肩负维护民族文化的责任，联合组成武装抵抗之术。大家共同努力，把充满野心的军阀排除干净。

词的下阕表明了我中华民族支持国际反侵略运动大会的态度。泱泱，形容宏大的样子，如泱泱大国。众擎，众人用力托住，如众擎易举。宁辞，岂能推辞。词句意谓，我中华泱泱大国，一向热爱和平，抵抗强敌。抗战两年以来博得了各国人民的同情。为了追求独立岂能推辞？历经百战，众人举起战旗无愧于参与而负起全责。与友邦共奏胜利凯歌，显示好的成绩。

此词有两个明显的特点：一是作者首次用词的形式，调寄《满江红》，写成了国际反侵略运动大会中国分会会歌，因而在蔡元培旧诗写作中有着醒目的地位。二是作者应急且抱病写作，未能精心推敲文字词句，难于尽显大家风范，但在当时对鼓舞抗日军民反侵略战争的斗志仍起到了极大的作用。

题《〈长恨歌〉诗意图》

《长恨歌》成千百年，《长生殿》曲也流传。
更将画史随诗史，三绝应看萃一编。

赏析：

此诗写于 1939 年 12 月，录自《蔡元培全集》第八卷。原有跋语："少游先生见示《〈长恨歌〉诗意图》，工细清丽，得未曾有，题一绝奉

正。"作者欣然为鲍少游所作《〈长恨歌〉诗意图》题诗一首，曾发表于
1940年3月24日香港《国华日报》。

"《长恨歌》"二句，《长恨歌》，为唐代诗人白居易所作长篇叙事诗，
内容为描写唐明皇与杨贵妃的爱情故事。作品语言优美，想象丰富，实为
传世名篇。《长生殿》，清代洪昇作传奇戏曲剧本《长生殿》，亦写唐明皇
与杨贵妃的爱情故事。诗句意谓，《长恨歌》在千百年来脍炙人口，《长
生殿》传奇戏曲也流传至今。

"更将"二句，三绝，指白居易《长恨歌》、洪昇《长生殿》、鲍少
游《〈长恨歌〉诗意图》，堪称"三绝"。诗句意谓，更将画史随着诗史，
三绝应看荟萃一编。

这首题画诗没有局限在《〈长恨歌〉诗意图》本身，而是从文学历史
的角度，将同一题材的诗歌、戏曲、绘画三位一体加以表述，从而做到
"三绝于今萃一编"，让人耳目一新。

为任鸿隽书扇面

忆昔梁州夜枕戈，东归如此壮心何。
蹉跎已失邯郸步，悲壮空传《敕勒歌》。
今日扁舟钓烟水，当时重铠渡冰河。
自怜一觉寒窗梦，尚想浯溪石可磨。

赏析：

此诗写于1940年，录自《蔡元培全集》第八卷。任鸿隽（1886—
1961），字叔永，四川垫江县人。早年留学日本，加入同盟会。曾任南京
临时政府总统府秘书、四川大学校长、中央研究院总干事、国民参政会参
政员。蔡元培与其在中国科学社、中央研究院共事多年，关系密切。1940
年春，为任鸿隽画扇面并题诗其上，发表于同年4月出版的《少年画报》
第30期。

首联言国土沦丧壮心何存。梁州，古州名，辖境相当于今川东、陕
南、黔北一带。南宋诗人陆游《诉衷情》有句云："当年万里觅封侯，匹
马戍梁州。关河梦断何处，尘暗旧貂裘。"寄寓冀望收复中原失地而不得
的心情。东归，此指友人从日本留学归来。诗句意谓，忆昔梁州夜以枕

戈，留学归来壮心如何？二人有着当年陆游欲收复失地而不得的同样心情。

领联言自身悲壮心境。蹉跎，蹉跎岁月，虚度光阴。邯郸步，即邯郸学步，典出《庄子·秋水》，谓燕国寿陵少年，来到赵国国都邯郸学走路，结果不仅没能学到邯郸的步法，连原来在燕国的步法也失去了。比喻仿效别人不成，反而失去原有的本事。《敕勒歌》，北朝民歌。歌词云："敕勒川，阴山下，天似穹庐，笼盖四野。天苍苍，野茫茫，风吹草低见牛羊。"史载北齐高欢被北朝军队打败，曾唱此歌以鼓励士气。诗句意谓，而今岁月蹉跎已经失去邯郸的步法，高唱《敕勒歌》亦只是悲壮空传而已。

颈联言自己的闲居生活。烟水，烟霭迷茫的水面。重铠，沉重的铠甲。诗句意谓，今日乘一叶扁舟垂钓于烟霭迷茫的水上，当年穿着沉重的铠甲渡过结冰的河流。这是作者闲时回忆当年的战斗生活。

尾联言仍想做点研究工作。寒窗，形容闭门读书的艰苦，如十年寒窗。浯（wú）溪，风景胜地，源出湖南祁阳县西南松山，流入湘江。唐代诗人元结爱其水清石峻，结庐溪畔，时有题咏。历代游客亦留下不少碑刻，是全国有名的碑林之一。诗句意谓，自怜一觉寒窗之梦已醒，还想浯溪结庐以石磨砺自己，亦即归隐田园一心做点学问。

此诗题于为友人所画的扇面之上，实为个人悲壮沉郁的感情抒发。诗中用典较多，"梁州夜枕戈""已失邯郸步""空传敕勒歌""浯溪石可磨"，言少意多，蕴藉含蓄。需要认真吟咏体会，方解作者夫子自道且与友人共勉的本义。

题《八·一三纪事诗》第二册

世号诗史杜工部，亘古男儿陆渭南。
不作楚囚相对态，时闻谔谔展雄谈。

赏析：

此诗写于 1940 年 1 月，录自《蔡元培全集》第八卷。1940 年 3 月 24 日于香港《大公报》发表。诗有题注："得仲仁先生《八·一三纪事诗》第二册，敬题一绝奉正。"仲仁先生，即张一麐（1868—1943），江苏吴县人。辛亥革命后曾任袁世凯总统府秘书长、徐世昌内阁教育总长。抗战时期积极宣传抗日，被选为国民参政员，发起组织"老子军"，编选《八·一三纪事诗》。此书描述的是 1937 年 8 月 13 日，我十九路军在上海人民的支持下奋起抵抗日军进攻，史称"淞沪抗战"。

"世号"二句，杜工部，即唐代诗人杜甫，曾官为检校工部员外郎，世称杜工部。亘（gèn）古，犹言终古，从古代到现在。陆渭南，即南宋诗人陆游，曾受封渭南县伯，有《陆渭南文集》传世。诗句意谓，杜甫的诗作世号诗史，陆游堪称亘古男儿。

"不作"二句，楚囚，本指被俘的楚国人，典出《左传·成公九年》，后指束手被俘之人。《世说新语·新序对泣》："周侯中坐而叹曰：'风景不殊，正自有山河之异。'皆相视流泪。惟王丞相愀然变色曰：'当共戮力王室，克服神州，何至作楚囚相对！'"谔谔（è），直言貌。《史记·商君传》："千羊之皮，不如一狐之腋；千人之诺诺，不如一士之谔谔。"诗句意谓，不作楚囚相对的可怜窘态，对时事新闻直言无忌展现雄壮的言谈。

此诗写于作者逝世之前不久，依然慷慨悲壮，让人为之振奋。前两句言《八·一三纪事诗》中记载的抗战中"亘古男儿"的事迹，具有"世号诗史"的价值。后两句因书及人，言编者投身抗日，不作《楚囚相对》《时闻谔谔展雄谈》。值得注意的是，此书编者与题诗作者均系爱国老人，实为抗战诗坛的佳话。

章太炎

章太炎生平与旧体诗创作

章太炎（1869—1936），名炳麟，字枚叔，别号太炎，浙江余杭人。近代民主革命家、著名学者。出身书香世家，从小接受系统的文字、音韵、训诂教育，打下了坚实的"小学"基础。21 岁进入杭州诂经精舍，在名师俞樾的指导下，学习、研究经史达七年之久。积极参与维新运动，戊戌政变失败后，避居台湾、日本，后返上海。1903 年因在《苏报》公开发表反清言论，与邹容先后入狱。狱中与蔡元培、陶成章联系组织了光复会。1906 年出狱后去日本，主编同盟会创办的《民报》。辛亥革命后回国，任南京临时政府总统府枢密顾问。1917 年入护法军政府，任秘书长。1924 年脱离孙中山改组的国民党。晚年寓居苏州，创办章氏国学讲习所，潜心著述，被誉为朴学大师。一生著述宏富，有《章氏丛书》《章太炎全集》传世。

章太炎一生究竟写了多少旧体诗，至今尚无准确的统计。根据近版《章太炎全集》中《太炎文录初编》与《太炎文录续编》所载，共旧体诗 70 题 90 首。但全集收录的并不完全，另据《章太炎年谱长篇》又得集外佚诗 20 余首。此外，《章太炎诗文选》《章太炎诗文选注》，虽收录的诗作不多，却也有所增补。这样总数应当在 120 首以上。上海图书馆所藏《章太炎诗稿》，因未公开面世，不知是否会超过这个数字？

章太炎一生诗作不多，但因其旧学功底深厚，于诗上造诣卓越，故能自成一家。鲁迅在《章太炎先生二三事》一文中指出："他是有学问的革命家"，"战斗的文章，乃是先生一生中最大、最久的业绩。"毛泽东当年亦曾指出："章太炎青年时代写的东西，是比较生动活泼的，充满民主革命精神，以反满为目的。"（中央文献出版社《毛泽东著作专题摘编》）请看章太炎 1903 年在狱中写的诗《狱中赠邹容》：

邹容吾小弟，被发下瀛洲。

快剪刀除辫，干牛肉作馔。

英雄一入狱，天地亦悲秋。

临命须掺手，乾坤只两头。

这是作者写给狱中难友邹容的诗。邹容因撰写旨在推翻清朝专制统治的《革命军》一书，被囚于上海西牢。太炎诗中既记述了友人在日本留学时期的斗争生活，又表示而今入狱愿与友人一起赴死。此诗情真意挚，慷慨悲壮，表达了同赴危难，献身革命的心声。

当时还写了一首《狱中闻沈禹希见杀》：

不见沈生久，江湖知隐沦。

萧萧悲壮士，今在易京门。

魑魅羞争焰，文章总断魂。

中阴当待我，南北几新坟。

沈禹希因参加自立军起义及揭露李鸿章与帝俄签订中俄密约，被清政府逮捕并杀害于北京，章太炎狱中闻讯愤然写下此诗。诗句表明，壮士羞与魑魅争焰，文章总是让人断魂，即耻与清朝统治者共存。作者还向亡灵表明自我牺牲的决心。此诗悲壮苍凉，一片愤激之情溢于言表，感人泪下。

章太炎作为民主革命家，早年积极投入反清斗争，写下了不少充满斗争精神的诗文，为"驱除鞑虏，恢复中华"做出重大贡献。他的《驳康有为论革命书》《邹容〈革命军〉序》《杂感二首》《逐满歌》等诗，均曾产生过广泛的影响。只是辛亥革命之后，特别是走出袁世凯的囚禁之后，他自以为民主革命已经成功而从此隐退，成为宁静的学者。此后鲜见像早年那样的战斗诗文，留下的只是浪迹天涯的脚印和书斋里的吟咏。

值得让人注意的是，章太炎诗作除像上述那样直抒衷情、质朴易懂的诗为数甚少，更多的是文笔古奥难读难解的诗篇。作为一位"有学问的革命家"，他的诗作明显带有学者的特点，尤其突出表现在两个方面：一是典故和史实的大量引用；二是文字上刻意求古。这样的学者之诗势必给人留下文笔古奥、晦涩难解的印象。

章太炎长期研读古代典籍，对于历史上的人和事，经籍中的成语典故，可以信手拈来，植入自己诗中，这样既使其诗内涵深广又耐人寻味。然而引用过多或过于生僻，又会让人难于解读。今以狱中《绝命词》之三为例：

> 句东前辈张玄著，天盖遗民吕晦公。
> 兵解神仙儒发冢，我来地水风火空。

此诗作为狱中绝笔，本意在于效法先贤以死抗争，但诗中的人事典实，解读起来颇为不易。句东，即浙东，由越王勾践转义而成。浙东前辈指明末抗清英雄张煌言（字玄著）。天盖遗民，指明末抗清志士吕留良。天盖，即天盖楼，吕留良使用的室名。他于明亡后拒绝在清朝做官，故称天盖遗民。兵解，道家称学道之人死于兵刃为兵解，意思是借兵刃解脱躯体而成仙。这里指张煌言被俘遇害。发冢，指吕留良死后被清政府掘墓戮尸。地水风火空，古印度哲学认为这是构成物质世界的基本要素，人体也由这五种要素构成。诗句意谓，"兵解"也好，"发冢"也罢，岂能把我吓倒，我本来就由地水风火空组成，死后也不过化为这几种物质罢了。此诗本为一首悲歌慷慨的绝命词，但诗中的文史典实和生僻词语却颇为晦涩难解。这类诗作为数不少，正体现章太炎学者之诗的特点。

章太炎不少诗作语言古奥，好用古字，有时会在行文中不露痕迹地使用古籍中的生僻词语，因此会对一般读者造成阅读上的障碍。现以早年所写《〈孙逸仙〉题辞》为例：

> 索虏昌狂泯禹绩，有赤帝子断其嗌。
> 撄迹郑洪为民瞻，四百兆人视兹册。

《孙逸仙》反映的是孙中山早期的革命活动，作者在《题辞》中将孙中山比作推翻强秦，建立汉朝的刘邦，认为他的反清斗争是郑成功、洪秀全事业的继续，充分肯定了孙中山在我国民主革命中的领袖地位。诗中"索虏"指满族，南北朝时南朝称北方民族为索虏。昌狂即猖狂。禹绩意同"禹迹"。赤帝子用汉高祖斩蛇起义的事迹。撄通"掩"。撄迹，意思是继承。读者只有扫清诗中文言词语及典实的障碍，才能读懂本诗。

为了说明章太炎学者之诗的特点，本文限于篇幅只引用了几首写于早期的短诗，实际上某些长诗，尤其是后期的诗，如《艾如张》《春日书怀》《长夏纪事》等，更能说明问题。

章太炎在诗体形式方面"独为五言"，认为"四言自风雅以后，菁华已竭，唯五言尤可作为"（《自述学术次第》）。他的不少古体诗，取法于汉魏乐府，且深得五言古诗精髓，而写作五律和七言也游刃有余。只是不少诗作的内容常为古奥文辞所掩，造成阅读障碍而已。对于此类诗作，当时居然亦有人推崇备至。梁启超言其"直逼魏晋"；平复赞曰："昨复得古诗五章，陈义奥美，掩之使幽，扬之使悠。此诣非一辈时贤所及，即求之古人，晋宋以下，可多得耶？"

章太炎学者之诗的思想内涵与独特诗风，与其自身复杂的人生经历及艺术追求有关。笔者颇为欣赏近年学界有人提出了这样的观点：章太炎既是一位反清的革命家，又是一位卓越的经学家，还是一位思想迷茫的政治家。也正因为如此，他在清朝末年写了不少充满战斗精神的诗文，成为冲锋陷阵的反清斗士。辛亥革命后却并未与时俱进，而是选择退隐成为宁静的学者，且与以孙中山为首的民主革命阵营若即若离，时有龃龉。1924年竟因反对"联俄、联共、扶助农工"的三大政策自动脱离国民党。晚年寓居苏州著书讲学。他在编辑《章氏丛书》时，所收录的多为学术著作，而将早年发表在《苏报》《浙江潮》等报刊上的战斗诗文统统删除。这种"悔其少作"的错误做法，深为鲁迅、许寿裳等进步学人不满。鲁迅在着力搜集章太炎早期诗文的同时，指出"先生遂身衣学术的华衮，粹然成为儒宗"。我们综观章太炎一生，可见其虽非完人，却仍不失为一位"有学问的革命家"。因此对于其人其诗亦应具体分析并作出公正客观的评价。

艾如张

秦风号长杨，白日忽西匿。
南山不可居，啾啾鸣大特。
狂走上城隅，城隅无栖翼。
中原竟赤地，幽人求未得。

昔我行东冶，道至安溪穷。

酾酒思共和，共和在海东。

谁令诵《诗礼》，发冢成奇功？

今我行江汉，候骑盈山丘。

借问仗节谁？云是刘荆州。

绝甘厉朝贤，木瓜为尔酬。

至竟《盘盂》书，文采欢田侯。

去去不复顾，迷阳当我路。

《河图》日以远，枭鸱日以怒。

安得起槁骨，掺袪共驰步？

驰步不可东，驰步不可西，

驰步不可南，驰步不可北。

皇穹鉴黎庶，均平无九服。

顾我齐州产，宁能忘禹域？

击磬一微秩，志屈逃海滨。

商容冯马徒，逝将除受辛。

怀哉殷周世，大泽宁无人？

赏析：

此诗写于 1898 年夏，录自《章太炎全集·太炎文录初编》。艾如张，诗题颇为费解，现有两种解释：一是"艾"通作"刈"，意思是割除杂草；"张"是张网之意；"如"做"并且"解释；割除杂草并张网捕鸟，可是鸟已高飞，对它能有什么办法呢？另一解释是将"艾"作"悔恨"解释，"如"是"跟随、往"的意思，"张"则就是张之洞了。连起来说，悔不该到张之洞那里去。这两种说法均有一定道理，却又不完全确切。实际情况是，他曾一度投靠张之洞，帮助筹办《正学报》，不久即分道扬镳。环顾四周，又哪里去找志同道合的人呢？看来"艾如张"的意思是地上的草割了，捕鸟的网也张起来了，已临近寒冬季节，天地之间一片荒凉，这正是作者此时心境的写照。

"泰风"八句，泰风，西风。《尔雅·释天》："西风谓之泰风。"大特，古代传说中的神牛。城隅，城楼。幽人，幽居之人，隐士。诗句意谓，西风吹得白杨在呼号，太阳忽地隐入西方云层。南山不可居住，神牛也在啾啾哀鸣。急急走向城楼，城楼亦无法栖身。中原竟然赤地千里，欲求隐居民间的高人而不可得。

"昔我"六句，东冶，古地名，在今福建省福州市。安溪，县名，在福建省东南部。骊酒，离别之酒。骊即骊歌，离别之歌。发冢，掘墓。《庄子·外物》："儒以诗礼发冢，大儒胪传曰：'东方作矣，事之何若？'"诗句意谓，昔日我曾去东冶，一路走到了尽头的安溪。喝了告别的酒想到共和的事业，共和在海东已经实行。谁令诵读《诗经》和《礼记》，以此发掘传统文化从而成就了奇功？

"今我"八句，候，语前助词。同"伊""维"。《诗·小雅·六月》："候谁在矣。"仗节，执持符节。《汉书·苏武传》："仗汉节牧羊。卧起操持，节旄尽落。"厉，通"励"，劝勉。木瓜，《诗·卫风》：篇名，有"投我以木瓜，报之以琼琚"句，后用以比喻相互馈赠。盘盂，古代盛物之器，往往于盘上刻文，用以纪功或作警省之资。田侯，即汉武帝时被封为武安侯的田蚡，他曾以"盘盂"一书讨好汉武帝。这里影射张之洞所著《劝学篇》。诗句意谓，而今我又来到了江汉之滨，骑马的将士布满山岗，借问谁是他们的首领，说是像刘荆州一样的人。他将好处给朝贤作为激励，作为你投以木瓜的酬谢。他写的《劝学篇》一书可与《盘盂》相媲美，文采可比汉代的田蚡。

"去去"十句，迷阳，棘刺名，生于山野，践之伤足。《庄子·人间世》："迷阳迷阳，无伤吾行。"河图，《周易·系辞上》："河出图，洛出书，圣人则之。"郑玄以为帝王、圣者受命之瑞。枭鸱，通作"鸱枭"。鸱与枭皆恶鸟，喻奸邪恶人。槁骨，枯骨。掺袪，《诗·郑风·遵大路》："掺执子之袪兮。"掺，执持；袪，袖口。驰步，驱驰，奔走。诗句意谓，既然离去就不再回顾，虽然前方有荆棘挡我的道路。清明的世界离我日远，像鸱枭一样的恶人日以发怒。怎样能让先烈起死回生，与之执手共同奔走，迈步向东走不通，迈步向西走不通，迈步向南走不通，迈步向北也走不通。

"皇穹"十句，皇穹，高高的上天。九服，原指京畿以外的九等地区。齐州、禹域，均为中州或中国的别称。微秩，低层的官吏。商容，商代贵族，被纣王废黜，周武王在其闾里加以表彰。马徒，马前引导者。受辛，商代最后的暴君，名受，号帝辛，史称纣王。大泽，《左传·襄公二十一年》："深山大泽，实生龙蛇。"杜预注："非常之地多生非常之物。"诗句意谓，上天在俯视黎民百姓，天下的人原本就应该享受平等。我们这些中原百姓，岂能忘记祖国？我只是一个击磬的微吏，如今只好委屈地逃往海滨。世上需要商容这样的马前引导者，宁死也要推翻商纣一样的暴君。我们追怀古老的殷周时代，深山大泽里岂能没有杰出的人物。

这首五言古诗记述了作者于 19 世纪末年一度参与维新改良却深感不满的经历，对于了解作者思想发展的历程颇为重要。但从诗题到文字都古奥难解，需要认真阅读体味。

梁园客

粤海有文士，少入词苑，以纠弹节相罢官，当时颇著直声。既失志，有咄咄空书之感。去秋，遂因政变作符命数篇，诗以记之

闻道梁园客最豪，山中谷永太萧条。

鸱余乞食情无那，蝇矢陈庭气尚骄。

报国文章隆九鼎，小臣环玦系秋毫。

君看鹦鹉洲边月，一阕《渔洋》未许操。

赏析：

此诗写于 1899 年，录自《章太炎文选》。梁园客，即梁鼎芬，广东番禺人。清末光绪进士，历任翰林院编修、知府、按察使、布政使。中法战争时，因弹劾直隶总督、北洋大臣李鸿章，被降五级使用。曾参与维新运动，但变法失败后他为了自保，仿造证据著文为自己开脱，转而反对戊戌变法。章太炎写诗以纪其事，对梁作出了辛辣的讽刺。

首联言梁氏作为清室官员由盛而衰的经历。梁园，古代园名，为西汉梁孝王刘武所筑，供游赏待客之用。这里代指梁氏曾是张之洞的幕僚。谷永，汉成帝时人，因为同成帝母家兄弟结党而不被信任。这里指梁氏因弹劾李鸿章而被降级使用。诗句意谓，听说梁园有客最为豪迈，后来却成为山中谷永，未免过于萧条。

颔联极写梁氏一度萧条冷落的样子。鸱（chī）余，猫头鹰吃剩的东西。无那，无奈。蝇矢，蝇屎。诗句意谓，乞食于鸱鸟实属无奈，犹如蝇屎之文气尚且骄横，这里似指梁氏弹劾李鸿章获罪后一度消沉，后又因反戈一击，写作反对戊戌政变的文章而重获重用。

颈联言梁氏曾轰动一时却趋向于堕落。九鼎，本来是古代国家政权的传国之宝，还可以比喻分量之重。环玦（jué），玉环和玉玦，古代朝廷以赐玦表明对犯罪的臣子继续录用或不再录用的态度。后用"环玦"表示取舍。诗句意谓，报国文章可以高于九鼎，而小臣的命运却系于毫毛。这里指梁氏因文成名，又因文获罪，自甘堕落。

尾联以汉代祢衡作对比讽刺梁氏失节。鹦鹉洲，在湖北汉阳西南的江中。后汉末黄祖为江夏太守，他的长子黄射举行宴客大会，有人献上一只鹦鹉，祢衡作《鹦鹉赋》，故名鹦鹉洲。渔洋，即《渔阳掺挝》，鼓曲名。祢衡曾在曹操面前击此鼓曲，并当众羞辱曹操。诗句意谓，请你看看鹦鹉洲边的明月，知不知道当年祢衡曾以一曲《渔阳》来羞辱曹操。

此诗讽刺清末官僚梁鼎芬，内容尚好。诗中既用典较多，文字亦颇为古奥。从诗题到正文均属雅谑，阅读与理解有一定的难度。

西归留别中东诸君子

黄垆此抟抟，神州眇一粟。

微命复何有？丧元亮同乐。

蚼蟓思转丸，茅鸱惟啖肉。

新耶复旧耶？等此一丘貉。

轶荡天门开，封事苦仆邀。

朝上更生疏，夕劾子坚狱。

鲸鱼血固暖，凉液幻殊族。

球府集苍蝇，一滴缁楚璞。

潜翦岂齐性，缟玄竟谁觉？

吾衰久矣夫，白日暗穷朔。

仕宦为金吾，萧王志胡戚！

江海此分袂，涕流如雨霰。

何以赠君子，舌噤不敢告。

弓月保东海，蚡冒起南岳。

赏析：

此诗写于 1899 年，录自《章太炎诗文选》。西归，中国位于日本以西，故称西归。戊戌政变失败后，章太炎被迫前往台湾避难，之后又转赴日本。在日期间，他同原维新党人士多有交往，对他们中的一些人只热衷于追逐名利而无长远目标以致成为"保皇党人"深感不满，因此决定离开日本秘密回国。临行前写了这首诗以留别中东（即中国东部的日本）诸位君子，表明在政治上和改良派划清了界限。

"黄垆"四句，黄垆，黄色的大地，指地球。抟抟（tuán），旋转。眇（miǎo），细看。丧元，丢掉脑袋。谅，通"谅"，料想。诗句意谓，地球在宇宙中转动，细看中国如一粒粟。一个人的生命又算得了什么，丢掉脑袋也应当同样快乐。

"蛣蜣"四句，蛣蜣（jié qiāng），即蜣螂，俗名屎壳郎。《尔雅·释虫》："蛣蜣，蜣螂。"郭璞注："黑甲虫，啖粪土。"郝懿行义疏："羌螂体圆而纯黑，以土裹粪，弄转成丸。"茅鸱，猫头鹰。新党，维新派。旧党，顽固派。诗句意谓，蜣螂一心想把粪土滚成丸，猫头鹰则想吃鼠肉。新党怎样，旧党又怎样，都是一丘之貉（一路货色）。

"轶荡"四句，轶荡，迟缓。天门，宫门。封事，密封的奏章。仆遬（sù），原意小木，这里指派不上用场。更生，汉刘向的本名，他任谏议大夫时多次上疏弹劾宦官外戚专权。子坚，即东汉李固，字子坚，任议郎。因上疏直陈外戚宦官专权之弊，遭梁冀诬陷被杀。诗句意谓，宫门缓缓打开，奏章太多却没什么用场。朝有刘向上疏弹劾宦官外戚，晚有奏章为子坚鸣冤叫屈。

"鲸鱼"四句，鲸鱼，水栖哺乳动物，形似鱼。血固暖，鲸鱼的血液恒温。凉液，冷水，指海水。球府，球亦作"璆"，美玉。这里指珍藏美玉之所。"缁"（zī），黑色，这里指被玷污。楚璞，春秋时楚国卞和所献的玉璞，这里代指珍贵的宝玉。诗句意谓，鲸鱼的血液本来是暖的，放进凉水中也会幻化成异族。苍蝇集中在玉库，一滴蝇屎即可玷污了玉璞。

"潜翦"四句，潜翦，鱼类和鸟类。潜，深游水底，指鱼。翦，展翅高飞，指鸟。缟玄，白色和黑色。晻（yì），阴暗。穷朔，荒远的地方，指清朝的发源地。诗句意谓，水底游鱼和天上飞鸟的习性难道会一样？可是现在白与黑谁能分得清？我们的国家被清朝统治着，已经衰败很久了，被满人弄的天光全无。

"仕宦"四句，仕宦，旧称，指做官。金吾，官名，古代负责保卫京城的官员。萧王，即汉光武帝刘秀，曾被封为萧王，他年轻时无大志，十分向往执金吾一职。蹙（cù），缩小，狭小。分袂（mèi），分手，离别。雨雹，雨点和冰雹，这里指泪水。诗句意谓，做官只想做到执金吾，萧王的志向何其狭小。我们在江海之滨分手，泪流如雨如雹。

"何以"四句，舌噤，闭口不言。弓月，秦始皇之子扶苏的后人，世代居辽西，晋时被逼迁往日本。这里是作者自况。蚡冒，春秋时楚国第一任国君。诗句意谓，用什么赠别诸位君子，我闭口不敢出声。今日如古人弓月为自保来东海，他日将学蚡冒雄起于南方，即聚众起义。

此系作者离开日本时告别维新派人士的诗作。诗中既抨击清政府黑白不分的社会现实，又对某些维新派人士胸无大志、追名逐利表示不满，诗的结尾处还表明了作者意欲选择新的革命道路。只是诗中不少用语艰深古奥，如黄垆、仆遫、更生疏、子坚狱、弓月、蚡冒等，均系生僻的词语典故，让人难读难解。

咏南海康氏

北上金台望国氛，对山救我带犹存。
夺门伟绩他年就，专制依然属爱新。

赏析：

此诗写于1900年，录自《复报》第四期（1906年6月出版，署名西狩）。康氏，即康有为，广东省南海县人。他作为保皇派的代表人物连续发表文章，竭力反对革命，鼓吹保皇，要求光绪皇帝重新当政。章太炎写诗予以讽刺。

前两句点明康有为与光绪皇帝的关系。金台，战国时期燕昭王设"黄金台"以招纳天下贤士。对山救我，明朝有个康海，号对山。李梦阳入狱，写信向他求救"对山救我。"康海设法救出了李梦阳。带，指衣带诏，即皇帝用衣带写的诏书。相传光绪皇帝有衣带密诏给康有为，希望得到他的帮助从慈禧太后手中夺取政权。诗句意谓，康有为当年北上金台观望国家的政治氛围，以求得到皇帝的重用，光绪皇帝向他求救而秘密授予的"衣带诏"至今犹存。

后两句的意思是康氏即使实现"夺门伟绩",即帮助光绪皇帝从慈禧太后手中夺取了政权,又有什么用呢?专制统治的权力还不是属于爱新觉罗。夺门伟绩,即"夺门之变"。明英宗为了恢复皇位,串通一些人发动政变,夺取宫门复位,废其弟景帝,史称"夺门之变"。这里的"伟绩"是反话。爱新,清朝皇帝姓爱新觉罗,即仍由清室专制统治。

这是一首七言古体诗,也是一首政治讽刺诗。既点明了康有为与光绪皇帝的关系,又揭示了资产阶级保皇派的实质。只是诗中用典较多,需要深入领会。

杂感(二首)

一

万岁山边老树秋,瀛台今复见尧囚。

群公辛苦怀忠愤,尚忆"扬州十日"不?

二

谁教两犬竞呀呀,貂尾方山总一家。

恨少舞阳屠狗侣,扫除群吠在潼华。

赏析:

这两首诗作于1900年,录自《章太炎诗文选》,曾发表于1906年《复报》第四期。作者对戊戌政变至八国联军进占北京这两年的事变作出自己的评价,并在诗中表现出坚定的反清立场。

第一首把保皇党人吹捧成"圣主"的光绪皇帝,比作明末的"亡国之君"崇祯皇帝,对于康、梁依靠帝国主义的干涉,重新扶起光绪皇帝这具政治僵尸进行了辛辣的讽刺。

"万岁"二句,万岁山,即景山,山的东麓有棵古树,崇祯吊死在树下。秋(chóu),哀愁。瀛台,在今北京中南海,戊戌政变后光绪皇帝被幽禁在这里。尧囚,传说尧年老时为舜所囚,这里借指光绪。诗句意谓,万岁山边老树哀愁,瀛台今日又见新囚。

"群公"二句,群公,指康有为、梁启超等保皇党人逃亡海外,奔走呼号,希望列强救援被囚的光绪皇帝,并向华侨募捐,准备起兵"勤王"。扬州十日，1645 年清军南下，明将史可法率领民众坚守扬州，城破后清军在扬州大肆屠杀十日，史称"扬州十日"。诗句意谓，群公因光绪被囚而怀有忠愤，可否记得他的祖先"扬州十日"屠杀民众的罪行？

第二首深刻揭露满清贵族和汉族官僚是一路货色，进而发出彻底反清的愤怒呼声。

"谁教"二句，两犬，指慈禧太后和光绪皇帝。貂尾，貂的尾巴，古代显贵者的冠饰，这里指满族权贵。方山，即方山冠，汉代拜祭宗庙时乐舞者所戴的五彩帽子，这里指汉族官僚。诗句意谓，谁让慈禧、光绪两犬呀呀争权，满汉官僚贵族同属一家。

"恨少"二句，舞阳屠狗，指汉代樊哙，年轻时以屠狗为业，后随刘邦起义，以军功封舞阳侯。吠（fèi），狗吠。潼华，即潼关、华阴。1900 年八国联军攻进北京后，慈禧、光绪逃往西安。诗句意谓，恨我没有樊哙这样的伙伴，扫除群狗于逃往西安途中。

这两首诗对康有为、梁启超在戊戌政变中寄希望于光绪皇帝的行为予以彻底的否定，指出他与慈禧政权不过是"两犬竞呀呀"，必须借助武力"扫除群吠"，表现出作者坚定的反清立场。诗在 1906 年发表后，曾产生一定的社会影响。

《孙逸仙》题辞

索虏昌狂泯禹绩，有赤帝子断其嗌。
揄迹郑洪为民瞻，四百兆人视兹册。

赏析：

此诗写于 1903 年，录自《章太炎诗文选》。当时，章士钊（笔名黄中黄）译述日人白浪庵滔天（即宫崎寅藏）《三十三年落花梦》一书的部分内容，编成纪述孙中山早期革命活动的《孙逸仙》在国内出版。章士钊时任上海《苏报》主编，章太炎《驳康有为论革命书》曾由《苏报》发表，二人有所交往，遂应约为《孙逸仙》一书题辞。

"索虏"二句，索虏，南北朝时，南朝称北朝为索虏，北朝称南朝为岛夷，皆含蔑视之意。古代北方诸侯编发为辫，故称索，这里指北方满族。昌狂，昌通"猖"，即猖狂。禹绩，大禹治水的功绩。这里同"禹迹",意思是禹治洪水,足迹遍于九州,九州代指中华大地。赤帝子,原指汉高祖刘邦。传说刘邦曾斩杀一条大蛇,一老妇夜哭,说自己的儿子是白帝子,为赤帝子所杀。嗌（yì）,咽喉。诗句意谓,满族猖狂泯灭禹绩（入主中原）,今有赤帝子（以孙中山为代表的革命党人）定能斩断白帝子（清王朝）的咽喉。

"揜迹"二句,揜（yǎn）迹,揜通"掩",继承。《荀子·儒效》:"教诲开导成王,使谕于道而能揜迹于文武。"注:"揜,袭也。"郑洪,即明末抗清英雄郑成功与太平天国领袖洪秀全。兆,数词,百万为兆。诗句意谓,继承郑成功、洪秀全的反清事业为民众所敬仰,四亿人民争相观看这一册书。

这是一首采用文言写成的七言诗,阅读时需要扫清文字障碍。只有透过诸多文言词语与典故,方能领会其宣传的反清革命思想。作者把孙中山比作推翻强秦建立汉王朝的刘邦,认为他的反清事业是郑成功、洪秀全事业的继续,充分肯定了孙中山在我国民主革命中的领袖地位。章士钊、宫崎寅藏、章太炎均系名人,早就隆重推出了孙中山,在当时的反清革命斗争中起了重要作用。

狱中赠邹容

邹容吾小弟,被发下瀛洲
快剪刀除辫,干牛肉作馔
英雄一入狱,天地亦悲秋
临命须掺手,乾坤只两头

赏析:

此诗写于1903年7月,录自《浙江潮》第7期。邹容(1885—1905),字蔚丹,四川巴县人。1902年留学日本,宣传反清革命思想。1903年回国,在上海爱国学社撰成《革命军》一书,号召推翻清朝统治,建立"中华民国"。《革命军》由章太炎作序,革命党人集资出版,此书影响很大。不久邹容被捕入狱,后病死狱中。1903年章太炎因"苏报案"被捕入狱,邹容不忍章一人受累而自动投案,结果两人都被判刑。作者为勉励战友于狱中写成此诗。

首联言邹容留学日本。被（pī）发,被通"披",即披发、散发。瀛洲，本为传说中海上仙人居住的山名，此处用来指日本。诗句意谓，邹容是我小弟，年纪轻轻（只有十八岁尚未达到束发的年龄）就去日本留学。

颔联言邹容在日本生活的情景。除辫，剪掉辫子。清朝统治者强迫全国各族人民都留辫，改为满人装束，蓄发或剪辫都有被杀头的危险。邹容在东京不仅剪掉自己的辫子，还将留日学生监督姚文甫的辫子剪掉，并因此事被迫回国。糇（hóu），干粮。《诗·大雅·公刘》："乃裹糇粮。"诗句意谓，用锋利的剪刀除掉辫子，牛肉干充当口粮。

颈联言邹容被捕入狱。愀（chóu），通愁。诗句意谓，反清革命英雄一旦入狱，天地亦为之悲伤。

尾联表示愿与友人一起赴死。临命，临死，将死之际。掺（shǎn），执、持。《诗·郑风·遵大路》："掺执子之袪兮。"乾坤，《易》以乾指天，以坤指地。诗句意谓，临死时互相执手，天地之间呈现出两颗革命者的头颅。诗句充分表现了革命党人的英雄气概。

此诗用语文白相间，一气呵成，情深意挚，慷慨悲壮。既表现了作者与邹容的手足之情，也显示出革命者坚强不屈、视死如归的英雄气概。

狱中闻沈禹希见杀

不见沈生久，江湖知隐沦。
萧萧悲壮士，今在易京门。
魑魅羞争焰，文章总断魂。
中阴当待我，南北几新坟。

赏析：

此诗写于1903年8月，录自《浙江潮》第七期。沈禹希（1872—1903），名荩，字禹希，湖南善化（今长沙）人。戊戌政变失败后，曾与唐才常在上海建立正气会，后又参与自立军起义，任左军统领，事发后逃往上海，不久又潜入北京，继续进行反清活动。1903年因揭露李鸿章与帝俄签订卖国的"中俄密约"，被清政府杀害于北京。当时，章太炎在狱中听到沈禹希被害的消息，愤然写下此诗。

"不见"二句，写沈生潜入北京继续从事反清活动。隐沦，隐居、潜伏。意思是不见沈生已久，只听说他隐居于江湖之中。自立军起义失败后，沈禹希隐名潜行，直至被捕之前，同党人皆不知其去向。

"萧萧"二句，作者为壮士在易京遇害而悲伤。诗中用荆轲来比喻他。战国时期荆轲去刺秦王，燕太子丹送别于易水之上，歌曰："风萧萧兮易水寒，壮士一去兮不复还。"壮士原指荆轲，这里指沈禹希。易京，汉末公孙瓒据幽州坐镇易县，盛修营垒楼观，称为易京。这里代指北京，含有不承认清政府的意思。

"魑魅"二句，作者为壮士之死而感慨。魑魅（chī mèi），传说林中害人的怪物，这里指清朝统治者。裴启《语林》载：晋代嵇康有天晚上于灯下弹琴，忽然出现一个鬼怪也来灯下听琴。嵇康就把灯吹灭并说："耻与魑魅争光。"文章，指当时报刊上发表的悼念沈禹希的文章。诗句意谓，壮士羞与魑魅争艳，文章总是让人断魂。即耻与清朝统治者共存。

"中阴"二句，作者向亡灵表明自我牺牲的决心。中阴，佛教语，即鬼。按照佛教的说法，人死尚未转生之时，形躯虽离，五阴（色、受、想、行、识）尚具，故称中阴，俗称灵魂。诗句意谓，先生的阴灵要等待我，让南北增添几座新坟。这里明显含有沈禹希牺牲在北京，作者准备在南方上海为革命献身的意思。

此系在狱中悼念亡友之作，气韵沉雄，悲壮苍凉。一片悲愤之情溢于言表，读之感人泪下。

绝命词（三首）

一

击石何须博浪椎？（邹）群儿甘自作湘累。（章）
要离祠墓今何在？（章）愿借先生土一抔。（邹）

二

平生御寇御风志，（邹）近死之心不复阳。（章）
愿力能生千猛士，（邹）补牢未必恨亡羊。（章）

三

句东前辈张玄著，天盖遗民吕晦公。
兵解神仙儒发冢，我来地水火风空。

赏析：

这一组诗写于 1904 年 5 月，录自《章太炎与邹容》，团结出版社 2011 年出版。当时，章太炎、邹容分别被判三年和两年监禁，被罚做苦工。二人从租界看守所转入提篮桥监狱服刑，因不堪折磨曾一度绝食，并联手写下三首绝命词。

第一首采用联句形式，由二人共同完成。

"击石"二句，击石，指监狱强迫犯人从事砸碎石子的苦役。博浪椎，汉代张良曾派刺客在博浪沙用一百二十斤重铁椎伏击秦始皇。椎（chuí），捶击具，有铁椎、木椎。湘累，指屈原。无罪而被迫致死叫作累，屈原死于湘水，故称湘累。这里代指苦役。诗句意谓，砸石何须张良所遣力士用过的铁锤，大家没有办法只有不怕累死的干活。

"要离"二句，要离，春秋时吴国刺客，曾为吴王刺杀魏公子庆忌。庆忌被他刺死，他亦自杀。一抔（póu），即一捧土。典出《史记·张释之冯唐列传》，后称坟墓为"一抔土"。诗句意谓，要离的祠堂坟墓而今何在？愿借先生坟上一抔土，即追随古代义士。

第二首亦为二人联句。

"平生"二句，御寇，即列御寇，战国时郑国人，相传他能御风飞行。御风志，即凌云壮志。复阳，恢复生机。语出《庄子·齐物论》："近死之心莫使复阳也。"诗句意谓，虽有凌云之志，但近死之心很难恢复生机。

"愿力"二句，愿力，佛教用语，指誓愿的力量。补牢未必恨亡羊，化用成语"亡羊补牢"。诗句意谓，凭借愿力能产生上千的猛士，补牢（补好羊圈）之后不要因为亡羊（丢失了羊）而憾恨，意思是个人的牺牲还是有价值的。

第三首由章太炎一人"续成"。

"句东"二句，句（gōu）东，指浙东，由越王勾践转义而成。张玄著，即张煌言，字玄著，明末抗清英雄。吕晦公，即吕留良，字用晦，故称吕晦公。明亡后他拒绝在清朝做官，故称前朝遗民。天盖，即天盖楼，为吕留良使用的室名。诗句意谓，浙东前辈抗清英雄张煌言，天盖楼遗民抗清志士吕留良。作者愿效法先贤以死抗争。

"兵解"二句，兵解，道家称学道之人死于兵刃为兵解，即借兵刃解脱躯体而成仙。这里指张煌言反清失败后隐居南田小岛，不久被俘遇害。

发冢，指吕留良死后被清政府掘墓戮尸。地水风火空，古印度哲学认为这是构成物质世界的基本要素，人体也由这五种要素构成。人死后组成人体的物质，固体归于地，液体归于水，热量归于火，气体（血气）归于风，意识归于空。诗句意谓，"兵解"也好，"发冢"也罢，岂能把我吓倒，我本来就由地水风火空所组成，死后不过仍化为这几种物质罢了。

这三首绝命词，或二人联句，或一人写成，无不用典贴切，悲歌慷慨。尤其是第三首，表示愿效法先贤，视死如归，更具撼人心弦的艺术力量。

读《亡国惨记》

沾襟何所为？怅然怀古意。
秦俗犹未除，汉道将何冀？

赏析：

此诗写于 1905 年，录自《二十世纪诗词注评》，广西师范大学出版社 2005 年出版。《亡国惨记》为近代民主革命者田桐编写，内容涉及明代遗老逸事及清代各种禁书，1905 年出版。当时国内禁止发行，但风行于香港、南洋、日本等地。章太炎与田桐均为早期同盟会会员，并在日本办报从事反清革命宣传。章太炎读《亡国惨记》以后，写此诗志感。

前二句直入本题，说自己含泪阅读，怅然有怀。沾襟，沾湿了衣襟。怅（chàng），失意、懊恼。怀古，追念古昔。诗句意谓，眼泪浸湿了衣襟所为何事？我怅然若失而有怀古之意。

后二句进而点出怀古之意的内容。秦俗，秦人习俗，指秦始皇焚书坑儒。这里暗喻清末大兴文字狱，钳制民间舆论。汉道，指汉代的道统，包括学说体系。诗句意谓，秦代焚书坑儒的恶俗犹未除去，汉室道统还有什么希望。

这首小诗言简意赅，发人深省。秦俗未除，汉道何冀，战斗锋芒直指清王朝。

东夷诗（十首选一）

昔年十四五，迷不知东西。

曾闻太平人，仁者在九夷。

陇首余糇粮，道路无拾遗。

少壮更日忧，负绁来此畿。

车骑信精妍，艨艟与天齐。

穷兵事北狄，三载熸其师。

将率得通侯，材官珥山鸡。

帑藏竟涂地，算赋及孤儿。

天骄岂能久？愁苦来无沂。

偷盗遂转盛，妃匹如随麋。

家家怀美疢，骭间生疡微。

乃知信虚言，多与情实违。

赏析：

此诗写于 1908 年，录自《章太炎全集·太炎文录初编》。东夷诗，即旅日诗，为作者在东京主编《民报》期间所写。原诗共十首，今选其中一首。这首诗集中反映了作者对资本主义发展前景从热烈向往到怀疑失望的过程。

"昔年"四句，东西，原指方向，这里指社会状况。九夷，古时东夷有九种，这里指日本。诗句意谓，以往十四五岁的时候，茫然不知社会状况。听说太平时代的人，仁者都在东方边远之地。这里指明治维新之后的日本。

"陇首"四句，陇，通"垄"，田埂。糇粮，干粮。更，经历。负绁（xiè），遭受拘禁。畿（jī），原指京城管辖地区，此畿指日本东京。诗句意谓，哪里的田头有余粮，人们能够路不拾遗。我成年以后历经忧虑，因为在国内遭到拘禁所以来到日本东京。

"车骑"四句，车骑，原意车马，这里指日本的交通工具。艨艟（méng chōng），战船。穷兵，用尽全部兵力。北狄，古代中原对北方各族的泛称，这里指俄国。熸（jiān），火熄灭，比喻军队溃败。诗句意谓，车马确实精良，战船高与天齐。用尽全部兵力对付俄国，三年击溃对方的军队，指 1904—1905 年间的日俄战争。

"将率"四句，将率，将帅。通侯，古代爵位名。材官，勇武之卒。这里指日本武士和小官。珥（ěr），用羽毛做的装饰物。帑藏，国库。算赋，汉代的人丁税，这里代指赋税。诗句意谓，将帅都封官晋爵，武士和小官们则用山鸡毛作装饰以示庆贺。可是国库竟至涂地（即耗费得精光），甚至要向孤儿征收赋税。

"天骄"四句，天骄，天之骄子。《汉书·匈奴传》记载匈奴单于回答汉武帝的信说："南有大汉，北有强胡。胡者，天之骄子也。"后泛指强悍的少数民族及其首领。沂（yín），通"垠"，边际。妃（pèi）匹，妃通"配"，配偶。随麋（mí），指因贫穷而让女子草率出嫁，像麋鹿一样顺从。诗句意谓，作为天之骄子岂能长久？将来的愁苦更多。社会上偷盗逐渐盛行起来，嫁女如麋鹿一样随人而去。

"家家"四句，美疢（chèn），《左传·襄公二十三年》有"美疢不如恶石"之语，后用"美疢"表示姑息之意。骭（gàn），肋骨。疡（yáng），疮。微，脚胫溃疡。《诗·小雅·巧言》："既微且尰，尔勇伊何。"传："骭疡为微，腫足为尰。"诗句意谓，家家有姑息之意，恰如肋间生疮与小腿溃疡。今日方知传言有虚，多与实情相违。

此诗写出了对日本现实社会的观感，意在表明对维新理想的否定，可以从中了解作者从维新转向革命的思想历程。诗中不少用语较为生僻，如"妃匹如随麋""材官耗山鸡""骭间生疡微"等，颇不易理解。

逐满歌

> 莫打鼓，莫敲锣。听我唱这逐满歌。
> 如今皇帝非汉人，满洲清妖老猢狲。
> 辫子拖长尺八寸，猪尾摇来满地滚。
> 头戴红缨真狗帽，顶挂朝珠如鼠套。
> 它的老祖努尔哈，带领兵丁到我家。
> 龙虎将军曾归化，却被汉人骑胯下。
> 后来叛逆作皇帝，天命天聪放狗屁。
> 它的孙子叫福临，趁着狗运坐燕京。
> 改元顺治号世祖，摄政亲王他叔父。
> 叔嫂通奸娶太后。遍赐狗官尝喜酒。
> 可怜我等汉家人，却同羊猪进屠门。
> 扬州屠城有十日，嘉定广州都杀毕。

福建又遇康亲王，淫掠良家象宿娼。

驻防清妖更无赖，不用耕田和种菜。

菜来伸手饭张口。南粮甲米归他有。

汉人有时欺满人，斩绞流徙任意行。

满人若把汉人欺，三次杀人方论抵。

滑头最是康熙皇，一条鞭法定钱粮。

名为永远不加赋，平余火耗仍无数。

名为永远免丁徭，各项当差着力敲。

开科诓骗念书人，更要开捐驱富民。

人人多道做官好，礼仪廉耻忘记了。

地狱沉沉二百年，忽遇天王洪秀全；

满人逃往热河边，曾国藩来做汉奸。

洪家杀尽汉家亡，依旧猢狲作帝王；

我今苦口劝兄弟，要把死仇心里记。

当初清妖破南京，尔父被杀母被淫。

人人多说恨洋人，那晓满人仇更深。

兄弟你是汉家种，不杀仇人不算勇。

莫听康梁诳尔言，第一仇敌在眼前。

光绪皇帝名载湉。

赏析：

此诗写于清朝末年，原载清末《复报》，录自百度文库。逐满歌，即驱逐满人之歌。"满"为我国北方少数民族之一，1644年入主中原，定都北京，建立满清王朝。1841年鸦片战争以后，由于清政府腐败无能，与外国侵略者签订了一系列丧权辱国的条约。章太炎作为反清爱国志士，写了这首通俗易懂的《逐满歌》。

"莫打鼓"八句，总写满人入关与其装束。满洲，清代满族自称。满族原为女真人后裔，初称女真，1635年，清太宗皇太极废旧有族名，改称满洲。辛亥革命后，通称为满族。诗中所言：长长的辫子有一尺八寸，像猪尾巴那样摇来摇去满地滚，官员头戴红缨真皮狗帽，脖子上挂朝珠如老鼠套。这是对"清妖老猢狲"的漫画式的形容描述。

"他的老祖"六句，骂清太祖努尔哈赤。努尔哈，即爱新觉罗·努尔哈赤，世称后金（清）太祖，年号"天命"。太宗，爱新觉罗·皇太极，年号"天聪"。龙虎将军，清太祖努尔哈赤曾归化明朝，受封都督佥事、龙虎将军。后来背叛明朝做了皇帝，什么"天命""天聪"如放狗屁。

"他的孙子"六句，骂顺治皇帝福临。福临，即爱新觉罗·福临。他是努尔哈赤的孙子，趁着狗运在北京做了皇帝，改元顺治，号称世祖。摄政亲王是他的叔父。"叔嫂通奸娶太后"，讽刺揭露了清朝皇室种种乱伦丑事。

"可怜"六句，写汉人受到残酷迫害。屠门，屠宰场的门。扬州屠城，顺治二年清兵南下，明将史可法坚守扬州。城破后，清军大肆屠杀十日，史称"扬州十日"。嘉定，顺治二年清军下江南，在嘉定（今属上海市）进行三次屠杀，史称"嘉定三屠"。福建又来了清朝的康亲王，奸淫掳掠良家妇女如同嫖娼一样。上述种种罪行，令人发指。

"驻防"八句，揭露驻防清军的罪行。清妖，满清妖孽。南粮甲米，南方的粮食，甲等的大米。流徙，流放迁徙，将犯人流放至边远地区。他们还实行种族歧视，汉人如欺满人，斩首、绞刑、流放任意施行，满人如欺汉人，三次杀人方才说得上抵命。

"滑头"十句，揭露康熙皇帝的狡猾之处。一条鞭法，明代田赋制度，把赋与役合为一体，把各州县田赋、各项杂款、均徭、力差、银差、里甲等编合为一，总为一条，计亩给纳，称作一条鞭法。明代推行，清代延用。平余，清代地方政府上缴正项钱粮后另给户部的部分，一般来源于赋税的加派，也有另立名目加征的。火耗，明清政府借口弥补税银熔铸折耗加征的税额。丁徭，封建时代壮丁所服的劳役。诗句意谓，最滑头的还是康熙皇帝，他用"一条鞭法"来定钱粮，名为永远不加赋税，什么平余、火耗却仍然无数；名为永远免除壮丁所服的劳役，而各项当差却着力支使。开科考试诓骗读书人，又用开捐逼迫富民。人人都说做官好，可礼义廉耻全忘记了。

"地狱"四句，洪秀全，太平天国起义军领袖。曾国藩，清末湘军首领，镇压太平天国起义，并借"洋兵助剿"，甘心充当汉奸。诗句意谓，人间地狱死气沉沉已有两百年，忽然遇到洪秀全，太平天国起义军声势浩大，满人逃往热河，湘军首领曾国藩来充当汉奸。洪秀全起义军被杀尽，太平天国灭亡，依旧是清妖猢狲作帝王，我今苦口婆心地劝说兄弟们，要把这一死仇记在心里。

"当初"九句,意思是当初清朝妖孽攻破南京(太平天国定都南京)的时候,你的父亲被杀,母亲被奸淫。人人都说要恨洋人,哪晓得我们与满人的仇更深。兄弟你是我们汉家的种,不杀仇人不算英勇。莫听康有为、梁启超那些君主立宪保皇派诓骗你的言论。第一仇人正在眼前,他就是光绪皇帝载湉。

这是一首采用歌谣体形式写成的长诗,充分表明辛亥革命前夕革命党人反清排满的坚定立场。作者对于清朝的皇帝,从努尔哈赤到载湉,全部骂了一遍,包括孝庄皇后在内,无一幸免。此诗当时被印成传单,在新军与会党中广泛流传,因其通俗易懂,深入浅出,对推动反清武装起义起到了极大的作用。

癸丑长春筹边

剑骑临边塞,风尘起大荒。
回头望北极,轩翮欲南翔。
墨袄哀元后,黄金换议郎,
殷顽殊未尽,何以慰三殇?

赏析:

此诗写于 1913 年春,录自《章太炎手迹选释》。癸丑,农历癸丑即公历 1913 年。1913 年元旦,章太炎在长春正式就任东三省筹边使,建立筹边研究会,制定《东三省实业计划书》。后因宋教仁遇刺等诸多原因,于 6 月 18 日愤而辞职。此诗写于从长春赶回上海的途中,隐约反映了这段曲折的经历。

"剑骑"二句,边塞,边疆要塞,边疆设防之处。风尘,风起尘扬,行旅艰辛。大荒,泛指边远的地方。诗句意谓,仗剑骑马到达边疆要塞,荒漠的大地上风起尘扬。指作者曾赴东北边陲考察。

"回头"二句,北极,北极星的简称,亦称北辰。《论语·为政》:"为政以德,譬如北辰,居其所而众星拱之。"轩翮(hé),意同"轩翥",飞举。南翔,向南飞翔。诗句意谓,回头遥望北辰(对北京袁世凯政权仍寄予希望),又欲飞向南方(得知宋教仁遇刺后的矛盾心情)。

"墨袄"二句,墨袄(mèi),意同"墨绖",黑色丧服。元后,本指帝王的嫡妻，即皇后。这里指清末隆裕太后。1913 年隆裕太后去世时，不少革命党人认为她当政时签署清帝退位诏书有功，对她评价很高。议郎，汉代官名，选择贤良方正、淳朴有道之士担任，掌管顾问应对。诗句意谓，穿丧服以哀悼隆裕太后，用黄金换取议郎的身份。这里似为作者自嘲自解之词。

"殷顽"二句，殷顽，众多凶顽，指袁世凯手下的佞臣。殊，死。《史记·淮南衡安列传》："太子即自刭，不殊。"裴骃集解引晋灼曰："不殊，不死。"三殇，殇指死难者，如国殇。这里指众多死难者。诗句意谓，众多凶顽尚未清除干净，何以告慰天上的英烈们。

此诗表面上写长春筹边之事，实际涉及当时很多政治事件。需要结合作者自身经历与当时社会实际加以理解。对结尾句"殷顽殊未尽，何以慰三殇"更应注意蕴含其中的潜台词！

广宁谣

步出医巫间，文石正累累；
神丛亦时见，不知祀何谁。
唯昔熊飞百，楚材为之魁。
临关建牙旗，长驾安东维。
置堠亘千里，两军无交绥。
神京有左肘，故老知怀归。
谁令斗筲子，居中相残摧。
付卒不盈万，虚位隆旌麾。
一朝衄河西，泰山为尔颓。
彼昏岂不醉，轻战忘其危。
何意千载下，弃地如遗锥。

赏析：

此诗写于 1913 年，录自《章太炎全集·太炎文录初编》。广宁，行政区划名，明代称广宁卫，清初改为广宁府，治所在广宁县（今辽宁北镇）。作者时任东三省筹边使，途经广宁，有感而作此诗。

"步出"四句，医巫间，山名，亦称广宁山，在辽宁省中部，主峰望海山在辽宁北镇县西北。文石，有纹理的岩石。神丛，神祠，因建在丛树中，故得名。诗句意谓，步出广宁山，有纹理的岩石布满山冈。山中神祠亦时有所见，但不知祭祀何人。

"惟昔"四句，熊飞百，即明代将军熊廷弼，字飞百。他曾任辽东经略，训练军队，加强防务，有效地防卫了后金的入侵。魏忠贤当权后，因受排挤失去兵权。广宁兵败，他无辜受牵连，后被害。楚材，熊廷弼是湖广江夏人，故称其为楚材。牙旗，用象牙装饰的大旗，是将帅之旗。长驾，比喻长远的策略。东维，东边边疆。诗句意谓，想起昔日熊飞百，堪称楚地英才的魁首。在边关建起了帅旗，以长远的策略安定了东部边疆。

"置堠"四句，堠（hòu），烽火台。亘（gèn），绵延。交绥，交战。神京，帝都、京城。左肘，这里喻指辽东一带。诗句意谓，建造的烽火台绵延千里，使两军长期没有交战。京都东部有了屏障，当地父老知道有了安身之地。

"谁令"四句，斗筲（shāo）子，斗与筲均为较小的容器，以此比喻气量狭小的人。这里指反对熊廷弼的人。旌麾，帅旗。熊廷弼任辽东经略，本应执掌帅旗，但因与巡抚王化贞不合，兵权被王掌握。王化贞领兵十四万驻守广宁，而熊廷弼却只有五千军队，空有"经略"这一隆重的虚职。诗句意谓，谁让反对熊廷弼的小人，居中加以摧残，给他不满一万的军队，让他执掌经略帅旗却形同虚设。

"一朝"四句，衄（nù），挫折，失败。曹植《求自试表》："流闻东军失备，师徒小衄。"注："衄，挫折也。"河西，辽河以西。天启二年，清兵在广宁一带打败王化贞率领的明朝守军。泰山为尔颓，古人以泰山颓比喻受人敬仰的人去世，这里指熊廷弼遇害。彼，指王化贞。诗句意谓，一朝河西受挫，泰山为之倾颓。王化贞昏庸糊涂，轻易忘记了危险。

"何意"二句，意思是谁料千年以后，弃地仍然如同丢掉木锥！

此系采用歌谣形式写成的五言诗。作者途经广宁，追怀明朝戍边名将熊廷弼，既赞扬他治军的才能，又为他遭人陷害被杀而痛惜与愤慨。最后两句笔锋一转，指责清朝政府同明代昏庸无能的统治者一样，出现了轻易丧权失地的可耻行为。

婚礼上赋诗（二首）

一

吾生虽绨米，亦知天地宽。

振衣涉高岗，招君云之端。

二

龙蛇兴大陆，云雨致江河。

极目龟山峻，于今有斧柯。

赏析：

此诗写于 1913 年 6 月，录自《章太炎年谱》。1913 年 6 月 15 日，时年 46 岁的章太炎与汤国梨女士完婚。汤夫人有着很好的学识修养，曾经主编《神州女报》，并主持神州女校教务。章太炎这样一位历经劫难的革命志士能有一桩如此美满的婚姻，让人深感值得庆贺。当时在上海爱俪园举行的婚礼上，有孙中山、黄兴、陈其美、蔡元培等革命党领袖人物与各界知名人士二百余人到场。婚礼既毕，到一品香酒楼宴客时，大家要新郎做诗，章太炎即席赋诗二首。

第一首表达对于汤国梨女士的敬意。绨（tí）米，绨为质地粗厚、平滑而有光泽的丝织品名。米，古代贵族衣服上的绣纹。陟（zhì），登。《诗·周南·卷耳》："陟彼高冈，我马玄黄。"诗句意谓，我虽身着绣有花纹的绨袍，却也知道天地宽广。而今抖擞衣服登上高岗，向在云端上的你招手。对于他来说，新娘正像是天上的仙人，他心中是何等的爱慕和欣慰。

第二首表达对于媒人的谢意。这位媒人是曾任孙中山秘书长的张通典，是他让女儿张默君牵线搭桥的。谢词景象宏大，让人耳目一新。龙蛇，比喻非常之人。《左传·襄公二十一年》："深山大泽，实生龙蛇。"杜预注："言非常之地，多生非常之物。"龟山，在湖北汉阳城东北的长江之滨，与武昌蛇山隔江对峙。斧柯，比喻权柄。汉蔡邕《琴操·龟山操》："予欲望鲁兮，龟山蔽之，手无斧柯，奈龟山何！"这里指山东泗水县东部的龟山。诗句意谓，有如龙蛇一样的非常人物兴起于我国大陆，以致兴云播雨布满江河。放眼望去，龟山虽然高峻，但我们手中已有斧柯，即可以征服。联想辛亥革命时期的斗争生活，远望龟山对岸的武昌，那里正是首义的成功之地，而今又有媒人撮合此美好姻缘，怎么能不让人为之欣喜！

这两首小诗均系婚礼上的即兴之作。作者依传统礼数，既对有如天仙的新人表示敬意，又对同为革命党的媒人表示谢意。用语庄重大方，雅俗共赏，切合时宜。

时危（四首）
1913 年效法唐雎进京劝谏袁世凯时

一

时危挺剑入长安，流血先争五步看。
谁道江南徐骑省，不容卧榻有人鼾？

二

怀中黄素声犹厉，酒次青衣泪未收。
一样勋华成贱隶，诸君争得似孙刘。

三

歌残《尔汝》意春容，伸脚谁当在局中？
笑杀后来陈叔宝，献书犹自请东封。

四

威仪已叹汉官消，绣䩁诸于足自聊。
明镜不烦相晓照，阿龙步行故超超。

赏析：

这四首诗写于 1913 年，录自《章太炎诗文选》。当时"二次革命"已经失败，军事斗争已无法推翻袁世凯。章太炎对依靠共和党与国民党联合行动，利用政治手段（如通过国会制定宪法、选举总统）迫使袁世凯下台还抱有一线希望，因此冒险前往北京。这一组诗反映了他当时的心境，显示出义无反顾的牺牲精神。

第一首写时局危急，效法唐雎冒险入京。

"时危"二句，长安，代指北京。"流血先争五步看"，战国时魏国唐雎出使秦国，面对秦王的威胁，唐雎以"伏尸二人，流血五步"作答，并"挺剑而起"，迫使秦王让步。诗句意谓，因时局危急，遂仗剑入京城，要像古代不辱使命的唐雎一样，敢与强敌作针锋相对的斗争。

"谁道"二句，徐骑省，即宋代徐铉，曾官散骑常侍，故将自己所撰之书命名为《骑省集》。宋开宝八年，宋军围金陵，南唐后主李煜派散骑侍郎徐铉向宋军求情，宋太祖对徐说："卧榻之侧，岂可许他人酣睡？"诗句意谓，是谁告诉江南徐骑省，自己卧榻的旁边能容许他人发出鼾声？这里用对宋太祖嘲弄的口吻表达了作者对袁世凯的蔑视，也显示了作者明知山有虎、偏向虎山行的英雄气概。

第二首写反袁"二次革命"失败。

"黄素"二句，黄素，即诏书。《汉晋春秋》记载，晋公司马昭擅权，曹髦即位为帝后如同傀儡。公元260年，曹髦对手下几个大臣说："司马昭之心，路人所知也。"将怀中黄素投在地上，厉声表示要与司马昭决一死战，旋即被司马昭的亲信刺死。这里借指当时国民党人在发动"二次革命"时所发布的讨袁檄文。酒次，饮酒之间。青衣，古代卑贱者所穿的衣服。据《晋书·孝怀帝纪》记载，孝怀帝为前赵刘聪所俘，贬为会稽公。公元313年，刘聪举行盛大宴会，令孝怀帝穿青衣给宾客斟酒予以侮辱。这里借指1913年黎元洪被袁世凯召到北京就任副总统，实际有职无权。

"一样"二句，勋华，勋，放勋，即唐尧；华，重华，即虞舜。二人一样成为卑贱的奴隶。这里指孙中山遭到通缉，黎元洪成了袁世凯的摆设。孙刘，孙即吴主孙权，刘即蜀国刘备。吴蜀两国曾联合抗魏，取得胜利，后来关系破裂，削弱了各自的力量，先后被晋公司马昭及其子司马炎所灭。在"二次革命"中，黎元洪帮助袁军进攻湖口，并劝阻湖南出兵，同时国民党内部矛盾重重，步调不一，致使"二次革命"失败。诗中把他们比作孙刘之争。

第三首讽刺黎元洪等讨好袁世凯的人。

"歌残"二句，《尔汝》，即《尔汝歌》。据《世说新语》记载，三国末期，晋武帝司马炎出兵攻打吴国，吴国皇帝孙皓归降称臣。一天，司马炎对孙皓说："听说南方人会编《尔汝歌》，你能编吗？"孙皓就唱道："昔与汝为邻，今与汝为臣，上汝一杯酒，愿汝寿万春。"春（chōng）容，形容声调宏大响亮。诗句的意思是将要唱完《尔汝歌》，仍意态春容。伸脚，据《晋书·王济传》记载，有天王济与晋武帝下棋，孙皓在旁边，晋武帝问一向残酷的孙皓："你为什么喜欢剥人家的面皮？"孙皓看到王济很随便地把脚伸到棋桌下，就乘机讨好晋武帝说："谁对君主无礼，我就剥谁的面皮。"局，棋局。作者借这两个典故讽刺那些讨好袁世凯的人。

"笑杀"二句，陈叔宝，即陈后主，曾被隋军所俘，后病死洛阳。"献书犹自请东封"，指陈后主被俘后，跟随隋文帝东巡，赋诗《入隋侍宴应诏》："日月光天德，山河壮帝居。太平无以报，愿上东封书。"他还请隋文帝登泰山封禅。这里影射黎元洪等人为迎合袁世凯要尽快当上正式大总统的想法，联名发表通电，要求先选举总统，后制定宪法。

第四首表明与袁世凯决不同流合污的坚定态度。

"威仪"二句，威仪，指汉官仪，即西汉官吏的服饰制度。绣䘯（jué），古时妇人穿的短袖或无袖的彩色上衣。诸于，古时妇人穿的宽大上衣。自聊，自我安慰。历史上王莽篡汉后不久，各地爆发了大规模农民起义。汉朝皇族刘秀乘机起兵，拥立刘玄为更始帝。据《后汉书·光武帝纪》记载，公元223年更始帝迁都洛阳时，洛阳的地方官吏在路边迎接。他们看到刘玄手下的农民起义军将领穿的都是"绣䘯""诸于"这样的妇女的服装，认为没有汉官的威仪。接着，看到队伍中的刘秀及其部属穿戴着西汉的官服，说："不图今日复见汉官威仪。"后来，刘秀在农民起义军推翻王莽政权时，建立了东汉王朝。诗句意谓，可叹汉官的威仪已经消失，现在如果能够穿上"绣䘯""诸于"，那也就足以使自己得到安慰了。作者借用这个典故比喻袁世凯篡权后，辛亥革命建立的"中华民国"名存实亡，汉官威仪已经消失，他只能穿着那些"绣䘯""诸于"聊以自慰。

"明镜"二句，晓照，明照。作者被禁期间，袁世凯对他进行威胁利诱，企图使他屈服。当时一些人写信给他，指出袁世凯对他"始将诱之，终将图之"，提醒他要警惕。章太炎复信说明，不劳烦你们关照，我早已洞悉袁世凯的这些阴谋。阿龙，东晋丞相王导的小名。超超，气概不凡，十分高超的样子。据《世说新语》记载，王导被封为司空时，廷尉桓彝在路边看他走过，叹息道："人言阿龙高超，阿龙故自高超。"意思是人们都说阿龙很高超，阿龙果然就很高超。诗句意谓，阿龙所迈出的步子本来就很高超。作者借以说明自己始终坚持革命气节，决不与袁世凯之流同流合污。

章太炎不愧是位"有学问的革命家",《时危四首》就是明证。其内容充分体现了民国初年敢于与袁世凯针锋相对的革命家的战斗本色;其文辞又明显带有学者的特点,尤其是对典故和史实的大量引用,信手拈来,耐人寻味。

长 歌

麒麟不可羁,解豸不可縻。

沐猴而冠带,鸡犬升天啼。

黄公秉赤刀,终疗猛虎饥!

玄武尚刳肠,筹策故难齐。

牺牛遭鼹鼠,不如退服犁!

武昌一男子,老化为人妻!

万物相回薄,安可以理稽?

荡荡天门开,所惜无云梯。

不如饮醇醪,醉作瓮间泥!

幸甚至哉!歌以言志,

麒麟不可羁。

赏析:

此诗写于 1914 年,录自《章太炎全集·太炎文录初编》。当时,反袁"二次革命"已经失败,孙中山、黄兴被迫逃亡日本。袁世凯以卑劣的手段继续保持"中华民国"大总统的职位,而被作者寄希望于挽救危局的黎元洪,却选择依附袁世凯,当了副总统。作者仍处袁世凯软禁期间,愤而撰写此诗。

"麒麟"四句,麒麟,传说中仁兽名。解豸(xiè zhì),同"獬豸",古代传说中能分清是非的神兽。这里的"麒麟"与"獬豸"均为作者自喻。沐猴而冠带,通作"沐猴而冠",猕猴戴上帽子,比喻外表装得像人,却人面兽心。这里借指袁世凯。诗句意谓,麒麟不可羁留,解豸岂能束缚。袁世凯登上宝座,不过是"沐猴戴冠",连同一批小人也都鸡犬升天。

"黄公"四句,黄公,即东海黄公,相传他有制服老虎的法术。后因年老体衰又饮酒过度，在前往东海伏虎时反被虎害。这里以黄公借指黄兴。玄武，古代神话中北方之神，它的形象为龟或龟蛇的合体。这里代指革命者。诗句意谓，黄公执刀伏虎，不料竟为老虎充饥。北方之神竟遭杀戮，革命的谋划终难成功。

"牺牛"四句，牺牛，古代祭祀用的纯色牛，这里比喻品格高尚的人。鼷（xī）鼠，一种小鼠，这里比喻投机钻营的小人。武昌一男子，指黎元洪。辛亥革命后曾任南京临时政府副总统，袁世凯篡权后，他委身投靠袁世凯。诗句意谓，牺牛遭遇卑琐的鼷鼠，倒不如仍去耕田拉犁。可叹武昌有位男子，到老却变成权贵的妻妾。

"万物"四句，回薄，回环迫近。天门，天宫之门。《汉书·礼乐志》："天门开，诛荡荡。"诗句意谓，世间万物回环相迫，岂可用常规来稽查？荡荡天宫之门向我敞开，可惜我没有向上攀爬的云梯。

"不如"五句，醇醪（chún láo），醇厚的美酒。瓮（wèng），一种盛水或酒的陶器。诗句意谓，还不如痛饮醇香的美酒，索性从此烂醉如泥。幸运之至啊，我还能放声歌咏以抒发自己的情怀。再次声明："麒麟不可羁。"

此诗题为《长歌》，表明作者通过放声歌咏来抒发自己内心郁结的情怀。在谴责袁世凯以卑鄙手段窃取总统的职位之外，更为痛心的是，自己曾寄希望于挽救危局的黎元洪，亦依附袁世凯当了副总统。作者虽被软禁，依然深信"麒麟不可羁"！

孤儿行

孤儿早失父，阿母不终年。

伯叔五六人，攒聚摄怀间。

食奉肥牛炙，黑貂垂在肩。

愿子宜侯王，富贵长不骞。

十二受《论语》，科头踞师前。

缘橦发屋瓦，不肯加捶鞭。

与儿赤小豆，呼作池中莲。

十三喜弄丸，挟弹驱鸟鸢。

一博五百万，产业破如烟。

晨炊无豆萁，甑中尘相绵。

诸父走避债，十步一颠连。

诸母赁浣衣，月得半囊钱。

富贵须何时，终谓孤儿贤。

赏析：

此诗写于 1915 年，录自《章太炎全集·太炎文录初编》。孤儿行，本为汉乐府《瑟调曲》名，原诗写一个孤儿受兄嫂虐待的孤苦状况。作者借用此题，却一反其意，写一户人家几位兄弟对一个少孤的侄儿百般娇宠，反而把他惯成了一个无赖的故事。此诗讽喻社会现实，具有一定的启示意义。

"孤儿"四句，终年，终其天年，意思是人死于自然的年寿。攒（cuán），亦作"攒"，聚，集聚。诗句意谓，孤儿早年失去父亲，阿母亦没有终其天年。伯伯叔叔五六人，聚集着将他抱在怀间，即关怀备至。

"食奉"四句，炙（zhì），烤肉。蹇，亏，损。诗句意谓，饮食上吃烤肥牛肉，黑色貂皮大衣垂在他的肩头。愿此子长大以后受封王侯，荣华富贵长久不受亏损。

"十二"四句，受，即受业，从师学习。科头，不戴帽子；踞，双腿前伸而坐，二者皆为不礼貌的行为。橦（chuáng），木杆。捶，用拳头或棍棒敲打。诗句意谓，十二岁从师学习《论语》，在师长面前仍不检点。敢于爬杆上到屋顶揭瓦，诸位叔伯却不肯加以鞭打。

"与儿"四句，弄丸，我国古代民间技艺，两手玩弄好几个弹丸，抛击不使落地。这里指玩弄弹弓。鸟鸢（yuān），老鹰。诗句意谓，给儿小赤豆，说成池中莲，即赤豆与莲子都分不清。十三岁时喜欢玩弹弓，挟弹驱打老鹰。

"一博"四句，博，赌博。豆萁，豆茎，可作柴烧。甑（zèng），古代蒸食的炊器，底部有许多可透蒸汽的孔格，置于鬲和镬上蒸煮，如同现代的蒸锅。绵，延续，连绵不断。诗句意谓，一赌输掉五百万，家业破产有如轻烟。早晨做饭没有柴烧，蒸锅中间灰尘不绝。

"诸父"四句，诸父，几位父辈，即伯伯叔叔。颠连，困顿不堪，这里含有踉跄之意。赁（lìn），佣工，受人雇用。诗句意谓，几位父辈为了避债离家出走，十步一踉跄，尽显狼狈困顿的模样。几位婶母受雇用为人家洗衣，一月只得半袋钱。

"富贵"二句，意思是欲想富贵要等到何时，还总帮孤儿说好话。

这是一首歌行体的五言诗，讲述一名孤儿由于几位伯叔的娇生惯养，终于走向堕落。诗中提出的家庭教育问题，至今仍有现实意义。全诗用语文白相间，在章太炎的旧体诗中，算是比较通俗的。

黑龙潭

昔践松花岸，今临黑水祠。
穷荒行欲匝，垂老策无奇。
载重看黄马，供厨致白罴。
五华山下宿，扶杖转支离。

赏析：

此诗写于1917年，录自《章太炎全集·太炎文录续编》。黑龙潭，在云南省昆明市北十余公里，潭旁有龙泉观、珍珠泉，上有黑龙祠，为著名风景区，现已开辟为公园。1917年，作者时任护法军政府秘书长，曾赴滇川各省宣传护法之旨。途经昆明黑龙潭，写诗志感。

前四句，松花，即东北地区的松花江。穷荒，边远荒凉的地方。匝（zā），周边，环绕一周。垂老，已近老年。诗句意谓，昔日曾任东三省筹边使到过松花江沿岸，今天又临西南昆明黑水祠。边远荒凉之地几乎走了个遍，自己已近老年并无什么奇策。

后四句，黄马，诗有原注："云南皆以马任重。"白罴（pí），白熊。罴为熊的一种。五华山，在云南昆明市内，旧有明永历帝改建的宫殿。支离，衰落、憔悴。诗句意谓，此地为了载负重物可以看到黄马，为了供给厨房用餐以致食用白熊。我在昆明五华山下住宿，扶仗登山却感到身体衰弱。

这是一首纪游诗。作者纪述游踪之时，虽具体生动，却又颇显身心疲惫之感。

吊易白沙

新会有大士，卜居近白沙。

冥心契玄牝，志欲陵云霞。

樊篱在名节，吐辞无奇邪。

苕苕四百载，名字何相若？

探古诋黄农，视世如浮苴。

南辕北有辔，噉此苦与荼。

闻子税骆越，江门行无遮。

荡荡昳弛材，齿颊流芳葩。

钱刀敛衽拜，钼稷诮阿耶。

兰潏岂同御，岁晏谁为华？

何不登阳春，韫椟而藏诸。

宾名未既实，令人长咨嗟。

赏析：

此诗写于 1921 年夏，录自《章太炎全集·太炎文录续编》。易白沙（1886—1921），名坤，字越村，因住长沙白沙井，故世称白沙先生。曾任湖南省立一师教员，天津南开大学、上海复旦大学教授。系近代民主革命烈士易培基之弟，且亦步先兄后尘，积极投身于民主革命运动。1921年 5 月，只身赴北京刺杀北洋军阀首脑，未获成功，旋下广州请求孙中山组织军队北伐，亦未能如愿。在激愤之下，于农历端午节在广东新会投海自杀，希望以死唤醒民众。章太炎闻讯赋诗以致哀。

"新会"四句，大士，古称有德行之人。卜居，择地居住。这里指易白沙死后葬在明代学者陈献章（世称白沙先生）墓地附近。玄牝，《老子》："玄牝之门，是谓天地之根！"老子认为，道就像微妙的母体一样，生殖万物，故称玄牝。冥心，潜心苦思。陵，升、登上。诗句意谓，新会有德行高尚的人，择地而葬于陈白沙墓地附近。潜心苦思可以与道契合，其志向之高欲登上云霞。

"樊篱"四句，樊篱，篱笆，比喻事物的限制。奇邪，不正，邪门歪道。苕苕（tiáo），形容远。谢灵运《述祖德诗》："苕苕历千载，遥遥播清尘。"诗句意谓，限制在于人的名节，吐辞没有不正之音。相隔遥远的四百年，名字却何其相似。指逝者易白沙与明代学者陈白沙名字相似。

"探古"四句，黄农，指黄帝轩辕氏与炎帝神农氏。浮苴（chá），浮草。《诗·大雅·召旻》："如彼栖苴。"毛传："苴中浮草也。"辕与辂，均系车马的组成部分。苦与荼，均为苦菜。噉，"啖"的异体字，吃。诗句意谓，探古诋毁黄帝和神农，视世如浮草。南有辕北有辔，吃此种苦菜。

"闻子"四句，骆越，古部落名。《后汉书·马援传》："马越人申明旧制以约束之，自后骆越奉行马将军故事。"注："骆者，越别名。"税（tuō），释放，解脱。跅（tuò）驰，放荡，不循规矩。葩（pā），花，引申为华丽、华美。齿颊流芳，比喻言辞、诗文意味深长。江门，即广东江门市。无遮，佛教指宽大容物而无遮碍，解免诸恶。诗句意谓，听说你已在骆越解脱，江门之行是为了免除诸恶，逝者为人坦荡不羁，其诗文华美让人读后齿颊流芳。

"钱刀"四句，钱刀，即钱币。敛衽，提起衣襟夹于带间表示敬意。钼耰（chú yōu），平田松土的农具。谇，问讯、告知。阿耶，父，亦作"阿爷"。潃（xiǔ），臭水、小便。御，用。岁宴，也作岁暮，一年将尽。诗句意谓，见到钱币就敛衽而拜，平田松土则告知父母。兰花与臭水岂能同用，到了岁暮谁为华美之物。

"何不"四句，阳春，原指温暖的春天，也比喻太平盛世。李白《梁甫吟》："长啸梁甫吟，何时见阳春。"韫椟（yùn dú），藏于木匣中。宾名，《庄子·逍遥游》："名者，实之宾也，吾将为宾乎？"说的是名实之间的关系，意思是名副其实。咨嗟，叹息、赞叹。诗句意谓，何不登上太平盛世，却藏之于木匣之中，他的名副其实，令人长久叹息。

此诗吊哀逝者，文字古朴典雅。长太息以掩涕，哀世道之浇漓，读之令人唏嘘泪下。需要查阅辞书，反复体味，方能得其要旨。

九 日

国乱竟无象，天高空我知。
出门时傍菊，中酒复盈卮。
谈笑随年劣，清狂入道迟。
危楼亦乘兴，恨乏九能辞。

赏析：
此诗写于1921年，录自《章太炎全集·太炎文录续编》。九日，指农历九月初九，即重阳节。《艺文类聚》四引《续晋阳秋》："世人每至九日，登山饮菊酒。"六朝以来诗题为九日者，一般都指重阳节。当时军阀混战，国内形势动荡不安。作者虽有救国救民的政治抱负，却苦于无法实现。

首联的意思是，国家混乱竟然无象（没有明显的标志），而今天高空我自知。

颔联，中酒，因酒醉而身体不爽，也作病酒。杜牧《郑瓘协律》："自说江湖不归事，阻风中酒过年年。"盈卮（zhī），倒满酒杯。诗句意谓，出门时依傍着菊花而行，病酒以后复又倒满酒。

颈联，清狂，放逸不羁。诗句意谓，谈笑随着年龄渐长，欲放逸不羁入道已迟。

尾联，危楼，高耸的楼房。九能，古代士大夫应具备的九种才能。语出《诗·鄘风·定之方中》。诗句意谓，今天乘兴登上高楼，只恨我缺乏九能之辞。

此诗题为《九日》，显然是重阳节述怀之作。作者依旧日习俗傍菊饮酒，登楼赋诗，却依然难解抑郁之情。

归杭州

> 故园时一至，妻子又携将。
> 为有西山爽，而宜首夏凉。
> 明湖澹云月，埤郭下牛羊。
> 旦晚胡笳动，莼羹不易尝。

赏析：

此诗写于1923年，录自《章太炎全集·太炎文录续编》。据《章太炎年谱长编》记载：1923年5月2日"乘早车赴杭，游览西湖"。曾在第一中学讲学两日及于省教育会开五四纪念会时演讲一次。于八日搭车返沪。《归杭州》当写于此次来杭期间。

首联言曾回杭州。故园，即故乡。将，带领。《后汉书·蔡邕传》："遂携将家属，进入深山。"诗句意谓，故乡时有一至，又携妻子而来。作者生于浙江余杭，又在杭州诂经精舍读书多年，后因投身民主革命，而长期在外奔波。故乡虽时有一至，却均为短期停留。

额联言杭州气候凉爽。西山，杭州西湖周围的群山，通常可分为南山、北山、西山几个部分。花港观鱼景区背倚西山，因此也称西山公园。首夏，即初夏。诗句意谓，杭州因为有西山，所以初夏凉爽宜人。

颈联言西湖周边景物。明湖，西湖亦称明圣湖，简称明湖。垝（guǐ）郭，通"垝垣"，即败坏的城墙。《诗·卫风·氓》："乘彼垝垣，以望复关。"下，指所在之处。澹（dàn），波浪起伏或流水纤回的样子。曹操《步出夏门行·观沧海》："水何澹澹，山岛竦峙。"诗句意谓，明湖湖水波浪起伏映照着天上的明月，城郭危墙下散布着牛羊。

尾联言自己回乡的感触。胡笳，古管乐器，汉时流行于塞北和西域一带，相传汉代蔡文姬曾作胡笳十八拍。莼羹，典出《晋书·张翰传》："翰因见秋风起，乃思吴中菰菜、莼羹、鲈鱼脍，曰：'人生贵得适志，何能羁宦数千里，以要名爵乎！'遂命驾而归。"后以"莼羹鲈脍"或"莼羹之思"表示思乡之情。诗句意谓，早晚均闻胡笳声起，莼羹美味实不易尝。实指当时军阀混战，故乡并不安宁。

作者早年在杭州读书，死后亦在杭州安葬，一生与杭州结下不解之缘。而其与杭州有关的诗作却只留下《归杭州》一首，弥足珍贵，近版《章太炎与西湖》一书中并未言及此诗，实为一大疏忽。

得友人所赠三体石经

正始传经石，人间久不窥。
洛符无故发，孔笔到今垂。
八体追秦刻，千金睨华碑。
中原文武尽，麟出竟何为。

赏析：

此诗写于 1923 年，录自《章太炎全集·太炎文录续编》。三体石经，也叫《正始石经》《魏石经》。三国魏齐王曹芳正始二年刊立，刻有《尚书》《春秋》和《左传》（未刊全），碑文用古文、小篆和隶书三种字体书写。碑原在今河南偃师县朱家圪垱村，已毁，宋代以来常有残石出土。1923 年，作者从友人处得三体石经拓本，欣喜之余，以诗纪之。

　　"正始"四句，正始，为三国魏齐王曹芳的年号。洛符，似指《尚书·周书》篇名。诗句意谓，三国魏正始年间传下的经石，人间久已看不到了。《尚书》中的《洛符》过去没有被发现过，孔子的笔墨至今仍在流传。

　　"八体"四句，八体，秦代统一文字，废除不符合秦文的六国文字，定书体为八种，即大篆、小篆、虫书、隶书等八种，故称八体。睨（nì），斜视。华碑，汉碑，即华山碑，全称为西岳华山庙碑，相传为蔡邕所书。麟，指《麟经》，即《春秋》。传说孔子作《春秋》，绝笔于获麟，后称《春秋》为《麟经》。诗句意谓，八体应追秦代刻石，千金斜视汉碑。而今中原文德与武功已尽，《麟经》出现竟有何为，即《三体石经》中的《春秋》残碑出现又有什么用呢？

　　这首五言律诗内容围绕《三体石经》展开，文工而意深，尤其尾联更是启人深思。

祭奠邹容墓

落魄江湖久不归，故人生死总相违。
只今重过威丹墓，尚伴刘三醉一回。

赏析：

　　此诗写于 1924 年 4 月，录自华强《章太炎大传》。1924 年清明，章太炎、于右任、章士钊、李根源、马君武、冯自由等二十余人，专程前往上海华泾举行公祭，推刘三、李根源主持修墓、立碑事宜。章太炎撰写《赠大将军邹容墓表》，由于右任书写，刻成石碑立于邹容墓前。章太炎有感于刘三的义行侠气，在邹容墓前写成此诗。

　　前两句，落魄，穷困失意。江湖，泛指四方各地。故人，旧友，这里指邹容。违，违失，处事失当。诗句意谓，我因落魄江湖长久不归，对于有着生死之交的友人总有相违之处，即未能经常扫墓。

　　后两句，威丹，即近代民主革命烈士邹容，字蔚丹，亦作威丹。刘三，即南社诗人刘季平，自称"刘三"或"江南刘三"。邹容当年瘐死狱中，由《中外日报》备棺收殓，并暂厝于四川会馆。刘三与其堂兄刘东海，愿以自家宅畔空地作为邹容墓穴，将邹容灵柩移葬华泾。诗句意谓，今天重新经过邹容的墓道，还可陪伴刘三喝酒，醉上一回。

此诗在沉痛悼念亡友邹容的同时，兼及褒扬参与祭奠的江南义士刘三。正如于右任诗中所言："廿载而还事始伸，同来扫墓一沾巾。威丹死后谁收葬，难得刘三作主人。"

师　子

> 吾闻师子尾如斗，只今所见真苍狗。
> 大声嚇兽人岂闻？搏象威灵邈何有。
> 草中长眠志已了，况以太牢糊汝口。
> 不知门前双石刻，幻身尚可惊人走。
> 师子闻之怒衔骨，鲰生何自訾英物？
> 世间形法多支离，牝牡骊黄那可知？
> 不闻偃王同瞻马，亦有孔父如蒙俱。
> 麒麟似麕虎似狸，朕也似狗焉足奇？

赏析：

此诗写于 1927 年，录自《章太炎手迹选释》。师子，即狮子。狮，古作"师"。《汉书·西域传》："（乌弋）有桃拔、师子、犀牛。"作为一首讽喻诗，作者以狮子讽喻社会现实。

"吾闻"四句，斗，形如斗状之物。苍狗，青色的狗。嚇，咬紧牙关或牙齿打战。邈（miǎo），远。诗句意谓，我听说狮子其尾如斗，而今所见却像青色的狗一样。人们哪里能听到它大声嚇战，也远远没有能够与象搏斗的威灵。

"草中"四句，太牢，古代帝王、诸侯祭祀社稷时，牛、羊、豕三牲齐备为"太牢"。石刻，指石头刻成的狮子。幻身，变化己身。诗句意谓，狮子在草中长睡，其志已了，何况祭祀时用的猪、牛、羊已经糊住了你的口。你还不如门前的一双石头狮子，虽属幻化之身尚可让人惊走。

"师子"四句，衔，怨恨。《汉书·元后传》："上幸商第，见穿城引水，意恨，内衔之，未言。"鲰生，短小愚陋之人，古代用作骂人之词。訾，诽谤、非议。牝牡骊黄，牝牡即雌雄，骊黄即黑色和黄色。语见《列子·说符》，意思是观察事物要注重其本质，而不在于表面现象。后以"牝牡骊黄"比喻事物的表面现象。诗句意谓，狮子听到也要发怒且恨之入骨，你这小子何以诽谤英俊的人物？人世间形体法式多分散（支离），从表面现象来看哪可知晓？

"不闻"四句，偃王同瞻马，相传西周徐偃王眼睛很大有如马眼。《荀子·非相》："徐偃王之状，目可瞻马。"蒙倛，蒙，毛发多而乱；倛，即古代驱逐疫鬼用的方相，形象凶恶。《荀子·非相》："仲尼之状，面如蒙倛。"麔，兽名，亦作"麇"，即獐。诗句意谓，没听说过西周徐偃王之目可同瞻马，又有孔夫子面如蒙倛。麒麟像獐，虎像野猫，朕（我狮王）似狗又何足为奇？

这是一首讽刺诗。诗中通过描述狮子的懦弱无能似苍狗，来隐喻社会上当政官僚的腐败昏庸和懦弱无能，深刻揭示了是非颠倒的黑暗社会。此诗手迹与录入《全集》的文字稍有差异，似仍以此版本为宜。

生日自述

> 蹉跎今六十，斯世孰为徒？
> 学佛无乾慧，储书不愈愚。
> 握中余玉虎，楼上对香炉。
> 见说兴亡事，挐舟望五湖。

赏析：

此诗写于 1927 年底，录自《章太炎全集·太炎文录续编》。1927 年 12 月 23 日，为作者六十岁生日，作者联系自身政治际遇写诗自述。

"蹉跎"二句，蹉跎，时间白白过去，光阴虚度，如蹉跎岁月。徒，同类之人。诗句意谓，岁月蹉跎而今年已六十岁，此世谁能与我为徒，即与我成为同类之人。

"学佛"二句，乾（qián）慧，佛学用语，意思是天慧，先天的智慧。储书，储备书籍。诗句意谓，我想学佛却没有先天的慧根，积聚书本（大量读书）又不能治愈我的愚昧。

"握中"二句，玉虎，即"琥"，雕成虎形的玉器。香炉，焚香之器，也作陈设之用，古人常焚香读书。诗句意谓，手中握着我的玉虎，在楼上对着香炉读书。

"见说"二句，见说，听说，唐时俗语。李白《送友人入蜀》："见说蚕丛路，崎岖不易行。"拏（ná），牵引。《说文》："拏，牵引也。"五湖，说法不一，一说指太湖，一说指五个大湖的总称。诗句意谓，耳边听说着天下兴亡之事，我欲牵引小船向五湖而去。

作者写诗自寿，何以如此消沉？这与作者当时的政治处境有关。1927年五六月间，国民党上海特别市党部以"反动学阀"的罪名通缉章太炎。同时，作者眼见"中华民国与五色旗俱尽"，所以对国事政局产生了放弃之心。从此淡出政治，返回书斋，成为"民国遗老"与"文化逸民"。此诗产生于作者思想转折时期，值得我们注意。

鼁鼊

> 万里清江使，渔师未识颜。
> 倒澜轻自试，灵气向人屏。
> 无趾真遗土，长鸣尚护斑。
> 倘能随海若，莫为朵颐还。

赏析：

此诗写于1927年，录自《章太炎全集·太炎文录续编》。诗前有序："上海大世界园有物如龟，云自岭海随浪而下，为舫人所得者，大若圜案，重二百六十斤。文似瑇瑁，然甚粗劣。鸣吼如鹅鸭声。四足如鳍，缦胡无指。余与旭初、鹰若同观，识为鼁鼊。因赋是诗。"鼁鼊（qú bì），龟属。晋左思《吴都赋》："鼁鼊鲭鳄。"唐刘良注："鼁鼊，龟属，其形如笠，四足，缦胡无指，其甲有黑珠，文采如瑇瑁，可以饰物。肉如龟肉，肥美可食。"

首联，清江，清澈的江河。渔师，官名。《吕氏春秋·季夏》："是月也，令渔师伐蛟取鼍，升龟取鼋。"注："渔师，掌渔官也。"颜，面容、容貌。诗句意谓，来自万里之外的清江的使者（指鼁鼊），管理渔政的人均未识其真颜，即叫不出名字。

颔联，倒澜，由成语"力挽狂澜"化出，语见韩愈《进学解》："障百川而东之，挽狂澜于既倒。"比喻巨大的力量。灵气，一种细微的精灵之气。《管子·内业》："灵气在心，一来一逝，其细无内，其大无外。"

孱（chán），谨小慎微。《大戴礼·曾子之事》："君子博学而孱守之。"诗句意谓，此物挽狂澜于既倒，轻自加以尝试，而今被捉灵气在心，让人看到此物谨小慎微的样子。

颈联，趾，脚。斑，指杂色的花纹或斑点。此物甲有黑珠，文采如瑁瑜，可以饰物。诗句意谓，此物无趾（四足如鳍），没有在地上生存的能力，如鹅鸭一般的长鸣是为了保护甲壳上的斑纹。

尾联，傥（tǎng），倘或。海若，海神名。《楚辞·远游》："使湘灵鼓瑟兮，令海若舞冯夷。"王逸注："海若，海神名也。"朵颐，指饮食之事。《易·颐》："观我朵颐。"诗句意谓，倘若能随着海神而去，不要再回来让人大快朵颐。此物肉如龟肉，肥美可食，故有此言。

此诗题为"鼋鼍"，且加以形象描绘。由此可见：一是作者见多识广，能够辨别此物；二是作者用语古朴雅致，并与诗题相应。让人读后，既增广见闻，又赏心悦目。

春日书怀

> 傲居虽近市，弇关如深湫。
> 书史有常庋，井灶无停沤。
> 肉食渐忘味，时复亲乾餱。
> 承泉治百合，壅兰澄麻油。
> 初日上露台，暴我羖羊裘。
> 客来固不速，昼眠亦无邮。
> 人生贵适志，大行非诡求。
> 夸父既弃杖，东野方倾辀。
> 文渊矜顾盼，终然困壶头。
> 借问茂陵儿，何如马少游？

赏析：

此诗写于1928年春，录自《章太炎全集·太炎文录续编》。作者时在上海，大革命失败后的时局变化既令他愤懑，又让他感到迷茫。他曾自称"中华民国遗民"，常在寓所面壁打坐。《春日书怀》正是这种处境与心境的反映。

"傓居"八句，傓居，租屋居住。韩愈《送郑尚书序》："家属百人，无数亩之宅，傓屋以居。"弇（yǎn），掩盖、遮蔽。湫，湫隘，低小、狭小。《左传·昭公三年》："子之宅近市，湫隘嚣尘，不可以居。"书史，典籍，指经史一类的书籍。庪（guǐ），搁置器物的架子，指书架。井灶，原指在盐井设灶煎制食盐。沤（òu），水中气泡。餱，亦作糇，干粮。百合，草本植物，鳞茎可以入药。壅兰，用土或肥料培植兰花。诗句意谓，租的屋子虽临近市区，却狭小的如同闭关一样。经史一类的书籍有常用的书架（"井灶"句费解）。已渐渐忘记肉食的滋味，有时又亲近干粮。（"承泉"二句暂时无解）。

"初日"六句，暴（pù），"曝"的古字，晒。羖（gǔ），黑色的公羊。无邮，没有过失。邮通"尤"，过失。《诗·小雅·宾之初筵》："是日既醉，不知其邮。"笺："邮，过。"大行，正确而重要的行为。《荀子·天道》："从道不从君，从义不从父，人之大行也。"诡求，责求。诗句意谓，初升的太阳上了露台，晒到我的羊皮大衣。来的固然是不速之客，白天睡觉亦感到并无过失。人生贵在适合自己的志趣，正确而重要的行为并非责求可以做到。

"夸父"六句，夸父，神话人物。《山海经·海外北经》："夸父与日逐走，入日；渴，欲得饮，饮于河、渭；河、渭不足，北饮大泽。未至，道渴而死。弃其杖，化为邓林。"倾辀（zhōu），翻车，泛指车。文渊，即东汉名将马援，字文渊，扶风茂陵人。壶头，山名，在今湖南沅陵县东。马援当年病死于壶头山。茂陵儿，指马援，因为他是扶风茂陵人，故称。马少游，马援之弟，曾对马援说："士生一世，但取衣食裁足，乘下泽车，御款段马，为郡掾吏，守坟墓，乡里称善人，斯可矣。"诗句意谓，当年夸父就是弃权于邓林，到了东野方才翻车。马援（文渊）矜持于顾盼之间，最后依然被困壶头。借问茂陵儿，还不如学习马少游。

此诗中作者以汉代民间高人马少游作比，表明对功名利禄、人间俗世的厌烦及对远离尘嚣、怡然自得的隐居生活的憧憬。此诗部分文字古奥难解，笔者未能诠释，只能暂付阙如。

长夏纪事

我本山谷士，失路趋堂廉。

伐华既十稔，重兹风日炎。

荃葛甫在御，短制无垂襜。

粥定正代莽，齑美如遗盐。

啖此胜百牢，披襟步长檐。

蔼蔼出墙树，淙淙笕中灐。

市间或问字，百名方一缣。

漱笔籍颠棘，淀尽颖自铦。

捖玉得越巾，破舩逾苍灐。

故书适一启，蠹食殊无缦。

呼童下香药，胼汗勤自拈。

平生远膏沐，两鬓常鬑鬑。

所来跣不袜，夷惠宜可兼。

时复效禽戏，而不求青黏。

但为涤尘虑，焉识速与淹？

大化苟我道，老洫终如缄。

赏析：

此诗写于 1930 年夏，录自《章太炎全集·太炎文录续编》。长夏纪事，意在表达作者隐居缄默的心情。此诗实为作者晚年生活的真实写照，对于了解他的人生复杂经历与思想发展演变有着十分重要的作用。

"我本"四句，山谷士，也作乡野之士，意思是隐居乡间。堂廉，厅堂的两侧。《仪礼·乡饮酒礼》："设席于堂廉东上。"郑玄注："侧边曰廉。"伐，夸耀。《论语·公冶长》："愿无伐善，无施劳。"稔（rěn），年。炎，热，火光上升。诗句意谓，我本山野之士，因迷失道路方趋堂廉（参与社会活动）。宣扬中华传统文化已有十年，而今重视儒学之风日益上升。

"荃葛"八句，荃，通"絟"，细布。葛，丝织物。短制，意同"短褐"，古代平民穿的粗布之衣。莽（chuǎn），晚采的茶。齑（jī），切碎的腌菜或酱菜。啖（dàn），吃。百牢，指各种兽类。蔼蔼，草木茂盛的样子。淙淙（cóng），流水声。灐（jiān），泉水时有时无。《尔雅·释水》："泉一见一否为灐。"诗句意谓，比起才穿着的细布丝绸衣物，我仍喜着短褐无袖的粗布之衣。粥也可以代茶，切碎的腌菜味美犹如洒上细盐。吃了这些胜过各种肉类，披上衣服在长檐下漫步。院中茂盛的树木伸出墙外，竹筒引来的山泉流水淙淙而又时有时无。此系描绘乡间隐逸生活的乐趣。

"市间"八句，市间，城市闾巷。问字，过去称从人受学或请教为问字。名，文字。《仪礼·聘礼》："百名以上书于策，不及百名书于方。"缣，双丝的细绢。漱笔，洗笔。颠棘，草名，即天门冬，可以入药。淀，沉积物。颖，毛笔头。铦（xiān），锐利。捖（wán），刮摩。越巾，越地的手巾，擦抹用的布。觚（gū），多角棱形的器物。《史记·酷吏传序》："汉兴，破觚而为圜。"苍瀊，治玉之石。綅（qīn），线。《诗·鲁颂·閟宫》："公徒三万，贝胄朱綅。"诗句意谓，进入市区授人学问，一百个字才写满一块丝绢。借助颠棘来洗笔，沉积物没有了笔锋自然流利。擦抹玉器得用越巾，破觚超过治玉之石。书方一打开，因蠹虫蚕食而脱线的地方显露眼前。此系反映文化生活。

"呼童"八句，胼（pián），手掌脚底生的老茧。捻（niǎn），用手指搓转。膏沐，妇女润发的油脂，鬑鬑（lián），须发稀疏貌。跣（xiǎn），赤脚。夷惠，指伯夷和柳下惠，古代清高廉洁之士。禽戏，即五禽戏，古代体育锻炼的一种方法，为汉代医学家华佗所倡导。青黏，药草，黄精之别名，道家言久服之可益寿延年。诗句意谓，呼唤小童备下芳香的药料，手脚生茧或出汗可自己用手搓转。我平生一向远离膏脂，两鬓须发已稀疏。朋友来了赤脚不穿袜子，可谓兼有古代贤士夷惠之风。平时经常效法五禽而不求什么延年益寿的药物。

"但为"四句，尘虑，即俗念。淹，滞留，迟。贾谊《鵩鸟赋》："淹速之度兮，语予其期。"大化，指人生的变化，为生命的代称。陶潜《还旧居》："常恐大化尽，气力不及衰。"遒（qiú），迫近。老洫（xù），老而愈深。《庄子·齐物论》："其厌也如缄，以言其老洫也。"诗句意谓，但为洗涤人世的俗念，怎么认识快与慢？假如我的生命已经快到尽头，老而愈深始终闭口不言。

此系作者晚年之作，曾寄黄侃、汪东，说"适作《长夏纪事》一首，皆附事实，故反多新语"，自以为"此诗略脱向日窠臼，虽然，不追陶谢，恐与苏黄作后尘矣"。作者描述"蛰居"期间的生活，虽自言"皆附事实"，却多用颇为古奥的文言词语，让人虽可意会却难于言传。正如鲁迅所说："太炎先生虽先前也以革命家现身，后来却退居于宁静的学者，用自己所手造的和别人所造的墙，和时代隔绝了。"

咏　史

鹫翎双金镞，俘得海滨侯。

后来天水何绸缪？楚囚相对声啾哦。

勉公饱食行灵州，宝珠未获吾尚留。

人生遇合有如此，两国孱王何足訾？

转盼东昏饮刃死。

赏析：

此诗写与 1933 年 5 月，录自《章太炎全集・太炎文录续编》。咏史，即咏史诗，凡以史事为题，感时咏怀之诗均称咏史诗。

"鹫翎"二句，鹫，鹫鸟，即雕。《广雅・释鸟》："鹫，雕也。"翎，羽毛。镞（hóu），箭名。《尔雅・释器》："金簇剪羽之镞。"海滨侯，即辽王延禧。1125 年，金俘获辽天祚帝，封其为海滨侯。诗句意谓，金人以鹫鸟羽毛装饰的一双金箭，俘得辽王延禧，后封延禧为海滨侯，从此辽亡。

"后来"四句，天水，地名，在甘肃境内。绸缪，情意深厚。卢谌《赠刘琨一首并序》："绸缪之旨，有同骨肉。"楚囚，语出《左传・成公九年》，原指楚人之被俘者，后用以比喻处境窘困之人。这里似指宋朝徽、钦二帝被金人俘虏以后君臣的狼狈处境。啾哦，凄厉叹息的声音。灵州，在宁夏境内。1125 年金人灭辽后，次年攻宋，掳走徽钦二帝，史称"靖康之变"。这几句在写宋朝方面的情况，有关史实尚待进一步查考。

"人生"三句，孱（chán）王，懦弱的国王。《史记・张耳陈余列传》："吾王，孱王也。"訾（zī），诋毁、怨恨。东昏，古代废帝的封号，这里指金熙宗，1234 年蒙古灭金。饮刃，刀刃深入，隐没不见。诗句意谓，人生合该如此的境遇，两个懦弱无能的国王（指辽王延禧和金熙宗）何足诋毁？还不如盼望这些废帝饮刃而死。

此诗题为《咏史》，意在借古喻今。作者通过对辽金两朝的灭亡和北宋境遇的感叹，表达对于我国当时现实社会的深深忧虑。

刘大白

刘大白生平与诗词创作

刘大白（1880—1932），浙江绍兴人。现代著名诗人、文史学家。本名金庆棪，字伯贞，辛亥革命前改姓刘，名靖裔，别号大白，亦署汉胄（因为姓刘，自称中山靖王后裔，汉家天子华胄），这里明显具有反清的革命色彩，1895年到杭州应考，得过优贡生，且荣膺拔贡，因无意举业，故从事教学工作。1913年东渡日本，加入同盟会。1915年公开发表反对卖国的《二十一条》条约的文章，受到日本警视厅监视，不得不转赴南洋。1916年回国后任绍兴师范学堂、浙江省立第一师范学校教员。积极投入五四爱国运动，与经亨颐、陈望道、夏丏尊同被誉为"五四浙江四杰"。1924年起任上海复旦大学文科教授、中文系主任，兼职主编《黎明》周刊。1928年弃教从政，任浙江省教育厅秘书、浙江大学秘书长。1929年任南京国民政府教育部常务次长。次年12月因病辞职。1932年2月于杭州逝世。著有新诗集《旧梦》《邮吻》，旧诗集《白屋遗诗》，诗话《白屋说诗》《旧诗新话》，另有《中国文学史》等。

刘大白一生以诗人、文史学家闻名于世。作为现代著名诗人，其杰出贡献在于率先实现由旧诗向新诗的过渡，成为我国新诗运动的先驱者之一。他的新诗集《旧梦》，其《卖布谣》《劳动节歌》《红色的新年》等，因其触及重大社会题材与具有鲜明时代色彩，曾在"五四"时期的诗坛产生了极大反响，博得诗界很高评价。这里还应指出，刘大白的新诗写得好，旧诗也写得好。正如曹聚仁在《白屋诗人刘大白》一文中所说："他是旧诗词的大作手；但，他在白话诗的创作上，又是急先锋。"实为知者之言。刘大白既是白话新诗的倡导者与实践者，又是写作旧体诗词的行家里手。他一生中究竟写了多少旧体诗词？很难做出精确统计。我们只能看到从"民国初年"到二十年代陆续发表在沪杭及各地报刊上的几百首诗词，还有后来在相关图书资料中增补的某些篇章。刘大白生前从未出版过自己的旧体诗词，且曾说过："我们倡导白话文、白话诗，何必再出版自己的旧诗集。"直到1932年诗人病逝后，才由生前友好王世裕搜集他的旧诗遗稿，编成《白屋遗诗》。此书分为"䍐云剩稿""冰庑集""剑胆集""北征小草""东瀛小草""南冥小草""西泠小草""附录"八个部分，共314首，由上海开明书店出版。《白屋遗诗》收录旧体诗词314首，显然并非全部。仅"䍐云剩稿"部分就有说明："自丙申至甲辰，旧作近两百首。率皆芜陋冗杂，阅之汗下。兹择其稍可者，录存七十余首。"可见此书为作者各个时期所写旧诗的选本，但亦大体可以反映诗人旧诗创作的概貌。

刘大白诗词思想与艺术特色主要表现在：

1. 刘大白诗词的思想内容是丰富而复杂的，而这与他复杂的人生经历有着内在的联系。他的早期诗作（十九世纪末至辛亥革命前），作为一名爱国青年，虽有怀才不遇的苦闷，却充满积极入世的强烈愿望。"赢得阑珊两行泪，世无青眼孰知音。"（《题壁》）"男儿不可量，指顾奠中华。"（《乙巳四月寄子炎》）至于《吊史阁部》《哭陈烈士伯平》《我有匕首行》等，更表现了景仰和歌颂英雄人物的积极进取精神。他的中期诗作（民国初年至1923年间），为其诗词创作最辉煌的时期。尤其是在民初反对北洋军阀袁世凯的斗争与五四新文化运动中，如《窃国》《图南》《闻滇师起义感赋》《书新国会初选举调查单后》，不少诗词无不洋溢着反帝反封建的爱国主义激情。他的后期诗作（1924—1932年间），诗人一度弃教从政，开始从不满现实到逃避现实，由充满反抗到苦闷孤愤，以致产生悲观厌世的情绪。"三更好梦，五更噩梦，一例费沉吟；何必更沉吟？断梦也无从再寻？"（《太常引·薄寒》）"胸中垒块不寻常，楼外楼头醉一场。十五年来无此态，朋筵赌酒郁成狂。"（《楼外楼头狂醉》）诗人晚年无心作官却官运亨通，欲潜心学术又身心疲惫，时时流露出感伤颓废的情绪。

2. 刘大白自幼旧学功底很深，擅于旧体诗词写作。既能做到各体兼备，形式多样；又能力求通俗易懂，以口语入诗。他能熟练地驾驭旧体诗词的各种体式，古风、歌行、绝句、律诗、词曲、联语，几乎各体兼备，应有尽有。一部《白屋遗诗》，只要翻阅该书篇目大体浏览一遍，即可看出这一明显的特色。刘大白诗词不仅形式多样，而且通俗易懂。他非常赞赏近代诗人黄遵宪"我手写我口"的言文合一的诗学主张，在采用浅近文言的同时，还往往直接以口语入诗。现以一诗一词为例：《六年夏移寓孤山广化寺》："鉴湖不住住西湖，十五年来此愿孤。今日孤山容我住，挈妻携子傲林逋。"《一剪梅·西湖秋泛》："苏堤横亘白堤纵，横一长虹，纵一长虹。跨虹桥畔月朦胧，桥样如弓，月样如弓。青山双影落桥东，南有高峰，北有高峰。双峰秋色去来中，去也西风，来也西风。"类似这样的诗词比比皆是。作者在大胆运用口语入诗的同时，力求做到符合旧体诗词的音韵格律，这正成为诗人写作旧体诗词的艺术追求。正如宋代诗人王安石所说："看似平常最奇崛，成如容易却艰辛。"此举更能显示作者的艺术功力。

3. 刘大白诗词有意识地向新诗靠拢。他既是我国传统诗词的继承者，又是我国白话新诗的开拓者，且一直在追求二者之间的融合。他对我国传统诗词从理论到创作均有深入地研究，历年所著《白屋说诗》《旧诗新话》《中诗外形诗律详说》，不仅从文学史家的角度发展了我国传统诗歌的理论，而且为我国现代新诗的产生作了有益的探索和总结。刘大白旧体诗词的语言，大多文白相间，且以口语入诗。在五四新文化运动中，不少诗词因近于白话新诗，以致收入新诗集《归梦》《邮吻》。入集诗词不下二十首，执其要者五言绝句有《春意六首》《西渡钱塘江遇雨》，七言绝句有《促织》《雨里过钱塘江》《湖滨之夜》《立夏日口占》，词有《一剪梅·明知》《浣溪沙·送斜阳》《踏莎行·别》《长相思·双红豆》《一剪梅·西湖秋泛》《浪淘沙·醉后》《菩萨蛮·湖滨晚眺》等。这些小诗既符合旧体诗词的声韵格律，又可纳入白话新诗的范畴。也正因为如此，当时有人批评他的白话新诗"传统气味太重"。刘大白自己也直言不讳："我因为沉溺于旧诗词差不多三十年的历史，所以我的诗传统气味太重。由旧入新的过渡时代的诗人都免不了这一点。"（《〈旧梦〉付印自记》）

刘大白作为"由旧入新的过渡时代"的天才诗人，既展现在他的旧体诗词有意向新诗靠拢，也表现在他的新诗创作吸收旧体诗词的长处。当时朱自清就曾称道"刘氏能将旧诗词的音节溶入新诗，又擅于把旧诗词的情景翻出新意"。诗人力求将传统与现代有机融合，他的诗歌理论研究亦在为这一创作现象提供依据并打下坚实基础。

界树晚望（二首）

一

数椽临水钓人居，一种风光画不如。
带醉归来村市散，船头还剩半篮鱼。

二

槿篱曲曲雨初过，好趁新晴晒旧蓑。
几树绿杨遮不住，渔家门外夕阳多。

赏析：

这两首诗写于 1900 年，录自刘大白《白屋遗诗·冰庑集》。当时，作者在山阴县（今绍兴）界树村表兄李廑父家中小住，曾作《界树晚望》二首，热情赞美界树闲适优美的渔村风光。

第一首通过对渔民晚归情景的描写，展现了水乡渔村的优美风光。数椽（chuán），几间房屋。钓人，钓鱼的人。诗句意谓，靠近水边有几间风格独特的渔人小屋，在晚霞掩映中它的风光比图画还美。傍晚渔村的集市已经散了，喝醉了酒的捕鱼人才蹒跚归来，船头上还剩半篮子鱼。这里表现了一种渔舟晚唱、闲适恬静的生活情调，富有浓郁的生活气息。

第二首描写渔村雨过新晴的夕照风光。槿篱，植木槿以为篱笆。沈约《宿东园》："槿篱疏复密，荆扉新且故。"诗句意谓，一场新雨过后，呈现出一派清新景象。那曲曲弯弯的木槿篱笆，在夕阳的照耀下显得特别幽静。这时，渔民纷纷走出小屋，趁雨后初晴晒旧蓑衣。几株绿杨遮不住阳光，渔家门外依然充满夕阳。

这两首赞美渔村自然风光的小诗，语言质朴，意境清新。既有古代诗人陶渊明诗作的闲适情致，又有现代江南渔村的生活气息，自然别有一番情趣。

乙巳四月寄子炎

独立何所思，所思在吴门。
故怀与君诉，岂为通寒暄。

侧闻古英雄，心期多磊落。

立志图奋飞，岂恋名与爵。

我生不遇时，落拓君所知。

不为贤者笑，甘为世俗嗤。

匣中双匕首，高鸣震屋瓦。

男儿不可量，指顾莫中华。

山水何苍茫，故人天一方。

何以勖故人，努力筹扶匡。

悲忧从中来，怦怦不可止。

远望一长啸，千里暮云紫。

赏析：

此诗写于1905年，录自《白屋遗诗·冰庐集》。这是一首抒发救国理想的言志诗。作为一名青年爱国者，面对清朝末年的社会黑暗与政治腐败，本着积极的人生态度，怀着入世济民为国效力的抱负，并将这一救国理想诉诸自己的友人。子炎是作者身居外地的知己朋友。1905年（农历乙巳年）5月，作者寄书子炎，尽情倾诉自己当时正在寻求救国之道的孤怀与忧伤之情。

全诗二十四句，可分为三个部分。

第一部分前四句即点明题意，意思是我常常独自站在那里有所思考，自然想到身在吴门的朋友。不只为了与你互通寒暄，而是孤怀郁积需要向你倾诉。吴门，江苏苏州一带，为春秋吴国故地，故称"吴门"。孤怀，此词内涵丰富，含有孤独、孤洁、孤傲之意。作者欲向吴地友人倾诉自己孤寂难耐的心情。

第二部分中间十二句，前四句由"侧闻"（从旁听到）说起，表明对于古代英雄的景仰。他们的心期（胸怀）大多光明磊落，且能立定志向，力图奋发向上，而不是贪恋什么功名爵禄。这里既表现出对古代英雄的仰慕，也是对自己立身处世的鞭策。中四句则写出自身的处境，落拓，也作落拓不羁，含有困顿失意与放荡不羁之意。作者深感生不逢时，自己身处困境却又志存高远。这种孤洁的胸怀，不为贤者所理解（欲求一笑而不得），只能甘为世俗之人所嗤笑，而这一切你是知道的。后四句作者自比为匣中的一双匕首，高鸣可震屋瓦，即可以产生极大的震撼力。匣中双匕首，典出晋王嘉《拾遗记·颛顼》："（颛顼）有曳影之剑，腾空而舒，若四方有兵，此剑则飞起指其方，则克伐；未用之时，常于匣里，如龙虎之吟。"诗句意谓，好男儿所蕴蓄的爆发力是不可限量的，指顾（一指一瞥）之间就可以奠定中华大业。

第三部分最后八句，写自己欲求奋飞而不得的苦闷和忧伤。你我被山水阻隔天各一方，何以报答故人，唯有努力筹划，为国效力。每想至此则悲忧从中而来，且内心怦怦跳动不止。我望着远方喟然长啸，所见不过是千里之外的晚霞。这里明显流露孤怀寂寞之情。

此诗抒怀言志，情动于衷而言于外，且用近于口语的浅近文言述之，让人深为诗人立志奋飞的胸怀与孤寂忧伤的情绪所感染。

吊史阁部

鼓角声中血泪流，连宵烽火逼扬州。
北门锁钥千钧重，南渡江山半壁羞。
抗节无惭文信国，论才原逊武乡侯。
权臣在内功难立，赢得将军自断头。

赏析：

此诗写于 1905 年，录自《白屋遗诗·冰庑集》。史阁部，即明末抗清英雄史可法。他在明末弘光朝官至兵部尚书兼内阁大学士，故称史阁部。作者当时在浙江绍兴任绍兴师范学堂教员，目睹清朝政府腐败无能，因此借凭吊历史人物来抒发自己忧国忧民的强烈感情。

首联言史可法坚守扬州的战场形势。明末弘光年间，清军南下攻打扬州。扬州军民孤军奋战，并在鼓角声中流血流泪。连宵烽火，危在旦夕。

颔联言朝廷腐败无能。北门锁钥，比喻北方重镇。典出宋王君玉《国老谈苑》，本意是宋相寇准镇守大名府，这里指史可法镇守扬州。半壁，指弘光朝在南京拥兵五十万人，还控制了淮河下游及江南的大片地区，故称"江山半壁"。诗句意谓，明末朝廷腐败无能，一旦失去维系千钧重任的"北门锁钥"扬州，便意谓着南渡江山半壁亦将蒙羞。

颈联言对史可法的历史评价。抗节，坚持高尚的志节。文信国，即南宋抗元民族英雄文天祥，曾被封为信国公，故称文信国。武乡侯，即三国蜀汉丞相诸葛亮。诗句意谓，论才干（即文韬武略）虽稍逊于武乡侯诸葛亮，但抗节（坚持高尚志节）无愧于信国公文天祥。

尾联作者直抒胸臆。自断头，史可法被俘后拒绝劝降，曾说："吾头可断，身不可屈，愿速死。"三日后即被杀。诗句意谓，赢得将军"自断头"的原因，在于"权臣在内功难立"。

此诗吊古伤今，既表达了对明末抗清英雄史可法的赞美，也表示了对明末朝廷腐败无能的愤慨。作者忧国忧民的强烈感情溢于字里行间。

湖上吊韩世忠

君相筹边只议和，此来鼙鼓震山河。
小朝已定红羊劫，大将空悲白雁歌。
三字狱成同调少，两宫仇在痛心多。
江山满眼都残雪，忍向西湖策蹇过。

赏析：

此诗写于 1909 年，录自《白屋遗诗·附录》。韩世忠，南宋名将，曾在河北力主抗金，并于建炎三年扼守长江阻金兀术归路，大败金兵。后因多次上疏反对议和而不被采纳，遂自请解职，隐居杭州西湖。死后追封为蕲王。1909 年，作者身在湖上，凭吊这位抗金名将。

首联言南宋君臣屈辱求和，以致金兵不断南犯。筹边，筹划保卫边疆之策。鼙（pí）鼓，古代军中所击小鼓，用以指挥军事。诗句意谓，南宋高宗皇帝和丞相秦桧均力主求和，以致北来的鼙鼓震动山河，即金兵不断南犯。

领联指出"筹边只议和"产生的后果。"红羊劫"，指国家的灾难。古人迷信，认为丙午、丁未两年是国家发生灾祸的年份。丙丁为火，午未为羊，故称国家大乱为红羊劫。白雁歌，宋彭乘《续墨客挥犀》："北方有白雁，似雁而小，色白，秋深则来，白雁至则霜降，河北人谓之霜信。杜甫诗云：'旧国霜前白雁来。'即此也。"按：此处意指北望故国，希望收复失地。诗句意谓，南宋小朝廷定遭红羊劫，抗金名将则空自悲唱白雁歌。

颈联言韩世忠当年的心境。三字狱，南宋绍兴十一年，秦桧以"莫须有"的罪名将岳飞及其养子岳云、部将张宪等杀害，史称"三字狱"。两宫仇，指宋代"靖康之变"。1127 年，金人掳宋徽、钦二帝及杀害太后之后离去。诗句意谓，三字狱让韩世忠的同调减少，而徽、钦二帝被掳之仇更让其痛心增多。

尾联言作者自身感受。策蹇（jiǎn），鞭策驽马。孟浩然《唐城馆中早发寄杨使君》："访人留后信，策蹇赴前程。"诗句意谓，眼前山河到处都是残雪，忍心策动驽马向着西湖走过。

此诗属吊古伤今之作。明写南宋"小朝已定红羊劫"，实写清朝末年列强意欲瓜分中国，作者不能不为之"痛心多"。

渡钱塘江

渡江从此又天涯，滚滚江声把客催。
浪里舟如鱼跃去，风前帆似鸟飞来。
山光隔岸千重合，云影中流一划开。
淘尽英雄知几许，有无热血带潮回。

赏析：

此诗写于 1910 年春，录自《白屋遗诗·北征小草》。当时，刘大白从绍兴坐船到杭州，途中写成这首《渡钱塘江》，既表达了作者渡江之后即将闯荡天涯的欢快心情，又表现了年轻诗人乘风破浪的雄心壮志。

首联直入本题。诗人渡江是为了从此再闯天涯，当时的心情像那滚滚东流的江水一样奔涌，似乎江声也在催客，从此踏上新的人生征程。

颔联写江上行舟的情景。这里用了两个生动形象的比喻，船如鱼在浪里飞跃，帆像鸟儿从风前飞来，显得多么轻快。

颈联写舟中所见的山光水色。两岸群山在遥远的视线里"重合"为完美的图像，而那近处的大船飞驶而过，把天光云影一齐"划开"，船后激起奔腾翻卷的浪花。钱塘江两岸河山景色显得多么壮丽。

尾联即景抒情，表明心志。由"中流一划开"联想到"浪淘尽千古风流人物"的名句。诗人不禁发问，古往今来大浪淘沙，最后成就一番事业的能有几人？进而自答，关键在于"有无热血"，没有热血自然会被甩下，有热血就会向前飞奔。诗人热血沸腾，充满信心，自然可以随着时代的潮流回旋。

此诗卓具特色。作者自然化用苏东坡《赤壁怀古》词中名句的意蕴，表达自己勇闯天涯的决心和乘风破浪的壮志，且能借助眼前景物抒发心中感情，构成景、情、意三者有机融合的艺术境界。

我有匕首行

我有匕首仇有头，仇头不断生可羞；
贪生可羞不如死，生死向前宁畏仇！
丈夫意气动霄汉，风云惨惨天为愁；
朝携匕首出门去，暮提革囊燕市游。
燕市逢故人，邀登酒家楼；
含笑询所为，探囊出髑髅。
髑髅红模糊，闪闪光射眸；
故人莫惊骇，壮志今已酬。
进君一卮酒，为君陈其由；
仇势昔未衰，豪气吞九州。
吴僚无其横，秦政难与俦。
日月可倒行，江河可逆流。
自称天骄子，豪杰供虔刘；
亦有幸免者，万里穷荒投。
中原壮士尽，存者唯善柔；
我独奋然起，志与鲑荆侔。
仇者杀人如剃草，我今杀仇如屠牛；
匕首在颈头在手，砉然一挥仇无头。
仇无头，大白浮，佐君豪饮君快不！

赏析：

此诗写于 1910 年春，录自《白屋遗诗·冰庑集》。据刘大白自言："民国纪元前二年，在北京和友人吴琛君同饮于某酒楼。他酒酣耳热，曾对我细述将继汪唐之后，暗杀某亲贵的计划。我就乘醉题一首《我有匕首行》于壁上：……"（《旧诗新话》之五十二《我有匕首行》）。可见此诗写于北京谋职期间，与辛亥革命义士吴琛于酒楼同饮，醉后于壁上题诗。

全诗可分为两个部分。

第一部分前八句，总述反清爱国志士誓欲暗杀仇敌的革命精神。"朝携匕首出门去，暮提革囊燕市游"，革囊，皮制的袋子。燕市，即燕京，指北京。革命党人与清朝权贵势不两立，决不贪生怕死，定要手刃仇人的头颅，这样的杀敌决心自当声震霄汉。

第二部分为全诗主体，通过与"故人"对话的方式，表述"我"在燕市行刺的过程。又可分为两个层次。

第一层次八句，髑髅（dú lóu），死人的头骨、骷髅。诗句意谓，路上遇到故人，邀请他同登酒楼。友人含笑询问所为，从囊中拿出死人头骨。此头颜色尚红，血肉模糊，闪闪发光摄人眼球。"我"则告诉友人不要惊骇，而今壮志已酬。

第二个层次从"进君一卮酒"到结束。一卮（zhī），一杯。卮为古代盛酒器。吴僚，即吴王僚，春秋时吴国国君。秦政，即秦王嬴政。虔刘，劫掠、杀戮。《左传·成公十三年》："芟夷我农功，虔刘我边陲。"鱄荆，即专诸与荆轲。鱄（zhuān），即鱄设诸，通称专诸，春秋时侠客。吴公子光设宴请吴王僚，专诸藏匕首在鱼腹中进献，刺杀僚，自己亦当场被杀。荆，即荆轲，战国末年刺客。燕太子丹尊他为上卿，派他去刺杀秦王嬴政。殿上进献地图，图穷而匕首见，刺秦王未中，被杀死。诗句意谓，我先敬君一杯酒，再向你陈述缘由：仇敌（指清王朝与帝国主义）互相勾结，气焰嚣张，比当年吴王僚还要骄横，秦始皇也难与他相比。以至日月倒行，江河逆流。中原豪杰几乎被杀尽，即便幸免也都充军远方，存者只有唯唯诺诺。我独自愤然而起，立志向古人专诸、荆轲看齐。过去仇敌杀人如割草，今天我杀仇人像屠牛一样。匕首向仇人头上砉然一挥，就将仇人的头拿在手上。诗的结尾特别值得注意："仇无头，大白浮，佐君豪饮君快不！"大白浮，即浮以大白，典出《说苑·善说》："魏文侯与大夫饮酒，使公乘不仁为觞政，曰：'饮而不釂者，浮以大白。"本意罚酒，后转称满饮一大杯为浮以大白。这里是说，现在仇人已无头，来喝一大杯，助你豪饮，你不感到畅快么！

这是一首采用乐府歌行体以赞美侠义雠仇精神的叙事诗。全诗以第一人称叙述，通过我与"故人"对话的方式，生动描述并塑造了一位反清壮士的形象。正如他的女儿刘星子在注中所说："作者即乘醉题此诗于壁上。吴曰：'你今天好像《水浒传》里的宋江了，在浔阳楼题反诗了。'相对大笑，掷笔而出。"作者即席乘醉吟成，未及推敲装饰，却仍显得笔力雄健，慷慨激昂。诗中引用"浮一大白"典故，更是神来之笔。当时诗后即署"刘大白"，此后作者便取名"刘大白"，家门上书"白屋刘寓"。凡此亦属现代文坛佳话。

秋 蚊

雷欲收声万籁沉，营营白鸟噪墙阴。

性贪宁作穷途哭，身老犹为刺客吟。

入市尚闻余热血，负山何至遽寒心。

凭渠利觜迎人意，痛为炎凉下一针。

赏析：

此诗写于1910年秋，录自《白屋遗诗·北征小草》。这是一首典型的讽喻诗。作者时在北京，面对黑暗现实有感而发，托物寓意，启人深思。

首联言雷欲收声而万籁俱已沉寂，只有秋天的蚊子还在阴暗的墙角里"营营"聒噪。让人未见秋蚊之形却已闻其声。白鸟，蚊子的别称。

颔联指出蚊子"性贪"的本色。穷途哭，意思是处于困境而发出绝望的哀嚎。这里是说，秋蚊性贪，行将死亡仍发出绝望的哀鸣，虽已衰老却仍不改像刺客一样偷吸人血的本性。

颈联进一步揭示蚊子的本性。入市，古代常在市曹行刑，故称押赴刑场为"入市"。负山，背山，比喻力不胜任。《庄子·应帝王》："狂接舆曰：'是欺德也。其于治天下也，犹涉海凿河而使蚊负山也。'"诗句意谓，对入市被害者的鲜血闻味而上，让它背山则骤然让人寒心。

尾联嘲讽蚊子凭着"利觜（同嘴）迎人"的本领一时得势，在人情冷暖、反复无常的社会常对人们痛下一针。

此诗表面句句写蚊，实则借物喻人，意在讽喻黑暗社会中诸多势利小人的贪婪本性。咏物则栩栩如生，绘声绘色；讽人则寓意甚明，入木三分。

舟行过大小姑山

小姑头上髻松松，大姑面上眉浓浓。
画眉拥髻为谁容，得勿怜侬争媚侬。
侬来江上偶相逢，风利不泊去匆匆。
回眸一盼远无踪，孤负两姑空情锺。
舟子告余此双峰，是孤非姑声偶同。
本非有情能相从，虽然有色终非空。
精诚所感神开通，姑若有情来梦中，
孤耶姑耶疑勿庸。

赏析：

此诗写于 1910 年秋，录自《白屋遗诗·北征小草》。大小姑山，即大孤山和小孤山，在江西鄱阳湖出口处。宋孔光宪《北梦锁言》卷十二："西江中有两山孤拔，号大者为大孤，小者为小孤……后人语讹，作姑姊之姑，创祠山上，塑像艳丽。"当时，作者舟行过大小姑山，有感而赋此诗。

第一部分前八句，正面描写大小姑山，且与二山对话。小姑大姑你们"画眉拥髻"打扮得这么漂亮是为了谁呀？莫非是为了我吗？诗中"侬"即我，为吴越方言，显得更为亲切。意思是你们怜爱我并且争相献媚，须知我也不是负心之人，只是偶来江上与你们邂逅，且遇风势迅急不能停泊，只能回眸一盼而已，因而孤负两姑空自钟情于我。

第二部分七句，写"我"与舟子的对话。有色终非空，化用佛家语言，意思是有色有空，色空并立，即物质的外形乃虚幻的本性。诗句意谓，轻舟过后忙问舟子，刚刚经过的大姑、小姑叫什么名字啊？舟子告诉我：是"大孤小孤"而不是"大姑小姑"，声音偶然相同而已。只要有真情实感叫什么名字无关紧要，然而两者有情也并非都能相随相从。实在被精诚所感，形不能朝夕相伴，神却可以相通。大姑小姑你俩果真有情，就请在我的梦中相会吧！

最后用一单句作结，山名"孤"误为"姑"，且建祠立庙，本身就富有诗意与传奇色彩。作者故言，孤也好，姑也好，均为我所爱恋，就不用胡乱猜疑了。

此诗为作者过鄱阳湖大小姑山时所作，全诗运用拟人的修辞手法，将山拟人化，并以人与山的对话，描写人与山的恋情，展现大小姑山壮丽多姿的自然风光。

癸丑初闻南北战事感赋

忽传江右动雄藩，时局于今又覆翻。
正苦豕蛇侵上国，那堪雀鼠斗中原。
一枰黑白河山战，半壁苍黄日月昏。
轻发杀机终下策，后来成败且休论。

赏析：

此诗写于 1913 年 7 月，录自《白屋遗诗·剑胆集》。癸丑南北战事，即 1913 年赣宁讨袁之役。当时，国民党因宋教仁被暗杀事件决定发动反对袁世凯的"二次革命"。1913 年 7 月 12 日，李烈钧在江西湖口宣布独立，通电讨袁；7 月 15 日，江苏宣布独立，黄兴自任江苏讨袁军司令；接着广东、上海、安徽、湖南、四川相继宣布独立。但因国民党内部组织涣散，在袁世凯军队大举进攻下，陷于被动应战。不到两月，"二次革命"即癸丑讨袁之役宣告失败，孙中山、黄兴再度流亡日本。刘大白在赣宁讨袁之役起初，曾在《绍兴公报》发表两首七律，辛辣嘲讽和抨击袁世凯的窃国行径，因有人告密亦逃亡日本。

首联紧承"初闻"题意。江右，江西省的别称。动雄藩，发动实力很强的藩镇起兵。诗句意谓，忽传江西起兵并推动各省讨伐袁世凯，而今时局又发生了重大反复和变化。

中间两联评价当时时局。豕蛇，即封豕长蛇，像大猪那样贪婪，犹如长蛇那样凶狠，比喻贪婪横暴的势力。《左传·定公四年》："吴为封豕长蛇，以荐食上国。"上国，古代诸侯称帝室为上国。雀鼠，雀与鼠，比喻轻贱之人，亦喻争讼。黑白，围棋分黑子白子，故称。苍黄，比喻世事变化不定，反复无常。诗句意谓，窃国大盗袁世凯像封豕长蛇一样妄想吞并全国，而各省起兵讨袁又组织涣散，亦如"雀鼠"之辈在中原相争。这样犹如一盘棋局的黑子白子那样争地夺权，以致不少地方打得不可开交，半壁河山因南北战事而日月昏暗。

尾联直指"战争"。国民党人"轻发杀机",即未经充分谋划就轻率地发起战争终属"下策",后来的成败已没有什么讨论的价值了。作者对于癸丑南北战事怀有自己的看法,发现国民党内部没有共同的讨袁纲领而各自被动应战。结果不幸被言中,不到两月即宣告失败。

此诗题为"感赋",没有空发议论,而是借助形象思维,通过某些成语典故,使"议论"形象化,从而更具有说服力。作者忧国忧民之情亦溢于字里行间。

自题小影寄瘦红

一掬蓬莱水,盈盈中有谁?
故人孤影在,寄与浣相思。

赏析:

此诗写于1914年,录自《白屋遗诗·东瀛小草》。当时,作者仍在东京。他在《任瘦红》一文中写道:"过了几时,我又把小影一幅寄去,上题五言绝句一首。"小影,即照片。瘦红,即作者友人任瘦红,当时在杭州。

这首五言绝句实际上由一层意思构成。一掬,一捧。蓬莱水,蓬莱指日本,即东京之水。盈盈,形容水清澈、晶莹透明。浣(huàn),洗涤。诗句意谓,你看这一捧清澈晶莹的东京之水中有谁?那就是故人的孤影,现在寄与你以洗涤(实为宽解)相思之苦吧!

此诗语浅意深,纸短情长。末句"寄与浣相思",既与你浣相思,也与我浣相思。一帧小小影像,可以跨越一水之隔,使你我之间隔海神思相通,故人与孤影成为二者相通的桥梁。

眼　波

眼波脉脉乍惺忪,一笑回眸恰恰逢。
秋水双瞳中有我,不须明镜照夫容。

赏析:

此诗写于1914年,录自《白屋遗诗·东瀛小草》。这首七言绝句实为抒情小诗，充满了表现夫妻恩爱的浪漫情调。作者流亡日本，对于新婚妻子呵护备至，此即夫妻恩爱的特写镜头。

此诗言少意多，意象鲜明。眼波，比喻目光似流动的水波。夫，丈夫。诗句意谓，有位女子秋波流盼含情脉脉，虽然两眼惺忪，却很美丽动人。她十分动情地回眸一笑，恰恰与我的眼光相遇。原来在她有如秋水的一双瞳仁中有我的影像，这样不用照镜子，也能看清丈夫的容颜。

这首小诗的点睛之笔在"双瞳"，人称眼睛是心灵的窗户，诗中言"双瞳中有我"，说明我在这位女子心中的地位。刘大白自己曾说："朋友们读此诗的，大都叫绝，以为双关绝妙。任瘦红君，并且戏称我为'刘眼波'。但是这也不过所谓'文章本天成，妙手偶得之'罢了。"（《旧诗新话》）

窃　国

走虎奔狼聚鼠狐，一声呼啸逐群胡。
长安卿相多权贵，大好河山付博徒。
徐福避秦三岛隐，范蠡去越五湖通。
中原豪杰驱除尽，窃国终逃斧钺诛。

赏析：

此诗写于1914年，录自《白屋遗诗·东瀛小草》。窃国，窃取国家政权。这里指袁世凯凭借北洋军阀势力和帝国主义的支持，窃取中华民国大总统职位，在北京建立地主买办联合专政的北洋军阀政府。作者遂以此诗对袁世凯的窃国行径表达愤慨和谴责。

首联谴责袁世凯的窃国野心和疯狂气焰。群胡，指盘踞北方各地的军阀势力。诗句意谓，袁世凯怀有虎狼之心东奔西走、招降纳叛，聚结了一批狐鼠之辈，而盘踞各省的地方军阀亦各怀鬼胎，袁世凯一声呼啸就驱了"群胡"，甚至连赣宁讨袁的国民党势力也不例外。

颔联讽刺那些依附袁世凯的"权贵"们。长安，代指北京。卿相，公卿宰相，旧指朝廷高官。博徒，赌徒，指袁世凯。诗句意谓，京城高官多为权贵，他们竟将大好河山付与赌徒，即窃国大盗袁世凯。

颈联惋惜国民党人受排挤打击。徐福避秦，秦代方士徐福奉始皇之命，携带童男童女数千人，乘楼船远航，寻三神山采长生不老之药，实为避秦之祸。范蠡去越，春秋时范蠡助越灭吴，使勾践成为一代霸主。他深知勾践可共患难而不可共富贵，遂逃离越国作五湖之游。逋（bū），逃窜。诗句意谓，不少反袁志士，或像"徐福避秦"那样逃往日本，或学"范蠡去越"那样隐入民间各地。

尾联总结"二次革命"失败的原因。而今"中原豪杰"已被袁世凯北洋军阀势力"驱除尽"，还让窃国大盗逃脱"斧钺"（古代执法者杀人用的斧子）之诛的惩罚。这正是当时国民党人自身软弱和脱离民众的结果。

此诗将叙事与说理融为一体，将"议论"抒情化、形象化。诗中比喻生动，用典贴切，增强了诗的说服与感染力量。

图　南

万里长风激浪青，无端吹我向南冥。
九关虎豹饥思啖，大陆龙蛇梦未醒。
海气苍茫吞日月，天声砰磕走雷霆。
扶摇负翼翱翔远，鹦笑鸠嘲不耐听。

赏析：

此诗写于1915年2月，录自《白屋遗诗·南冥小草》。当时，刘大白在日本因与友人发表反对日本军国主义企图灭亡中国的"二十一条"言论，受到日本警视厅的威逼和监视，被迫离开东京，转赴南洋新加坡、苏门答腊等地。此诗即为初赴南洋之作，展现了雄心勃勃、奋力图南的远大志向。图南，语出《庄子·逍遥游》："鹏之徙于南冥也"，"背负青天而莫之夭阏者，而后乃今将图南"。后用来比喻人的志向远大。

首联直入本题。激浪青，青通"清"，含有"激浊扬清"之意。南冥，亦作"南溟"，南方的大海，这里指南洋群岛。诗句意谓，我本有志于乘长风破万里浪而激浊扬清地干一番事业，而今一股海风竟把我吹向南洋。这是表达对于日本反动当局迫害革命志士的谴责与抗议。

颔联转写国内形势。九关虎豹，比喻凶残的权臣。语出《楚辞·招魂》："魂兮归来，君无上天些。虎豹九关，啄害下人些。"王逸注："言天门凡有九重，使神虎豹执其关闭。"啖（dàn），呛。龙蛇，旧时比喻非常人物。《左传·襄公二十一年》："深山大泽，实生龙蛇。"诗句意谓，国内盘踞要害之处如袁世凯之流的军阀政客们，仍争权利如饥似渴争想呛人，而那些投身革命的杰出人物都如梦未醒似的，不见有振奋人心的举动。

颈联以海天景象比喻革命前景。砰磕（pēng kē），象声词。扬雄《羽猎赋》："上下砰磕，声若雷霆。"诗句意谓，海上雾气苍茫可吞日月，天上声响似"走雷霆"。颇有气吞日月、雷霆万钧之势，让人深受鼓舞。

尾联与开篇呼应，以展现宏伟志向。扶摇，急剧盘旋而上的暴风。《庄子·逍遥游》："抟扶摇而上者九万里。"翱翔，鸟回旋飞翔，比喻自由自在地遨游。鹦笑鸠嘲，指像鹦鸠之类的小鸟对鲲鹏之志的嘲笑。诗句意谓，要像鲲鹏那样凭借自己的翅膀扶摇直上翱翔天宇，对于鹦鸠一类人物的嘲笑可不予理睬。

此诗紧扣题意，旨在图南，表明远大志向。诗中用典贴切自然，遣词造句气韵沉雄，具有感人的艺术力量。

自窜南荒倍怀中土偶闻国事不禁怆然（三首）

一

苦乏阳侯返日戈，崦嵫那许更蹉跎。
著书妄欲名孤愤，说剑惊闻倒太阿。
赤县凭谁重扫荡，苍生禁得几消磨。
海滨借问潮头信，剩水残山近若何。

二

太平声里太平歌，冠盖京华舞众魔。
西北沉沉无日月，东南耿耿有星河。
客中文字波澜壮，海外云山垒块多。
一卷阴符三尺剑，醉来珍重独摩挲。

三

东方海蜃吐奇腥，重饵轻投岂有灵。
长向南云挥涕泪，况闻北极改朝廷。
嘉禾毕竟徒供雀，腐草居然尽化萤。

留得河山容举目，他年无地看新亭。

赏析：

这三首诗写于 1915 年年底，录自《白屋遗诗·南冥小草》。自窜南荒，1915 年作者为躲避日本警视厅的迫害逃窜南洋，在印度尼西亚苏门答腊端木学校执教。虽客居异地却倍怀中土，偶闻国内袁世凯阴谋称帝之事，不禁怆然泪下。

第一首表现作者对于祖国的怀念和忧虑。

首颔二联反映无可奈何的矛盾与惆怅。阳侯返戈，典出《淮南子·览冥训》："鲁阳公与韩构难，战酣日暮，援戈而挥之，日为之返三舍。"意思是鲁阳公将戈一挥，能使西下的太阳回转过来。崦嵫，山名，在甘肃天水西境，传说为日落之处。蹉跎，蹉跎岁月，虚度光阴。孤愤，韩非子所著篇名，后指因孤高嫉俗而产生的悲愤之情。说剑，庄子有《说剑》篇，后以此指谈论武事。倒太阿，太阿为古宝剑名，欧阳子所铸。倒持太阿，即将剑把交给别人，比喻轻率授人权柄自己反受其害。诗句意谓，欲回国参加反袁斗争又苦于没有挥戈返日的本领，而今国难当头哪容许虚度岁月。自己想著书欲名孤愤，欲说剑则惊闻倒持太阿，即均无发挥才能的地方。

颈尾二联表达对残破山河的无限关注。赤县，中国的别称。诗句意谓，国内军阀混战，凭谁反复扫荡，折磨得老百姓受苦受难。大海阻隔，音讯难通，只有借问潮汛，祖国残破的河山近况如何？

第二首不仅表现了作者对国内形势的密切关注，还表现了作者随时准备参加护国战争的心志。

首颔二联言关心国内形势。冠盖，旧指仕宦的冠服和车盖，也用作仕宦的代称。杜甫《梦李白》之二："冠盖满京华，斯人独憔悴。"诗句意谓，遥远的祖国京城里歌舞升平，掩盖着群魔乱舞的丑相。国内革命形势的发展很不平衡，西北地区死气沉沉、日月无光，东南地区群星耿耿、异常活跃。

颈尾二联表明作者的心志。垒块，亦作块垒，比喻郁结在心中的不平之气。阴符，古兵书名，亦称《太公阴符》。三尺剑，古剑长凡三尺，故称。诗句意谓，流亡海外的游子只能用波澜壮阔的诗文去化解胸中郁结的不平之气，而诗人还抚弄着一卷阴符三尺剑，随时准备加入征讨逆贼的护国军队伍中去。

第三首表达作者忧国伤时的悲愤感情。

首颔二联，海蜃，即海市蜃楼，常用以比喻虚无缥缈的事物。奇腥，难闻的腥味，比喻日本帝国主义。重饵，贵重的钓饵，比喻贿以厚禄。南云，指南方革命势力。北极，指北京政权。诗句意谓，东方海上吐出奇腥的日本帝国主义强盗，向国内封建军阀轻投"重饵"，袁世凯为了能做皇帝接受了丧权辱国的"二十一条"。人们为此"长向南云挥涕泪"（寄希望于南方革命势力），何况听说北方政府袁世凯已想改换朝廷做皇帝。

颈尾二联，嘉禾，泛指生长良好的禾苗。腐草化萤，语见《逸周书·时训》："大暑之日，腐草化为萤。"即腐烂的草化为萤火虫。新亭，典出《世说新语·言语》："过江诸人。每至美日，辄相邀新亭，藉卉饮宴。周侯中坐而叹曰：'风景不殊。正自有山河之异！'皆相视流泪，唯王丞相愀然变色曰：'当共戮力王室。克复神州。何至作楚囚相对！'"后以"新亭泪"比喻忧国忧民时的悲愤心情。诗句意谓，让人痛心的是祖国大好河山生长的嘉禾徒然让雀鼠之辈充腹，而那些腐朽的草都却化为萤火之光炫耀。结句化用"新亭泪"一典，意在警告袁世凯之流，不要把人民的江山都出卖光，留得河山让人举目，否则他年无地可看"新亭"。

这三首七言律诗慷慨悲壮，气韵沉雄。诗中用典贴切自然，寓意深沉，实为现代忧时伤世的佳作。

闻滇师起义感赋

义旗风动卷妖氛，北极朝廷敢立君。
我愿苍生齐用武，英雄岂独故将军。

赏析：

此诗写于 1915 年年底，录自《白屋遗诗·南冥小草》。滇师起义，指云南起义，成立护国军，讨伐袁世凯。1915 年 12 月 12 日，袁世凯宣布恢复帝制，改国号为中华帝国，以 1916 年为"洪宪元年"。这场复辟闹剧，引发了全国人民的反对。12 月 25 日，蔡锷、唐继尧在云南通电反袁，成立护国军，准备北征。作者听到这一消息十分激动，立即赋诗一首，表示声援和支持。

前两句充分肯定护国军的深远影响。北极朝廷，指袁世凯北洋军阀政府。诗句意谓，云南护国军高举义旗风卷全国各地，严重打击了袁世凯的反动气焰。袁世凯主持的北京政府还敢改元做皇帝吗？果然在次年三月被迫取消帝制，袁世凯亦在 6 月 6 日于绝望中死去。

后两句提出积极的政治主张。意思是只要全国人民拿起武器，共同反对封建势力，那么能被人们称为英雄的岂会独有蔡锷这样的将军。

作者诗中提出"武装苍生"的思想，不仅显示了政治思想上的远见卓识，也是对于"辛亥革命""二次革命"因其脱离人民大众而未能彻底的深刻批评。

六年夏移寓孤山广化寺

鉴湖不住住西湖，十五年来此愿孤。
今日孤山容我住，挈妻携子傲林逋。

赏析：

此诗写于 1917 年夏，录自《白屋遗诗·西泠小草》。广化寺，在杭州孤山南麓，唐代称孤山寺，宋大中祥符年间改名"广化"。清代曾在寺后建立行宫。1917 年（民国六年）夏，作者全家移居广化寺小住休养。

"鉴湖"二句，鉴湖在绍兴西南两公里处，湖水清冽，所酿黄酒全国闻名。作者家在绍兴，诗中故言"鉴湖不住住西湖"。十五年来，指 1902 年作者曾与表兄同游西湖，因表兄不惯乘船而匆匆归去。长期未能实现畅游西湖的心愿。"孤"在这里有辜负、对不起的意思。

"今日"二句，林逋，即宋代隐逸诗人林和靖，长期隐居孤山，种梅养鹤，人称"梅妻鹤子"。作者十五年前未进孤山，今日孤山容纳了我。此次还带着老婆孩子一起小住，比起当年隐居孤山、"梅妻鹤子"的林逋似又胜出一筹，大可引以为傲。

这首七言绝句颇有特色，既表达了诗人全家移寓孤山的喜悦心情，又在字斟句酌上尽显文字功力。住、孤、容、傲等字，于形态动作中蕴含感情，给人留有诸多欣赏回味的余地。

书新国会初选举调查单后（八首选四）

一

摩登伽女工淫术，漫把阿难戒体沾。

我是如来最小弟，曾从佛座听楞严。

二

域中共怨红羊劫，宫里偷歌赤凤来。

毕竟汉家延火德，万金祸水敢为灾。

三

空床独守忽牵愁，梦里生儿俨阿侯。

枉在郁金堂上住，卢家少妇不知羞。

四

日出东南照一隅，东方千骑上头居。

使君底事踟蹰立，知否罗敷自有夫。

赏析：

这组诗写于1918年，录自《白屋遗诗·西泠小草》。据刘星子注："此诗作于一九一八年。时作者在杭州，正当冯国璋、段祺瑞当国，举行所谓新国会选举。调查员送参议院众议院初选调查单请填，作者拒之而信笔题此绝句八首于纸背。"

第一首巧妙运用佛经故事表示与冯国璋、段祺瑞政见不同，不愿同流合污。摩登伽女，古印度摩登伽的一种淫女。《楞严经》卷一："阿难因乞食次，经历嬡室，遭大幻术，摩登伽女以娑毗迦罗梵天咒，摄入嬡席。淫躬抚摩，将毁戒体。"阿难，释迦十大弟子之一。戒体，佛教指受戒人内含的不被邪恶侵染的功能。诗句意谓，摩登伽女拖人下水的淫术再高，也玷污不了释迦大弟子的戒体。我虽比不上阿难，但也是听过如来宣扬楞严真经的最小弟子。

第二首运用历史典故讽刺北洋军阀政府。红羊劫，指国家灾难。古人认为丙午、丁未是国家发生灾祸的年份。丙丁为火，色红；未属羊，故称。赤凤来，据《赵飞燕外传》载："后（赵飞燕）谓昭仪曰：'赤凤为谁来？'昭仪曰：'赤凤自为姊来，宁为他人乎？'后怒，以杯抵昭仪裙。"这里指赵飞燕与宫奴赤凤私通，后来以"赤凤凰"代指情夫。祸水，典出《赵飞燕外传》，据五行家说，汉以火德而兴，此谓合德（赵飞燕之妹）得宠将使汉亡，如水之灭火。后以"祸水"称惑人败事的女子。诗句意谓，正当国难当头、民怨沸腾之时，有人像赵飞燕在宫中偷情那样与帝国主义勾结，企图延续清王朝的皇帝梦，成为贻害中华民族的万金祸水。身怀万金的祸水喻指北洋政府的权贵。

　　第三首以莫愁生女的故事借古讽今。阿侯，相传为古代美女莫愁的女儿。俨，美艳。南朝梁武帝《河中之水歌》："河中之水向东流，洛阳女儿名莫愁。莫愁十三能织绮，十四采桑南陌头，十五嫁为卢家妇，十六生儿字阿侯。"梦里生儿，因莫愁过着"空床独守"的生活，所以才"梦里生儿"。"卢家少妇"，莫愁嫁到卢家之后的称呼。《河中之水歌》："人生富贵何所望，恨不早嫁东家王。"莫愁因望"富贵"而动淫心，所以有"不知羞"的晋语。诗句意谓，莫愁嫁到卢家之后，枉自住在郁金堂上，看到别人富贵就动了淫心。虽然"独守空床"，却在梦里生儿，生了美女阿侯，真是恬不知羞。这里借以指责玩弄国会把戏的北洋军阀政客不过是些见富贵而动淫心的荡妇而已。

　　第四首缩写《陌上桑》中罗敷的故事。《古诗源·陌上桑》："日出东南隅，照我秦氏楼，秦氏有好女，自名为罗敷。""东方千余骑，夫婿居上头。""使君从南来，五马立踟蹰。""罗敷前置辞，使君一何愚，使君自有妇，罗敷自有夫。"作者缩写这一故事，意在突出罗敷不为金钱名利诱惑，拒绝"使君"纠缠。使君何以踟蹰门前不走，罗敷亦早有归宿，夫婿品格才气均在千家之上。作者亦用罗敷自比，表明有着自己的政治信念，从而拒绝冯国璋、段祺瑞国会选举的种种诱惑。

　　这四首诗无论是揭示或讥讽北洋军阀政客的丑行，还是表明自己的政治态度，作者均未直接说出，而是借助佛经或文学作品中的人物故事，让人领会其中的寓意，从而收到蕴藉含蓄、言少意多的艺术效果。

雨里过钱塘江

几朝急雨几声雷，南面云封北面开。

两岸青山相对坐，一齐看我过江来。

赏析：

此诗写于 1921 年，录自刘大白新诗集《旧梦》。当时，诗人冒着雷雨过江，即兴赋成此诗，意在表现敢于迎风而上、从容乐观的英武气概。

前两句写冒险过江的自然环境。钱塘江上暴雨如注，又出现几多涌潮几声惊雷，这样恶劣的天气和自然环境会给"过江"人造成极大的心理压力。让人惊异的是，钱塘江南岸乌云翻滚势欲封住大地，而北岸却依然云开，似乎在给诗人让开一面。

后两句写从容渡江的英武气概。在这急风暴雨、雷声隆隆的恶劣环境中，"两岸青山"却依然相对坐着，一齐看我过江的惊险场面。两岸青山不畏急雨惊雷还在注视我过江的行踪，这就更加映衬出"过江"之人处变不惊、履险如夷的强者品格。

值得注意的是，这首小诗与此后不久所写的《湖滨之夜》，都是用旧诗格律声韵写成的新诗。因其清新自然，明白如话，均收入新诗集中。此诗"两岸青山相对坐，一齐看我过江来"与《湖滨之夜》"夜深长抱西湖卧，不及青山福分多"竟成为当时诗坛传诵一时的名篇佳句。赵景深在《刘大白的诗》一文中极为赞赏地说："倘若张先（宋代著名诗人）别名张三影，那么刘大白也许可以名为刘二山了。"从这一现代诗坛佳话中，可见刘大白其人其诗引人关注的程度。

十年六月自杭旋里归途舟中口占（二首）

一

又向山阴道上行，千岩万壑争相迎。
故乡多少佳山水，不似西湖浪得名。

二

若耶溪水迎归客，秦望山云认旧邻。
云水光中重洗眼，似曾相识倍相亲。

赏析：

这两首诗写于 1921 年 6 月，录自《白屋遗诗·西泠小草》。民国十年六月，即 1921 年 6 月。旋里，返回故乡。口占，作诗不起草稿，随口吟诵而成，称为"口占"。作者在《〈龙山梦痕〉序》中引这两首诗时指出："约算四年前，从杭州回到离开已久的故乡去，在船上偶然胡诌了这两首七绝。"

第一首极写故乡山水之美。山阴道上行，语出《世说新语·言语》："王子敬云：'从山阴道上行，山川自相映发，使人应接不暇。'"山阴，古县名，在今绍兴市。千岩万壑，原指峰峦山谷极多，人们常以"千岩竞秀，万壑争流"来形容山阴道上让人目不暇接的美景。作者自杭返乡，又向山阴道上行走，仿佛千岩万壑都在争相欢迎。故乡有多少绝佳山水，不像西湖那样浪得虚名。此说看似偏激，实际自有道理。他的挚友徐蔚南就曾说过："大白的故乡绍兴，如果你曾经游历过的，你便要首肯刘先生这两首诗，写的一点也没有夸张。"

第二首写故乡山水与作者之间的紧密关系。若耶溪，在若耶山下，又名浣纱溪，相传西施曾浣纱于此。秦望山，据《会稽志》载："秦望山，在会稽县东南四十里，旧经云众岭最高者。"相传为秦始皇登高以望南海之处。诗句意谓，若耶溪的水声正在欢迎回乡的客人，秦望山上的云影也来相认一别二十多年的"旧邻"。我在这云水光中重新洗眼，即仔细观赏故乡山水秀丽的景色，旋即产生"似曾相识倍相亲"的感觉。

这两首七言绝句有两个颇为明显的特点：一是能以口语入诗，既明白如话，又意象鲜明；二是将故乡山水拟人化，赋予山水以人的感情。正如作者自己所说："情绪是一种富于感染性的东西，用美妙的文字写下美妙的情绪，尤其富于感染性。"看来，正是因为作者能用美妙的文字将人与山水情绪化且融为一体，才会产生感人的艺术力量。

楼外楼头狂醉

胸中垒块不寻常，楼外楼头醉一场。
十五年来无此态，朋筵赌酒郁成狂。

赏析：

此诗写于 1928 年，录自《白屋遗诗·西泠小草》。楼外楼，位于杭州西湖孤山路上的著名酒家。据刘星子注："此诗于一九二八年四月十六日，这晚作者在西湖'楼外楼'（酒家）喝了二十八两酒，大醉一场，归后酒花与血花齐喷，自谓十五年来无此狂态。"

前两句是纪实。垒块，亦作块垒，意思是胸中郁结的不平之气。诗句意谓，作者胸中郁结着一股不同寻常的不平之气，故而在著名酒家楼外楼头大醉一场。

后两句为自我开脱。意思是自己十五年来从未如此失态，这次是因为朋友竞相"赌酒"，再加胸中垒块太多才郁闷成狂的。

我们认为，理解此诗的关键在于"胸中垒块不寻常"。为何胸中郁结一股不平之气以致烂醉成狂？这里有两方面的原因：一是 1928 年初，作者应浙江省教育厅厅长蒋梦麟之邀，辞去上海复旦大学教职，回杭任教育厅秘书兼浙江大学秘书长之职，从此弃教从政。而作者对于政务却并无兴趣，只是因为"政治与友谊"的牵绊摆脱不了；二是当时正处"四一二政变"之后，国民党人屠杀共产党人和革命群众，作者属于倾向革命的知识阶层，有点晕头转向，因而"胸中垒块不寻常"实属情理中事。此次借酒浇愁，竟然一次喝了二十八两，希求在狂醉中得到解脱。作者狂醉事出有因，应当从客观的社会现实与其主观认识的局限找出原因。

访曼殊塔（四首选二）

一

残阳影里吊诗魂，塔表摩挲有阙文。
谁遣名僧伴名妓，西泠桥畔两苏坟。

二

仍留遗蜕在人间，带水拖泥便等闲。
绝世才人苏子觳，只今妆点到湖山。

赏析：

这几首诗写于 1928 年 12 月，录自《白屋遗诗·西泠小草》。苏曼殊为我国近代著名诗僧，因其多才多艺，可与弘一法师比肩。死后葬于杭州孤山北麓，作者曾拜访苏曼殊墓，并写诗志感。

第一首直入本题，凭吊诗魂。塔表，即塔碑。僧人之墓为塔形，石碑竖在塔前。诗句意谓，我在残阳影里凭吊已故诗人的英魂，抚摸墓前塔碑上已有缺失的文字。试想谁在派遣现代的著名诗僧苏曼殊去伴古代的钱塘名妓苏小小，让杭州西泠桥畔出现两座苏坟。

第二首写苏曼殊塔墓。遗蜕（tuì），指人的尸体。苏子穀，即苏曼殊，原名玄瑛，字子穀，后为僧号曼殊。诗句意谓，苏曼殊死后仍将遗体暂厝上海留在人间，因此拖泥带水便成等闲之事。苏子穀（即诗僧苏曼殊）作为绝世才人，而今葬于杭州孤山北麓，却妆点了西湖山水。

作者于曼殊塔前凭吊诗魂，既肯定其作为"绝世才人"可以妆点湖山，又指出而今"名僧伴名妓"亦不失为风流韵事。"西泠桥畔两苏坟"，实为联想丰富的神来之笔。

金缕曲（四首选二）

寄任瘦红

一

弟裔驰书叩：上瘦红吾兄足下，别来安否？辱在深交无泛语，不叙寒暄节候，也不问荣枯休咎。料得近时吟兴好，问有无诗本藏怀袖？千万勿，把心呕。

安眠健饭时相祝。值秋深西风渐劲，隔帘吹透。北地严寒宜准备，此际添衣要厚。尤莫向尘衢争走。纵饮殊非调摄计，劝羁人少醉花前酒。珍重意，望听受。

二

旧事难回首：记京华迎凉送暑，雨宵晴昼；雅谑清谈嫌未足，相与联诗赌酒。更约伴搏蒲射覆，啜茗听歌同秉烛，送将归五夜犹相守。思此乐，几时又。

而今细数归来后：把相思一回一粒，记将红豆；纵使量来无一斛，料也将盈一斗。算可告天涯良友：近日纵无如意事，幸狂吟烂醉还依旧，只貌比，别时瘦。

赏析：

这一组词写于 1910 年秋，录自《白屋遗诗·附录》。金缕曲，词牌名，亦名《贺新郎》。双调一百十六字，上阕九句，六仄韵，五十七字；下阕九句，六仄韵，五十九字。此词多用入声韵，声调高亢，宜于表达激昂豪壮或沉郁悲凉之情。作者在《旧诗新话·顾贞观〈金缕曲〉》一节中写道："记得民国纪元前二年秋间，我从北京回到故乡，因为纪念在京诸友，也曾摹仿此体，于重九日作《金缕曲》四阕，寄给留京友人任瘦红。东施效颦，本来不值一笑，何况又并无历史背景！但是现在看起来，也毕竟是我个人文学生活上的一缕痕迹。"《金缕曲》四阕，今选其中两首略加分析。

这两首词均采用书信体的形式表达诗人为人忠厚、珍重友谊的情感。

第一首上阕用书信的方式表达问候。裔，即刘大白，原名靖裔。叩，叩拜，敬礼。辱在，指屈尊慰问。休咎，吉凶。词句意谓，小弟靖裔驰书叩拜，上达瘦红吾兄足下，别来可好？屈尊与我深交无须泛语，不用寒暄问候，也不问屈辱吉凶。料得近时吟兴很好，想问问有无诗歌本子藏于怀里、袖间？同时关心和劝慰友人"千万勿，把心呕"，即不要过于用心劳神。

下阕仍在劝慰友人。祝，祝祷。尘衢，尘世间的道路。调摄，调理保养。羁人，羁旅，作客他乡之人。花前酒，即花酒，在妓院中狎妓饮酒。词句意谓，作者既关心友人的衣食住行，包括"安眠健饭""御寒添衣"，更重点规劝友人莫向世俗街上争走，注意少醉花酒，且反复强调"珍重意，望听受"，若非深交故旧，不可能如此语重心长。

第二首上阕回首京华旧事。雅谑，高雅的戏谑。清谈，清雅的言谈、议论。摴蒱（chū pú），古代博戏名，以掷骰决胜负，后为掷骰的泛称。射覆，古代游戏，将物件预先隐藏，供人猜度。后世酒令中用字句隐寓事物令人猜度，也称射覆。啜茗，饮茶。五夜，五更之夜。词句意谓，记当年京城送走暑热迎来秋凉，下雨的夜晚与晴朗的白天，当时一起雅谑清谈犹嫌不足，还相与联诗赌酒。更相约结伴玩各种传统的游戏，进而饮茶听歌、秉烛夜游，直到五更犹自相守。想想此种乐趣，几时能够再有。凡此足见友谊之深。

下阕则通过细数红豆表达相思之甚。斛（hú），古代器量，一斛为十斗。用红豆来计相思，虽无一斛，也已超过一斗。谈到作者自己，可告天涯良友："近日纵无如意事，幸狂吟烂醉还依旧，只貌比，别时瘦。"何以会瘦？不言而喻，只为思念友人。

《金缕曲》四阕"以词代书",别具一格。既完全体现书信的特点,又显得亲切自然,情真意挚。作者对第二首下阕"而今细数归来后……"亦较为满意,确实能给人带来回肠荡气之感。

浪淘沙
登太阳阁观隅田川晚景

一醉起凭栏,红日西残;波光上接日光寒,返照入云云入海,人在云端。

何处有神山?依旧人间。我来手拂晚霞看,遥指秦时明月上,海外桃源。

赏析:

此词写于 1914 年 4 月,录自《白屋遗诗·附录》。浪淘沙,词牌名。原为唐教坊曲,创自刘禹锡、白居易。单调二十八字,四句,三平韵。实即七言绝句。南唐李煜始作《浪淘沙令》,盖因旧曲名,另创新声。双调五十四字,前后阕各五句,四平韵。太阳阁,为日本东京向岛的一处景观。当时,作者与友人同游向岛,且一起登上太阳阁喝酒。傍晚一边喝酒,一边眺望隅田川注入东京湾的壮丽景色。作者虽已喝醉仍即兴挥毫,词中不免笼罩着一层醉意。

上阕由"一醉"领起,写出太阳阁"红日西残"的晚景。从这里向远处眺望,海上波光粼粼,残红殷殷,返照入云,霞光闪闪,形成云海难分的奇观,使人如在云端,产生飘飘欲仙之感。

下阕紧承"人在云端",写云中所见。作者面对这样鲜艳壮丽的奇景,虽有醉意而仍有知觉,想到"何处有神山?依旧人间"。指的应该不是隅田川,而是自己的祖国。我以手抚摸着晚霞看世界,那是秦时的明月,明月上有"海外桃源"。

这首词的艺术构思颇为奇妙,作者登太阳阁观隅田川晚景,由"一醉"引起发出惊人想象。上阕实写,意在描绘夕阳残照的隅田川晚景;下阕虚写,写"人在云端"拂霞所观之景,则为艺术想象。虽处沉醉仍否定了"神山"之说,依然怀念秦时明月与海外桃源。作者即景抒怀,巧妙地表达了对祖国的思念之情。

一剪梅

明知

　　明知今夜月如钩，怕倚楼头，却立湖头。湖心月影正沉浮，算不抬头，总要低头。

　　不如归去独登楼，梦做因头，恨数从头。胸中容得几多愁，填满心头，挤上眉头。

赏析：

此词写于 1921 年 11 月，录自《白屋遗诗·附录》。一剪梅，词牌名，宋人称一支为"一剪"。此词双调六十字，上下阕各六句，六平韵，三十字。七言与四言相间而成，四言八句，均用排偶，亦可叠韵。1921 年 11 月，作者时在杭州，依谱填词，借月抒怀，表达内心颇为复杂的思想感情。

上阕开篇点明题意。"明知今夜月如钩，怕倚楼头"，何以怕倚楼头？是担心在楼头看月撩起对远人或往事的怀念。却到湖边散步立在湖头，不料月影正在湖中随着微波上下沉浮。这时"算不抬头，总要低头"，不想抬头看到天上的月，低头却仍见湖心月影，因其上下浮沉，同样撩起胸中思念之苦。

下阕作者转而一想，"不如归去独登楼"，索性不用回避思念之苦。须知做梦自有因头，恨数亦应从头。其实"恨"也是爱，恨之深才会爱之切，恨之不成转而为愁。这样从头数恨，越数越多，越多越愁。人的胸中怎么容得下这许多愁啊！正因为如此，才"填满心头，挤上眉头"。

这是一首用《一剪梅》词牌的音韵格律写成的新词。作者善于将现代的语言神韵纳入传统的艺术形式之中，既通俗易懂，又深沉含蓄。明知望月会勾起苦苦的愁思，却又不能不望。1921 年正是作者人生道路上的转折时期。他想跟上时代的步伐，追求光明的未来，却又不知道光明在哪里。他在新诗《旧梦》中曾发出呼喊："黑暗拥抱着我呢，赦我吧，我禁不起你的恩宠！"这首词正反映了作者在摆脱黑暗、追求光明道路上苦闷彷徨的心绪。

一剪梅

西湖秋泛

　　苏堤横亘白堤纵，横一长虹，纵一长虹。跨虹桥畔月朦胧，桥样如弓，月样如弓。

　　青山双影落桥东，南有高峰，北有高峰。双峰秋色去来中，去也西风，来也西风。

赏析：

　　此词写于 1922 年 8 月，录自刘大白新诗集《旧梦》。一剪梅，词牌名。当时，作者秋日泛舟湖上，调寄《一剪梅》，写成这首赞美西湖风光的白话词。

　　上阕写"桥"与"月"相映成趣构成的美景。横亘（gèn），横贯、贯穿。苏堤与白堤都是纵横贯穿西湖的长堤。跨虹桥，为苏堤六桥中由北向南的第一座桥。词句意谓，作者泛舟湖上，面对一纵一横的苏堤和白堤，看上去很像两条天上的长虹落在人间。只见跨虹桥畔月色朦胧，堤上的桥为拱形，天上的月亦半圆，因此给人的感觉是，"桥样如弓，月样如弓"。

　　下阕则围绕"桥"与"影"、"高峰"与"西风"展开。双影，在西湖之西与西南分别耸立着北高峰与南高峰，两座高峰的身影投入湖中故成"双影"。词句意谓，青山双影落在桥东，因作者泛舟湖上亦在桥的东面，故可见桥东湖中双影。抬头远望南有高峰，北亦有高峰。作者进而想到，我们想要欣赏双峰（南高峰与北高峰）秋天的景色，则在去来之中，"去也西风，来也西风"，更加渲染了深秋的色彩。

　　这是一首颇为典型的白话词，几乎全由人们常用的口语写成。词中还巧妙地采用"重叠错综"的句式，"横一长虹，纵一长虹""桥样如弓，月样如弓""南有高峰，北有高峰""去也西风，来也西风"，句中只改一字，却韵味十足，给人以审美享受。

长相思（三首）

双红豆

一

岁朝初，一封书；珍重缄将两粒珠，嘉名红豆呼。

树全枯，却重苏；生怕相思种子无，天教留半株。

二

望江南，树凋残；莫作寻常老树看，相思凭此传。

体微圆，色微殷；星影霞光耀晚天，离离红可怜。

三

豆一双，人一双；红豆双双贮锦囊，故人天一方。

似心房，当心房；偎着心房密密藏，莫教离恨长。

赏析：

这三首词写于 1924 年 2 月，录自《白屋遗诗·附录》。长相思，词牌名。唐玄宗时，宫中用此调歌咏王维"红豆生南国"诗而得名。原为教坊曲名，后用作词牌。双调三十六字，上、下阕各四句，四平韵或三平韵一叠韵。原诗题下有一长序："今年元旦，江阴周刚直君，赠我一双红豆。……我细玩此物，颜色微紫，形状颇类心房，古人以它为相思的象征，大约不是无故。近来和周君相别，已将匝月，睹物怀人，相思颇苦，因作《双红豆》三首，以代缄札。"作者以三首词代替信函，充分表达了自己深沉真挚的思念之情。

第一首词表达接到友人书信后的喜悦。岁朝初，指农历正月初一。词句意谓，正月初一收到你寄来的一封书信，还特别珍重地附上两粒有如珍珠而被人们称颂的红豆。你在信中还说："老树一株，死而复苏，只有半株，仅结了十余粒。"看来这是天意不使红豆树绝种，不让人间象征相思的种子失传。

第二首词盛赞这株"死而复苏"的老树。微殷，暗红。离离，茂盛多枝的样子，这里指子实离离。词句意谓，我们遥望江南，树已凋残，但不要把它当作普通的老树去看，珍贵的相思种子就是凭借它来传递的。这株老树是什么样子呢？我想它应该是树体微圆，其色暗红，到了晚上则与星影霞光同耀，因为子实茂盛而红红一片，十分招人喜爱。

第三首词睹物思人。锦囊，用织锦做成的袋子。词句意谓，我和你是豆一双、人一双，红豆双双尚可贮入锦囊，而人却天各一方，经受相思之苦。现在看到你赠送的红豆，觉得它"似心房"，我就把它"当心房"，而且紧紧贴着我的心房密密地珍藏，以减少离愁别恨的痛苦。

我们从这三首词中不难看出作者对友情的珍重，可是天有不测风云，1926 年 1 月传来友人因参与农民运动而遇难的消息。作者当时怀着悲愤沉痛的心情写下一首《长相思·泪如红豆红》词作为纪念。后来还写道："我看红豆，我有如看见他为农民而流的血！红豆永存，他的心永存；红豆永存，他的血永存；红豆永存，我和他死别以后的相思永存！"（详见《旧诗新话·泪如红豆红》）

菩萨蛮
湖滨晚眺

林峦隐约平湖暮，微波吐露东风语："明日是清明，青山分外青。"

天边星可数，水底星无数。回首望春城，绕城千万灯。

赏析：

此词写于 1926 年 4 月，录自刘大白新诗集《邮吻》。菩萨蛮，词牌名。原为唐教坊曲，据《杜阳杂编》载，唐宣宗大中年初，女蛮国进贡，来人梳高髻戴金冠，全身缨珞被体，号为菩萨蛮队。当时优人遂制《菩萨蛮》曲，后用为词牌。双调四十四字，上、下阕均两仄韵转两平韵。平仄递转，情调由紧促转为低沉，历来名作颇多。湖滨，杭州西湖之滨，即西湖东岸由一公园至六公园构成的景观带。作者晚间站在湖滨眺望湖光山色，自有一番佳趣。

上阕写傍晚湖滨的景色。林峦，树林和峰峦，泛指山林。作者站在湖边眺望，远处树林和峰峦仍隐约可见，西湖平静的湖水波澜不兴，人们似乎听到微波在吐露着东风的消息。"明日"二句正是"东风语"的具体内容，意思是明天就是清明，远方的青山会比今天更青。

下阕写湖滨夜晚的景色。春城，这里指杭州城。词句意谓，作者意外发现，天边的星可以数，而水底的星却无法数。作者回首再望杭城，可以看到绕城的千万盏灯光。这就解除了上述疑团，正是因为"灯"与"星"同时映入水底，当然要比天上的星多得"无数"。

这是一首采用《菩萨蛮》词调写成的新诗。作者敢于尝试用白话填词，生动写出林峦隐约之美与灯星的交辉之美，且完全符合该词音韵格律要求。这在我国新诗草创时期不能不说是一种成功的尝试。

减字木兰花
题旧日记

密行小字，细写当年肠断事；写给谁看？准备他时手自翻。
倘教人见，难得分明恩与怨；只自分明，离合悲欢总有情。

赏析：

此词写于 1929 年 3 月，录自《白屋遗诗·附录》。减字木兰花，词牌名。双调四十四字，上下两阕各四句，两仄韵，两平韵。减字后句式整齐，两仄两平四换韵，在音节上有变化而优美，故作者喜欢填此词。它较《木兰花》词牌减少十二字，故称《减字木兰花》。1929 年 3 月，作者时任浙江大学秘书长，兼中文系主任教授。平日工作劳累而身体多病，常有"感旧怀人"的情绪，此词即为感伤之作。他翻开自己的旧日记，回忆与何芙霞离婚后情感上的伤痛。

上阕触物怀人。作者翻开自己的日记，上面密密麻麻的小字，详细记述了当年与妻子之间那些断肠的往事。进而自问自答，日记"写给谁看"，"准备他时手自翻"，看似超脱轻松，实则内心沉痛。作者"细写当年肠断事"，本想给妻子看的，可她离我而去，只好他年随手"自翻"吧！

下阕自解自嘲，仍然表达对于前妻颇为复杂的感情。日记倘教别人看见，他们也难分清是非恩怨，还是"只自分明"，即自己清楚，因为"离合悲欢总有情"！作者已经撇开了是非恩怨，于"离合悲欢"之中仍然不忘往日之情。这就委婉含蓄地表达了他对于前妻的怀恋之情。

这是一首别具一格的新诗。作者采用词的音韵格律，又以口语入诗，成为白话新诗。此词内容感旧怀人，情意缠绵，可谓文情俱佳，颇具感人的艺术力量。

浣溪沙（二首）

寄蔚南

一

天际微云带薄妍，斜阳去后月明前，此时回望总凄然！

镜里长看新绰约，梦中还觅旧缠绵，芙蓉花发自年年！

二

屈指微挢锦瑟弦，弦弦如诉旧悲欢，恼人心事莫轻传！

未必星辰非昨夜，可能杨柳似当年，为谁憔悴有谁怜！

赏析：

这两首词写于 1929 年 10 月，录自《白屋遗诗·附录》。浣溪沙，词牌名。相传以春秋越国美女西施在溪中浣纱而得名。此词双调，四十二字。上下阕各三句，每句七言，上阕三或两平韵，下阕两平韵。见唐人词。下阕第一、二句用对仗为定格。1929 年 10 月，作者应好友蒋梦麟之邀，由杭州赴南京，就任国民政府教育部常务次长。他的心情十分矛盾，写成《浣溪沙》词寄上海友人徐蔚南，以表达这种进退两难的苦闷心情。

第一首回望逝去的年华，产生"凄然"之感。薄妍，指微茫而美丽的晚云。绰约，柔婉美好的样子。芙蓉，即芙蓉镜，因形似莲花而称。词句意谓，太阳落山了，月亮尚未明，这时回头望去，总觉有点凄然。进而对镜自叹，总想从镜子里看到自己新姿绰约的面貌，从梦中找回旧时缠绵悱恻的感情，可是事与愿违，芙蓉镜里的白发竟一年年多起来了。作者当时才五十多岁，已经表现出凄然苍茫的心境。

第二首借"锦瑟"进一步抒发抑郁苦闷的情绪。微挢（chōu），轻轻地用手指弹乐器。锦瑟，带有织锦花纹的瑟。唐李商隐《锦瑟》："锦瑟无端五十弦，一弦一柱思华年。"词句意谓，作者屈指轻弹锦瑟的弦，一弦一柱都在诉说旧日的悲欢，对于那些恼人的心事就不要轻易传开了。进而由往事转向现实，"星辰"还是昨夜的星辰，"杨柳"还是当年的杨柳，一切都没有什么改变。我还是当年的"我"吗？那么，你又为谁这么憔悴？又有谁在可怜"你"呢？

当时，作者面临人生中的双重折磨，既有爱情婚姻上的伤痛，又有仕途上进退两难的烦恼。词中"为谁憔悴有谁怜",从上述两方面来理解均无不可。他在给徐蔚南的信中曾言:"我志在学问,不过现在是受了政治和友谊的牵绊,一时不易摆脱罢了。"因此他上任不到一年三个月(中间还有两次住院养病)就辞职了。

太常引
薄 寒

薄寒恻恻到孤衾,依约觉秋深;未必便秋深,是瘦骨支愁不禁。

三更好梦,五更恶梦,一例费沉吟;何必更沉吟?断梦也无从再寻。

赏析:

此词写于1929年,录自《白屋遗诗·附录》。太常引,词牌名。又名《太清引》《腊前梅》。双调四十九字,上阕四句,四平韵,下阕五句,三平韵。薄寒,微寒、轻寒。作者笔下一片萧瑟的秋景且流露凄凉的心情。通篇由"依约觉秋深"勾起一种无名的悲哀,此中有所感、有所思。

上阕写有所感。恻恻,悲痛的样子。孤衾(qīn):一床被子,常喻人独宿。词句意谓,秋日的微寒使人感到阵阵悲凉,以致传到孤眠独宿之人。此时依约觉得秋天已深。实际未必便是秋深,而是自己瘦弱的身躯禁受不住哀愁。这里写出一个孤衾独居而又"瘦骨支愁"的病人于秋日的内心感受。

下阕写有所思。更,旧时夜间的计时单位。一夜分为五更,每更约两小时。如半夜三更,夜阑更尽。沉吟,沉思吟味,有默默探索研究之意。词句意谓,半夜三更做好梦,五更又做恶梦,这些一概需要费心沉思吟味,但又何必费心沉思吟味,反正断梦(包括好梦与恶梦)也无从再去寻找。作者顺着"费沉吟"的思路自问自答,自怨自艾,最后感到梦想与希望都破灭了。

此词为作者晚年之作,缠绵悱恻,哀怨凄凉,明显流露出哀伤绝望的情绪。

鲁　迅

鲁迅生平与旧体诗创作

　　鲁迅（1881—1936），原名周树人，字豫才，"鲁迅"是发表《狂人日记》时开始用的笔名，浙江绍兴人。我国现代伟大的文学家与思想家。出身于衰落的封建士大夫家庭，从小在私塾读书。1898 年考入江南水师学堂，开始接触西方文化。1902 年赴日本留学，先入东京弘文学院，后转仙台医学专门学校。1906 年中止学医，回东京从事文学活动。1909 年回国，先后在杭州、绍兴任教。1912 年应蔡元培之邀到教育部任职。1918 年参加改组后的《新青年》编委会，发表第一篇白话小说《狂人日记》。此后陆续发表《孔乙己》《药》《阿 Q 正传》等小说。1923 年结为《呐喊》出版，充分显示"五四"文学革命的实绩。1920 年后，一面在北京大学、北京师范大学任教，一面坚持文学创作。1926 年因曾支持北京女子师范大学学潮而受到封建军阀迫害南下，先后在福建厦门大学与广州中山大学任教。1927 年年底大革命失败后回到上海定居，开始了最后十年光辉的战斗历程。他在参与领导中国左翼作家联盟、中国自由运动大同盟、中国民权保障同盟从事文艺与政治斗争的同时，还相继编辑《萌芽月刊》《前哨》《十字街头》《译文》等刊物和出版《三闲集》《二心集》《伪自由书》《且介亭杂文》等九本杂文集，为推动上海左翼文艺运动起到了巨大的作用。一生著述宏富，有多种版本的《鲁迅全集》传世。

　　鲁迅的文学创作一向以小说、杂文闻名于世，诗歌创作乃其"余事"。虽只留下不足百首，却弥足珍贵，且有不少传世之作。从写于 1900 年春的《别诸弟三首》，到 1935 年的《亥年残秋偶作》，几乎贯穿其整个创作生涯。鲁迅一生创作，早期成就在于小说，后期则主要写作有如匕首、投枪的杂文，而诗词写作则从未间断。我们完全可以说，鲁迅既是杰出的小说家与散文家，也是杰出的诗人。正如郭沫若在《鲁迅诗稿·序》

中所说："鲁迅先生无心做诗人，偶有所作，每臻绝唱。或则犀角烛怪，或则肝胆照人。如'横眉冷对千夫指，俯首甘为孺子牛'，寥寥十四字，对方生与垂死之力量，爱憎分明，将团结与斗争之精神，表现具足。此真可谓前无古人，后启来者。"此诚知者之言，实为对于鲁迅作为诗人最好、最恰切的评价。

鲁迅历来主张"文学是战斗的"！诗人应是"精神界的战士"。他早在 20 世纪初就在《自题小像》一诗中发出"寄意寒星荃不察，我以我血荐轩辕"的慷慨悲壮的战斗誓言。到了 30 年代，随着民主革命的深入发展，他在集中力量创作大量杂文的同时，还写了不少富有战斗锋芒的诗歌。他用诗来揭露国民党反动当局所进行的军事和文化"围剿"，表现了革命者一往无前、义无反顾的革命精神。当时的黑暗势力是那样的气焰嚣张，"风生白下千林暗，雾塞苍天百卉殚"（《赠画师》），"万家墨面没蒿莱，敢有歌吟动地哀"（《无题》）。他并没有被吓倒，而是发扬韧性战斗精神，唱出"忍看朋辈成新鬼，怒向刀丛觅小诗"（《悼柔石》），"横眉冷对千夫指，俯首甘为孺子牛"（《自嘲》）这些让人振聋发聩的声音。他深信黎明前的黑暗必将过去，人民革命的胜利必将到来。"竦听荒鸡偏阒寂，起看星斗正阑干"（亥年残秋偶作），"心事浩茫连广宇，于无声处听惊雷"（《无题》）。他对革命前途充满信心和希望，"愿乞画家新意匠，只研朱墨作春山"（《赠画师》），这样的诗堪称战斗的号角，时代的强音。

鲁迅在强调"文学是战斗的"同时，亦深知"诗是抒情的艺术"，因为抒情是诗歌艺术的生命。他的诗歌无不情动于衷而言于外，诗中既有面对黑暗现实的战斗激情，也有对于亲人朋友的诚挚感情。早年所作《别诸弟三首》："梦魂常向故乡驰，始信人间苦别离。"抒发的是兄弟之间聚少离多的骨肉亲情。《题〈芥子园画谱〉三集赠许广平》："十年携手共艰危，以沫相濡亦可哀。"表达的是夫妻之间患难与共的一片深情。《答客诮》："无情未必真豪杰，怜子如何不丈夫。"更是因老年得子而关爱有加的真情表白。至于《阻郁达夫移家杭州》《哀范君三章》《悼杨铨》等篇在揭露黑暗现实的同时，无不表现对于友人的关切与怀念之情。还有《赠邬其山》《送增田涉君归国》《赠日本歌人》等十余首题赠日本友人的诗篇，作者在日本军国主义者策动侵华战争之时，依然不忘中日两国人民之间的传统友谊。鲁迅历来爱憎分明，感情世界非常丰富。我们过去往往只看到鲁迅勇于战斗、金刚怒目的一面，而忽略了他对亲人朋友侠骨柔情的一面。

鲁迅诗歌不仅各体兼备，而且卓具风格。他能熟练地驾驭新诗、旧体（包括古风、律诗、绝句）和民间歌谣等多种体式，写出令人击节称赏的作品。就其艺术风格，简而言之为：悲壮沉郁，凝练含蓄。尤其是像《自题小像》《自嘲》《悼柔石》《悼杨铨》《亥年残秋偶作》等广泛流传、影响深远的作品。如《悼柔石》："惯于长夜过春时，挈妇将雏鬓有丝。梦里依稀慈母泪，城头变幻大王旗。忍看朋辈成新鬼，怒向刀丛觅小诗。吟罢低眉无写处，月光如水照缁衣。"作者深情悼念为革命事业而献身的友人，慷慨悲壮，沉郁顿挫。郭沫若在新中国成立前后三和鲁迅此诗，并称赞其为"大有唐人风韵，哀切动人，堪称绝唱"。胡风在新中国成立以后蒙冤入狱曾用这一诗韵写诗二十首。值得注意的是，鲁迅诗歌既承杜甫沉郁顿挫的诗风，有时又有李商隐式的隐约含蓄。请看《无题》："一支清采妥湘灵，九畹贞风慰独醒。无奈终输萧艾密，却成迁客播芳馨。"此诗意在运用象征手法表现革命者与反动派的较量，而诗中湘灵、独醒、迁客寓意何在，耐人寻味。这类诗歌与李商隐式的无题诗有异曲同工之妙。

对鲁迅诗歌进行考释与解析是一项具有一定难度的工作。自1957年人民文学出版社《鲁迅全集》十卷本与1959年张向天《鲁迅旧诗笺注》出版以来，鲁迅诗歌注家蜂起，公开出版的书籍在十本以上，公开发表的文章则数以百计。这些图书与报刊资料，除了对鲁迅诗歌的思想与艺术成就作出高度评价外，还就诸多问题进行有益的探讨。执其要者有四个方面：一是对鲁迅诗的甄别与考订。如有人提出已入《鲁迅全集》的《惜花四律》与《南京民谣》并非鲁迅诗作，而是出自周作人和民间作者的手笔。二是某些诗歌篇名有争议。如为了悼念左联五烈士而附于《为了忘却的纪念》文中的一首七律，篇名就有《无题》《悼柔石》《惯于长夜》《为了忘却的纪念》等差异。七律《湘灵歌》有人主张应题为《送S·M君》。三是对某些诗歌的写作缘由与背景理解有分歧。如写于1934年的《秋夜有感》，有说为张梓生青年时期在富家教馆中一段恋爱故事的戏作，有说深夜哀悼殉难的革命烈士，有说无情讽刺了反革命文化"围剿"的失败。四是对于正文中某些关键词语的理解更是见仁见智。如《自嘲》诗中"偷得半联"的指向；《自题小像》诗中"神矢"的出典；《赠画师》诗中"作春山"的寓意等。鲁迅的诗歌虽注家蜂起却也产生诸多争议，既可见其思想深邃并具有魅力，也说明其仍有研究的空间。愿鲁迅诗歌随着阅读的普及研究更加深入。

别诸弟（三首）

一

谋生无奈日奔驰，有弟偏教各别离。
最是令人凄绝处，孤檠长夜雨来时。

二

还家未久又离家，日暮新愁分外加。
夹道万株杨柳树，望中都化断肠花。

三

从来一别又经年，万里长风送客船。
我有一言应记取：文章得失不由天。

赏析：

这三首诗写于 1900 年 3 月，后收入鲁迅《集外集拾遗补编》。原诗标明写作时间为"庚子二月"，即公历 1900 年 3 月，署名戛剑生。鲁迅于 1898 年赴南京求学，考入江南水师学堂，后转入矿路学堂。在校读书期间，经常思念家中亲人。《别诸弟三首》就是附在信中寄给二弟周作人、三弟周建人的，充分表达对于自家兄弟的深切怀念之情。

第一首总诉离家两年来的离情别绪。

"谋生"二句，谋生，谋求生计，寻找生活出路。奔驰，也作奔波，奔走不止。诗句意谓，为了谋求生计而无可奈何地整日奔忙，我有两个弟弟偏教各自别离。

"最是"二句，凄绝，哀伤欲绝。孤檠（qíng），孤灯。"檠"为灯架，也可以代指灯。诗句意谓，最让人悲痛欲绝的时候，是孤灯下漫漫长夜而又风雨来时。意在渲染自己与诸弟别后孤寂凄苦已经到了极点。

第二首具体记述回家省亲又离家返校的情景。

"还家"二句，还家未久，这次回家度假才二十四天，故言"未久又离家"。日暮新愁，孟浩然《宿建德江》："移舟泊烟渚，日暮客愁新。"

明显由此化出，意在突出此次离别诸弟分外又加新愁。

"夹道"二句，杨柳树，旧时亲友送行折柳赠别，以表依依不舍之情。断肠花，即秋海棠。《广群芳谱》卷三十六秋海棠引《采兰杂志》："昔有妇人怀人不见，恒洒泪于北墙之下。后洒处生草，其花甚媚，色如妇面，其叶正绿反红，秋开，名曰断肠花，即今秋海棠也。"这里实指让人心伤的花。诗中由"眼前万株杨柳树"，进而化作"断肠花"，将兄弟之间的离情别绪化作深深的思念。

第三首为作者别后赠言。

"从来"二句，经年，经历一年。鲁迅在南京读书，寒假才能回家，需分别一年后才能相见。万里长风，典出《宋书·宗悫传》。宗悫幼时，叔宗炳问其志向，答曰："愿乘长风破万里浪。"当时鲁迅是由水路从绍兴经杭州才到南京的，路途遥远，故言万里长风送行客乘坐的船，于写实中表达乐观向上的情怀。

"我有"二句，杜甫《偶成》："文章千古事，得失寸心知。"陆游《文章》："文章本天成，妙手偶得之。""文章得失不由天"显然化用上述诗句，既对杜甫诗句有所深化，又一反陆游"文章天成"的诗意，突出文章的成败得失，取决于自己的努力，而并不由天定。这是一种积极向上的人生态度。

此系鲁迅早年之作，却又出手不凡。因其旧学功底甚深，能够驾驭旧体诗词，在思想和艺术上均有特色。但毕竟处于起步阶段，思想上仍留有封建文化教养的痕迹。第一首似仍沉浸在离愁别绪之中，第三首方显格调高昂，突现"戛剑生"本色。在艺术上化用前人成句较多，好在能够推陈出新，自出机杼。作为我们见到的第一组诗作，虽与此后的战斗诗风有异，却也牛刀小试，且以警策之语作结，颇为引人注目。

莲蓬人

芰裳荇带处仙乡，风定犹闻碧玉香。

鹭影不来秋瑟瑟，苇花伴宿露瀼瀼。

扫除腻粉呈风骨，褪却红衣学淡妆。

好向濂溪称净植，莫随残叶堕寒塘。

赏析：

此诗写于 1900 年秋，后收入《集外集拾遗补编》。最早见于周作人日记，诗后标明"庚子旧作"，署名"戛剑生"。莲蓬人，莲蓬为荷开花后结的果实，因其立于水中，秀丽挺拔，风姿绰约，故称之为"莲蓬人"。向来世人大多歌咏"出污泥而不染"的荷花，而作者却把注意力转向莲蓬，极力称赞其高尚品质，借以勉励自己保持独立挺拔的风骨与精神本色。

首联即以拟人的手法写莲蓬。芰（jì），菱角；荇（xìng），荇菜，二者均为水生植物。碧玉，意思是莲蓬碧绿而又光泽如玉。诗句意谓，莲蓬人以芰叶做衣裳，用水荇做带子，住在仙人之乡里，不但有风吹过送来阵阵香气，就是风停止了，犹能闻到醉人的清香。

颔联写秋天的景色。鹭，即鹭鸶，一种捕鱼为食的水鸟。瑟瑟，秋风声。瀼瀼（ráng），形容露水浓重。诗句意谓，荷塘里连鹭鸶的影子也不见了，秋天是何等萧瑟啊！伴随着莲蓬人住宿的只剩下雪白的芦花了，露水浓重，夜色凄清。

颈联赞美莲蓬人的高尚风骨。腻粉，指涂抹太多的脂粉。风骨，指高尚的气质和品格。诗句意谓，莲蓬人洗净了滑腻腻的脂粉呈现出高尚的风骨，褪却昔日的红衣穿着雅淡的装束。指荷花谢了露出莲蓬。

尾联作者提出希望。濂溪，是宋代理学家周敦颐的别号，他曾作《爱莲说》，称颂荷花："出污泥而不染，濯清涟而不妖，中通外直，不蔓不枝，香远益清，亭亭净植。"净植，也作"静植"，即坚强沉默而洁净地挺立着。诗句意谓，莲蓬人在秋风萧瑟的环境里，向濂溪先生称道自己真正具有"亭亭净植"的风骨，不要随着枯败的荷叶掉到寒冷的池塘里去。

这是一首典型的咏物诗。寓意新颖，构思奇巧。作者"咏物而不滞于物"，采用拟人的手法，赞颂莲蓬人的卓然独立、亭亭净植的风骨，寄托着作者青少年时代的非凡胸襟和宏伟抱负。"好向濂溪称净植，莫随残叶堕寒塘。"既是人生的格言，也是善意的忠告，至今仍然有其现实意义。

自题小像

灵台无计逃神矢，风雨如磐暗故园。
寄意寒星荃不察，我以我血荐轩辕。

赏析：

此诗写于1903年，后收入《集外集拾遗》。当时，鲁迅在日本留学，曾将剪发后的照片赠予好友许寿裳，并题诗其上。后许寿裳在《我所认识的鲁迅先生》一文中说："1903年他二十三岁，在东京有一首《自题小像》赠我。"

"灵台"二句，灵台，指心。《庄子·庚桑楚》："不可内（纳）于灵台。"郭象注："灵台者，心也。"神矢，指罗马神话故事中爱神丘比特的神箭，此箭射中男女，即生爱恋之情。风雨如磐（pán），磐为磐石、巨石。诗僧释贯休有断句："黄昏风雨黑如磐，别我不知何处去。"故园，故乡、故国。诗句意谓，我的心无法逃避丘比特的神箭（实际产生强烈的爱国之情），而风雨像巨石一样压在头上，使故园黑暗无光。这里以夸张的手法写出旧中国一片黑暗的景象。

"寄意"二句，荃不察，屈原《离骚》："荃不揆（察）余之衷情兮。"王逸注："荃，香草，喻君也。"此处借指国人。荐，献。轩辕，即传说中的黄帝，因为生于轩辕之丘，被称为轩辕氏。这里用以代指祖国。诗句意谓，愿把自己的心意让寒星转达给人民而国人却不理解，我将以我的鲜血献给祖国。

许寿裳在《怀旧》一文中解释此诗说："首句说留学外邦所受刺激之深，次写遥望故国风雨飘摇之状，三述同胞未醒，不胜寂寞之感，末了直抒怀抱，是一句毕生实践的格言。"此诗言简意赅，活用中外事典，更显深刻含蓄。结句直抒胸臆，发出"血荐轩辕"的誓言，更将作者的爱国情怀表现得淋漓尽致。

哀范君（三章）

一

风雨飘摇日，余怀范爱农。

华颠萎寥落，白眼看鸡虫。

世味秋荼苦，人间直道穷。

奈何三月别，竟尔失畸躬。

二

海草国门碧，多年老异乡。

狐狸方去穴，桃偶已登场。

故里寒云恶，炎天凛夜长。

独沉清冽水，能否涤愁肠？

三

把酒论当世，先生小酒人。

大圜犹酩酊，微醉自沉沦。

此别成终古，从兹绝绪言。

故人云散尽，我亦等轻尘！

赏析：

这三首诗写于 1912 年 7 月，后收入《集外集》。据《鲁迅日记》1912 年 7 月 19 日记载："晨得二弟信，十二日绍兴发，云范爱农以十日水死。悲夫悲夫！……"又 22 日记载："夜作韵言三章，哀范君也。"范爱农（1883—1912），浙江绍兴人。早年留学日本，参加光复会。1911 年鲁迅任山会初级师范学堂监督，聘范为学监。次年，鲁迅随南京临时政府教育部北上，范被继任的监督辞退。1912 年 7 月 10 日乘船落水身亡。鲁迅闻讯深为悲恸，相继写了《哀范君三章》与散文《范爱农》，抒发自己对亡友的怀念之情。

第一首直入"哀范君"本题，表达深沉的悼念之情。

首颔二联，风雨飘摇，语出《诗·豳风·鸱鸮》："予室翘翘，风雨所漂摇。"这里指当时社会处于极不稳定的状态。华颠，颠为头顶，指头发花白。萎寥落，枯萎而稀少。白眼，《晋书·阮籍传》："见礼俗之士，以白眼对之。"表示轻视和不满。鸡虫，杜甫《缚鸡行》："鸡虫得失无了时，注目寒江倚山阁。"鸡虫比喻当时争权逐利的可鄙人物。诗句意谓，当今社会风雨飘摇之时，我更怀念范君爱农。他虽头发花白干枯脱落，平时却仍对争权逐利人物加以鄙视。作者在给《民兴日报》寄稿附言中指出："而将鸡虫做入，真是奇绝妙绝。"当时山会初级师范学堂"自由党"头头何几仲参与排斥范爱农甚烈，绍兴话"几仲"与"鸡虫"同音。鲁迅有意用之。

颈尾二联，荼（tú），苦菜，其味甚苦。直道穷，意思是人正直而不容于世。畸（jī）躬，畸人，不与世俗同流合污的人。《庄子·大宗师》："畸人者，畸于人而侔于天。"诗句意谓，亡友一生饱尝人世间秋天苦菜一般的世味，这样正直的人却不容于世，何以分别只有三月，却竟然失去你这位不与世俗同流合污的畸人。

第二首进一步将范君之死与辛亥革命后的社会联系起来。

首颔二联，海草国门碧，语见李白《早春于江夏送蔡十还家云梦序》："海草三绿，不归国门。"意思是三年不归。这里指在日本留学多年不归故国。老异乡，意思是久居国外。狐狸，比喻清朝统治者。去穴，被赶出洞穴，即推翻清王朝。桃偶，桃木做的木偶，比喻辛亥革命后登场的新官僚。诗句意谓，作者与友人都曾在日本留学，身居异乡多年，长久未回故国。回国以后看到的是清王朝刚被推翻，一批假革命之名的新官僚，已经纷纷登场。这既是对于当时社会现状的真实写照，也是对于辛亥革命不彻底的尖锐批评。

颈尾二联，寒云，阴云。恶，一说作"黑"。炎天，即夏天。凛，凛冽，寒冷。夏天本应夜短，但在当时的政治气候下，就像冬天的夜晚那样寒冷而漫长。清冽，水澄清而寒冷。诗句意谓，故乡上空寒云密布，气候恶浊，虽处炎夏季节，夜晚却像冬天那样寒冷漫长。你却独自沉没于清澈寒冷的水中，能否因此而洗涤自己的愁肠？这里在控诉旧社会"吃人"罪恶的同时，也有对于友人悲观厌世中肯的批评。友人自沉而死，既不能洗涤生前所受的屈辱，更不能解除人民的苦难，唯一的出路只有与黑暗势力抗争。

第三首写因范君之死而产生的悲痛心情。

首颔二联，小酒人，不算很会喝酒的人。大圜，指天。《吕氏春秋·序意》："爰有大圜在上，大矩在下。"注："圜，天也；矩，地也。"酩酊，大醉。沉沦，犹沉没。诗句意谓，手中把酒论及当世，先生不算很会喝酒的人。老天爷都已喝得酩酊大醉，先生却微醉而自沉于水。深为友人之死感到惋惜。

颈尾二联，终古，久远，永远。绪言，余言。《庄子·渔父》"曩者先生有绪言而去。"本指有启发的议论，这里当指友人未说完就死去。轻尘，微小的尘土，极言微不足道。诗句意谓，此别已成永远，以后再也听不到友人的言论了。而今故人（老朋友）已像云一样散去，我亦等同于微小的尘土一样。此系愤激之言，意在对于黑暗险恶的世道表示轻蔑与愤慨！

《哀范君三章》为悼念亡友而作，故其知人论世有着极为深广的社会内涵。正是通过一位正直知识分子的死，无情揭露了现实社会的黑暗，进而批判了辛亥革命的不彻底。作者虽感情浓烈，用语却哀怨凄凉，更显沉郁顿挫，让人为之感慨叹息不已。

赠邬其山

廿年居上海，每日见中华。
有病不求药，无聊才读书。
一阔脸就变，所砍头渐多。
忽而又下野，南无阿弥陀。

赏析：

此诗写于 1931 年初春，后收入《集外集拾遗》。原诗手迹附有款识："辛未初春，书请邬其山仁兄教正。"邬其山，即内山完造（1885—1959），日本冈山县人。二十九岁来到中国，开始在上海经营药品，后开设内山书店。鲁迅 1927 年 10 月由广州到上海后，常到内山书店选购书刊，二人很快成为朋友，交往十分密切。鲁迅戏将"内"字的日语读音写作"邬其"而保留"山"的汉文，故成"邬其山"这个中国式的名字。有关此诗的写作情况，可以参阅许广平《鲁迅的诗与邬其山》一文，载于 1961 年 3 月 3 日《新民晚报》。

首联开门见山，总领全诗。诗句意谓，邬其山在上海住了二十年，每天都看见这个黑暗腐朽的"中华民国"。原诗"见中华"下点有冒号，以下六句在首联的总领下构成一个整体，并从三个侧面反映所见之旧"中华"，对国民党反动统治加以揭露和讽刺。

第二、三、四联，为友人在"中华"所见的具体内容。"有病"二句，写反动统治者失势时的忸怩作态。每当"有病"时，不少军阀政客总是闹些扶乩、求签拜佛的迷信把戏，或借口生病出国休养；更有甚者，则出洋考察，声言读书学习。这些都不过是他们要弄的政治把戏。"一阔"二句，国民党的新旧官僚政客都是这样，他们一旦掌握政权，有了势力，马上就会变脸，忙于清算旧账，消除政治异己，甚至屠杀革命人民。"忽而"二句，忽而登台，忽而下野，也是国民党官僚政客经常要弄的把戏与骗术，当时有名的下野军阀孙传芳，就在天津紫竹林做了居士。

"南无阿弥陀",佛家语,即"南无阿弥陀佛"的省称,表示信徒对阿弥陀佛之皈依或尊敬时所念诵者。但在浙江、上海一带有时也作口头语,有"天晓得""谢天谢地"的意思。这里一方面讽刺下台的官僚政客诵经念佛的假慈悲,另一方面这些人垮台是应得的报应,应当谢天谢地。

这是一首地道的政治讽刺诗。作者以自己的笔墨,借用内山的眼睛与口吻,写了这首近于打油的小诗。意在表达对于时事与世态的感慨,且寓诙谐与悲愤于一炉。全诗前两句总起,后六句层层展开,将反动统治阶层的卑劣行径呈现给人看,让人看清他们的反动本质。

送 O·E 君携兰归国

椒焚桂折佳人老,独托幽岩展素心。
岂惜芳馨遗远者,故乡如醉有荆榛。

赏析:

此诗写于1931年2月,后收入《集外集》。据《鲁迅日记》1931年2月12日记载:"日本京华堂主人小原荣次郎君买兰将东归,为赋一绝句,书以赠之。"O·E君,即小原荣次郎日语读音的罗马拼音缩写。他是内山完造的朋友,曾在日本东京桥开设京华堂,经营中国文玩和兰草,因常来中国,得以结识鲁迅。作者题赠时附有款识:"京华堂主人小原荣次郎先生携兰东归以此送之。"

"椒焚"二句,椒焚桂折,椒与桂均为芳香的植物,常用以比喻品德高尚的人。这里指革命者遭到摧残迫害。佳人,既指兰花,也指有才德的人。幽岩,深山岩石间。素心,心地纯朴善良。陶潜《移居》:"闻多素心人,乐与数晨夕。"亦指素心兰,为兰花的一种。诗句意谓,而今椒木被焚烧,桂树被砍折,佳人(兰花)也已衰老,兰之所以幸存,是因其独托幽岩展示自己固有的善良之心。

"岂惜"二句,芳馨,芳香,指兰花。遗(wèi),赠与,馈赠。远者,来自远方的人,这里指小原荣次郎。荆榛,荆棘和蓁莽,两种野生带刺的灌木,古人常用以比喻纷乱的局势或困难的处境。诗句意谓,作者以兰的口气,表示愿意将香花送给远来的客人(并带给日本人民),而且兰花不会忘记故乡正处在荆棘丛生的一片纷乱之中。这样正与首句呼应,就是中国当时的社会现实。

这是一首赠别诗，也是一首咏物诗。作者托物咏怀，讽喻社会黑暗现实。此诗写于左联五烈士牺牲之后不久，白色恐怖笼罩上海，作者不得不外出避难之时。诗的寓意明显与此有关，作者借用日本友人"携兰东归"，略抒自己怀抱。

悼柔石

惯于长夜过春时，挈妇将雏鬓有丝。
梦里依稀慈母泪，城头变幻大王旗。
忍看朋辈成新鬼，怒向刀丛觅小诗。
吟罢低眉无写处，月光如水照缁衣。

赏析：

此诗写于 1931 年 2 月，录自《南腔北调集·为了忘却的纪念》。柔石（1902—1931），原名赵平复，浙江宁海人。与鲁迅合办朝花社，著有小说《二月》等。1931 年 1 月 17 日，国民党反动派秘密逮捕革命青年几十人，其中包括左联五位作家。柔石被捕时，袋里带有一份鲁迅和北新书局签订的合同，反动当局以此为借口要逮捕鲁迅。1 月 20 日，鲁迅全家避住日本人开设的花园庄公寓，一直住到 2 月 28 日才回家里。1933 年 2 月，鲁迅在《为了忘却的纪念》一文中，具体说到写作此诗的经过，并将全诗录入。此文发表于同年 4 月《现代》第 2 卷第 6 期。

首联完全纪实。挈妇将雏，带着老婆孩子。雏原为小鸟，这里代指幼小的孩子。诗句意谓，习惯于漫漫长夜中度过春天的时光，而今两鬓白发带着老婆孩子离家避难。

颔联虚实结合。大王（dài wáng），旧时北方对强盗首领的称呼。大王旗，这里指南京国民政府内部各派系之间争权夺利，常常打出各种旗号。诗句意谓，梦中仿佛看到母亲忧心如焚，伤心落泪，南京及各地城头不断变幻大王的旗号。

颈联直抒胸臆。诗句意谓，不忍心看到战友们被反动统治者杀害，我怀着满腔愤怒在白色恐怖的刀丛剑树中寻觅战斗的小诗。这是革命者面对国民党反动当局文化"围剿"而投入战斗的誓言。

尾联以景结情韵味深长。缁（zī）衣，黑色的衣服。诗句意谓，此诗吟成低头看看却无写处，只有那月光像水一样照着我黑色的衣裳！在国民党统治区，"禁锢得比罐头还严密"，像这样的诗是没有地方发表的。面对清冷的月光，诗人怎么能不更加悲愤！

这是一首人们广为传诵的名篇。柳亚子评价此诗："郁怒情深，兼而有之。"许寿裳认为："全诗真切哀痛，为人们所传诵。"郭沫若赞其："原诗大有唐人风韵，哀切动人，堪称绝唱。"他还在 1937 年、1947 年、1957 年"三和鲁迅诗"，更应视为我国现代文苑佳话。

无 题

大野多钩棘，长天列战云。
几家春袅袅，万籁静愔愔。
下土惟秦醉，中流辍越吟。
风波一浩荡，花树已萧森。

赏析：

此诗写于 1931 年 3 月，后收入《集外集》。据《鲁迅日记》1931 年 3 月 5 日记载，这首诗是写给片山松藻的。片山松藻为鲁迅日本友人内山完造之弟内山嘉吉的夫人。此诗曾与《赠日本歌人》《送 O·E 君携兰归国》《湘灵歌》一起，以《鲁迅氏的悲愤——以旧诗寄怀》为题，发表于 1931 年 8 月《文艺新闻》第 22 期。

首联言国内的政治形势。钩棘，原为有刺的小灌木，亦可释为古代的兵器。钩棘即"钩戟"，指钩刀与战戟。长天，广阔的天空。诗句意谓，中国的大地上多钩刀与剑戟，广阔的天空布满战争的烟云。这就形象地描绘了当时军阀混战的动乱局面。

颔联言国内战争造成的后果。袅袅（niǎo），摇曳的样子。万籁，籁为发声的孔窍，这里指一切声音。愔愔（yīn），安静、寂静。诗句意谓，经历战争之后，几家能享受袅袅的春光呢，天地之间万籁俱寂，这里已成为"无声的中国"。

颈联状国内的政治氛围。下土，天下。秦醉，典出张衡《西京赋·序》，意思是天帝醉酒时将秦的国土赐给了秦穆公，致使那一片国土受到暴秦的蹂躏。这里喻指当时因为天帝沉醉，乃使蒋介石乘时据有天下，即拥有全国最高统治地位。中流，水流之中。越吟，典出《史记·张仪列传》，意思是越人庄舄虽在楚国做官，仍然思念故国。这里泛指故国之歌。广大人民身处激流之中再也听不到故乡的歌声了。

尾联控诉反动统治阶级的罪行。浩荡，广大的样子。萧森，草木枯萎凋零的景象。诗句意谓，在反动政治风暴的激荡下，花树都已枯萎凋零了，文化界同样受到极大的摧残。

这首五言律诗，作者悲歌沉郁，政治内涵丰富。诗中很少用典，却又蕴籍含蓄。全诗用语精警，就尾联而言，风波与花树，浩荡与萧森，对仗颇为工整，含义亦很深刻，有力地揭露了国民党反动当局制造"文化围剿"的罪行。

湘灵歌

昔闻湘水碧如染，今闻湘水胭脂痕。
湘灵妆成照湘水，皎如皓月窥彤云。
高丘寂寞竦中夜，芳荃零落无余春。
鼓完瑶瑟人不闻，太平成象盈秋门。

赏析：

此诗写于 1931 年 3 月，后收入《集外集》。本诗与《赠日本歌人》《无题》（大野多钩棘）见于同一天《鲁迅日记》，且同时在 1931 年 8 月上海《文艺新闻》第 22 期发表。编者加有按语："闻寓沪日人，时有向鲁迅求讨墨迹以作纪念者，氏因情难却，多写现成诗句酬之以了事。兹从日人方面，寻得氏所作三首如下；并闻此系作于长沙事件后及闻柔石等死耗时，故语多悲愤云。"这一提示实为理解本诗的关键。湘灵为我国古代神话中湘水的女神，《楚辞·九歌》中的湘夫人。作者正是借助"湘灵鼓瑟"的神话故事，以沉痛哀悼在国民党军事"围剿"和文化"围剿"中遇难的烈士，愤怒声讨反动统治者的罪行。

"昔闻"二句，湘水，亦称湘江，为湖南省内最大的河流。胭脂痕，典出《六朝遗事》："景阳井石栏上多题字，旧传云：栏有石脉，以帛拭之，作胭脂痕。"这里指一种凝滞暗红的血色。诗句意谓，从前听说湘水好像染过一样碧绿澄清，而今却听说有了胭脂一样的痕迹，即红色的血痕。

"湘灵"二句，皓月，光明洁白的月亮。彤云，红云。诗句意谓，湘水女神梳妆完毕来照湘水，犹如光明洁白的月亮窥视红云，实为见有胭脂痕而大惊失色。

"高丘"二句，高丘，高大的山。竦（sǒng），同"悚"，害怕、恐惧的意思。芳荃，芳香之荃草，比喻革命志士。余春，残余春光。诗句意谓，湘灵当时耳闻目睹之现状：高丘寂寞，夜色惊人，香草枯萎凋零，已无春天气息。

"鼓完"二句，瑶瑟，饰有美玉之瑟，亦指装饰华美之瑟。太平成象，由成语"太平无象"化出。《资治通鉴·唐纪·太和六年》载，唐文宗问宰相牛僧孺："天下何时当太平？"对曰："太平无象。"即没有什么迹象可言，才算天下太平。如果"太平成象"，形成种种迹象，暴露种种矛盾，太平就成了反语。秋门，即白门，代指南京。《宋书·明帝纪》："宣阳门，民间谓之白门。"胡三省《通鉴注》："白门，建康城西门也。西方色白，故以为称。"诗句意谓，湘水女神鼓完瑶瑟，人们没有听到，所看到的却是"太平成象"充满南京古城，即种种加以粉饰的太平景象。诗句实为绝妙的讽刺。

这是一首别具一格的七言古风，也是一首寓意鲜明的战斗诗篇。通篇突破格律束缚，第二、四、六、八句的"胭脂痕""窥彤云""无余春""盈秋门"，都是三平声结尾；一、三、五句的"碧如染""照湘水""竦中夜"，都是仄平仄；第七句的"人不闻"是平仄平，这些都是拗句。这样通篇用拗句，读起来让人觉得峭拔有力，且与全诗深沉浓郁的诗意相切合，更能显示出作者驾驭旧体诗词的艺术功力。

送增田涉君归国

扶桑正是秋光好，枫叶如丹照嫩寒。
却折垂杨送归客，心随东棹忆华年。

赏析：

此诗写于1931年12月，后收入《集外集拾遗》。据《鲁迅日记》同年 12 月 2 日记载："作《送增田涉君归国》诗一首，并写讫。诗云：'扶桑正是秋光好，……'"增田涉（1903—1977），日本岛根县人。1927 年毕业于东京帝国大学文学部，开始研究鲁迅并翻译鲁迅作品。1931 年 3 月，为译鲁迅《中国小说史略》，从日本来到上海，经内山完造介绍，向鲁迅虚心请教。鲁迅热情接待，详细讲解，"每日约费三小时，如是者好几个月"（许寿裳语），二人建立了颇为深厚的友谊。增田涉回国前，鲁迅书此相赠，款识为"增田学兄雅正"。

"扶桑"二句，扶桑，日本的别名。《南史·东夷传》："扶桑在大汉国东二万余里，其上多扶桑木，故以为名。"枫叶，日本人喜种枫树，称枫叶为最美的红叶，诗人多有吟咏。诗句意谓，现在日本正是秋光美好的时节，鲜红的枫叶沐浴在秋光中显得多么光彩照人。

"却折"二句，折垂杨，古代习俗，亲友远行，折杨柳以赠，表达依依惜别之情。东棹，友人东归时乘坐的船。华年，华同"花"，即如花之年，指青少年时代。鲁迅留学日本时正处风华正茂的年岁。诗句意谓，折垂杨送与即将归去的客人，我的心随着友人东去的船忆起了自己留学日本的美好时光。

这是一首典型的赠别诗，且与作者之前的《别诸弟》《送 O·E 君携兰归国》风格迥异。这里没有渲染离愁别绪，也未用以借题发挥，而是颇为纯粹地抒发友情。一首小诗将两个不同民族、不同年龄、不同文化背景的学者之间的友谊写得如此感情真挚，文笔如诗如画，堪称现代赠别诗的典范之作。增田涉也说："这首诗充满了鲁迅对日本人民深厚的友好感情。"

南京民谣

大家去谒灵，强盗装正经。
静默十分钟，各自想拳经。

赏析：

此诗写于 1931 年 12 月，后收入《集外集拾遗》。此诗最初发表于 1931 年 12 月 25 日《十字街头》半月刊第 2 期。作者借用民间歌谣的形式，表达自己对于当时时事的见解，并对南京国民政府的官僚政客给予有力抨击。

"大家"二句，谒（yè）灵，即谒陵。诗句意谓，大家去拜谒孙中山先生的陵墓，一批强盗都在假装正经。这里指按照国民党的常例，每召开一次所谓"代表大会"，照例各派政治势力的代表人物，都要到南京中山陵表演一番"谒灵"的把戏，而且这些强盗都要假装正经。

"静默"二句，拳经，即拳术，打拳时用的口诀。这是对于"强盗装正经"的形象描绘。一般谒陵仪式只需静默三分钟，他们却道貌岸然地静默十分钟。因为是孙中山的虔诚信徒吗？显然不是。他们静默时想的却是如何吃掉对方的各种拳术。这些孙中山先生的"门徒"是多么滑稽可笑，又是怎样的面目可憎呀！

这是一首地道的政治讽刺诗。作者成功地采用民间歌谣的形式，对南京国民政府那些党国要人加以无情的讽刺。通篇运用口语，夹以幽默夸张，给人痛快淋漓之感。

无 题

血沃中原肥劲草，寒凝大地发春华。
英雄多故谋夫病，泪洒崇陵噪暮鸦。

赏析：

此诗写于 1932 年 1 月，后收入《集外集拾遗》。据《鲁迅日记》1932 年 1 月 23 日记载："午后为高良夫人书一小幅，句云：'血沃中原肥劲草，……'"高良夫人，即高良富子。她当时曾以东京女子大学教授和友好会（从事和平运动的组织）书记长身份，来华和鲁迅夫妇在内山书店见面，并一道吃晚饭。后由内山将鲁迅书赠她的诗寄到东京的高良家中。她十分惊喜并裱装珍藏。此诗无题，实为有感而发，内涵十分丰富。

"血沃"二句，沃，浇溉。肥，培育。劲草，坚韧挺拔的草，比喻坚贞之士。寒凝，冰冻凝固。发春华，华同"花"，绽放出春天的花。诗句意谓，革命战士的鲜血灌溉了中原大地，使坚韧不拔的小草生长得更加茁壮，寒冷冻结了大地，却仍迸发出灿烂的春花。须知"一切景语皆情语"，这里明显喻指国民党反动当局对我中央苏区革命根据地进行疯狂的军事"围剿"，并对我国文化战线进行文化"围剿"，施行白色恐怖，而其结果均以失败告终。人民革命的力量反而更加壮大了，且在文化战线开出春天的花朵。

"英雄"二句，英雄，为反语，指国民党各派系主要代表人物。谋夫，出谋划策之士，这是指反动政客。崇陵，高大的坟墓。这是指中山陵。诗句意谓，国民党当局不少"英雄""谋夫"往往多有变故或者生病，有人甚至泪洒中山陵以至惊动黄昏时的乌鸦，一派暗淡凄凉的景象。当时，国民党内派系之争异常激烈，广州和南京合组的政府虽已成立，斗争却依然持续。蒋介石借故回到了奉化，汪精卫也托故到了上海。新担任行政院院长的孙科四面受敌，甚至跑到南京中山陵前号啕痛哭，可是又有什么用呢？

这是一首题赠日本友人的抒情诗，也是一首针对现实的政治诗。毛泽东致陈毅信中有言："诗要用形象思维，不能如散文那样直说。"此诗正是运用形象思维，借助对比的手法，热情歌颂革命力量，讽刺鞭挞反动势力，具有撼人心弦的艺术力量。后二句以孙科哭陵的闹剧点缀其间，如此重大的历史题材，写得却如此神采飞扬，实属大家手笔。

一·二八战后作

战云暂敛残春在，重炮轻歌两寂然。
我亦无诗送归棹，但从心底祝平安。

赏析：

此诗写于 1932 年 7 月，后收入《集外集拾遗》。据《鲁迅日记》1932 年 7 月 11 日记载："午后为山本初枝女士书一笺，云：……即托内山书店寄去。"山本初枝（1898—1966），为日本友人，曾创作不少具有反战内容的短歌。经过内山完造介绍，与鲁迅有密切交往。一·二八，即1932 年 1 月 28 日，日本帝国主义在上海发动侵略战争，我驻守上海的十九路军奋起抵抗。后因国民党政府实行妥协投降政策，十九路军被迫撤退。同年 5 月签订"淞沪停战协定"。

"战云"二句，战云，指"一·二八"战争风云。暂敛，暂时收敛停息。重炮，战时炮声震耳欲聋，故曰重炮。轻歌，轻亮的歌声。诗句意谓，战火暂时停息，残春仍在，此时日军的重炮与友人的轻歌两者均寂然无声。这里指日本军队暂时停止进攻与日本友人回国。

"我亦"二句，归棹，归去的船。诗句意谓，我也没有像样的诗送你乘船归去，但从心底祝你一路平安。

这明明是一首赠别诗，何以题为《一·二八战后作》？显然寓有深意：一是点明写作时间，表示对于日本军国主义者发动的"一·二八"淞沪战争难以忘怀，且深刻指出只是"战云暂敛"而已；二是对于日本友人一如既往，"但从心底祝平安"。作者既心情沉重，又憎爱分明，赋予了这首小诗丰富的内涵。

自　嘲

运交华盖欲何求，未敢翻身已碰头。
破帽遮颜过闹市，漏船载酒泛中流。
横眉冷对千夫指，俯首甘为孺子牛。
躲进小楼成一统，管他冬夏与春秋。

赏析：

此诗写于 1932 年 10 月，后收入《集外集》。原诗附有跋语："达夫赏饭，闲人打油，偷得半联，凑成一律，以请亚子先生教正。鲁迅。"有关诗的写作缘起，可以参阅《鲁迅日记》1932 年 10 月 5 日与 12 日相关记载。

首联直入自嘲本题。华盖，原指像花一样盖在头顶上的云气。《古今注》："华盖，黄帝所作也。与蚩尤战于涿鹿之野，常有五色云气，金枝玉叶，止于帝上，有花葩之象，故谓华盖也。"鲁迅在《华盖集·题记》中指出："我平生没有学过算命，不过听老年人说，人是要交华盖运的。……这运，在和尚是好运，自然是成佛作祖之兆。但俗人可不行，华盖在上，就要给罩住了，只好碰钉子。"诗句意谓，已经交了华盖运，还想有什么要求，甚至在日常生活中未敢翻身就已碰头。开篇即以自嘲口吻，写出自己处境艰难。

颔联实写自我解嘲。遮颜，遮住颜面，挡住脸。中流，在水流之中。毛泽东《沁园春·长沙》："到中流击水，浪遏飞舟。"诗句意谓，用破帽遮住脸孔经过热闹的街市，虽乘漏水之船却依然载酒在急流中飘浮。作者于自嘲自解中表明对于艰难危险的乐观态度。

颈联抒发胸中激情。横眉，怒目而视。千夫指，《汉书·王嘉传》："里谚曰：'千夫所指，无病而死。'"这是指反动统治者。孺子牛，典出《左传·哀公六年》："鲍子曰：'汝忘君之为孺子牛而折其齿乎？而背之也！'"杜预注："孺子，荼也。景公常衔绳为牛，使荼牵之。荼顿地，故折其齿。"诗句意谓，对于千夫所指的敌人要横眉冷对，而面对孺子（喻人民大众）则甘为俯首的"牛"。这里采用对比的方式表明自己爱憎分明的强烈感情与一生为人处世的原则。

尾联实属愤激之言。一统，即统一，如一统天下。冬夏与春秋，原意为气候变化，这是指政治气候。诗句意谓，我躲进小楼不妨自成一统，管他外界气候有什么变化。此系语带讽刺的愤激之言，实际上说我虽躲进小楼，不管外界政治气候如何变化，却依然坚持战斗。

此诗名曰"自嘲"，实为"自述"。作者语言简练，寓庄于谐，能将庄重严肃的内容寓于诙谐幽默的语言之中。尤其是第三联"横眉冷对千夫指，俯首甘为孺子牛"，已成广泛流传的警句、格言。诚如郭沫若所说："虽寥寥十四字，对方生与垂死之力量，爱憎分明；将团结与斗争之精神，表现具足。此真可谓前无古人，后启来者。"

所　闻

华灯照宴敞豪门，娇女严装侍玉樽。
忽忆情亲焦土下，伴看罗袜掩啼痕。

赏析：

此诗写于 1932 年 12 月，后收入《集外集拾遗》。据《鲁迅日记》1932 年 12 月 31 日记载："为内山夫人写云：'华灯照宴敞豪门，……'"内山夫人，即内山完造夫人内山真野。许寿裳在《怀旧》文中指出："这是一方写豪奢，一方写无告，想必是民国二十一年'一·二八'闸北被炸毁后的所闻。"

"华灯"二句，华灯，雕饰华美的灯。豪门，指富豪人家的宅第。娇女，娇好的少女。严装，即"严妆"，装束齐整而端庄。玉樽，玉制的酒杯，亦指制作精美的酒杯。诗句意谓，豪门贵族之家华灯高照大摆宴席，打扮得娇美的女侍者为客人用精制的酒杯斟酒。作者客观地描绘了一幅旧社会豪门夜宴图。

"忽忆"二句，情亲，至情至亲之人。这里指包括父母在内的亲人。焦土，被战火焚烧后的土地，此指"一·二八"战后的上海闸北一带。罗袜，丝织的袜子。诗句意谓，这位豪门侍女忽然想起惨死在战火中的亲人，不禁伤心落泪，只好假装低头看脚下的丝袜以强掩自己的泪痕。

作者真像一位高明的摄像师，通过一个豪门夜宴的特写镜头，表现出一名少女亲人已葬身战火而自己仍需侍候客人的悲惨遭遇，有力地揭露了日本帝国主义者发动侵略战争造成的灾难与国民党统治区豪门贵族骄奢淫逸的生活。全诗只有四句，记事写人，生动鲜明，这幅画面本身就给人留下思索回味的余地。

答客诮

> 无情未必真豪杰，怜子如何不丈夫。
> 知否兴风狂啸者，回眸时看小於菟。

赏析：

此诗写于 1932 年 12 月，后收入《集外集拾遗》。据《鲁迅日记》1932 年 12 月 31 日记载，此诗系应郁达夫之请所书。鲁迅老年得子，故喜不自胜而溺爱有加。友人为此讥之，遂以写诗作答。

"无情"二句，社会有言，应忌"英雄气短，儿女情长"，谢枋得《答刘华父寄寒衣》诗中亦言："豪杰应无儿女情。"鲁迅则一反这种传统观念，说无情未必就是真正的豪杰，怜爱孩子怎么就不是大丈夫？

"知否"二句，兴风狂啸者，指老虎。《淮南子·天文训》："虎啸而谷风生。"於菟（wū tú），古代楚国人称老虎为"於菟"。《左传·宣公四年》："楚人……谓虎於菟。"诗句意谓，知道吧，那些兴风狂啸的老虎，仍时时回过头来看顾自己的小老虎。

此诗看似"戏作"，实为真情告白。通篇明白晓畅，且用置问句式。"怜子如何不丈夫""知否兴风狂啸者"，都是以问作答，既增强感情色彩，又具有说服力量。

教授杂咏（四首）

一

作法不自毙，悠然过四十。
何妨赌肥头，抵当辩证法。

二

可怜织女星，化为马郎妇。
乌鹊疑不来，迢迢牛奶路。

三

世界有文学，少女多丰臀。
鸡汤代猪肉，北新遂掩门。

四

名人选小说，入线云有限。
虽有望远镜，无奈近视眼。

赏析：

这四首诗写于 1932 年 12 月，后收入《集外集拾遗》。鲁迅曾将此诗题赠许寿裳。许寿裳在《我所认识的鲁迅·鲁迅的游戏文章》中指出："第一首咏钱玄同，第二首咏赵景深，第三首咏衣萍，第四首咏六逸。"

第一首是讽刺钱玄同的。钱玄同（1887—1939），名夏，浙江吴兴人。早年留学日本，与鲁迅一起师从国学大师章太炎。回国后一起投入"五四"新文化运动，二人交谊甚深。后任北京大学、北京师大教授，思想日趋保守。

"作法"二句，由成语"作法自毙"化出，典出《史记·商君列传》。后来称自己立法使自己受害为"作法自毙"，比喻"自作自受"。诗句意谓，作法而不自毙，悠然过了四十岁。钱玄同当年思想颇为激进，针对不少上了年纪的人思想保守以致反对新文化运动，曾言"人过了四十岁都应该枪毙"。不幸后来自己过了四十岁，思想同样保守，却忘记前言，岂不可笑。

"何妨"二句，抵当，同"抵挡"。《朱子全书·学》："恐事变之来，抵当不去也。"辩证法，是关于事物矛盾、发展、变化的一般规律的哲学学说，也是能够帮助人们正确认识世界的科学理论。钱玄同在北京大学任教时却顽固地加以反对，甚至宣称："头可断，辩证法不可开课。"诗句意谓，不妨以自己的肥头作赌，来抵挡科学的辩证法。

第二首是讽刺赵景深的。赵景深（1902—1985），四川宜宾人。早年参加文学研究会，后为复旦大学教授，并从事翻译工作。鲁迅主张翻译必须忠于原作，首先要"信"。赵景深却提倡"顺译"，主张"与其信而不顺，不如顺而不信"，结果出了不少笑话。

"可怜"二句，赵景深曾将希腊神话中上半身是人、下半身是马的"半人半马怪"译成"半人半牛怪"。作者据此加以嘲讽，这样马牛互易，岂不是可怜了织女星，原为"牛郎"之妻，现成"马郎"新妇。

"乌鹊"二句，迢迢（tiáo），遥远。牛奶路，赵景深把英文中的"银河（milk way）据字面意思误译为"牛奶路"。诗句意谓，银河成了"牛奶路"，这样乌鹊生疑就不会飞来，鹊桥搭不成，牛郎织女就无法会面了。这条遥远的"牛奶路"，真让人啼笑皆非。

第三首是讽刺章衣萍的。章衣萍（1910—1947），安徽绩溪人。曾任上海暨南大学教授，参与北新书局编译世界文学。

"世界"二句，丰臀（tún），丰满的臀部（屁股）。章衣萍为北新书局编译世界文学，自己却写些轻薄无聊的作品。他在所作《枕上随笔》中，就有"懒人的春天哪，我连女人的屁股都懒得去摸了"！被称为"摸屁股诗人"。

"鸡汤"二句，北新，即北新书局。章衣萍曾预支版税，且自吹说："钱多了，可以不吃猪肉，大喝鸡汤。"后在出版儿童读物《猪八戒》时，就因猪肉问题触犯了回教徒，国民党政府下令烧毁该书与关闭北新书局。诗句意谓，因为此公以鸡汤代猪肉，北新书局遂关门。

第四首是讽刺谢六逸的。谢六逸（1898—1945），贵州贵阳人。早年参加文学研究会，后任商务印书馆编辑，并在复旦大学任教。他当时和国民党御用文人"民族主义文学"派关系密切，政治上和左翼作家对立。他曾编过一本《模范小说选》，并在序言中说："我在这本书里只选了五个作家的作品，我早已硬起头皮，准备别的作家来打我骂我。而且骂我的第一句话，我也猜着了。这句骂我的话不是别的，就是'你是近视眼啊'，其实我的眼睛何尝近视，我也曾用过千里镜在沙漠地带，向各方面眺望了一下。国内的作家无论如何不只这五个，这是千真万确的事实。不过我所做的是'匠人'的工作，匠人选择材料时，必须顾到能不能上得自己的'墨线'，所以我要'唐突'他们的作品一下了。"

"名人"二句，名人指谢六逸，讽刺语。入线，进入墨线，即入选标准。诗句意谓，谢六逸这位"名人"编选小说，能够纳入他的"墨线"的小说是极为有限的。

"虽有"二句，诗句意谓，这位名人虽有望远镜，无奈还是自己并不承认的近视眼！

鲁迅是位运用讽刺艺术的高手，善于从事实出发，抓住问题的要害，进而一击以收到讽刺的效果。钱玄同的两句偏激言论，赵景深的两处错误翻译，章衣萍的一本低级趣味的书，谢六逸的一番放言高论，作者就在摆出事实的过程中大做文章，而且做得恰到好处。这些多属文学阵营内部友人，故作者多用调侃婉讽之语，针砭目标明确，文字简短有力，堪称典范之作。

赠画师

> 风生白下千林暗，雾塞苍天百卉殚。
> 愿乞画家新意匠，只研朱墨作春山。

赏析：

此诗写于1933年1月，后收入《集外集拾遗》。据《鲁迅日记》1933年1月26日记载："为画师望月玉成君书一笺云：'风生白下千林暗，……'"望月玉成，为日本画家，当时来中国作画，鲁迅曾以此诗相赠。

"风生"二句，白下，指金陵，即南京。《唐书·地理志》："武德九年，更名金陵为白下。"诗中"白下"暗喻国民党反动政府。千林，众多的树木，这里指广大地区。苍天，即春天。《尔雅·释天》："春为苍天。"疏引李巡注："春，万物始生，其色苍苍，故曰苍天。"卉（huì），草的总称，兼指花木。殚（dān），尽，全部。诗句意谓，从国民党反动政府南京吹来的阵阵阴风使得所有的树木都暗淡了，浓雾充塞天空让春天里的各种花草都凋残枯萎了。

"愿乞"二句，意匠，语出陆机《文赋》："意司契而为匠。"意思是行文作画，心意如匠人之运筹，即艺术上的构思。朱墨，绘画用的红色颜料，即用朱砂或银朱所制之墨。春山，春天里的山水。诗句意谓，我愿请求画家能有新的艺术构思，只研朱墨去画春天的山水。这里是希望画家用红色的颜料去画春山胜景，让人不禁联想到红色革命根据地。

此诗凝炼含蓄，托寄遥深。作者首先面对黑暗现实，指出"风生白下"千林暗淡，继而笔锋一转希望画家"只研朱墨作春山"。诗的艺术构思何其新颖，而其言外之意与象外之旨亦颇耐人寻味。

吊大学生

阔人已骑文化去，此地空余文化城。
文化一去不复返，古城千载冷清清。
专车队队前门站，晦气重重大学生。
日薄榆关何处抗，烟花场上没人惊。

赏析：

此诗写于 1933 年 1 月，录自《伪自由书·崇实》。《崇实》发表于 1933 年 2 月 6 日《申报·自由谈》。作者文中写道："例如这回北平的迁移古物和不准大学生逃难，……费话不如少说，活剥崔颢《黄鹤楼》诗以吊之，曰：'阔人已骑文化去，……'"

首联即言文物南迁之事。文化城，1932 年 10 月间，北平文化界江瀚、刘复、马衡等三十余人为阻止文物南迁，呈请国民政府"明定北平为文化城，将一切军事设备挪往保定"。他们以为这样即可避免日军攻打，其实这正是日本侵略者所希望的。诗句意谓，阔人（国民党军政要人）已骑（携带）文物而去，此地空余一座有名无实的文化城。

颔联言文物南迁以后的景象。诗句意谓，文物一去不再回来，北京古城将千年冷冷清清。何以"一去不复返"？如果只是为了逃避战火和被敌人掳去而暂时迁移，那么，迟早总会返回故宫的。阔人们之所以不惜放弃古城而抢运文物南下，实为可以垄断从而中饱私囊。

颈联落实吊大学生的题旨。前门站，即北京前门火车站。晦气重重，既不准抗日，又不准逃难，大学生真是晦气重重。诗句意谓，运送文物的专车队立在北京前门车站，而大学生的命运还不如文物。这里既落实了

"吊"的题旨，又是对国民党反动当局刁难、迫害大学生的真实写照。

尾联点明国内政治形势。薄，迫近。榆关，即山海关。烟花场，指风月娱乐场所。诗句意谓，日本军队已侵入山海关国民政府却不准学生抗日，达官贵人还在烟花场上寻欢作乐却没人感到吃惊。"何处抗"与"没人惊"，正是对国民党妥协投降政策的有力揭露和强烈嘲讽。

这是一首政治讽刺诗。作者明确声称"活剥崔颢《黄鹤楼》诗以吊之"，应对照原诗阅读。这里需要注意的是，作者所言"活剥"实为"活用"，即套用《黄鹤楼》原诗的格调和意境，借以推陈出新，表达诗的主题。可见作者对于讽刺艺术的运用已臻化境。

题《呐喊》

弄文罹文网，抗世违世情。
积毁可销骨，空留纸上声。

赏析：

此诗写于 1933 年 3 月，后收入《集外集拾遗》。据《鲁迅日记》1933 年 3 月 2 日记载："山县氏索小说并题诗，于夜写二册赠之。《呐喊》云：……"《呐喊》是鲁迅第一本小说集，收 1918—1922 年创作的小说14 篇，对当时整个新文学的发展有着极大的影响。1933 年 3 月 2 日鲁迅应日本友人山县氏（名初男）的要求，赠送《呐喊》并题诗其上。

"弄文"二句，弄文，俗称"舞文弄墨"，这里指从事文艺创作。罹（lí），遭遇。文网，指反动统治者以种种手段对文化人进行压制、打击和迫害。抗世，与旧社会对抗，即反对封建礼教、封建制度。世情，世俗的实情，即旧社会的意识形态。诗句意谓，自己弄文而遭反动统治文网的迫害，对抗社会而有违封建的意识形态。

"积毁"二句，语见邹阳《狱中上梁王书》："众口铄金，积毁销骨。"《文选》李善注："毁之言，骨肉之亲，为之消灭。"诗句意谓，积毁可以销骨，而多年以来虽曾"呐喊"几声，可又有什么用呢？

此诗以极其简练的文字，虽从小说集《呐喊》入手，却针对三十年代文化"围剿"的现实。结语"空留纸上声"，实为愤激之言！既有自谦成分，也有弦外之音，意在表达"中国现在的社会情状，只有实地的革命战争"。

题《彷徨》

寂寞新文苑，平安旧战场。
两间余一卒，荷戟独彷徨。

赏析：

此诗写于 1933 年 3 月，后收入《集外集》。据《鲁迅日记》1933 年 3 月 2 日记载："山县氏索小说并题诗，于夜写二册赠之。……《彷徨》云：……"《彷徨》为鲁迅第二本小说集，收录 1924—1926 年所作的 11 篇小说。此书在继续体现反帝反封建斗争精神的同时，亦反映五四新文化运动退潮时期人们思想上的苦闷和彷徨。1933 年 3 月，作者因日本友人山县初男索书而将此诗题在《彷徨》的扉页上。

"寂寞"二句，文苑，原指文人聚会之处，加上"新"字则指五四运动以后的文艺界。旧战场，指五四时期新文化阵营和封建文化阵营的斗争。诗句意谓，新文苑中一片寂寞，旧战场上平安无事。诗句真实反映了五四运动以后新文化阵营内部分化的情况。正如他在《〈中国新文学大系小说二集〉序》中所说："北京虽然是'五四运动'的策源地，但自从支持着《新青年》和《新潮》的人们，风流云散以来，一九二〇年至一九二二年这三年间，倒显着寂寞荒凉的古战场的情景。"

"两间"二句，两间，天地之间。荷戟，扛着武器。荷，肩负；戟，古代兵器。彷徨，游移不定，不知往哪里走好。诗句意谓，天地之间只剩一个小卒仍在扛着武器独自彷徨。诗句实为鲁迅创作《彷徨》时期对处境与心境的剖析。当时自己"成了游勇，布不成阵了"，确实有点苦闷和彷徨，但仍在坚持战斗，急切期望新的革命高潮。

此诗用语质朴无华，而又言浅意深。"两间余一卒，荷戟独彷徨。"一位于苦闷彷徨中仍坚持战斗的反封建斗士的形象跃然纸上。

悼杨铨

岂有豪情似旧时，花开花落两由之。
何期泪洒江南雨，又为斯民哭健儿。

赏析：

此诗写于 1933 年 6 月，后收入《集外集拾遗》。据《鲁迅日记》1933 年 6 月 20 日记载："午季市（即许寿裳）来，午后同往万国殡仪馆送杨杏佛殓。"又 21 日记载："下午为井坪先生之友樋口良平君书一绝云：'岂有豪情似旧时，……'"杨铨（1893—1933），字杏佛，江西清江人。曾任国民政府中央研究院总干事、中国民权保障同盟副会长兼总干事。1933 年 6 月 18 日，在上海遭国民党特务暗杀。相传宋庆龄、蔡元培、鲁迅都上了黑名单。6 月 20 日，鲁迅置生死于度外，毅然参加杨铨的葬礼。当晚还怀着激愤之情，写下了这首感人的诗篇。

"岂有"二句，豪情，豪迈的情怀。花开花落，本指时令变迁，亦喻人事枯荣与时局变化。诗句意谓，哪有革命豪情仍同从前一样，而今世事变迁随它去吧！此系反语与愤激之词。作者欲扬先抑，更能显示感情的爆发力。

"何期"二句，泪洒江南雨，送杨铨入殓那天大雨滂沱，这样就把江南大雨与送丧人的泪水结合在一起，天人感应，更显悲痛。健儿，为革命而献身的壮士。诗句意谓，哪里想到人们洒泪在江南大雨滂沱之时，又要为祖国人民失去一位爱国志士而痛哭。

此诗以歌代哭，情深意挚。无论开篇的愤激之语，还是悼亡场景的描述，既寓一腔悲愤之情，又情景交融、意蕴深沉，无不具有感人的艺术力量。

题三义塔

三义塔者，中国上海闸北三义里遗鸠埋骨之塔也，在日本，农人共建之。

奔霆飞熛歼人子，败井颓垣剩饿鸠。
偶值大心离火宅，终遗高塔念瀛洲。
精禽梦觉仍衔石，斗士诚坚共抗流。
度尽劫波兄弟在，相逢一笑泯恩仇。

赏析：

此诗写于 1933 年 6 月，后收入《集外集》。据《鲁迅日记》1933 年

6月21日记载："为西村真琴博士书一横卷云：'奔霆飞熛歼人子……'西村博士于上海战后得丧家之鸠，持归养之；初亦相安，而终化去。建塔以藏，且征题咏，率成一律，聊答遐情云尔。"西村真琴为日本生物学家，东京帝国大学教授。上海"一·二八"淞沪战争期间，曾以大坂每日新闻社医疗服务团团长身份到上海，在闸北三义里废墟中救出一只饿鸠（即鸽子），携往日本饲养，不久后死去。西村将它埋在院中，当地农民认为它是一只义鸠，建塔立碑以为纪念，碑上刻有"三义冢"字样。鲁迅曾应约题诗。

首联谴责日本军国主义发动的侵略战争。奔霆飞熛，霆，急雷；熛，火焰。这里指炮火袭击。败井颓垣，亦称"断井残垣"，形容战后的废墟。诗句意谓，日军的炮火轰击杀害了多少中国人民，在战后废墟中剩下一只无家可归的鸽子。

颔联记述饿鸠一段奇特的经历。大心，博大的胸怀。《管子·内业》："大心而敢。"注："心既浩大，又能勇敢。"火宅，灾难之地。《法华经·警喻品》："三界无安，犹如火宅。"高塔，即三义塔。瀛洲，古代传说中东海三座神山之一，常用以代指日本。诗句意谓，偶然遇到具有博爱善心之人，让饿鸠离开战火废墟，终又留下这座埋骨之塔让他永远感念日本人民。

颈联希望中日两国人民共同反对和制止侵略战争。精禽，即精卫，鸟名。古代传说炎帝的女儿女娃在东海淹死，化为精卫，不断从西山衔来木石，要把东海填平。"精卫填海"的故事典出《山海经·北山经》。斗士，指中日两国反法西斯的战士。诗句意谓，饿鸠死后好像梦醒一样化为精卫鸟，仍衔西山的木石，希望中日两国爱好和平的人民共同抗击法西斯的逆流。

尾联预言中日两国人民战后将会友好相处。劫波，梵语，即劫难。《大日经疏》："梵之劫波，有二义：一曰时分，一曰妄执。"古印度传说，世界经若干万年便要毁灭一次，尔后重新开始，称一劫。这里指战争灾祸。泯（mǐn），消除。恩仇，为偏义复词，指仇恨。诗句意谓，相信中日两国人民经历这场灾难之后兄弟情谊仍在，相逢一笑消除彼此之间的仇恨。

此诗围绕"三义塔"展开，即小见大，含义深广。首颔二联纪事，叙写饿鸠的奇特经历，谴责日本军国主义者的罪行，又从日本友人的行动中看到和平的希望。颈尾二联抒情，展开丰富的艺术想象，深信中日两国人民必将共同反对战争、争取和平共处。作为一首七言律诗，格律严整，气韵沉雄，且寓意尤深，实为思想性与艺术性高度统一的佳作。

无 题

一枝清采妥湘灵，九畹贞风慰独醒。

无奈终输萧艾密，却成迁客播芳馨。

赏析：

此诗写于 1933 年 11 月，后收入《集外集拾遗》。据《鲁迅日记》1933 年 11 月 27 日记载："午后得河内信，为土屋文明氏书一笺云：'一枝清采妥湘灵，……'即作书寄山本夫人。"土屋文明，为日本短歌作者、日本政法大学教授。经山本初枝介绍，向鲁迅求书，鲁迅即题赠此诗。

"一枝"二句，清采，清丽的风采，此指鲜花。妥，使……安妥，有祭献之意。湘灵，湘水女神。九畹（wǎn），语见屈原《离骚》："余既滋兰之九畹兮，又树蕙之百亩。"王逸注："十二亩曰畹。"贞风，好风，指兰花发出的清香。独醒，指屈原。《楚辞·渔父》："众人皆醉而我独醒。"诗句意谓，一枝清丽的鲜花祭献给湘水女神，培植九畹兰花，让风吹送清香以安慰自己。

"无奈"二句，萧艾，恶草，比喻小人。迁客，被流放驱逐的人。当年屈原遭谗被逐，人称迁客。播芳馨，传播芳香，指用诗文创作和人格力量来影响社会。诗句意谓，虽然无奈终于输给周围众多的小人，却使屈原成为迁客从而写出不少诗篇并产生深远影响。

此诗名为《无题》，自当寓有深意。作者借屈原所处的环境比喻当时国民党统治下的中国，以"萧艾"比喻参与文化"围剿"的小人，进而赞扬那些虽遭迫害却仍在坚持斗争的文化战士。诗中明显含有自喻并咏赞在逆境中坚持战斗的文化人。过去有人诠释过深，认为"湘灵""独醒"比喻身在中央苏区的瞿秋白或身陷南京囹圄的丁玲。也有认为"慰独醒"借凭吊屈原来歌颂湘赣苏区，表明左翼文艺战士反文化"围剿"，以配合苏区反军事"围剿"的决心。这样求之过深，反而失之牵强。

阻郁达夫移家杭州

钱王登假仍如在，伍相随波不可寻。
平楚日和憎健翮，小山香满蔽高岑。
坟坛冷落将军岳，梅鹤凄凉处士林。
何似举家游旷远，风波浩荡足行吟。

赏析：

此诗写于 1933 年 12 月，后收入《集外集》。郁达夫（1896—1945），浙江富阳人。现代著名作家，创造社发起人之一。曾在上海参加左翼文艺运动，与鲁迅过从甚密。1933 年，上海白色恐怖严重，郁达夫移家杭州。鲁迅深知浙江亦非避难之所，多次口头并写诗加以劝阻。

首联以古喻今说明杭州乃是是非之地。钱王，唐末五代吴越王钱镠。登假（xiá），古代称帝王之死为"登假"。《礼记·曲礼下》："告丧，曰：'天王登假'。"这里指钱王虽死仍如在时一样，比喻国民党反动势力如钱王幽魂依然统治杭州。伍相（xiàng），即春秋时吴国大夫伍子胥，吴王听信谗言将其杀害并抛尸江中，相传后来化为钱江潮神。这里指伍相随波已不可寻，实劝友人别去杭州。

颔联仍劝友人别去杭州。平楚，平林。明杨慎《升庵诗话》："楚，丛林也。登高望远，见木杪如平地，故云平楚，犹所谓平林也。"平楚日和，比喻杭州园林式的自然环境。健翮（hé），矫健有力的翅膀，多借指为强健的飞鸟。高岑（cén），高山。魏王粲《登楼赋》："平原远而极目兮，蔽荆山之高岑。"诗句意谓，"平楚日和"那样的自然环境却憎恶展翅高飞的大鸟，小山香满而遮蔽了远处的高山，希望友人不要迷恋安闲舒适的生活，做一个有抱负的革命者。

颈联借助历史故事劝阻友人。将军岳，即南宋抗金英雄岳飞。处士林，即林处士。古称有学行而隐居不仕之人为处士。这里指宋代隐逸诗人林逋，长期隐居孤山，种梅养鹤，人称"梅妻鹤子"。诗句意谓，岳将军坟坛冷落，林处士梅鹤凄凉。这里通过两个历史人物，劝告友人杭州不可久留。

尾联指出与其移家杭州不如另寻出路。旷远，辽阔广远的地方。行吟，《楚辞·渔父》："屈原既放，游于江潭，行吟泽畔。"作者劝告友人，还不如全家远游，虽风波浩荡却仍足以行吟，继续从事革命斗争。

此诗紧扣题意要求，围绕一个"阻"字展开，希望友人不要移家杭州。诗中善用活用历史典故，以古喻今，均与杭州密切相关。作者劝阻友人，动之以情，晓之以理，充分反映出战友之间的深厚情谊。可惜友人当时未听劝阻，在杭营造"风雨茅庐"，以致酿成悲剧。详见郁达夫后来所作《毁家诗纪》。

报载患脑炎戏作

横眉岂夺蛾眉冶，不料仍违众女心。
诅咒而今翻异样，无如臣脑故如冰。

赏析：

此诗写于 1934 年 3 月，后收入《集外集拾遗》。据《鲁迅日记》1934 年 3 月 16 日记载："闻天津《大公报》记我患脑炎，戏作一绝，寄静农云：'横眉岂夺蛾眉冶，……'"当时，国民党御用文人曾在报上公开造谣，说鲁迅因患脑病已被医生告诫，必须"停笔十年"。鲁迅闻言戏作，予以反击。

"横眉"二句，横眉，怒目而视的样子，此为作者自况。蛾眉，形容女子长而美的眉毛，有如蚕蛾触角，常为美人的代称。冶（yě），妖冶、美艳。众女，语见屈原《离骚》："众女嫉余之蛾眉兮，谣诼谓余以善淫。"这里指专门造谣生事的反动文人。诗句意谓，横眉怒目的志士岂与妖冶艳丽的女人争宠，不料仍违众女之心，这正是由于"横眉冷对"她们主子的缘故。

"诅咒"二字，诅咒（zǔ zhòu），原指祈求鬼神加害于所恨的人，这里指咒骂。臣脑，我的脑子。臣为旧时自身的谦称。诗句意谓，咒骂而今翻出异样（即花样翻新），无奈我的脑子仍如冰一样清澈澄明，换言之，即"头脑冷静，健康如常"。

此诗"闻谣言戏作"，用语幽默诙谐，且活用《离骚》诗意，讽喻黑暗现实。鲁迅手稿上故意将"臣"字以小字旁书，模拟旧时奏章写法。至于"脑故如冰"，更属戏言且意味深长。这些均能收到"嬉笑怒骂，皆成文章"的艺术效果。

无　题

万家墨面没蒿莱，敢有歌吟动地哀。
心事浩茫连广宇，于无声处听惊雷。

赏析：

此诗写于 1934 年 5 月，后收入《集外集拾遗》。据《鲁迅日记》1934年 5 月 30 日记载："午后为新居格君书一幅云：'万家墨面没蒿莱，……'"新居格为日本作家、社会评论家。当时来华旅游，在上海拜访了鲁迅。鲁迅为他题诗且附有跋语："戌年初夏偶作以应新居先生雅教。"

"万家"二句，墨面，蓬首垢面，面色墨黑，形容处于苦难中的劳动人民。蒿莱，野草。动地哀，震动大地的哀歌。诗句意谓，千千万万的劳苦大众都面色墨黑，被迫沉没在草莽之间，哪里敢有歌吟发出震动大地的哀声。这是对于国民党反动当局施行白色恐怖、制造"无声中国"的有力抗议。

"心事"二句，浩茫，空阔辽远。惊雷，化用《庄子·在宥》："尸居而龙见，渊默而雷声。"这里指革命风雷，即人民大众战斗的吼声。诗句意谓，作者心事浩茫（想得很深很远），连接广阔的宇宙（关心祖国未来与劳苦大众的命运），于表面无声之处听到惊天动地的雷声。

这首小诗凝练含蓄，意蕴丰富，影响深远。1961 年 10 月，毛泽东主席曾将此诗书赠日本访华代表团，并且指出："这一首诗，是鲁迅在中国黎明前最黑暗的时代里写的。"1976 年，日中文化交流协会事务局局长白土吾夫曾说："四十多年前鲁迅写诗给日本友人，十五年前毛主席书赠鲁迅的诗给日本朋友们，这些在今天都有很大的现实意义，也有深远的历史意义。我们日本人民要团结起来，走同中国友好的道路，继续前进。"（见新华社记者《鲁迅的诗鼓舞着日本人民》，载 1976 年 10 月 20 日《人民日报》）

秋夜有感

绮罗幕后送飞光，柏栗丛边作道场。
望帝终教芳草变，迷阳聊饰大田荒。
何来酪果供千佛，难得莲花似六郎。
中夜鸡鸣风雨集，起然烟卷觉新凉。

赏析：

此诗写于 1934 年 9 月，后收入《集外集拾遗》。据《鲁迅日记》1934
年 9 月 29 日记载："又为梓生书一幅，云：'绮罗幕后送飞光，……'"梓
生，即张梓生，为鲁迅同乡友人，时任上海《申报·自由谈》主编。关
于诗的"本事"，历来众说纷纭。有的说是专为张梓生青年时期在富家教
馆一段恋爱故事而戏作；有的说是"深夜哀悼殉难的革命烈士的作品"；
有的说是"对《自由谈》提出尖锐而又婉转的批评"；有的说是"通过对
文化战线斗争的高度概括，无情地讽刺了反革命文化'围剿'的失败"。
我们无意一一置评，只有执善而从，并对此诗略加诠释。

首联揭露国民党统治区的黑暗现实。绮罗，指有花纹的细绫和轻软的
丝织品。"绮罗幕"即用丝绸做的帘幕。这里指反动统治阶级在高楼深院
中过着荒淫无耻的生活，他们在"绮罗幕后"送走飞逝的时光，即醉生
梦死的混日子。柏栗丛，原是古代祭祀社神兼作行刑的地方。夏、商、周
三代用作社神牌位的有松木、柏木、栗木三种。用"栗"意在教人战栗，
古代在祭祀社神的地方杀人。作道场，作佛事，做功德。诗句意谓，国
民党反动当局一面屠杀人民，一面又作道场，即在柏栗丛边（刑场旁
边）开设求神祈雨的道场。当时正值严重旱灾，国民政府曾请班禅、安
钦等佛教名人在南京汤山设坛祈神求雨，还在杭州灵隐寺举行"时轮金
刚法会"。

领联反映当时文化领域的实际状况。望帝，鸟名，即杜鹃。古代蜀帝
杜宇，死后化为杜鹃，春末啼血，百花零落。屈原《离骚》："何昔日之
芳草兮，今直为此萧艾也。"迷阳，一种有刺的野草。诗句意谓，春末杜
鹃啼叫，百花零落，园中芳草只剩萧艾，而今迷阳（野草）遍野，聊以
装饰荒芜的大地。这里明写旱情严重，实喻国民党文化"围剿"，在一片

白色恐怖下少数文化人变节投降，当时文坛荆棘丛生、一片冷落。

颈联就"作道场"加以发挥。酪果，乳酪与果品。千佛，众多的佛，指反动统治阶级。莲花似六郎，典出《唐书·杨再思传》："昌宗以姿貌见宠幸，再思又谀之曰：'人言六郎面似莲花，再思以为莲花似六郎，非六郎似莲花也。'"六郎原指武则天内宠张昌宗，这里用以比喻国民党御用文人。诗句意谓，何来奶酪鲜果供奉众佛，难得莲花与六郎一般，这里意在讽刺像张昌宗那样献媚取宠的人。

尾联作者直抒胸臆。中夜，半夜、深夜。鸡鸣风雨，语出《诗·郑风·风雨》："风雨如晦，鸡鸣不已。"这里指黎明前的黑暗，亦包含"闻鸡起舞"之意。然，古同"燃"，烧。诗句意谓，时值深夜，风雨交加、鸡鸣不已，起床点燃烟卷在新凉的秋夜里继续写作。

此诗题为《秋夜有感》，实际近于无题，需要结合诗的内容加以领会。既防浅尝辄止，亦忌牵强附会。如就本诗而言，应掌握两条线索：一条明线，实写我国大部分地区旱情严重，而上层统治者一边"作道场"祈神求雨，一边却依旧过着享乐腐化的生活；一条暗线，讽喻时政，讽喻国民党反动当局在天灾人祸、民不聊生的情况下，还实行文化"围剿"，导致文化战线一片荒凉。诗意隐晦曲折，寓意颇为深沉。诗的结尾更显蕴藉含蓄，耐人寻味。

题《芥子园画谱》三集赠许广平

十年携手共艰危，以沫相濡亦可哀；
聊借画面怡倦眼，此中甘苦两心知。

赏析：

此诗写于 1934 年 12 月，后收入《集外集拾遗补编》。1934 年 12 月 9 日鲁迅将诗题在《芥子园画谱·三集》扉页上赠许广平。诗有附记："此上海有正书局翻造本。……然原刻难得，翻本亦无胜于此者，因致一部以赠广平。有诗为证：'十年携手共艰危，……'"许广平（1898—1968），号景宋，广东番禺人。为鲁迅夫人。著有《欣慰的纪念》《鲁迅回忆录》。《芥子园画谱》，中国画技法图谱。共三集：第一集山水，第二集梅、兰、竹、菊，第三集草虫、花鸟。清初王概、王臬、王蓍合编，均首列画法浅说，次为图谱，各附说明，末附摹仿名家画谱。因刻于清代戏剧家李渔在南京的别墅芥子园，故名。

"十年"二句，十年，鲁迅与许广平从 1925 年在北京女子师范大学学潮中相识相知至 1934 年写这首诗时正好十年。以沫相濡，语出《庄子·天运》："泉涸，鱼相与处于陆，相呴以湿，相濡以沫，不若相忘于江湖。"后用以比喻人们遭到苦难时相互帮助。沫，唾沫；濡（rú），沾湿。诗句意谓，夫妻二人十年携手共同度过艰难危险的岁月，长期以沫相濡也让人感到可哀。二人在北京、厦门、广州、上海共同战斗而又时时遭到迫害，"可哀"二字实为对于北洋军阀、国民党反动当局的有力控诉。

"聊借"二句，怡（yí），怡悦、愉快。诗句意谓，姑且借助画谱怡悦心情，清除疲劳，此中甘苦你我两心相知。

此诗题赠夫人许广平，表达夫妻之爱、战友之情。用语质朴，言简意明，笔墨含情，感人至深。

亥年残秋偶作

曾惊秋肃临天下，敢遣春温上笔端。
尘海苍茫沉百感，金风萧瑟走千官。
老归大泽菰蒲尽，梦坠空云齿发寒。
竦听荒鸡偏阒寂，起看星斗正阑干。

赏析：

此诗写于 1935 年秋末，后收入《集外集拾遗》。据《鲁迅日记》1935 年 12 月 5 日记载："为季市书一小幅云：'曾惊秋肃临天下，……'"季市，即鲁迅同乡友人许寿裳。亥年，即 1935 年。这是作者留下的最后一首诗，也是最能体现其诗歌风格的一首诗。

首联即点明题意。秋肃，秋天肃杀之气。临，降临，统治。春温，春天的温暖。诗句意谓，曾经惊异于秋天的肃杀之气降临天下，哪敢驱遣春天的温暖上于笔端。

颔联抒发悲愤之情。尘海，尘世。苍茫，旷远迷茫。金风，即秋风。晋张协《杂诗》："金风扇素节。"《文选》李善注："西方为秋而主金，故秋风曰金风也。"萧瑟，秋风吹动草木发出的声响。走千官，当时国民党政府根据妥协投降的"何梅协定"条款，几十万军队和大批国民党军政官员撤出北平、天津、河北等地，致使华北大好河山落入敌手。诗句意谓，面对苍茫尘海（黑暗现实）百感交集，满腔悲愤只能深藏心底，在萧瑟的秋风中只见大批国民党军政官员撤离华北，纷纷南逃。

颈联深为前途忧虑。大泽，广大的沼泽地带。菰蒲，菰米与蒲草。菰俗称茭白，其果实如米，称为雕胡米，可以作饭。蒲，蒲草，可以制席。梦坠空云，好梦坠落在杳缈的云气中。诗句意谓，老归大泽菰蒲已尽，梦中坠入空云，齿发俱寒。即自己和民众已无归宿，想到这种情景，梦中亦齿发俱寒，为此深感忧虑。

尾联仍寄予希望。竦（sǒng）听，踮脚翘首，凝神倾听。荒鸡，典出《晋书·祖逖传》："（祖逖）与刘琨俱为司州主簿，情好绸缪，共被同寝，中夜闻荒鸡鸣，蹴琨觉曰：'此非恶声也！'因起舞。"阒（qù）寂，寂静无声。阑干，星斗横斜的样子，意思是星辰将落时天将破晓。古乐府《善哉行》："月没参横，北斗阑干。"诗句意谓，全神贯注欲听中夜鸡鸣却出乎意外地沉寂，起看天上，北斗星正横斜，即尽管周围一片黑暗静寂，但北斗横斜，天将破晓，给人带来光明的希望。

此系诗人晚年之作，更显沉郁顿挫，悲壮苍凉。挚友许寿裳阅后曾高度评价："此诗哀民生之憔悴，状心事之浩茫，感慨百端，俯视一切，栖身无地，苦斗亦坚，于悲凉孤寂中，寓熹微之希望焉。"此诚知言，值得回味。全诗八句，都用对偶句式，文字工整凝练，蕴藉含蓄，大家手笔，更显艺术功力。

马一浮

马一浮生平与诗词创作

马一浮（1883—1967），名浮，字一浮，号湛翁，晚号蠲叟，又号蠲戏老人，浙江绍兴人。国学大师，一代儒宗。十五岁时应绍兴县试名列榜首。1899年赴上海学习英、法、拉丁文。1903年应清政府驻美国使馆之聘，任留学生监督公署中文文牍，兼万国博览会中国馆秘书。期间游历英国、德国，次年转赴日本留学。1912年蔡元培任教育总长，聘马一浮为秘书长，仅任职三周，旋赴新加坡考察。后潜心研究学术，古代哲学、文学、佛学，无不造诣精深。又精于书法，合章草、汉隶于一体，自成一家。蔡元培约请北京大学任教，蒋介石许以政府官职，均未应命。抗日战争全面爆发后，辗转于浙江、江西、四川各地。1938年应浙江大学校长竺可桢邀请，相继在江西泰和、广西宜山讲授国学。1939年在四川乐山创办复性书院，任院长兼主讲。新中国成立后，曾任浙江文史馆馆长、中央文史馆副馆长、全国政协委员。一生著述宏富，有《马一浮全集》传世。

马一浮诗词创作起步早而数量多。其父母均擅长文学能解诗文。先生自幼聪慧，十岁能诗。一日母亲指庭前菊花为题且限麻字韵，他少顷即成五言律诗一首。诗为：

> 我爱陶元亮，东篱采菊花。
> 枝枝傲霜雪，瓣瓣生云霞。
> 本是仙人种，移来处士家。
> 晨餐秋更洁，不必羡胡麻。

母亲惊其才思敏捷，异日诗文必有成就。他后来果然与诗结下不解之缘。作为现代诗词大家，创作数量亦颇为惊人。历年已先后出版《蠲戏斋诗前集》（1937）、《避寇集》（1937—1941）、《蠲戏诗编年集》（1941—1967）、《芳杜词剩》（1917—1947）、《芳杜词外》（1949—1966）、《诗辑佚》《词辑佚》等，后均编入《马一浮全集》第三卷中，总数约为 3500 首。另据马一浮弟子回忆，先生编选诗集把关甚严，尚有不少诗词没有入集，所作远远不止 3500 首。今后不妨进一步搜集，再出《全集》补遗。

马一浮诗词从总体上看，具有两个颇为明显的特点，就是诗中有史与诗中有玄。作者有其独特的诗学观念，认为："境则为史，智必诣玄。史以陈风俗，玄则尽情性。"（《蠲戏斋自序》）史是境中反映出来的事，即自然景物、社会风俗政事等；玄乃人生的阅历与参悟，用以体现情性。智应达到玄的境界，又须借而生发，与境统一在一起。他说："用寻常景物语，须到境智一如，方能超妙。"马一浮诗词创作正是上述诗学主张的实践，真正达到了境智交融、史玄结合的艺术境界。

马一浮诗词力求通过社会政事而成为诗史。诗人虽潜心著述，却仍关注现实，所写诗词既可折射特定历史时代的社会风貌，又能反映自身曲折的人生经历与心路历程。也正因为如此，作者曾颇为自信地说："后人有欲知某之为人者，求之吾诗足矣。"马一浮既是著名学者，也是爱国诗人。早年治学虽意在弘扬传统文化、延续国学命脉，却仍以仁者心肠关注国事体察民瘼。《病中闻客言荒旱状》《谒张苍水墓和少美作》等诗，忧国忧民之情溢于言表。他因为听到农村的旱荒情况而焦急万分、忧心忡忡，还通过祭奠明末抗清英雄张苍水，借以抒发反清爱国情怀。抗战时期所作诗词，从 1937 年《将避兵桐庐留别杭州诸友》到 1945 年《复员》，还有《郊行》《渝灾》《千人针》《寄怀敬身巴中，时衡州围正急》等数以百计的诗词，无不抒发作者在国家民族处于危急存亡关头而忧心如焚、感人至深的爱国情怀。作者揭露了日本侵略者所犯下的滔天罪行，同时深信具有悠久历史的中华民族在抗日战争中必胜，日本帝国主义必然走向灭亡。

马一浮诗词诗中有玄，且已进入哲学的境界，往往以诗说法，蕴含哲理。无论经史子集、佛经道藏，一经信手拈来，皆成妙谛。作者深知"作诗以说理为最难，偶然涉笔，理境为多"。请看 1946 年所作《西江月·和沈尹默听雨轩漫兴韵》：

　　敌后欢惊顿减，醉中醒语还多。出门已惯识风波，几两芒鞋踏破。

　　白首归来未晚，朱颜相见微酡。只应排日饮无何，对镜双忘尔我。

　　此词上阕写抗战胜利归来悲喜交集，下阕写既忧心国事又无可奈何的心情。看似友人之间唱和，实则意在说理，且蕴藉含蓄。作者面对国民党反动当局在美帝国主义支持下发动内战的政治形势，不能不为之担忧。结语实为激愤之词，更显诗人忧时伤世的爱国情怀。

　　再看 1964 年所作《病中阅涅槃经常啼菩萨卖心肝事因之有作》：

神全天地本清宁，形敝谁能老复丁。
贞疾自甘辞幻药，长眠无梦等常惺。
流星陨后唯余石，野草枯时或化萤。
手掬心肝何处卖，途人相遇眼中青。

　　此诗文笔古奥，关键在于尾联。作者用了佛教常啼菩萨法救众生，宁愿掬出心肝的故事。"途人"句活用荀子"途之人皆可以为禹"与孟子"人皆可以为尧舜"的典故。这里意在说明，菩萨宁愿掬出心肝，为的是本土化为净土，人间相互仁爱，路人相逢亦能青眼相看。这是当年阶级斗争时代的曲折反映，意在希望实现化斗争为仁爱的菩萨愿，而这正是诗中有玄的集中表现。

　　马一浮诗词在题材和内容方面还应注意两点：一是专门以抗战为题材的《避寇集》；二是诗词内容方面的西湖情缘。

　　《避寇集》收录马一浮 1937—1941 年的诗作 237 首。集中虽有部分作品继续弘扬民族文化，谈仁论道，但更多的却是直面现实的感时述怀之作。主要内容为揭露日本侵略者的暴行，呈现中华民族的灾难，期盼抗日战争早日取得胜利。1937 年所作的《将避兵桐庐留别杭州诸友》，以亲眼目睹的事实痛诉日寇侵华给中国人民带来的灾难，诗人而今只有带着无限悲愤的心情，踏上避寇之路。1939 年所作《渝灾》，直接反映了重庆遭到日寇飞机大规模轰炸的惨状，进而表达了作者关注民族存亡与忧心国事的悲怆心情。1941 年所作《归思》，反映作者经过多年寓居异地的避寇生活，加上身体多病，因而产生浓厚的思乡之情。这些均从不同侧面反映了作者在抗日战争时期的避寇生活。马一浮《避寇集》之所以特别引人注目，不仅因为集中所收抗战诗篇数量之多，还在于直接用"避寇"二字作为书名，这在同时代名家诗词中仅马一浮一人而已。

马一浮的西湖诗缘。他的一生除早年游学外邦与抗战时期避寇异地外，均在杭州度过，因此他的诗词绝大部分是在杭州所写，且对西湖有着特殊的感情。抗战以前所作多已散失，只剩《谒张苍水墓和少美作》《吴山望雪仍用前韵》《声声慢·春日湖上漫兴》等少数几首。抗战期间写了不少怀乡之作，如《梦杭州》《梦还故乡》《纪客谈杭州近事》等，表达对杭州西湖的深刻怀念。1946 年还乡直到逝世前夕，吟咏杭州西湖之作甚多。有《湖上书感二首》《西湖夜游曲》《立冬日灵隐看菊》《重游虎跑寺》《石屋洞看竹》《临江仙·六和塔看牡丹》等，不胜枚举。作者一生写了数以百计直接或间接与杭州有关的诗词，与西湖结下了不解之缘。

马一浮诗词艺术形式方面的特点：一是各体兼备、风格多样；二是运用古语典故较多。

马一浮诗词创作，五古、七古、乐府、歌谣、律诗、绝句、词等各种诗体形式，无不运用自如，佳作迭出。他的诗词既各体兼备，又具有渊源。其古风出入于汉魏，五七绝宗盛唐，律诗宗老杜，同时得法于陶渊明、谢灵运、王维、李白。另外还有不少歌谣和乐府歌行，形式生动活泼，语言亦较浅显，让人耳目一新。《渔樵相和歌》一诗，采用歌谣形式，借助渔樵对答，表达对当时社会状况的慨叹。还有歌行体的叙事诗《千人针》，全诗围绕"千人针"展开，叙事鲜明，说理深透，预示我国抗战必胜与日本军国主义必然灭亡的命运。

马一浮诗词之所以内涵深邃，与其学识渊博、词语典故丰厚有关。作为学者型诗人，经史子集、诗文辞赋无不烂熟于心，佛经道藏亦能加以点化，从而构成古朴典雅的词语典故。这里选一首颇为难解又有深意的诗作《再和巢林兼寄怀嵞庵江上》四首之二为例，诗为：

> 九域彭殇岂在予，伽蓝三月姿安居。
> 林间尽谢承蜩伎，天下唯存种树书。
> 后羿控弦掠落日，湘灵鼓瑟感沉鱼。
> 新蒲细柳年年绿，词客哀时亦暂如。

此诗综合运用多种典故和前人诗意，包括神话传说、寓言故事、诸子、楚辞、杜诗、辛词，借助诸多经过熔铸而成的词语典故，以表达作者对于友人复杂而深厚的感情。这样古朴典雅、深奥玄妙的诗词，既扩大了诗词本身的内涵与容量，亦增加了读者阅读的困难。为此，笔者颇为赞赏有关专家的意见，希望今后出版部门既将马一浮诗词编一全集，足以显现"一代儒宗"的大家风范；又从中选取较为平易质朴的诗词编一选集，以便在一般读者中流传。

谒张苍水墓和少美作

> 南渡衣冠没草莱，田横宾客尽尘埃。
> 汉官夜月铜人泣，胡塞妖风石马来。
> 九鼎已看沦北虏，孤臣犹自哭西台。
> 荔枝峰下经行处，回首荒祠百事哀。

赏析：

此诗写于 1908 年，录自《马一浮集》第三卷。张苍水，名煌言，明末抗清英雄，其墓在杭州南屏山荔枝峰下。少美，即丁皓，字少美，浙江绍兴人。作者的大姐夫。作者曾进谒张苍水墓并和姐夫诗作。

"南渡"二句，南渡，宋高宗渡江南下，建都临安，史称南宋。衣冠，士大夫的穿戴，泛指士大夫、官绅。草莱，也作草莽，荒芜之地。田横，秦末齐王田横被汉军打败，率众五百余人逃亡海岛。汉高祖命他赴洛阳，因不愿称臣中途自杀，岛上宾客听闻田横死去也全都自杀。诗句意谓，宋室南渡的衣冠人物均已没于草莽，当年田横岛上的宾客已尽化为尘埃。

"汉宫"二句，铜人，铜铸人像，多置于宫庙间。石马，石刻的马。诗句意谓，汉宫夜月让铜人为之哭泣，塞外胡人刮来的妖风向陵前石马而来。

"九鼎"二句，九鼎，古代象征国家政权的传国之宝。宋徽宗也曾铸九鼎，金人南下，掠取九鼎北徙，后下落不明。孤臣，封建王朝中孤立无助的臣子。哭西台，南宋孤臣谢翱，曾随文天祥抗元，任咨议参军。宋亡，文天祥不屈而死。他悲恸不已，设天祥神主于严子陵钓台以祭，并作

《西台恸哭记》。诗句意谓，宋室九鼎已沦入北方金人之手，南宋孤臣谢翱犹自恸哭于西台。

"荔枝"二句，荔枝峰，张苍水墓在南屏山荔枝峰下。荒祠，荒凉的祠宇，指张苍水祠。诗句意谓，在荔枝峰下经过行走之处，回首看到荒芜的祠墓让人深感心哀。

此诗写于清朝末年。作者祭奠明末抗清英雄张苍水，诗中没有直接描述墓主的生平业绩，而是通过不少历史人物与事件，借以抒发自己反清爱国的情怀。

将去宜州留别诸讲友

故国经年半草莱，瘴乡千里历崔嵬。
地因有碍成高下，云自无心任去来。
文室能容师子坐，蚕丛力遣五丁开。
苞桑若系安危计，绵蕞应培禹稷才。

赏析：

此诗写于1939年1月，录自《马一浮集》第三卷。宜州，州名，相当于今广西宜山县一带。当时，作者即将离开广西赴四川，浙江大学校长竺可桢率一干同仁为之设宴饯行。作者即席赋诗一首，留别诸位在浙大一起讲学的友人。

首联言抗战时期自身经历。故国，故乡、祖国。草莱，草莽，荒芜之地。瘴，瘴气，旧指南方山林间湿热蒸郁致人疾病。崔嵬（wéi），有石的土山。《诗·周南·卷耳》："陟彼崔嵬，我马虺隤。"诗句意谓，祖国这些年半数已成荒芜之地，我在南方的千里瘴乡历经多少山岗。

颔联言在浙大举办讲座。诗句意谓，地因有碍成其高下，云自无心任其去来。这里指在浙大泰和、宜山校区任教，浙大校长应允任其去来。

颈联言想要去四川办学。文室，即文翁石室。文翁为汉代蜀郡守，曾在成都设学校，入学得免除徭役，并以成绩优良者为郡县吏。师子坐，亦作"师子座"，原指佛所坐的地方，后来佛教转法轮人的坐位也称师子座，通名高座。蚕丛，相传为蜀人之先祖，教人蚕桑。五丁开，五丁为古代神话传说中的五个力士。《水经注·沔水》，秦惠王欲伐蜀而不知道，作五石牛，以金置尾下，言能屎金。蜀王负力，令五丁引之成道。诗句意谓，文翁石室能容高座，蜀地已遣五丁引之成道。这里指四川让他去创建复性书院。

尾联言决心培养人才。苞桑，亦作"包桑"。桑树的本干。《易·否》："其亡其亡，系于苞桑。"孔颖达疏："凡物系于桑之苞本，则牢固也。"比喻根基稳固。蕝（zuì），典出《史记·叔孙通传》。汉初，叔孙通创定朝仪时，于野外画地为宫，引绳为绵，立表为蕝，用以习仪。后引申为仪表。唐皮日休《移成君博士书》："为诸生蓍龟，作后来之绵蕝。"禹稷，夏禹和后稷，前者治水有功，后者教民耕种。诗句意谓，系国家安危之计有如苞桑，愿作绵蕝培养禹稷之才。

此诗切合题意要求，用语古朴典雅，立志要赴四川创办复性书院，为国家培养人才。

郊　行

共工一触遂天倾，古路西风独客行。
关塞无边田野尽，乱山寒月听江声。

赏析：

此诗写于1939年春，录自《马一浮集》第三卷。当时，作者于离开广西宜山赴四川途中，常在各地郊外行走，故赋小诗志感。

前二句写客行于古路之上。共工，古代神话中的人物。《淮南子·天文训》："昔者共工与颛顼争为帝，怒而触不周之山，天柱折，地维绝。天倾西北，故日月星辰移焉；地不满东南，故水潦尘埃归矣。"这里化用共工触不周山的故事，喻指日本侵略者发动侵华战争。诗句意谓，共工（日本侵略者）一触（发动战争）使天也倾斜，为避战祸孤独的客子于西风中在古旧的道路上行走。

后二句言战火燃遍祖国大地。关塞，关津要塞。这些防御设施本应在边关塞外，而今却推向内地。诗句意谓，而今关津要塞无边推向田野的尽头，郊行之人在寒冷的月光下穿行于乱山之中，耳听江水的声音。

此诗写为避战乱而郊行之人的独特感受，显得悲壮怆凉。"共工一触"与"关塞无边"，要言不烦，语浅意深，透过字面含义，不难看出战争带给人民族的苦难，耐人寻味。

渝　灾

行客惊心问水滨，楼台见处已迷津。
前歌后舞须臾事，万户千门一聚尘。
云影暗随青鸟灭，江声喧似毒龙嗔。
三春回首三巴远，鹤唳猿啼最恼人。

赏析：

此诗写于 1939 年，录自《马一浮集》第三卷。渝灾，重庆遭遇的灾难。1939 年 5 月 3—4 日，日本侵略者派飞机对重庆进行狂轰滥炸，大量建筑物被炸毁，人民死伤无数，造成空前灾难。此后重庆仍经常遭日机轰炸。

首联言敌机轰炸之后的场景。迷津，迷途。孟浩然《南还舟中寄袁太祝》："桃源何处是，游子正迷津。"诗句意谓，过路的客人惊慌地询问长江嘉陵江的水边，楼台可见之处已让人迷失途径，这里指楼台已炸毁让人迷失道路。

中间两联正面描述敌机轰炸。须臾，片刻。聚尘，聚积为尘土。青鸟，本为传说中的神鸟，这里指日寇的飞机。毒龙，有毒的龙。《后汉书》八八《西域传论》："身热首痛风灾鬼难之域。"注引释法显《游天竺记》："葱岭冬夏有雪，又有毒龙，若失其意，则吐毒风、雨雪、飞沙、砾石。遇此难者，万无一全也。"嗔（chēn），同"瞋"，怒。杜甫《丽人行》："慎莫近前丞相嗔。"诗句意谓，前歌后舞还是片刻之前的事，万户千家已化为聚积的尘土。云影随着日寇的飞机而消失，江声喧腾似有毒龙发怒。

尾联言作者悲怆心情。三春，这里指春季第三个月，即阴历三月。三巴，地名，指巴郡、巴东、巴西，相当于今四川嘉陵江和长江流域以东的大部。鹤唳（lì），鹤鸣。如风声鹤唳。猿啼，猿叫，如高猿夜啼。诗句意谓，三春回首三巴已远，风声鹤唳和高猿夜啼最让人烦恼。

此诗题为渝灾，直接反映了重庆遭到日寇飞机轰炸的惨状，可见这位儒学大师并非浑忘时事、一心闭门著书的学者，而是关心国运兴衰、民族存亡的爱国学人。

青衣江道中

翠竹青林不改时，尚余草木对流离。
家山此日多红叶，一入西风倍远思。

赏析：

此诗写于1939年秋，录自《马一浮集》第三卷。青衣江，大渡河支流，在四川省中部。源出宝兴县北，东南流经雅安、洪雅、夹江等县，到乐山县草鞋渡汇入大渡河。1939年秋，作者因战乱流寓四川期间，曾经来到青衣江道中，有感而作此诗。

"翠竹"二句，流离，转徙流散，流落异乡。《后汉书·和殇帝纪》："黎民流离，困于道路。"诗句意谓，翠绿的毛竹和青色的树林并不因秋天到来而改变颜色，青衣道中尚有草木对着流落异乡之人。

"家山"二句，家山，故乡。钱起《送李栖桐道举擢第还乡省侍》："莲舟同宿浦，柳岸向家山。"诗句意谓，故乡浙江此时应有许多秋天的红叶，而今西风一吹加倍引起作者对于远方的思念。

这首小诗写在青衣道中的所见所思，用语虽清新明快却多凄苦之音。景物"对流离"，行人"倍远思"，让人自然感受到战乱带来流落异乡的痛苦。

听 鹂

久客年年白发生，因人问俗鸟占晴。
轻云挟雨知山态，虚阁来风识水声。
诗味都从兵后减，乡心常伴月边明。
林花夜落催春涨，隔树黄鹂聒旦鸣。

赏析：

此诗写于1940年，录自《马一浮集》第三卷。作者当年春天从乌尤山尔雅台，移至复性书院建造的山下新居。因面临下溪麻濠，故命名为"濠上草堂"。春日听到黄鹂鸣声，引发思乡之情。

　　首联言抗战时期久客他乡。因人，依赖别人。占，观察、预测。诗句意谓，长久客居他乡已生白发，依靠询问别人了解当地风俗，习惯靠鸟观察天气阴晴，含入乡随俗之意。

　　颔联言客居之地的环境。挟（xié），夹持。虚阁，空阁。诗句意谓，从轻云挟带雨水可知山态，空阁来风可识水声。这里在写静寂的山居生活。

　　颈联言战乱中的思乡之情。兵，战争、战事。乡心，思念家乡之心。诗句意谓，战争之后写诗的兴味大大减少，常伴月边思念家乡之心却更为显明，即深夜在月光之下更加思念故乡。

　　尾联言山村之夜。林花，山林野生的花。聒（guō），喧扰、嘈杂。《楚辞·九思·疾世》："鸲鹆鸣兮聒余。"诗句意谓，深夜林间花落催着春水不断上涨，隔树黄鹂在清晨发出聒噪的鸣声。

　　此诗为抗战中避寇川中之作，写客居异地的乡居生活。即景抒情，意蕴深沉。"诗味都从兵后减，乡心常伴月边明。"实为当时众多流寓四川文化人的心理写照。

七思（七首选一）

　　　　问予何思思圣湖，四时烟景天下无。
　　　　三十年中住画图，画工敛手金碧粗。
　　　　今我何为滞蜀都，江潮呜咽堤柳枯。
　　　　皋亭松柏霜露下，侧身远望涕沾襦。

赏析：

　　此诗写于 1941 年，录自《马一浮集》第三卷。七思，为仿古代"七体"之作。七，文体名，也称"七体"，为赋体的另一形式。西汉枚乘著文，设客说七事以启发楚太子，题作《七发》。后人仿效其体，以作讽劝之文。如傅毅《七激》、张衡《七辩》、曹植《七启》、王粲《七释》、左思《七讽》等。《昭明文选》列"七"为一门。马一浮仿七体，写成《七思》，包括思会稽、思圣湖、思富春、思天台、思黄山、思天目、思金华，意在表达对于旧居或旧游之地的种种思念之情。今选其中一首《思圣湖》。

　　首联点明思念西湖。圣湖，即杭州西湖。西湖也称明圣湖，简称圣湖。烟景，烟水苍茫的景色。崔涂《春夕》："自是不归归便得，五湖烟景有谁争？"诗句意谓，问我有何思念？我思念的是杭州西湖，西湖一年四季烟水苍茫的景色是其他地方没有的。

颔联言其多年住在杭州。画图，即图画，多用于比喻，这里指西湖山水。敛（liǎn）手，缩手，表示不敢有所作为。金碧，指中国绘画中的泥金、石青和石绿，用这三种颜料为主色的山水画，就叫"金碧山水"。诗句意谓，我在有如图画的杭州山水之中住了三十年，而今画工缩手让这幅金碧山水画也变得粗糙了。

颈联言因避战乱身居异地。蜀都，蜀地都市，这里指四川乐山。呜咽，低声哭泣，也可形容低微的若断若续的流水声。诗句意谓，而今我为什么滞留在蜀地的城市，让钱塘江潮水呜咽，西湖堤柳变枯。

尾联言思乡情切。皋亭，即皋亭山，位于杭州城区东北部，因山麓有古亭，故名。襦（rú），短袄，穿在单衣之外。诗句意谓，杭州皋亭山上的松柏在寒霜与露水之下，我在异乡侧身远望，涕泪沾湿了衣衫。这是因为杭州皋亭山为作者先人茔地所在。

此诗表达思乡之情，体式亦别具一格。诗题《七思》，既仿古代"七体"，又改赋体为诗体。还有一个特色，就是通篇采用句句押韵的柏梁体。第七句"下"字亦相押。楚辞《湘夫人》中，"下"即与"予"相押，洪兴祖说："下，音户。"这样既活用"七体"，又采用句句押韵的"柏梁体"，让人耳目一新。

忆桐庐故居

故里空村遍草莱，富春江上首重回。
杂花满径无人扫，野竹编门傍水开。
一杖深山看瀑去，扁舟月夜载诗来。
此情已是成消失，唯有寒云恋钓台。

赏析：

此诗写于 1942 年，录自《马一浮集》第三卷。桐庐，县名，在浙江杭州西南部的富春江沿岸。1937 年抗日战争全面爆发后，作者由杭避寇南迁，一度寓居桐庐。1942 年在四川乐山主讲复性书院，写成怀旧之作

《忆桐庐故居》。

首联即由忆念写起。故里，故乡。草莱，也作草莽，丛生的杂草。首重回，即重回首，重新回首往事。诗句意谓，故乡空空的村落里遍地杂草丛生，让我重新回忆起富春江上的往事。

颔联紧承首句，悬想故里空村之景。径，小路。诗句意谓，村里小路上满地杂花无人打扫，用野竹编的门傍水开着，即人去室空。

颈联紧承次句，追忆昔日之游。扁舟，小船。苏轼《赤壁赋》："驾一叶之扁舟，举匏樽以相属。"诗句意谓，我手拄一根竹杖进入深山看瀑布而去，或乘一叶扁舟在富春江上载酒赋诗而来。

尾联忆念成空，充满失落之感。钓台，即严子陵钓台，为东汉严光不愿做官而在富春江畔隐居垂钓之处。诗句意谓，此情（即当年"深山看瀑去"与"月夜载诗来"）已是成为从记忆中消失的往事，唯有富春江上一片寒云仍恋着严子陵钓台。

作者抗战后期，身居四川乐山，忆念桐庐故居。悬想故里空村之景与已经失去的旧游之乐，显得沉郁苍凉。结句"唯有寒云恋钓台"，用空寂的江景衬托自己空寂的心境，不能不让人感慨系之。

哀独秀

尸乡人识祝鸡翁，卵塔衔花百鸟同。
要乞不毛防害稼，幸然被发免为戎。
一时谁并雕龙辩，四野犹鸣射雁弓。
投老遗文传字说，每怜才士尽樊笼。

赏析：

此诗写于 1942 年，录自《马一浮交往录》。诗题原为"有故人殁于羁旅，其邻争为营冢，感而作此，兼以志悼。"陈独秀（1879—1942），安徽怀宁人。曾任《新青年》主编、北京大学教授兼文科学长，为中国共产党创始人之一。后因犯党内路线错误被开除出党，又被国民政府关押了五年。1942 年病逝于四川江津。辛亥革命前，作者曾与陈独秀有所交往，后因从政与治学理念不同，分道扬镳。1942 年陈独秀因病逝世，作者仍写诗志哀。

首联言故人去世后靠各方资助得以安葬（其邻争为营冢）的事实。尸乡，地名，一作尸氏，即西亳。在今河南偃师西。汉高祖五年召齐王田横至洛阳，田横行至尸乡自刎。祝鸡翁，传说中善于养鸡的仙人。汉刘向《列仙传》："祝鸡翁者，洛人也。居尸乡北山下，养鸡百余年，鸡有千余头，皆立名字，暮栖树上，昼放散之。欲引呼名，即依呼而至。"这里以田横、祝鸡翁比喻故人拒绝国民党高官厚禄的拉拢，亦不屈于党内王明等人的打击，脱离是非之地安静离去。卵塔，旧时僧死入葬，地上立石作塔，因形如鸟卵，故名卵塔。这里以百鸟衔花树塔切入"争为营冢"，以花渲染其人善良美好。

颔联言故人抗战时期出狱后避居四川江津。要乞，求取乞食。被发，披发。免为戎，即免受战争之苦。诗句意谓，求取乞食于不毛之地以防有害于庄稼生长，幸而披发出走免受战争之苦。这里指抗战全面爆发后逝者出狱避居四川江津，免受战争之苦。

颈联言故人虽避居乡间仍时时受到攻击。雕龙辩，汉刘向《别录》："驺奭修衍之文，饰若雕镂龙文，故曰'雕龙'。"后比喻善于文辞。并，竞，比上。诗句意谓，就善于文辞而言一时谁能与之相比，但四方仍有以弓射雁的声音。这里是说，逝者生前的雕镂龙文无人能够辩驳，可是仍时有冷箭从不同方向射来。

尾联抒发对于故人之死的感慨。投老遗文，意思是逝者既被共产党开除，又受国民党通缉，只能避居乡间，悉心研究写成《小学识字教本》，在汉字研究方面做出自己的贡献。樊笼，关鸟兽的笼子，比喻受到迫害不自由的境地。诗句意谓，逝者投老遗文而传文字研究的学说，我亦深有同感，可怜天下才士尽被关入樊笼之中。

陈独秀在我国现代历史上是位颇为复杂的人物，既为五四新文化运动与中国共产党建党初期做过重要的贡献，又在后来出现种种失误，以致晚年蛰居江津。作者不受政治左右，依然写诗悼念，且言此诗"评论其志行如其分"。不过其人身份毕竟特殊，诗中用语亦较隐晦曲折，阅者需透过字面思而得之。

千人针

游子征衣慈母线，此是太平桑下恋。

岛夷卉服亦人情，何故云鬓偏教战。

街头日日闻点兵，子弟家家尽远征。

倾城欢送皇军出，夹道狂呼万岁声。

众里抽针奉巾帨，不敢人前轻掩袂。

一帨千人下一针，施与征夫作兰佩。

大神并赐护身符，应有勋名答彼姝。

比户红颜能爱国，军前壮士喜捐躯。

拔刀自诩男儿勇，海陆空军皆贵宠。

白足长怜鹿女痴，文身只是虾夷种。

徐福乘舟去不回，至今人爱说蓬莱。

岂知富士山头雪，终化昆明池底灰。

八纮一宇言语好，到处杀人如刈草。

蛇吞象骨恐难消，火入松心还自燎。

荜路戎车势无两，水碧金膏看在掌。

明年《薤露》泣荒原，一例桃根随画桨。

千人针变万人坑，尺布何能召五丁。

罗什当筵食蒺刺，佛图隔阵讶风铃。

四海争传新秩序，河间织女停机杼。

秦都闾左已空闾，夏后中兴无半旅。

君不见樱花上野少人看，银座歌声夜向阑。

板屋沉沉嫠妇叹，朱旗犹梦定三韩。

赏析：

此诗写于 1943 年，录自《马一浮集》第三卷。千人针，第二次世界大战时，日本妇女为了激发鼓舞士兵的战斗意志，为日本士兵缝制的绣有图案的白色棉布条，据说可以避弹，还可以保佑其武运长久。由一千个过路的陌生女性每人缝一针而成，故称"千人针"。

"游子"四句，孟郊《游子吟》："慈母手中线，游子身上衣。"桑下恋，语出《佛论四十二章经》。《后汉书·襄楷传》："浮屠不三宿桑下，不欲久生恩爱，精之至也。"李贤注："言浮屠之人，寄桑下者，不经三宿，便即移去，示无爱恋之心也。"后引申为留恋不舍，这里指人之常情。岛夷，《尚书·禹贡》："岛夷卉服。"孔颖达疏："卉服是草服。"云鬟，也作"云鬟"，鬟是环形的发髻，意思是女子美发如云。诗句意谓，慈母为游子缝制征衣，是太平之世的人之常情。日本妇女缝制衣物亦属人之常情，可为什么偏要为士兵缝制好战的千人针？

"街头"四句，意思是街头天天听到点兵之声，家家均有子弟去远征。倾城都在欢送皇军出发，夹道全是欢呼万岁之声。

"众里"四句。巾帨（shuì），佩巾。掩袂（mèi），掩袖而泣。兰佩，佩巾的美称。诗句意谓，众位乡里抽身奉上佩巾，自己不敢人前显露只能掩袖而泣。一条巾帨需千人各下一针，送与出征士兵作为佩巾。

"大神"四句，大神，即天照大神，被奉为日本皇室的祖先，尊为神道教的主神。姝（shū），美女。比户，家家户户。诗句意谓，天照大神一并赐与护身符，士兵应用功名报答她们。家家户户的美女都能爱国，阵前的壮士应乐于捐躯。

"拔刀"四句，自诩（xǔ），自己夸耀自己。白足，典出《高僧传·释昙始》。鹿女，典出《杂宝藏经·莲花夫人像》。日本人信仰佛教（实为与国家神道混合的佛教），故以佛教故事人物借指日本男女。文身，古代民族风俗，实为野蛮标志。虾夷，古代日本人对北海道阿衣努人的通称，含有贬义。这里借指日本人。诗句意谓，日本兵士拔刀自夸是勇敢男儿，海陆空军皆受到政府贵宠。男人可怜妇女痴情，日本人毕竟是野蛮人种。

"徐福"四句，徐福，相传秦始皇时徐福入海求仙，到了日本。蓬莱，《史记·秦始皇本纪》："既已，齐人徐市（福）等上书，言海中有三神山，名曰蓬莱、方丈、瀛洲，仙人居之。请得斋戒，与童男女求之。于是遣徐市发童男女数千人，入海求仙人。"这里借指日本。富士山，是日本最高的山峰，山顶白雪皑皑，日人誉为"圣岳"，是日本民族的象征。昆明池底灰，《高僧传·竺法兰》："昔汉武穿昆明池底，得黑灰，以问东方朔，朔云：'不知，可问西域胡人。'后法兰既至，众人追以问之，兰云：'世界终尽，劫火洞烧，此灰是也。'朔言有征，信者甚众。"诗句意谓，徐福乘舟去而不回，日人至今爱说蓬莱故事。却不知富士山头的积雪，终将化为战争劫灰。这里说日本想灭亡中国，必将玩火自焚。

"八纮"四句，八纮一宇，《日本书记》："兼六合以开都，掩八纮而为宇。"日莲派宗教家田中智学将"八纮一宇"阐释为"日本的世界统一之原论"，日本在第二次世界大战时鼓吹的"大东亚共荣圈"即以此为思想基础。刈（yì），割。蛇吞象骨，《山海经·海内南经》："食象，三岁而出其骨。"后演化为人心不足蛇吞象。火入松心，唐岑参《酬成少尹骆国行见呈》："泉浇石罅坼，火入松心枯。"诗句意谓，"八纮一宇"说得好听，却到处杀人如同割草一样。日人蛇吞象骨恐难消化，火入松心必将自焚。

"荜路"四句，荜路，柴车。语见《春秋左传·襄公十二年》。戎车，战车。水碧，即水晶。金膏，即黄金。李白《过澎湖》："水碧或可采，金膏秘莫论。"薤露，挽歌。崔豹《古今注》："《薤露》歌曰：'薤上露，何易晞。露晞明朝还复落，人死一去何时归。'"桃根随画桨，王献之《桃叶歌》："桃叶复桃叶，桃枝连桃根，相连两乐事，独使我殷勤。""桃叶复桃叶，渡江不待橹。风波了无常，没命江南渡。"这里指日本妇女鼓励男子战争，结果只能如《桃叶歌》所示"没命江南渡"。诗句意谓，柴车战车其势无两，亚洲各国人民的财富掌握在自己手中。你们明年就要唱着挽歌而泣于荒原，一样"桃根随画桨"，即死于战场。

"千人针"四句，尺布，指千人针。五丁，五个力士。典出《华阳国志·蜀志》，这里指阵亡的日本士兵。罗什，《晋书·鸠摩罗什传》："姚兴尝因地崩山摧而谓罗什曰：'大师聪明超悟，天下莫二，何可使法种少嗣。'遂以妓女十人逼令受之。尔后不住僧房，别立廨舍。诸僧多效之，什乃聚针盈钵，引诸僧谓之曰：'若能见效食此者，乃可畜室耳。'因举匕进针，与常食不别，诸僧愧服乃止。"引喻日本自食恶果。佛图，僧人。《晋书·佛图澄传》："（石）勒死之年，天静无风，而塔上一铃独鸣，澄谓众曰：国有大丧，不出今年矣。"这里指日本将亡。诗句意谓，千人针变成万人坑，尺布怎么能召回阵亡的士兵。这里"食蒺藜"与"讶风铃"均指日本将自食恶果，必然灭亡。

"四海"四句，河间织女，《诗·小雅·大东》："小东大东，杼柚其空。"言日本妇女无心工作。秦都闾左，曹植《杂诗六首》之三："西北有织妇，绮缟何缤纷。……妾身守空闺，良人行从军。自期三年归，今已历九春。"夏后中兴，典出《史记·吴太伯世家》。诗句意谓，四海争传新的秩序，而日本妇女已停机杼。因为举国妇女多已空守闺房，即男子从军阵亡，夏后中兴已连半个旅都凑不齐，因此他们都已死于战争。

"君不见"四句，樱花，日本国花。上野，位于东京都台东区，以樱花盛开闻名。银座，日本东京主要商业区，以繁华闻名。阑，残，尽。板屋，日本多地震，故习居板屋。嫠（lí）妇，寡妇。沉沉，比喻寡妇丧夫后内心悲痛深沉的样子。朱旗，指太阳旗。比喻日本军国主义者。三韩，汉时朝鲜半岛分为马韩、辰韩、弁韩三个部分，这里指朝鲜。诗句意谓，君不见上野樱花少有人观看，银座的歌声在夜晚也已停止。板屋内寡妇在为丈夫阵亡而沉痛哀叹，日本军国主义者却仍在做着吞并朝鲜称霸亚洲的美梦。

这是一首采用歌行体的政治讽喻诗，意在讽刺日本侵略者。全诗围绕"千人针"展开，将叙事、抒情、议论结合起来。叙事鲜明，说理深透，预示我国抗日战争必将胜利和日本军国主义必然走向灭亡的命运。

立夏日寄子恺

红是樱桃绿是蕉，画中景物未全凋。
清和四月巴山路，定有行人忆六桥。

赏析：

此诗写于 1943 年，录自《马一浮集》第三卷。丰子恺（1898—1975），浙江崇德（今桐乡）人。现代著名画家、文学家。与马一浮长期交往，且视其为师长，建立师友之谊。1943 年立夏，作者以此诗寄赠丰子恺。

前二谓说红是樱桃绿是芭蕉，画中景物并为完全凋谢。这里既是称道友人的绘画创作，又有深层寓意。"未全凋"，隐喻日寇侵略中国，我方虽大片国土沦丧，抗战胜利却仍有希望。

后二句，清和，天气清明和暖，泛指暮春初夏，后成为农历四月的别称。巴山，泛指四川境内的山。六桥，杭州西湖苏堤上有六座古桥，一向有"六桥烟柳"的美称。1943 年 4 月，丰子恺曾从重庆到乐山看望马一浮。作者诗中故言，清和四月的巴山路上，定有行人（指丰子恺）在忆念苏堤六桥。

这首寄赠友人的小诗，清新明丽，言浅意深。作者爱国思乡之情溢于字里行间。

寄怀敬身巴中，时衡州围正急

去年君在洛城居，今日真成脱网鱼。
翻忆巴山连夜雨，衡阳无雁复无书。

赏析：

此诗写于 1944 年，录自《马一浮集》第三卷。敬身，即王敬身，为复性书院肄业生，与马一浮保持书信联系。衡州，州名，治所在衡阳，因衡山得名。1944 年夏，作者寄怀巴中学生王敬身，当时湖南衡阳被围，情况危急。

前二句，洛城，指洛阳保卫战。1944 年 5 月，日寇发动为打通中国东北到东南亚大陆交通的豫湘桂战役，以夺取洛阳为主要目标的河南战役为其第一阶段。5 月 5 日进攻洛阳龙门，我驻军虽经坚守苦战，25 日洛阳仍沦陷。诗句意谓，去年你还住在洛阳城，今日出逃成了漏网之鱼。

后二句，李商隐《夜雨寄北》："君问归期未有期，巴山夜雨涨秋池。何当共剪西窗烛，却话巴山夜雨时。"衡阳无雁，宋祝穆《方舆胜览》八卷二十四《衡州》："回雁峰，在衡阳之南，雁至此不过。遇春而回，故名。或曰峰势如雁之回。"这里指衡阳保卫战，1944 年 6 月 23 日至 8 月 8 日，日军十余万人围攻衡阳，我军坚守四十七日，衡阳依然沦陷。衡阳保卫战是抗日战争中作战时间最长、双方伤亡最多、战斗最为惨烈的城市争夺战，彻底打破了日军原计划七天之内打通湘桂线直抵滇缅的梦想。诗句意谓，反而忆起巴山夜雨之时（在复性书院师生相聚），而今衡阳无雁亦无书信（失去联系多时）。

此诗寄怀学生友人，情真意切。将念友之情与忧国之思结合起来，全无泛泛之语而友人的经历与国家的艰危时在作者念中，可谓"诗中有史"。

纪客谈杭州近事

客来重与话西泠，衰柳摇风岂更青。
小艇依然人打桨，空山唯见鸟窥棂。
虹堤草长桥新圮，蛛网虫游户半扃。

回首几年看野祭，夷歌满地不堪听！

赏析：

此诗写于 1944 年，录自《马一浮集》第三卷。抗日战争后期，作者当时在四川乐山主持复性书院。有客来访谈及杭州近事，因此诗以纪之。

首联直入本题，纪客来访。西泠，即杭州西泠桥，此桥附近名胜古迹颇多。诗句意谓，有客来访重新与我话及杭州西泠，衰弱的柳树在风中摇曳岂能更青。

颔颈二联具体描述杭州近事。小艇，游艇，小型游船。棂（líng），栏杆或窗户上的格子。虹堤，像彩虹一样的长堤，这里指西湖苏堤。圮（pǐ），坍塌。扃（jiōng），关闭、锁门。诗句意谓，西湖中的小船依然有人在打桨，空山中唯见鸟在窥视人家的窗棂。苏堤之上已长青草，新近还有桥坍塌，不少人家蜘蛛结网、小虫游荡，门户半开半闭。到处一派战乱破败的景象。

尾联写出客人对于近事的感想。野祭，祭于野外。夷，我国古代对东方民族的总称，亦称"东夷"，这里指日本侵略者。诗句意谓，回头来看这几年经常祭于野外，而今夷人之歌遍地让人不堪听闻。意思是我大片国土沦丧，以至"夷歌遍地"。

此诗记述来客所谈的杭州近事，实写抗战期间杭州由于战乱而出现一副破败景象。作者当时避乱四川，一片思乡之情与亡国之痛溢于字里行间。

午　梦

楼迥千岩静，心凉九夏秋。

兰亭双墨本，鉴曲一渔舟。

归梦从吾适，清时亦倦游。

蝉声来午枕，误被白云留。

赏析：

此诗写于 1945 年，录自《马一浮集》第三卷。午梦，午后小睡进入梦境。诗句具体描述梦中情景。

首联中，楼迥，高楼迥廊。千岩，千座山崖。九夏秋，九夏九秋的合称，即夏、秋两季。诗句意谓，立于高楼迴廊遥望远处千岩静寂，整个夏秋季节内心颇有寒意。这里"九夏秋"有双重含义：一是春秋两季；二是九个夏秋，作者 1937 年离开杭州，至 1945 年已有九年。

颔联中，兰亭，在浙江绍兴西南，因晋代大书法家王羲之在此"兰亭雅集"而闻名于世。墨本，碑帖的版本。双墨本，指王羲之《兰亭帖》两种不同的拓本。鉴曲，即绍兴鉴湖隐曲之处。诗句意谓，梦中出现王羲之《兰亭帖》两种不同的拓本，还见鉴湖湖水弯曲之处的一条渔船。作者是绍兴人，且爱书法，故在梦中有此情景。

颈联中，归梦，回归故乡的梦。适，安适，满足。清时，太平盛世。倦游，原指仕宦不如意而思退休，亦指游览已倦。诗句意谓，归乡之梦的追随使我感到安适，清平时节我亦倦于出游，即退回书斋从事学术研究。

尾联中，午枕，午睡。诗句意谓，知了的声音来到我午睡的地方，误被蓝天上的白云留住，即同处梦乡之中。

游子思乡之念，就连午间小睡亦会入梦。作者进而忆及故乡绍兴的兰亭墨本与鉴曲渔舟。"归梦"二字实为全诗的诗眼，因为只有梦中才可"从吾适"，而实际却仍寄寓蜀中，可见"归心"时在念中。

湖上书感（二首）

一

鹤列依然接丽谯，旧堤春柳长新条。
更无诗酒消晨夕，剩有湖山对寂寥。
履虎久疑谈虎惯，偃兵频见造兵骄。
林间若使风飘静，何用临江射怒涛。

二

浮生随处是遽庐，去国还乡理本如。
暂与东坡分半席，未妨和靖对门居。
盈窗每忆峨眉月，近水时怜二寸鱼。
坐啸冥搜成底事，荷花沤鸟莫斗余。

赏析：

这两首诗写于 1946 年，录自《马一浮集》第三卷。当时，抗日战争已经取得胜利，作者也从四川乐山回到杭州。初还湖上，书此志感。

第一首直抒胸臆，写初还湖上的见闻感受。

首联中，鹤列、丽谯，语见《庄子·徐无鬼》："君亦必无盛鹤列于丽谯之间。"郭象注："鹤列，陈兵也；丽谯，高楼也。"鹤列，陈兵，形容兵卒排队如鹤之行列。丽谯，高楼，建于城门之上以望敌阵，后称为谯楼。诗句意谓，当时依然有军队驻守谯楼之间，旧日苏堤上的春柳已经长出了新的枝条。

颔联中，寂寥，静寂、空虚。诗句意谓，如今更无心于以诗酒供早晚消遣，只剩下面对静寂的西湖山水。

颈联中，履虎，亦作履虎尾，即践踏虎的尾巴，比喻处于险境。陆游《书感》："凛凛咥人愁履虎，区区染指畏尝鼋。"偃兵，停息武备、停止战争。造兵，制造战争。语见《庄子·徐无鬼》："为义偃兵，造兵之本也。"诗句意谓，我们长久身处险境谈虎已成习惯，人们希望停止战争却频频看到有人骄横地制造战争。

尾联中，风飘，即飘风，旋风。《诗·大雅·卷阿》："有卷者阿，飘风自南。"临江射怒涛，作者化用民间流传的"钱王射潮"的故事，这里"怒涛"暗指人民要求和平、反对内战的浪潮。诗句意谓，若能使林间旋风静止下来，何用临江去射怒涛。

第二首作者写自己闲居湖上的生活。

首联中，浮生，《庄子·刻意》："其生若浮，其死若休。"老庄认为人生在世，虚浮无定，后来称人生为浮生。遽（jù）庐，传舍，即今天的旅馆。《庄子·天运》："仁义，先王之遽庐也，止可以一宿，而不可以久处。"去国，离开故国（故园、故乡）。诗句意谓；人生随处都可以停留，离开故园或者回到家乡都是理所当然的事。

颔联中，半席，半个席位。这里指作者当时住在杭州蒋庄，位于苏堤南端，故言暂与苏东坡分半个席位。而且这里远对孤山，不妨当成与林和靖对门而居。

颈联中，盈窗，月光满窗。意思是每当月光洒满窗户就会想起峨眉山的月亮，即怀念抗战期间流寓四川乐山的生活。二寸鱼，这里指金鱼。蒋庄临近花港，随时可以观鱼，故言时时怜爱这里二寸长的金鱼。

尾联中，坐啸，闲坐吟啸。冥搜，搜访于幽远之处，意同冥思苦想。底事，何事、什么事。沤（ōu）鸟，沤通"鸥"，即鸥鸟。斗，通

"逗",引逗。诗句意谓,平日闲坐吟啸,冥思苦想能做成什么事,望荷花鸥鸟不要笑话(逗弄)我。

此诗蕴藉含蓄,既书湖上闲居生活,又有感于当时国内政局。书生意气,挥斥方遒,作者对于抗战胜利后时局的认识是非常深刻的。

秋　思

湖水微波似镜平,镜中鱼鸟并忘情。
高丘远海茫茫思,暮雨空山冉冉行。
桂树香来人定后,汀洲风起客愁生。
夷歌忽送箜篌曲,不是泉声是战声。

赏析:

此诗写于1946年秋,录自《马一浮集》第三卷。秋思,也作秋兴,因秋日而感怀。作者抗战胜利后返杭,有感于国内政治局势而作此诗。

首联先言西湖景色。湖水微波其平如镜,而镜中的鱼鸟也同样忘情。这里指湖中的游鱼与水鸟自得其乐,忘情世事。

颔颈二联言作者秋日触景生情。高丘,语出屈原《离骚》:"忽反顾以流涕兮,哀高丘之无女。"原指楚国的山,这里指杭州群山。远海,杭州湾外大海。冉冉(rǎn),慢慢地,渐进的样子。汀洲,水中陆地。诗句意谓,杭州的高丘远海让人思绪茫茫,空山晚间有雨冉冉而行。人安定之后桂花树传来阵阵香气,水中陆地风起使客人生愁。

尾联为秋思"点睛"之笔。夷歌,夷人之歌。"夷"泛指异族侵略者。箜篌曲,即箜篌引,汉曲,为相和歌辞。据崔豹《古今注·音乐》载,有一白发狂夫渡河溺死,其妻援箜篌而歌《公无渡河》曲,声甚凄惨,歌毕投河而死。朝鲜渡口守卒霍里子高妻丽玉,遂依声调作《箜篌引》曲。诗句意谓,夷人之歌忽送凄惨的乐曲,而今听到的不是泉水之声而是战争的声音。

《秋思》主旨在于结句:"夷歌忽送箜篌曲,不是泉声是战声。"当时,国民党政府正在美帝国主义的支持下发动内战。作者意在发出反对发动内战、要求民主和平的呼声。

送以风还潜山，即用其留别韵

交臂方新倏已陈，每因问答辨疏亲。
诗中亦有三乘法，腊尽还留太古春。
到处多逢求剑客，愿君真作住山人。
西湖今日寒如许，南岳参寻不厌频。

赏析：

此诗写于 1946 年，录自《马一浮集》第三卷。乌以风（1901—1989），山东聊城人。毕业于北京大学哲学系，师从马一浮先生，曾在乐山复性书院协助工作。1943 年就任安徽天柱山景忠私立学校教务主任。后与先生保持联系。潜山，即天柱山，古称霍山，位于安徽潜县境内。1946 年，作者送以风还潜山并赠诗留念。

首联中，交臂，表示恭敬，指乌以风当年拜师。倏（shū），忽然。疏亲，即疏不间亲，意思是关系疏远者不参与关系亲近者之间的事。《三国志·蜀·刘封传》："故人有言：'疏不间亲，新不加旧。'此谓上明下直，谗慝不行也。"诗句意谓，当年拜师之事虽然已成过去，却乃记忆犹新，每次问答都能辨别亲疏之间的关系。

颔联中，三乘，即佛教三乘。小乘，可证阿罗汉果；中乘，可证辟支佛果；大乘，即菩萨乘，可证无上佛果。意思是诗中亦有不同境界、不同教法。旧时说六经之教，诗教为先，诗教就是无尚文化。腊尽，寒冬腊月，比喻多难的时代终将过去，古老的文化终将枯木逢春。

颈联中，求剑客，刻舟求剑之人，指逐妄违真之人。住山人，古代修行者多住深山，指真正修行之人。诗句意谓，到处都是刻舟求剑之人，愿你成为天柱山的真正住山人。

尾联中，西湖，作者自指。南岳，即安徽潜山，亦称霍山。《尔雅·释山》："霍山为南岳。"这里指乌以风。参寻，寻访。诗句意谓，西湖现在如此清寒，殷切希望友人（南岳）常来问学。

作者写诗送弟子友人还潜山，且用乌以风留别原韵。诗中有愿友人"真作住山人"的期许，又有"参寻不厌频"的深情告白，足见师友情谊之深。

朝起见雪

密霰随风飒沓行，埋山压海转无声。
芦花影里收踪去，剩有渔舟载月明。

赏析：

此诗写于 1946 年，录自《马一浮集》第三卷。1946 年冬，作者早起见雪，有感而作。

前二句，霰（xiàn），空中降落的白色不透明的冰粒，常呈球形或圆锥形，多在雪前或下雪时出现，也称雪子或雪珠。飒沓，群飞的样子。诗句意谓，密集的雪子随风群体飞行，其势能掩埋山体压向大海，转而无声。

后二句，芦花，即芦苇，多年生草本植物，生长在沼泽、河岸旁。踪，踪迹、脚印。诗句意谓，雪子落在芦苇影子里收起踪迹，只剩渔舟载着天上的明月而来。朝起正是清晨日月交替之时。

这首描绘江南水乡朝起见雪的小诗，清新明丽，质朴自然，富有诗情画意。

婺杭道中

越中到处好山光，况有樵风送晚凉。
行客闲如鸥鸟定，淡烟疏雨过钱塘。

赏析：

此诗写于 1963 年，录自《马一浮集》第三卷。婺（wù），即婺州，隋开皇九年治州，治所在金华，故作金华的别称。当时，作者行进在婺州至杭州的道路上，观赏沿途风光，有感而作此诗。

前二句，越中，越地中部。越为古国名，亦称于越，建都绍兴，为春秋五霸之一。樵风，顺风。典出《后汉书·郑弘传》："会稽山阴人。"注引南朝宋孔灵符《会稽记》："射的山南有白鹤山，此鹤为仙人取箭。汉太尉郑弘尝采薪，得一遗箭，顷有人觅，弘还之，问何所欲，弘识其神人也，曰："常患若邪溪载薪为难，愿旦南风，暮北风。'后果然。"故称若邪溪之风为郑公风，也称樵风。后来用樵风指顺风。诗句意谓，越地中部到处都有好山光，况且还有樵风（顺风）送来晚凉。

后二句，鸥鸟，水鸟，分布于海洋和内陆河川。淡烟疏雨，淡淡的烟云和稀疏的雨点。诗句意谓，出行之人如鸥鸟一样淡定，在淡烟疏雨之中过了钱塘。

这是一首清新明快的小诗。越地山光水色，稍加点染，如诗如画。虽即兴之作，亦颇有新意。

赠陈仲弘

　　吁谟定国恃贤才，旷代经纶式九垓。
　　要使斯民安衽席，有时谈笑挟风雷。
　　鸣鸾佩玉遥方至，鼓瑟吹笙阆苑开。
　　我亦讴歌偕野老，杖藜翘首望春台。

赏析：

此诗写于1963年，录自《马一浮交往录》。陈仲弘，即陈毅，字仲弘，四川乐至人。新中国成立后曾任上海市市长、国务院副总理兼外交部长。陈毅一向颇为敬重这位当代国学大师，从政策关怀到结下深厚友谊，二人在上海、杭州、北京多有交往。1963年间，马一浮曾作《赠陈仲弘》，表达对于这位将军诗人的感佩之情。

首联中，吁谟（xū mó），大计、宏谋。旷代，绝代，世所未有。经纶，整理丝缕，引申为处理国家大事，也指政治才能。九垓，也作九州。诗句意谓，大计定国依仗贤才，世所未有的经纶之才可以作为九州的榜样。

颔联中，斯民，此民，指祖国人民。衽席，卧席，引申为寝处之所。诗句意谓，要使祖国人民能有安定的生活，无伦何时都能在谈笑之间挟持革命的风雷。

颈联中，鸣鸾，鸾亦作銮，为系在马轭或车前横木上的金铃。这里指皇帝或贵族出行。佩玉，古代贵族佩在腰间的玉饰，行走时会相击发声。语见唐王勃《滕王阁》诗："滕王高阁临江渚，佩玉鸣鸾罢歌舞。"阆苑，阆风之苑,仙人所居之境。诗句意谓,将军鸣鸾佩玉从远方而来,阆苑响起一片鼓瑟吹笙之声。

尾联中,讴(ōu)歌,歌颂、赞美。杖藜,持藜茎为杖,泛指扶杖而行。春台,《周礼》的"春官宗伯"为礼官,后称礼部为春台。诗句意谓,我亦偕同田野间的老人一起,扶杖而行,抬头仰望春台。这里指陈毅担任外交部长。

此诗赞颂陈毅,用语质朴典雅。作者高度评价陈毅,说他具有"旷代经纶"之才,且在参与"讦谟定国",做出重大的贡献。进而表达自己和广大人民群众对这位"文能安邦,武能定国"之人的敬仰与赞佩之情。

广洽法师自海外还,见访湖上,喜赠

旷劫迷云一旦消,浮杯沧海任游敖。
白毫影里新天地,只在西湖旧六桥。

赏析:

此诗写于 1965 年,录自《马一浮集》第三卷。广洽法师(1900—1994),福建南安人。1921 年剃度于厦门南普陀,曾师从弘一法师学律。抗日战争期间去新加坡,一直在新弘法,成为新加坡佛教的领袖。他一直仰慕马一浮的道德文章与佛学造诣,直到 1965 年才在丰子恺的引见下,拜访了马一浮,并与他结下了佛法因缘。此诗即为作者因广洽法师见访杭州湖上喜赠。

前两句,旷劫,极言时间长久。迷云,意为知觉迷惘,如披云雾。浮杯,化用"杯渡"之典,杯渡为晋宋时僧人,不知姓名,传说他曾乘木杯渡水,故以杯渡为名。见《高僧传》之十"杯渡"。后用杯渡的故事比喻僧人的出行。游敖,即敖游,亦作"遨游"。诗句意谓,时间极为长久的迷云一旦消失,即可浮杯大海,任其遨游。

后两句,白毫,如来三十二相之一。佛家说世尊眉间有白色毫毛,右旋宛转,如日正中,放之则有光明,初生五尺,成道时一丈五尺,名白毫相。《法华经句解·序品》:"尔时,佛放眉间白毫相光。"六桥,杭州西湖苏堤上的六座桥。诗句意谓,我佛白毫影像里出现新的天地,只在杭州西湖苏堤上的六座古桥。这里指一代高僧广洽法师游览苏堤，犹如佛光普照六桥。

此诗喜赠广洽法师，多用佛家语言和佛教故事，完全切合题意要求。"浮杯沧海"点出自海外还，"只在西湖"言其见访湖上，切人切事，实为佳作。

拟告别诸亲友

乘化吾安适，虚空任所之。
形神随聚散，视听总希夷。
沤灭全归海，花开正满枝。
临崖挥手罢，落日下崦嵫。

赏析：

此诗写于 1967 年 5 月，录自《马一浮集》第三卷。马一浮在"文化大革命"期间，被打成反动学术权威，所藏书画皆被焚毁，又被赶出蒋庄，寄居安吉路一斗室。他曾为此而愤怒呼号："斯文扫地，斯文扫地！"遂抑郁成疾。1967 年 6 月 2 日不幸逝世，终年八十四岁。他在临终前夕曾写过一首自挽诗。

首联中，乘化，顺应自然的变化。陶潜《归去来辞》："聊乘化以归尽，乐夫天命复奚疑。"虚空，虚与空均与实相对。《管子·心术上》："天之道，虚其无形。"道家用来形容"道"的无形无象和宇宙的原始状态。《维摩经·弟子品》："诸法究竟无所有，是空义。"佛教认为"诸法皆空"，一切事物本身不具常住不变的个体，也非独立存在的实体，故称之为空。诗句意谓，我当安然闲适顺应自然变化，进入虚空境界可以任其所之。

颔联中，形神，中国哲学中的一对命题，指形体和精神的关系。希夷，意思是空虚寂静不能感知。《老子》："视之不见名曰夷，听之不闻名曰希。"河上公注："无色曰夷，无声曰希。"诗句意谓，人的形体和精神随之或聚或散，看到的、听到的总是空虚与难以感知。

颈联中，沤（ōu），水面的泡沫，也比喻无常的世事。佛教《楞严经》亦言："空生大觉中，如海一沤发。"沤生沤灭，人世无常。诗句意谓，人死犹如沤灭自将归于大海，极乐世界的花正开满枝头。

尾联中，临崖，面对悬崖，意同"临命"，比喻人将死之际。崦嵫，山名，古代神话中日落的地方。屈原《离骚》："吾令羲和弭节兮，望崦嵫而勿迫。"诗句意谓，面对悬崖挥手作罢，愿同落日一起下崦嵫之山。

作者在文化大革命期间被迫害而死，却显得如此淡定安然，怎能不令人为之扼腕叹息却又肃然起敬。这首绝命诗出于一位理学大师的临终手笔，诗中蕴含人生哲理而又充满禅机。这种对于自身生死的理性思考与临难不苟、视死如归的悟性，能给人带来诸多有益的启示。

浪淘沙
为缪彦威题《杜牧之年谱》

　　醉语见天真，龙性难驯。吴歌楚舞转相亲。独把一麾江海去，刻意伤春。

　　易尽百年身，吹梦成尘。昭陵松柏久为薪。惆怅乐游原上句，分付何人。

赏析：

此词写于1938年，录自《马一浮集》第三卷。浪淘沙，词牌名。缪彦威，即缪越（1904—1995），字彦威，江苏溧阳人。现代著名文史学家。曾为唐代诗人杜牧编成《杜牧之年谱》，作者应约为该书题词。

上阕言杜牧的身世经历与个性特征。

"醉语"二句，龙性，像龙一样倔强难驯的性格。《宋书·颜延之传》："出为永嘉太守，延之甚怨愤。……咏嵇康云：鸾翮有时铩，龙性谁能驯。"诗句意谓，杜牧其人醉语可见天真，他的龙性却难驯服。杜牧曾任监察御史，黄、池、睦、湖州刺史。他不满当时藩镇割据，政治腐败，其诗多指陈及讽喻时政之作。其自身亦有纵酒狎妓之好，"但将酩酊酬佳节，不作登临恨落晖"。诗中故言杜牧醉语可见天真，而其正直敢言的性格却未被驯服。

"吴歌"三句，吴歌楚舞，吴地之歌与楚地之舞。杜牧曾在湖北、安徽、浙江等地做官，古代分属楚吴，故言吴歌楚舞转而相亲。杜牧《将赴吴兴登乐游原一绝》："欲把一麾江海去，乐游原上望昭陵。"麾，旌旗。汉制郡太守车两幡。此处即指赴任湖州刺史。江海，指吴兴郡。杜牧赴湖州刺史，仕途并不得意，时而纵情酒色，故言刻意伤春。

下阕言杜牧为唐王朝由盛转衰而惆怅。

"易尽"二句，意思是人生百年易尽，梦境吹散成尘。

"昭陵"三句，昭陵，唐太宗墓，在陕西醴泉。墓地松柏久已为薪，即让人当柴烧。"惆怅乐游原上句"，指上引杜牧《将赴吴兴登乐游原一绝》中诗句。杜牧之所以会惆怅，是因为"望昭陵"而想到像唐太宗那样的盛世已难以再现。分付，同吩咐。意思是用这样的诗句祝福何人。

此诗紧扣题意，结合杜牧生平经历与诗词创作，而对这位唐代诗人作出客观的评价。作者用语平实而内涵深曲，需要深入领会。

水调歌头
九日寄故乡亲友

独客听巴雨，三度菊花天。故园何处秋好？兵火尚年年。汹涌一江波浪，迢递数行征雁，愁思共无边。极北况冰雪，大漠少孤烟。

登临倦，笳鼓急，瘴云连。明年悬记，此日万国扫腥膻。看遍篱东山色，不把茱萸更插，巫峡一帆穿。白发倚庭树，归梦滞霜前。

赏析：

此词写于1941年，录自《马一浮集》第三卷。水调歌头，词牌名。相传隋炀帝开汴河时制《水调歌》，唐人演为大曲。因去大曲歌头，另倚新声，故名。双调九十五字，上阙四十八字，九句，四韵；下阕四十七字，十句，四韵。有全用平韵和间用仄韵两体。除上阕开头是五言两句，下阕开头是三言三句外，上下阕后七句字数，平仄基本相同。九日，农历九月九日，重阳节。作者于1941年重阳佳节写作此词寄故乡亲友。

上阕写作者对于故乡的思念。

"独客"二句，巴雨，即巴山夜雨。菊花天，即阴历九月菊花开放的时期，故称九月为"菊花天"。诗句意谓，独在异乡做客而听巴山夜雨，已经度过了三个菊花天，即在四川西南地区生活了三年。

"故园"五句，一江，指四川乐山的青衣江。迢递，高高的样子。征雁，远飞的大雁。词句意谓，故乡何处秋天最好？年年战火尚存。青衣江上波浪汹涌，高空数行远飞的大雁，让人愁思远无边际。即因"数行征雁"，引起无边乡愁。

"极北"二句，作者原注："闻莫斯科早雪，鏖战方急。"

下阕写作者希望明年能有归乡之日。

"登临"二句，笳鼓，胡笳与战鼓。瘴云，即带有瘴气的云烟。诗句意谓，登山临水已倦，胡笳与鼓声甚急，带有瘴气的烟云连成一片。

"明年"五句，悬，悬念、牵挂。腥膻（shān），膻为羊臊气，意同腥臊，恶臭的气味，比喻恶秽的事物，这里指腐朽的敌人。篱东山色，化用陶潜"采菊东篱下，悠然见南山"诗意。茱萸，植物名，有香味。古代风俗重阳节佩茱萸囊以驱邪避恶。王维《九月九日忆山东兄弟》："遥知兄弟登高处，遍插茱萸少一人。"巫峡，为长江三峡之一，因巫山得名。词句意谓，明年悬想记住此日，愿世界各国都能扫尽腥膻（打败侵略者）。届时当看遍东篱山色，不用再插茱萸，并以一帆穿过巫峡，即从四川还乡。

"白发"二句，意思是白发之人倚在庭院的树旁，归乡之梦停滞在秋霜到来之前。

唐代诗人李商隐有一名篇，题为《夜雨寄北》："君问归期未有期，巴山夜雨涨秋池。何当共剪西窗烛，却话巴山夜雨时。"作者明显化用前人诗意，而含蕴更为深厚。不仅向故乡亲友充分表露思乡之情，而且在我国抗日战争和世界反法西斯战争大背景下，将思乡与爱国紧密联系在一起，可见作者广阔的胸怀。

浣溪沙
春分日书感

二月轻寒尚薄裘，扶衰无力强登楼。寂寥经惯转忘忧。

帘外飞花如雪乱，门前春水接天流。旧鸿新燕一般愁。

赏析：

此词写于1945年，录自《马一浮集》第三卷。浣溪沙，词牌名。春分，农历二十四节气之一，在农历三月二十或二十一日，是日昼夜长短平均，正当春季九十日之半，故称"春分"。作者于1945年春分日书写此词记感。

上阕写二月轻寒登楼解忧。裘，皮衣。寂寥，形容无声无形之状，后多用为寂静之意。词句意谓，农历二月尚有轻寒需穿薄薄的皮衣，我独自扶衰无力勉强登楼，已经习惯于寂静的生活转而忘记忧愁。

下阕即景抒怀。飞花，指落花。门前春水，作者时居乌尤山脚下，有条名为"麻濠"的山溪，故称门前春水。旧鸿新燕，鸿雁与燕子均为候鸟，《淮南子·地形》注："燕，玄鸟也，春分而来；雁春飞而北……"词句意谓，窗帘外落花如雪花一样乱飞，门前山间的春水流动上接于天。在这里旧时的鸿雁与新来的燕子一样忧愁。

作者春分日书感，词眼在上下阕的结句。"寂寥经惯转忘忧""旧鸿新燕一般愁"，极写抗战后期客居蜀中的感伤情怀。寂寥经惯转而忘忧，面对同样发愁的旧鸿新燕，怎能不既忧且愁？此种人生况味，让人感同身受。

西江月
和沈尹默听雨轩漫兴韵

乱后欢惊顿减，醉中醒语还多。出门已惯识风波，几两芒鞋踏破！

白首归来未晚，朱颜相见微酡。只应排日饮无何，对镜双忘尔我。

赏析：

此词写于 1946 年，录自《马一浮集》第三卷。西江月，词牌名。本唐教坊曲，相传取李白《苏台览古》诗"只今唯有西江月，曾照吴王宫里人"之句为名。双调五十字，上下阕各四句，两平韵，结句各叶一仄韵。沈尹默为现代诗人和书法家。抗日战争期间的四川乐山复性书院，马一浮为主讲，沈尹默任董事，二人交往密切，时有诗词唱和。1946 年沈尹默回到上海，在自家书室听雨轩作《西江月·漫兴》一首，杭州马一浮阅后依韵奉和。

上阕写抗战胜利归来后喜忧交集的心情。欢惊（cóng），欢乐的心情。风波，风浪，比喻动荡不定的局势。芒鞋，草鞋。陈师道《绝句四首》："芒鞋竹杖最关身。"此句意谓，抗战胜利战乱之后归来，欢乐的心情顿时大减，虽处醉中清醒的语言还多。而今出门已经惯于识别社会的风波，几双草鞋均已踏破。作者面对国民党反动当局在美帝国主义支持下发动内战的政治形势，怎能不为之担忧！

下阕写忧心国事而又无可奈何的心情。朱颜，红润的面容。宋玉《招魂》："美人既醉，朱颜酡兮。"酡（tuó），饮酒面红的样子。排日，连日。无何，没有什么。词句意谓，你我虽头发已白归来还不算太晚，相见时面孔红润微带醉颜。而今除了连日饮酒也没有什么可做的，对镜双双忘记你我。此系愤激之词，忧心国事，借酒浇愁。

此词蕴藉含蓄，托寄遥深，最能体现这位国学大师的词作特征。既有一介书生淡泊宁静的追求，又有爱国志士忧时伤世的情怀。值得我们吟咏深思。

满庭芳

> 身是浮云，生如流电，百年能几春晴。新消残雪，才见柳梢青。瞥眼风花历乱，刚数日春已飘零。栏干外，红英满地，高树偏啼莺。

> 堪惊人世换，兵前草木，别后池亭。奈铢衣乍拂，痛首如酲。旧日归心总负，空惆怅，倚杵天倾。悲筋动，游辰易歇，灯火黯西泠。

赏析：

此词写于 1947 年，录自《马一浮集》第三卷。满庭芳，词牌名，又名《满庭霜》。双调九十五字，上阕四平韵，下阕五平韵。由于音节婉谐舒徐，适于铺叙，古代词人多用于抒发婉约纤丽之情。1947 年春，作者在杭州调寄《满庭芳》，写出自己对于人生世事的切身感受。

上阕写匆匆春又归去的自然景象。

"身是"三句，浮云，浮动在空中的云，比喻不值得关心和重视的事情。流电，比喻迅速。春晴，春日晴空。词句意谓，身是浮云，无足轻重；生如流电，稍纵即逝；人生百年能见到几次春日的晴空。

"新消"四句，柳梢，柳树枝头的末端。瞥眼，也作转眼，比喻时间飞逝。风花，风吹落的花。历乱，杂乱无章。飘零，飘失零落。词句意谓，残留的白雪刚刚消融，才见柳树枝头的青芽。转眼之间风中落花零乱，刚刚数日春已飘零。

"栏干"三句，栏干，同"栏杆"。英，指落英、落花。词句意谓，栏干外，满地红色落花，高高的树上到处可以听到黄莺啼鸣。

下阕写归乡以后的惆怅心情。

"堪惊"三句，兵，军事、战争。词句意谓，此次回来，令世人惊讶的是战后的杭州草木，别后的水池亭榭，都已发生变化。

"奈铢衣"五句，铢衣，衣之至轻者，多指舞衫。乍拂，刚刚摆动。痟（xiāo）首，头痛。《周礼·天官·疾医》："春时有痟首疾。"酲（chéng），病酒。杵，兵器名，形如杵，故称。词句意谓，奈何舞衫刚刚摆动，就头痛如病酒一般。旧日总是有负归心，而今空自惆怅，只能倚着兵器而忧天倾。

"悲笳"三句，笳，即胡笳，古乐器名，相传蔡文姬作《胡笳十八拍》。游辰，优游的日子。西泠，即杭州西泠桥。黯，通"暗"，暗淡。词句意谓，悲凉的笳声响起，优游的时辰易于停歇，杭州西泠桥畔灯火一片暗淡。

作者抗战胜利以后归来，继而内战烽烟又起，怎能不为之惆怅！这种感伤而愤懑的心情，完全借助于景物的描写加以表现。须知"一切景语皆情语"，方能领会词中的真义。

踏莎行
和夏瞿禅

  城上乌啼，门前儿戏，今朝有酒今朝醉。鹧鸪飞上越王台，雨中不辨南朝寺。

  野旷人稀，夜深花睡，无心更觅埋忧地。偶然得句尚清和，莫教负了湖山丽。

赏析：

此词写于1949年，录自《马一浮集》第三卷。踏莎行，词牌名。唐朝韩翃诗有："踏莎行草过春溪"句，词名本此。双调五十八字，上、下阕各五句，三仄韵。夏瞿禅，即夏承焘，字瞿禅，浙江温州人。曾任浙江大学、杭州大学教授。与马一浮交往多年，互有诗词赠答。这首《踏莎行》词，即为和夏之作。

上阕写酒醉前后的生活情景。鹧鸪，鸟名，栖息于生有灌木丛和疏树的山地，鸣时常立于山巅树上。越王台，在绍兴城内府山东南麓，相传是越王勾践阅兵的地方，后人为纪念勾践而建。南朝，时代名。东晋灭亡后我国形成南北对峙的局面，史称南北朝。南朝经历宋、齐、梁、陈四个朝代。杜牧《江南春绝句》："南朝四百八十寺，多少楼台烟雨中。"词句意谓，城上乌鸦啼叫，门前儿童嬉戏，今朝有酒今朝醉。此系新中国成立前夕的生活情景。作者是绍兴人，因而醉后借景抒情。深山鹧鸪飞上了越王台，雨中让人看不清南朝所建的寺庙。

下阕言闲时写诗自娱。野旷，即旷野，空旷的原野。埋忧，把忧愁埋藏起来。仲长统《述志》："寄愁天上，埋忧地下。"清和，指天气清明而和暖，后亦用为农历四月的别称。词句意谓，空旷的原野人迹稀少，夜深花也睡了，自己无心寻觅埋藏忧愁的地方。偶然得句尚处天气清明而和暖的季节，莫教辜负了这清丽的湖山景色。

此诗写于杭州解放前夕，内战尚未结束。作者埋忧之地难觅，只能以饮酒赋诗消愁。作者以眼前景物入词，借以抒发抑郁难解的情怀。此词系词友之间唱和所作，更是心有灵犀，能引起共鸣。

忆秦娥

卧疴湖滨，欲往孤山探梅不果

系人思，孤山晴雪好题诗。雨如丝，游车兴阻，小艇归迟。

苏堤杨柳正依依，西泠芳草又萋萋。望迷离，阴晴不定，误了花时。

赏析：

此词写于1961年，录自《马一浮集》第三卷。忆秦娥，词牌名。唐李白词有"秦娥梦断秦楼月"句，故名。又名《秦楼月》。双调四十六字，上下阕各五句，三仄韵一叠韵，多用入声，后有改作平韵者。卧疴（kē），即卧病在床。孤山探梅，孤山一向为杭州赏梅胜地。每当冬尽春来之时，孤山北麓的梅花红白相间、争奇斗艳。尤其是雪后初晴，踏雪寻梅，更为人所称道。1961年初春，作者在杭州西湖之滨养病，欲往孤山探梅，未能成行，故写词志感。

上阕写作者欲往孤山探梅。系，拴住、挂念。小艇，轻快的小船，即游艇。词句意谓，拴住人的思念的是，孤山雪后初晴正好游玩题诗。可惜下雨如丝，乘车出游兴致受阻，而湖上游船又迟迟未归，即难于成行。

下阕写作者因未能成行而深感遗憾。依依，茂盛的样子。《诗·小雅·采薇》："昔我往矣，杨柳依依。"萋萋，亦为茂盛的样子。唐崔颢《黄鹤楼》："晴川历历汉阳树，芳草萋萋鹦鹉洲。"迷离，模糊不明。古乐府《木兰诗》："雄兔脚扑朔，雌兔眼迷离。"词句意谓，在作者的想象中，而今苏堤之上正杨柳依依，西泠桥畔亦芳草萋萋。作者望眼迷离，天气阴晴不定，误了欣赏梅花之时。

作者年事已高，虽卧病在床，仍向往自然，且游兴不减。孤山梅花，苏堤杨柳，西泠芳草，时时仍在思念之中，可见诗翁的文人气质与高雅情怀。

临江仙
六和塔看牡丹

　　　染柳薰桃三月暮，不知春在谁家。青山影里散朝霞。暂寻尘外境，来看梦中花。
　　　江上虹桥桥下水，百年世事堪嗟。道逢野老话桑麻。未应夸楮叶，好与润焦芽。

赏析：

此词写于 1963 年，录自《马一浮集》第三卷。临江仙，词牌名。原唐教坊曲名，多用以咏水仙，故名。双调六十字，上、下阕各五句，三平韵，三十字。六和塔，位于杭州钱塘江畔的月轮山上，作者曾在此看牡丹花展。

上阕写作者春日想去观花。染，染色。薰（xūn），香草，也指花草的芳香。梦中花，作者梦中之花，即牡丹花。词句意谓，暮春三月，柳树如染，桃花送香，不知春已落在谁家。只见青山影里朝霞散去，暂寻尘世之外的仙境，来看我梦中念念不忘的牡丹花。

下阕写作者观花有感。江上虹桥，江上有如长虹的大桥，指钱塘江大桥。堪嗟，让人感叹。楮（chǔ）叶，《韩非子·喻老》："宋人有为其君以象为楮叶者，三年而成；丰杀茎柯，毫芒繁泽，乱之楮叶之中而不可别也。"后用为模仿乱真的典故。宋米芾《砚史·用品》："楮叶虽工，而无补于宋人之用。"焦芽，干枯的禾苗。词句意谓，面对江上如彩虹一样的长桥与桥下的流水，想到百年往事，让人感叹不已。路上碰到乡野老人一起谈论农事，我才意识到不应去夸什么楮叶（因当时时久不雨），还是好好滋润干枯的禾苗吧！

此诗别具一格。八十老人去六和塔看牡丹，词中并未正面描写六和塔与牡丹花，而是由"花事"转向"农事"。"未应夸楮叶，好与润焦芽。"给人留下诸多思索回味的余地。

沈尹默

沈尹默生平与诗词创作

沈尹默（1883—1971），原名君默（他在北京大学任教时少言，被同事调侃"要口何用"，建议改君为尹，随后便改名尹默），字秋明，祖籍浙江吴兴，生于陕西兴安。现代诗人、学者，著名书法家。早年留学日本，毕业于京都帝国大学。曾任北京大学、北京师范大学文科教授，北平大学校长。抗日战争时期流寓重庆，任国民政府监察委员，抗战胜利后返回上海。新中国成立后任中央文史馆副馆长、全国人大代表、全国政协委员、上海市文联副主席、上海中国书法篆刻委员会主任。"五四"时期积极投入新文化运动，与陈独秀、李大钊同为《新青年》杂志编辑。他率先倡导白话诗，并在该刊发表《鸽子》《人力车夫》《月夜》《三弦》等17首新诗，被胡适誉为"新诗的第一个先锋"。1920年后转向旧体诗词创作。作为著名书法家，工正、行、草书，尤以行书擅长，对于中国书法艺术和理论均做出卓越贡献。著有《沈尹默诗词集》《历代名家学书经验谈辑要释义》《二王书法管窥》。

沈尹默旧体诗词收录较为完备的版本，是书目文献出版社1983年出版的《沈尹默诗词集》。该书分为新诗、秋明诗、秋明室杂诗、近作诗（四首）、秋明词、近作词（七首）六个部分。其中编入的旧体诗词合计307首，因其成书较早，搜罗不够齐全，尚有不少散佚在外。2002年由周金冠编订、香港华宝斋书社线装影印出版的《沈尹默先生佚诗集》，又增补了近400首。沈尹默一生创作的诗词远远不止这些，据有关专家估计当在千首以上。只是有些在抗战时期散佚，有些在"文化大革命"时被毁，已很难搜罗。不过仍有不少散见于各个时期的报纸杂志、图书资料以及各地友人手中，有待进一步收集整理。

民间有言："诗如其人。"我们从沈尹默一生的诗词创作中，大体可以看出作者人生经历的道路和思想发展的历程。或曰："诗中有人。"读后诚然可见一位正直爱国、与时俱进的知识分子的形象跃然纸上。沈尹默早年留学日本，归国后在北京大学任教，积极投入"五四"新文化运动。1925 年与鲁迅、马裕藻、钱玄同等联合签名，在《京报》上发表《关于北京女子师范大学风潮宣言》，支持爱国学生运动。1927 年为营救李大钊四处奔走，还冒着生命危险保护其子李葆华，将他送到日本留学。1932 年时任北平大学校长，因政府开除进步学生，故毅然辞去校长职务。抗战全面爆发后避寇南下，曾任国民政府监察委员，敢于弹劾皇亲国戚孔祥熙、宋子文，震惊朝野。这种积极入世、正直爱国的精神同样反映在诗词创作之中，只是不同时期的表现有所差异而已。

沈尹默诗词前后内容风格迥异，不妨分为三个时期。前期（抗日战争以前）诗词多已载入《秋明集》与《秋明词》中。诗人虽属"五四"新文化运动先驱者之一，却不同于当时较为激进的思想家，很少直面社会现实，而是更多地保留着传统文士之风，写作胸怀高洁、清丽洒脱的学者之诗。《春日感怀》《孤愤》《题樊川集》等小诗，《浣溪沙》（梦断楼台望转深）《清平乐·梅》等词章，诸多即景抒情、言志述怀之作，颇为同行诗友赏识。这些诗词虽然思想境界一般却拥有较强的艺术感染力，颇为耐人咏诵。中期（抗日战争、解放战争时期）诗词，虽少有高歌抗日、奔走呼号之作，但大量身居蜀地怀念故园的诗词亦颇感人。请看《再答行严》：

> 风雨高楼有所思，等闲放过百花时。
> 西来始信江南好，身在江南却未知。

高楼所思，向往江南，一片思乡之情溢于言表。另有"江流东去我西行，行到渝州不极程。"（《闻莺》）"迢遥望京国，总被清游恼却，还牵情住。"（《绮罗香》）诗人这一时期写下的近百首抗日诗词，无不表现出"《离骚》心事远游身"，关心祖国安危，盼望抗日战争早日取得胜利。后期（新中国成立后）诗词，随着整个时代环境和自身社会地位的改变，诗人写了不少歌咏社会主义时代及与文学艺术有关的诗词。《追忆鲁迅先生六绝句》《阮郎归·上海市文学艺术工作者第二次代表大会开幕，喜而赋此》《沁园春·一九六三年十二月赋呈毛主席》等，多已在报刊上公开发表。纵观诗人一生三个不同时期的诗词创作，虽内容与风格有异，但作为正直爱国知识分子的秉性未变，且能随着时代的发展与时俱进，并以其特有的思想艺术成就，确立了他在我国现代诗坛应有的地位。

沈尹默诗词创作在现代诗坛具有一定的影响，当年就受到前辈学人夏敬观、朱彊村及同辈学人马一浮、周作人的赞赏。他们纷纷称赞他具有写诗的天分，且一部《秋明集》即显示出非凡的艺术才华。笔者认为其艺术特色表现在下列三个方面：

第一，清词丽句，追求唯美。沈尹默诗词在语言艺术上清新淡雅、风神飘逸，追求强烈的美感。诗人善于描绘自然景物，写春色有"莺飞蝶舞草芊眠，百花争妙妍"；写夏景有"红是相思绿是愁，徘徊花树下"；写秋天有"西风飘落叶，哀蝉嗫无声"；写冬景有"万松相对意萧然，雪迷处，更清妍"。诗人笔下的山光水色、树丛云影、风霜雨雪、雁去春来，无不词清句丽，意象鲜明，似乎披上了唯美主义的外衣。需要指出的是，诗人并非为艺术而艺术，而是寓情于景，意在渲染环境气氛，表达内心感情。1940 年写成的《生查子》一词即充分体现这一特色：

> 花支亚小阑，似共人凭处。一夜绿杨风，暗尽庭前树。
> 黄鹂枝上啼，紫燕阑边语。不见旧年人，仍是前时雨。

诗人站在小阑前，春花春树虽欣欣向荣，但怅惘之情仍流向心头。眼前黄鹂啼鸣，莺燕阑边低语，却难以排遣对远方亲友的怀念。词的语言华丽隽秀，能给人美感享受。

第二，言近旨远，语浅意深。沈尹默诗词写作造诣颇深，正如朱彊村所言："意必造极，语必洞微，而以平淡之笔达之。"胡适亦言："从字面看来，写的是一件人人可谈的平常实事；若再进一步，却还可以寻出寄托的深意。"诗人能用平淡之语洞察事物幽微，表达内心深意，尽显写作的功力。请看《浣溪沙》一词：

> 柳暖花寒意未知，时晴时雨一春过。当春乐事总无多。
> 百折阑边深浅酒，万红丛里短长歌。人生不老待如何。

此词写于 1945 年，为和马一浮《浣溪沙》而作，表面上写春日闲情花丛饮酒赋诗，实则在为战时人生的蹉跎而感伤。读者需要透过日常生活现象寻求象外之旨，即作者寄托的深意。

还有写于 1940 年的《忆湖州》六首之一：

> 忆曾登眺弁峰顶，湖水漫漫欲浸天。
> 四十年中风浪阔，蜀江滩畔望归船。

此诗前二句忆及湖州登弁峰顶可观太湖，后二句写离开故乡四十年后，客居重庆，在长江滩畔望着东归的航船。作者前忆后思，均用通俗浅显、生动鲜明的语言来描述，借以表达抗战多年游子思归的情感。

第三，善用事典，蕴藉含蓄。沈尹默诗词的艺术功力还表现在运用特定历史事件与成语典故来反映深刻的思想内涵。无论是言志述怀，还是意在说理，作者一般都不会直接说出，而是采用言少意多的人事典实加以表现。请看写于 1939 年的《闻莺》之二：

> 莺啼何事与愁并，四月山中听最清。
> 解道高花应为湿，人间唯有玉溪生。

四月诗人听到莺啼引发忧愁，联想到唐代诗人李商隐（玉溪生）《天涯》诗中的典故："春日在天涯，天涯日又斜。莺啼如有泪，为湿最高花。"诗中莺啼花湿说明李商隐是啼莺的知音，即作者借用这一典故倾诉滞留蜀地难以名状的痛苦。还有写于 1942 年的五言诗《小草》：

> 小草守本根，而不殉世情。
> 庭野无二致，古今同一荣。
> 每被秋霜杀，还共春阳生。
> 践踏随所遭，俯仰岂不平。
> 寻常乃如此，松柏有高名。

作者借吟咏小草以抒发自己的感情。表面是写小草，寓意却很深刻，意在赞美小草坚忍不拔、顽强奋斗的精神。结句"寻常乃如此，松柏有高名"，更属言近旨远，耐人寻味。

沈尹默作为现代著名诗人与书法家，一生诗书双修而又诗书双绝，从而丰富了我国现代文学艺术的宝库。

泛舟至孤山作

平波荡轻舟，徐风散烦襟。
孤山在人境，避俗暂幽寻。
叠嶂挂微阳，澄湖渺且深。
昔时充隐地，梅花成故林。
高人不可见，空谷叹遗音。
举世无伯牙，谁为写瑶琴？
长啸感玄鹤，逌然江海心。

赏析：

此诗写于 1910 年，录自《沈尹默诗词集》。当时，作者泛舟西湖到达孤山后吟成此诗。

"平波"二句，烦襟，烦闷的心怀。诗句意谓，在水波平静的湖面上荡起轻舟，微风吹散了游人烦恼的心怀。

"孤山"四句，人境，人间。幽寻，即寻幽，探寻幽深宁静的去处。叠嶂，山峦重叠。澄湖，澄清的湖水。诗句意谓，杭州孤山在人间胜境，为回避世俗而暂时探寻幽静之处。重叠的山峦挂着微弱的阳光，澄清的湖水浩渺而且很深。

"昔时"四句，高人，即宋代隐居孤山的诗人林和靖。空谷，也作深谷。诗句意谓，过去充当隐士居住的地方，这里的梅花已成旧时的园林。而今高人林和靖已不可见，深谷之中感叹古人遗留下来的声音。

"举世"四句，伯牙，相传生于春秋时代，善弹琴，曾作琴曲《水仙操》《高山流水》。瑶琴，有玉饰的琴。长啸，撮口作声。《三国志·蜀·诸葛亮传》："每晨夜从容，抱膝长啸。"玄鹤，传说鹤千岁化为苍，又千岁变为黑，谓之玄鹤。逌（yōu）然，宽缓、悠闲，自得舒适的样子。诗句意谓，举世若无俞伯牙，谁为我们谱写琴曲？长啸之声感动玄鹤，悠然自得有浪迹江湖之心。

作者泛舟孤山，面对眼前的湖光山色，大发思古之幽情，深切怀念宋

代隐逸诗人林和靖。"长啸感玄鹤，逌然江海心。"作者亦有避俗出尘之
念与浪迹江湖之心。

题灵峰寺补梅庵

凌虚靡劲翮，逍遥陕八荒。
霜雪交四序，冥色生高堂。
坐阅尘世人，忧艰竞侯王。
渊渊山水理，于兹异炎凉。
诛茅媚穹谷，怀哉此周行。
高名今见殉，寂寞岂其常。
沉沦既不易，萌志即高翔。

赏析：

此诗写于 1910 年，录自《沈尹默诗词集》。灵峰寺补梅庵，灵峰一
向为杭州赏梅胜地。清宣统元年，浙江吴兴名士周庆云，见旧时赏梅景点
已荡然无存，于是便依山补种梅树数百株，又在灵峰寺西建补梅庵。作者
在游灵峰时应约为补梅庵题诗。

"凌虚"二句，凌虚，升于空际。靡，通"摩"，摩擦，抚摸。《庄
子·马蹄》："喜则交颈相靡。"劲翮（hé），翮为鸟的翅膀，指展翅高飞
的鹰隼之类。陕，通"闪"，不定的样子。八荒，八方荒远的地方。诗句
意谓，鹰隼展翅高飞升于天际，安闲自得地飞往八方荒远的地方。

"霜雪"四句，四序，四季。冥色，夜色。尘世，即人世。侯王，即
王侯。诗句意谓，霜雪交替于一年四季，夜色生于高大的厅堂之上。坐看
尘世之人，亦已忧愁而艰苦却还在争逐王侯的地位。

"渊渊"四句，渊渊，水深的样子。《庄子·知北游》："渊渊乎其若
海。"兹，这个，这里。炎凉，气候一热一冷，常用于比喻人情势利，亲
疏无常。诛茅，剪茅为屋。沈约《郊居赋》："或诛茅而剪棘，或既西而
复东。"穹谷，深谷。周行，最好的方法、途径。《诗·小雅·鹿鸣》：
"人之好我，示我周行。"诗句意谓，深深山水的道理，于这里相比不同
于世态的炎凉。剪茅为屋取媚于幽深的山谷，怀想啊这是最好的途径。

"高名"四句，高名今见殉，意同"殉名"，不顾生命以求名。《庄

子·骈拇》："士则以身殉名。"萌志，开始立志。诗句意谓，为求盛名而不惜牺牲，寂寞岂为其常事。沉沦既然不易，开始立志即可高高飞翔。

此诗题为《题灵峰寺补梅庵》，正文却与这一景点无关，实为借景抒怀之作。

题灵峰补梅图

种梅人不见，花发逐飞尘。
古寺惊烽火，清尊失主宾。
荒凉成胜地，辛苦觅残春。
爱好周居士，垂垂百树新。

赏析：

此诗写于1911年，录自《沈尹默诗词集》。此诗与前《题灵峰寺补梅庵》为同一题材之作。时人感动于周庆云这一善举而作《灵峰补梅图》，作者应约题诗。

"种梅"四句，种梅人，指吴兴儒商周庆云。古寺，即灵峰寺。清尊，清雅的酒筵，指周庆云曾在灵峰补梅庵邀集浙地知名人士。诗句意谓，图上虽不见种梅人，但梅花开放追逐飞尘。灵峰古寺中惊见当时战争的烽烟，清雅的酒宴失去了主宾。

"荒凉"四句，周居士，即浙江著名儒商周庆云，一生创办实业，喜藏书画、金石、古器。信奉佛教，在家修行，故称"居士"。垂垂，渐渐，如垂垂老矣。诗句意谓，当年一片荒凉而今却成名胜之地，人们辛辛苦苦来此寻找残春。我们要感谢吴兴周居士，因为他使此地梅园百树新生。

此诗与前《题灵峰寺补梅庵》写法各异。前者借题发挥，后者紧扣题意。此诗既结合这幅补梅图展开，又联系到灵峰补梅之人，应属纪实之作。

司马相如
相如词赋之雄文章华国不以细谨为高

长卿工谢病，一坐倒金樽。
知音在新寡，琴心春以温。

> 孰云佣保贱，牛酒献当门。
>
> 时无杨狗监，终负卓玉孙。

赏析：

此诗写于 1917 年，录自《沈尹默诗词集》。司马相如，汉代著名文学家，字长卿。武帝时，因献赋被任命为郎。著作有《子虚》《上林》《大人》等赋。文字华丽雕琢，是汉魏六朝赋体文学的代表作家。

"长卿"二句，谢病，因病引退或谢绝来访。司马相如在汉景帝时任散骑常侍，因病免职；汉武帝时献赋为郎，不久亦因病退职。金樽，金属的酒杯。诗句意谓，司马长卿善于因病引退或谢绝来访，平时只要坐下就会醉倒在金杯前。

"知音"四句，新寡，指卓文君刚刚死了丈夫。孰，谁。佣保，雇工。牛酒，牛和酒，古代用作赏赐、慰劳或馈赠的物品。诗句意谓，知音之人正处新寡，司马相如则以琴心挑之给她春天般的温暖。谁说雇工低贱，牛和酒献上当门。指司马相如与卓文君私奔以后，回到临邛，文君当垆卖酒，司马相如充当佣工。

"时无"二句，杨狗监，典出《史记·司马相如传》："蜀人杨得意为狗监，侍上。"狗监是掌管皇帝猎狗的官。刘禹锡《酬宣州崔大夫见寄》："再入龙楼称绮季，应缘狗监说相如。"卓王孙，即卓文君之父，临邛富商。诗句意谓，当时若无杨狗监，终将辜负文君之父卓王孙。

这是一首吟咏历史人物的小诗，全依司马相如的生平经历与流传的故事写成。结合诗前小序可知，作者给予其正面评价。

题《樊川集》

> 工部文章惊海内，司勋健者合登坛。
>
> 玉弢金版谁能说？虎脊龙文试与看。
>
> 珠箔长悬明月去，佳人易得此才难。
>
> 何当更向扬州路，借得千金拾古欢。

赏析：

此诗写于 1918 年，录自《沈尹默诗词集》。《樊川集》，唐杜牧撰，因有别墅在故乡樊川，故名。作者读后有感，题诗其上。

首联言应与杜甫同登诗坛。工部，唐代诗人杜甫曾任工部员外郎，故称杜工部。司勋，杜牧曾任司勋员外郎，故称杜司勋。诗句意谓，杜甫的文章震惊海内，杜牧亦为健者也应联合登坛。后人称杜甫为"老杜"，称杜牧为"小杜"，亦含此意。

颔联言大小杜各有千秋。鞍，弓袋。版，手版，即朝笏。脊，条理。《诗·小雅·正月》："维号斯言，有伦有脊。"毛传："伦，道；脊，理也。"龙文，龙形的花纹。诗句意谓，玉饰的弓袋与金饰的朝笏谁能说哪个好？虎身的条理与龙形的花纹都可以看。

颈联言杜牧这样的才子难得。珠箔（bó），即珠帘，用珍珠穿缀而成的帘子。白居易《长恨歌》："揽衣推枕起徘徊，珠箔银屏迤逦开。"诗句意谓，珠帘长悬明月已去，佳人易得而此才难寻。

尾联作者发思古之幽情。扬州，位于长江以北、运河沿岸，是唐代颇为繁华的城市。杜牧《遣怀》："十年一觉扬州梦，赢得青楼薄幸名。"诗句意谓，何时出发走在去扬州的路上，宁愿借得千金来拾取古人欢乐之事。

此诗怀古惜今，既为评价与怀念古代诗人，亦在寄托自己的人生感慨。"佳人易得此才难""借得千金寻古欢"，值得令人回味！

刘三来言子毅死矣

君言子毅死，我闻情恻恻。

满座谈笑人，一时皆太息。

平生殊可怜，痴黠人莫识。

既不游方外，亦不拘绳墨。

任性以行游，关心唯食色。

大嚼酒案旁，呆坐歌筵侧。

寻常觉无用，当此见风力。

十年春申楼，一饱犹能忆。

于今八宝饭，和尚吃不得。

赏析：

此诗写于 1918 年，录自《沈尹默诗词集》。刘三，即刘季平，上海华泾人。自署江南刘三，晚号黄叶老人。以诗文著名，尤工书法。子毂，即苏曼殊（1884—1918），近代文学家。原名玄瑛，字子毂，后为僧，号曼殊。广东香山人。曾留学日本，漫游南洋各地。能诗文，善绘画，，与章太炎、柳亚子、沈尹默等人交游。1918 年 5 月，病逝于上海。作者从友人刘季平处得知苏曼殊病逝的消息，写此诗志哀。

"君言"四句，恻恻，悲痛的样子。杜甫《梦李白》："死别已吞声，生别常恻恻。"太息，大声叹息，深深地叹息。《离骚》："长太息以掩涕兮，哀民生之多艰。"诗句意谓，刘君来言苏曼殊已死，我闻之心情悲痛。满座原在谈笑之人，也一时皆为之大声叹息。

"平生"四句，痴，癫狂，也形容爱好到入迷，如书痴。黠，狡黠，聪慧。语见《晋书·顾恺之传》载，晋代顾恺之在桓温府中，温尝云："恺之体中，痴黠各半，合而论之，正得平耳。"方外，世外。《庄子·大宗师》："彼游方之外者也。"后称僧人、道士为方外。绳墨，原为木匠画直线的用具，引申为规矩或法度。诗句意谓，逝者平生实在可怜，他的痴黠各半的性格人们并不理解。其身份亦在僧俗之间，既不从在寺庙一心向佛，也不拘什么世俗社会的规矩或法度。

"任性"六句，任性，纵性任情，不加约束。食色，语见《孟子·告子上》："食、色，性也。"《礼记·礼运》："饮食男女，人之大欲存焉。"后指人的食欲和性欲。歌筵，有乐人歌唱的筵席。风力，风骨笔力。《文心雕龙·风骨》："相如赋仙，气号凌云，蔚为辞宗，乃其风力遒也。"诗句意谓，逝者任性地游于人间，所关心的唯有食色。或大嚼于酒案旁边，或呆坐在歌筵一侧。寻常觉得无用，当此可见风力。这里指逝者平日纵情任性，所写诗文恰如古代司马相如一样，可见风骨笔力。

"十年"四句，春申楼，上海的一家酒楼。八宝饭，糯米加入果料如莲子、桂圆等多种食品蒸熟后的甜食。诗句意谓，犹能回忆起我们十年前在一家酒楼上，曾经酒醉饭饱。如今再有甜食八宝饭，曼殊和尚却已经吃不得了。

此诗别具一格，实为采用近于口语的文字写成的一首五言古体诗。作者先作为新诗发表在"五四"时期的《新青年》上，后又编入旧体诗词《秋明集》中，从中可见其古为今用、推陈出新的艺术功力。开篇"君言子毂死，我闻情恻恻"仍存五言古风的格调；结尾"于今八宝饭，和尚吃不得"则纯属白话新诗的语言。而这正是我国新诗开创时期的产物，不少"五四"时期的新诗人，如胡适、郭沫若、刘大白等均写过这样的诗篇。

闻雷峰塔倾坏

梧叶披离荷叶干，西风吹梦过江干。

斜阳古寺西湖路，无复嵌奇老衲看。

赏析：

此诗写于 1924 年秋，录自《沈尹默诗词集》。雷峰塔，位于杭州净慈寺前，初名黄妃塔。此塔因建在夕照山雷峰上，故亦名雷峰塔。因年久失修，在 1924 年 9 月自然倒塌，沈尹默闻讯之后写诗志感。

"梧叶"二句，披离，分散的样子，后多用来形容草木枝叶纷披。南朝梁吴均《共赋韵咏庭中桐》："华晖实掩映，细叶能披离。"江干，江畔。杜甫《宾主》："岂有文章惊海内，漫劳车马过江干。"诗句意谓，梧桐叶落荷叶干枯，西风如梦般吹过了钱塘江畔。

"斜阳"二句，古寺，指净慈寺。嵌（qīn）奇，通作"嵌崎"，山高峻的样子，亦可形容品格特异，与众不同。《儒林外史》第一回："元朝末年，也曾出现一个嵌崎磊落的人，这人姓王名冕。"老衲，老僧。杭州民间早就流传有"雷峰如老衲，保俶似少女"的说法。诗句意谓，在有着夕阳与古寺的西湖路上，再也看不到品格独特，与众不同的老衲了。

作者惊闻雷峰古塔倾圮，于描绘西湖秋天的景物之中，自然流露出惋惜与怀念之情。

见平伯致颉刚信，说雷峰塔倾圮事因题

千秋佳胜属斜阳，砖塔巍然擅此场。

竟共黄妃委黄土，虚凭钱水说钱王。

赏析：

此诗写于 1924 年秋，录自《沈尹默诗词集》。平伯，即现代诗人、

学者俞平伯，颉刚，即现代历史学家顾颉刚，二位均为作者友人。倾圮（pǐ），坍塌。作者看到俞平伯给顾颉刚的信，说起雷峰塔坍塌的事，故题此诗。

"千秋"二句，佳胜，即名胜，美好的胜迹。斜阳，夕阳。砖塔，即雷峰塔，亦名西关砖塔。擅场，压倒全场，胜过众人。诗句意谓，千年来有名的胜迹属于斜阳，一座砖塔巍然耸立胜过其他宝塔。

"竟共"二句，黄妃，吴越国王钱弘俶的爱妃。当时为庆贺黄妃得子而建此塔，初名黄妃塔。钱水，即钱塘江水。钱王，即吴越国王钱弘俶，雷峰塔由他建造。诗句意谓，而今雷峰塔竟与黄妃一起委身于黄土之中，人们空凭钱塘江之水来说钱王。

作者继写《闻雷峰塔倾坏》之后，似乎意犹未尽，因见友人信中谈起此事，故再题一首，意在表达对于已成历史陈迹的雷峰塔的忆念之情。

大雪中寄刘三

漫斟新酝写新愁，苦忆杭州旧酒楼。
欲向刘三问消息，不知风雪几时休？

赏析：

此诗写于 1926 年，录自《沈尹默诗词集》。刘三，即刘季平，辛亥革命前后曾与沈尹默同在杭州教书，二人结下深厚友谊。1926 年，作者写《大雪中寄刘三》，表达怀念之情。

"漫斟"二句，漫，助词，随意、任由。新酝（yùn），新酿的酒。诗句意谓，随意斟上新酿的酒来写新愁，苦苦忆念当年杭州的旧酒楼，即怀念旧日杭州相聚的生活。

"欲向"二句，意思是欲向刘三询问友人近时的消息，不知风雪几时才会停。

这首小诗用语平实，意境清新，对于挚友的深情自然流露其中。

题《鸭涯草堂诗集》（四首）

一

海国诗人圣物庵，新诗一卷味醰醰。

东山烟雨长堤月，都向先生句里探。

二

天机活活便清佳，不是诚斋定简斋。

江月松风原自好，寻来踏破几芒鞋。

三

诗三百首无邪思，学道工夫一色醇。

彭泽悠然少陵拙，从来真挚是诗人。

四

昔游入洛趁闲身，浪被樱花恼几春。

画里今知鸭川好，羡君真作此中人。

赏析：

这四首诗写于 1927 年，录自《沈尹默诗词集》。诗前原有长序，说明写作缘由，因篇幅过长，只好从略。鸭涯草堂诗集，为日本现代学者近重博士所著的诗集，鸭涯草堂为其住所名称。沈尹默应约为其手写书稿题诗。

第一首称赞其诗诗味醇厚。海国，指日本，实为海上岛国。圣物庵，即作者近重博士。醰醰（tán），指韵味醇厚。汉代王褒《洞箫赋》："哀悁悁之可怀兮，良醰醰而有味。"诗句意谓，日本诗人圣物庵，所著一卷新诗韵味醇厚。东山的烟雨和长堤的明月，都向近重先生的诗里探看。

第二首称赞其诗"放笔为之，真气盎然"。天机，即灵性，天赋的悟性。活活，活生生的。诚斋，即南宋诗人杨万里，自号诚斋，有《诚斋集》传世；简斋，即南宋诗人陈与义，自号简斋，有《简斋集》传世，二人均为南宋早期杰出的诗人。芒鞋，草鞋。诗句意谓，有天赋悟性生动活泼美好，写出诗来不是近于南宋诗人杨万里就是陈与义。江上的明月和松间的风涛原各自美好，诗人为寻来不知踏破了几双芒鞋。

第三首称赞其诗符合"诗无邪"的传统诗教。无邪思，即思无邪。《论语·为政》："诗三百，一言以蔽之，曰：思无邪。"醇，通"纯"，纯朴。彭泽，即晋代大诗人陶渊明，曾任彭泽令，因不愿"为五斗米折腰"而弃官归隐，以诗酒自娱。少陵，即唐代大诗人杜甫，因所居杜曲在少陵原之东，故诗中常自称少陵野老，其诗"沉郁顿挫""大巧若拙"。诗句意谓，《诗经》三百首均思无邪，从学之道工夫在于一色纯朴。陶渊明的悠然自得和杜甫的大巧若拙，无不说明从来真挚才能成为真正的诗人。

第四首赞美日本鸭川的自然风光。洛，指河南洛阳。浪，轻率，徒然。如浪得虚名。樱花，日本一向以烂漫的樱花著称，故称之为国花。鸭川，为日本的一条河流，鸭涯草堂在其江边。诗句意谓，我昔年趁有闲之身曾两入洛阳，后又徒然被樱花烦恼了几个春天，即在日本留学数年。今从画里（实即诗里）方知鸭川真好，我真羡慕你成为此中（鸭川）的人。

这几首小诗一气呵成，恰到好处的评价日本学界诗人，主要突出其诗风真率自然。"盖博士之诗率皆放笔为之，真气盎然，不规规焉。措意于字句绳墨，其佳处正在有意无意之间，与夫寻常江湖名士之所为固自异趣。"此诚知者之言。

忆湖州（六首选三）

一

忆曾登眺弁峰顶，湖水漫漫欲浸天。
四十年中风浪阔，蜀江滩畔望归船。

二

碧浪湖心塔影长，道场山脚野花香。
当时疑借云巢宿，风恶惊涛不可航。

三

门前系艇月河街，也向华楼小住来。

梅雨年年倍惆怅，东川一样雨肥梅。

赏析：

这一组诗写于 1940 年 6 月，诗题亦作《蜀中乡思》，录自《沈尹默家族往事》。湖州，位于浙江省北部，东邻嘉兴，南接杭州，西接天目山，北濒太湖，一向有丝绸之府、鱼米之乡、文物之邦的美誉，现已列入国家历史文化名城。沈尹默虽生于陕南，但对祖籍湖州仍眷念于怀。抗日战争期间客居重庆，时时思念故乡，曾作《忆湖州》绝句六首。亲手写成装裱后，一直挂在上海海伦路的"秋明室"书房，足见他对家乡的深厚感情。今选其中三首加以诠释。

第一首忆及登弁峰顶观太湖。

"忆曾"二句，弁峰，即弁山，又名卞山，在湖州城西北九公里，雄峙于太湖南岸。主峰名为云峰顶，海拔 521 米。漫漫，无边的样子。浸，没入、淹没。诗句意谓，忆及当年曾登弁山峰顶眺望，只见太湖湖水无边无际似欲没入青天。

"四十"二句，四十年，作者近四十年前曾在故乡湖州住过一段时间。蜀江，蜀地大江，这里指长江。诗句意谓，近四十年来经过多少阔大的风浪，客居重庆仍在长江滩畔望着东归的航船。

第二首忆及湖州南门外的碧浪湖与道场山。

"碧浪"二句，碧浪湖，又名玉湖，在湖州城南一公里处。湖中有屿，名为浮玉山，山上建有七层玉塔，亦名芙蓉塔。道场山，在湖州城南五公里处，山上建有宋代多宝塔，且多寺庙，现已成为城南旅游风景区。当年道场山脚下到处野花飘香。

"当时"二句，云巢，意同"云房"，古时隐士或僧道的住所。湖州城南道场山原为江南佛教圣地，诗中故言，当年疑借寺中云房暂住，而今避难重庆，长江之水风恶涛惊不可航行归去。

第三首忆及湖州城内月河街与华楼桥。

"门前"二句，月河街，在湖州城内，街名似与月河有关。华楼，即华楼桥，原名花楼桥，为湖州东街上一座有名的古桥。诗句意谓，月河边住户的门前可以系艇（小船），也曾在华楼桥边小住。清末民初湖州绅士沈谱琴住宅在华楼桥畔，俗称"沈家花园"。因系湖州竹墩沈氏的远房族亲，沈尹默当年曾在此小住。

"梅雨"二句，梅雨，江南梅子黄熟时，常阴雨连绵，故称梅雨。惆怅（chóu chàng），因失望或失意而哀伤。东川，即四川东部。诗句意谓，这里春末夏初时年年的梅雨让人倍感惆怅，而今客居重庆，四川东部一带同样阴雨连绵养肥了梅树。

这组小诗抒发游子思乡的一片深情。写作手法亦颇有特色，每首前二句均写故乡湖州具代表性的景物，后二句则写客居重庆的思乡情怀。先忆后思，情意绵绵。忆及故乡景物，心向往之；又因避乱异乡，忆而不得。这种思念故乡之情，得以尽情抒发，因而感人至深。

再答行严

风雨高楼有所思，等闲放过百花时。
西来始信江南好，身在江南却未知。

赏析：

此诗写于 1941 年，录自《沈尹默诗词集》。行严，即章士钊（1881—1973），字行严，现代著名作家、学者。曾任北京大学教授、东北大学文学院院长、上海政法学院院长。抗战时期在香港。沈尹默与其相知相交，曾作此诗《再答行严》。

"风雨"二句，等闲，随便，白白地。诗句意谓，风雨之中登上高楼而有所思，随随便便放过了百花盛开之时。

"西来"二句，西来，指抗战时期作者寓居四川。当时，国民政府西迁重庆，各方人士亦随之而来。诗句意谓，我来到西部以后开始相信江南真好，当年身在江南却未知晓，即身在福中不知福。

这首七言绝句中的"有所思"与"江南好"，均为汉乐府歌曲与宋代词牌名称，用在这里恰到好处。结句"身在江南却未知"，正是有所思的具体内容，深深地流露出思乡之情。

病室中吟

人间容我且徐徐，小病深思一启予。
竖起脊梁绝顶倚，放宽腹笥着空虚。

不须开卦参周易，好自擎杯下汉书。

五十九年今日是，是非毕竟看何如。

赏析：

此诗写于 1941 年，录自《沈尹默先生佚诗集》。原诗手迹附有跋语："病室中吟，此留滞重庆时作。"作者病中吟咏，意在言志述怀。

首联，徐徐，迟缓、舒适的样子。启，开导，启发。诗句意谓，人间容我且慢慢来，病中经过深思，一下启发了我。

颔联，绝顶，山的最高峰。腹笥（sì），笥为藏书之器，以腹比笥，比喻学识丰富。宋杨亿《受诏修书述怀感事》："讲学情田埆，谈经腹笥虚。"诗句意谓，做人要挺起脊梁倚在山顶之上，治学要放宽腹笥空虚以待，即不要以为自己满腹经纶，仍应虚心学习。

颈联，卦，《易经》中象征自然现象和人事变化的一套符号。相传为伏羲氏所作。《周易》中有八卦，古人用以占卜。参，检验。周易，亦称《易经》，儒家重要经典之一。《周易》通过八卦推测自然和社会的变化。下，放进，投入。汉书，东汉班固撰，我国第一部纪传体断代史，是研究西汉历史的重要资料。诗句意谓，不须开通八卦以检验《周易》，喜好举起酒杯投入《汉书》，即喜好研究经史之学。

尾联，五十九，作者时年五十九岁。何如，如何，怎么样。诗句意谓，如果说五十九年今日才是，毕竟是非要看自己做的怎么样。这里是对"今是昨非"的社会观念的矫正。

作者病中抒怀，寓意颇深。看似滞酒闲适，实则积极进取。"竖起脊梁绝顶倚，放宽腹笥着空虚"实为作者一生的写照。结句"是非毕竟看何如"亦非虚言，因其胸怀坦荡，敢向世人告白，同样启人深思。

黄　流

黄流接混茫，浩浩下泥沙。

九曲如有让，千里谁能遮？

怀哉利济功，漂溺复无涯。

始以一线源，纳彼万派差。

不息或其大，感之长咨嗟！

赏析：

此诗写于1942年，录自《沈尹默诗词集》。作者当时咏成五言古体诗四十首（见《秋明室杂诗》），皆"兴感无端，触绪成咏"之作，此诗为其中之六。黄流，黄河的水流。韩愈《感二鸟赋》："过潼关而坐息，窥黄流之奔猛。"作者吟咏黄河流水，书此志感。

"黄流"四句，混茫，本意为世界初形成时的混沌状态，也称混沌。《抱朴子·诘鲍》："夫混茫以无名为贵，群生以得意为欢。"此处指邈远的空间。九曲，形容黄河河道之曲折。唐高适《九曲词序》："河图曰：'黄河出昆仑山东北……河水九曲，长九千里，入于渤海。'"诗句意谓，黄河之水上接混茫之处，浩浩荡荡泥沙俱下，曲折的河道如有退让，千里流域谁能遮挡？

"怀哉"四句，哉，感叹语气。利济，泛指有益于事。《黄帝宅经上》："金玉之献，未足为珍。利济之徒，莫大于此。"漂溺，漂浮淹没。纳彼万派差，意思是接纳汇集来大大小小的支流。派，支流。诗句意谓，黄河怀有利济之功，而漂浮淹没没有边际。开始以一线的源头，接纳汇集大大小小的支流。

"不息"二句，咨嗟，叹息、赞叹。汉蔡邕《陈太丘碑》："群公百僚，莫不咨嗟。"诗句意谓，黄河奔腾不息或因其大，有感于此让我为之赞叹。

此诗吟咏黄河，既摹其气势，又赞其品格。气象恢宏，大开大合，浩瀚之气，深沉之思，让人为之感佩。

小 草

小草守本根，而不殉世情。
庭野无二致，古今同一荣。
每被秋霜杀，还共春阳生。
践踏随所遭，俯仰岂不平！
寻常乃如此，松柏有高名。

赏析：

此诗写于1942年，录自《沈尹默诗词集》。为《秋明室杂诗》之十。

作者借吟咏"小草"来抒发自己的感情。

"小草"四句，本根，草木的根茎，亦喻事物的根基。殉，亦作"徇"，为达到某种目的而献身。庭野，庭院与野外。荣，茂盛。诗句意谓，小草能守住自己的根本，不因世情而以身相殉。它生长在庭院或野外并无二致，古往今来同样茂盛。

"每被"四句，春阳，春日和煦的太阳。俯仰，低头和抬头，比喻一上一下。诗句意谓，小草每一次被秋日的严霜所杀，都能因为春日和煦的阳光又重新生长。随处所遭人们的践踏，俯仰之间难道不会感到不平。这里用来显示小草面对强势仍坚忍不拔的奋斗精神。

"寻常"二句，乃，就是、尚且。诗句意谓，小草寻常就是如此，不像松柏那样具有高名。

此诗亦如《秋明室杂诗》其他诗篇一样，"兴感无端，触绪成咏"。作者吟咏与赞美小草，尤其是结句"寻常乃如此，松柏有高名"，可谓言近旨远，意在不言之中。小草虽不像松柏那样具有高名，但其守住本根的精神仍然值得称颂。

为鲁迅先生诞生八十周年纪念作

踽踽一朝迹，泱泱四海风。

世人轻部吏，吾党重文雄。

见远明悬的，憎深巧引弓。

革新无限力，鼓舞艺林中。

赏析：

此诗写于1961年9月，录自《沈尹默诗词集》。当时，我国文艺学术界举行鲁迅先生诞生八十周年纪念活动。沈尹默作为鲁迅的生前友人写诗纪念。

首联言鲁迅先生的历史功绩。踽踽（jǔ），孤独的样子。《诗·唐风·杜》："独行踽踽。"作者回顾鲁迅早期创作《呐喊》《彷徨》的战斗历程。泱泱，宏大的样子，如泱泱大国。《韩非子·外储说》："美哉，泱泱乎，堂堂乎！"诗句意谓，昔日一朝卓立特行留下的战斗业绩，如今四海之内卷起宏大的革命之风。

　　颔颈二联肯定我党重视鲁迅与赞颂鲁迅的远见卓识。部吏，衙署的官吏。文雄，以文章著名的大作家。王充《论衡·佚文》："孝明世好文人，并征兰台之官，文雄会聚。"的，箭靶的中心。引弓，开弓。诗句意谓，世人看轻衙门的官吏，我党却重视以文章著名的大作家。鲁迅当年见识高远能够看清悬在空中的箭靶，且因憎恨之深而巧妙地开弓放箭。指鲁迅高瞻远瞩、憎爱分明的战斗精神。

　　尾联言鲁迅先生的深远影响。革新，"革故鼎新"的缩语，意为除旧立新。《易·杂卦》："革，去故也；鼎，取新也。"艺林，典籍图书荟萃之处，也指文学艺术界。诗句意谓，纪念鲁迅能为社会革故鼎新提供无限的力量，还能给文学艺术界中的人士极大的鼓舞。

　　作者与鲁迅先生为同时代人，且在北京大学任教与编辑《新青年》的过程中结下深厚友谊。此诗为纪念亡友而作，用语庄重典雅，深表忆念之情。

追怀鲁迅先生六绝句

一

　　少时喜学定庵诗，我亦离居玩此奇。
　　血荐轩辕荃不察，鸡鸣风雨已多时。

二

　　遵命文章语最工，望中依约大旗红。
　　辕南辙北日以远，终与洪流汇海东。

三

　　一人笔胜万夫豪，坛坫巍然左翼高。
　　怒向骎骎成冷对，却于此处见风骚。

四

　　敌我分明异爱憎，吐词中晚不同程。
　　一从唤起全民后，更使青年乐继承。

五

过时言论从未有，往往流风及后生。

取舍得宜终有益，莫轻于此论亏成。

六

莽莽黄尘蔽远天，岁朝闲话酒樽前。

因君此际成追忆，百快当前一惘然。

赏析：

这六首诗写于 1961 年 9 月，录自《沈尹默诗词集》。当时，作者写了《为鲁迅先生诞生八十周年纪念作》，仍意犹未尽，继而写成《追怀鲁迅先生六绝句》，进一步表达深沉怀念与由衷景仰之情。

第一首言二人早年的共同追求。

"少时"二句，定庵，即清代思想家、文学家龚自珍，号定庵，浙江仁和（今杭州）人。道光年间进士，学识渊博。所作诗文，竭力提倡"更法""改图"，揭露清王朝统治的腐朽，洋溢着爱国热情。离居，"离群索居"的略语，即离开同伴孤单的生活。诗句意谓，亡友少时喜学龚自珍的爱国诗，我亦离群索居对此有特殊的爱好。

"血荐"二句，鲁迅《自题小像》："寄意寒星荃不察，我以我血荐轩辕。"即早年爱国理想还不为世人所理解，但已抱定血荐轩辕为国献身的决心。鸡鸣风雨，语出《诗·郑风·风雨》："风雨如晦，鸡鸣不已。"即风雨交加天色昏暗的早晨，雄鸡啼叫不已。比喻在黑暗的社会里也不乏有识之士。诗句意谓，当时血荐轩辕的壮志虽不为世人所理解，但风雨如晦，鸡鸣不已已有多时。

第二首言亡友与自己的写作经历。

"遵命"二句，鲁迅曾称自己写作是遵从前驱者的将令，即写成"遵命文章"。诗句意谓，鲁迅所作的遵命文章语言最显功力，人们仰望中依约树起一面红色大旗。

"辕南"二句，辕南北辙，通作"南辕北辙"，即辕向南而辙向北，比喻行动与目的相反，或曰背道而驰。诗句意谓，当年我也曾有南辕北辙之事，但它们早就日益远去，而我最终与革命洪流一起汇入东海。

第三首赞颂亡友当年的斗争精神。

　　"一人"二句，坛坫（diàn），古代诸侯会盟的场所。这里指 1930 年在上海成立的中国左翼作家联盟，鲁迅是这一革命文学团体的实际指导者。诗句意谓，鲁迅当年具有一人笔胜万夫的豪气，左翼文坛巍然高高屹立。

　　"怒向"二句，骎骎（qīn），马速行的样子。引申为疾速、急迫。风骚，《国风》和《离骚》的合称，亦可泛指诗文。清赵翼《论诗》："江山代有人才出，各领风骚数百年。"诗句意谓，急速出手怒向文坛需要横眉冷对之人，于此处可见鲁迅战斗文章的领先水平。

　　第四首赞扬鲁迅创作的影响。

　　"敌我"二句，中晚不同程，中年和晚年有着不同的程式，亦指后期杂文更富有战斗性。诗句意谓，敌我分明而爱憎各异，吐词（写作）后期与前有着不同的程式，实为战斗锋芒更盛。

　　"一从"二句，意为鲁迅杂文一经唤起全民觉悟之后，更使广大文艺青年乐于继承。

　　第五首亦在评价鲁迅杂文创作。

　　"过时"二句，流风，前人流传下来的好风气。诗句意谓，鲁迅杂文从来没有过时的言论，往往遗留下来的战斗风气还能及于后生。

　　"取舍"二句，亏成，吃亏与成功。诗句意谓，取舍得当始终有益，莫轻易议论亏损与成功。

　　第六首作者追怀有感。

　　"莽莽"二句，莽莽，无边际的样子。岁朝，农历正月初一。诗句意谓，莽莽黄色尘土遮蔽远方的天空，正月初一时在酒杯前与人闲话。

　　"因君"二句，百快，诸多快意之事。惘然，失意的样子。诗句意谓，因君此际已成追忆，诸多快意之事当前一样感到惘然若失。

　　这组小诗在高度评价鲁迅的同时，寄托了自己的深沉怀念之情。诗中追忆往事，怀念故人，均能给人带来启示和教育。

朴初再用前韵见寄，戏答（三首选一）

　　　　兰亭聚讼闹洋洋，今日连根铲大王。
　　　　虞写褚临都是幻，鼠须茧纸定何方？
　　　　隶行异代殊研质，碑简分工各短长。

二篆八分相递让，不然安见宋齐梁。

赏析：

此诗写于1965年，录自《沈尹默论书丛稿》。1965年5月，郭沫若在《文物》第6期发表《由王谢墓志的出土论到兰亭序的真伪》一文，从近年出土的东晋时代的墓志"基本上还是隶书的体段"这一重要特征出发，对传世王羲之《兰亭序帖》的真实性提出了疑问，认为它不可能出自王羲之之手，而是智永所伪托。还进一步指出《兰亭序》本身也并非王羲之的原文，而是经后人改动过的。此文掀起轩然大波，在学术界引起热烈讨论。此文无疑釜底抽薪似地动摇了沈尹默先前的书法基石。关于《兰亭序帖》真伪的论争，沈尹默虽未公开参与，但在私下与赵朴初的诗歌唱和中却明确表达了自己的观点。《朴初再用前韵见寄，戏答三首》，今录其中之一，可见实为直接针对"兰亭论辩"而作。

首联言"兰亭聚讼"。兰亭，即《兰亭序帖》。晋代王羲之于穆帝永和九年三月三日同谢安等四十一人会于会稽山阴之兰亭，修被禊之礼。羲之作《兰亭序》，用蚕茧纸、鼠须笔书，凡二十八行，三百二十四字，世称《兰亭帖》。大王，晋代王羲之、王献之父子均为书法家，世称"二王"，人称王羲之为"大王"。诗句意谓，郭沫若著文引起的《兰亭帖》真伪问题的聚讼闹得沸沸扬扬，如果《兰亭帖》亦系伪托，岂非从根基上铲掉了王羲之的书法。

颔联对此加以反诘。虞写褚临，唐太宗李世民酷爱二王书法，从羲之七世孙智永的弟子辨才处得《兰亭序》真迹，从拓数本，以赐皇子近臣。书法家虞世南、褚遂良或写或临，继承二王书法传统。鼠须茧纸，即鼠须笔和蚕茧纸。唐张彦远《法书要录》："（王羲之）挥毫制序，兴乐而书，用蚕茧纸、鼠须笔，遒媚劲健，绝代更无。"用老鼠胡须做成的笔，用蚕茧造的纸。诗句意谓，难道虞世南、褚遂良临写的作品都是虚幻的，那鼠须笔和蚕茧纸又从何说起呢？

颈联言字体在演变。隶行，隶书和行书。隶书通行于汉代，行书于汉末渐次萌芽，至六朝已臻成熟。研质，隶书与行书相比，隶书多质朴，而行书则多趋向研丽。碑简，即碑版与简牍。阮元《南北书派论》："南派乃江左风流，疏放研妙，长于启牍；……北派则是中原古法，拘谨拙陋，长于碑榜。"诗句意谓，隶书与行书处于不同时代自有研质上的差异，碑版与简牍因分工不同亦各有长短。

尾联续言字体演变。二篆，指商周的大篆和秦代的小篆。八分，汉隶的别称。相递让，逐步为新兴的书体所取代。宋齐梁，均为唐末的朝代名。这里借指当时新兴的楷书和行书。诗句意谓，汉字书体在大篆、小篆、八分书相互递让，不然安见宋齐梁的行书。

作者鉴于郭沫若在学术界的崇高地位以及与他近半个世纪的友谊，没有公开参与讨论，只是写了几首七律，向友人表明自己的观点。实践证明，沈尹默的观点是正确的。1998 年，南京东郊挖掘出东晋古墓群，出土了一批文物，说明王羲之以行书风格书写的《兰亭帖》绝非后人伪作。

西江月（四首选二）

一

脑后尽多闲事，眼中颇有佳花。饭余一盏雨前茶，敌得琼浆无价。

午睡一时半晌，客来百种千家。兴来执笔且涂鸦，遣此炎炎长夏。

二

眼底凭谁检点，案头费甚功夫。天然风月见真吾，漫道孔颜乐处。

挂笏看山也得，乘桴浮海能无？人间何处不相娱，随分行行且住。

赏析：

这两首词写于 1918 年，录自《诗词浙大》。西江月，词牌名。作者调寄《西江月》，写夏日居家的休闲生活。原词四首，今选其中二首略加诠释。

第一首写炎炎长夏如何消遣。

上阕写赏花饮茶。雨前茶，成品绿茶之一，用采自谷雨以前的细嫩芽尖制成，故名。琼浆，比喻美酒。宋玉《招魂》："华酌既陈，有琼浆些。"词句意谓，我的脑后尽多闲事，眼中却有颇多佳花可以观赏。饭后喝一盏上好的雨前茶，敌得过无价的美酒，即至高的享受。

下阕写午睡、聊天、写字。半晌（shǎng），泛指不多的时间。涂鸦，比喻书法拙劣或胡乱写作。卢仝《示添丁》："忽来案上翻墨汁，涂抹诗书如老鸦。"词句意谓，午睡一时半晌不多的时间，有客来闲谈论千家百种事情。兴致来了便执笔乱涂一通，借此消磨炎热而漫长的夏日。

第二首写欣赏天然风月与游山玩水。

上阕言天然风月方见真我。检点，检查约束，如言语行动有失检点。案头，书桌上。风月，清风明月，指美好的景色。孔颜，孔即孔子，儒家学说的创始人；颜即颜回，孔子的得意门生。相传颜回"贫居陋屋，箪食瓢饮，而不改其乐"。词句意谓，眼底依靠谁来检查约束，书桌上去费什么功夫。天然的景色方见真我，不要去说什么孔门颜回的乐处。即不要过分约束，不要案头苦读，不妨流连天然风月，此处方见真我。

下阕言游山玩水，顺其自然。拄笏，意即拄杖。桴（fú），小筏子。《论语·公冶长》："道不行，乘桴桴于海。"随分，即随便。行行，走着不停。《古诗十九首》："行行复行行，与君生别离。"词句意谓，拄杖看山之外，岂能没有乘船浮海。人间何处不相娱，还是随便走走或暂且停下。

《西江月》词二首写得自然洒脱，颇有名士气息。作者能以口语入词，近于解放词体，亦可见其艺术功力。

清平乐
梅

女儿装扮，的的惊人眼。浓抹新来浑未惯，爱著绿轻红浅。

看他雪里霜中，居然韵远香融。莫待柳丝牵引，先教嫁与东风。

赏析：

此词写于1919年，录自《沈尹默诗词集》。清平乐，词牌名。双调四十六字，上阕四句四仄韵，句法参差为四、五、七、六字句；下阕都为六字句，四句三平韵。作者调寄《清平乐》，歌咏梅花。

上阕写红梅盛开之时。的的（dì），鲜明显著。《淮南子·说林训》："的的者获，提提者射。"注："的的，明也，为众所见，故获。"浑，全，简直。词句意谓，梅花如女儿装扮，鲜明显著，惊人眼目。刚开始作浓艳装束还未习惯，本来爱的是叶轻绿花浅红。这里指红梅盛开之时耀人眼目。

下阕写梅花品格的高洁。韵，气韵。融，永，长。《尔雅·释诂》："融，长也。"词句意谓，看他虽在雪里霜中，居然气韵高远，香味久长，不必等待柳丝牵引，先教它嫁与东风。含有"俏亦不争春，只把春来报"的意思。

这首咏梅词采用拟人手法，刻画梅花的风采神韵颇为动人，实属大家手笔。

小重山

> 红是相思绿是愁。徘徊花树下，未能休。几番客里罢春游。梅雨后，凉意在帘钩。
>
> 老去减风流。纵教逢旧燕，也应羞。江山如此一凝眸。山隐隐，江水自悠悠。

赏析：

此词写于 20 世纪 40 年代前期，录自《中国当代诗词选》。小重山，词牌名。又名《小冲山》《小重山令》等。双调五十八字，平韵。当时，作者调寄《小重山》，隐约表达游子思乡之情。

上阕写客居异地的相思之情。"红是"二句，意为红花是相思，绿叶是忧愁，我徘徊在花树下，这种相思与愁苦之情无法停止。"几番"三句，梅雨，江南梅子黄熟时，常阴雨连绵，称梅雨。柳宗元《梅雨》："梅实迎时雨，苍茫值晚春。"词句意谓，几番客里都停止了春游，梅雨之后，凉意已出现在窗帘的钩子上。即暮春季节雨后仍有凉意。

下阕写客居异地的愁苦心情。"老去"三句，风流，杜甫《咏怀古迹》："摇落深知宋玉悲，风流儒雅是吾师。"后多指有才学而不拘礼法。词句意谓，而今老去已减风流儒雅，纵然逢旧日燕子，也应感到羞愧。"江山"三句，凝眸，注视，目不转睛地看。词句意谓，眼前江山被这样看着，群山依然隐隐，江水仍自悠悠。一切恬静而无生气。

此词写客中思乡之情，写得绮丽凄清。"红是相思绿是愁"，已属自出机杼;"江山如此一凝眸",更含家国之思,于传统中增添时代气息。

菩萨蛮

> 菊匀红粉清于绮,灯前会得霜中意。长记采芙蓉,所思千万重。
> 海天云蔽日,绕树乌飞绝。寒梦雨凄凄,高阁闻曙鸡。

赏析:

此词写于 20 世纪 40 年代前期,录自《中国当代诗词选》。菩萨蛮,词牌名。当时正处于抗日战争后期,这首《菩萨蛮》为作者蜀中抒怀之作。

上阕写灯前所思。"菊匀"二句,匀,分、分让。杜荀鹤《题花木障》:"不假东风次第吹,笔匀春色一枝枝。"红粉,指落花。辛弃疾《满江红·暮春》:"红粉暗随流水去,园林渐觉清阴密。"绮(qǐ),有花纹的丝织品。如罗绮。词句意谓,秋菊所分落花清于有花纹的丝织品,灯前理应得到霜中的意蕴。"长记"二句,芙蓉,莲(荷)的别名。重(chóng),重复、多。词句意谓,长记当年于江南采莲之事,所思有千万之多。

下阕写梦醒所闻。"海天"二句,意为近海的天空乌云遮住太阳,绕树的乌鸦都已飞绝。联系下文可知实为梦中景象。"寒梦"二句,凄凄,寒凉貌。《诗·郑风·风雨》:"风雨凄凄。"曙,破晓的时候。词句意谓,寒夜梦醒时风雨凄凄,躺在高高的楼阁里听拂晓的鸡鸣。

此词为避难蜀中之作,尽抒词人寂寥之怀,沧桑之慨。上下阕结句"长记采芙蓉,所思千万重""寒梦雨凄凄,高阁闻曙鸡",蕴藉含蓄,托寄遥深。

金盏子

> 予与刘子季平,清末邂逅于杭州。过后既久,诗酒相得,
> 季平家华泾,有黄叶楼之胜,一往访焉。斯人云亡,寒燠屡易,
> 感今思昔,殆难为怀。会繁霜夫人命题其遗稿,
> 因用梦窗词韵,赋此解以寄慨。

> 藏息华泾,爱满楼秋趣,顿惊黄落。天末故人稀,逢驿使空吟,

句中芳萼。系情最有幽蛩，老莓墙罗幄。赢得是声名，半生湖海，凤漂鸾泊。

　　西泠旧游约，晚钟动，移舟翠霭薄。无言但嗟逝水，凭年少豪情，总还空漠。飞飞曾是摩天，歌野田黄雀，携清酒、唇干尽许霑濡，费人斟酌。

赏析：

此词写于 1946 年，录自《沈尹默家族往事》。金盏子，词牌名。双调一百零三字，上下阕各四仄韵。写作此调的词人不多，亦有 102 字者，且句式各异。一般以吴文英《金盏子》为正体。词前小序介绍写作"本事"。刘子季平，即刘季平，上海华泾人。自署江南刘三，以诗文、书法知名，作者早于清末就在杭州西子湖畔或上海华泾黄叶楼刘三家中与他研讨诗书。1946 年应陆灵素（即繁霜夫人）要求，为其丈夫刘季平遗稿题词。作者采用南宋词人吴梦窗（文英）词韵写作此词。

上阕追忆与刘季平诗书往还结下的深厚友谊。

"藏息"三句，藏息，隐藏栖息。楼，指友人所居上海华泾的黄叶楼。词句意谓，友人当年隐藏栖息在上海华泾，爱黄叶楼满楼秋趣，让人顿惊黄叶落尽。（暗喻友人死亡）

"天末"五句，天末，天边极远的地方。杜甫《天末怀李白》："凉风生天末，君子意如何？"驿使，古代驿站传递文书的人，也指信使。芳萼（è），香花。幽蛩（qióng），幽深之处的蟋蟀。老莓，青苔。老莓墙，同"墙衣"，墙上的青苔。罗幄，丝织的帐篷。词句意谓，而今天边的故人已寂静无声，信使空自吟唱，句中仍有花香。这里指观赏友人的遗稿。能以系情的是幽深之处的蟋蟀，丝织的帐幕上长满青苔。

"赢得"三句，凤漂鸾泊，形容人不如意，漂泊无定所。湖海，即湖海之士，气概豪爽的人。词句意谓，赢得了个人的名声，半生作为湖海之士，漂泊无定所。

下阕忆及当年旧游之事。

"西泠"三句，西泠，指杭州西泠桥。晚钟，指西湖十景之一的南屏晚钟。翠霭（ǎi），青色的云气。薄，逼近、靠近，如日薄面山。词句意谓，想当年杭州西泠旧游之约，南屏晚钟已动，我们移舟靠近青色云气之处。

"无言"三句，逝水，逝去的流水，比喻过去的时间或事物。嗟

(jiē)，感叹。空漠，空虚寂静。词句意谓，无言叹息已逝的岁月，当年凭的是年少豪情，而今总还空漠。

"飞飞"五句，摩天，形容极高，如摩天大楼。野田黄雀，即《野田黄雀行》，乐府《瑟调曲》名。曹植以"野树多悲风"为首句，写黄雀自投罗网，为一少年所救，诗意与此相近。霑濡（zhān rú），浸湿，滋润。斟酌，斟酒以供饮，可引申为商讨、考虑，以定取舍。词句意谓，飞翔曾上可摩天，歌野田黄雀，我们携带清醇的酒，唇干全部滋润，费人一番斟酌。

作者怀念已故友人，用吴文英词韵，赋此解（乐曲的章节）以寄个人的感慨。上阕言上海华泾黄叶楼之事，下阕写杭州西湖归游。作者抚今思昔，感慨系之，一片忆念之情溢于字里行间。

卜算子
读日报有作，用稼轩词韵。

见首便称龙，伏枥终为马。八十年来世路间，多少经过者。
弦曲直于钩，玉碎全于瓦。真理分清是与非，不畏群言也。

赏析：

此词写于 20 世纪 50 年代后期，录自《沈尹默诗词集》。卜算子，词牌名。唐骆宾王作诗喜用数字，人称"卜算子"，词家遂用为词调名。此词牌双调四十四字，上、下阕各四句，二十二字，两仄韵。1956 年 2 月，苏共第二十次代表大会提出通过"议会道路""和平过渡"到社会主义的主张，由此中苏两国围绕国际共产主义运动路线问题展开论战。报刊经常刊载这一方面的文章，作者阅读日报以后有感，用辛稼轩《卜算子》词原韵写成此词。

上阕讽刺有人妄自尊大。见（xiàn），同"现"，显现。枥，马槽。词句意谓，显现自己的头便称是龙，伏于马槽终究是马。我这个八十老人在世路间，看到有多少这样的人经过。

下阕言不畏群言，是非必须分清。弦曲直于钩，汉代顺帝末京都童谣："直如弦，死道边；曲如钩，反封侯。"玉碎全于瓦，即"宁可玉碎，不为瓦全"。典出《北齐书·元景安传》："疏宗如景安之徒，议欲请姓高氏，景皓曰：'岂得舍本宗，逐他姓。大丈夫宁可玉碎，不能瓦全。'"词句意谓，弦曲胜于钩直，玉碎胜于瓦全。真理必须分清是非，不畏人群所言。俗语说人言可畏，这里反其说，强调不畏群言。

此词隐约含蓄，言浅意深。看似是个人的人生体悟，实为当年"反修"之作。

沁园春
偶读刘后村《我梦见君》词，改用其韵赋此。

千古纷纭，几辈狐裘，几人缊袍？叹一车两马，栖遑道路，浮家泛宅，震荡波涛。迁客多忧，劳人易感，不写风韵即赋骚。知何世？听鸡鸣犬吠，虎吼狼嗥。

丘墟没尽蓬蒿，便葬送，成名竖子曹。看风流人物，英雄事业，足兵陇亩，足食隰皋，不数汉唐。而今欧美，敢与神州试比高？齐欢唱，有飞升灵药，益寿蟠桃。

赏析：

此词写于20世纪50年代末，录自《沈尹默诗词集》。沁园春，词牌名。东汉窦宪仗势夺取沁水公主的园林，后人作诗以纪其事，因此得名。此词牌双调一百十四字，上阕十三句，四平韵，五十六字；下阕十二句，五平韵，五十八字。前段四、五、六、七句，后段三、四、五、六句，多作对偶。因其宜于抒写壮阔胸怀，为苏辛派词人所爱用。刘后村，即南宋著名词人刘克庄，字潜夫，号后村居士。有《后村先生大全集》传世。当时，作者读刘后村《我梦见君》词，改用其韵赋此志感。

上阕讽刺现代修正主义。

"千古"三句，狐裘，用狐狸皮毛制成的裘皮大衣。缊（yùn）袍，以乱麻为絮的袍子。《论语·子罕》："以敝缊袍，与衣狐貉者立，而不耻者，其由也与？"词句意谓，千古以来世事纷纭复杂，几辈穿着狐皮大衣，几人仅能穿乱麻为絮的袍子？

"叹一车"七句，栖遑（xī huáng），忙忙碌碌奔波不定的样子。浮家泛宅，《新唐书·张志和传》："颜真卿为湖州刺史，志和来谒。真卿以舟敝漏，请更之。志和曰：'愿为浮家泛宅，往来苕霅间。'"后称以船为家、浪迹江湖为"浮家泛宅"。迁客，流迁或被贬谪到外地的官。江淹

《恨赋》："迁客海上，流戍陇阴。"劳人，劳苦的人。风韵，《诗经·国风》的韵律。骚，《离骚》，亦称"骚体"。词句意谓，可叹两马拉着一车，栖栖惶惶在道路上行进。以船为家，浪迹江湖，经常震荡在波涛之上。流迁之人多忧，劳苦之人易感，不写风韵即赋离骚。

"知何世"三句，吠（fèi），狗叫。吼，野兽咆哮。嗥（háo），野兽叫声。词句意谓，可知人间什么样，听鸡鸣狗吠，虎在嘶吼，狼在嗥叫。

下阕肯定中国足兵足食，国势强盛。

"丘墟"三句，丘墟，废墟。蓬蒿，"茼蒿"的俗称，草本植物。竖子，卑贱的称谓，也作小子。《晋书·阮籍传》："尝登广武，观楚汉战处，叹曰'时无英雄，使竖子成名！'"曹，辈，如尔曹。词句意谓，一片废墟掩没了蓬蒿，葬送了那些一时成名的小子们。此系词的过片，承上启下，意思是现代修正主义者必然失败。

"看风流"七句，风流，英俊、杰出。《世说新语·赏誉》："范豫章谓王荆州：'卿风流俊望，真后来之秀。'"陇亩，陇通"垄"，田埂。《史记·项羽本纪》："乘势起于陇亩之中。"隰（xí）皋，岸边的湿地。《左传·襄公二十五年》："牧隰皋。"注："水厓下湿，为刍牧之地。"神州，指中国。词句意谓，看今天的风流人物，英雄事业，充足的兵源起于陇亩之中，足够的食物产于岸边湿地，不用细说汉唐时代。而今欧美各国，敢与中国试比高？

"齐欢唱"三句，蟠（pán）桃，古代神话中的仙桃。词句意谓，人们齐声欢唱，如今有飞月升仙的灵药，有延年益寿的蟠桃。

此词属于当时一度颇为流行的"反修"（即反对苏联现代修正主义）之作。上阕"叹"字所领七句，写得较为隐晦沉着，而非剑拔弩张。下阕"看"字所领七句，行文较为明显，意在表明中国反帝反修的决心。作者善于采用长短句式，用以叙事说理，颇有说服力量。

阮郎归

上海市文学艺术工作者第二次代表大会开幕，喜而赋此。

莺飞蝶舞草芊眠，百花争妙妍。江南春水好行船，米家书画摊。茶座敞，集群贤，庄谐相后先。清和光景太平年，欢情入管弦。

赏析：

此词写于 1962 年，录自《沈尹默诗词集》。阮郎归，词牌名。源自《神仙记》刘晨、阮肇天台遇仙的故事，因其思归甚苦，故作凄音。双调四十七字，上阕四句，四平韵，二十四字；下阕五句，四平韵，二十三字。1962 年 5 月，上海市召开文学艺术工作者第二次代表大会，作者作为上海文联副主席喜而赋此。

上阕写江南春夏之交的自然景色。

"莺飞"二句，莺飞蝶舞，从成语"莺歌燕舞"化出，黄莺飞，蝴蝶舞，用以概指春天的景物。芊眠，茂密幽深。陆游《出行湖山间杂赋》之四："柳边烟掩苒，堤上草芊眠。"词句意谓，莺飞蝶舞，芳草茂盛，百花盛开，争妍斗丽。

"江南"二句，江南，泛指长江以南。米家书画，北宋书画家米芾，能诗文，善书画，尤擅画山水，其子米友仁继承父法，故画史上有"米家山"与"米派"之称。词句意谓，江南春水上涨正好行船，犹如摊开了一幅米家山水。

下阕写上海第二次文代会的盛况。

"茶座"二句，群贤，众多贤者。庄谐，端庄与诙谐。即不仅严肃端庄，而且诙谐有趣。词句意谓，茶座宽敞，会集群贤，而且先后相继出现亦庄亦谐的欢乐气氛。

"清和"二句，清平，清静和平。《汉书·贾谊传》："大数既得，则天下顺治。海内之气，清和咸理。"形容国家气象升平。管弦，管乐器和弦乐器，也泛指音乐。《淮南子·原道训》："夫建钟鼓，列管弦。"词句意谓，清平祥和的光景与太平的年月，大家欢乐的情怀都汇入音乐声中。

此词欢庆上海市第二次文代会顺利召开，用语清新明丽、典雅平实，颇切"喜而赋此"题旨。

水龙吟

参加上海市文联扩大会议后，有作

吹开头上乌云，乾坤浩荡东风里。大家接过雷锋枪杆，武装自己。还有八连，一尘不染，身居闹市。愿倾心学习，全心创作，无产者新文艺。

革命进行到底，把红旗高高举起。亚非风暴，拉美火焰，震惊天地。相互支持，人民千亿，同心同气。看东方红遍，百花争艳，换人间世。

赏析：

此词写于 1963 年，录自《沈尹默诗词集》。水龙吟，词牌名。又名《龙吟曲》。双调 102 字，上下阕各四仄韵。因声调激越，苏辛派词人多爱用。此调多有变格，字数不一，句读参差。1963 年，上海市文联召开扩大会议，作者与会并写此词。

上阕就国内形势而言，且表明自己的决心。

"吹开"二句，乾（qián）坤，原为《周易》中两个卦名，可引申为天地。词句意谓，吹开头上的乌云，整个大地都沐浴在浩浩荡荡的东风里。

"大家"五句，雷锋，中国人民解放军中涌现的优秀共产主义战士。1963 年 3 月，毛泽东主席发出"向雷锋同志学习"的号召。八连，即南京路上好八连。他们驻守在上海南京路，身居闹市，一尘不染，保持人民军队的光荣传统。词句意谓，大家接过共产主义战士雷锋手中的枪杆来武装自己。还要认真学习南京路上好八连，真正做到身居闹市，一尘不染。

"愿倾心"三句，意为竭尽心力学习，全心全意创作，以求繁荣无产阶级新文艺。

下阕就国际形势而言。

"革命"二句，意为将无产阶级革命进行到底，把手中的红旗高高举起。

"亚非"六句，千亿，极言其多。同气，气质相同，亦指兄弟。词句意谓，亚洲、非洲掀起革命风暴，拉丁美洲燃起革命火焰，以致震惊天地。世界各国人民，应当相互支持，真正同心相应、同气相求。

"东方"三句，人间世，原为《庄子》篇名，这里指人间世界。词句意谓，看东方红成一遍，百花争艳，改换人间世界。

此词内容尚好，只是配合国内、国际形势的政治术语过多，与郭沫若这一时期的诗词创作存在同样弊病。

沁园春

一九六三年十二月，赋呈毛主席

　　一柱擎天，万里无云，四海无波。喜红旗扬起，乾坤浩荡，东风拂遍，遐迩歌和。六亿人民，同登寿域，见者惊译安乐窝。国庆日，听天安门外，动地讴歌。

　　神州大好山河，人更觉，今朝壮丽多。看马列真文，功高粟帛。孙吴神武，力止干戈。玄圃桃繁，仙山枣大，松柏常青带茑萝。无私颂，为群伦祝福，欢醉颜酡。

赏析：

　　此词写于 1963 年 12 月，录自《沈尹默诗词集》。沁园春，词牌名。手迹附有跋语："毛泽东主席七十诞辰敬献《沁园春》词一首，沈尹默。"毛泽东（1893—1976），湖南湘潭人。曾任中共中央主席、中华人民共和国主席、中央军委主席。1963 年 12 月，正值毛泽东主席七十周岁，作者赋呈此词以贺。

　　上阕言国家一片和平景象。

　　"一柱"三句，擎（qíng），举，向上托住。擎天，即擎天柱，比喻担负重任的人。词句意谓，一柱能够擎天，如今万里无云，四海宁静无波。

　　"喜红旗"七句，浩荡，广阔壮大的样子。遐迩（xiá ěr），远近。《史记·司马相如传》："遐迩一体，中外提福，不亦康乎？"寿域，语见《汉书·礼乐志》："驱一世之民，跻之仁寿之域。"比喻太平盛世。译，解释经义。汉王符《潜夫论·考绩》："夫圣人为天口，贤者为圣译。"安乐窝，典出《宋史·邵雍传》："雍岁时耕稼，仅给衣食，名其居曰安乐窝。"宋代邵雍自号安乐先生，称其住所为安乐窝。后泛指舒适安静的住处。词句意谓，可喜的是红旗高高扬起，天地壮阔无际，东风吹遍人间，远近歌唱和平。六亿人民，同登太平盛世，见者吃惊地认为这是安乐窝。

　　"国庆"三句，国庆日，每年 10 月 1 日，为庆祝中华人民共和国成立的日子。讴（ōu）歌，歌颂，赞美。词句意谓，国庆这一天，听北京天安门上，讴歌之声动地。

　　下阕言为群伦祝福。

"神州"三句，神州，指中国，古称赤县神州。词句意谓，我国大好山河，人们更感觉它今朝多么壮丽。

"看马列"七句，粟帛，粮食布帛的总称。孙吴，即孙武和吴起，春秋战国时均以善于用兵知名。后世多以孙吴并称。《荀子·议兵》："孙吴用之，无敌于天下。"神武，神明而威武。干戈，古代常用的武器，引申为战争。玄圃，同"悬圃"，即仙境。枣大，即巨枣。典出《史记·封禅书》："秦末瑯玡人安期生，曾卖药海上，后成仙。汉武帝时，方士李少君言，曾游海上，见安期生食巨枣，大如瓜。"后以巨枣喻人长寿。茑萝，茑与女萝，两种寄生植物。《诗·小雅·颊弁》："茑与女萝，施于松柏。"带，围绕、附着。词句意谓，马克思列宁主义真正的意义，功劳高过粮食布帛（即精神食粮）。掌握古代孙吴神明威武的兵法，能以力止战争。玄圃仙境桃多，仙山之上枣大，松柏常青附着茑萝。

"无私"三句，群伦，人群同类，即广大人民。颜酡（tuó），饮酒脸红。《楚辞·招魂》："美人即醉，朱颜酡些。"词句意谓，称颂大公无私之人，为广大群众祝福，欢乐痛饮而呈现醉容。

此词"赋呈毛主席"，难免流于歌功颂德，虽多浮泛不实之语，但大体仍能把握分寸。多从社会整体出发，较少突出个人。"玄圃桃繁，仙山枣大"，"为群伦祝福，欢醉颜酡"，均系祝寿用语，倒还有点新意。

水调歌头

论学二王法书，文字写竟，用刘后村词韵跋尾以自嘲。

多暇实非易，胜事每相关。群鸿游戏云海，几净砚差安。未入山阴道上，已自不遑接应，犹看白鹅还。妄欲换凡骨，是处觅金丹。

柿叶红，蕉叶绿，付丛残。老僧饶日苦寂，门限铁为闲。后五百年休问，十二时中须管，座席几曾寒。殃及霜崖兔，不得老崇山。

赏析：

此词写于1965年，录自《沈尹默论书丛稿》。水调歌头，词牌名。作者所著《二王法书管窥》，1965年由上海教育出版社照手写本影印出版。刘后村，即刘克庄，号后村居士，宋代著名词人。跋尾，题文字于书卷之后为跋尾。作者于完成《二王法书管窥》之后用刘后村词韵题词以自嘲。

上阕言学习二王法书。

"多暇"二句，意为多出空闲时间实非易事，而胜（盛）事每每与此相关。

"群鸿"二句，梁武帝《书评》："（钟）繇书如云鹄游天，群鸿戏海。"这里指书家写字。词句意谓，群鸿游戏于云海，几净笔砚尚安，即可以投入书法写作。

"未入"三句，山阴道上，典出《世说新语·言语》："王子敬（王献之）云：'从山阴道上行，山川自相映发，使人应接不暇。'"白鹅还，世传有一道士好养鹅，王羲之往观，喜而求让。道士说：如为我写《道德经》，即以鹅群相赠。羲之欣然命笔，遂笼群鹅而归。这里用王羲之、王献之父子的故事，表明二王书法艺术变化多姿且受人欢迎。

"妄欲"二句，凡骨，凡人之骨。这里指世俗的书法。金丹，古代方士用黄金炼成的金液，用丹砂炼成的还丹，古人认为食之能长生不老。即后来所说的"仙丹"。词句意谓，妄想改换凡骨，从这里找到金丹，即二王法书是医治俗书的灵丹妙药。

下阕言学习二王书法的甘苦。

"柿叶"三句，柿叶红，唐人郑虔好书法，常苦于无纸，知慈恩寺有柿叶数屋，遂日往取叶习书，岁久殆遍。蕉叶绿，唐僧怀素，居零陵时，家贫无纸可书，乃种芭蕉万余株，以蕉叶供挥洒。此处言古人学书不易，均付于丛生植物的残叶。

"老僧"二句，老僧，指智永禅师。闲，《说文解字》："闲，阑也。从门中有木。"即木栅栏。这里指王羲之七世孙智永，世称"永禅师"，为陈隋间著名书法家，住吴兴永欣寺，登楼不下四十余年，积年临书《千字文》，得八百本，分赠江东诸寺。得二王笔法，因求书者众，所居门为穿，乃用铁叶裹之，人谓之"铁门限"。此即"门限铁为闲"。

"后五百年"三句，《孟子·公孙丑下》："五百年必有王者兴，其间必有名世者。"十二时，古时分一日为十二时，后世以干支为纪。词句意谓，休问后人的评价，必须抓紧每天的时间，座席几曾冷过，即要求后起者要不畏艰苦，推进书法艺术。

"殃及"二句，霜崖兔，经霜山崖上的野兔。崇山，高山。卫夫人《笔阵图》："笔要取崇山绝仞中兔毫，八九月收之，其笔头长一寸，管长五寸，锋齐腰强者。"野兔毫以生于大山深岭为佳。人们勤练书法，耗笔必多，捕兔取毛，自然殃及深山野兔，它们岂能自然终老。

此系颇为典型的书法家写成的诗词，阅读者除须把握作者写作缘由外，还得逐步深入，了解与此相关的书法方面的典故。尤其是山阴道上"白鹅还"、老僧"门限铁为闲"、"群鸿游戏云海"、"殃及霜崖兔"等，均属书法专业方面的典故。

减字木兰花（二首）
瞿禅题秋明长短句稿见寄即用其韵奉答。

一

风流言笑，九域欢心连海表。歌动尘惊，调利天然叶四声。
东吴西蜀，倾呈无缘情漠漠。卷里相逢，微尚犹堪识此翁。

二

寻常谈笑，随喜庄谐起意表。新样堪惊，试听今朝雅江声。
八年巴蜀，酒下纷纭情淡漠。无处重逢，苦忆樽前抱瓜翁。

赏析：

这两首词写于 1966 年 2 月，录自《沈尹默先生佚诗集》。减字木兰花，词牌名。瞿禅，即夏承焘，字瞿禅，浙江永嘉人。曾任浙江大学、杭州大学教授。一生专治词学，著述甚丰。秋明长短句，为沈尹默自编词集，后由南京京陵书画社出版。1966 年 2 月，作者在上海华东医院作肠梗阻手术后，至杭州疗养，住大华饭店。因夏承焘曾将"题秋明长短句稿见寄"，故作者用其《减字木兰花》韵奉答。

第一首表达当年无法交流之意。

上阕言友人诗词写作。风流，风度、标格。杜甫《咏怀古迹》："摇落深知宋玉悲，风流儒雅亦吾师。"九域，也作九州，泛指全中国。海表，也作海外，古代指中国四境以外之地。调利，也作调理。《庄子·天运》："应之以自然，然后调理四时。"叶（xié），通"协"。四声，汉语字音的四种声调，即平、上、去、入。词句意谓，风流儒雅之士的言谈笑语，赢得九州欢心且连接海外。歌声动地，尘世受惊，友人的诗词调理天然且协四声。

下阕言己作倾呈无缘。东吴，三国吴因地处江东，故称东吴。西蜀，三国蜀因地处西南，故称西蜀。漠漠，无声寂寞。词句意谓，当年你在东吴我在西蜀，无缘倾心呈上己作，其情深感寂寞。只好在诗卷里相逢，还是犹需认识此翁，即得到夏承焘的帮助。

第二首忆起当年在巴蜀写作的情景。

上阕言今日自由写作。随喜，佛家言行善布施可生欢喜心，随人为善称为随喜。庄谐，庄重与诙谐，如亦庄亦谐。意表，意想之外，如出人意表。雅，美好。江声，这里指钱塘江、黄浦江流水的声音。词句意谓，寻常谈笑，随人为善亦庄亦谐均超出意想。而今新作诗词让人惊讶，试听今朝美好江水的声音。

下阕回忆当年写作生活。巴蜀，巴郡和蜀郡，包括今四川省全境。淡漠，安静淡泊。抱瓜翁，抱瓜的老人，似指作者自己，不知是否另有出典，待考。词句意谓，我在四川生活了八年，喝酒时想到纷纭复杂的世事已经淡漠。而今这种生活无法再现，仍在苦苦忆及当年酒樽前面抱瓜的老人。

作者诗题中有"用其韵奉答"字样，应注意两点：一是依韵奉和，即按友人所题《减字木兰花》原韵奉和；二是答谢友人，即感谢友人为《秋明长短句》题词，内容均与二人诗词写作有关。只是有些词语，如调利、微尚、雅江声、抱瓜翁等，文字内含较难把握，需再三斟酌。

郁达夫

郁达夫生平与诗词创作

郁达夫（1896—1945），原名郁文，字达夫，浙江富阳人。现代小说家、散文家与诗人。1913 年赴日本留学，先入东京第一高等学校，1915 年转入名古屋第八高等学校三部（医科），1919 年八高毕业后进入东京帝国大学经济学部深造。留日期间广泛接触欧美与日本文学，在写作旧体诗词的同时开始小说创作。1921 年与郭沫若、成仿吾等组织创造社。同年出版小说集《沉沦》，作品采用"自叙传"的体式反映了"五四"时期青年的苦闷和追求，并以其"惊人的取材和大胆的描写"震动了当时的文坛，奠定了作为小说家的重要地位。1922 年毕业后回国，专门从事文学活动，先后主编《创造季刊》《创造周报》等刊物。1923—1926 年在北京大学、武昌师范大学、中山大学任教。1928 年与鲁迅合编《奔流》。1930 年加入中国左翼作家联盟。1933 年加入中国民权保障同盟。1936 年任福建省政府参议。1938 年赴武汉任军委会政治部第三厅设计委员。武汉陷落后赴新加坡任《星洲日报》副刊编辑兼《华侨日报》主编。1941 年太平洋战争爆发后曾任新加坡文化界抗敌联合会主席。次年新加坡陷落后转移至苏门答腊，继续从事抗日活动。1945 年因当地华侨汉奸告密被日本宪兵秘密杀害。新中国成立后中央人民政府追认他为烈士。著作有《郁达夫全集》《郁达夫散文集》《郁达夫诗词集》传世。

郁达夫诗词写作起步很早，因其自幼聪慧，故《自述诗》中有"九岁题诗四座惊"句。十六岁即试写五七言诗，并向各报馆投稿。二十岁开始在上海《神州日报》与杭州《全浙公报》《之江日报》上发表诗作。此后一生从未间断旧体诗的写作，只是生前从未结集出版。直到新中国成立以后，1950 年晓冈编印《郭沫若鲁迅刘大白郁达夫四大家诗词钞》，书内收录郁达夫诗词六十一首。此后又间断了若干年，直到 1981 年后才陆续出版了《郁达夫诗词抄》《郁达夫诗全编》《郁达夫诗词笺注》等。根据相关图书资料初步统计，郁达夫诗词尚存六百余首，这些诗词在他一生创作中占有颇为重要的地位。刘海粟评论郁达夫的文学成就，认为"诗词第一，散文第二，小说第三，评论第四"（刘海粟《郁云〈我的父亲郁达夫〉序》）。郭沫若也说："达夫的诗词实在比他的小说或者散文还好。"（《郁达夫诗词抄序》）刘大杰在《鲁迅的旧体诗》一文中，就"五四"时期的老作家大都能作旧体诗说："在成就方面值得我们重视的是鲁迅和郁达夫。"

郁达夫诗词，正如郭沫若在《郁达夫诗词抄·序》中所说："大都是经心之作，可作为自传，亦可作为诗史。"我们通读全诗，既可看到诗人曲折的人生道路和思想发展的历程，又可从中了解特定时代的历史和社会风貌。郁达夫诗词写作大体可以分为三个阶段：

第一阶段为留学日本时期。从1913年到1922年近十年的时间，是他一生诗词创作最活跃的时期。作者风华正茂，诗情洋溢，写有三百余首诗词，占一生写作的半数以上。郭沫若当时即因旧体诗词写作与他结识，且赞其"已经到了可以称为'行家'或者'方家'的地步"。就题材和内容而言，大多描绘日本风土人情，纪述自身经历，还有不少爱情诗和政治诗。《日本竹枝词十二首》《自述诗十八首》《寄和荃君原韵四首》《杂感八首》，可以作为上述各类题材的代表作品。

第二阶段为国内生活时期。从1922年到1938年十七年间，写有一百六十余首诗词。作者广泛接触国内社会生活，特别是经历20世纪30年代风云突变的时代后，随着日寇侵华、内忧外患的加深，诗作的思想与艺术均到达了一个新的高度。1931年"九一八"事变后，写了《北征杂感两首》《过岳坟有感时事》《廿七年黄花岗烈士纪念节有感》等，作者呼唤岳飞，呼喊民族英雄，发出抗日救亡的呼声。组诗《毁家诗纪》由诗十九首词一首组成，可以视为这一时期的代表作。作品真实纪录了作者与妻子王映霞婚变的过程。尤其是组诗最后一首《贺新郎》词，既有自身受辱、家亦被毁的感情宣泄，从而控诉了国民党反动势力的迫害；又有日寇侵华、大敌当前的理性思考，"匈奴未灭家何恃"，"先逐寇，再驱雉"，表明其思想已上升到抗日战士的高度。

第三阶段为流寓南洋时期。从1939年到1945年间，先在新加坡后至苏门答腊从事抗日宣传活动。作者流寓异乡，艰苦备尝，创作诗词一百三十余首。其中宣传抗日救亡与表达爱国怀乡为这一时期创作的主旋律。《星洲旅次有梦而作》《星洲既陷，厄苏岛困居孤舟中，赋此见志》《胡迈来诗，会有所作，步韵以答》等诗，均为慷慨悲歌、正气浩然的抗日诗篇。七律组诗《乱离杂诗》现存十二首，为这一时期最具影响的诗作。作者纪述避居苏门答腊的一段生活经历，诗中既有对于当时抗战形势的描述，却更多表达对于患难之中相识的女友的深情怀念。诗风沉郁悲壮，文字哀伤凄怆，感人至深。

郁达夫作为旧体诗词写作的行家里手，能够熟练地驾驭这种传统的艺术形式。其旧学功底深厚，能够把握旧体诗词音韵格律自不待言。就其艺术特色主要表现在下列三个方面：

第一，感情真实。众所周知，诗是一种抒情的艺术，而真实又是艺术的生命。郁达夫本人亦言："艺术的价值，完全在一个真字上。"因此，抒发内心真实的感情成为郁达夫诗作最明显的特色。作者写诗从不装腔作势，也不遮掩隐藏，总是敢于敞开自己的心扉，把内心深处真实的思绪、真实的感受反映在诗中。即使是被人视作"敏感"的题材，包括个人隐私也无所顾忌。不同时期曾有几位女性先后进入他的爱情生活，与他有不同程度的感情纠葛，包括孙荃、王映霞、何丽有、李筱英，日本的隆儿，侍女梅花以及安徽妓女海棠，作者均曾以诗相赠。此类爱情题材的诗几近百首，无不情真意切，大胆直白，作者敢于将这些看似越轨的诗篇呈现在读者面前。就连郭沫若亦惊异于"达夫的为人坦率到可以惊人"！20世纪30年代，作者不少政治题材的诗作同样如此。《改昔人咏长城诗》《杨杏佛被害感书》《于山戚公祠题》等，对国民党当局对内镇压革命，施行白色恐怖与妥协退让，执行不抵抗政策，表示强烈的不满与抗议，真实地显示了自己的政治立场。

第二，情调酿造。郁达夫在《我承认是"失败了"》一文中说过："历来我持的批评作品好坏的标准，是情调两字。而教一篇作品能够酿出一种情调来，使读者受了这情调的感染……"他的诗词就十分注重情调的酿造，让作品弥漫着动人心弦的"氛围气"，使读者在某种特定的意境中受到感染而获得美感享受。许多写景纪游的山水诗注重情调、创造意境自不待言，就连爱情题材与爱国怀乡的诗词也是如此。1938年所作《星洲旅次有梦而作》："钱塘江上听鸣榔，夜梦依稀返故乡。醒后忽忘身是客，蛮歌似哭断人肠。"诗人以梦中听到钱塘江上渔人敲榔之声与醒后听到异域似哭的蛮歌之声这两个意象，表达在流寓异国失望的氛围中对于故乡的思念之情。《乡思》《减字木兰花·寄刘大杰》《毁家诗纪》《乱离杂诗》等大量寄寓自身感情经历或思乡怀人的诗词，往往带有哀怨缠绵、悲怆沉郁的感伤情调。这些实际属于特定历史时代的产物，且与作者身处异国的社会环境以及自身坎坷曲折的人生命运有关。

第三，善用典故。旧体诗词因其篇幅短小，势必要求言少意多、凝练含蓄，运用成语典故遂成不可缺少的艺术技法。郁达夫具有渊博的历史知识和文学积累，写作诗词时往往信手拈来，皆成妙喻，借以表达自己的思想感情。此类诗作的成功范例不胜枚举，以《毁家诗纪》第七首为例："清溪曾载紫云回，照影惊鸿水一泒。州似琵琶人别抱，地犹稽郡我重来。伤心王谢堂前燕，低首新亭泣后杯。省识三郎肠断意，马嵬风雨葬花魁。"此诗几乎句句用典，有杜牧与紫云、陆游与唐婉、王谢堂前燕、新亭泣酒杯、马嵬断肠意等七个典故，来表达作者与王映霞婚变带来的巨大悲痛。这样的情诗缠绵悱恻、蕴藉含蓄，让人读之荡气回肠。当然诗中用典也是一把双刃剑，如果用得太多太偏，也会造成阅读障碍，甚至让人堕入五里雾中，郁氏深谙此道，用典多能恰到好处。作者往往根据抒发感情的需要，不少写景纪游的小诗完全不用典，亦显清新隽永，诗意盎然。只在这些爱情与政治题材的诗中，因寄托深沉寓意或有难言之隐而运用事典，以求收到言少意多、耐人寻味的艺术效果。

咏史（三首）

一

楚虽三户竟亡秦，万世雄图一夕湮。
聚富咸阳终下策，八千子弟半清贫。

二

大度高皇自有真，入关妇女几曾亲。
虞歌声里天亡楚，毕竟倾城是美人。

三

马上琵琶出塞吟，和戎端的爱君深。

当年若赂毛延寿，哪得诗人说到今。

赏析：

《咏史》三首写于 1911 年，录自《郁达夫诗全编》。作者时年 16 岁，这是迄今所见作者最早的诗。三首分咏三事：一咏项羽灭秦，二咏刘邦亡楚，三咏昭君和亲。

第一首咏项羽灭秦。作者意在讥讽秦始皇的狂妄野心与失败下场。

"楚虽"二句，三户亡秦，据《史记·项羽本纪》："朕自怀王入秦不反，楚人怜之至今，故楚南公曰：'楚虽三户，亡秦必楚也。'"万世雄图，《史记·秦始皇本纪》："为始皇帝，后世以计数，二世、三世，至于万世，传之无穷。"湮，湮没，埋没。诗句意谓，楚虽三户竟能亡秦，秦始皇企图传至万世却一夕消亡。

"聚富"二句，聚富咸阳，《史记·秦始皇本纪》："徙天下富豪于咸阳十二万户。"这里指秦始皇将十二万户富豪从各地聚集到首都咸阳。八千子弟，指项羽从其叔父项梁最初起兵时所率领的江东子弟八千人，详见《项羽本纪》。诗句意谓，秦始皇采取"聚富咸阳"的做法终是下策，而使秦王朝走向灭亡的，正是当年楚国大半出身贫苦的八千子弟兵。

第二首咏刘邦亡楚。作者在肯定刘邦的同时，仍在沿袭红颜祸水这一传统的观念。

"大度"二句，大度高皇，指汉高祖刘邦，其志向远大。《史记·高祖本纪》："高祖为人……仁而爱人，喜施，意豁如也，常有大度，不事家人生产作业。"诗句意谓，汉高祖雍容大度自有真本事，入函谷关以后几曾与妇女相亲，即不再亲近女色。

"虞歌"二句，虞歌，指虞姬和歌，即垓下歌。《史记·项羽本纪》："项王则夜起饮帐中，有美人名虞，常幸从，骏马名骓，常骑之。于时项王乃悲歌慷慨，自为诗曰：'力拔山兮气盖世，时不利兮骓不逝，骓不逝兮可奈何，虞兮虞兮奈若何！歌数阕，美人和之。"倾城是美人，典出《汉书·外戚传》载李延年歌："北方有佳人，绝世而独立。一顾倾人城，再顾倾人国。宁不知倾城与倾国，佳人难再得。"这里变化其意，意为美人能使邦国倾覆。诗句意谓，在一片和歌声里天意欲亡西楚霸王，毕竟倾覆亡国的是身边美人。作者依然承袭女人是"祸水"，足以亡国的传统观念。

第三首咏昭君和亲。作者意在突出王昭君出塞和亲的主体意识。

"马上"二句，指汉王昭君出塞和亲的事。王昭君为汉元帝宫人，竟宁元年，匈奴呼韩邪单于入朝，求美人为阏氏，帝予昭君，以结和亲。昭君戎服乘马，抱琵琶出塞。卒葬于匈奴，现内蒙古呼和浩特市南有昭君墓，世称青冢。和戎，古代称汉族与少数民族结盟为和戎。昭君和亲对汉朝与匈奴和好曾起到积极作用。诗句意谓，昭君出塞于马上抱着琵琶吟唱，出塞和亲端的爱君甚深，指和戎实为自觉行动。

"当年"二句，毛延寿，为汉元帝宫廷画师。据《西京杂记》卷二："元帝后宫既多，不得常见，乃使画工图形，按图召幸之。诸宫人皆赂画工，多者十万，少者亦不减五万。独王嫱不肯，遂不得见。匈奴入朝，求美人为阏氏，于是上按图，以昭君行。及去，召见，貌为后宫第一，善应对，举止娴雅，帝悔之，而名籍已定，帝重信于外国，故不复更人，乃穷案其事。"诗句意谓，王昭君当年如果贿赂了画师毛延寿，哪还会有出塞和亲之事，也不会让这一题材的创作流传到今天。

这三首咏史诗出自一位十六岁江南少年的手笔，表明作者对于某些历史人物和历史事件的看法。诗中虽仍沿用一些传统观念，却也能如此用典准确，咏史到位，实属不易。因此获得周围亲友的赞誉，并在上海《神州日报》文苑栏公开发表。

癸丑夏夜登东鹳山

> 夜发游山兴，扶筇涉翠微。
> 虫声摇绝壁，花影护禅扉。
> 远岸渔灯聚，危巢宿鸟稀。
> 更残万籁寂，踏月一僧归。

赏析：

此诗写于1913年夏，录自《郁达夫诗全编》。癸丑，即1913年。鹳山，位于浙江富阳富春江畔，在郁达夫故居附近，"这山就像一只翠绿的鹳鸟栖息在富春江转折处的山崖上"。作者当时正在家乡富阳"独居苦学"，诗的内容即反映苦学之余的闲情逸致。

首联言夏夜游山。扶筇（qióng），即拄杖。筇为竹名，因可作杖，故杖亦称筇。翠微，青山，这里代指鹳山。诗句意谓，夜晚有了游山的兴致，拄着手杖登上了附近的青山。

额联言鹳山夜晚景色。摇，飘摇，飘荡。禅扉，禅寺之门。作者原注："山有恒济坛禅房。"诗句意谓，虫声飘荡于山崖绝壁之上，花卉的影子护住了山间禅寺之门。

颈联言富春江边的景物。危巢，筑在高处的鸟巢。诗句意谓，远处岸边渔船上的灯火汇聚在一起，筑在树上高处的鸟巢中归宿的鸟儿很少。这是指富春江边渔船云集，灯火闪烁，宿鸟遂少。

尾联言深夜所见所闻。更残，更为旧时夜间的计时单位，一夜分为五更，每更约两小时，这里指夜澜更尽。万籁，指自然界的一切声音，如万籁俱寂。踏月，月下闲步。诗句意谓，山间夜阑万籁俱寂，只见一位僧人踏着月光归来。

此诗为作者夜游鹳山的所见所闻，绘声绘色，婉约清丽。尤其诗的尾联，似在暗用唐人贾岛"鸟宿池边树，僧敲月下门"诗意，更为引人遐想。

吊朱舜水先生
——舜水纪念会席上作

采薇东驾海门涛，节视夷齐气更豪。
赤手纵难撑日月，黄冠犹自拥旌旄。
白诗价入鸡林贾，绿耳名随马骨高。
泉下知君长瞑目，胜朝墟里半蓬蒿。

赏析

此诗写于 1915 年，录自《郁达夫诗全编》。朱舜水（1600—1682），名之瑜，号舜水，浙江余姚人。明清之际爱国学者。明亡后，曾欲占据舟山抗清，又奔走于日本、安南等地以图复明，失败后避居日本，在日立馆讲学二十余年。为学上反对程朱理学和王阳明心学，提倡务实而重事功，著作由其门人辑为《朱舜水全集》。1915 年，日人举办朱舜水纪念会，郁达夫即席赋诗际凭吊舜水先生。

首联即对朱舜水作出评价。采薇，周武王灭殷，伯夷、叔齐耻之，不食周粟，隐于首阳山，采薇而食，终于饿死。见《史记·伯夷列传》。后以喻隐居不仕。海门，海口。诗句意谓，朱舜水东驾海口波涛避居日本，不食清粟，气节比起伯夷、叔齐更为豪壮。

颔联言其在明亡后依然坚持抗清活动。黄冠，农夫之冠。《礼记·郊特牲》："野夫黄冠。黄冠，草服也。"杜甫《遣兴》之四："上疏乞骸骨，黄冠归故乡。"旌旄，指军旗。诗句意谓，朱舜水纵然赤手空拳难以撑起日月，却仍以一介平民之身参加郑成功、张煌言的反清武装斗争。

颈联言其亡命日本，威望甚高。白诗价入鸡林贾，鸡林贾为古朝鲜之商人。唐白居易工诗，当时士人争传，鸡林行贾，以白诗售与国相，率篇易一金。见《新唐书·白居易传》。后指诗名之盛。绿耳，骏马名。《淮南子·主术》："夫华骝、绿耳，一日而至千里。"马骨，战国时郭隗用马作比喻，劝说燕昭王招揽人才。说古代君王悬赏千金买千里马。三年后得一死马，用五百金买下马骨；于是不到一年，得到三匹千里马。喻真能礼贤下士，则贤士闻风而至。见《战国策·燕策一》。诗中以这两个典故极言朱舜水名重异域，受到日人的尊重，实为真正的千里马。

尾联告慰逝者。泉下，黄泉之下，指人死后葬所。胜朝，也作前朝，指清朝。半蓬蒿，意思是清帝之陵已半没于蓬蒿之中，比喻指清已覆亡。诗句意谓，你在九泉之下可以安心了，因后人们已实现了你推翻清王朝的遗愿。

此诗凭吊先人，用语古朴典雅，尤其是活用采薇、鸡林贾、千金市骨典故，均能紧扣逝者特定身份，给予很高评价。

自题《乙卯集》（二首）

一

枉抛心力著书成，赢得轻狂小杜名。
断案我从苏玉局，先生才地太聪明。

二

著书原计万年期，死后方干倘见知。
我亦好名同老子，函关东去更题诗。

赏析：

这两首诗写于1916年，录自《郁达夫诗全编》。《乙卯集》乃郁达夫1915年自编的诗集，未曾刊印，已佚。

第一首意在抒发自己怀才不遇的苦闷心情。

"枉抛"二句，枉抛心力，语本清代诗人黄仲则《癸巳除夕偶成》："汝辈何知吾自悔，枉抛心力作诗人。"小杜，即晚唐诗人杜牧。杜牧《遣怀》："落魄江南载酒行，楚腰纤细掌中轻。十年一觉扬州梦，赢得青楼薄倖名。"作者以一度落魄江南、纵情声色的小杜自比，反映自己虽书成而不为时人理解的痛苦心情。

"断案"二句，断案，即结论，旧称断案，意为从推理的前提中推出来的判断。苏玉局，指北宋文学家苏轼，晚年曾任提举玉局观。苏轼《洗儿戏作》："人皆养子望聪明，我被聪明误一生。唯愿孩子愚且鲁，无灾无难到公卿。"诗句意谓，我赞同苏轼的结论，他一生所误在于"才地太聪明"。这里意在感慨社会对人才的漠视。

第二首说自己留下这本诗集，深信今后自会得到社会的认可。

"著书"二句，万年期，《史记·太史公自序》："藏之名山，副在京师，俟后世圣人君子。"方干，晚唐诗人。太中时举进士，以其貌丑兔唇，不第。后隐居会稽镜湖，终身不出，以诗闻名江南。死后门人私谥为玄英先生，并辑其遗著为《玄英先生诗集》。诗句意谓，自己的著作当时难以被人理解，须等后世知己，希望能如方干那样，身后被人承认。

"我亦"二句，老子，春秋时思想家，道家的创始人。函关，即函谷关。《史记·老子列传》："老子修道德，其学以自隐无名为务。居周，久之，见周之衰，乃遂去。至关，关令尹喜曰：'子将隐矣，强为我著书。'于是乃著书上下篇，言道德之意五千言而去，莫知所终。"诗句意谓，我亦犹如过关而作道德经的老子一样，留下《乙卯集》，只是并非西游至函关，而是东渡日本，故言"函关东去"。

作者自题《乙卯集》二首，紧扣这本诗集，隐以杜牧、苏轼、老子自喻，既表达了当时怀才不遇的苦闷心情，亦有对自己诗的自诩，深信会被世人理解。

西湖杂咏（三首）

一

歌舞西湖旧有名，南朝天子最多情。
如今劫后河山改，来听何戡唱渭城。

二

细草红泥路狭斜，碧梧疏柳影交叉。

荷风昨夜凉初透，引得麻姑出蔡家。

三

碧波容与漾双鸥，莲叶莲花对客愁。

明月小桥人独立，商量今夜梦扬州。

赏析：

这一组诗写于 1917 年 7 月，录自《郁达夫诗全编》。诗题又作《湖上杂咏三首》。

第一首作者自注："西湖面目近来有移变，西子凌波亦作时世变矣。"

"歌舞"二句，宋林升《题临安邸》："山外青山楼外楼，西湖歌舞几时休。"南朝，指南宋，杭州亦称临安，为南宋都城。诗句意谓，南朝天子已剩江南半壁江山，依然歌舞升平。这里"最多情"，显系反语。

"如今"二句，何戡唱渭城，语出刘禹锡《与歌者何戡》："二十余年别帝京，重闻天乐不胜情。旧人唯有何戡在，更与殷勤唱渭城。"渭城，指渭城曲，谱王维《送元二使安西》诗而成。诗句意谓，如今劫后的西湖面貌大有改变，依然歌舞不休，来听何戡唱渭城。

第二首作者自注："湖上仕女乘晚凉出游者颇众。"

"细草"二句，细草红泥，细嫩的小草长在红色的土壤上。狭斜，小街曲巷。古乐府有《长安狭斜行》："长安有狭斜，狭斜不容车。"诗句意谓，西湖沿岸细草红泥，道路狭斜，道路两旁碧绿的梧桐与稀疏的杨柳树影交叉。

"荷风"二句，凉初透，语见李清照《醉花阴》："玉枕纱橱，半夜凉初透。"麻姑出蔡家，典出《神仙传》。麻姑，女仙名；蔡家，指东汉蔡经家，传说神仙王方平与麻姑相会于蔡家。诗中以麻姑比喻湖上纳凉的游女。诗句意谓，昨夜湖边荷风轻拂，凉夜初透，引得麻姑走出蔡家，即众多仕女纷纷出游湖上。

第三首作者自注："六月十三夜月颇洁，余漫行西泠桥，谒苏小小墓而归。"

"碧波"二句，容与，迟缓不前的样子。屈原《九章·涉江》："船容与而不进兮，淹回水而凝滞。"诗句意谓，一对鸥鸟荡漾在绿波之上却迟缓不前，荷叶与荷花亦对着游客发愁。

"明月"二句，梦扬州，杜牧《遣怀》："十年一觉扬州梦。"诗句意谓，作者于明月之夜独自立于西泠桥畔，由眼前明月而引起"今夜梦扬州"的联想。

西湖杂咏三首，语言清新优美，用典贴切自然。虽属写景纪游之作，亦对"劫后河山"流露淡淡忧愁。

谒岳坟

拂柳穿堤到岳坟，坟前犹绕阵头云。
半庭人静莺初懒，一雨荫成草正薰。
我亦违时成逐客，今来下马拜将军。
与君此恨俱千古，拟赋长沙吊屈文。

赏析：

此诗写于 1917 年 7 月，录自《郁达夫诗全编》。岳坟，为南宋抗金英雄岳飞的坟墓，位于杭州栖霞岭下岳王庙右侧。1917 年 7 月，作者拜谒岳坟，并在墓前凭吊，有感而赋此诗。

首颔二联，作者先写谒岳坟时的眼前景。拂柳穿堤，岳坟位于苏堤北端不远处，苏堤沿途多植柳树，作者经苏堤来到岳坟，故言"拂柳穿堤"。阵头云，指战云，比喻孙中山为反对北洋军阀政府解散国会而发动的护法战争。薰，香气。诗句意谓，作者轻拂杨柳穿过苏堤来到岳坟，只见坟头上空犹如缭绕着阵阵战云。暮园庭中人静而黄莺开始懒于啼鸣，一雨荫成草木正发出清香。这里意在描绘墓园宁静肃穆的气氛。

颈尾二联，作者再抒发谒岳坟时的心中情。违时，有违时世。逐客，被放逐者。杜甫《梦李白》："江南瘴疠地，逐客无消息。"长沙吊屈文，"长沙"指汉代文学家贾谊。《史记·贾生列传》："乃以贾生为长沙王太傅。贾生既辞往行，闻长沙卑湿，自以寿不得长，又以适去，意不自得。及渡湘水，为赋以吊屈原。"诗句意谓，作者因不得意而远赴日本留学，故称自己有违时世而成被逐之客。进而以汉代贾谊自比，深知与君（岳飞）俱饮恨千古，因此要学贾长沙而赋吊喑屈原的诗文。

此诗悼古伤今，围绕谒岳坟这一诗题，既写眼前景，又抒心中情，充分表现作者身处动乱时代愤懑不平的心情。

寄和荃君原韵（四首）

一

谙尽天涯飘泊趣，寒灯永夜独相亲。

看来要在他乡老，落落中原几故人。

二

未有文章惊海内，更无奇策显双亲。

论才不让相如步，恨煞黄金解弄人。

三

十年海外苦羁留，不为无家更泪流。

鬼蜮乘轩公碌碌，杜陵诗句只牢愁。

四

何堪岁晏更羁留，塞上河冰水不流。

一曲阳关多少恨，梅花馆阁动清愁。

赏析：

这四首诗写于1918年2月，录自《郁达夫诗全编》。荃君，即作者的未婚妻孙荃。荃君原韵，实为二首，经郁达夫修改润饰，分别为："独在异乡为异客，风霜牢落有谁亲？纵然欲诉心中事，其奈阳关无故人。""年光九十去难留，怜尔杨花逐水流。海上仙槎消息断，雪花满眼不胜愁。"作者即依原韵写了四首和诗。

第一首回答孙荃对于未婚夫君身居海外的忧虑。

"谙尽"二句，谙（ān），熟悉，知道。永夜，长夜。诗句意谓，天涯游子漂泊异乡虽然孤独寂寞，也有漫漫长夜与寒冷的灯光相伴苦读的乐趣。

"看来"二句，老，历时长久。韦庄《菩萨蛮》："洛阳才子他乡老。"

落落，稀疏零落的样子。中原，黄河中下游地区，亦可泛指全中国。诗句意谓，看来要在他乡历时长久，即便回到国内又有几个知心朋友呢？

第二首实为前者的补充与说明。

"未有"二句，杜甫《有客》："岂有文章惊海内，漫劳车马驻江干。"奇策，罕见的计谋和办法，古代文士常以投策上书而得显亲扬名的机会。诗句意谓，我没有什么文章可以惊动海内，更无奇策能让双亲显耀。

"论才"二句，相如，即西汉文学家司马相如，以辞赋闻名于世。黄金解弄人，用战国苏秦的典故。苏秦贫困时，"妻不下衽，嫂不为炊，父母不与言"。及其为相，将归故里，父母闭户，清宫除道，张乐设饮，郊迎三十里。妻侧目而视，侧耳而听。嫂蛇行匍匐，四拜自跪而谢。苏秦问嫂何以前倨而后恭，嫂答曰："以季子位尊而多金。"使他感叹不已。诗句意谓，论才不能让司马相如独步文坛，恨煞以黄金（财富）多少理解与嘲弄他人，意在说明自己清贫而多才，并非无能而是无人赏识。

第三首回答孙荃之所以留在海外不得已的苦衷。

"十年"二句，十年海外，作者1913年留学日本，至今实为六年。十年为其约数，强调时间漫长。羁留，在外地停留居住。诗句意谓，十年在海外苦苦停留，不为无家，实为忧国忧民之故，怎能不为之流泪。

"鬼蜮"二句，鬼蜮（yù），比喻阴险之人。蜮为传说中一种害人的动物。公碌碌，公指杜甫，其《可叹》诗有"吾辈碌碌饱饭行"句。牢愁，牢骚与愁苦。诗句意谓，在鬼蜮横行之处乘车之人亦碌碌无为，杜甫因逢乱世只能写些忧国忧民与愤慨牢骚的诗篇。

第四首承接上文，抒发淡淡的家愁。

"何堪"二句，岁晏，一年将尽之时，即岁暮。塞上，原指北方边疆，作者身居日本，亦属边塞之地。诗句意谓，为何一年将尽之时仍羁留异域，这里河中结冰，水不流动。

"一曲"二句，阳关，曲调名，古人送别时所唱。一曲阳关，表示离别。梅花馆阁，语见杜甫《和裴迪登蜀州东亭送客逢早梅相忆见寄》："东阁官梅动诗兴，还如何逊在扬州。"诗句意谓，作者一曲阳关（送别诗）引起多少离愁别恨，如今馆阁早梅让人脸上泛起清冷的愁容。

此系寄和原韵之作，不仅依照原韵奉和，而且紧扣原诗诗意。第一、第二首和荃君第一首原韵，就内容而言，主要回答未婚妻对自己海外生活的忧虑。第三、第四首和荃君第二首原韵，就内容而言，意在告诉未婚妻自己不得已而留在海外，既怀有忧国忧民之心，而又有着挥之不去的家愁。诗句笔墨含情，缠绵悱恻，让人唏嘘不已。

盛夏闲居，读唐宋以来各家诗，仿渔洋例成诗八首（选五）

李义山

义山诗句最风流，五十华年锦瑟愁。

解释汉家天子意，六军驻马笑牵牛。

温飞卿

词人自古苦消沉，中晚唯君近正音。

今日爱才非昔日，独挥清泪吊陈琳。

陆剑南

慷慨淋漓老学庵，请缨无路只清谈。

石帆村里春秋祭，忍说厓山浪满潭。

元遗山

遗老功名剩稗官，河东史笔未摧残。

伤心怕读中州集，野史亭西夕照寒。

吴梅村

斑管题诗泪带痕，阿蒙吴下数梅村。

冬郎忍创香奁格，红粉青衫总断魂。

赏析：

这一组诗写于 1918 年夏，录自《郁达夫诗全编》。当时，郁达夫为响应中国留学生反对"中日军事协定"的活动，离开自己就读的名古屋第八高等学校到乡间小住。渔洋，即清末著名诗人王士祯，别号渔洋山人，曾作《论诗绝句三十五首》。郁达夫仿效其体例，对唐宋以来的八位诗人加以评说，今选其中五首。

第一首评说李义山。李义山，即晚唐著名诗人李商隐。其诗音韵和谐，辞藻优美，多用典故，隐约含蓄，对后世影响很大。

"义山"二句，风流，意为文学作品超远美妙。司空图《诗品·含蓄》："不著一字，尽得风流。"五十华年，李商隐《锦瑟》："锦瑟无端五十弦，一弦一柱思华年。"诗句意谓，李义山的诗句最为风流，于弹奏锦瑟之中忆起五十华年。

"解释"二句，此处化用李商隐《马嵬》"此日六军同驻马，当时七夕笑牵牛。如何四纪为天子，不及卢家有莫愁"诗意。"汉家天子"以汉代唐，指唐玄宗李隆基。《马嵬》是李商隐咏史名篇，作者标举此诗，除称扬之意外，当别有意味，应与当时时局联系。

第二首评说温飞卿。温飞卿，即晚唐诗人温庭筠，与李商隐齐名，并称"温李"。表达作者与温庭筠同病相怜。

"词人"二句，正音，正始之音，也作正风、正声。李商隐《献相国京兆公启》："宫商资正始之音，寒暑协中和之序。"诗句意谓，词人自古苦于意气消沉，中晚唐时代唯有温庭筠近于正始之音。

"今日"二句，陈琳，为汉末诗人，建安七子之一。温庭筠曾作《蔡中郎坟》："今日爱才非昔日，莫抛心力作词人。"诗句意谓，今日爱才已非昔日，独挥清泪凭吊陈琳。

第三首评说陆剑南。陆剑南，即南宋大诗人陆游，因其诗集名《剑南诗稿》，故称。

"慷慨"二句，老学庵，陆游晚年书斋名，这里代指陆游。请缨，《汉书·终军传》："（汉武帝）乃遣军使南越，说其王，欲令入朝，比内诸侯。军自请，愿受长缨，必羁南越王而致之阙下。"后以"请缨"指投军报国。诗句意谓，陆游为人为文慷慨淋漓，可惜请缨无路，报国无门，只有清谈而已。

"石帆"二句，石帆村，在陆游故乡绍兴。厓山，在广东兴会县南大海中，南宋最后被元兵灭亡于此。这里针对陆游《示儿》"王师北定中原日，家祭无忘告乃翁"之意而发，意思是南宋竟然灭亡，即便在石帆乡里家祭，子孙亦不愿意告知这一悲惨的消息。

第四首评说元遗山。元遗山，即金代著名诗人元好问。金元之间颇负众望，诗词风格沉郁，多感时伤世之作。

"遗老"二句，遗老，旧指效忠前朝的老人，元遗山金亡不仕，故称。稗官，原指小官，后亦称野史小说为稗官。河东史笔，元好问家乡原属河东北路，因其有意保存金朝的史料，故以"河东史笔"称之。诗句意谓，这位遗老的功名尚剩于稗官野史之中，所幸河东史笔未受摧残。

"伤心"二句，中州集，元好问所编之金代诗歌总集。野史亭，元好问金亡不仕"乃构亭于家，著述其上，因名曰'野史'"。诗句意谓，人们怕读中州集而伤心，但野史亭西的夕阳亦让人感到寒意。

第五首评说吴梅村。吴梅村，即清初著名诗人吴伟业。

"斑管"二句，斑管，即毛笔。元白仁甫《阳春曲题情》："轻拈斑管书心事，细摺银笺写恨词。"阿蒙吴下，典出《三国志·吴书·吕蒙传》，鲁肃曾以吴下阿蒙称吕蒙，这里代指吴地。吴梅村是江苏太仓人，属吴地。诗句意谓，吴梅村笔下题诗常带泪痕，因其一生遭际，万事忧危，若说诗思凄苦，非吴地诗人吴梅村莫属。

"冬郎"二句，冬郎，指晚唐诗人韩偓，字致光，小名冬郎。诗有《香奁集》三卷，多咏妇女闺情，人称"香奁体"。红粉青衫，语见吴梅村《琴河感旧》。诗句意谓，韩偓忍性创制"香奁体"一格，吴伟业青衫憔悴、红粉飘零的凄婉诗词总是让人为之断魂。

这一组论诗绝句评说唐宋以来的五位诗人，文字简约，评说到位，值得一读。

自述诗（十八首选四）

一

家在严陵滩下住，秦时风物晋山川。
碧桃三月花似锦，来往春江有钓船。

二

儿时曾作杭州梦，初到杭州似梦中。
笑把金樽邀落日，绿杨城郭正春风。

三

鸳湖旧忆梅村曲，莺粟人传太史歌。
日暮落帆亭下立，吴王城郭赵家河。

四

苍茫又过七年期，客舍栖栖五处移。

来岁桑干仍欲渡，别离应更有新诗。

赏析：

这一组诗写于 1918 年间，录自《郁达夫诗全编》。作者以七言绝句的形式写成《自述诗十八首》，对自己以前的家境、行踪、兴趣、志向、学业、情事作了较全面的回顾。诗前有长序，可以参阅。限于篇幅，从略。

第一首作者原注："家住富春江上，西去桐庐则严子陵垂钓处也。"

"家在"二句，严陵滩，相传为东汉严子陵隐居垂钓之处。《后汉书·严光传》，严光字子陵，少有高名，与光武同游学。及光武即位，乃变名姓，隐身不见。后人名其垂钓处为严陵滩。"秦时"句，语见陶渊明《桃花源记》："自云先世避秦时乱，率妻子邑人来此绝境……问今是何世，乃不知有汉，无论魏晋。"这里化用此典，既言隐者所居，又赞严陵滩风物之美。

"碧桃"二句，碧桃，桃的变种，春季开花，可供观赏。钓船，即渔船。诗句意谓，富春江两岸三月碧桃繁花似锦，江上有来来往往的渔船。

第二首作者原注："十六岁春欲入杭州中学，赴杭州。初到之日，即醉倒于江干酒肆，同人传为笑柄。"

"儿时"二句，意思是杭州为历史文化名城，自古就是繁华之地。作者儿时即心向往之，而今初到杭州，像在梦中一样。

"笑把"二句，金樽，以金色涂饰的酒杯。城郭，指城内与城外。诗句意谓，笑举酒杯邀请夕阳，春风正好城内城外处处绿杨。此处化用宋祁《玉楼春》"为君持酒劝斜阳，且向花间留晚照"诗意。

第三首作者原注："落帆亭在嘉兴府治北。朱竹垞《鸳湖棹歌》有云：'怕解罗衣种莺粟，月明如水浸中庭。'艳丽极矣！"

"鸳湖"二句，鸳湖，即嘉兴南湖，因湖中多鸳鸯，亦称鸳湖。梅村曲，清人吴梅村所作的辞曲，此处当指《鸳湖棹歌》。莺粟，即罂粟。相传旧时嘉兴有年轻女子于八月十五月下播罂粟种子的习惯。太史，即朱彝尊，曾为史官，故称太史。太史歌，即朱彝尊（竹垞）之《鸳湖棹歌》。

当时作者"因杭州中学无宿舍，遂去之嘉兴"，改入嘉兴府中学，又因湖边莺粟想到人们传诵的当地诗人朱彝尊《鸳湖棹歌》。

"日暮"二句，吴王城郭，指嘉兴城。此处秦置由拳县，三国吴改名嘉兴县，故称吴王城郭。赵家河，即嘉兴之护城河，宋代开凿，宋代皇帝姓赵，故称赵家河。诗句意谓，作者傍晚立于落帆亭下，尽情欣赏"吴王城郭赵家河"。

第四首作者原注："十七岁春仍欲入杭州中学，赴杭州寄寓保安桥者数月。九月入之江大学预科，住江干者半载。十八岁春去之江大学，入蕙兰学校学英文，住石牌楼者三月。秋八月家兄奉命来日本，予亦随之东来，住东京小石川者一年。十九岁夏入第一高等学校预科。二十岁夏转至名古屋第八高等学校。二十一岁秋由医科改入法科。二十二岁夏还乡，秋病作，入病院二月。二十三岁冬，疾始瘳。"

"苍茫"二句，苍茫，旷远无边的样子。七年期，指在日本留学，当时实际不足六年。栖栖，忙碌不安的样子。诗句意谓，茫茫又过了七年，因居无定所客舍移动了五处。

"来岁"二句，桑干，水名，源出山西马邑县桑干山，东入河北及北京市郊外，下流入永定河。桑干仍欲渡，刘皂《旅次朔方》："客舍并州已十霜，归心日夜忆咸阳。无端更渡桑干水，却望并州似故乡。"这里是说，来年仍需去日本学习，此次别离更应写出新诗。

这是《自述诗十八首》的最后一首，明显带有总结的意味。此诗除原注外还有诗后小识："二十三岁夏五月初作，十二月二十日脱稿，前后共十八首。十七岁以后诗无暇详作，当待之他日耳。文识。"

梦醒枕上作，翌日寄荃君（五首）

一

与君十载湖亭约，骊唱声中两度逢。
昨夜摽梅天外落，离人无寐泣晨钟。

二

昨夜星辰昨夜风，一番花信一番空。
相思清泪知多少，染得罗衾尔许红。

三

莫对空床怨腐儒，腐儒情岂负罗敷。

问谁甘作瞿塘贾，为少藏娇一亩庐。

四

别凤离鸾古有之，苏家文锦谢家词。

要知天上双栖乐，不及黄姑渺隔时。

五

万一青春不可留，自甘潦倒作情囚。

儿郎亦是多情种，颇羡尚书燕子楼。

赏析：

这五首写于 1920 年 5 月，录自《郁达夫诗全编》。作者于五月四日梦醒时分于枕上作，拟于次日投邮寄给未婚妻孙荃。

第一首言离人无寐，思念佳人。

"与君"二句，十载湖亭约，杜牧年轻时游湖州，与一少女约定，十年后将来迎娶她。这里用杜牧典故点出与孙荃的婚约。骊唱，即《骊驹》之歌，古人常于离别之时吟唱。两度逢，作者曾于 1917 年 8 月回富阳与孙荃订婚，1919 年 5 月回富阳又与孙荃见面。诗句意谓，我与你已有十年湖亭之约（婚约），且有两度离别（即短期相聚）。

"昨夜"二句，摽（biào）梅，梅子成熟后落下来。《诗·召南·摽有梅》："摽有梅，其实七兮，求我庶士，迨其吉兮。"后用"摽梅"比喻女子已经到了结婚的年龄。诗句意谓，自己亦因离愁所苦，彻夜不能成寐，直到晨钟已响却仍在流泪。

第二首极言相思之苦。

"昨夜"二句，星辰，众星之总称。李商隐《无题》："昨夜星辰昨夜风，画楼西畔桂堂东。"花信，即花信风，应花期而来的风。诗句意谓，昨夜星辰昨夜的风，一次次花期，一次次花信都已落空。

"相思"二句，清泪，清冷的泪水。罗衾，用质地轻软的丝织品作被面的被子。尔许，也作如许、如此。诗句意谓，相思的泪水不知流了多少，染得丝绸被面如血一样红，这里指血泪。

第三首系自我表白。

"莫对"二句，腐儒，迂腐无用的儒生。罗敷，古乐府《陌上桑》诗中描述的人物，后多用为美丽而坚贞的妇女的代表。诗句意谓，请你莫对空床抱怨我是迂腐而无用的儒生，其实我又哪里会无情无义愧对你这今日的罗敷呢？

"问谁"二句，瞿塘贾，即来往于四川瞿塘峡的商人。唐李益《江南曲》："嫁得瞿塘贾，朝朝误妾期。早知潮有信，嫁与弄潮儿。"藏娇，班固《汉武故事》："末指其女问曰：'阿娇好不？'于是乃笑对曰：'好！若得阿娇作妇，当得金屋贮之也。'"后以"金屋藏娇"比喻喜欢的意中人。诗句意谓，请问有谁甘心去做当年不守信用的瞿塘商人，有家不得回的原因只是缺少一座华丽的房屋啊！一亩庐，又作"屋一区"，指华丽的房子。

第四首为相互安慰之词。

"别凤"二句，别凤离鸾，即鸾凤别离，比喻夫妻分离。苏家文锦，《晋书·列女传》："窦滔妻苏氏，喜属文。滔苻坚时为秦州刺史，被徙流沙，苏氏思之，织锦为回文旋图诗以赠滔。宛转循环以读之，词甚凄惋，凡八百四十字。"谢家词，又称"谢家诗"。东晋女诗人谢道韫，将雪花比作柳絮，世称"柳絮才"。苏家文锦谢家词，喻指孙荃给作者的诗作。诗句意谓，夫妻离别之事古已有之，东晋时代的女诗人苏蕙和谢道韫都是像你一样的人。

"要知"二句，双栖，指雌雄两只鸟停在树上，喻指夫妻情笃。黄姑，牵牛星。黄姑渺隔，传说牵牛、织女为银河所隔，不得相会。诗句意谓，要知天下双栖固然快乐，也许还不如牵牛织女相隔在茫茫夜空中来得有趣。

第五首再表自己一往情深。

"万一"二句，情因，即感情的俘虏。诗句意谓，就算失去了青春，我亦甘心情愿地作一个感情的俘虏！

"儿郎"二句，儿郎，青年男子，作者自称。尚书，指唐代名臣张愔。白居易《燕子楼诗序》："徐州故尚书张建封之子张愔有爱妓曰盼盼，善歌舞，雅多风态。……尚书既殁，彭城有旧第，第中有小楼名燕子。盼盼念旧爱而不嫁，居是楼十余年。"诗句意谓，我也是一个多情的种子，多么羡慕当年的张尚书能有一个属于你的，也属于我的燕子楼啊！

此系题赠未婚妻的诗作，情真意切，缠绵悱恻。诗中所用典故与近事，均贴切自然，耐人寻味。

过西溪法华山觅厉征君墓不见

曾从诗纪见雄文，直到西溪始识君。

十里法华山下路，乱堆何处见遗坟。

赏析：

此诗写于1930年秋，录自《郁达夫诗全编》。原写作时间署"1932年10月25日"，有误，今据其友人孙百刚《郁达夫外传》中《紫阳望月》一章更正。西溪，亦称西溪湿地，位于杭州西郊。法华山，杭州西溪之南群山，列若屏障，东至古荡老和山，西至花坞，通称法华山。法华山阴，纵十余里，都是梅林。厉征君，即清初著名文学家厉鹗，号樊榭，浙江钱塘人。康熙年间举人，曾被征入京，旋即返乡，故称厉征君。浙西词派代表作家，其墓在西溪法华山下。

"曾从"二句，诗纪，即厉鹗所著《宋诗纪事》。雄文，有才气与魄力的文章。诗句意谓，曾从《宋诗纪事》看到有才气、有魄力的文章，直到杭州西溪才开始认识了厉征君。这里指西溪两浙词人祠内有关于厉鹗的详细介绍。

"十里"二句，意思是我们走过法华山下的十里路，在乱坟堆里怎能找到厉征君的遗坟？结句与诗题遥相呼应。

这首七言绝句朴实无华，作者于纪实中表露出对于浙江文坛先贤的仰慕与怀念。

旧友相逢偶谈时事有作

不是尊前爱惜身，伴狂难免假成真。

曾因酒醉鞭名马，生怕情多累美人。

劫数东南天作孽，鸡鸣风雨海扬尘。

悲歌痛哭终何补，义士纷纷说帝秦。

赏析：

此诗写于 1931 年 1 月，录自《郁达夫诗全编》。原题文字较长："旧友二三，相逢海上，席间偶谈时事，嗒然若失，为之衔杯不饮者久之。或问昔年走马章台、痛饮狂歌意气今安在耶，因而有作。"笔者加以压缩改为现题。同年 3 月曾将此诗题与严子陵钓台。1932 年 8 月又纳入散文《钓台的春昼》，并由《论语》半月刊发表。

首联是在回答朋友的问话，同时也是作者生活中经验教训的总结。作者在白色恐怖笼罩的上海，一改过去放荡不羁的生活，连喝酒都要节制，因为佯狂在政治上难免弄假成真。

颔联历来被人赞赏有加。诗句暗用唐初名将秦琼醉后鞭名马的历史故事与项羽垓下之围时因重情而使虞姬自刎的典故，担心自己醉后会做出什么本不该做的错事，或因酒后感情放纵而累及美人，这里暗喻作者受当局迫害而唯恐连累了友人。

颈联是对当时险恶政治形势的描绘和推测。作者把国民党政府的倒行逆施，尤其是反革命"围剿"给东南各省带来的灾难称为"劫数""作孽"，痛恨之情溢于言表。"鸡鸣风雨海扬尘"，则用《诗·郑风》中"风雨如晦，鸡鸣不已"的诗意，形容国民党政权已经到了风雨飘摇的地步，革命人民的反抗此起彼伏；沧海扬尘，天翻地覆的大变革就要到来。

尾联则奉告友人：面对如此的黑暗现实，悲歌痛哭都无济于事，只有行动起来推翻暴秦一般的反动统治，并且铲除那些纷纷投靠、依附暴秦的"义士"，才有出路。"义士"二字实为辛辣的讽刺。

此诗为作者与旧友二三在席间偶谈时事而作，所有诗句均可视为作者对朋友问话的回答，且在内容上层层深入。诗中虽多悲愤之语，但透过蕴藉含蓄的文字，仍能显示其内在的战斗锋芒。

登杭州南高峰

病肺年来惯出家，老龙井上煮桑芽。
五更衾薄寒难耐，九月秋迟桂始花。
香暗时挑闺里梦，眼明不吃雨前茶。
题诗报与霞君道，玉局参禅兴更赊。

赏析：

此诗写于 1932 年 10 月，录自《郁达夫诗全编》。初载《沧州日记》，诗题又作《寄映霞》。南高峰，杭州西湖群山以天竺山为主峰，环湖分为南北两支，两支山脉中最高最著名的就是南高峰与北高峰。当时作者登南高峰，忆及自己在此附近的山居生活，有感写成此诗。

首联言自己在杭州老龙井山上养病。病肺，作者当时患有肺病，因而一度离开上海到杭州选择幽静的山间疗养、写作。老龙井，在翁家山的北坡，踞龙井里余，石壁上有"老龙井"三字。桑芽，指茶叶。诗句意谓，这些年来因为肺病时常离家去外地疗养，如今在这里用老龙井的水煮茶，特别甘醇可口。

颔联言山区夜间寒冷与桂花迟开。衾（qīn），被子。秋迟桂始花，指迟桂花。诗句意谓，山区气候凉爽，秋季五更天时感到被子太薄而寒冷难耐。已入农历九月，山间的桂树才迟迟开花。

颈联言自己为了能时时挑起闺里梦而不吃雨前茶。香暗，即暗香。闺里梦，即梦见闺中之人。雨前茶，谷雨以前采摘的茶，叶嫩而味醇。诗句意谓，暗香时时挑动让我梦见闺中之人，因自信眼明故不用去吃雨前茶以助长目力，实际是为饮茶容易兴奋影响梦见闺中人。

尾联作者寄语霞君，表明山间的生活很好。霞君，即作者之妻王映霞。玉局，指苏轼。苏轼晚年曾任提举成都玉局观。释惠洪《冷斋夜话》："苏轼自海南还……尝与刘器之同参玉板和尚，器之每倦山行，闻见玉板，欣然从之。至廉泉，烧笋而食，器之觉笋味胜，问：'此何名？'曰：'名玉板也，此老僧善说法要令人得禅悦之味。'于是器之乃悟其戏。"这里戏用苏轼故事，以喻自己的山居之乐。赊（shē），长久、宽松。这里指兴味浓。诗句意谓，作者题诗与霞君知道，玉局参禅兴味更浓，即此行山间生活很好。

此系作者登杭州南高峰而忆及自己山间疗养生活之作，既属写实又诗情洋溢。尾联寄语霞君，似更耐人寻味。

赠鲁迅先生

醉眼朦胧上酒楼，彷徨呐喊两悠悠。

群盲竭尽蚍蜉力，不废江河万古流。

赏析：

此诗写于 1933 年 1 月，录自《郁达夫诗全编》。鲁迅是我国现代伟大的文学家与思想家。郁达夫自 1923 年与鲁迅订交，两人一直保持着深厚的友谊。虽然鲁迅有时被人误解，遭人攻讦，但他却始终敬重鲁迅，此诗便是有力的明证。

"醉眼"二句，创造社冯乃超 1928 年在《艺术与社会生活》中批评鲁迅说："鲁迅这位老生——若许我用文学的表现——是常从幽暗的酒家楼头，醉眼朦胧地眺望窗外的人生。"对此，鲁迅曾写反驳文章，题目就叫《"醉眼"中的"朦胧"》。此处当系巧妙借用。彷徨呐喊，即鲁迅小说集《呐喊》与《彷徨》。悠悠，遥远、长久。意思是鲁迅小说自当与世长存。

"群盲"二句，群盲，泛指目光短浅、无知无识的人。蚍蜉，大蚂蚁。韩愈《调张籍》："李杜文章在，光焰万丈长。不知群儿愚，那用故谤伤。蚍蜉撼大树，可笑不自量。"另杜甫《戏为六绝句》之二："王杨卢骆当时体，轻薄为文哂未休。尔曹身与名俱灭，不废江河万古流。"此处喻指 20 世纪二三十年代文坛对于鲁迅及其作品的谩骂与攻击和作者对鲁迅及其作品的充分肯定与高度评价。

此诗看似即兴之作，实为对于鲁迅所处时代及其战斗生活的高度概括与评价。作者力排众议，在攻击与谩骂声中充分肯定鲁迅及其作品的价值，具有很强的战斗意义。

迁杭有感

冷雨埋春四月初，归来饱食故乡鱼。
范睢书术成奇辱，王霸妻儿爱索居。
伤乱久嫌文字狱，偷安新学武陵渔。
商量柴米分排定，缓向湖塍试鹿车。

赏析：

此诗写于 1933 年 4 月，录自《郁达夫诗全编》。当时，作者举家迁往杭州，住在大学路浙江图书馆附近的场官弄里。此诗反映作者迁杭隐居的寂寞心情。

"冷雨"二句，故乡鱼，化用《晋书·张翰传》中典故："翰因见秋风起，乃思吴中菰菜、莼羹、鲈鱼脍，曰：'人生贵在适志，何能羁宦数千里以要名爵乎！'遂命驾而归。"诗句意谓，四月初一场冷雨埋葬了春天，举家归来可以饱食家乡鱼。

"范雎"二句，《史记·范雎列传》载，范雎为战国魏人，初事魏忠大夫须贾。曾从贾使齐，以有通齐之嫌，魏相魏齐使舍人笞击雎，佯死得免。被抛厕中，遭人便溺，受此奇耻大辱。王霸妻儿，《后汉书·列女传》载，王霸与同郡令狐子伯为友，后子伯为楚相，遂令其子奉书于霸。王霸之子见客雍容华贵，沮作不能仰视。霸见之亦有愧容，客去而久卧不起。其妻则曰："君少修清节，不顾荣禄，今子伯之贵孰与君之高？"王霸欣然赞同，遂与妻儿离群索居，终身隐遁。诗句意谓，古人范雎能书善术仍遭此奇辱，王霸妻儿自甘清贫遂离群索居。作者以此二者自喻，其意甚明。

"伤乱"二句，文字狱，因文字触犯当局而被罗织罪状，遭受责罚，称"文字狱"。武陵渔，指陶渊明《桃花源记》中误入桃花源的"武陵渔人"。这里代指隐者。诗句意谓，我处伤乱之中早就嫌恶文字狱，而今苟且偷安新学避入世外桃源的武陵渔人。

"商量"二句，湖塍（chéng），湖边的道路。鹿车，用人力推挽的小车。《后汉书·鲍宣妻传》："妻乃悉归侍御服饰，更着短布裳，与宣共挽鹿车归故里。"这里暗用范宣典故表明自己夫妻共隐。诗句意谓，要将柴米等日常生活用品分排定当，还缓向湖边道路上去试鹿车，即陪妻子游览西湖。

此诗为作者移家杭州有感而发，因其用典较多，更显隐约含蓄。作者另有一副摘句联："避席畏闻文字狱，著书都为稻粱谋。"似可参阅且更能表明当时的处境与心境。

闻杨杏佛被害感书

风雨江城夏似春，闭门天许作闲人。
恩牛怨李成何事，生死无由问伯仁。

赏析：

此诗写于 1933 年夏，录自《郁达夫诗全编》。杨杏佛（1893—1933），名铨，字杏佛，江西清江人。曾任孙中山秘书。1932 年与宋庆龄、蔡元培、鲁迅等在上海组织中国民权保障同盟，任副会长兼总干事。次年 6 月 18 日被国民党特务暗杀。作者在杭州惊闻噩耗，书此志感。

"风雨"二句，江城，指杭州，因在钱塘江边，故称。天许，天意只许。诗句意谓，杭州风雨凄凄夏天仍如春天，老天要我闭门做个闲人。实为躲避上海当局的政治迫害而举家迁杭，此系愤激之词。

"恩牛"二句，恩牛怨李，即牛李恩怨。晚唐牛僧孺、李德裕两大政治集团为了各自的政治利益互相倾轧，党争持续数十年。钱谦益《吴门送福清公还闽八首》："恩牛怨李谁家事，白马清流异代悲。"此处实喻国民党当局党同伐异，迫害其他政治团体，进而责问，这成什么事情！伯仁，东晋周顗（字伯仁）曾向皇帝力救丞相王导，而王导不知周顗救己，心怀怨恨。王敦得志后，向王导征询处置周顗的意见，王导不发一言，周顗遂被杀。后王导看到周顗救己的表章，懊悔不已，曰："吾虽不杀伯仁，伯仁由我而死，幽冥之中，负此良友！"诗中以伯仁代指被国民党特务暗杀的友人杨杏佛。

此诗可与鲁迅《悼杨铨》并读，二者同中有异。均为悼念亡友之作，鲁迅奋笔疾书、旗帜鲜明，郁则闻讯感书、隐的含蓄，这明显由于避居杭州离开政治斗争漩涡的缘故。

过义乌

骆丞草檄气堂堂，杀敌宗爷更激昂。
别有风怀忘不得，夕阳红树照乌伤。

赏析：

此诗写于 1933 年 11 月，录自《郁达夫诗全编》。当时，作者应杭州铁路车务主任曾荫千之邀，乘车游览浙东名胜，后写成《杭江小历纪程》。此诗即乘车经过义乌时倚车窗吟成。

"骆丞"二句，骆丞，即唐代文学家骆宾王，因曾任临海丞，故称。后随徐敬业起兵反对武则天，并草《讨武曌檄》，显得正气堂堂，失败后下狱。宗爷，即南宋抗金名将宗泽。《宋史·宗泽传》："泽威声日著，北方闻其名，常尊惮之，对南人言，必曰宗爷爷。"宗泽上阵杀敌更加激昂。

"别有"二句，风怀，即风情，清朱彝尊有《风怀诗二百韵》。乌伤，作者原注："骆宾王、宗泽都是义乌人，而义乌、金华一代系古乌伤地，是由秦孝子颜乌的传说而来的地名。"诗句意谓，不要因为别有爱慕的情怀而忘记上述历史人物，眼前的夕阳红树映照义乌。

此系作者乘车途径义乌的即兴之作，却能紧扣当地历史与人事风物。虚实结合，自成佳作。

三月初九过岳王墓下改旧作

凭眺湖山日又曛，回车来拜大王坟。
虫沙早已丧三镇，猿鹤何堪张一军。
河朔奇勋归魏绛，江南朝议薄刘黄。
可怜五百男儿血，空化田横岛上云。

赏析：

此诗写于 1934 年 4 月，录自《郁达夫诗全编》。三月初九，系农历，实为 4 月 22 日。当时作者正经过岳王墓，感慨时事而作此诗。其时正值日本帝国主义者推行蚕食政策，我国华北危在旦夕。冯玉祥、吉鸿昌、方振武等组成抗日同盟军，屡创入侵察哈尔的日本侵略军，终因日军及蒋介石军队的夹击而失败。这里"改旧作"，指写于 1932 年 10 月的《过岳坟有感时事》。

首联言日暮来拜岳王坟。日又曛（xūn），曛为日没时的余光，这里指日暮、黄昏。大王坟，即岳坟。岳飞死后被追封为鄂王，墓碑上刻有"宋岳鄂王墓"五字。诗句意谓，从高处眺望杭州湖山也已日暮，我回车来拜岳王的坟墓。

颔联言如今国土沦丧，何堪再张设一军。虫沙、猿鹤，典出葛洪《抱朴子》："周穆王南征，一军皆化，君子为猿为鹤，小人为虫为沙。"指因作战而牺牲的将士。丧三镇，公元 1126 年金兵渡河进犯汴京，宋割太原、中山、河间三镇。这里指 1931 年"九一八"事变后东北三省沦陷的事实。张一军，语见龚自珍《己亥杂诗》二四一："少年尊隐有高文，猿鹤真堪张一军。"这里指岳家军，因内奸破坏而失败。诗句意谓，多少将士为国捐躯，而今已丧三镇，因此何堪再张设一军。

颈联以古喻今，指责国民党政府执行不抵抗政策。河朔，泛指黄河以北地区。春秋时晋国地当河朔。魏绛，为晋国大夫，力主与诸戎议和。刘蕡（fén），唐代志士，应贤良对策，直陈时弊，极言宦官误国，故遭宦官打击。江南朝议，南京在江南，指南京政府的舆论。诗句意谓，当今丧权失地应归于"魏绛"之流的努力，而江南朝议（政府舆论）竟然鄙薄忠贞爱国之士。

尾联暗喻北方抗日健儿的浴血奋战。田横，本齐国贵族，秦末从兄田儋起兵，重建齐国。楚汉战争中自立为齐王。刘邦消灭项羽后，田横率部避居海岛，刘邦称帝后召田横入见，田横不愿受降，在途中自杀，其部众五百人亦慕义自杀于岛上。诗句意谓，可怜五百男儿鲜血，空自化为田横岛上的红云。这里意在悼念北方抗日同盟军的健儿。

此系感时伤世之作，以古喻今，用典贴切。奇勋归魏绛、朝议薄刘蕡、田横岛上云，寓意明显，富于战斗色彩。作为一首七言律诗，对仗工稳，格律谨严，实为上乘之作。

乙亥元日读《龙川文集》暮登吴山

大地春风十万家，偏安原不损繁华。
输降表已传关外，册帝文应出海涯。
北阙三书终失策，暮年一第亦微瑕。
千秋论定陈同甫，气壮词雄节较差。

赏析：

此诗写于 1935 年 2 月，录自《郁达夫诗全编》。诗题亦作《乙亥元日读〈陈龙川集〉有感时事》。乙亥，农历乙亥为 1935 年。元日，即正月初一。《龙川文集》，为南宋政论家陈亮的文集。陈亮字同甫，浙江永康人，人称龙川先生。平生力主抗金，具有爱国精神。吴山，亦称城隍山，在西湖东南。作者有感时事而作此诗。

首联言南宋偏安江南一隅原未损杭州的繁华。十万家，柳永《望海潮·钱塘》："烟柳画桥，风帘翠幕，参差十万人家。"偏安，指南宋王朝偏安江南，据守半壁江山。暗喻我国当时部分国土沦丧的现状。

　　颔联明写南宋往事，实为以古喻今。输降表，即献降的表章。册帝文，册立为帝的文书。指我国东北三省已沦陷，溥仪成了"满洲国"的皇帝。"出海涯"一语指日本帝国主义者。

　　颈联写陈亮生平两件大事，"北阙三书"与"暮年一第"。北阙（què），古代宫殿北面的门楼，为朝廷大臣等候朝见或上书奏事之处。陈亮在宋孝宗淳熙五年，曾至京师向皇帝连上三份奏章，虽引起朝廷震动却未能起到什么作用。暮年一第，陈亮于光宗绍熙四年，五十一岁时应进士试，擢为第一，授签书建康府判官，未赴任而卒。作者认为，陈亮一生反对"议和"，力主抗金，且多次被捕入狱，但"暮年一第"仍属微有瑕疵之举。诗句意谓，陈亮一生中"北阙三书"最终依然失策，而"暮年一第"亦属白璧微瑕。

　　尾联对于陈亮作出总体评价。诗句意谓，既充分肯定，对陈同甫可以千秋论定；又提出批评，因为他文虽气壮词雄却节操较差。

　　此诗作为有感时事的咏史之作，以古喻今，针对现实，显示出投身抗日救亡的文化战士的本色。诗中对于陈亮评价似有偏颇之处，指出"暮年一第亦微瑕"尚可，而结语"气壮词雄节较差"未免言重，因为白璧微瑕与气节较差是不能等同的。此诗尾联亦作"晚来也上吴山顶，只是斜阳浴乱鸦"，与诗题更为吻合。

读郭沫若氏谈话纪事后作（二首）

募寒衣

洞庭木落雁南飞，血战初酣马正肥。

江上征人三百万，秋来谁与寄寒衣？

前线不见文人

文人几个是男儿，古训宁忘革裹尸。

谁继南塘征战迹？二重桥上看降旗。

赏析：

这二首诗写于 1938 年 9 月，录自《郁达夫诗全编》。当时，作者应郭沫若之邀赴武汉后，同在军委政治部第三厅任职。是年秋，郭沫若自长江前线归来与作者"谈及寒衣与文人少在前线事"时即兴而作。

第一首《募寒衣》表现作者对抗战前线将士的关注。

"洞庭"二句，洞庭木落，屈原《九歌·湘夫人》："袅袅兮秋风，洞庭波兮木叶下。"血战初酣，1938年8月底以后，中国军队在以武汉为中心的长江两岸广大地区与数十万日军展开会战，战事十分激烈。马正肥，旧时北方少数民族入侵中原常在秋季草肥马壮之时，这里借指日寇入侵。诗句意谓，洞庭木落，北雁南飞，已进入深秋季节，我国军队正与南下的日军浴血奋战，十分激烈。

"江上"二句，征人，旧指远行或出征的人。此处指抗日将士。诗句意谓，长江两岸有几百万抗日将士，到了秋季谁会给他们寄来寒衣？

第二首《前线不见文人》，作者在发出感叹的同时，发出对抗日名将的呼唤。

"文人"二句，革裹尸，典出《后汉书·马援传》："男儿要当死于边野，以马革裹尸还葬耳，何能卧床上在儿女子手中耶？"诗句意谓，文人有几个是真正的男儿，难道忘记古人马革裹尸的遗训么？即应为国家做出最大的牺牲。

"谁继"二句，南塘，即明代抗倭名将戚继光，字元敬，号南塘。戚家军为当时的抗倭主力，在抵抗东南沿海倭寇方面战功卓著。二重桥，指日本皇宫前的御河桥。诗句意谓，谁能继承当年抗倭名将戚继光的武功与战迹，把日本侵略者赶出去，在东京皇宫外的御河桥上看到他们投降的旗帜。

抗日战争全面爆发后，在日本侵略者气焰嚣张、"亡国论"与"投降论"甚嚣尘上的时候，作者能写出这样充满抗战激情的诗篇实属难能可贵。诗中既写出当时国统区抗战不力的具体表现，又对抗战充满必胜的信心。

乱离杂诗（十二首选五）

一

又见名城作战场，势危累卵溃南疆。

空梁王谢迷飞燕，海市楼台咒夕阳。

纵欲穷荒求玉杵，可能苦渴得琼浆？
石壕村与长生殿，一例钗分惹恨长。

二

避地真同小隐居，江村景色画难如。
两川明镜蒸春梦，一棹烟波识老渔。
今日岂知明日事，老年反读少年书。
闲来蛮语从新学，娵隅清池记鲤鱼。

三

多谢陈蕃扫榻迎，欲留无计又西征。
偶攀红豆来南国，为访云英上玉京。
细雨蒲帆游子泪，春风杨柳故园情。
河山两戒重光日，约取金门海上盟。

四

飘零琴剑下巴东，未必蓬山有路通。
乱世桃源非乐土，炎荒草泽尽英雄。
牵情儿女风前烛，草檄书生梦里功。
便欲扬帆从此去，长天渺渺一征鸿。

五

草木风声势未安，孤舟惶恐再经滩。
地名末旦埋踪易，楫指中流转道难。
天意似将颁大任，微躯何厌忍饥寒？
长歌正气重来读，我比前贤路已宽。

赏析：

这一组诗写于1942年春，录自《郁达夫诗全编》。1941年12月，太平洋战争爆发，日本军队攻陷马来西亚。不久又从马来西亚北部分两路进攻新加坡。1942年2月4日，正在新加坡主持《星洲日报》副刊的郁达夫被迫同一批华侨文化人撤离星洲，渡过马六甲海峡到达荷属苏门答腊，后几经周折潜居保东村。潜居期间日赋一诗，可惜多已散佚，今仅存十二首。现录其中五首。

第一首在反映新加坡战争形势的同时，抒发自身特有的经历与感受。

"又见"二句，势危累卵，汉枚乘《上书谏吴王》："必若所欲为，危于累卵，难于上天。"言其形势像累起来的蛋，形容危险到极点。南疆，即马来群岛，俗称南洋群岛。诗句意谓，又见新加坡这一著名的港口城市作为战场，整个南洋群岛也危如累卵，即将崩溃。

"空梁"二句，王谢迷飞燕，刘禹锡《乌衣巷》："旧时王谢堂前燕，飞入寻常百姓家。"此处化用以表示战争带来的灾难。海市楼台，即海市蜃楼。《本草纲目·鳞部一》："（蜃）能呼气成楼台城郭之状，将雨即见，名蜃楼，亦曰海市。"为大气中由于光线的折射而形成的一种自然现象，常用来比喻虚无缥缈的事物。诗句意谓，新加坡的富贵人家已人去楼空一片冷落，人们面对海市蜃楼幻景诅咒夕阳，即对不义战争痛恨之极。

"纵欲"二句，据唐代传奇《裴航》，述唐长庆中，裴航经蓝桥驿，渴甚求浆。有老姬命云英擎一瓯浆来。裴航见一女子艳丽动人，欲娶为妻。后裴航按照要求，寻得玉杵并捣药百日，得以与云英成亲。这里以裴航遇仙的故事暗喻自己和李筱英的感情经历。

"石壕村"二句，清袁枚《马嵬》："莫唱当年长恨歌，人间亦自有银河。石壕村里夫妻别，泪比长生殿上多。"杜甫《石壕吏》记述战乱中抓丁不择男女老幼，故使老翁逾墙而逃，老姬则被迫往河阳服役。《长生殿》写唐明皇与杨贵妃在长生殿立誓世世为夫妇，而安史乱起，马嵬兵变，夫妇终成死别。钗分，古代男女别离时，分钗以为纪念。诗句意谓，石壕村中之翁媪与长生殿中之李杨，虽地位遭遇不同，但在战乱中夫妇离散一例相同。这里意在叹息与李筱英的分别。

第二首为思念祖国故土之作。

"避地"二句，指避难之地真同隐居一样，江村的景色比画还美。此系夸张之词，隐居地竟如同仙境一样。

"两川"二句，两川，避地的两条河流。蒸，热气上升。棹（zhào）本指船桨，代指小船。诗句意谓，两条河水如明镜一样能蒸腾一场春梦，一棹烟波认识我这个老渔翁。

"今日"二句，指今天不知明天会怎样，已经到了老年反倒读起少年的书。

"闲来"二句，蛮语，本指我国南方少数民族语言，这里指避居之地的印度尼西亚语。娵（jū）隅，鱼的别称。《世说新语·排调》："（郝隆）揽笔便作一句云：'娵隅跃清池。'桓问娵隅为何物。答曰：'蛮名鱼为娵隅。'"诗句意谓，闲来无事重新学起蛮语，记住娵隅清池是鲤鱼。实即为了与当地人交往，不得不从头学起当地的语言。

第三首表达对于保东村居亭主人的感激之情，进而抒发对抗日战争的必胜信念。

"多谢"二句，陈蕃，《后汉书·徐稚传》："陈蕃为太守，……在郡不接宾客，为稚来特设一榻，去则悬之。"这里指居亭主人侨商陈仲培，感谢他能扫榻相迎，可是欲留无计又要西征。指保东村风声亦紧，又要向西转移到十里外的滨海小村。

"偶攀"二句，红豆，又称相思子，指李筱英。云英，唐代传奇中的人物，裴航之妻。裴航有诗曰："一饮琼浆百感生，玄霜捣尽见云英。蓝桥便是神仙窟，何必崎岖上玉京。"诗句意谓，偶与李筱英结识而来南国，为访云英（李筱英）上巴城（李筱英所在地）。

"细雨"二句，蒲帆，用香蒲织成的船帆。故园情，李白《春夜洛城闻笛》："此夜曲中闻折柳，何人不起故园情。"诗句意谓，细雨之中行船游子含泪，春风杨柳引起怀念故国之情。

"河山"二句，河山两戒，典出《新唐书·天文志》，此处指被日寇控制占领的祖国内地和南洋群岛。金门，陈仲培为福建金门人。诗句意谓，等待祖国内地与南洋群岛日月重光之日，相约抗战胜利后在金门的海上见面。

第四首表现将欲离去的哀戚之情。

"飘零"二句，琴剑，为古代文人随身之物。巴东，印度尼西亚地名，在苏门答腊岛上。蓬山，即蓬莱，这里喻指安全之地。诗句意谓，四海飘零的文人将下巴东，那里未必就是安全之地。

"乱世"二句，桃源，本指陶渊明笔下的世外桃源，这里喻指保东村。炎荒草泽，指南洋边远之地。诗句意谓，处于乱世保东这个世外桃源也并非乐土，而炎荒草泽之地尽出英雄，这里指同时流亡苏岛的胡愈之、王任叔等一批进步文化人。

"牵情"二句，草檄书生，建安文人陈琳、阮瑀曾为曹操军中书檄，成为后世文人从军立功的典型。作者亦在写作宣传抗日文章，遂以"草橇书生"自况。诗句意谓,如今牵情国内儿女的自己成了风前之烛,随时可能熄灭,草橇书生意气竟成梦中之功。

"便欲"二句,渺渺,遥远的样子。征鸿,远飞的大雁。诗句意谓,便欲扬帆从此而去,将成为长空远处一只飞行的大雁。

第五首为迄今发现的"乱离杂诗"中的最后一首,能够显示作者流亡途中的浩然正气与凌云壮志。作者既以孟子的名言为鞭策,又以文天祥及其名篇为楷模,思想与艺术均属上乘。

"草木"二句,草木风声,即草木皆兵与风声鹤唳,二者均为极度惊恐时的心理状态。惶恐滩,位于江西赣县章水、贡水合流处,为急流险滩。文天祥《过零丁洋》:"惶恐滩头说惶恐,零丁洋里叹零丁。"诗句意在说明当时局势危急,人心惶惶。

"地名"二句,末旦,印度尼西亚苏岛地名,作者去卜干峇鲁途中曾泊舟于此。楫指中流,意同"中流击楫"。诗句意谓,而今想在末旦隐埋踪迹容易,要想中流击楫转道前方却难。

"天意"二句,颂大任,《孟子·告子下》:"故天将降大任于斯人也,必先苦其心志,劳其筋骨,饿其体肤,……"诗句意谓,天意似乎要降大任于我,个人微躯(身体)何厌忍受饥寒?即为了抗日救亡甘愿忍受身心折磨之苦。

"长歌"二句,长歌正气,指文天祥《正气歌》。这首长诗热情歌颂了许多在艰危中保持高尚气节的先贤,表明自己坚强不屈的战斗意志。诗句意谓,我重新来读文天祥的《正气歌》,深感比起前贤,我的道路还很宽。此指当年文天祥已被拘入元人的土牢中,如今自己虽身处流亡途中,两相比较仍属"路已宽"。

这组《乱离杂诗》记述作者抗日战争后期流亡海外在苏门答腊躲避战难的一段生活经历。个人遭际艰苦备尝,而诗作风格沉郁悲壮。此类诗篇,既可以视为"自传",亦可作为"诗史"。

胡迈来诗,会有所感,步韵以答

> 故人横海寄诗来,辞比江南赋更哀。
> 旧梦忆同蕉下鹿,此身真是劫余灰。
> 欢联白社居千日,泪洒新亭酒一杯。

衰朽自怜刘越石，只今起舞要鸡催。

赏析：

此诗写于 1944 年，录自《郁达夫诗全编》。作者时在苏门答腊，此系胡迈寄来七言律诗的步韵（依韵奉和）之作。胡迈原诗《闻达夫在苏岛诗以寄之》："铁马金戈动地来，仓皇烽火出亡哀。悠悠生死经年别，莽莽风尘万念灰。天外故人差幸健，愁中浊酒且添杯。今宵愿有慈亲梦，吩咐晨鸡莫乱催。"

"故人"二句，横海，横越海上。江南赋，指庾信《哀江南赋》。诗句意谓，老友横越海上寄书而来，其辞比庾信《哀江南赋》更为哀伤。

"旧梦"二句，蕉下鹿，《列子·周穆王》："郑人有薪于野者，遇骇鹿，御以击之，毙之。恐人见之也，遽而藏诸隍中，覆之以蕉，不胜其喜。俄而遗其所藏之处，遂以为梦焉。"后用来比喻人世真假杂陈，得失无常。劫余灰，即劫火之余灰。典出《高僧传·竺法兰》。诗句意谓，旧梦忆同蕉下之鹿，亦已得失无常，此身真如劫后余灰一样。

"欢联"二句，白社，地名，在洛阳故城建春门东。典出《抱朴子·杂应》，后人称隐士所居为白社。这里指白燕社，为星洲日报高级职员的俱乐部。郁达夫与胡迈在星洲日报共事三年，常在此聚会，故言"联欢居千日"。泪洒新亭，典出《世说新语·言语》："过江诸人，每至美日，辄相邀新亭，藉卉饮宴。周侯中坐而叹曰：'风景不殊，正自有山河之异！'皆相视流泪。唯王丞相愀然变色曰：'当共戮力王室，克复神州，何至作楚囚相对！'"这里以晋时中原沦落暗喻抗日战争时期日寇侵华、国土沦丧，以致与友人泪洒新亭。

"衰朽"二句，刘越石，即刘琨。《晋书·祖逖传》："与司空刘琨俱为司州主簿，情好绸缪，共被同寝。中夜闻鸡鸣，蹴琨觉曰：'此非恶声也！'因起舞。"诗句意谓，我自己虽有刘越石的壮志却身已衰老，要有鸡鸣之声催我方能起舞。

此诗写于遇害之前不久，显得情真词切，悲壮苍凉。"衰朽自怜刘越石，只今起舞要鸡催。"虽已"衰朽自怜"，仍思闻鸡起舞，可谓"烈士暮年，壮心不已"！

金缕曲

寄北京丁巽甫、杨金甫，仿顾梁汾寄吴季子。

兄等平安否？记离时，都门击筑，汉皋赌酒。别后光阴驹过隙，又是一年将旧。怕说与"新来病瘦！"我自无能甘命薄，最伤心，母老妻儿幼。身后事，赖良友。

半生积贮风双袖。悔当初，千金买笑，量珠论斗。往日牢骚今懒发，发了还愁丢丑。且莫问"文章可有？"即使续成《秋柳》稿，语荒唐，要被万人咒。言不尽，弟顿首。

赏析：

此词写于 1925 年冬，录自《郁达夫诗全编》。当时，作者因肺病复发自上海返回杭州疗养。北京友人丁巽甫、杨金甫写信为《现代评论》向作者约稿。作者病中正在读清初词人顾贞观（梁汾）的《弹指集》，便模仿顾梁汾给吴汉槎作的《金缕曲》，以词代信，回复他们。金缕曲，词牌名，亦名《贺新郎》。吴季子，即吴汉槎，他在兄弟中最幼，故称季子。清顺治十五年，吴汉槎受江南科场案牵连流徙宁古塔，顾贞观有感于挚友无辜受累，遂作《金缕曲》二首表达自己的思念与同情。

上阕回顾与丁、杨二人的友谊，然后叙写自己病中的境况。

"兄弟"四句，都门击筑，典出《史记·刺客列传》："荆轲嗜酒，日与狗屠及高渐离饮于燕市。酒酣以往，高渐离击筑，荆轲和而歌于市中，相乐也，已而相泣，旁若无人。"这里记录昔日与丁巽甫在北京欢会之事。汉皋赌酒，汉皋即汉水之滨，指武汉。杨金甫与作者曾在武昌师范大学同事，故赌酒系当年事。

"别后"四句，光阴驹过隙，《庄子·知北游》："人生天地之间，如白驹之过隙，忽然而已。"词句意谓，别后时光飞逝，又是一年将要过去，怕告诉友人自己"新来病瘦"！

"我自"五句，意为我自无能甘心命薄，最担心的是母亲年老妻儿尚幼，身后之事只有依靠老朋友了。

下阕说明自己贫病交加，暂时没有文章。

"半生"六句，风双袖，即"两袖清风"，极言清贫。千金买笑，王僧孺《咏宠姬》："再顾连城易，一笑千金买。"量珠论斗，刘禹锡《秦娘歌》："斗量明珠鸟传意，绀帻迎入专城居。"词句意谓，半生的积聚贮蓄依然两袖清风，后悔当初千金买笑，斗量明珠。往日牢骚今已懒发，发了还担心自己丢丑。

"且莫问"七句，作者原注："二君当时催我寄稿于《现代评论》。"《秋柳》稿，指作者的小说《秋柳》，是《茫茫夜》的续篇，发表于1924年12月《晨报副刊》。词句意谓，且莫问我"文章可有"？即便续写成了《秋柳》小说的文稿，因为语言荒唐也要被万人咒骂，言不尽意，小弟顿首（磕头）。

这是一首大体采用口语且以书信形式写成的白话词。在清人顾梁汾《金缕曲》寄吴季子的基础上又前进了一步，实属词体解放的产物，可谓别具一格。

风流子
三十初度

小丑又登场。大家起，为我举离觞。想此夕清樽，千金难买；他年回忆，未免神伤。最好是，题诗各一首，写字两三行。踏雪鸿踪，印成指爪；落花水面，留住文章。

明朝三十一。数从前事业，羞煞潘郎。只几篇小说，两鬓青霜。谅今后生涯，也长碌碌；老奴故态，不敢伴狂。君等若来劝酒，醉死无妨。

赏析：

此词写于1926年12月，录自《郁达夫诗全编》。风流子，词牌名，又名《内家娇》，本唐教坊曲名。双调一百十字，平韵。初度，原指初生之时，屈原《离骚》："皇览揆余初度兮，肇锡余以嘉名。"后称生日为初度。1926年12月7日，为郁达夫三十岁生日。当时，作者辞去中山大学教授之职，将回上海筹建创造社出版部。成仿吾等人为作者置酒送行兼庆祝三十岁生日。作者在宴会上朗读此词。

上阕写友人为自己庆贺生日及自己的内心感受。

"小丑"句，作者原注："小丑登场事见旧作《十一月初三》小说中。"这篇小说写于 1928 年 12 月,《风流子·三十初度》写于 1932 年 12 月,故言"小丑又登场"。

"大家起"六句,离觞,觞为盛酒的杯,这里指送别的酒宴。清樽,樽为酒杯,指酒清醇,杯雅致。词句意谓,大家站起为我举起送别的酒杯,想今晚清樽美酒千金难买,他年回忆起来,未免让人神伤。

"最好是"七句,踏雪鸿踪,苏轼《和子由渑池怀旧》:"人生到处知何似,应似飞鸿踏雪泥。泥上偶然留指爪,鸿飞那复计东西。"后用来比喻往事留下的痕迹。落花水面,意同流水落花,用凋落的花瓣随流水漂去比喻春光或青春易逝。词句意谓,现在最好是,各人题诗一首,写字两三行。这样可以像飞鸿(大雁)踏雪印成指爪的痕迹,像落花水面留住文章。

下阕既追忆过去,深感内疚与不满,又展望未来,却依然觉得前途渺茫。

"明朝"五句,潘郎,即晋代文学家潘岳,三十二岁时即鬓生白发。潘岳《秋兴赋序》:"晋十有四年,余春秋三十有二,始见二毛。"作者年三十而两鬓青霜,故以自况。老奴故态,老奴为作者自称,指自己的老模样。佯狂,假装疯癫。杜甫《不见》:"不见李生久,佯狂真可哀。"词句意谓,谅今后的生活,也长碌碌无为。老奴自当一如既往,不改佯狂故态。你们若来劝酒,我醉死亦无妨。

这首词与之前所作小说《十一月初三》一样,内容都是作者对自己坎坷人生的感慨与无奈,因此具有一定的史料价值。此词用语文白相间,雅俗共赏,给人亲切质朴之感。

扬州慢

寄映霞

客里光阴,黄梅天气,孤灯照断深宵。记春游当日,尽湖上逍遥。自车向离亭别后,冷吟闲醉,多少无聊!况此际,征帆待发,大海船招。

相思已苦,更愁予,身世萧条。恨司马家贫,江郎才尽,李广难朝。却喜君心坚洁,情深处,够我魂销。叫真真画里,商量供幅生绡。

赏析:

此词写于 1927 年 7 月，录自《郁达夫诗全编》。当时，作者与王映霞正在热恋中，因为工作关系，一个在上海，一个在嘉兴，只有靠经常通信来表达相思之情。这首词附在信中寄给王映霞。扬州慢，词牌名，为南宋词人姜夔创制。双调九十八字，平韵。王映霞，浙江杭州人。1927 年初与作者相识，继而恋爱结婚，育有四子。1940 年与作者协议离婚。

上阕所写虽然也有湖上春游时的幸福与快乐，但更多的是离别之后的相思与痛苦，更企盼"征帆待发"，早日结为伉俪。

"客里"五句，客里，作者当时住在上海创造社出版部，有客居之感，故称"客里光阴"。黄梅，梅子熟时呈黄色，此时多雨，故称梅雨天气。"孤灯"句，深夜只有孤灯相陪。春游，据《闲情日记》载，作者当时曾回杭州，与王映霞及其家人同游西湖，在"湖上逍遥"。

"自车"六句，离亭，亭为设在路旁供人休息的建筑物，这里指长亭分别。征帆，指远行的船。词句意谓，自乘车在十里长亭别后，冷时吟咏，闲时醉酒，多么无聊。何况此时远行的船有待出发，计划从水路去北京或日本举行婚礼。

下阕在倾诉相思之苦的同时，感叹自己身世萧条，渴望早日成家以改变现状。

"相思"六句，司马，即西汉辞赋家司马相如。《汉书·司马相如传》："文君夜亡奔相如，相如与驰归成都，家徒四壁立。"江郎，即梁朝文学家江淹，少有文名，晚年文思渐衰。《南史·江淹传》："尝宿于冶亭，梦一丈夫自称郭璞，谓淹曰：'吾有笔在卿处多年，可以见还。'淹探怀中，得五色笔以授之。尔后为诗绝无佳句，时人谓之才尽。"李广，为西汉名将，一生与匈奴七十余战，军功卓著。部下以军功封侯者数十人，而李广终未得封侯。王勃《滕王阁序》："冯唐易老，李广难封。"诗中易"封"为"朝"，意在协韵。词句意谓，相思已经很苦，更愁自己身世萧条。只恨自己犹如司马相如那样家贫，江郎已经才尽，李广难以封侯。

"却喜"五句，魂销，亦作"销魂"，指为情所感若魂魄离散，言人极度悲伤或快乐。真真，画中仙女名，典出杜荀鹤《松窗杂记》。生绡，即用生丝织成的生肖画。词句意谓，却喜君心坚贞纯洁，情至深处使我为之魂销。叫住画中的仙女真真，商量着给我提供一幅生绡画像。

此词寄赠映霞，倾诉衷肠，情深意切。将热恋中男女的离情别绪写得淋漓尽致，不失为现代爱情诗词佳作。

采桑子
和蘅子先生

当年同是天涯客，故里来逢，奇事成重，乍见真疑在梦中。
谱翻白石清新句，爱说飘蓬，意淡情浓，可惜今宵没小红。

赏析：

此词写于 1934 年初夏，录自《郁达夫诗全编》。采桑子，词牌名，又名《丑奴儿》。双调四十四字，上、下阕句法字数相同，各四句，三平韵。蘅子，为作者友人。所作《采桑子》题为《与达夫君一别十年，近忽于无意中枉过，惊喜交集，畅叙之余，赋此为赠》，原词为："十年离乱音尘断，忽漫相逢。往事重重，犹在鲜明记忆中。人生踪迹知何在？似梗如蓬。酒冽烟浓，且染今朝醉颊红。"

上阕言与友人在故里重逢，惊喜交集，感慨系之。词句意谓，当年同是浪迹天涯的孤客，而今在故里（杭州）相逢，真是奇事重重，忽然相见真疑是在梦中。

下联言与友人相见的情景。白石，即南宋词人姜夔，号白石道人。飘蓬，蓬蒿遇风常被吹折离根，飞转不已。比喻漂泊不定的生活。小红，为南宋词人范成大的侍女。姜夔居石湖别墅，为范成大制《暗香》《疏影》两词。范为酬谢姜夔，遂以小红相赠。姜作《过垂虹桥》诗有"自作新词韵最娇，小红低唱我吹箫"句。词句意谓，友人依谱翻唱白石道人清新的词句，爱说当年漂泊不定生活的往事。如今赋词语意清淡而感情甚浓，可惜我却没有小红可以相赠。

此系词中小令，作者依友人原韵奉和，语短情长，耐人寻味。

减字木兰花
寄刘大杰

秋风老矣，正是江州司马泪。病酒伤时，休诵当年感事诗。
纷纷人世，我爱陶潜天下士。旧梦如烟，潦倒西湖一钓船。

赏析：

此词写于 1934 年 11 月，录自《郁达夫诗全编》。减字木兰花，词牌名。刘大杰，为郁达夫在武昌师范大学当文科教授时的学生，两人情兼师友，交谊甚深。1934 年 11 月，刘大杰已在上海复旦大学任教。作者身在杭州，抚今思昔，感慨良多，写了这首词寄给他。

上阕言秋日伤怀，感念往事。

"秋风"二句，秋风，李贺《金铜仙人辞汉歌》："茂陵刘郎秋风客。"此处暗以"刘郎"称对方。江州司马泪，白居易《琵琶行》："座中泣下谁最多，江州司马青衫湿。"词句意谓，秋风衰矣，正是江州司马落泪之时。

"病酒"二句，病酒，意为饮酒沉醉如病。感事诗，唐孟棨《本事诗》中有《感事》一卷，内容为对往事陈迹的感叹，这里以"感事诗"代指当年与刘大杰交往的旧事。词句意谓，饮酒沉醉与忧伤往事之时，不要诵读当年的感事诗。

下阕表示自己计划要隐居。

"纷纷"二句，陶潜，即东晋诗人陶渊明，曾为彭泽令，不久辞官归隐，以田园生活自适。词句意谓，在这纷扰混乱的人世，我爱陶渊明这样天下杰出的人士。

"旧梦"二句，西湖一钓船，古人常以"渔钓"表示隐居生活，当时作者从上海移家杭州，如同归隐一般，故以"西湖一钓船"写自己的现实处境。词句意谓，旧梦已如烟雾散去，如今已成西湖船上潦倒的垂钓之人。

此词写于移家杭州之后，意在向友人倾诉抑郁难解之情。"旧梦如烟，潦倒西湖一钓船。"已将作者当时的处境与心境表露无遗。

西江月

昔日章台弱柳，今日南国佳人。鸳鸯乱点谱翻新，太守名乔姓沈。

红烛两行几对，春宵一刻千金。婚姻何必定条陈，缛礼繁文好省。

赏析：

此词写于 1935 年 3 月，录自《郁达夫诗全编》。西江月，词牌名。词前有序："白话词一首贺救济院举办之集团婚礼。"当时，杭州救济院举行集体婚礼。作者应救济院院长沈尔乔（麐父）之邀，赋此词以贺。另附短简："麐父先生：应命把一首山歌做出来了，你看可要得？"

上阕赞赏友人似当年"乱点鸳鸯谱"的乔太守，促成救济院不少青年的婚事。

"昔日"二句，章台弱柳，孟棨《本事诗》载，唐韩翃天宝末得名妓柳氏，后因社会动乱离散，翃作诗寄柳曰："章台柳，章台柳，往日青青今在否？纵使长条似旧垂，亦应攀折他人手。"因杭州救济院此次结婚之新娘多为济良所（救济院附属机构）收容的从良妓女，故以"章台弱女"喻之。意为昔日章台弱柳，如今成为南国（南方）佳人。

"鸳鸯"二句，典出明代冯梦龙《醒世恒言·乔太守乱点鸳鸯谱》，比喻意外姻缘。词句意谓，如今乱点鸳鸯谱已翻新，这位太守姓沈名乔。

下阕肯定集团婚礼移风易俗、简朴可行。春宵，春天的夜晚。苏轼《春宵》："春宵一刻值千金，花有清香月有阴。"条陈，分条陈述。褥（rù），烦琐。褥礼繁文，指烦琐的仪式或礼节。词句意谓，集团结婚的喜庆场面，两行红烛几对新人，需知春宵一刻值千金，婚姻何必订立种种条陈，那些烦琐的仪式和礼节完全可以省掉。

这首《西江月》词近于白话，雅俗共赏，亦庄亦谐。紧扣集团婚礼主旨，点明人事情境，可见作者艺术功力。

满江红
闽于山戚继光祠题壁，用岳武穆韵

三百年来，我华夏，威风久歇。有几个，如公成就，丰功伟烈。拔剑光寒倭寇胆，拨云手指天心月。到于今，遗饼纪征东，民怀切。

会稽耻，终当雪；楚三户，教秦灭。愿英灵，永保金瓯无缺。台畔班师酣醉石，亭边思子悲啼血。向长空，洒泪酹千杯，蓬莱阙。

赏析：

此词写于 1936 年，录自《郁达夫诗全编》。满江红，词牌名。双调九十三字，上阕八句，四仄韵，四十七字；下阕十句，五仄韵，四十六字。一般用入声，音节高亢，宜于抒发激越豪壮或悲壮苍凉的感情。闽，福建省的简称。于山，亦名九仙山，在福州市中心区，上有明代抗倭名将戚继光祠。岳武穆，南宋抗金名将岳飞遇害后，孝宗时谥武穆，故称岳武穆。1936 年间，福州于山的戚继光祠新修落成，于社同仁广泛征求纪念文字，作者应约用岳飞《满江红》原韵写此词，以供题于壁上。

上阕盛赞明代抗倭名将戚继光的丰功伟绩。

"三百"六句，华夏，我国的古称。丰功伟烈，意同"丰功伟绩"，伟大的功勋和业绩。词句意谓，三百年来，我中华威风久已衰歇，有几个人能像戚继光那样建立伟大的功勋和业绩。

"拔剑"五句，倭寇，14—16 世纪屡次骚扰、抢劫朝鲜和我国领海的日本海盗。遗饼，作者自注："民间流行之光饼，即戚继光平倭寇时制以代糇粮者。"征东，指抗倭名将戚继光率军东征，消除东南沿海倭患。词句意谓，戚继光拔出手中的宝剑让倭寇胆寒，拨开云雾手指天心明月，到如今谈起流传于民间的光饼所记述的东征岁月，人民还会深切地怀念。

下阕愿英灵永保华夏金瓯无缺。

"会稽"六句，会稽耻，典出《史记·越王世家》，春秋时吴国与越国交战，越王勾践兵败后被围困于会稽，终成阶下之囚。楚三户，典出《史记·项羽本纪》："故楚南公曰：'楚虽三户，亡秦必楚也！'"后用"三户亡秦"来形容只要充满信心，弱国也能战胜强国。金瓯无缺，典出《梁书·侯景传》："（武帝）曾夜出视事，至武德阁，独言：'我国家犹若金瓯，无一伤缺，今便受地，讵是事宜，脱致纷纭，非可悔也。'"比喻国家领土完整无缺。词句意谓，会稽之耻，终当洗雪，楚虽三户，终教秦灭。愿戚继光的英灵永远保佑我们国家完整无缺。

"台畔"五句，台，指平远台，在戚公祠厅前。相传戚继光大败倭寇后，曾宴请将士于此。厅东侧有一石如榻，上镌"醉石"，相传为戚公醉卧处。亭边思子，指思儿亭，戚继光为严肃军纪，曾辕门斩子。酹，洒酒于地表示祭奠或立誓。蓬莱阙，指蓬莱阁，戚是山东蓬莱人，于山戚公祠有蓬莱阁。词句意谓，当年平倭胜利班师曾在平远台畔宴请将士，自己亦曾酣醉卧在东厢石上。为了严肃军纪，辕门斩子，曾在亭边因思子而悲伤啼血，向长空洒泪酹酒千杯，面对蓬莱阙下。

此词用岳武穆韵为福建于山戚继光祠题壁，高度评价明代抗倭名将戚继光的丰功伟绩，并愿戚公英灵永保我国金瓯无缺。当时正处抗日救亡运动高潮中，有其特殊的现实意义。

贺新郎

忧患余生矣！纵齐倾钱塘潮水，奇羞难洗。欲返江东无面目，曳尾涂中当死。耻说与，衡门墙茨。亲见桑中遗芍药，学青盲，假作痴聋耳。姑忍辱，毋多事。

匈奴未灭家何恃？且由他，莺莺燕燕，私欢弥子。留取吴钩拚大敌，宝剑岂能轻试？歼小丑，自然容易。别有戴天仇恨在，国倘亡，妻妾宁非妓？先逐寇，再驱雉。

赏析：

此词写于 1938 年冬，录自《郁达夫诗全编》。贺新郎，词牌名，又名《贺新凉》、《金缕曲》。双调一百十六字，上下阕各十句，六仄韵。作者原注："许君究竟是我的朋友，他奸淫了我的妻子，自然比敌寇来奸淫要强得多。并且大难当前，这些个人小事，亦只能暂时搁起，要紧的，还是在为我们的民族复仇！"这一段话必须联系整个《毁家诗纪》组诗方能理解。《毁家诗纪》包括"诗十九首，词一首"。作者通过这些诗词与注文，详细记述了自己与妻子王映霞婚变的过程。究其原因，乃是国民党政府浙江省教育厅厅长许绍棣勾引王映霞之故，即本词注文中所言"许君究竟是我的朋友，他奸淫了我的妻子"。作者由此而抒发了自己的愤懑之情与理性思考。

上阕着重写家庭被毁的羞辱与悲愤。

"忧患"五句，欲返江东无面目，《史记·项羽本纪》："项王笑曰：'籍与江东子弟八千人，渡江而西，今无一人还，纵江东父老怜而王我，我何以面目见之？'"曳尾涂中，《庄子·秋水》："吾闻楚有神龟，死已三千岁矣；王巾笥而藏之庙堂之上。此龟者，宁其死为留骨而贵乎！宁其生而曳尾于涂中乎？"词句意谓，我饱经忧患，余下的生命已经不多了，即使倾尽钱塘江的潮水，也洗不掉我的奇耻大辱。想回家乡却没有脸面去见父老乡亲，像乌龟那样拖着尾巴在泥水中游来游去，还不如死了干净。

"耻说"二句，衡门，横木为门，指居室简陋。墙茨，《诗·鄘风·墙有茨》："墙有茨，不可扫也。中冓有言，不可道也。所可道也，言之丑也。"此喻闺中淫乱。词句意谓，羞于开口啊，简陋的房屋，墙上全是防人的蒺藜，以保家中的丑事不会外扬。

"亲见"五句，桑中，桑林之中。《诗·鄘风·桑中》："期我乎桑中，要我乎上宫，送我乎淇之上矣。"后指男女私奔幽会之所。遗（wèi）芍药，《诗·郑风·溱洧》："维士与女，伊其相谑，赠之以芍药。"郑玄笺："士与女往观，因相与戏谑，行夫妇之事，其别，则送女以芍药，结恩情也。"青盲，即青光眼，一种严重的眼疾。词句意谓，我亲眼看到在桑林之中男女互赠芍药，索性学作盲人，又假作痴聋，姑且忍受耻辱，不要多事。

下阕实为作者对于家国之事的理性思考。

"匈奴"六句，《史记·卫将军骠骑列传》："天子为治第，令骠骑（霍去病）视之，对曰：'匈奴未灭，无以家为也。'"诗中以"匈奴"比喻日本帝国主义。莺莺燕燕，均为小鸟，指男女偷欢，有鄙视之意。弥子，即弥子瑕，春秋时卫灵公的嬖臣，以美色获宠。吴钩，古代吴地造的一种弯形的刀，后泛指锋利的刀剑。李贺《南园》："男儿何不带吴钩，收取关山五十州。"词句意谓，外寇尚未消灭，凭什么去治理家事？暂且由他去吧，像黄莺、家燕那么寻欢作乐。留着手中的宝剑与敌寇战斗，岂能随便在这种小人身上轻试？

"歼小丑"七句，戴天仇恨，《礼记·曲礼》："父之仇，弗与共戴天。"指与日本侵略者的深仇大恨。宁非妓，即怎能不作妓女，指难以保持节操。雉，《诗·邶风·雄雉》："雄雉于飞，泄泄其羽。我之怀矣，自诒伊阻。"诗序："雄雉，刺卫宣公也。淫乱不恤国事，军旅数起，大夫久役，男女怨旷，国人患之而作是诗。"以"雉"比喻许绍棣，讽其淫乱。词句意谓，歼灭这种小丑，自然容易，但另有不共戴天的深仇大恨在。倘若国家灭亡，妻妾怎能保持自己的节操？还是先驱逐外寇，然后再来收拾这种败类吧。

这是《毁家诗纪》组诗中唯一的一首词，词的内涵极其丰富，既有自身受辱、家亦被毁的感情宣泄，更有国难当前先公后私的理性思考。词的下阕尤为突出，"匈奴未灭家何恃？""留取吴钩拼大敌，宝剑岂能轻

试?""国倘亡，妻妾宁非妓？"这些看似平常的问句，实为作者深明大义
的理性判断。结句"先逐寇，再驱雉"，更将这种理性思考推向抗日战士
的高度。《贺新郎》词实为《毁家诗纪》的点睛之笔，也是这一组诗中的
扛鼎之作。

茅 盾

茅盾生平与诗词创作

茅盾（1896—1981），原名沈德鸿，字雁冰，笔名茅盾，浙江桐乡人。现代杰出小说家、散文家、文艺评论家。1913 年考入北京大学预科，1916 年预科毕业后进入上海商务印书馆编译所，从此走上文学道路。1920 年主编《小说月报》，发起组织文学研究会，倡导"为人生"的现实主义文学主张。1921 年 7 月中国共产党成立，由上海共产主义小组成员转为正式党员，一度从事政治活动。1925 年被选为出席广州国民党第二次代表大会代表。1926 年任国民党中央宣传部秘书，后赴武汉任中央军事政治学校政治教官、《民国日报》主编。1927 年大革命失败后与党组织失去联系，东渡日本，完成长篇小说《蚀》与《虹》的创作。1930 年回到上海，加入中国左翼作家联盟，任"左联"执行书记。1932 年出版长篇小说《子夜》，并陆续发表了《林家铺子》《春蚕》等中短篇小说，奠定了他在我国现代文学史上的重要地位。抗日战争和解放战争时期，辗转于武汉、香港、新疆、延安、重庆、上海等地，继续从事文学创作并参与领导文艺运动。新中国成立后，历任中国文联副主席、中国作家协会主席、文化部部长、全国政协副主席。1981 年因病逝世，中共中央根据他生前的要求决定恢复其中国共产党党籍，党龄从 1921 年算起。一生著述宏富，有三十八卷本《茅盾全集》传世。

茅盾一生到底写了多少诗词？《茅盾全集》第 10 卷共收录 144 首，应属目前较为完备的本子，但仍有不少诗词散佚在外。正如韦韬、陈小曼在《茅盾诗词集·后记》中所说："据父亲告诉我们：解放前他提倡新诗，旧体诗只是个人爱好，随写随丢，都散佚了。抗战时期，因与柳亚子先生等友人吟咏唱和，流传开去，才得稍有保存。我们希望今后还会搜集到父亲散佚的诗词。"笔者在教学与研究工作之余，相继发表《茅盾集外佚诗学习札记》《茅盾集外佚诗考释》，又得茅盾诗词（包括少数新诗与歌谣）26首，这样合计起来有170首左右。这些诗词作为茅盾文学创作的组成部分，理应引起我们足够的重视。

茅盾诗词在思想与艺术上均有自己的特色，主要表现在三个方面：现实主义的传统、严谨醇厚的诗风与多种多样的体式。

茅盾诗词始终坚持现实主义的战斗传统，从1927年所作《我们在月光底下缓步》，到1980年《怀老舍先生——为絜青夫人作》，时间长达半个世纪，无不生动记述了自己的生活和战斗历程，局部反映了我国各个历史时期的社会风貌。其中尤以抗战和"文化大革命"时期的诗词引人注目。如写于1941年的《渝桂道中口占》：

> 存亡关头逆流多，森严文网欲如何？
> 驱车我走天南道，万里江山一放歌。

此诗纯属纪实，直接反映国民党反动当局策动"皖南事变"，国统区文网森严，进步文化人撤离重庆的实况。它和《新疆杂咏》《题白杨图》《将赴重庆——赠陈此生伉俪》等二十余首诗词，均为作者辗转于武汉、香港、新疆、延安、桂林、重庆等地从事抗日救亡的斗争生活的缩影。他在文化大革命期间，作为文化部部长与全国政协副主席深受林彪、"四人帮"的迫害，被剥夺正常工作和写作的权利，只好将满腔郁结于胸的悲愤借助诗词写作加以宣泄。《偶成》《感事》《八十自述》《一剪梅·感怀》等三十余首诗词就是这一非常时期的产物。粉碎"四人帮"之后，这位文坛长者得以扬眉吐气，焕发青春，陆续写了五十余首诗词，庆祝粉碎"四人帮"这一伟大的历史性胜利，热情欢呼社会主义文艺春天的到来。我们通读茅盾写于各个历史时期的诗词，不难感受到这些诗词正是现实主义战斗传统的集中表现。

茅盾诗词严谨醇厚的诗风，首先表现在情真意挚，蕴藉含蓄。诗是一种抒情的艺术，茅盾诗词无论言志述怀，写景纪事还是应酬赠答，无不倾注真挚浓郁的感情。"落落人间啼笑寂，侧身北望思悠悠"（《无题》），抗战后期身居重庆，仍在思念延安；《国庆三十周年献词》《西江月·故乡新貌》《沁园春·为〈西湖揽胜〉作》等篇，热爱祖国与思念故乡之情溢于言表。我国传统诗论主张贵在含蓄，要求能用短小的篇幅表现丰富的思想内容。茅盾诗词,尤其是写于抗日战争和"文化大革命"期间的诗词更为深沉含蓄发人深思。写于四十年代初的《无题》《感怀》诸作,感时伤怀,沉郁顿挫;写于七十年代初的《读稼轩集》《一剪梅·感怀》等篇,悲歌慷慨,托寄遥深。作者或有难言之隐,或多言外之意,常常借助某种眼前的事物或意象来抒发内心愤懑不平的感情。作者严谨的诗风还表现在质朴无华,反复推敲。不少诗词似与读者促膝谈心,交流思想,给人无限亲切之感。如七律《奉和雪垠兄》:

> 壮志豪情未易摧,文坛飞将又来回。
> 频年考史拨迷雾,长日挥毫起迅雷。
> 锦绣罗胸仍待织,无情岁月莫相催。
> 高龄百廿君犹伴,贺酒料将过两台。

此诗写于 1977 年,对友人深情慰勉,感人至深。至于说到字斟句酌,反复推敲,《题高莽为我所画像》《读稼轩集》等更是其精益求精的范例。

茅盾诗词的艺术特色在于各体兼备,形式多样。大而言之,有现代新诗、旧体诗词、民间歌谣、歌词创作。旧体诗词部分,又有古风、律诗、绝句、长调、小令。按句式则有四言、五言、七言、杂言、长短句。更为值得注意的是,不仅各体兼备,而且因歌择调。正如他在《关于田间的诗》一文中所说:"诗人的特点之一,是他唱的什么歌(这里主要指内容),不能不有相应的和谐一致的什么调(这里主要指形式)。我请以词为例,李后主的词都是小令,这和他的内容是吻合的。如果要辛将军那样的上下古今、金戈铁马的内容牵就《虞美人》《浪淘沙》那样的词调,就将一无是处。"这是诗歌创作的经验之谈,作者根据特定内容与表达感情的需要,来确定艺术形式和表现手法。他的大部分言志述怀、抒情写意的作品,采用近体诗(律诗、绝句)或长短句(词)的形式;而内容较多且有叙事成分的作品则采用古风或长篇歌行;还有一些篇章则从特定的内容与需要出发,采用现代诗歌与民间歌谣的形式。

茅盾诗词的不足之处在于,某些应酬赠答之作,即兴抒写,流于一般;少数趋时应景之作,如写于"大跃进"年代的《歌雄心更雄》,粉碎"四人帮"之后的《迅雷十月布昭苏》等篇,明显受到特定时期错误思潮的影响。这类诗词在正式编集时,或已删除,或加修订,却仍留有一定的痕迹。这些局部问题的存在，均属特定时代的产物，并不影响对于茅盾诗词的整体评价。

新疆杂咏（四首）

一

纷飞玉屑到帘枕，大地银铺一望中。
初试爬犁呼女伴，阿爹新买玉花骢。

二

晓来试马出南关，万树银花照两间。
昨夜挂枝劳玉手，藐姑仙子下天山。

三

博格达山高接天，云封雪锁自年年。
冰川寂寞群仙去，瘦骨黄冠灶断烟。

四

雪莲雪蛆今何在，剩有饕蚊逐队飞。
三伏月圆湖畔夜，高烧篝火御寒威。

赏析：

这四首诗写于 1939 年，录自《茅盾诗词集》。作者在新疆生活、工作了一年多，这段生活经历给他留下了颇为深刻的印象。回到国统区以后，不少友人常常询问新疆实况，于是作者写了一篇《新疆风土杂忆》。此文刊登在 1942 年《旅行杂志》第 9、10 期上，《新疆杂咏》四首即附在文内，成为文章的有机组成部分。

其一

《新疆杂咏》第一、第二首纪述新疆迪化的自然景物。

"纷飞"二句，玉屑，指雪花。帘枕，帘为布、竹等做成的遮蔽门窗之物，枕即窗上构成格子的木条或铁条。迪化冬天大雪纷飞，积雪难融，构成一片银白世界。

"初试"二句，爬犁，通称"雪橇"，可容二人，多驾以马。诗句意谓，维吾尔族的姑娘初试雪橇，呼唤身边的女伴，告诉她们阿爹给自己新买了玉花骢，即新疆产的毛色青白的良马。

其二

"晓来"二句，诗句意谓，清晨试马出了迪化南关，眼前出现一片奇观，道路两旁万树银花，光照天地之间。

"昨夜"二句，诗句借助艺术想象，点出"万树银花"生成的缘由。迪化冬季常有严霜，道旁树枝结上霜花，远望犹如盛开的花朵挂在枝头，俗称"挂枝"。还由此产生了神话，据说天山最高的博格达峰为神仙所居，有冰肌雪肤的藐姑仙子，为怜冬季大地萧条，百花皆隐，故时常把晶莹的霜花挂在枝头。

其三

诗的第三、第四首，并非作者亲见，而是根据作者的部分经历及友人的间接介绍写成。

"博格"二句，意谓博格达为天山最高峰，山腰有湖，因在雪线以下，夏季尚可登临。自此再上，则有万年雪封锁山道，其上覆有冰川。

"冰川"二句，黄冠，为道士束发之冠，其色尚黄，故曰黄冠，是道士的别称。在这云封雪锁的寂寞世界，就连群仙都要离去，只剩下几个瘦骨嶙峋的道士，他们的灶头也已断了炊烟。

其四

"雪莲"二句，雪莲，即雪莲花，生于高山积雪的岩缝之中。雪蛆，其大如蚕，体呈红色，可以入药。二者均为新疆天生的特产。此次友人登博格达，在山腰湖畔未见雪莲、雪蛆，唯蚊虫大而多，啮人如锥刺，故称"饕蚊"。

"三伏"二句，三伏，为一年中最炎热的时候。在博格达山腰湖畔，虽处盛夏，夜间仍冷，只有烧起几个火堆才能抵御寒冷的威胁。

这是一组写景纪游的小诗。前两首写迪化街头与城郊严冬季节的自然景观。后两首写博格达山腰湖畔盛夏季节的自然风物。每一小节均能构成一幅色彩绚丽的图画，充分显示作者通过小镜头表现生活诗意的艺术才华。

渝桂道中口占

存亡关头逆流多，森严文网欲如何？
驱车我走天南道，万里江山一放歌。

赏析：

此诗写于1941年3月，录自《茅盾诗词集》。作者对此曾有说明：
"1941年皖南事变后，国民党反动政府加紧压迫，文网更严；于是大批文
化人用各种方法撤离重庆，到香港开辟'第二战场'。"此诗即为作者在
渝（重庆）桂（桂林）道中写成。口占，旧诗写作方式之一，作诗不起
草稿，随口吟诵而成，称为"口占"。

"存亡"二句，诗句纯属纪实。在这国家民族危急存亡的关头，国民
党反动当局却多次掀起反共高潮，他们统治下的重庆更是文网森严。广大
文艺工作者面对这一严峻的形势该怎么办呢？

"驱车"二句，天南道，即渝桂道，为我国南方的道路。作者根据组
织安排离开重庆，途经桂林转赴香港。当时怀着无限感慨的心情，不得已
而颠簸于"渝桂道中"，面对万里江山，依然放声高歌，对于革命前途仍
旧充满信心。

这首小诗即兴抒怀，正气凛然，诗思豪放，能够给人带来巨大的鼓舞
和力量。作者全用现代口语写成，既符合即兴口占的特定要求，又能给旧
诗写作带来新鲜活泼的生气，读来明白晓畅，而又意味深长。

无　题

偶遣吟兴到三秋，未许闲情赋远游。
罗带水枯仍系恨，剑铓山老岂劖愁。
搏天鹰隼困藩溷，拜月狐狸戴冕旒。
落落人间啼笑寂，侧身北望思悠悠。

赏析：

此诗写于1942年秋，录自《茅盾诗词集》。1941年年底，太平洋战

争爆发，日军迅速占领香港。茅盾夫妇与不少文化界知名人士，在我党香港地下组织与东江游纵队的保护下，离开香港险区。次年三月辗转到达桂林，为写长篇小说《霜叶红于二月花》，决定在此暂住一段时间。据茅盾《回忆录·桂林春秋》记载："我在桂林写的那些诗，就反映了我当时的郁闷心情和对北土的思念。"

"偶遣"二句，谓当此桂子飘香的三秋季节，作者偶然产生了吟咏的兴致，可是却没有闲情去作远游之思，还是在桂林暂且住下吧！

"罗带"二句，作者自注："罗带水、剑铓山皆桂林典故。韩退之诗句：'水作青罗带，山为碧玉簪。'柳子厚更推进一步：'海上千山似剑铓，秋来处处割愁肠。'苏子瞻综合韩柳二诗之意境曰：'系闷岂无罗带水，割愁还有剑铓山。'此处颔联乃反用苏诗意。"诗句意谓，犹如罗带一般的江水啊，仍然系着山河破碎、国土沦丧的隐恨；有如剑铓一样锋利的群山啊，也铲不掉人们郁结于心的忧愁。剸（tuán），割，截断。

"搏天"二句，鹰隼（sǔn），鹰与隼均为猛禽。藩溷（hùn），指篱笆与厕所。冕旒（liú），古代帝王、诸侯及卿大夫的礼冠。诗句意谓，多少爱国志士犹如搏击苍天的鹰隼被困在篱笆厕所之间，无法施展自己的才能；而那些无耻之徒却如拜月成精的狐狸，戴上王公贵族的冠冕招摇过市，作威作福。

"落落"二句，谓身处这样冷落寂寞的人间实有啼笑俱寂之感，因而侧身北望，此心亦已飞向远方。这里与前文呼应，再次表露了对北方抗日根据地的向往与思念。

此诗名曰《无题》，实为旧体诗之一格。作者或求隐约含蓄，或有难言之隐，因不愿直接标明诗题，故往往用"无题"名篇。这首七言律诗感时咏怀，托寄遥深，又不愿明言，故袭用此题。

感 怀

炎夏忽已尽，金风搧萧瑟。
渐觉心情移，坐立常呐呐。
凝望剑铓山，愁肠不可割。
煎迫讵足论，但愁智能竭。
桓桓彼多士，引领向北国。

双双小儿女，驰书诉契阔。
梦晤如生平，欢笑复呜咽。
感此倍怆神，但祝健且硕。
中夜起徘徊，寒螿何凄切！

赏析：

此诗写于 1942 年秋，录自《茅盾诗词集》。作者在《回忆录·桂林春秋》中有所说明："而困居桂林斗室，对两个孩子的思念，日夜牵动着我和德沚的心！我曾写过一首五言诗《感怀》，寄托了我和德沚思念孩子的感情。"

"炎夏"四句，金风，秋风。萧瑟，秋风吹动树木发出的声音。咄咄（duō），感叹声，如咄咄不安。诗句意谓，炎炎夏日忽然已尽，秋风搧起萧瑟，渐觉心情移向远方，常常坐立不安。

"凝望"六句，煎迫，焦灼痛苦。讵（jù），岂。桓桓，威武的样子。多士，众多之士。《诗·大雅·文王》："济济多士，文王以宁。"原指古代百官，这里借指我国北方浴血抗战的八路军将士。诗句意谓，作者凝望眼前的桂林山水，想到柳宗元诗中有句："海上千山似剑铓，秋来处处割愁肠。"可是面对今日如此黑暗的现实，纵有锋利的剑铓，亦难割除人们的愁肠。作者因处于生活与感情的"煎迫"之中，但愁自己智能枯竭，却情不自禁地翘首仰望北国，无限思念自己曾经去过的地方——陕甘宁边区。

"双双"四句，驰书，迅速传书。契阔，久别的情怀。诗句意谓，双双生活在延安的儿女，从远方来信倾诉阔别之情。我总是手捧书信，犹如与他们在梦中会晤一样，既有欢笑，又复呜咽。

"感此"四句，怆（chuàng）神，悲伤的样子。寒螿（jiāng），寒蝉。《尔雅·释虫》："蜺，寒蜩。"郭璞注："寒螿也，似蝉而小，青赤。"深秋季节常常发出哀鸣。诗句意谓，感此倍加伤神，但愿自己的儿女能在延安健康成长。在深秋夜晚的月下徘徊，不时听到寒蝉凄切的哀鸣，这里明显象征国民党统治区的政治气候。

五言古诗《感怀》与七言律诗《无题》写于同一个时期。如果说《无题》偏于对外部世界的描述，那么《感怀》则侧重内心世界的抒发，表达对于远方子女的怀念之情。

赠桂林友人

山容水色忽踟蹰，袅袅离情有若无。
刍狗已陈凭弃置，木龙潜伏待良图。
忧时不忍效乡愿，论史非为惊陋儒。
南国人间啼笑寂，喜闻华北布昭苏。

赏析：

此诗写于1942年冬，录自《茅盾诗词集》。作者所赠"桂林友人"，系指陈此生、盛此君夫妇。后在1946年所写《再赠陈此生伉俪》一诗的《附记》中对此有所说明，可以参阅。

首联开门见山，表达了对于桂林友人的依依惜别之情。踟蹰，犹豫，徘徊不前。袅袅，临风摇曳的样子。诗句意谓，我将赴重庆，面对桂林的"山容水色"，忽然犹豫起来，一股袅袅离情也显得似有若无。这里借景抒情，表达对于桂林友人的依恋之情。

中间两联是对友人身处逆境的深情慰勉。刍狗，典出《庄子·天运》，指古代祭祀时用茅草扎成的狗，祭后则随手弃之，后常用以比喻轻贱无用之物。这里暗喻蒋介石之流。这伙国民革命的败类，不过是些已经陈旧的草扎的狗，可以随手弃之。木龙，作者原注："桂林有木龙洞，陈此生拟居此待时。"作者对陈此生夫妇不满黑暗现实，在桂林木龙洞隐居表示支持，劝其不妨隐居以待良图。乡愿，语出《论语·阳货》："乡愿，德之贼也。"指乡里言行不一、伪善欺世之人。陋儒，识见浅陋的儒生。陈此生夫妇岂肯效法"乡愿"？虽欲隐居洞中，却依然忧国忧民，深研南明历史，而其潜心"论史"亦非为惊"陋儒"。这一切都是为了等待时机，继续献身于民族解放事业。这些对于友人所作所为的评述，既是一种安慰，也是极大的鼓舞。

尾联采用对比手法，形成鲜明对照。国民党控制下的大后方（南国），依然实行法西斯统治，让人产生啼笑俱寂之感；而共产党领导下的华北抗日根据地，则已出现大地春回、欣欣向荣的景象。昭苏，语见《礼记·乐记》："蛰虫昭苏。"原意使在泥土中过冬的虫类清醒过来，可以引申为大地春回。诗句充分表现了作者对于国民党统治区黑暗现实的憎恶和对于华北解放区的向往，同时希望桂林友人认清革命形势，看到光明的前途。

戏 笔

自唐家沱赴重庆，轮船中偶见戏笔

南腔北调话家常，眉黛唇红斗靓妆。
昨夜东风来入梦，横塘十里桨声狂。

赏析：

此诗写于 1944 年 11 月，录自《茅盾诗词集》。唐家沱为重庆市郊的一个小镇，在长江边上，离市区三十多华里，来去可乘小汽轮。作者当时住在唐家沱，常乘船去市区参加文艺界活动。此诗即为"偶见戏笔"。

"南腔"二句，此即"偶见"之事，实为纪实笔墨。船上的不少人都南腔北调地闲话家常，特别是那些太太小姐们，一个个涂脂抹粉、眉黛唇红，打扮得花枝招展、浓妆靓丽。

"昨夜"二句，诗句已由"偶见"转向"戏笔"。作者看到船上这幅奇异景象，不禁想到当年国民党官僚贵族与太太小姐在南京秦淮河畔，灯红酒绿、桨声不断的狂荡生活。诗中"横塘"为古堤塘名，三国吴筑于建业（今南京市）城外淮水（即秦淮河）南岸，亦称南塘。此系作者触景生情引起的联想，故以"东风来入梦"托言，而"戏笔"所揭露的现实内容却是深刻的。

这首七言绝句题为"戏笔"，实在是首不可多得的政治讽刺诗。它对国民党统治区的社会现实，从一个不为人注意的侧面予以深刻揭露。作者能将严肃的政治内容以游戏的笔墨写出，实属自成一格。

无 题

微醺春透眉梢，脉脉柔情欲吐。
回眸低声忽问：相爱何如相妒？
淡淡愁上心头，离情温馨如醉。
何须万般温柔，浑然相忘已久。

赏析：

此诗写于 1946 年春，录自《茅盾诗词集》。抗战胜利以后，作者根据革命工作的需要，离开重庆，途经广州、香港，返回上海。这首《无题》即为 1946 年春在广州所写。诗意隐晦曲折，很不容易理解。

初看很像一首爱情诗。诗的前四句是写女方的神情姿态与思想活动。仿佛是在一次宴会上，这位女士喝了几杯香酒，因而春透眉梢，微带几分醉意（醺即酒醉的样子）。正在对着身边友人含情脉脉，欲说还休，最后还是回眸（回过头）低声问道："相爱何如相妒？"诗的后四句则写男方面对这位捉摸不透的女士所产生的心理活动。"相爱何如相妒"，可真让人莫名其妙，男方因此"淡淡愁上心头"，想起过去种种离情别绪，仍感温馨如醉。今日如此扑朔迷离，当年"何须万般温柔"那样缠绵的情景已成过去，仿佛早已忘却。

此诗表面是写男女之间若即若离、变幻莫测的感情活动，联系作者当时的政治境遇显然别有寄托。当时正处于抗日战争胜利和第三次国内战争爆发之前，全国人民都希望我们的国家从此进入和平民主的新阶段，但国民党反动当局却一面耍弄和谈阴谋，一面准备发动反共反人民的内战，作者对此深感忧虑。诗中那位让人捉摸不透的女士不也正是这样嘛！表面上心怀喜悦，柔情脉脉，却又提出这样的怪问："相爱何如相妒？"国民党反动当局在抗战胜利之后，不也曾"柔情脉脉"，提出"和平谈判"，继续"国共合作"，建设"和平民主新国家"，但又当面一套背后一套，"相爱何如相妒"，才是本意所在。那么，我（男方）对此有何反映呢？当然为此深感忧虑，但是想到过去两次"国共合作"的历史，尤其是在大革命时期，曾经有过的美好记忆。诗的末句"浑然相忘已久"，即这一切已成过去，国民党反动当局在"国共和谈"的幌子下包藏发动内战的祸心。

这是一首李商隐式的无题诗，表面写爱情，实际言政治。作者为何采用这种隐晦曲折的表现手法呢？实为特定历史时期的产物。

挽郑振铎（二首）

一

惊闻星殒值高秋，冻雨飘风未解愁。

为有直肠爱臧否，岂无白眼看沉浮。

买书贪得常倾箧，下笔浑如不系舟。

天吝留年与补过，九原料应恨悠悠。

二

紫光一别隔重泉，沪渎论交四十年。

风雨鸡鸣求舜日，玄黄龙战出尧天。

红先专后尝共励，绠短汲深愧仔肩。

酹酒慰君唯一语，钢花灿烂正无边。

赏析：

这两首诗写于 1958 年 10 月，录自《茅盾诗词集》。郑振铎（1898—1958），福建长乐人。我国现代著名作家、文学史家。1920 年与茅盾、叶圣陶等发起组织文学研究会，后进入商务印书馆主编《文学周刊》《小说月报》。历任北京大学、复旦大学教授。新中国成立以后曾任文化部副部长等职。1958 年 10 月率领我国文化代表团出国访问途中，因飞机失事不幸遇难。作者惊闻噩耗，写成七律二首，表达对于亡友的深沉悼念之情。

第一首原有诗前小序："10 月 19 日，余自塔什干飞回莫斯科，始闻飞机失事，郑副部长及其他同志十余人遇难。是夜余寓乌克兰旅馆之二十七楼，倚窗遥望，灯光闪烁，风雨凄迷；久不成寐，书此八句，以寄悼思。"

首联纯属纪实。殒（yǔn），通"陨"，坠落。冻雨飘风，深秋季节骤起的暴风冷雨。诗句意谓，作者惊闻我国文坛巨星陨落的消息时正值深秋季节，倚窗遥望南天，一片风雨凄迷，难以排解自己失去战友的哀愁。

颔联赞扬友人一生爱憎分明。臧否（pǐ），褒贬、评论。白眼，典出《晋书·阮籍传》，意思是露出眼白，表示对人的鄙视与厌恶。诗句意谓，友人平时为人耿直，心直口快，常对周围的人事加以褒贬评论，对坏人坏事更是白眼相加。

颈联言其爱书如命。他是我国现代著名的藏书家，平时大量购买各种书籍，虽倾其箧中所有亦在所不惜。因为博览群书、学识渊博，所以平时著书，往往下笔千言，犹如不系之舟，顺流而下。

尾联哀其不幸早逝。留年，也作延年。补过，补救过失。诗句意谓，因老天的吝惜而没有给予延长生命和补救过失的机会。如今壮志未酬、不幸遇难，纵在九泉之下也是不会瞑目的啊！

　　第二首原有诗前小序："回国后，10 月 28 日得《诗刊》社来信，索稿悼郑，并限为旧体。31 日追悼会后，续得八句，并前章均以应命；非以为诗焉，盖以为唁也。"

　　首联作者原注："9 月 25 日，陈副总理兼外长在紫光阁设宴为缅甸大使吴拉茂饯行，振铎与余皆陪末座。10 月 3 日余即出国，自 9 月 25 日至 10 月 2 日，事特忙，终无由再晤。此章首句云云，盖纪实也。"沪渎（dú），上海市的别称，相传境内的吴淞江即当年的沪渎。茅盾与郑振铎早在"五四"时期就同在商务印书馆工作，四十年来始终保持亲密无间的友谊，哪里想到紫光阁一别竟然成为永诀。

　　颔联写几十年的奋斗及其理想社会的出现。风雨鸡鸣，《诗·郑风·风雨》："风雨如晦，鸡鸣不已。"比喻社会动荡不安。玄黄龙战，《易·坤》："龙战于野，其血玄黄。"比喻社会存在的激烈斗争。这里是说，我国人民在那风雨如晦的年代，一直希望能够过上幸福生活。人们在中国共产党的领导下，通过几十年的艰苦斗争，终于建立了新中国，那理想中的尧天舜日终于实现了。

　　颈联写失去友人后的心境。绠短汲深，语出《庄子·至乐》，指用短绳无法吊起深井的水，比喻能力太小难以胜任艰巨的任务。这里是说，两位文坛上的老战友在工作中经常互相勉励，决心沿着又红又专的道路前进。而今战友遇难，自己绠短汲深，深恐完不成肩上担负的任务。

　　尾联表示愿以一语祭奠亡友。郑振铎生前受到我国工农业生产蓬勃发展形势的鼓舞，特别希望将祖国早日建成繁荣富强的社会主义国家。现在我们祭奠英灵愿以一语奉告，就是祖国各地钢花怒放、灿烂无边。

观朝鲜艺术团表演偶成（二首）

扇舞

素袖轻扬半折腰，连环细步脚微挑。

低徊画扇百花绽，炫转长裾万柳飘。

鸾哕龙吟焕星斗，风驰云卷出虹桥。

曲终更见深心处，嫩绿重台捧赤幖。

珍珠舞姬

回黄转绿幻霞光，婉约翩跹仪万方。

凤管徐随皓腕转，鹍弦偏逐细腰忙。

鲛人空洒千行泪，龙女还输一片香。

万顷洪波齐肃立，只缘妙舞有珠娘。

赏析：

这两首诗写于 1958 年 12 月，录自《茅盾诗词集》。当时，朝鲜艺术团来华访问，曾在北京、广州、武汉、上海等地演出音乐舞蹈节目，深受我国广大观众欢迎。作者热情赋诗，祝贺演出成功，且从中选出两个节目加以称颂。

先看《扇舞》，这是一个集体舞蹈。诗的前四句描写演员的优美舞姿。演员手中素袖轻扬，画扇低徊，犹如百花绽放；脚下连环细步，长裙炫转，仿佛万柳絮飘。舞姿婀娜，花团锦簇，观众耳目一新。

诗的后四句，鸾哕（huì），《诗·鲁颂·泮水》："鸾声哕哕。"指有节奏的铃声。龙吟，《北齐书·郑述祖传》："述祖能鼓琴，自造龙吟十弄，云：尝梦人弹琴，寤而写得，当时以为绝妙。"后常用以形容琴声。诗中"鸾哕龙吟"指配合舞蹈的音乐。这个扇舞悠扬的乐声，简直像从天外传来，演员们风驰云卷突然涌出人间的虹桥。曲终更见编导的匠心所在，舞台上一片嫩绿之中捧出一面鲜艳的红旗（赤幖），从而展现出很好的艺术效果。

再看《珍珠舞姬》，这是一出单人舞蹈，即跳珍珠舞的美丽姑娘。回黄转绿，《古乐府·休洗红》："回黄转绿无定期，世事反复君所知。"这里用树叶颜色转换比喻时序变迁与世事反复。翩跹，轻扬飘逸的样子，常用来形容轻快旋转的舞姿。这里是说，演员身着像珍珠一样闪闪发光的艳丽服装，翩翩起舞时色彩回黄转绿，幻出一片炫人眼目的霞光，而且婉约翩跹，仪态万方。凤管，语见孔稚珪《北山移文》："闻凤吹于洛浦，值薪歌于延濑。"李善注引《列仙传》："王子晋好吹笙，作凤鸣，游于伊雒之间，后成仙而去。"后来泛指笙箫等细乐。鹍弦，用鹍鸡筋做的琵琶弦。段安节《乐府杂录·琵琶》："开元中有贺怀智，其乐以石为槽，鹍鸡筋作弦，用铁拨弹之。"亦指一般弦乐器。这里用来描写音乐与舞蹈配得那么和谐。管乐慢慢随着洁白的手腕转动，弦乐又在追逐细腰中奔忙。

诗的后四句，鲛人，为传说中的人鱼。《搜神记》卷十二载："南海之外有鲛人，水居如鱼，不废织绩，其眼泣则能出珠。"相传曾寄寓人家卖绡，临去时泣而出珠满盘，以赠主人。龙女，为古代民间传说，诗文中常有提及。《唐逸史》载，唐明皇梦中遇凌波池中龙女，鼓琴倚歌为凌波之曲，龙女拜谢而去。另《柳毅传》，柳毅下策，过泾上，遇洞庭龙女牧羊。毅为传书，龙女得归。后柳再娶，貌似龙女。诗中活用这两个故事，借以赞美珍珠舞姬比传说中的人鱼和龙宫中的仙女还要美丽动人，让她们自愧不如。诗的结尾采用拟人和夸张的手法，珠娘妙舞竟使万顷洪涛都肃然起立，说明舞技高超，已经到了出神入化的地步。

观剧偶成

千秋功罪正难论，乱世奸雄治世臣。
我喜曹瞒能本色，差胜沽名钓誉人。

赏析：

此诗写于 1959 年 1 月，录自《茅盾诗词集》。当时，中国京剧院和北京剧团联合演出新编京剧《赤壁之战》，剧本和演出都有不少大胆的尝试。中国戏剧家协会专门召开座谈会，讨论这一剧本与演出的成败得失。茅盾观剧之后写诗志感。

"千秋"二句，《三国志》注引孙盛《异同杂语》："（曹操）尝问许子将（劭）：'我何如人？'子将不答。固问之，子将曰：'子治世之能臣，乱世之奸雄。'太祖（曹操）大笑。"后常用此语作为对曹操的评价。曹操作为历史人物在史学研究领域历来褒贬不一，千秋功罪正难评说，但自长篇历史小说《三国演义》问世以后，曹操为"乱世之奸雄，治世之能臣"的说法颇为流行。

"我喜"二句，曹瞒，即曹操，字孟德，小名阿瞒，故亦称"曹瞒"。沽名钓誉，指用不正当的手段骗取名誉地位。诗句意谓，我喜曹操能保持自己的本色，比起那些沽名钓誉的人要强得多了。"能本色"三字，包含了很多可让读者思考的内容：它既包含曹操进步的政治主张，杰出的军事才能和令人钦佩的文学才华，又包含曹操敢作敢为、耍弄权术的"奸雄"本色，这些都是惹人喜爱的性格。

观剧偶成，辞约义丰。作者既为抒发观剧以后的感想，也是用诗来间接参与当时的论争。

听波兰少女弹奏萧邦曲

铜琶铁拨谱兴替，一曲萧邦气如虹。
未许朱弦成绝响，争教翠黛失奇功。
丹心应喜归乐土，黑手安能抗大同。
细雨如膏润幼草，东风正劲压西风。

赏析：

此诗写于 1960 年 8 月，录自《茅盾诗词集》。诗有附记："1960 年 8 月至 9 月访问波兰，在华沙市萧邦故居，听少女弹奏萧邦名曲有感而作，时细雨蒙蒙，院中绿草分外精神。少女为波兰国立音乐学院的高才生，论技术足可参加国际萧邦钢琴比赛，而学院中保守派以为资浅屈之。又据闻，萧邦遗命以心脏珍藏于故居，希特勒侵波时劫去，波兰解放后始复归云。雁冰附记，1977 年 5 月。"萧邦为波兰著名作曲家、钢琴家，一生创作对西洋音乐有着深远的影响。

首联，铜琶铁拨，宋俞文豹《吹剑续录》："东坡在玉堂，有幕士善讴，因问：'我词比柳词何如？'对曰：'柳郎中词，只合十七八女孩儿执红牙拍板，唱"杨柳岸晓风残月"；学士词，须关西大汉执铁板，唱"大江东去"。'公为之绝倒。"后以"铜琶铁拨"形容豪放激越的文词或乐曲。这里是说，这种气势豪放的乐曲谱写了世界上被压迫的民族和人民为了争取自由而斗争的历史，今天在萧邦故居听到的萧邦名曲真给人气贯长虹的感觉。

颔联，朱弦，染成朱红色的琴瑟弦，代指弦乐器。翠黛，古代女子用螺黛画眉，故称眉为翠黛，诗中代指女子。作者为这位少女未能施展个人艺术才华而深感惋惜。她已完全掌握了钢琴演奏技巧，而未使萧邦琴曲技艺失传。学院中的保守派却以资浅屈之，使她不能参加国际萧邦钢琴比赛，因而失去了可以建立奇功的机会。

颈联，大同，语出《礼记·礼运》，后来成为历代思想家追求的理想社会。诗句已从欣赏音乐转向萧邦本人。当年萧邦遗命心脏藏于故居，希特勒征服波兰时劫去，波兰解放后得以追回原物。萧邦"丹心"终于回归故乡乐土，罪恶的黑手岂能抗拒人类大同的理想？

尾联，膏，脂、油。幼草，小草。这里比喻弹琴少女。此系听琴有感内容的进一步发挥。今天的世界上春风化雨滋润万物，正显现出东风劲吹压倒西风的大好形势。这里既有对于当时国际形势的充分肯定，又有对于这位少女以及萧邦音乐必将得到发展的美好希冀。

观剧偶作

日射胭脂旋欲融，西厢犹记户迎风。
梦中旧爱仍啼粉，觉后新欢怅断红。
大泽龙蛇宁作幻，高门鸾凤竟成空。
崔娘遗恨留千古，翻案文章未易工。

赏析：

此诗写于1960年，录自《茅盾诗词集》。1959年，中国京剧院和北京京剧团联合演出田汉改编的京剧《西厢记》，在首都文艺界产生了广泛的影响，引起热烈的讨论。论争焦点在于对崔莺莺性格的理解和结尾艺术处理的问题。当时，茅盾没有著文参加这场讨论，却在观剧之后写成这首七律，采用诗的形式表达自己的看法。

首联咏赞崔莺莺艳若桃花的美丽容颜和敢于反抗封建礼教的叛逆精神。作者原注："用元稹《离思》第三首'须臾日射胭脂颊，一朵红酥旋欲融'句意，此诗为忆韦丛而作也。"另王实甫《西厢记》中写到莺莺诗赠张生："待月西厢下，迎风户半开；拂墙花影动，疑是玉人来。"莺莺不顾封建礼教，大胆约会张生，充分表现了她的叛逆精神。

中间两联是在咏叹莺莺的不幸遭遇。内容系根据元稹的《会真记》加以发挥的。元稹《会真记》（亦名《莺莺传》）写相府小姐崔莺莺为突破封建礼教的束缚和追求自身幸福而斗争，最后却落得一个悲惨的结局。"梦中旧爱仍啼粉，觉后新欢怅断红。"正是莺莺不幸生活的写照。张生赴京以后，另娶高门，抛却"旧爱"，哪管莺莺在梦中啼哭。莺莺后来亦出于无奈委身他人，觉后虽有"新欢"，依然怅惘不已。"大泽龙蛇宁作幻，高门鸾凤竟成空。"大泽龙蛇，语出《左传·襄公二十一年》：

"深山大泽，实生龙蛇。"这里指蒲东乱兵扰乱崔府。张生因保护了崔家，遂与莺莺相识，结果"高门鸾凤"寻觅知己的一片痴情依然化为梦幻泡影。

尾联写莺莺倾心爱慕张生又被张生抛弃的悲惨结局，留下了千古遗恨。结句才是画龙点睛之笔，指元稹《会真记》问世以来，改编戏曲者不乏其人。无论是古代的"董西厢""王西厢"，还是当代的"田西厢"，均将上述悲剧改成"大团圆"的结局。董解元《西厢记》的结尾是张生携莺莺宵奔蒲州，往投杜璀太守；王实甫《西厢记》的结尾是张生得中头名状元，回来与莺莺完婚；田汉《西厢记》的结尾是张生落第之后在草桥店与莺莺"并骑出走"。作为剧本的一种艺术处理，尤其是为了适应我国广大观众的欣赏习惯，这些都是无可厚非的。但这种不同于元稹传奇悲剧结局的"翻案文章"，做得好是很不容易的。作者从西厢故事的形成和发展出发作历史的考察，比较肯定元稹《会真记》结尾的艺术处理，而对以后改变悲剧结局的"翻案文章"却持保留的态度。

题《红楼梦》十二钗画册（二首）

一

红楼艳曲最怆神，取次兴衰变幻频。
几辈须眉皆狗彘，一行红粉夸琼珍。
机关算尽怜凤姐，谲巧藏奸笑袭人。
我亦晴雯膜拜者，欲从画里唤真真。

二

无端歌哭若为情，好了歌残破夙因。
岂有华筵终不散，徒劳空色指迷津。
百家红学见仁智，一代奇书讼假真。
唯物史观勤剖析，浮云扫净满天新。

赏析：

这两首诗写于1963年9月，录自《茅盾诗词集》。1963年，为纪念曹雪芹逝世二百周年，我国文化部、文联、作协、故宫博物院在北京联合举办"曹雪芹逝世二百周年纪念博览会"。茅盾在参加预展之后,欣然应允为《〈红楼梦〉十二钗画册》题诗。

第一首七律紧扣题意,述及金陵十二钗的人物命运。

诗的前四句,作者先从总体加以说明。红楼艳曲,即该书第五回,警幻仙姑命十二舞女演唱的《红楼梦曲》,因其多言男女情爱之事,故称为艳曲。《红楼梦曲》十二支分述金陵十二钗——林黛玉、薛宝钗、贾元春、贾探春、史湘云、妙玉、贾迎春、贾惜春、王熙凤、贾巧姐、李纨、秦可卿,通过乐曲暗寓各人的身世结局。这套曲子因其演出"悲金悼玉的《红楼梦》",所以人物命运兴衰变幻,令人闻之怆神。《红楼梦》中几辈须眉浊物(男人),如贾珍、贾琏、薛蟠之流,皆如猪(豞,即猪)狗一般,唯有一群红粉佳人(女子),如林黛玉、晴雯等人,尚能给人留下美好的印象。

诗的后四句,继总体评价金陵十二钗命运之后,选出其中三人加以褒贬。既有"机关算尽太聪明,反误了卿卿性命"的王熙凤和"谄巧藏奸"的袭人,也有"心比天高,身为下贱,风流灵巧招人怨"的晴雯。诗中对于晴雯推崇备至,视其为古代名画里呼之欲出的"真真",予以顶礼膜拜。据杜荀鹤《松窗杂记》载,唐进士赵颜于画工处得一软幛,绘妇人甚丽。画工自称神画,并谓此女名真真,呼其名百日必应,应后以百家彩灰酒灌之,女则活。颜如其言,女果下幛,言谈饮食如常,终岁生一子。后颜疑女为妖,真真即携其子复上软幛而没,唯画上多添一儿。

第二首七律内容较前文有所发挥,作者从整个《红楼梦》研究的角度表达自己的看法。

诗的前四句,《红楼梦》中男女主人公常常无端歌哭,"都只为风月情浓",听罢一曲《好了歌》就能弄清他们的来龙去脉。作者认为《红楼梦》第一回中跛足道人和甄士隐说唱的《好了歌》与《好了歌注》是理解全书的关键,因其概括描述了贾、史、薛、王四大家族的兴衰变化,从而点出这些封建家庭必然灭亡的原因。而且世上哪有不散的筵席,何须采用佛教的"色空"观念来解释全书的必然结局呢?空色,即"色空",佛教术语。佛教把现实世界中一切可以让人感触的东西都称为"色",而与属于精神领域的"心"相对。并且认为,一切事物的现象都有它各自的因和缘,而没有实在本体,名为"空"。因此"色即是空,空即是色"。

诗的后四句,《红楼梦》自问世以来,注家蜂起,众说纷纭,已成专门学问，人称"红学"。但是各家红学，仁者见仁，智者见智，对于"一代奇书"中的许多问题争论不休。尤其《红楼梦》故事到底是真是假，更是聚讼纷纭。有人认为它是作者曹雪芹的"自叙传"，也有人认为这是作者艺术虚构的小说，自从清代以来，一直在打笔墨官司。作者在该书第一回就表述得十分清楚，已将"真事隐去"，伪托"假语村言"，这是"此书本旨"。我们今天如果采用唯物史观就能清除一切云遮雾罩，扫净上空浮云而使海天一新。这首诗的结尾，既是对于《红楼梦》研究现状的评价，也是作者对于红学研究所寄予的期望。

《题〈红楼梦〉十二钗画册》二首，并非逐一吟咏画中人物，而是综述读画之后的感想，高屋建瓴，发人深省。

七　律

乡党群称女丈夫，含辛茹苦抚双雏。
力排众议遵遗嘱，敢犯家规走险途。
午夜短檠忧国是，秋风落叶哭黄垆。
平生意气多自许，不教儿曹作陋儒。

赏析：

此诗写于 1970 年初夏，录自《茅盾诗词集》。韦韬、陈小曼在《茅盾的晚年生活》（二）中指出："1970 年 4 月 17 日是祖母逝世三十周年忌辰，爸爸暗地里写了一首悼念祖母的七言律诗……"

"乡党"二句，沈母原名陈爱珠，为当地名医之女，"不但知书识礼，而且善于治家"，深得乡里敬重，人称女中丈夫。嫁到沈家只有十年，其夫不幸早逝，从此含辛茹苦，抚养双雏（两个儿子）。

"力排"二句，沈母在遗嘱问题上能够力排众议，在儿子选择生活道路时敢于违犯家规。原来沈父临终留下遗言，希望两个儿子成为理工人才。茅盾中学毕业后考上北京大学预科第一类（文法商三科）；其弟沈泽民本已考上南京河海工程学校，毕业前夕决定辍学，与张闻天一起赴日本学习社会主义理论；不久兄弟二人又都先后加入中国共产党，走上了充满艰险的革命道路。这些显然有违遗嘱、家规，势必受到族人非议。沈母却深明大义，支持两个儿子自己所选择的生活道路。

"午夜"二句，短檠，檠为灯架，也可指灯。黄垆，典出《世说新语·伤逝》，亦称黄公酒垆，后用为伤逝忆旧之辞。这里"哭黄垆"，指1933年11月沈泽民病故于鄂豫皖苏区。诗句意谓，母亲常于午夜面对孤灯忧心国是（国家大事），尤其是在深秋季节更加怀念为革命事业而牺牲的儿子。

"平生"二句，陋儒，见识浅陋的书生。诗句意谓，母亲平生多以意气自许，不教儿辈成为见识浅陋的书生，即教导两个儿子真正走上革命的道路。

此系咏赞亡母之作，情深意挚，含蕴深厚。作者写于文化大革命期间，面对当时的黑暗现实，多少抑郁愤懑之情寓于怀念亡母的诗中。

读《稼轩集》

浮沉湖海词千首，老去牢骚岂偶然。
漫忆纵横穿敌垒，剧怜容与过江船。
美芹荩谋空传世，京口壮猷仅匝年。
扰扰鱼虾豪杰尽，放翁同甫共婵娟。

赏析：

此诗写于1973年夏，录自《茅盾诗词集》。稼轩集，为南宋爱国词人辛弃疾（号稼轩）的词、文集。作者借史抒怀，通过歌咏辛稼轩的生平事迹，寄寓自己"文化大革命"中沉痛愤慨的心情。

首联总述稼轩词的写作。辛氏一生湖海浮沉，留下千首诗词，借以抒发抗金北伐的政治主张，倾诉壮志难酬的悲愤心情，老去后依然满腹牢骚，岂属偶然？实为对于当时黑暗现实的不满与反抗。

颔联记述辛氏青年时期的英雄壮举。他二十一岁就在山东参加抗金起义，作战非常勇敢，曾以轻骑深入敌人营垒，活捉降将，胜利归来。不久渡江南下，他在船上犹豫（容与）不前，内心充满矛盾。作者亦对"漫忆"二字作出进一步评价：想当年辛氏纵横疆场，而今却在过江船上踌躇不前。这种处境岂止辛氏本人满腔悲愤，作者也激动得以"剧怜"二字表示同情。

颈联记述辛氏在南宋朝廷的不幸遭遇。他在任职期间，曾向南宋朝廷献上奏章《美芹十论》(又名御戎十论),具体分析当时的政治经济形势,积极贡献抗金北伐的作战方略。由于遭到投降派的竭力反对,并未得到皇帝采用,徒然流传在人间。荩谋,语出《诗·大雅·文王》:"王之荩臣。"诗中充分表达了辛氏忠诚报国之心。他在晚年曾被起用为镇江(京口)知府,仍全力在做渡江北伐的准备,这一壮志宏猷只过了一年就遭到免职。

尾联借用苏东坡"百年豪杰尽,扰扰见鱼虾"句感叹辛氏的忠善与不幸。当时的南宋朝廷奸诈小人称雄,豪杰之士遭殃,但愿陆游(放翁)、陈亮(同甫)这些志同道合的友人都好吧!这里显然寄托了作者在文化大革命期间对于文艺界战友们的怀念与祝愿。

此诗就其思想与艺术而言均已达到很高水平。作者借史抒情,实际是在借古人手中酒杯,浇自己胸中块垒,因而寓意深沉。这里既是咏叹历史人物,又是作者的夫子自道。诗中曲折地表达了作者晚年对于"文化大革命"时期坏人当道、好人遭殃的愤激之情。

寿瑜清表弟

瑜清六十六岁生日,正值儿童节,其同事某作诗祝之,
瑜清用鲁迅自嘲七律原韵作自勉以答,仆见猎心喜,
亦次韵答之,不惶计其工拙也。

往时真理共追求,一掷何惭少年头。
瀛岛蓬飘相呴沫,巴黎萍寄赶潮流。
东方红唤睡狮醒,反霸声威射斗牛。
十万缥缃勤编纂,浑忘佳节值千秋。

赏析:

此诗写于 1973 年 11 月,录自《茅盾诗词集》。茅盾表弟陈瑜清,1908 年生于浙江桐乡。早年留学日本、法国,回国后长期从事教育工作。新中国成立后任浙江图书馆副研究馆员,负责外文图书的采编与研究工作。1975 年退休后,在家从事著述。这首《寿瑜清表弟》可以说是对其一生具体的概括和确切的评价。

首联赞扬瑜清表弟少年时代在上海立达中学积极投入反帝反封建的斗

争。靳（jìn），吝惜。1925 年"五卅"运动前后，他在沈雁冰、沈泽民两位表哥的影响下，积极投入反帝爱国运动。诗中故言瑜清早年为了追求革命真理不怕坐牢杀头的斗争精神。

领联记述瑜清表弟远赴日本、法国留学的情况。瀛岛，亦称瀛洲，原指传说中的仙山，后常借以指日本。蓬飘、萍寄，以蓬草与浮萍喻人转徙无常暂寄一方。呴沫，《庄子·天运》："泉涸，鱼相与处于陆，相呴以湿，相濡以沫，不若相忘于江湖。"后以"呴沫"喻人患难相助。诗句意谓，瑜清表弟中学毕业以后即去日本留学，与一群穷学生漂泊异乡，患难相助，后又赴法国留学，忙于追随革命潮流。

颈联转而赞颂伟大祖国。睡狮，过去人们常称旧中国为一头处于沉睡之中的雄狮。斗牛，二十八宿中的斗宿和牛宿。《晋书·张华传》："焕曰：'仆察之久矣，惟斗牛之间，颇有异气。'"后常以"气冲斗牛"形容人的大无畏英雄气概。诗句意谓，中华睡狮已被《东方红》的歌声唤醒，中国人民从此站起来了，而且在世界反帝反霸斗争中气冲牛斗，发挥越来越大的作用。

尾联直接点明祝寿题意。缥缃，为淡青色和淡黄色的丝织品，古人常用作书囊或书衣。梁昭明太子萧统《文选序》："词人才子，则名溢于缥囊；飞文染翰，则卷盈乎缃帙。"后以"缥缃"作为书卷的代称。千秋，为祝贺生辰的敬词。诗句意谓，希望表弟十万缥缃，勤于编纂，即做好图书编纂工作，并对自己六一佳节未能及时祝寿表示歉意。

此诗情真意切，感人至深。陈瑜清阅后亦深感欣慰并受到鼓舞。

为沈本千画师题《西湖长春图》（四首）

一

滴翠调朱兴会参，羡君老眼未曾花。
长春图卷擅工笔，人杰地灵更物华。

二

诗文字画咸称绝，吾忆长洲癯石田。
此老可怜丁季世，啸傲只解在林泉。

三

名扬海外数南蘋，花卉翎毛设色新。

散尽黄金惟一笑，混沌尘世此真人。

四

祖国画坛千百宗，或矜秋肃或春称。

吸收精萃弃糟粕，师法工农攀顶峰。

赏析：

这四首诗写于 1974 年 3 月，录自《茅盾诗词集》。沈本千（1903—1991），为现代著名画师，浙江文史馆馆员。1972 年初春，正值沈本千七十岁生日。他想到古代诗人、画家曾有过自寿诗、纪寿图，因而加以仿效，亦作工笔山水《西湖长春图》。后听从友人建议，为这幅《西湖长春图》广泛征求题咏。各界知名人士茅盾、丰子恺、夏承焘、张伯驹、周谷城等四十余人应约题诗，构成文坛艺苑的佳话。

第一首热情赞颂沈本千所作国画《西湖长春图》。

"滴翠"二句，奓（zhà），开。诗句意谓，这幅山水画滴翠调朱，色彩鲜艳，使人兴会顿开，更加让人羡慕的是画师年已七旬，老眼未曾昏花。

"长春"二句，工笔，我国绘画中与"写意"相对的一种画法，因使用工整细密的笔法来描绘物象，故称"工笔"。人杰地灵，语见王勃《滕王阁序》："物华天宝，龙光射斗牛之墟；人杰地灵，徐孺下陈蕃之榻。"诗句意谓，画师擅于工笔，从其所作《西湖长春图》可见杭州人杰地灵，物产华美。

第二首咏赞明代著名画家沈周。

"诗文"二句，长洲癯石田，即明代画家沈周。沈周号石田，江苏长洲（今吴县）人。以山水画著称于世。"癯"原意是清瘦，亦可代指老人。诗句意谓，诗书画全可称绝，让我忆起长洲的沈石田。

"此老"二句，丁季世，遭逢末世，即处于衰微的时代。啸傲，歌咏自得，形容旷放不受拘束。林泉，山林泉石，也指退隐之地。诗句意谓，可怜此老遭逢末世，只能啸傲林泉，过着无拘无束的隐逸生活。

第三首咏赞清代著名画家沈铨。

"名扬"二句，沈铨，字南蘋，浙江德清人。曾赴日本传授画法，对日本江户时代"花鸟写生画派"的形成产生很大影响。翎（líng），鸟的羽毛。设色，着色。诗句意谓，我国古代画家能名扬海外的要数沈南蘋，花卉翎毛（即花鸟画）设色新颖。

"散尽"二句，混沌，我国传说中指宇宙形成以前模糊一团的景象。真人，古代道家称"修真得道"或"成仙"的人。后亦可指具有仙风道骨的人。诗句意谓，散尽自身所有黄金，唯有一笑而已，处于当时"混沌尘世"中可称一位真人。这里指沈南蘋为人豪爽，视金钱如粪土，回国后将在日本所得巨款酬金全部散给亲友，自己依然过着清贫的生活。

第四首勉励画师勇攀艺术高峰。

"祖国"二句，宗，原指宗派，也可解为流派。诗句意谓，祖国画坛有千百种不同的艺术流派。他们或矜秋肃，自夸以描绘秋天的肃杀景象为特色；或春秾，即描绘春日百花盛开的秾丽景色。

"吸收"二句，师法，师承效法。诗句意谓，我们对于这些均应取其精华弃其糟粕，并且师承效法工农大众，攀登艺术高峰。

这一组题画诗，感情真挚，诗味浓郁。紧扣《西湖长春图》其人其画下笔，写得兴会淋漓，寓意颇深。沈本千本人阅后亦感慨良多，可参阅沈本千《〈西湖长春图〉题画始末》，载《文化娱乐》1981年第5期。

八十自述

忽然已八十，始愿所未及。
俯仰愧平生，虚名不副实。
昔我少也孤，慈母兼父职。
管教虽从严，母心常戚戚。
儿幼偶游戏，何忍便扑责。
旁人冷言语，谓此乃姑息。
众口可铄金，母心亦稍惑。
沉思忽展颜，我自有准则。
大节贵不亏，小德许出入。
课儿攻诗史，岁终勤考绩。

赏析：

此诗写于 1976 年 7 月，录自《茅盾诗词集》。当时，正值茅盾八十寿辰，老人写诗纪寿。因在"文化大革命"后期，作者身处逆境，只好选择一个特定的角度，自述儿时母亲的教诲，借以抒发沉痛感慨的心情。

"忽然"四句，俯仰，俯仰之间，听命于人。诗句意谓，忽然已经八十岁，始愿未及所想，平生俯仰由人，自愧虽有虚名却并不副实。

"昔我"四句，孤，无父之称。《孟子·梁惠王下》："幼儿无父曰孤。"戚戚，心动、忧伤。诗句意谓，我在年幼之时父亲去世，慈母更兼父职，管教虽然严格，母心亦常忧戚。

"儿幼"六句，写出母亲在教子过程中遇到的矛盾。姑息，无原则的宽容。众口铄金，语出《国语·周语下》。众口可以熔化金属，原来比喻舆论的力量之大，后来形容人多口杂能够混淆是非。诗句意谓，我幼时偶然喜欢游戏，母亲哪里忍心加以扑打责罚。旁人（亲戚邻居）为之冷言冷语，还说这是无原则的宽容。真是众口可以铄金，母亲内心亦稍有惶惑。

"沉思"六句，沉思，深沉的思考。课，按照规定的内容和分量教授和学习。诗史，一般指能反映某一特定历史时期现实生活的诗篇，这里指适于启蒙教育的文史方面的书籍。考绩，指考核学习成绩。诗句意谓，母亲沉思之后忽然开颜，我已自有准则，就是大节贵在不亏，小德允许出入。从此课儿攻读文史方面的书绩，到了年终勤加考核学习成绩。

沈母当年教子有方，家庭教育严而有度。对于孩子的原则问题（大节），应该严格要求，而对孩子的正常嬉戏（小德），则不必干涉过多。作者自述童年往事，除了缅怀母亲教诲之外，是否另有寓意？只要联系作者一生的政治经历和当时的艰难处境，不难领略诗中蕴含的深意。作者作为老一代共产党人，意在希望党的组织会像自己的母亲一样，"大节贵不亏，小德许出入"，这是作者身处逆境的真诚自白。

过河卒

江青自称过河卒子，打油一首，揭其阴私。

卒子过河来对方，一横一纵亦猖狂。
非缘勇敢不回步，本性难移是老娘。

潜伏内庭窥帅座，跳窜外地煽风忙。

春雷震碎春婆梦，叛逆曾无好下场。

赏析：

此诗写于 1977 年 2 月，录自《茅盾诗词集》。1976 年 3 月，江青在一次会议上自称"我是一个过河卒子"，接着洋洋得意地补充说："我这个过了河的卒子，能够吃掉他那个老帅。"茅盾在看揭批"四人帮"的材料时，发现江青这个恬不知耻的讲话，于是即兴写了这首打油诗，以揭露江青这个反党野心家的丑恶灵魂。

首联直入本题。"卒子过河来对方，一横一纵亦猖狂。"诗句生动形象，江青这个"过河卒子"向党猖狂进攻的丑态跃然纸上。

颔、颈二联，采用对仗形式，具体揭露江青一伙的反党罪行。诗句意谓，这个"过河卒子"并非因为勇敢才不回步，而是早有反骨，本性难移，动辄训人，自称"老娘"。这个反党野心家长期潜伏于内庭，觊觎帅座，做梦都想成为"红都女皇"。"文化大革命"期间，还在外地跳窜，煽风点火，成为制造人间浩劫的罪魁祸首。

尾联意在讽刺江青篡党窃国的行径犹如春婆一梦。春婆梦，据《侯鲭录》载："东坡老人在昌化，尝负大瓢，行歌田野间。碰妇年七十，云：'内翰昔日富贵，一场春梦。'东坡然之。里中呼为春梦婆。"后来用以感叹人生的富贵无常，诗中活用此典。1976 年 10 月，平地一声春雷，党中央领导全国人民一举粉碎江青反革命集团，"震"碎了她的一场春梦。"四人帮"被押上历史的审判台，这群无产阶级革命的叛徒哪里会有什么好下场！

这首七言律诗自成一格。作者以辛辣讽刺的语言表现严肃的战斗内容，寓庄于谐，兴会淋漓，锋芒直指江青这个反革命的野心家、阴谋家。这是一首辛辣的打油诗，也是一首出色的讽刺诗。

奉和雪垠兄

雪垠兄以春节感怀见示，步韵奉和，并请指正。

壮志豪情未易摧，文坛飞将又来回。

频年考史拨迷雾，长日挥毫起迅雷。

锦绣罗胸仍待织，无情岁月莫相催。

高龄百廿君犹半，贺酒料将过两台。

赏析：

此诗写于 1977 年 3 月，录自《茅盾诗词集》。姚雪垠（1910—1999），河南邓县人。为我国现代著名小说作家，其代表作是多卷本长篇历史小说《李自成》。1977 年 2 月，姚雪垠曾作七律《春节感怀》。诗前有一小序："1957 年深秋季节，开始动手写《李自成》，至今将满廿载。第二卷第一分册刚印成，尚未发行问世。以下尚有三卷稿子未就，任务甚重。老马长途，力与心违。今值春节之晨，百感交集，怅然寡欢。赋此一律，聊写予怀。"诗中明显流露出作者怅然寡欢、抑郁难解的情绪。茅盾发现友人心情不好，随即和了一首诗加以鼓励。

首联称赞姚雪垠为"文坛飞将"。飞将，《史记·李将军列传》："广居右北平，匈奴闻之，号曰'汉之飞将军'。避之数岁，不敢入右北平。"后常以飞将军称呼勇猛善战的将领。诗句意谓，姚雪垠具有不可摧毁的豪情壮志，这位文坛上的"飞将军"今天又回来参加战斗了（诗中"来回"因押韵而颠倒）。姚雪垠五十年代被错划为右派，在受到巨大挫折的情况下开始《李自成》的创作。文化大革命期间，再次受到迫害，仍以顽强的毅力坚持写作。粉碎"四人帮"以后，这位文坛上的"飞将军"再次驰骋沙场。

颔联是对友人创作的赞美之辞。姚雪垠几十年如一日，大量搜集明末农民起义的历史资料，运用马克思主义观点对其进行研究考证，真正拨开历史的迷雾，并在充分掌握历史素材的基础上，长日挥毫，笔底风雷，为完成多卷本《李自成》的创作而不懈努力。

颈联意谓，我们的作家"锦绣罗胸"（积累了大量创作素材），有待织成美丽的彩绸（写出优秀的文艺作品）。无情的岁月啊，切莫催他衰老。这里既是对于友人的深情慰勉，也是希望社会给予作家以支持。

尾联勉励和祝福友人。作者原注："雪垠有完成《李自成》后再写《天京悲剧》之计划，'两台'即喻此。"诗句意谓，如果人生可以活到一百二十岁，你才只过去一半，无须担忧"力与心违"。继五卷本《李自成》之后，还会完成另一部长篇《天京悲剧》，甚至写出更多作品，料想贺酒是可以超过两台的。

这首和诗思想与艺术均臻化境。不仅平仄、韵律一依原作，而且情真意挚、语重心长，完全针对友人的思想问题婉言相劝，循循善诱。诗中既有热情称赞，又有深情慰勉。姚雪垠读后深受教育与鼓舞，声称茅公："他是我的老师，也是真正知音。"

题《红楼梦》画页（四首）

补裘

补裘撕扇逞精神，清白心胸鄙袭人。

多少晴雯崇拜者，欲从画里唤真真。

葬花

高傲性格不求人，天壤飘零寄此身。

谁与登茵谁落溷，愿归黄土破红尘。

读曲

世事洞明皆学问，人情练达即文章。

欲知两语之真谛，读透西厢自忖量。

赠梅

无端春色来天地，槛外有人轻叩门。

坐破蒲团终彻悟，红梅折罢暗销魂。

赏析：

这四首诗写于 1978 年 9 月，录自《茅盾诗词集》。1978 年秋，《社会科学战线》杂志社为编印《1979 年〈红楼梦〉图咏月历》，特请国画家刘旦宅绘制《红楼梦》故事图十二幅，并请文艺界知名人士分别为这些画页题诗。茅盾应约为《补裘》《葬花》《读曲》《赠梅》四幅画页题诗。

《补裘》咏赞晴雯。"补裘"，事见《红楼梦》第 52 回《俏平儿情掩虾须镯，勇晴雯病补雀金裘》。"撕扇"，事见《红楼梦》第 31 回《撕扇子作千金一笑，因麒麟伏白首双星》。真真，见前《题〈红楼梦〉十二钗画册》赏析。诗句意谓，《补裘》《撕扇》两节最能反映晴雯逞强好胜的精神，而其清白心胸自可鄙视宝玉身边另一丫环袭人。世上多少崇拜晴雯的人，欲从画里唤出真真这位富有传奇色彩的仙女。

《葬花》咏赞黛玉。"葬花"，事见《红楼梦》第27回《滴翠亭杨妃戏彩蝶，埋香冢飞燕泣残红》。天壤飘零，在天地之间漂泊流落，意思是林黛玉父母双亡，投奔贾府，依然性格高傲，不愿求人，天壤飘零寄托此身。"谁与登茵谁落溷（hùn）"，语出《梁书·范缜传》。诗句意谓，人生如同落花一样，究竟登茵（登上茵席）还是落溷（落入粪坑），即自身命运如何，自己很难把握。不如抛却红尘，归诸黄土，"质本洁来还洁去，一抔黄土掩风流"。

《读曲》吟咏宝玉、黛玉。"读曲"，事见《红楼梦》第23回《西厢记妙词通戏语，牡丹亭艳曲警芳心》。真谛，佛教名词，谛是真理的意思。佛教认为，就本质而言，一切事物都是"空"的，这才是真谛。西厢，即元代王实甫杂剧《西厢记》，具体描述了张生与崔莺莺的爱情故事。"世事洞明皆学问，人情练达即文章。"这是当年封建士大夫立身处世的格言。贾宝玉对于这副对联深恶痛绝，可是当他在沁芳桥边读《西厢记》而被林黛玉发现时，却仍然藏之不迭，后不得已才说出实情，还再三嘱咐："你看了，好歹别告诉别人去。"这里可以看出，这种封建士大夫的人生哲学，就连贾宝玉这个封建社会的贰臣逆子也不能不受影响，所以诗中指出："欲知两语之真谛，读透西厢自忖量。"我们读了《红楼梦》中这段描写，必然会进一步了解"两语之真谛"。

《赠梅》吟咏妙玉。"赠梅"，事见《红楼梦》第50回《芦雪庵争联即景诗，暖香坞雅制春灯谜》。槛，窗户下或长廊旁的栏杆。妙玉在翠栊庵带发修行，自称"槛外人"。诗句意谓，眼见人间"无端春色"（遍地红梅），忽听槛外有人"叩门"（宝玉来访），不也动了凡心！折罢红梅，手赠宝玉，更是黯然销魂。"坐破蒲团终彻悟"，诗中对于妙玉，既有讽刺之意，更多怜惜之心。妙玉面对人间春色，终于有了彻悟，开始厌倦终日端坐蒲团的出家生活。这正说明妙玉并非是完全看破红尘的"槛外人"，同时作者对于这位自命清高的宦家小姐依然抱有同情之心。

《题〈红楼梦〉画页》四首，立意超拔，情趣盎然，诗与画配，相得益彰。这组题画小诗深得红楼人物性格的底蕴，可谓诗中有画；而刘旦宅的《〈红楼梦〉故事图》亦属妙笔生花，可谓画中有诗。难怪这份《〈红楼梦〉图咏月历》深受海内外广大欣赏者与使用者的欢迎了。

赠时钟雯教授

考证精深元杂剧，雅兼信达《窦娥冤》。
交流文化开新路，继起之人莫忘源。

赏析：

此诗写于 1979 年 9 月，录自《茅盾诗词集》。原有作者附记："美国华盛顿大学时钟雯教授翻译介绍元杂剧，盖前人极少尝试之壮举也。"当时，在时钟雯教授来华访问期间，茅盾应其要求亲切会见并赠诗留念，热情赞扬她在中美文化交流中做出的贡献。

"考证"二句，元杂剧，亦称"元曲"，为元代用北曲演唱的戏曲形式。系在金院本和诸宫调基础上广泛吸收多种词曲和技艺发展而成。剧本形式一般每本分为四折，每折用同一宫调的若干曲牌组成套曲，必要时另加"楔子"。创作和演出先以大都（今北京）为中心，元灭宋后又以杭州为中心流传至各地。《窦娥冤》，元代著名剧作家关汉卿的代表作，全名《感天动地窦娥冤》。诗句意谓，时钟雯作为美籍华人学者，对于我国元代杂剧的考证精深且卓有成就，而翻译元代著名剧作家关汉卿的《窦娥冤》时，更是雅兼信达，不同凡响，做到了既有文采，又忠于原文，并且能够让人读懂。

"交流"二句，诗句赞扬时钟雯教授在中美文化交流方面开创了一条新路，而且定会后继有人。但"继起之人"应当饮水思源，切莫忘了开创者的功绩。

此诗题赠时钟雯教授，要言不烦，切中肯綮，对于这位美籍华人作者在中美文化交流方面的贡献做出高度评价。

欢迎鉴真大师探亲

一代高僧幼便奇，鉴真十四即从师。
家学渊源四分律，生涯勤护水田衣。
两京寺院擅宏丽，楼台巧构有成规。
建筑神奇细端详，利人又复学岐黄。

广陵自古繁华地，师择此邦建道场。

善男信女万千辈，来自东西南北方。

顶礼焚香莲座下，悲田喜舍见慈祥。

遣唐使者频来往，云是扶桑日出乡。

象教自西而跨海，中华古国是桥梁。

鉴真投袂欣然起，携带门徒赴海市。

茫茫烟水罡风高，心向之邦何处是？

诚开金石动天神，海若前驱报大喜。

此时和尚已丧明，赖有广长舌代睹。

奈良京洛隔海洋，风送梵音与法鼓。

今日鉴真来探亲，扬州面貌已全新。

欢迎现代遣唐使，友谊花开四月春。

赏析：

此诗写于 1980 年 1 月，录自《茅盾诗词集》。1980 年 4、5 月间，我国唐代高僧鉴真干漆夹纻像在日本奈良唐招提寺森本孝顺长老的护送下回国"探亲"。这尊干漆夹纻像是鉴大师临终前，由其弟子按照他坐禅时的姿态塑造的，坚贞安详，栩栩如生，至今已有一千二百余年的历史，日本一直奉为国宝保存。此次鉴真大师坐像回国"探亲"，日本政府专门组织了"国宝鉴真和尚像中国展"访华团，这在中日两国友好往来的历史上是一件具有深远意义的盛事。此前，主办单位日中文化交流协会、朝日新闻社、中国佛教协会，事先商定编辑一本《鉴真大师像回国巡展纪念集》，双方约请中日两国一些知名人士写诗作文。我国佛教协会会长赵朴初约请茅盾题诗，茅盾欣然应允，不久写成这首七言古风《欢迎鉴真大师探亲》。

第一部分（"一代高僧幼便奇"至"悲田喜舍见慈祥"）写出这位唐代高僧的功德、才华和成长过程。根据有关史料记载：鉴真复姓淳于，唐朝垂拱年间生于广陵江阳（今扬州市）一个商人家庭。父亲虽经商，却笃信佛教，曾受戒学禅。这样的家庭对于鉴真的影响是很深的，使他从小就向往清净简朴的僧侣生活。"家学渊源四分律，生涯勤护水田衣。"四分律，佛教戒律名。相传释迦牟尼逝世一百年后，印度僧人昙天德采集上座部律藏，经四次编辑成书，分为四分（四夹），故名。四分律传入中国后，当时佛教学者讲习撰述很多。鉴真父亲为佛教信徒，亦通四分律，因此"家学渊源"。水田衣，即袈裟，因衣纹正方，似水田界划，故名。鉴真14岁时征得父亲同意，做了大云寺智满禅师的削发弟子。20岁时入长安，由著名律宗法师景宏举行受戒仪式。此后往来于洛阳、长安之间，巡游寺刹，寻访师友。当时两京寺院宏伟壮丽，楼台巧构均有成规。"建筑神奇细端详，利人又复学岐黄。"鉴真对于两京神奇的建筑颇为注意，为了治病救人复又掌握医术。岐黄，指我国传统医学。相传《内经》由岐伯与黄帝讨论医学，以问答形式写成。后人故称中医为岐黄之学。鉴真游历两京经过七年，终于成为学识渊博的僧侣。26岁以后返回扬州，此后则在江淮一带传经布道，弟子4万余人。"顶礼焚香莲座下，悲田喜舍见慈祥。"鉴真中年驻锡扬州大明寺，在他的莲花宝座之下，虔诚焚香、顶礼膜拜的善男信女络绎不绝。大师为了救济贫病之人，还在扬州创办了"悲田院"（佛教以施舍为悲田，故名），除施舍粥饭外，还亲自调煎药物，为人治病。

　　第二部分（"遣唐使者频来往"至"风送梵音与法鼓"）称赞鉴真为加强中日文化交流做出了卓越贡献。佛教（亦称象教），最早流行于印度，后传入中国，6世纪又经朝鲜半岛传入日本。日本大化革新以后，直接从中国输入佛教文化，多次派出遣唐使和留学僧前去学习盛唐文化。742年，日本学问僧荣睿、普照邀请鉴真大师东渡弘法。鉴真欣然接受邀请，率领大批门徒举帆出海，但被风浪所阻，折回祖国。在11年间，先后5次渡海，均受挫失败。753年，日本遣唐使和留学僧又来邀请，鉴真不顾高龄和双目失明，毅然带领弟子、工匠第6次东征，终于胜利到达日本海岸。"诚开金石动天神，海若前驱报大喜。"鉴真的一片精诚终于感动天神，海若（海神）作为前驱往扶桑报喜，至今日本秋屋浦的渔民中仍流传着鉴真大师得到海神帮助的传说。鉴真到达日本之后，天皇封他为大僧都，日本人尊之为"盲圣"，请他立坛受戒，成了日本佛教领袖。鉴真不仅首创日本律宗，而且将盛唐文化，包括建筑、雕塑、医药、绘画、书法等都带到日本。他在日本生活了十年，圆满地完成了中日文化交流的时代使命。鉴真与其弟子建造的具有唐代特点和风格的唐招提寺，和盛唐两京的宏伟寺院一样，被日本人称为"今日遗存的天平时代最大最美的建筑物"。这里虽与盛唐两京远隔重洋，仿佛风送梵音法鼓，那么声息相通。

　　第三部分（"今日鉴真来探亲"至"友谊花开四月春"）表示热诚欢迎鉴真大师像"探亲"和日本现代遣唐使节。鉴真离开扬州已经一千二百多年了，故乡的面貌发生了天翻地覆的变化，大师的在天之灵也会感到欣慰吧！我们还要欢迎现代遣唐使节——包括日本唐招提寺森本孝顺长老和鉴真大师像回国巡展团、国宝鉴真和尚像中国展访华团的全体成员，他们为中日文化交流做出了有益的贡献，且中日两国人民友谊之花自当开放在四月的春天。

　　这首七言古风生动地记述了鉴真一生的功德和才华，表彰他对加强中日文化交流所做出的贡献。作者有意识地将抒情与叙事结合起来，诗中包含若干叙事成分，更显作者对于历史与佛学方面的渊博知识。

怀老舍先生
——为絜青夫人作

老张哲学赵子曰，祥子悲剧谁怜恤。
茶馆龙沟感慨多，君卿唇舌生花笔。

赏析：

　　此诗写于1980年11月，录自《茅盾诗词集》。老舍（1899—1966），原名舒庆春，字舍予，笔名老舍。现代著名小说家、剧作家。曾任中国文联副主席、中国作协副主席、北京市文联主席。1966年"文化大革命"初期被迫害致死，粉碎"四人帮"后已平反昭雪。1980年11月，茅盾应老舍夫人、著名国画家胡絜青要求，写了这首怀念亡友的诗篇。

　　"老张"二句，老舍一生创作了二十余部长篇小说，这里从中选择三部颇有影响的作品嵌入诗中，即《老张的哲学》《赵子曰》《骆驼祥子》，从而赞扬老舍文艺创作上的贡献。怜恤（xù），怜悯、体恤。意思是小说主人公骆驼祥子的悲剧谁来怜悯体恤呢？

　　"茶馆"二句，老舍新中国成立以后写了近二十个剧本，《茶馆》《龙须沟》为其代表作。一为旧社会的葬歌，一为新社会的颂歌，让人读后感慨良多。君卿唇舌，典出《汉书·楼护传》："为人短小精辩，议论常依名节，听之者皆竦。与谷永俱为五侯上客，长安号曰：'谷子云笔札，楼君卿唇舌。'言其见信用也。"因言语必用唇舌，故以唇舌作为口才、言辞的代称。生花笔,典出王仁裕《开元天宝遗事》:"李太白少时,梦所用之笔头生花,后天才瞻逸名闻天下。"后用"梦笔生花"或"生花笔"称誉富有才华的作家和作品。这里巧妙地用了两个历史人物的典故,说明老舍善于文辞,有着一支生花妙笔,所以能够写出那么多优秀的小说和剧本。

这是一首别具一格的嵌名诗,在短短四句之中嵌了五部书名,且对作家作品有所评价,可谓言少意多,耐人寻味。

一剪梅

感怀

甲寅人日友某感怀三十年前脱险之事,作此记之。

何处荒鸡唤曙光,闻笛山阳,凄切寒蛩。骑鲸捉月忒颠狂,且泛艅艎,适彼乐乡。

心事浩茫九转肠,有美清扬,在水一方。相思欲诉又彷徨,月影疑霜,花落飘香。

赏析:

此词写于 1974 年 2 月,录自《茅盾诗词集》。一剪梅,词牌名。甲寅人日,按照我国干支纪年,1974 年为甲寅年,人日,即旧历正月初七日。友某,据《茅盾年谱》载:"1974 年 1 月 29 日,老朋友高汾来访(按:高汾为人民日报记者,1941 年在香港文艺通讯社工作),大家谈起'三十年前脱险之事',感慨系之。"1941 年 12 月,随着太平洋战争的爆发,日寇进攻香港,驻港英军宣告投降。当时有近两千名爱国民主人士和进步文化人陷在香港。我党迅速设法抢救,保护他们离开香港。茅盾夫妇与叶以群、廖沫沙等人同行,经过种种艰难险阻,于次年三月到达桂林。此事详见茅盾《脱险杂记》。

上阕记述当年在港的思想活动。

"何处"三句,荒鸡,夜间不按时而鸣的鸡。《晋书·祖逖传》:"中夜闻荒鸡鸣,蹴琨觉,曰:'此非恶声也'因起舞。"后以"闻鸡起舞"比喻有志之士及时奋起。这里表现香港进步文化人当年抗日救亡、奋发向上的精神状态。闻笛山阳,典出晋向秀《思旧赋序》:"余与嵇康、吕安居止接近；其人并有不羁之才，然嵇志远而疏，吕心旷而放。其后各以事见法……余逝将西迈，经其旧庐，于时日薄虞渊，寒冰凄然，邻人有吹笛者，发声寥亮，追思曩昔游宴之好，感音而叹，故作赋云。"后以"闻笛山阳"作为伤逝怀旧的象征。诗中是说作者想念旧游之地，怀念自己友人，而这里只有几只寒螿（即寒蝉）发出阵阵的哀鸣。

"骑鲸"三句，骑鲸，语出扬雄《羽猎赋》："乘巨鳞，骑鲸鱼。"后用来指文人隐遁或游仙。唐代诗人李白曾自称"海上骑鲸客"。茅盾词中之意是，"骑鲸捉月"的幻想未免过于颠狂，还是乘上大船（艅艎）到自己所向往的"乐乡"去吧！

下阕表达作者有所向往而又未能实现的怅惘情怀。

"心事"三句，《诗·郑风·野有蔓草》："有美一人，清扬婉兮。"清扬，原指眉清目秀，亦用为风采之意。作者心目中"在水一方"的美人，就是中国共产党所领导的北方抗日根据地。1940年作者曾在延安，原想留下，后因革命需要离开，今在香港因其深情怀念当初的情景，以致心事浩茫，达到回肠九转的程度。

"相思"三句，这种对于"有美清扬"的热切追求，使得自己欲诉而又彷徨。此中因受主客观条件的限制，当有许多不得已的苦衷。末句继续表达深沉的怀念之情。"月影疑霜"当从李白诗句"床前明月光，疑是地上霜"化出，作者因思乡情切，眼前仿佛出现一片"花落飘香"的场面。

此词感情委婉，寓意深沉。作者没有直接记述"三十年前脱险之事"，而是追忆往事，有感于怀，重点表露当日在港向往革命圣地延安的心情。这种热切向往之情又是通过不少成语典故曲折地加以表达的。这一切也许与此词写于"文化大革命"期间有关，值得我们深长思之。

一剪梅

陈瑜清、陈晓华大小两聋属缀俚句，为刘建华、朱关田两同志祝百年之好，敬谨如命，并附骥尾同申祝颂。

美满姻缘翰墨香，女也缣缃，男也缥囊。佳人国士好风光，兰也芬芳，菊也傲霜。

　　竞争上游建设忙，华也飞翔，关也腾骧。两聋大小共称觞，欢也刘娘，喜也朱郎。

赏析：

此词写于 1974 年 2 月，录自《茅盾诗词集》。一剪梅，词牌名。此词写作缘起，可见词前小序。陈瑜清为茅盾表弟，当时在浙江图书馆工作。陈晓华为陈瑜清同事，与茅盾曾有书信往来。刘建华亦在浙江图书馆工作，与杭州书画社青年书法家朱关田结婚时，拜托陈瑜清、陈晓华请茅盾题字，因此得到这幅贺词。

上阕祝福刘、朱二人结为连理。

"美满"三句，翰墨，也作笔墨，一般指文辞，也指书法和绘画。缣缃，缣与缃均指淡黄色的丝织品，古人常用作书衣，可代指书卷。缥囊，指盛书囊。萧统《文选序》："词人才子，则名溢于缥囊。"词句意谓，这桩美满姻缘充满了文化人的气息，一个管理图书，一个从事书画，完全切合二人的特定身份。

"佳人"三句，国士，国中才能出众的人。《史记·淮阴侯列传》："诸将易得耳。至如信者，国士无双。"词句意谓，佳人国士，真好风光，佳人好比兰草充满芬芳；国士犹如菊花能以傲霜。

下阕描绘欢庆场面并对新人寄予希望。

"竞争"三句，腾骧（xiāng），飞跃，奔腾。词句意谓，力争上游为社会主义建设奔忙，刘建华展翅飞翔，朱关田也跃马奔腾。

"两聋"三句，两聋，指陈瑜清、陈晓华均有耳疾，听力较差。觞（shāng），角制的酒杯。词句意谓，一大一小两位聋者共同举杯祝福新人，刘娘、朱郎皆大欢喜，构成一幅生动的喜庆场面。

这是一首为庆贺两位青年结婚而写的贺词。作者寓庄于谐，饶有风趣，用语雅俗共赏。缣缃、缥囊、刘娘、朱郎终因翰墨之交结成了"美满姻缘"。"两聋大小共称觞"，更是绘形绘色，充满喜庆色彩。此词实为不可多得的婚庆佳作。

菩萨蛮

奉答圣陶尊兄

圣陶兄以新作菩萨蛮见示，谓志香山同游之欢。
不敢藏拙，次韵奉答，并希指正。

游兴岂为高龄敛，童颜鹤发添明艳。扶杖访秋山，别来已十年。
解颐藏胜义，宇宙亦匏系。云散日当空，山川一脉红。

赏析：

此词写于 1974 年 10 月，录自《茅盾诗词集》。菩萨蛮，词牌名。叶圣陶（1894—1988），名绍钧，现代著名作家、教育家。1920 年与茅盾、郑振铎等人发起并组织文学研究会。新中国成立以后，任教育部副部长、全国政协副主席。1974 年 10 月 28 日，叶圣陶八十岁生日。当时正处"文化大革命"期间，无法公开举行纪念活动。茅盾、胡愈之等十一人约请叶老同游香山，聊表祝寿之意。此次香山之游，叶老喜作《菩萨蛮》词，茅盾"次韵奉答"，即依韵奉和。

上阕写十二位老人香山之游的欢快心情。童颜鹤发，形容老人气色很好，有着仙鹤羽毛一般雪白的头发、孩子一般红润的面色。意思是寿星老人虽已八十高龄，依然游兴很浓，而且鹤发童颜，显得神采焕发。"扶杖访秋山，别来已十年。"作者于深秋季节来访香山，与此地相别已有十年。这里似亦包含老友之间不少人"别来已十年"之意，因而大家在感慨之余更为此次秋游感到高兴。

下阕既是对同游诸老的慰勉之词，又表达了对于国家前途的美好祝愿。解颐，《汉书·匡衡传》："匡说诗，解人颐。"后来以解颐为欢笑。匏（páo）系，《论语·阳货》："吾岂匏瓜也者，焉能系而不食？"匏瓜即苦瓜，不可食，故系而置之。比喻不得出仕或不被重用。这里是说，需知笑对现实，里面也藏有胜义。现实生活中也有像匏瓜那样系而不食的事情啊！这些老作家当时虽已得到"解放"或挂名某种职务，却依旧被闲置不用。"云散日当空，山川一脉红。"这些老人毕竟饱经人世沧桑，深知天上的乌云毕竟是暂时的，灿烂的太阳终归会普照大地。

这首《菩萨蛮》词虽系依韵奉和之作，却含蕴深厚，声情俱佳，具有感人的艺术力量。

桂枝香
为商务印书馆建馆八十周年纪念作

维新大业，数出版先驱，堪推巨擘。世事白云苍狗，风涛荡激。顺潮流左右应付，稳渡过，滩陡浪急。曾开风气，影印善本，移译西哲。

忆往昔鱼龙混杂，渐小人嚣张，君子缄默。学术传播正路，险堕邪僻。人民革命换天地，红太阳普照无极。工商改造，旧瓶新酒，愿长芳冽。

赏析：

此词写于 1977 年 9 月，录自《茅盾诗词集》。桂枝香，词牌名，又名《疏帘淡月》。此词牌双调一百零一字，上、下阕各十句，五仄韵。一般用入声韵，音节高亢，多用来表现雄壮豪放之情。商务印书馆，为我国历史悠久的出版机构。1897 年创办于上海，一向以出版学校教科书、古籍、科学、文艺、工具书、期刊等为主要业务。1932 年在"淞沪战役"中，该馆总务处、编译所及附设的东方图书馆、印刷总厂等，均被日军炸毁。后来部分得到恢复，1954 年 5 月总馆迁北京。1977 年 9 月，商务印书馆举行建馆八十周年纪念活动，茅盾应约题写此词。

上阕高度评价商务印书馆在我国出版事业中的历史地位。

"维新"三句，维新，语出《诗·大雅·文王》："周虽旧邦，其命维新。"后通称变旧法、行新政为维新。巨擘（bò），大拇指。词句意谓，商务印书馆建于清光绪年间，堪称我国出版先驱，并在当时资产阶级维新运动中起到首屈一指的突出作用。

"世事"五句，白云苍狗，语出杜甫《可叹》："天上浮云如白衣，斯须改变如苍狗。"后用来比喻世事的变幻无常。词句意谓，商务印书馆自建馆以来，我国社会发生过许多重大变化，在这风涛激荡的时代，均能适应时代潮流，左右应付，终于度过了不少急流险滩。

"曾开"三句，善本，藏书家称精印难得者为善本，原江南图书馆存有善本书目。旧时刻本、精抄本、手稿、旧拓碑帖，通常也称为善本。词句意谓，商务印书馆在出版工作中常开风气之先，曾经带头"影印善本，移译西哲"。1919年曾据江南图书馆丁丙"十万卷楼"藏书，精工影印《四部丛刊》，后来还大量翻译西方哲人的文学、哲学等著作。

下阕记述该馆内部错综复杂的斗争，祝愿商务印书馆今后做出更大的贡献。

"忆往昔"五句，鱼龙混杂，好人和坏人常混在一起。邪辟，乖戾不正。《荀子·劝学》："故君子居必择邻，游必就士，所以防邪辟近中正也。"词句意谓，忆往昔该馆一度鱼龙混杂，而且小人气焰渐渐嚣张，君子缄默不语，后经内部整顿，终于使学术传播走上正路，险些堕入邪辟。有关商务整顿内部错综复杂的斗争，可以参阅茅盾《回忆录》相关部分。

"人民"五句，芳冽（liè），芳香，清醇。词句意谓，我国人民革命改天换地，红太阳的光辉永远普照。商务印书馆经过工商业社会主义改造之后，更是旧瓶装了新酒。旧瓶装新酒，原为20世纪30年代文艺大众化运动中提出的口号，即运用旧形式表现新内容，为广大人民群众服务。这里是指商务印书馆虽用旧招牌，却有新面貌，作者希望所装新酒永远芳香与清醇，这是美好的祝愿。

茅盾早在1916年就参加了商务印书馆编译所的工作，直到1925年去广州投入大革命运动为止，前后长达十年，对该馆有着颇为深厚的感情。此词完全根据自己的亲身体会，实事求是，褒贬得当，可见一往情深。

西江月（二首）
故乡新貌

一

祖国红花开遍，故乡喜沾余妍。新装改换旧垄阡，县委领导关键。

双季稻香洋溢，五茧蚕忙喧阗。工农子弟竞攻坚，那怕科技关险。

二

唐代银杏宛在，昭明书室依稀。往昔风流嗟式微，历史经验记取。

解放花开灿烂，四凶霜冻百卉。天青雨过布春晖，又见千红万紫。

赏析：

这两首词写于 1977 年 12 月，录自《茅盾诗词集》。西江月，词牌名。当时，桐乡县委有两位同志在北京开会，会间看望沈老，并详细介绍乌镇情况。作者欣然答应来人"敬求墨宝"的要求，故写了这两首咏赞故乡的诗词。

第一首写的是，听了来人介绍之后，对于故乡的发展变化的喜悦之情和欣慰之感。妍，美好。垄阡，田埂、阡陌，均指田间小路。喧阗 (tián)，喧闹拥挤。词句意谓，祖国胜利之花遍地开放，故乡同样喜沾余妍，也是一片丰收景象。这里洋溢着双季稻香，人们还为一年养五次蚕而忙碌，真是富饶的江南水乡。故乡的青年们敢于发扬攻关精神，不断攀登科学技术高峰。"新装改换旧垄阡，县委领导关键。"这里既是对于故乡之所以能够产生如此巨大变化的经验总结，也是希望桐乡县委能够贯彻北京农业工作会议精神，取得更大成就。

第二首，作者进一步表达了对于故乡深沉的思念和美好的祝愿。

上阕写深切思念。作者原注："唐代银杏、昭明太子读书室，皆故乡乌镇的古迹。"作者选择这两个颇为典型的故乡景物，借以表达深切的思念之情。"往昔风流嗟式微，历史经验记取。"式微，语出《诗·邶风·式微》："式微式微胡不归。"可作两种解释：一是衰微，二是思归。词中同时兼有这两层意思。故乡往昔物产丰富，风景秀美，可是新中国成立前由于国民党政府的反动统治，新中国成立后又经历了"文化大革命"的十年浩劫，遭到严重破坏，这个历史经验值得永远记取。同时联系作者在"文化大革命"中的不幸遭遇和粉碎"四人帮"后的喜悦心情，不难理解老人这种游子思归、怀念故乡的真挚感情。

下阕既是对于故乡社会主义建设的历史回顾，也是作者对于故乡美好祝愿的表达。新中国成立以后的乌镇，"解放花开灿烂"，工农业生产均有很大发展，出现了欣欣向荣的景象。可是在文化大革命中，"四凶霜冻百卉（卉，草的总称）"，由于"四人帮"反革命集团祸国殃民，弄得故乡百卉凋零。今日雨过天青，大地春回，故乡重又呈现百花盛开、万紫千红的喜人景象。

两阕新词，紧扣题意。既用诗的语言生动地描述了故乡新貌，也充分表达了作者对于故乡的深厚感情。正如他在《可爱的故乡》一文中所说："漫长的岁月和迢迢千里的远隔，从未遮断我的乡思。"

沁园春
为《西湖揽胜》作

西子湖边，保俶塔尖，暮霭迷濛。看雷峰夕照，斜晖去尽；三潭印月，夜色方浓。出海朝霞，苏堤春晓，叠嶂层波染渐红。群芳圃，又紫藤引蝶，玫瑰招蜂。

人间万事匆匆，邪与正往来如转蓬。喜青山有幸，长埋忠骨；白铁无辜，仍铸奸凶。一代女雄，成仁就义，谈笑从容气贯虹。千秋业，党英明领导，赢得大同。

赏析：

此词写于 1979 年 8 月，录自《茅盾诗词集》。沁园春，词牌名。当时，茅盾应浙江人民出版社要求，为一本版式新颖、图文并茂的旅游读物——《西湖揽胜》题字、题词，该书于当年 11 月出版。同年 12 月，《浙江日报》《东海》《西湖》等报刊均转载此词。

上阕借景抒情。保俶塔，在西湖北岸宝石山上。传为五代吴越王钱弘俶的宰相吴延爽所建，意在祈求上苍保佑钱弘俶平安。雷峰夕照，雷峰塔在西湖南岸的夕照山上。三潭印月，为一湖中小岛，又名小瀛洲，附近湖面有三座石塔，传说如明烛燃于塔内，烛光由小洞投入水中，宛似月亮，故称"三潭印月"。苏堤春晓，苏堤为贯通西湖南北的一条长堤，其间架有桥梁六座，每当春日，桃柳夹堤，景色宜人。作者选择颇为典型的几个自然景观，暮霭迷濛的保俶塔尖、斜晖去尽的雷峰夕照、夜色方浓的三潭印月、朝霞映红的苏堤春晓，完全以时间为线索，并且抓住有关景物的特点，加以有声有色的描绘。"群芳圃，又紫藤引蝶，玫瑰招蜂。"白天西湖周围的各个公园，更是群芳争妍，蜂蝶萦绕其间，万紫千红，一片大好风光。

下阕借史抒情。"人间"二句，转蓬，蓬草遇风，则根拔而飞转，谓之转蓬。后用来比喻人之行踪漂泊不定。词句意谓，人间万事匆匆而过，邪恶与正义往来如同转蓬一样，即人类社会的历史，就是正与邪两种势力反复较量的历史。"喜青山"七句,成仁就义,语出《论语·卫灵公》与《孟子·告子上》,后常以杀身成仁、舍生取义表示为正义事业而献出生命。词句意谓,喜杭州青山有幸,长埋宋代抗金英雄岳飞的遗骨;白铁无辜,仍铸南宋秦桧、王氏、张俊、万俟卨四大奸凶。"一代女雄"指我国民主革命时期的反清女英雄秋瑾烈士,辛亥革命后为纪念她在杭州西泠桥畔建秋瑾墓和风雨亭。一代女雄,成仁就义,谈笑从容,气贯长虹。作者尽情赞颂古代抗金英雄岳飞和近代巾帼英雄秋瑾,借以抒发爱国主义情怀。"千秋业"三句,结尾让人深信,只要坚持党的英明领导,就能成就千秋大业,赢得世界大同。"大同"意为人类的理想社会,语出《礼记·礼运》:"大道之行也,天下为公,选贤与能,讲信修睦;故人不能独亲其亲,子其子;货恶其弃于地也,不必藏于己;力恶其不出于身也,不必为己;是故谋闭而不兴,盗窃乱贼而不作,外户而不闭,是谓大同。"词中"大同"的社会理想,即实现共产主义。

这首《沁园春》词为《西湖揽胜》一书而作,用语通俗易懂,而又韵味深长。作者采用传统的表现手法,通过吟咏杭州西湖绮丽的自然景色和有关历史人物,借以表达对祖国壮丽河山的赞美以及渴望祖国繁荣富强的爱国主义情怀。

俞平伯

俞平伯生平与诗词创作

俞平伯（1900—1990），名铭衡，字平伯，浙江德清人。现代著名诗人、散文家、红楼梦研究专家。1919 年毕业于北京大学。早年参加五四新文化运动时，即以新诗人、散文家享誉文坛，为新潮社、文学研究会成员。1923 年出版《红楼梦辨》，与胡适并称"新红学派"的创始人。新中国成立以后亦因《红楼梦研究》受到严厉批判。历任上海大学、南京大学、清华大学、北京大学教授、中国社会科学院文学研究所研究员、全国人大代表、全国政协委员。一生著述宏富，有《俞平伯全集》（十卷本）传世。

俞平伯诗词均已收入 1992 年浙江文艺出版社出版的《俞平伯诗全编》，该书包括新诗、译诗、旧体诗词、诗论四个部分。旧体诗词部分由作者生前已出版的《俞平伯旧体诗钞》《古槐书屋词》与生前虽已手订而未及出版的《寒涧诗存》《零篇诗草》四个集子组成，合计近 700 首诗词。俞平伯作为我国现代诗词大家，一生从未间断诗词创作，总数当远远超过 700 首。十年浩劫期间，作者曾自辑《古槐书屋诗》手稿八卷，后被造反派抄走，至今下落不明，真让人为之叹息。仅下放河南五七干校一年多的时间里就写诗百余首，录入《全编》者只有三十余首。可见尚有不少诗词及手稿已被抄走，或仍散佚在外，尚有待进一步搜集。

俞平伯出生书香门第，素有家学渊源，从小就打下了深厚的旧学功底，后在诗词创作与诗学理论方面均做出很大的贡献。他的旧体诗词具有几个颇为明显的特点：

一是各体兼备，形式多样。俞平伯能够熟练地驾驭旧体诗词的各种艺术样式。诗有绝句、律诗、古风，且五言、七言具备；除常规短制外，另有洋洋数千言的纪事或抒情长诗。词有小令、长调，还有属于旧体的辞赋、散曲、歌谣、小调以及对联、断句等。可见作者实为写作旧体诗词的行家里手，既无体不备，又驾轻就熟。

二是感情真实，言必由衷。俞平伯诗词，或言志述怀，或赠友怀人，或写景纪游，无不为有感而发的出自肺腑之言，而非率尔操觚虚言应景之作。早年所作的《秋日咏怀》《白下赠友》，中年的《危邦》《赠王伯祥兄》二首，晚年的《闻文学研究所改建摩天大厦》《一九七八年十月十五日晨枕感怀》《咏自清亭》《临江仙·周甲良辰虚度》等，均为倾注诗人真情实感之作。如《赠王伯祥兄》二首：

> 交游零落似晨星，过客残晖又凤城。
> 借得临河楼小坐，悠然尊酒慰平生。

> 门巷萧萧落叶深，跫然客至快披襟。
> 凡情何似秋云暖，珍重寒天日暮心。

还有《闻文学研究所改建摩天大厦》：

> 都销猪圈牛棚迹，及见云窗雾阁齐。
> 二十四层天外矗，鹤归华表意全迷。

前者写于1954年。作者因《红楼梦研究》受到严厉批判，以致门庭冷落，心情郁闷。老友王伯祥突然来访，且邀同往北海赏菊与酒楼小酌。作者深感友人雪中送炭的患难真情，回到古槐书屋后，难抑心潮起伏，写了两首发自内心的感谢友人的诗篇。后者写于1978年。他在听说文学研究所将改建摩天大厦后感慨良多，喜而赋此。诗的首句写实，进而展开丰富的艺术想象，如果二十四层大楼建成，势必高与天齐，窗外云雾缭绕，颇有浪漫主义色彩。须知这是建立在当年"猪圈牛棚"的痕迹上的"奇迹"，因此即使神仙化鹤归来也会意乱神迷，这就给人以笑中含泪的感觉。

三是艺术精湛，风格多样。俞平伯诗词因格律严整、音韵和谐，一向为人所称道。就其艺术风格而言，或淡雅清新，或简约含蓄，或沉郁顿挫。若以词作为例，1936年以前所作的36首，大多是和古代词家清真、后主、梦窗、稼轩等人的词事，意在寄情于怀恋爱慕异性的执着之中。还有一些描绘和怀念旧游之地，似亦不脱前人的词作风韵。1936 年以后所作则艺术境界与风格均有发展变化。今以《临江仙》一词为例：

> 周甲良辰虚度，一年容易秋冬。休夸时世若为容。新妆传卫里，裙样出唐宫。
> 任尔追踪雉𡤧，终归啜泣途穷。能诛褒妲是英雄。生花南史笔，愧煞北门公。

此词写于 1976 年。上阕从自身婚姻六十年谈起，下阕转而讽刺江青。虽系即事之作，却从个人婚姻转向社会时事，扩大了词的思想艺术境界。对此词，需结合当时粉碎"四人帮"反革命集团这一重大历史事件和作者在结束十年浩劫后的特定心情加以理解。词风蕴藉含蓄，用笔颇为婉曲。可见作者在不同时期的词作思想内容与艺术境界都在与时俱进。

作者还有两首纪事长诗，亦颇有特色，且曾产生过较大影响。《遥夜闺思引》为一首长达 3700 字的五言长诗，写于 1945 年 9 月，后在 1948 年作者曾两次根据自写本影印出版，均因印数不多，而仅供亲友传阅。抗战期间作者留居北平，未赴西南避寇，意欲借诗宣泄心中的忧愤之情。因文字艰深、寓意不明，诸多友人褒贬不一。朱自清言其读后"不甚了了"，叶圣陶认为"文意在可晓与不可晓之间"，作者直到晚年亦承认"实为失败之作"。另一首写于 1979 年的七言长诗《重圆花烛歌》，则读者赞誉有加。当时俞平伯八十虚岁，又值与夫人许宝钏结婚六十周年。按照传统习俗结婚六十年称为"重圆花烛"，老诗人为了纪念双重喜事写了《重圆花烛歌》。长诗记述与追忆了自己漫长而曲折的人生历程，讴歌咏叹了老夫老妻之间忠贞不渝、诚挚纯真的感情，颇为动人心弦。有人甚至认为，因其涉及六十年来中国历史的变迁"简直是一首动人的史诗"。后因周颖南策划由新加坡文化学术协会印刷成册，装帧精致华美，作为给俞平伯八十华诞的献礼。

俞平伯一生诗词创作中尚有两类题材，即西湖诗词与五七干校诗词，值得我们注意。俞平伯一生与杭州西湖结下了不解之缘，他的曾祖父俞樾曾在杭州诂经精舍讲学著书三十余年，他的夫人许宝钏也是杭州人。因此，俞平伯自 1920 年春从英国返抵杭州，到 1924 年年底迁居北京之前，在杭州生活工作了五年。其间先住岳父家城头巷三号，后搬入西湖边的俞楼。正如他 1925 年在《芝田留梦记》一文中所说："在杭州小住，便忽忽已六年矣。城市的喧阗，湖山的清丽，或可以说尽情领略过了。其间也有无数的悲欢离合，如微尘一般的跳跃着。于这一意义上可以称我为杭州人了。"作者岂止可以称为"杭州人"，可以说杭州是他早年踏上文学创作和红学研究的发源地。他的第一本新诗集《冬夜》，大部分写于杭州，其中有不少描绘西湖的诗作。他的第一本散文集《燕知草》，文章虽写于北京，内容却都是回忆西湖和杭州人事，足见对杭州有着深厚的感情。

俞平伯 1920—1924 年居住杭州期间，写有《杭州杂咏》（五首）、《春游灵隐寺归途》《湖楼之夜》（三首）等直接写景纪游的诗篇。1925 年迁居北京以后，对杭州西湖依然魂牵梦绕，念念不忘，写有大量怀念西湖的诗词。1935 年所作《双调望江南三章》，每章首句为："西湖忆，第一忆湖边。""西湖忆，二忆忆山家。""西湖忆，三忆酒边鸥。"足见作者对杭州湖山美景的怀念之情。直到 1984 年还写了一首七言绝句《题俞楼近影》：

> 小楼南望水迢迢，六十年来一梦遥。
> 不尽斜阳烟柳意，西关砖塔黯然销。

离杭六十年依然于梦中遥望俞楼，足见一往情深。

俞平伯在六七十年代之交还写了一批五七干校诗词。1969 年 11 月，中国科学院文学研究所人员下放河南五七干校，进行劳动改造。当时俞平伯已届古稀之年，由俞夫人陪同下放，在农村种菜、养猪、绩麻，患难与共，直到 1971 年元旦才得以提前回京。俞平伯在河南五七干校一年多的时间里，写了近百首诗词。诗词中作者既真实地记述了夫妇二人极其艰苦的农村劳动改造生活，又描绘了当地的田园风光和风土人情。今录其中三首，大体可见一斑。

陋室

> 螺蛳壳里且盘桓，墙罅西风透骨寒。
> 出水双鱼相煦活，者般陋室叫"犹欢"。

绩麻

脱离劳动逾三世，来到农村学绩麻。
鹅鸭池塘看新绿，依稀风景似归家。

将离东岳与农民话别

落户安家事可怀，自憎暮景况非材。
农民送别殷勤意，惜我他年不管来。

如果说《绩麻》一诗中还看不出农村劳动的艰苦，那么《陋室》则直接呈现出这对老年夫妇下放生活的苦难。这类看似平和的小诗，正体现出作者深受我国传统文化的影响，具有承受人间苦难的毅力和岁寒不凋的松柏操守。需结合文化大革命的历史与作者经受的苦难，才能真正领会这些诗的深层内涵。

杭州杂咏（五首）

闲庭

紫陌轻阴腻欲流，只愁风雨不知愁。
闲庭今日花开好，自把湘帘上玉钩。

题桃花写生

眉角脂饧着汗融，钗梁微侧翠玲珑。
窗前灯影清如许，写与秾姿一味红。

西泠春早

桥头曳杖暂行吟，髻子青罗染薄阴。
欲讨轻舟泛寒渌，不知春涨一时深。

湖上

湖上春晴向晚赊，一杯匀挹紫流霞。
微阳已是无多恋，更许遥青着意遮。

白沙堤见儿童戏掷折枝桃花

淡黄柳色来堤上，绯玉桃枝出短墙。
谁把轻柔与尘土，从他飘落去茫茫。

赏析：

这一组诗写于1920年春，录自《俞平伯诗全编》。当时，作者住在杭州岳父家，常去西湖游览，写成了《杭州杂咏》五首。后发表于1980年《西湖》月刊第1期。

第一首写在杭州的家居生活。

"紫陌"二句，紫陌，郊野间的道路。轻阴，淡云、薄云。腻，细腻、润泽。诗句意谓，淡云照在郊野间的道路上润泽的似在流动一般，人们只愁风雨来袭而不知心中忧愁。

"闲庭"二句，闲庭，清静的庭院。湘帘，用湘妃竹编成的帘子。诗句意谓，清静的庭院里花开得很好，把湘帘挂上玉制的钩，这样就可以观赏鲜花。

第二首为自画《桃花写生》题诗。写生，绘画术语。一般指直接以实物为对象进行描绘的作画方式。中国画中描绘花果、草木、禽兽等的绘画也叫写生。

"眉角"二句，眉角，眉梢。饧，"糖"的古字。钗梁，一种首饰。翠，翠绿色的玉，即翡翠。诗句意谓，眉梢的胭脂着汗像糖一样融化，头上的翡翠钗梁微侧显得小巧玲珑。此系桃花映衬美人的姿态。

"窗前"二句，秾姿，美艳的姿色。诗句意谓，窗前的灯影如此清晰，映照出桃花美艳的姿色一样鲜红。

第三首写西泠早春的景色。西泠，即杭州西泠桥。

"桥头"二句，曳（yè）杖，拕（拖）着手杖。鬟子青罗，即发鬟，喻指山峰。朱彝尊《题沈上舍洞庭移居图》："湿银三万六千顷，雨点青螺鬟子浓。"薄阴，薄云。诗句意谓，在桥头拕着手杖暂停行吟，眼前的山峰染上一层薄云。

"欲讨"二句，寒渌（lù），寒冷清澈的湖水。诗句意谓，欲讨一叶轻舟，泛行在寒冷清澈的湖上，不知春水在涨，一时甚深。

第四首泛舟湖上赋诗志感。

"湖上"二句，赊（shē），作语助，与"啊"略同。匀揾，均匀酤取。流霞，神话中的仙酒，亦可泛指美酒。诗句意谓，春日晴天已近傍晚，手中捧一杯美酒可在湖上均匀酌取。

"微阳"二句，遥青，远处青色的物体，指山林。诗句意谓，对于夕阳已无多恋，再看远处的山林着意遮蔽，即处于朦胧状态。

第五首写在白堤所见之事。白沙堤，即白堤。作者见有儿童从桃树上随意折枝，且互相戏掷，这实属无知行为。

"淡黄"二句，绯玉桃枝，犹绯桃，即桃花。诗句意谓，淡黄柳色来到堤上，满树桃花伸出短墙。

"谁把"二句，轻柔，轻柔之物，指折枝桃花。茫茫，模糊不清。诗句意谓，谁把桃花与尘土放在一起，随它飘落至远方模糊不清之处。

这一组《杭州杂咏》为俞平伯早年之作。诗中大多写景抒情，又有叙事成分，融情入景，为其所擅长。只是文言词语较多，如"紫陌轻阴腻欲流""眉角脂饧着汗融""一杯匀挹紫流霞"等，让人难以解读。

题重印"俞曲园携曾孙平伯合影"

回头二十一年事，髫髫憨嬉影里收。
心镜无痕慈照永，右台山麓满松楸。

赏析：

此诗写于1923年，录自《俞平柏诗全编》。诗前有一长序："这张照片是一九〇二年（光绪壬寅），我曾祖曲园先生带着我在苏州马医科巷寓中照的。那时我三岁，曾祖年已八十二，曾赋诗道：'衰翁八十雪盈头，多事还将幻相留。杜老布衣原本色，谪仙宫锦亦风流。孙曾随侍成家庆，朝野传观到海陬。欲为影堂存一纸，写真更与画工谋。'过了二十一年，我家此影久不存，乃从舅家借得一纸，今秋在上海铸版。既成，印数十纸以赠亲友。用原韵敬赋一截句，志霜露之感。"

"回头"二句，髫（tiáo）髫，垂髫与辫髫之时，皆指童年。憨（hān）嬉，顽皮嬉戏。诗句意谓，回头想二十一年前之事，我小时的憨戏之态在合影里全已尽收。

"心镜"二句，心镜，佛教谓心净如明镜，能照万物，故称。右台山，山名，俞曲园的坟墓在杭州右台山法相寺旁。诗句意谓，长者的仁爱之心如明镜无痕，永远照耀，右台山麓的坟墓早已长满了松树与楸树。

作者非常珍爱这张与曾祖父俞樾合影的照片，重印并题诗赠送自己的亲友。可见作者的家学渊源，薪火相传，因此具有文学史料的价值。

湖楼之夜（三首）

一

出岫云娇不自持，好风吹上碧玻璃。
卷帘爱此朦胧月，画里青山梦后诗。

二

丹柿银瓜冷玉醅，回文香篆渐余灰。
疏帘红烛依微夜，双桂啼风急雨来。

三

湿云含雨千山重，湖水沉沉岂待风。
多少寒蛩泣天曙，谁知都在月明中。

赏析：

这三首诗写于1924年，录自《俞平伯诗全编》。湖楼，即杭州西湖俞楼。据《俞平伯年谱》记载："1924年3月31日，随岳父家由杭州城头巷寓所移居西湖俞楼。"此诗即写作者在西湖俞楼所见的夜景。

第一首写湖楼之夜眼前的景色。

"出岫"二句，岫（xiù），山穴。陶渊明《归去来辞》："云无心以出岫。"云娇，妩媚可爱的云。碧玻璃，指西湖水，因湖水碧绿莹净如玻璃，故言。诗句意谓，飞出山穴的云带有娇气而不能自持，被一阵好风吹上碧波荡漾的湖面。

"卷帘"二句，谓卷起窗帘爱这朦胧的月色，眼前风光无限，有如画里青山梦后的诗。

第二首写湖楼之夜的生活场景。

"丹柿"二句，丹柿，红色柿子。银瓜，白色瓜果。玉醅，美酒。回文，诗词的字句回旋往返，都能成义可诵的叫回文。香篆，指焚香时所起的烟缕，因其曲折似篆文，故称。萧贡《拟回文诗》："风幌半萦香篆细。"诗句意谓，红柿白瓜与冰冷的美酒，回文香篆已渐成余灰。

"疏帘"二句，疏帘，疏而不密的窗帘。微夜，幽深的夜。诗句意谓，稀疏的窗帘下点着红烛依然是深夜，院中两株桂树急雨来到时在风中发出有似啼哭的声音。

第三首写湖楼之夜所见的雨中情景。

"湿云"二句，湿云，潮湿的云。诗句意谓，天上的湿云含着雨有如千山重，湖水深沉岂待有风。

"多少"二句，寒螿（jiāng），寒蝉，深夜常发出哀鸣。诗句意谓，多少寒蝉泣不成声地盼望天亮，谁知都在月明（深夜）之中。

这一组诗分别从三个不同角度描绘俞楼夜景，或写月下西湖山水之美，或写作者的夜间生活，或写雨中的湖山变化。作者即景抒情，情景交融。从"卷帘爱此朦胧月"到"谁知都在月明中"，此中韵味，耐人寻思。

题《平湖秋月图》

锦带桥西杳钿轮，杨枝还学水漪沦。
尖风苦茗双清侣，圆月何须忆故人。

赏析：

此诗写于 1925 年，录自《俞平伯诗全编》。当时，作者身居北京，曾为杭州友人所绘《平湖秋月图》题诗。平湖秋月为杭州西湖十景之一。

"锦带"二句，锦带桥，位于白堤上。杳（yǎo），远得不见踪影。钿轮，即钿车，用金宝装饰的车子，为古时贵族妇女所乘坐。杨枝，即杨枝水，佛教称能使万物复苏的甘露。元张翥《送谟侍者还江阴》："杨枝偏洒瓶中水，贝叶时翻笈内经。"漪沦，亦作"沦漪"，微波。诗句意谓，白堤锦带桥西未见钿车的踪影，湖边杨柳枝条还学瓶中洒水，兴起微波。

"尖风"二句，尖风，尖利的风，指寒风。清侣，高洁的伴侣。诗句意谓，尖利的风与清苦的茶是一对高洁的伙伴，天上的圆月何须忆念旧日的朋友。

此诗借"题"发挥，清丽婉约，于写景中抒发思乡之情。结句"圆月何须忆故人"，是故作旷达的说法，实为故人在忆故乡的明月。

清华早春

余寒疏雪杏花丛，三月燕郊尚有风。

随意明眸芳草绿，春痕一点小桥东。

赏析：

此诗写于 1931 年，录自《俞平伯诗全编》。当时，作者在清华任教，刚迁居清华园不久，常在寓所接待友人。因其颇为欣赏清华园早春的景色，遂成此诗。

"余寒"二句，杏，果树名，花供观赏，果可食用。燕郊，指北京郊区。诗句意谓，清华园中还有余寒疏雪，杏花却已丛生，三月的北京郊区尚有寒风。

"随意"二句，明眸（móu），明亮的眼球。春痕一点小桥东，作者原注："春在堂句。"即出自曾祖俞樾的诗句。因俞樾一生撰述，总称《春在堂全书》。诗句意谓，随意睁开明亮的双眸，随处可见绿色的芳草，且在小桥东边呈现出春痕一点。

此诗描绘清华园早春的景色，清新自然。疏雪犹存，杏花初放，小草转青，读来悦人耳目。"春痕一点小桥东"系作者曾祖俞樾的诗句，用以作结，更是恰到好处。

答佩弦近作不寐诗

暂阻城阴视索居，偶闻爆竹岁云除。

拣枝南鹊迷今我，题叶西园感昔吾。

世味诚如鲁酒薄，天风不与海桑枯。

冷红栏角知何恋，退尽江花赋两都。

赏析：

此诗写于 1948 年，录自《俞平伯诗全编》。据《俞平伯年谱》记载："2 月初，作《佩弦寄示不寐书怀近作》，以律句酬之诗一首，发表在本年 2 月 13 日天津《民国日报·民园》副刊。收入《俞平伯旧体诗钞》

时，改题目为《答佩弦近作不寐诗》。这是俞平伯和朱自清之间最后的唱和诗。"朱自清（1898—1948），字佩弦，著名学者、散文家。近作不寐诗，全题为《夜不成寐，忆业雅〈老境〉一文，感而有作，即以示之》。

首联言自身处境。城阴，城之阴地，即阳光照不到的地方。索居，孤独地生活，如离群索居。岁云除，即云岁除，意思是旧岁将尽。诗句意谓，我暂时受阻居于城之阴地如同离群索居，偶闻爆竹之声才知已到旧年除夕。

颔联言自身之今昔。南鹊，作者自比南方喜鹊。西园，为苏州名园之一。诗句意谓，南鹊因拣枝（执木）而栖迷失今天的自我，西园红叶题诗感怀昔日的我。题叶，似从"红叶题诗"化出，为唐代盛传的良缘巧合的故事。

颈联言世事艰难。世味，人世间的滋味。鲁酒，鲁国酒薄，故称薄酒为鲁酒。天风，天然之风，从高处吹来的风。诗句意谓，人世的滋味诚然如鲁酒那样淡薄，天风不来海边的桑田也会干枯。

尾联自我解嘲。冷红，似指冷落红颜（美女），或冷落红友（酒的别称）。两都，指南北二都，即南京与北京。诗句意谓，在栏杆一角冷落了红友（酒）让我知道有何留恋，如今江花均已退尽而赋两都之诗。

此系两位著名学者与文友之间的赠答诗，为特定社会时代与人生际遇的产物。诗句清新雅洁，虽很少用典，但理解仍然不易。南鹊、题叶、天风、冷红、江花等语，语浅意深，需要深入体味。

湖船怅望

南屏凄迥没浮屠，宝石婷婷倩影孤。
独有青山浑未改，湿云如梦画西湖。

赏析：

此诗写于1955年，录自《俞平伯诗全编》。据《俞平伯年谱》记载："5月27日，上午抵达杭州。下午坐船到湖楼访毛曼曾。归舟中作《湖船怅望》一首，并写寄夫人。此诗发表在1984年12月19日《中国老年》杂志第12期，又发表在1985年2月23日香港《文汇报》，总题目为《西湖早春》。"

"南屏"二句，南屏，指西湖南岸的南屏山，杭州四大丛林之一的净慈寺即在南屏山下。浮屠，佛教名词，原指佛或佛塔，此指雷峰塔。宝石，指西湖北岸的宝石山。娉婷，美好的样子，也指美女。倩影，俏丽的身影。诗句意谓，远望凄怆低回的南屏湮没了雷峰塔遗址，宝石山上如美女一样的保俶塔留下了孤独而俏丽的身影。

"独有"二句，浑，简直。湿云，潮湿的云，此指阴云、雨云。诗句意谓，唯有西湖周围的青山简直同过去一样，天上的阴云如梦一样映照着如画的西湖。

此诗题为《湖船怅望》，西湖周围青山不改，绿水长存，作者何以产生怅然若失之感？是因为西湖南岸的雷峰塔只剩下遗址，只留下西湖北岸的保俶塔孤独的身影。

塘栖舟中感旧

浮家一舸苏杭道，罗绮年光笑耍多。
重过长桥风景似，独将华发愧春波。

赏析：

此诗写于1955年，录自《俞平伯诗全编》。塘栖，即余杭县塘栖镇，坐落在京杭大运河之畔，风光秀丽。1955年6月8日，作者在余杭考察期间，作《塘栖舟中感旧》。

"浮家"二句，浮家一舸，意同"浮家泛宅"，谓以船为家，到处漂泊。典出《新唐书·张志和传》。罗绮，本指质地轻柔有花纹的丝织品，这里的罗绮年光，意同"绮年"，即华年、少年。诗句意谓，当年以船为家于苏杭道上（经常来往于苏州、杭州之间），少年时代的欢笑玩耍之事颇多。

"重过"二句，长桥，指塘栖大运河上有名的古桥——广济桥。华发，花白头发。诗句意谓，今日重过广济古桥，这里的风景与昔日相似，唯独我花白的头发愧对了运河春日的波浪。

此诗舟中感怀，抚今思昔，感慨良多。广济长桥，风景依旧；舟中之人，面目已非。作者于故地重游之际，明显流露淡淡的忧伤。

初至扬州追怀佩兄示同游

昔年闲话维扬胜，城郭垂杨想望中。
迟暮来游称过客，黄垆思旧与君同。

赏析：

此诗写于 1959 年，录自《俞平伯诗全编》。1959 年 3 月，作者与叶圣陶、王伯祥等全国人大代表一行九人赴苏北考察。3 月 21 日在扬州，引起作者对亡友朱自清的怀念，遂作一绝句。后发表于 1981 年《诗刊》第 4 期。朱自清，字佩弦，生于江苏东海，因祖父、父亲定居扬州，故自称扬州人。作者与其同事多年，交谊深厚，故在扬州追怀亡友，并将此作出示同游叶圣陶、王伯祥等人。

"昔年"二句，闲话，闲谈。维扬，即扬州，旧时扬州府的别称。垂杨，枝叶下垂的杨柳。诗句意谓，从前闲谈中知道扬州是名胜之地，城郭的垂杨早在我的想望之中。

"迟暮"二句，迟暮，比喻衰老、晚年。过客，过路的客人，旅客。黄垆，典出《世说新语·伤逝》，晋王戎曾与嵇康、阮籍酤饮于黄公酒垆。嵇阮既亡，戎再过此店，为之伤感。后人用来表达伤逝怀旧。诗句意谓，我在暮年来游，应称我为过客而已，黄垆思念旧友之情则与诸君相同。

此诗追怀亡友，情深意挚。结句"黄垆思旧与君同"，既用典贴切，又表明怀念亡友之情与同游诸君相同，进而点出题意"示同游"。

庚子岁腊八日雪晨兴口占兼呈昆曲社友人

宵中又是雪漫天，荏苒流光六二年。
尚觉童心初未改，何来玄发得诚怜。
腊前喜遇丰登瑞，岁首欣传跃进连。
更有莛然佳客集，疏枝红萼待舒妍。

赏析：

此诗写于 1960 年，录自《俞平伯诗全编》。庚子，农历庚子即 1960

年。腊八日，即腊月初八，民间通称阴历十二月为"腊月"。晨兴，早起。口占，作诗不起草稿，随口吟诵而成。昆曲社，即北京昆曲研习社，作者兼任主任委员，主持该社活动。庚子岁腊八日为作者六十二岁生日，遂于雪天早起，口占此诗，兼呈昆曲社诸位友人。

首联言生日时大雪漫天。宵中，夜间。荏苒（rěn rǎn），时光渐渐过去。流光，光阴，因其逝去如流水，故称"流光"。诗句意谓，夜间又是大雪漫天，时光渐渐过去如流水一样，我已过了六十二年。作者自注："《六十自嗟》诗云：'无端大雪填门巷，云我呱呱堕地来。'"庚子岁作者虚龄六十二岁，实足应为六十周岁。

颔联言自己的心理状态。童心，儿童的纯真之心。玄发，黑发。诗句意谓，我还觉得自己的童心如初没有改变，不用因无黑发而沈得诚可怜惜。作者自注："古语云：'心诚怜，白发玄。'"谓只要心诚爱怜，白发如同黑发一样。

颈联言瑞雪兆丰年。岁首，一年开始之时，通常指一年的第一个月。诗句意谓，腊月初八前夜喜遇预兆五谷丰登的瑞雪，年初又欣慰地听说我国国民经济连续跃进。

尾联言有佳客来访。作者自注："许潜庐兄以盆栽梅花见贶。"跫（qióng）然，脚步声，一说喜悦。《庄子·徐无鬼》："闻人足音跫然而喜矣。"疏枝红萼（è），稀疏的枝条与红色的花萼，此指盆栽梅花。舒妍，舒展而美好。诗句意谓，更有跫然而喜的佳客聚集，友人所赠的盆栽梅花将要舒展争妍。

这首七言律诗属对工稳，言约意丰。庚子岁、腊八日、雪、晨兴、口占、兼呈昆曲社友人，题意所及，诗中尽含，且有自寿之意。

纪东瀛近闻

漫作征西梦，还将旧辙循。

田中今已矣，三矢又何人。

假想华朝敌，奴颜美帝亲。

火中甘取栗，不戢定焚身。

赏析：

此诗写于 1965 年，录自《俞平伯诗全编》。题下自注："乙巳正月十七日。"东瀛，原指东海，后亦称日本为"东瀛"。当时，作者以诗纪述日本近闻。

首联言日本的反华之心不死。漫，枉、徒然。征西梦，指向西征服中国的美梦。旧辙循，沿着旧辙，指日本近百年来多次发动侵华战争。诗句意谓，日本徒然在做着征服中国的美梦，还将沿袭旧日的轨迹发动战争。

颔联言日本政界的变化。田中、三矢，均为日本政要，都曾担任首相。诗句意谓，田中今日下台了，三矢又是何人？

颈联言日本对外政策。华朝，指中国与朝鲜。奴颜，即奴颜婢膝，形容卑躬屈节、谄媚讨好的样子。诗句意谓，把中国与朝鲜视为假想的敌人，对美帝国主义奉承讨好，视之为亲人。

尾联警告日本当局。火中甘取栗，即成语"火中取栗"，意思是偷取炉火正在爆炒的栗子，比喻受人利用，替人冒险，自己却一无所获。典出17 世纪法国作家拉·封登寓言《猴子和猫》。戢（jí），收敛。《左传·襄公二十五年》："兵不戢，必取其族。"诗句意谓，日本当局甘愿火中取栗，如不收敛定将引火烧身。

日本当年投靠美帝国主义，把中国视为假想敌，时至今日又何尝不是！我们今天阅读此诗，仍有现实意义。

潭柘寺中树

娑罗双树禅关近，银杏参天有岁年。
一览奇标三仰首，教人宁不再流连。

赏析：

此诗写于 1965 年，录自《俞平伯诗全编》。潭柘寺，位于北京西郊，历史十分悠久。建于西晋时期，初名嘉福寺，因寺后有"龙潭"，山上有"柘树"，俗称潭柘寺。1965 年 9 月 5 日，作者偕夫人许宝钏、长女俞成等游潭柘寺。潭柘寺中树，当指大雄宝殿东侧的千年银杏，清乾隆时封为"帝王树"。作者面对此树流连忘返。

"娑罗"二句，作者自注："其树葱碧连云，殆辽金时植，千载灵根也。"娑罗双树，佛教传说释迦牟尼在拘尸那城河边的娑罗树下涅槃。其树四方各生二株，故称"娑罗双树"。禅关，禅门、佛门。诗句意谓，娑罗双树距离禅关很近，这株银杏已有千年，高可接天。

"一览"二句，奇标，出众的仪表，似指乾隆"帝王树"的题识。宁，岂、难道。诗句意谓，我多次仰首观望此树出众的仪表，它教人不能不流连忘返。

此诗吟咏"潭柘寺中树"，既明写该寺"银杏参天"，又采用禅语"娑罗双树"来形容，还暗用乾隆皇帝的封识（奇标），内容可谓丰富多彩。

一九六八除夕赠荒芜

昔偕同学侣，共榻旅英兰。

瞬息五十年，双鬓俄斑斑。

李君邂近欢，寒卧同岁阑。

嗟余不自徼，晚节何艰难。

感君推解惠，挟纩似春还。

何时一尊酒，涤此尘垢颜。

赏析：

此诗写于 1968 年年底，录自《俞平伯诗全编》。据《俞平伯年谱》记载："12 月 31 日，作为被批判对象，未能获准放假回家，仍集中住在单位。因工人节日放假，室内无暖气，被子单薄，不能抵寒。荒芜将自己一条被子借给俞平伯盖，两人同睡在一个大桌子上。俞平伯为之感动，当即作《一九六八除夕赠荒芜》五言诗一首，感谢荒芜在'牛棚'中对他的关照。"荒芜，原名李乃仁，1916 年生于安徽蚌埠。现代作家、文学翻译家，在中科院文学研究所与俞平伯同事多年。

"昔偕"四句，作者自注："一九二〇年初抵英国，偕友住利物浦旅舍中。"侣，同伴、伙伴。英兰，即英格兰，指英国。瞬息，一转眼一呼吸之间，指时间极短。俄，不久，旋即。斑斑，犹斑白，指头发花白。诗句意谓，昔日偕同学作伴，共榻旅居英国。瞬息之间已近五十年，而今我们双鬓已有斑斑白发。

"李君"四句，李君，荒芜姓李，因称李君。邂逅（xiè hòu），不期而会。阑，残、尽、晚。儆，戒备、警惕，如以儆效尤。诗句意谓，今与李君在"牛棚"不期而遇，甚是欢喜，同在岁末寒冷而卧。感叹我自己儆戒，要保持晚年节操何其艰难。

"感君"四句，推解，"推衣解食"的略语，语出《史记·淮阴侯列传》："解衣衣我，推食食我。"比喻慷慨施惠。挟纩，穿上丝棉衣服，比喻受人抚慰感到温暖。何时一尊酒，作者自注："借杜句。"尘垢，尘土与污垢。诗句意谓，有感于李君推衣解食的恩惠，让我犹如穿上丝棉衣服，感觉像春天回来一样。何时与你共饮一尊美酒，以洗涤这充满尘土与污垢的容颜。

此诗写于文化大革命期间，看似朴实无华的叙述，实寓艰难困苦的遭际。需要联系"文化大革命"的特定时代与作者"牛棚"生活的境遇加以理解。

楝花（二首）

一

天气清和四月中，门前吹到楝花风。
南来初识亭亭树，淡紫英繁小叶浓。

二

此树婆娑近浅塘，花开飘落似丁香。
绿阴庭院休回首，应许他乡胜故乡。

赏析：

这两首诗写于 1970 年，录自《俞平伯诗全编》。当时，作者随中国社会科学院文学研究所的人员一起下放到河南农村五七干校劳动。来到中原地区，首次见到楝树，遂以此诗纪述在息县东岳镇看到的楝树花开花落的情景。

第一首写初见楝树的观感。楝（liàn）树，亦称"苦楝"，落叶乔木，高可达二十米。羽状复叶，互生，花小，呈淡紫色，有香味。楝花风，楝树于春夏之交开花，为最后的花信风。亭亭树，楝树生长快而高，给人亭亭玉立之感，可作行道树或观赏树。诗句意谓，农历四月中旬，天气清明和暖，门前吹到最后的花信风。作者从北京南来，初识这种亭亭玉立的树，此树小叶浓密，开淡紫色的花。

第二首写楝花勾起作者的思乡之情。婆娑，茂盛。《尔雅·释木》："如松柏曰茂。"注："枝叶婆娑。"丁香，常绿乔木，夏季开花，淡紫色，有清香。绿荫庭院，作者自注："昔居窗前有紫丁香一株。"诗句意谓，此树枝叶婆娑邻近浅水的池塘，花开以后飘落像丁香一样。休要回首看当年所居的有株丁香的绿荫庭院，应该觉得他乡（河南）胜于自己的故乡。

这两首小诗风格清新淡泊，耐人品味。作者表面上欣赏楝花，实写羁客的思乡之情。"南来初识亭亭树""应许他乡胜故乡"，诗句看似欣慰旷达，实寓身在异乡不得不随遇而安的抑郁之情。

陋　室

螺蛳壳里且盘桓，墙罅西风透骨寒。
出水双鱼相煦活，者般陋室叫"犹欢"。

赏析：

此诗写于1970年，录自《俞平伯诗全编》。当时，作者下放到河南息县农村劳动，两夫妻住在一间以芦席为门的农家小屋，生活条件极其艰苦。此系身居陋室的纪实之作。

"螺蛳"二句，螺蛳壳，作者自注："寓室甚窄，深丈许，广不足九尺。吴谚云：'螺蛳壳里做道场'。"盘桓，徘徊、逗留。罅（xià），原指瓦器的裂缝，引申为物体缝隙、漏洞。诗句意谓，我们在像螺蛳壳一样的陋室里暂且住下，从墙缝里吹进的西风，让人感到透骨的寒冷。

"出水"二句，煦活，犹呴沫，用唾沫互相湿润，比喻不幸者互相扶持。煦也作"呴"。南朝梁刘峻《广绝交论》："故鱼以泉涸而煦沫，鸟因将死而鸣哀。"者般，这般。犹欢，仍期欢乐。王勃《滕王阁序》："处涸辙以犹欢。"诗句意谓，夫妻二人犹如出水双鱼那般相濡以沫地活着，这般简陋的住室仍叫"犹欢"。

此诗属于纪实之作，从中可见"文化大革命"期间众多专家学者的艰难处境。"出水双鱼相煦活"，既真实而生动地反映了当时知识分子的生存状况，亦可看出一对老年夫妻患难与共的深厚感情。结句以"犹欢"命名"陋室"，明显是在自嘲自解，又有一点黑色幽默的味道。

咏自清亭

西园裙屐几回经，荷叶如云草色青。
忆昔偕行悲断柱，何期今赋自清亭。

赏析：

此诗写于 1978 年，录自《俞平伯诗全编》。诗前有序："顷清华大学为纪念朱佩弦兄逝世三十周年，于园内荷塘东侧修葺一方亭，即以兄名题之。旧赏园林，新增胜迹，俾群材自勖，香远益清矣。余以衰迟，未获往瞻，悲故人之早逝，喜奕世之名垂，诗以摅怀，不尽百一也。"自清亭，在清华大学近春园内，原名迤东亭，1978 年改名为自清亭，以纪念朱自清逝世三十周年。

"西园"二句，西园，即清华大学近春园。裙屐，裙，下裳；屐，木鞋。这些是六朝贵游子弟的衣着。《北史·邢峦传》："萧深藻是裙屐少年，未拾政务。"荷叶如云，近春园内有荷花池，即当年朱自清笔下《荷塘月色》所在。诗句意谓，当我尚为不更事的裙屐少年时曾几回经过西园，只见园内荷叶如云，周围草色青青。

"忆昔"二句，偕行，同行。《诗·秦风·无衣》："与子偕行。"断柱，作者自注："'三·一八'时韦杰三君纪念石碣。"1926 年"三一八惨案"中，清华大学学生韦杰三遇难。清华师生用一根特意从圆明园废墟中运回的大理石断柱，做成"韦杰三烈士纪念碑"，竖立在"水木清华"后面。诗句意谓，忆起昔日与清华师生一同为立断柱（即"韦杰三君纪念石碣"）而悲伤，何曾想到今日来为自清亭赋诗。

这首七言绝句题为《咏自清亭》，完全从作者今昔的切身感受写起，文字质朴无华，而又言少意多，给人以情深意挚之感。

闻文学研究所改建摩天大厦

都销猪圈牛棚迹，及见云窗雾阁齐。

二十四层天外矗，鹤归华表意全迷。

赏析：

此诗写于 1978 年，录自《俞平伯诗全编》。诗有副题："一九七八年十月十五日晨枕感怀。"作者"文化大革命"期间受到残酷迫害，粉碎"四人帮"后得以平反，回到北京恢复研究工作。他听说文学研究所将改建成摩天大厦，喜赋此诗。

"都销"二句，牛棚，作者在"文化大革命"期间曾作为资产阶级反动学术权威被关进"牛棚"接受审查。云窗雾阁，摩天大厦直入云霄，在这样的高楼内办公，让人产生腾云驾雾之感。诗句意谓，当年知识分子遭受迫害的痕迹全销，大厦建成后楼阁窗外将与云雾相齐。

"二十四"二句，矗（chù），耸上貌，如矗立。鹤归华表，典出《搜神后记》，相传丁令威为辽东人，学道于灵虚山，后化鹤归辽，落在城门华表柱上。后常用以比喻人世的变迁。诗句意谓，二十四层高楼矗立于天外，即使神仙化鹤归来也会意乱神迷。

此诗首句写实，进而展开丰富的艺术想象，颇有一点浪漫主义的色彩，似给人以笑中含泪的感觉。

题赠全国红楼梦讨论会

仙云飞去迷归路，岂有天香艳迹留。
左右朱门双列载，争教人看画红楼。

赏析：

此诗写于 1981 年，录自《红楼梦学刊》1982 年第 1 辑。据《俞平伯年谱》记载："1981 年 10 月 5 日至 10 日，在山东济南召开第二次全国红楼梦学术讨论会。俞平伯因病未能出席，遂将 1978 年 6 月 20 日所作《咏红楼·隐括〈成都古今记〉中前蜀民谣为句》一诗及新作序言，书为横幅，题赠第二次全国红楼梦学术讨论会。此诗发表在 1982 年 1 月 20 日《文史哲》第 1 期；又发表在 1982 年 2 月 15 日《红楼梦学刊》第 1 辑。"作者新作序言为："世传《红楼梦》，而'红楼'何在，迄无定论。观《通鉴》卷二百六十三，记五代王建事，建作朱门，绘以朱丹，蜀人谓之画红楼。是红楼亦若朱门之泛称耳。曰画者，美辞，唐人语也。若实之以某处，征诸记文，其谓天香楼乎？因病未克赴会聆教，写奉小诗，乞正之。"原诗《咏红楼》副题为《隐括〈成都古今记〉中前蜀民谣为句》，隐（yǐn）括，依某种文体原有的内容、词句改写成另一种体裁。作者据《成都古今记》一书中前蜀民谣为句写成此诗。

"仙云"二句，作者自注："《石头记》中天香楼事已删，不得见其描写为惜。"艳迹，艳丽的遗迹。诗句意谓，仙云飞去迷失归路，岂有天香楼的艳迹遗留。

"左右"二句，作者自注："客言南京旧江宁织造亦有东西二府。""争，读如今字'怎'。"朱门，古代王侯贵族的住宅大门漆成红色以示尊异，故以"朱门"为贵族宅邸的代称。列戟，显贵之家，列戟于门。诗句意谓，朱门左右列有双戟，怎教人看画中红楼。

此诗为第二次全国红楼梦学术讨论会题写，意在告诉人们，"红楼何在，迄无定论"。《石头记》中天香楼事已删，我们大可不必为此再作繁琐考证，不妨视作"画红楼"即可。

辛亥革命七十周年纪念

惊雷起蛰楚江头，今日红旗遍九州。
玉宇秋明人尽望，同心亿兆巩金瓯。

赏析：

此诗写于1981年，录自《俞平伯诗全编》。据《俞平伯年谱》记载："10月9日，北京各界人士一万多人在人民大会堂举行纪念辛亥革命七十周年大会。作为辛亥革命的亲身经历者，俞平伯作诗纪念，发表于本年11月《红专》杂志第8期。"辛亥革命，1911年（辛亥年）10月10日爆发的资产阶级民主革命，推翻了清政府，结束了我国两千年封建君主专制制度，在南京成立中华民国临时政府。

"惊雷"二句，惊雷起蛰，意同"惊蛰"，这时天气转暖，渐有春雷，冬眠的动物将出土活动。楚江，泛指楚地大江，此指湖北武汉。九州，传说中我国中原的上古区划，亦可泛指全中国。诗句意谓，武昌起义犹如春雷让人们似蛰虫般惊起，今日红旗已遍布九州。

"玉宇"二句,玉宇,华丽宏伟的宫殿,此指首都北京。秋明,同秋月。亿兆,指民众。金瓯,比喻疆土完固。《南史·宋异传》:"我国家犹若金瓯,无一伤缺。"也指国土。诗句意谓,首都北京人民都在仰望天上的明月,人民同心协力巩固国家的疆土。

此诗为纪念辛亥革命七十周年而作,言简意赅,启人深思。

题"俞楼近影"

俞楼近影,九三同社盛君所赠。三层小平台可眺远。
一九二四年雷峰塔倒,我等皆在,唯季珣四妹独亲见之,
洵千载奇逢也。

小楼南望水迢迢,六十年来一梦遥。
不尽斜阳烟柳意,西关砖塔黯然销。

赏析:

此诗写于 1984 年,录自《俞平伯诗全编》。据《俞平伯年谱》,1984年 2 月 1 日载:"农历癸亥岁除日,为九三学社盛君所赠'俞楼近影'题诗一首,诗云:……"俞楼,位于杭州西泠印社旁,晚清著名学者俞樾在此主持"杭州诂经精舍"达三十年之久,一直用作讲学著书之地。现已改为"俞曲园纪念馆"。

"小楼"二句,迢迢(tiáo),遥远的样子。六十年,作者离开杭州已有六十年。诗句意谓,身居北京南望小楼,隔山隔水路远迢迢,六十年仿佛一梦,已很遥远。

"不尽"二句,烟柳,烟霭中的杨柳。西关砖塔,即杭州雷峰塔,因建在当时的西关外,故又称西关砖塔。诗句意谓,此系作者想象中当年所见的景物,说不尽的夕阳烟柳,而西关砖塔却在自己记忆中黯然消失。

作者已有八十五岁高龄,依然文思泉涌。此诗既切"俞楼近影"题意,又能自然流露思乡之情,实属大家手笔。

忆江南(四首)

江南好,长忆在西湖。云际遥青多拥髻,堤头腻绿每皴螺。叶艇蘸晴波。

　　江南好，长忆在山塘。迟日烘晴花市闹，邻滩打水女砧忙。铃塔动微阳。

　　江南好，长忆在吴城。门户窥人莺燕懒，日斜深巷卖饧声。吹彻杏花明。

　　江南好，长忆在吾乡。渔浪乌蓬春拨网，蟹田红稻夜鸣榔。人语闹宵航。

赏析：

这一组词写于 1918 年，录自《俞平伯诗全编》。忆江南，词牌名。又名《望江南》《梦江南》《江南好》。此词牌单调二十七字，五句三平韵。中间七言两句，以对偶为宜。1918 年夏，作者在北京忆起童年时代曾经生活过的地方，写成《忆江南》词四首。

第一首长忆杭州西湖。

"云际"三句，遥青，遥远的青空。拥髻，捧持发髻。皴（cūn），即皴法，中国画的一种技法，用以表现山石、峰峦、树身表皮的各种纹理。皴螺，即螺皴，似为表现树身的一种技法。叶艇，一叶游艇，一条游船。词句意谓，云际遥远的青空仿佛有许多以手拥髻的美人，堤头绿油油的树木好似采用螺皴技法画成。一条游船蘸着晴日水中的波浪，即船在水面上似粘住一样慢慢航行。

第二首长忆苏州山塘。山塘，即今天的苏州山塘街旅游风景区，在苏州阊门与虎丘镇之间，俗称七里山塘。山塘街以半塘桥为界，南段以市井为胜，北段以风景为佳。

"迟日"三句，迟日，春日。烘晴，意思是阳光映照天空。唐宋璟《梅花赋》："爱日烘晴，明蟾照夜。"花市，民俗，每年春天举行的卖花、赏花的集市。砧（zhēn），捣衣石。铃塔，塔檐铃铎。词句意谓，春日的阳光映照着天空，这里的花市非常热闹，邻近的河滩上妇女正忙着在捣衣石上洗衣。塔檐铃铎在微和的阳光下响动。

第三首长忆吴城。吴城，即今江苏吴县，相传为春秋时吴王阖闾所建，也称阖闾城、苏州市。

"门户"三句，莺燕，黄莺与燕子。饧（táng），古"糖"字，后特指用麦芽或谷芽熬成的糖。杏花，杏属落叶乔木，果实为杏子，春日开花。词句意谓，黄莺与燕子懒于在门户窥人，红日西斜的深巷可以听到卖麦芽糖的声音。春风吹彻杏花明丽。

第四首长忆吾乡。吾乡，我的故乡。作者后来回忆说：苏杭谁是我的故乡呢？我不知道。如拿我的名片看，上写浙江德清。考其实际，我只在德清县城河里泊了一夜船。而在苏州一住十六年。

"渔浪"三句，乌蓬，即乌蓬船。榔，捕鱼时用以敲船的长木条，用它敲船可达到惊鱼入网的目的。宵航，夜航。词句意谓，春天渔人乘乌蓬船破浪拨网，深夜在养蟹的稻田旁边的河中鸣榔。夜航的船里欢声人语，颇为热闹。

《忆江南》四首，分别忆念杭州西湖、苏州山塘、吴城及吾乡（似包括浙江德清在内的苏杭道上）。作者能抓住各地特色分别加以描绘，可见对江南故乡的一片深情。

双调望江南（三章）

其一

西湖忆，第一忆湖边。孤屿晴开楼阁艳，南屏翠合磬钟寒，红上玉阑船。

清镜里，何地着从前。春水不知秋鬓薄，家山岂傍故人看，如梦也原难。

其二

西湖忆，二忆忆山家。泉水新沾柴火气，毊尘初上味还差，开盏看春芽。

明前细，可比雨前佳。龙井狮峰名色好，不如来啜本山茶，几碗夕阳斜。

其三

西湖忆，三忆酒边鸥。楼上酒招堤上柳，柳丝风约水明楼，风紧柳花稠。

鱼羹美，佳话昔年留。泼醋烹鲜全带水，乳莼新翠不须油，芳指动纤柔。

赏析：

这三首词写于 1935 年，录自《俞平伯诗全编》。据《俞平伯年谱》1935 年 10 月 16 日记载："《湖上三忆词》《双调望江南》发表在《越风》半月刊第 1 期，后收入《古槐书屋词》。"望江南，词牌名，亦称《忆江南》《江南好》。有单调与双调二格，双调望江南即由单调望江南上、下两阕相叠而成。

第一章忆湖边。

上阕写湖边群山。孤屿，即孤山，因其孤峙于湖中，亦称孤屿。南屏，即南屏山。磬钟，磬与钟均为古代打击乐器，青铜制成，佛寺中敲击以聚僧众。玉阑船，以玉为栏杆的船。阑通"栏"。词句意谓，孤山晴日让湖边的楼阁显得艳丽，南屏山麓一片翠绿，佛寺磬钟之声亦有寒意，夕阳染红了湖上的游船。

下阕写湖边感想。清镜，明镜。谢榛《四溟诗话》卷三："明朝对清镜，衰鬓又逢春。"也比喻清澈的湖水。着，接触、感受。秋鬓，秋天的鬓发。家山，家乡。词句意谓，在清澈的湖水里，任何地方都与从前一样。春水不知秋天鬓发的减损，家乡岂能依傍故人去看，原来就如梦境一样难。

第二章忆山家。

上阕写山家生活。山家，山中的住所。作者夫妇早年曾在杭州南山小住，其间写有《山居杂诗》四首。沾，沾染、浸染。毳（cuì）尘，毳饭，为粗劣、似有若无的饭食，似由"尘饭泥羹"转化而来。春芽，春天的芽茶，是最嫩的茶叶。词句意谓，山间的泉水沾染上柴火的气息，虽然吃上粗劣味道还差的饭菜，但是打开杯子可以看到春天的芽茶。

下阕写本山的茶好。明前，指清明以前采摘的茶叶。雨前，指谷雨以前采摘的茶叶。龙井狮峰，即狮峰龙井，为西湖龙井茶叶中的极品。名色，名号，旗号。啜（chuò），喝、吃。本山茶，本地山区的茶叶。词句意谓，明前茶虽细，却比雨前茶要好。狮峰龙井名气很大，还不如来喝本地山区的茶叶，喝上几碗夕阳已经斜照，即快要落山了。

第三章忆酒边鸥。

上阕写湖边的酒楼。酒边鸥，酒家边上的鸥鸟。酒招，亦称"酒旗"，旧时酒家的标帜，悬于店前以招引酒客。水明楼，水边的楼阁，这里似指西湖边的楼外楼。稠（chóu），与"稀"相对，多而密。词句意谓，回忆西湖，让我忆起酒家边上的鸥鸟。楼上的酒旗堤上的杨柳，风吹柳丝环绕着水边的楼阁，春日风紧柳花亦很稠密。

下阕写杭州名菜。鱼羹美，指杭州名菜"宋嫂鱼羹"。泼醋烹鲜，指杭州名菜西湖醋鱼。烹调西湖醋鱼需将现杀活鱼下油锅并泼上米醋，风味独特。乳莼新翠，指杭州名菜西湖莼菜汤。西湖新鲜莼菜颜色碧绿，外面有一层润滑的胶质，用来做汤不须加油。词句意谓，宋嫂鱼羹味道鲜美，昔年就流传着有关这一名菜的佳话。相传南宋皇帝游西湖，吃了宋嫂做的鱼羹亦大加赞赏。西湖醋鱼要泼醋烹鲜，风味独特，而西湖莼菜做汤不须加油，掌厨者手上的动作纤细而柔软。

《双调望江南》三章，每章均以"西湖忆"开篇，足见作者对于杭州西湖有着极为深厚的感情。忆起西湖的山水、西湖的山家、西湖的酒楼名菜，娓娓道来，如数家珍，笔墨含情，韵味十足。

浪淘沙令

开国古幽燕，佳景空前。红灯绛帜影蹁跹。亿兆人民同仰看，圆月新年。

回首井冈山，革命艰难。海东残寇尚冥顽。大陆春生欧亚共，晴雪新年。

赏析：

此词写于1950年，录自《俞平伯诗全编》。浪淘沙令，词牌名。唐人的《浪淘沙》词，本为七言绝句，南唐李煜始制两段令词，另创新声。此词牌双调五十四字，上、下阕各五句，四平韵。1950年1月，适逢元旦佳节，作者调寄《浪淘沙令》，热情歌颂新中国成立后的第一个新年。此词发表于同年1月16日《人民日报》。

上阕写人们欢庆新中国成立后第一个新年。幽燕，地区名，今河北北部及辽宁一带。唐朝以前属于幽州，战国时为燕国，所以称幽燕。绛帜，红旗，因避"红"字重复，改用"绛"。蹁跹（piān xiān），舞蹈的样子，旋转的舞态。词句意谓，在古幽燕之地开国，美景空前。红灯红旗光影蹁跹。新年时亿万人民共同仰看圆月当空。元旦本无圆月，此系艺术想象。

下阕写革命的胜利来之不易。井冈山，在江西省西部，第二次国内革命战争时期，我工农红军创建的第一个革命根据地，有"革命摇篮"之称。海东残寇，指盘踞台湾的国民党残余势力。大陆春生，指中华大地春生，即中华人民共和国成立。词句意谓，回首井冈山以来的斗争，革命的道路多么艰难。而今盘踞在台湾的国民党残余势力仍冥顽不灵。欧亚地区人民共庆中华大地春生，在雪后初晴时共度新年。

此词欢庆元旦佳节，虽多采用口语，仍属对工稳，格律谨严，收到雅俗共赏的阅读效果。

蝶恋花
乙未四月初四日倚装赠内

今日东城闲趁步，明日劳人，又向天涯去。陌巷蜗居频尔汝，廿年不到江南路。

灯侧离衷聊共语，料理征衫，细检还愁误。小别应怜湖上旅，与谁同听潇潇雨。

赏析：

此词写于1955年，录自《俞平伯诗全编》。蝶恋花，词牌名。本唐教坊曲，名《鹊踏枝》，后用为词牌，改名《蝶恋花》。双调六十字，上下阕各五句，四仄韵，三十字。乙未，农历乙未即1955年。倚装，倚着行装。赠内，赠别内人。1955年5月25日，作者作为全国人大代表，与胡愈之等人赴浙江杭州郊县考察。此系临行前赠别妻子的词作。

上阕写作者临行之前的思想活动。

"今日"三句，趁步，趁通"称"，意思是称心散步。劳人，劳苦的人。《诗·小雅·巷伯》："骄人好好，劳人草草。"词句意谓，今日我在东城尚自清闲称心地散步，明日作为劳碌之人又要向远方而去。

"陌巷"二句，陌巷，狭窄的街巷，亦指贫家所居之处。《论语·雍也》："贤者回也！一箪食，一瓢饮，在陌巷，人不堪其忧，回也不改其乐。"蜗居，狭小如蜗壳一样的屋子。频，并列。《国语·楚语下》："百嘉备舍，群神频行。"尔汝，互称尔汝，表示亲昵。词句意谓，你我共同住在简陋如蜗壳一样的居室内，已有二十年没有到过江南路。

下阕写夫妻灯前话别的情景。

"灯侧"三句，离衷，离别时内心的情意。征衫，远行者的衣衫。词句意谓，我们在灯旁一起聊着离别时心中的情意，你在帮助料理远行者的衣衫，已仔细检查却还愁有误。

"小别"二句，作者自注："昔年在杭州，君有听雨之句。"词句意谓，而今小别，应当可怜远方湖上的旅客，他们将会与谁共听窗外潇潇的雨声。

作者倚装赠内，意在倾诉衷肠。写灯前话别，抒离愁别绪，缠绵悱恻，深情可感。夫人"料理征衫，细检还愁误"这一细节情景逼真，细腻动人。

六州歌头

西奈半岛，战火运河封。伊色列，邻埃及，启兵戎，逞群凶。一水盈盈送，欧非亚，三洲共；惟劳动，人知重，代天工。真个移山倒海，走多少楼舰艨艟。旗帜飘空，万邦同。

叹山茵水，西敏寺，违民意，竟何功。塞得港，开罗市，俱遭轰，硝烟蒙。漫倚神州远，难袖手，看狼烽。金门会，声欢沸，振苍穹。闻道天方古国，策群力愤发为雄。映和平素鸽，新月晚霞红，来往西东。

赏析：

此词写于 1957 年，录自《俞平伯诗全编》。六州歌头，词牌名，本鼓吹曲名，后用为词牌。六州，本为唐代西边之州，即伊州、梁州、甘州、石州、渭州、氐州，每州各有歌曲，统称《六州》。歌头，即引歌，也就是"中序"的第一章。此词牌双调一百四十三字，有三体：一为平韵，一为平韵兼叶仄韵，一为平仄互押。据《俞平伯年谱》1957 年记载："5 月 20 日，记述国际国内形势的诗词《六州歌头》发表在《人民文学》月刊第 5、6 期合刊，后收入《俞平伯旧体诗钞》。"

上阕写 1956 年第二次中东战争。苏伊士运河，在埃及东北部，为著名的国际通航运河，当欧、亚、非三洲交接地带的要冲，战略地位重要。1956 年 7 月，埃及宣布将苏伊士运河收归国有，英国、法国、以色列为此发动侵埃战争。10 月，以色列向西奈半岛发动进攻，然后英、法两国从塞浦路斯出动飞机轰炸埃及，并在塞得港登陆。后在国际舆论压力下，他们的军事冒险以失败告终。

"西奈"六句，西奈半岛，为埃及在亚洲的领土，西临苏伊士运河和苏伊士湾，是塞得港通往巴勒斯坦的陆上走廊。兵戎，指武器，如兵戎相见，即武装冲突。词句意谓，以色列和埃及相邻，他们兴起武装冲突，英法联军群起逞凶，燃起战火封锁苏伊士运河。

"一水"十句，一水，指埃及苏伊士运河。盈盈，清澈的样子。《古诗十九首》之十："盈盈一水间，脉脉不得语。"楼舰，犹楼船，古代多用于作战。艨艟，古代战船名。《旧五代史·贺环传》："以艨艟战舰扼其中流。"万邦，万国。词句意谓，苏伊士运河以盈盈一水相送，欧非亚三洲共有；唯有劳动，人们知道它的重要可代天工。这里真像是移山倒海般，经过多少战舰。旗帜在空中飘扬的样子，万国相同。

下阕结合国内形势表述。

"叹山"八句，叹山茵水，茵通"氤"，云烟弥漫的样子，意思是叹息群山与氤氲之水。西敏寺，本为英国一所教堂，作为英国历代帝王的加冕之处与王公贵族的埋葬之地，成为大英帝国的象征。词句意谓，在苏伊士运河地区，大英帝国违背民意，发动战争究竟有何功劳。埃及塞得港与开罗市，俱遭英法联军的炮轰，硝烟弥蒙。

"漫倚"十一句，神州，指中国，古称赤县神州。狼烽，烽火狼烟，均指战争。金门会，适逢炮击金门的际会。此指 1957 年夏，台湾人民掀起了一场声势浩大的反美风潮，摧毁了美国在台湾的大使馆，砸掉了美国在台新闻处的协防司令部。大陆亦炮击金门，给美国反动势力以夹击。天方，中国古籍原指麦加，后泛指阿拉伯，为伊斯兰教发源地。天方古国，指包括埃及在内的阿拉伯国家。词句意谓，不要认为中国距离中东很远，就会对战争袖手旁观。我国炮轰金门，人声欢沸，振动苍天，听说阿拉伯半岛的埃及愤发为雄，映照和平白鸽，新月晚霞红成一片，来往于东西之间，即中国与阿拉伯人民的斗争互相呼应。

此词为作者为数不多的反映国际政治斗争的诗词之一，却同样写得洋洋洒洒，气势不凡，可见作者驾驭旧体诗词的写作功力。

临江仙

康同璧夫人约曲社诸君于其何家口寓罗园观太平花，
赋《木兰花慢》示客，答赋此解。

　　绕屋繁英霏雪，清香淑景时和。人宜击壤太平歌。雏娃舒绛袖，
霜鬓兴婆娑。

　　薇浣新词漱玉，休嗟岁月摩诃。好花应喜客来过。莺桃红豆似，
秉烛夜游么。

赏析：

此词写于 1961 年，录自《俞平伯诗全编》。临江仙，词牌名。康同
璧，即康有为之女，作者的友人。曲社，即北京昆曲研习社。太平花，落
叶灌木，夏季开花，可供观赏。解，乐曲的章节，通常一章为一解。1961
年 5 月，康同璧夫人约曲社诸君在自己寓所观赏太平花，并赋《木兰花
慢》一词。作者为了表示答谢而赋此章。

上阕写园中观花的情景。

"绕屋"二句，霏雪，形容雪花密集的样子。《诗·小雅·采薇》："今
我来思，雨雪霏霏。"淑景，即美景，美好的景物。时和，时世安定。
词句意谓，绕屋的繁花犹如密集的雪花，清香满园，景物美好，时世
和谐。

"人宜"三句，击壤，我国古代一种投掷游戏。晋皇甫谧《帝王世
纪》："（帝尧之世）天下大和，百姓无事，有八十老人击壤于道。"雏娃，
指昆曲研习社的学员，她们当场表演。绛袖，红色的衣袖。婆娑，盘旋、
徘徊。词句意谓，人宜在园中击壤、歌颂太平，年轻的女娃舒展红袖翩翩
起舞，白发老人亦兴起而随之盘旋。

下阕写文友在园中的盛会。

"薇浣"二句，薇浣，可作浣薇，似指浣花笺。漱玉，指李清照的
《漱玉词》。摩诃，梵语译音，意思是大、多或胜。词句意谓，用浣花笺
写出漱玉新词，不要嗟叹岁月苦多。

"好花"三句，过，访、探望。莺桃，即樱桃。秉烛夜游，持烛夜
游，劝人及时行乐。词句意谓，好花应喜有客来探访，樱桃像红豆一样，

不妨持烛夜游么。

康同璧夫人赋《木兰花慢》一词示客并索和，作者则以《临江仙》词赓其韵奉和。这就要求在描绘园中赏花情景的同时，还得依照《木兰花慢》原韵，且与原词意境、内容相应，尽显作者的艺术功力。

浣溪沙

雨里宵灯晕彩霞，当时一去又天涯。京东二百里余赊。

拾得未明何所谓，寻来如梦或非差。算增算减总由他。

赏析：

此词写于 1976 年，录自《俞平伯诗全编》。浣溪沙，词牌名。词前有一长序："一九七三癸丑仲秋廿六日梦中得词半首，不知其意，不能续也。至丙辰七月初二日晨，唐山大地震波及京津。初五，枕上忽忆前句'京东二百里余赊'者，岂即丰南、唐山之谓欤！遂续成之。末韵借用成句，'增''减'指户籍生灵。何业并命于一朝呓梦，何心先兴于两载，如斯浩劫，迥绝言诠矣。"可见此词成于 1976 年 7 月唐山大地震之后，作者忆及两年前梦中所得诗句，遂续成《浣溪沙》一章，记地震所感。

上阕即为作者梦中所得的半首词。晕（yùn），光影色泽模糊的部分。韩愈《宿龙宫滩》："梦觉灯生晕。"赊（shē），长、远。词句意谓，雨天深宵，灯晕似彩霞，当时一去又到天边。就是北京东部二百余里的地方。

下阕为唐山大地震后续。作者自注："末句借用成句，'增''减'指户籍生灵。"未明，同"未萌"，指事情发生以前。《战国策·赵二》："愚者暗于成事，智者见于未萌。"词句意谓，拾得未明之梦所为何事，寻来果真如梦或者不差，而所增所减只好由他。

此词看似有点神秘，作者"何心先兴于两载"，而知有此人间浩劫？这实际上是"文化大革命"十年浩劫投射在诗人心灵中的阴影，需结合诗前长序认真体味。

临江仙

周甲良辰虚度，一年容易秋冬。休夸时世若为容。新妆传卫里，裙样出唐宫。

　　任尔追踪雉曌，终归啜泣途穷。能诛褒妲是英雄。生花南史笔，愧煞北门公。

赏析：

此词写于 1976 年，录自《俞平伯诗全编》。临江仙，词牌名。原题《临江仙·即事》，作者意在抒发 1976 年 10 月粉碎"四人帮"后的心情。此词虚以写己，实咏江青，而以"即事"名篇者，不欲明讲而已。

上阕从自身的六十年婚姻谈到社会时世。

"周甲"二句，周甲，甲子一周为六十年。词句意谓，六十周年婚姻良辰虚度，秋去冬来一年很容易过去。

"休夸"三句，时世，就是说时妆。《花间词》："点翠匀红时世。"若，代词，如此、这样。卫里，即天津。于明代天津设卫，名天津卫，俗称卫里。词句意谓，休夸时妆如此为容，新妆传自卫里，裙样出自唐宫。

下阕讽刺江青。

"任尔"二句，雉曌（zhào），指汉代吕后与唐代武后。吕后，名雉，汉高祖刘邦之妻。武后，名曌，唐高宗皇后。"曌"为武则天自造十九字之一，义同"照"，用来作为自己的名字。啜（chuò）泣，饮泣。词句意谓，任尔（江青）追踪吕后和则天女皇，终归穷途末路在抽抽搭搭地哭。

"能诛"三句，褒妲，褒姒和妲己。褒姒，周幽王的宠妃；妲己，商纣王的宠妃。杜甫《北征》："不闻夏殷衰，中自诛褒妲。"南史，春秋时齐国史官，以直书历史史实著称。北门公，即北门学士，唐时谄事武后的官员。词句意谓，能够诛杀褒姒与妲己（代指江青）的是英雄，自有南史的生花妙笔，使北门学士惭愧。

此系即事之作，用笔颇为婉曲，需结合 1976 年 10 月粉碎"四人帮"反革命集团这一历史事件和作者在"文革"结束后的特定心情加以理解。

浣溪沙
黄君坦兄属题天风海涛楼图

　　思昔吟尊伴老坡，东樱笑处客来过。扬尘知不近行窝。
　　九点烟螺真到海，千重风浪胜观河。小楼入画未蹉跎。

赏析：

此词写于 1978 年，录自《俞平伯诗全编》。浣溪沙，词牌名。黄君坦（1902—1986），福建闽侯人。曾任中央文史研究馆馆员、《词学》编委。作者与之过从甚密。据《俞平伯年谱》1978 年 8 月记载："应黄君坦之嘱，为其青岛旧居'天风海涛楼图'手卷题《浣溪沙》词一首。该词收入 1980 年版《古槐书屋词》。"

上阕言昔日曾在黄寓作客。作者自注："丁丑春令兄公渚曾于斯招饮。"尊，酒器。老坡，即"令兄公渚"。东樱，日本樱花。行窝，宋邵雍自名其居曰安乐窝，出则乘小车，一人挽之，惟意所适。好事者别作屋如雍所居，以候其至，名曰行窝。后来泛称可以小住或待客的房舍。词句意谓，想起昔日与老坡相伴饮酒吟诗，樱花栽种的地方有客来过。车马扬起的尘土知不知道已近行窝。

下阕实写《天风海涛楼图》。九点，见李贺《梦天》："遥望齐州九点烟，一泓海水杯中泻。"烟螺，比喻青山。清孙旸《扫花游·送徐果亭请假归里》："望到烟螺，知是江南岸近。"观河，古代传说禹临河而得《河图》。《竹书纪年》上《帝禹夏后事》："当尧之世，舜举之。禹观于河，有长人白面鱼身，出曰：'吾河精也。'呼禹曰：'文命治水。'言讫授禹《河图》，言治水之事。"蹉跎，失时，虚度光阴。词句意谓，从高处俯视青山能够看到大海，那里的千重风浪更胜于观河，这座小楼被画家纳入画中，也算没有虚度光阴。

此词切合题意，充满诗情画意。先叙友情，再写楼图，给人以亲切与身临其境之感。

菩萨蛮
庚申小春病榻

烟空一望无相识，飘零不记闲踪迹。料理浴归舟，夕阳明舵楼。
云端疑幻墨，知是谁家笔。欹枕看鱼禽，碧波红浅深。

赏析：

此词写于 1980 年，录自《俞平伯诗全编》。菩萨蛮，词牌名。庚申，农历庚申即 1980 年。小春，农历十月，也称小阳春，意思是十月不寒，有如初春。作者曾将此词书赠黄君坦，并说："病呓口占，有类小说，征人归棹，非楼头思妇也。"后发表于 1981 年 11 月《词学》第 1 辑。

上阕写征人归棹。烟空，同烟霄，高空。飘零，同漂泊，流落无依。浴，洗。舵，船上控制航行方向的装置。词句意谓，高空一望并无相识的人事，到处漂泊已不记得闲时的踪迹。料理洗涤归舟，夕阳照亮船上装舵的阁楼。

下阕写幻觉所见。幻墨，虚幻的笔墨。攲枕，攲通"倚"，即倚枕。红，草名，即红草，亦称水荭、茏古。生水泽中，高达丈余，茎大而赤，夏秋开花，花红白色，可供观赏，花果入药。词句意谓，身在云端怀疑有虚幻的笔墨，不知是谁家的手笔。我倚着枕看画中鱼鸟，碧波之中红草花颜色有深有浅。

作者后又书赠友人吴小如时另附跋语："有似小说戏笔也。其人其事托诸想象，是征人归棹，非思妇楼头。景虽幻说，天趣即文心也。"这一段话正是理解此词的内容与艺术特色的关键。似真似幻，文心天趣，耐人寻味。

夏承焘

夏承焘生平与诗词创作

夏承焘（1900—1986），字瞿禅，晚号瞿髯，浙江温州人。我国著名词学家、教育家。1918年毕业于浙江省立温州师范学校。曾在陕西西安与温州、宁波、严州等地中学任教，后历任之江大学、浙江大学、浙江师范学院、杭州大学教授，兼任全国政协委员、中国作家协会理事、中国社会科学院文学研究所特约研究员和《文学评论》编委。一生专攻词学，著述甚丰，有《夏承焘全集》（八卷本）传世。

作为现代"文坛先进，词学宗师"（胡乔木语），夏承焘为我国词学研究做出了杰出贡献。在词人年谱、词集笺注、词学论著等方面，取得了独特的成就。《唐宋词人年谱》十种十二家，开创了词人年谱之先例。此书作为词学史研究上的一项基本工程，实为词学研究者必备之要籍。《姜白石词编年笺校》《龙川词笺注》等书的校注尤为精备，对于版本、典故、评语、交游等都有详细记载，为词学者做出很好的榜样。《唐宋词论丛》《唐宋词欣赏》《怎样读唐宋词》等专题研究书籍与普及读物，为激起广大读者学词的兴趣，指出了学习的门径与提高阅读欣赏能力的方法。《瞿髯论词绝句》还可以作为一部简要而富有趣味的词史来读，对唐五代至清末的一些词人有颇为精当的评析，这正是作者在作家研究上的一个重要特色。

夏承焘作为"一代词宗"，不仅在词学研究方面有着杰出贡献，而且能够做到创作与研究并重，一生写下了数以千计的诗词。已问世的专集有《夏承焘词集》《天风阁词集》《天风阁诗集》《瞿髯论词绝句》四部，加上《天风阁学词日记》所录，总数当在千首以上。这些诗词出自大家手笔，大大丰富了我国现代文学的宝库。

夏承焘诗词在题材和内容上有四个方面特别引人注目，即早年的旅陕诗词与抗日诗词、西湖诗词及新中国成立后的农村诗词。不妨分别略加说明。

一是旅陕诗词。夏承焘早年在温州读书期间，已作诗词百篇，且得前辈学者赏识。1921—1925 年，曾赴北方谋职，在西安从事教学工作。这五年的西北壮游，使作者在人生道路和诗词创作上都开辟了一个新境界。汉唐古都的风采，黄河长城的雄姿，打开了诗人的眼界。与此同时，军阀内战给人民带来的灾难，历史的辉煌与现实的苦难形成的巨大反差，使诗人心中受到强烈冲击，改变了他的诗笔与词风。旅陕期间虽只写了 12 首诗词，在他一生的创作道路上却有重大的意义。今以一词一诗为例。1921年所作《清平乐·鸿门道中》：

> 吟鞭西指，满眼兴亡事。一派商声笳外起，阵阵关河兵气。
>
> 马头十丈尘沙，江南无数风花。塞雁得无离恨，年年队队天涯。

上阕写赴陕途中的所见所闻，下阕写鸿门道中的所思所感。词的格调悲凉慷慨，反映了军阀混战带给北方人民的灾难。另有 1924 年所作的七言绝句《北游》：

> 禹功不到水横流，大漠西驰我北游。
>
> 归对邻娃诧吟境，秦时明月在胸头。

此诗充满了风云之气，比起他少年时风光旖旎、惘怅自怜的诗风，实为两种截然不同的境界。

二是抗日诗词。1937 年抗日战争全面爆发后，夏承焘作为爱国知识分子，目睹了日本侵略者带给中国人民的灾难，写下了不少充满爱国激情的诗篇。诗人正气高歌，呼号抗日。为浙江抗敌后援会所作《抗敌歌》中有一节："人无老幼，地无南北，今有我无敌。越山苍茫兮钱江呜咽，我念此浙江兮，是复仇雪耻之国！"《寻尸行四首》采用乐府古诗形式，通过妻寻夫、夫寻妻、儿寻爹、娘寻儿的尸首，真实地记录了日本空军轰炸沪粤的罪行，实为充满血泪的控诉书。此外，《沪战壮士歌》《战宝山》《军歌四章》等，也都是令人荡气回肠的壮烈之歌。随着杭州、上海沦陷，作者流离沪杭之间，避寇浙南山区，虽过着清贫自守的教书生活，却依然保持着崇高的民族气节。汪精卫卖国投敌，作者出于义愤，写成《鹧鸪天》一词谴责汪逆："持涕泪，谢芳菲。冤禽心与力终违。"词中"冤禽"即是影射汪精卫，意在指出逆历史潮流而动的人必将身败名裂。当时曾有友人投奔南京汪伪政权，作者亦以《水龙吟·皂泡》一词严厉批评："夭斜人物，乍明灭，看来去。"词中指出此辈"夭斜人物"，依仗日本侵略者，如同皂泡，片时即破。在整个抗日战争艰难困苦的岁月里，作者虽辗转迁徙，仍发奋著述，不仅写了许多充满爱国激情的抗日诗词，而且完成了《唐宋词人年谱》等重要著作。

三是西湖诗词。夏承焘自 1930 年应聘到之江大学任教，到 1976 年赴北京疗养，中间约有四十年岁月在杭州度过，因此对于第二故乡有着颇为深厚的感情。晚年结合自身浙江大学、杭州大学的教学生活经历仍在诗中写道："前堤姓白后堤苏，舍北村桥号道姑。画里扶筇诗里去，几生修到住西湖。"诗人一生中写了数以百计的纪述游踪、描摹山水的西湖诗词。摘其要者：词有《望江南·自题月轮楼》《石湖仙·题孤山白石道人像》《鹧鸪天·九溪十八涧茗坐》《浣溪沙·陪余冠英教授游西湖》等；诗有《游云栖赠诸从游》《岳坟》《杭州解放歌》等，这些无不说明作者一生与杭州西湖结下了不解之缘。特别值得注意的是，诗人晚年在北京疗养期间辑录而成的《西湖杂诗四十四首》《湖楼纪事二十三首》，更为人称道，集中均为作者历年所写的与杭州西湖有关的写景纪游或纪事之作。诗人一生钟情于西湖潋滟的水光与空濛的山色，而杭州山水亦给了诗人神奇而无尽的灵感，使得诗人留下了众多为世人所瞩目的吟咏杭州西湖的优美诗篇。

四是农村诗词。20 世纪五六十年代，我国知识分子大都有过这样一种特殊的经历，就是经常去农村劳动锻炼，夏承焘作为知名教授也不例外。他在 1950 年参加浙江嘉兴农村土地改革时作《杂咏十二首》，1951年参加皖北五河县农村土改时亦作词多首。之后还多次随师生参加农村劳动，先后写成《下乡八首》《菩萨蛮·访桐君公社》等诸多诗词。现以一诗一词为例，先看诗《下乡八首》之七：

> 要与农民共感情，自惭习气是书生。
> 乍看碧绿青黄色，便想宫商角徵声。

再看词《菩萨蛮·访桐君公社》：

千林霜锦谁渲点？千滩雪练谁拖染？谁与唤偏舟，千诗酬艳秋？
老农谈干劲，胜我夸吟兴："锄耙代刀枪，月光当太阳。"

如何看待这类诗词？有人称之为新时代山水田园诗或新中国成立后新农村诗词，笔者以为似有欠妥之处。正像知识分子参加农村劳动锻炼一样，如果是为了借此改变"四体不勤，五谷不分"的积习，这很有必要，但作为知识分子"思想改造"的一种手段，则为错误思潮的产物。这些歌颂社会主义新农村的诗词亦属特定历史时代的产物，应作具体分析。

夏承焘诗词创作在艺术上同样卓具特色。尤其是在词的创作实践上，其成就在近现代以来无人可以望其项背，真正实现了与时俱进的思想内容与高度精妙的艺术技巧相结合。就其艺术追求来说，作者自称"早年妄言合稼轩、白石、遗山、碧山于一家"，实际意在开出一条兼收各家之长的新路。作者有首得意之作，即写于1934年的《鹧鸪天·九溪十八涧茗坐》：

短策暂辞奔竞场，同来此地乞清凉。若能杯水如名淡，应信村茶比酒香。

无一语，答秋光。愁边征雁忽成行。中年只有看山感，西北阑干半夕阳。

此词虽与收入《夏承焘词集》的文字有异，却蕴籍含蓄，耐人寻味。作者年仅30有余，就已经到了看山是山的境界，且能体会"名如杯水""村茶胜酒"的人生况味。夏承焘词作还有一个明显特色，就是避雅求俗，率真自然。作者深知宋人所谓的"看似平常最奇崛，成如容易却艰辛"，乃艺术的最高境界，他的小令深得此中三昧。1975年所写《减字木兰花·乙卯秋日，北京诸词友邀游西山》：

西山爽气，今日京华图画里。唤起辛陈，倘识尊前我辈人。
酒痕休浣，梦路江南天样远。如此溪山，容易重来别却难。

作者面对西山美景，心情却抑郁难解，这实为"文化大革命"的环境使然。此词平中见奇，尽显大家风范。

夏承焘诗作同样应该受到重视。就其艺术追求来说，作者自言"学古诗好韩、苏、黄。韩取其炼韵，苏取其波澜，黄取其造句"，这样正是从学习韩愈、苏东坡、黄庭坚诗作中积累丰富的创作经验。他的五、七言古诗，从早年所作《严州西湖看桃花，答友人询近况》，到晚年所作《尻轮行》，多善于铺叙，富于联想，具有磅礴的气势。而更多的律诗绝句，如七言律诗《将离鹭山草堂与鹭山夜话》、七言绝句《虞姬墓》等，则语言凝练、用典精切，达到出神入化的境界。如《虞姬墓》：

> 大风歌起霸图休，刀下蛾眉万古愁。
> 好替史公弥缺笔，虞姬墓与范家舟。

此诗言事用典精当贴切，可谓妙语天成，且能做到"驱使庄、骚、经、史，无一点斧凿痕"。

夏承焘一生在诗词创作与词学研究方面的贡献，必将载入我国现代文学的史册。

客　思

> 细雨檐花照眼明，短檠孤对坐深更。
> 撄人忧患矜啼笑，阅世风霜逼老成。
> 天壤此身犹远客，江湖多难未休兵。
> 故园风物那堪忆，但说梅枝已系情。

赏析：

此诗写于 1922 年，录自《天风阁诗集》。客思，客中所思，作者当时在西安中学任教。此系早年旅陕诗词之一。

首联言客中孤灯夜坐。檐花，屋檐边的花。杜甫《醉时歌》："清夜沉沉动春酌，灯前细雨檐花落。"短檠，檠为灯架，亦可指灯。韩愈有《短灯檠歌》。诗句意谓，窗外细雨之中檐边的花明亮照眼（因灯光掩映之故），我对着孤灯夜坐亦已更深。

颔联言自身处境艰难。撄，迫近。撄人忧患，意思是忧患逼人。矜，自持的样子。矜啼笑，意思是矜以持己，不苟言笑。老成，阅历多而练达世事。诗句意谓，忧患逼人使我矜持、不苟言笑，阅尽人世风霜逼我成为老成持重之人。

颈联言客中社会环境。天壤，也作天地，比喻相距极远的地方。多难未休兵，指军阀战争。杜甫《登楼》："花近高楼伤客心，万方多难此登临。"诗句意谓，此身去到远方就为远客，而今江湖多难尚未休兵，即地方军阀连年争战。

尾联言思乡之情。故园，故乡。梅枝，语见姜夔《江梅引》："人间离别易多时。见梅枝，忽相思。"诗句意谓，身为远客哪堪回忆故乡风物，只说"梅枝"已维系思乡之情。

作者客中极写家国之思，让人读后唏嘘不已。

游云栖赠诸从游

云栖一径足幽寻，数子能为浩荡吟。
我爱青年似青竹，凌霄志气肯虚心。

赏析：

此诗写于1930年秋，录自《天风阁诗集》。云栖，即位于杭州五云山麓的云栖坞，旧传山上时有五色瑞云飞集坞中，遂名云栖。这里以四季翠竹成荫闻名于世。云栖竹径为新西湖十景之一，是杭州市郊不可多得的休闲避暑胜地。从游，跟随游览。作者以此诗题赠诸位随从游览的人。

"云栖"二句，云栖一径，即云栖竹径，这里有条长达一公里的幽深竹径。数子，即从游诸弟子。浩荡，放纵恣意，即放开胸怀吟唱。似从屈原诗句"风波浩荡足行吟"中化出。诗句意谓，云栖的一条竹径足以让人探寻幽静之处，随从的几位弟子均能放开胸怀吟唱。

"我爱"二句，凌霄，高入云霄。凌霄志气，形容远大的志向。诗句意谓，我爱青年如同青竹一样，既有积极向上的凌霄志气，又有竹节相通的一片虚心。

此系云栖纪游之作，题赠诸位从游弟子。紧扣题意，融情入景，以竹喻青年才俊，贴切自然。

答榆生招游春申

天末春申首屡回，隔年负汝百书来。
娉婷不嫁名原赘，糠核能肥念莫灰。
只手波澜愁瀣渤，几时人物胜楼台？
共君放眼层霄上，一喟戈铤满大槐。

赏析：

此诗写于1934年，录自《天风阁诗集》。榆生，即龙沐勋，字榆生，江西人。曾任暨南大学教授，《词学季刊》主编。春申，指上海。战国时楚国春申君黄歇，相传曾开凿上海境内的黄浦江。黄浦江亦称春申江，故上海亦名春申。1934年，龙榆生曾招作者游上海，作者写诗作答。

首联即入答谢本题。天末，指远处。杜甫有《天末怀李白》诗。屡，似应作履，因通"屡"，故误作"屡"。百书，很多书信，"百"，言其多。诗句意谓，今初从远方上海归来，隔年有负你多次来信招游。

颔联以君子节操与友人共勉。娉婷，姿态美好，亦指美女。娉婷不嫁，比喻君子节操。名原赘（zhuì），意思是名气原是多余之物。糠核，糠中的粗屑，指粗食。《史记·陈平传》："亦食糠核耳。"肥，犹肥甘，即美味。诗句意谓，要保持君子节操，名气原是多余之物，生活虽艰苦一点（糠核当作美味），但意念莫灰。

颈联愿能有人力挽狂澜。只手波澜，意思是只手挽回狂澜。瀣渤，古称东海的一部分为瀣渤，即渤海。愁瀣渤，让渤海为之发愁，此指日本的侵略。诗句意谓，在遭日本侵略时希望有人能力挽狂澜，何时人物之盛能够胜过楼台，希望更多有志之士投入抗日救亡之中。

尾联有感于现实发出感叹。层霄，高空。戈铤（chán），兵器。铤，铁把短矛。大槐，即大槐安国。典出李公佐《南柯记》：淳于棼梦饮槐树下，醉卧，梦入穴中，曰大槐安国。王任其为南柯郡守，与檀萝国战于台城。即寤，见槐下有大蚁穴。一穴直上南枝，即南柯郡。诗句意谓，与君共同站在高处放眼看世界，感叹兵器满于"大槐"，似指日本陈兵东北，妄想吞并中国。

此系答复友人招游之作，既叙友情，又议国事。用语蕴藉含蓄，"愁瀣渤""戈铤满大槐",耐人寻味。

寻尸行(四首)

日本侵略军空军轰炸沪粤,闻客述所见。

一

寻夫者谁语吞声:吾夫足跣衫裤青。

众中一尸同衣著,邻娃抚之啼其兄。

问娃娃亦半疑信,千唤夫名终不应。

呜呼!

黑风吹去红髑髅,认夫何处寻夫头。

二

寻妻者谁得之薮,索乳初婴在尸肘。

抚尸抚婴啼向人,遥指街头一孕妇:

昨朝腹破露其胎,今朝胎出逢饿狗。

呜呼!

啾啾鬼语妻勿呻,幸君临死先免身。

三

寻爹者谁童三尺,喘似吹筒喊无力。

扶墙欲跌还扑人,路犬遇之亦辟易。

问渠姓氏频摇头,对人说爹只泪流。

呜呼!

寻爹不归娘正病,寻爹儿未知爹姓。

四

寻儿者谁抱破席,捡得烧焦臂似墨。

九死穿行炮火丛,数节儿尸抛不得。

一寸人间母子心,铁汉回肠佛泪滴。

呜呼!

狂胡来自木更津,岂尽空桑无母人?

赏析：

这四首诗写于 1937 年 10 月，录自《天风阁诗集》。当时，日本空军轰炸上海、广州，作者采用歌行体写诗四首，述从客人那里听到的惨象。

第一首记述寻夫惨象。吞声，哭而不敢出声。杜甫《哀江头》："少陵野老吞声哭。"足跣（xiǎn），赤脚。呜呼，叹词，旧时祭文中常用，以借指死亡。髑髅（dú lóu），骷髅、尸首。红髑髅，带血的骷髅。诗句意谓，寻夫的人欲语却不敢出声，我夫赤脚穿着青色衣衫。众尸中有一尸衣著相同，旁边有一娃抚尸痛哭其兄。问娃娃也半信半疑，千次呼唤夫名终无人应。呜呼！炸弹爆炸时，一股黑风吹走带血的头颅，认夫却不知到何处去寻夫头。

第二首记述寻妻惨象。薮（sǒu），人或物聚集的地方。肘（zhǒu），手臂弯曲处。啾啾，鬼语声。杜甫《兵车行》："天阴雨湿声啾啾。"免身，分娩、生育。《史记·赵世家》："居无何，而朔妇免身生男。"诗句意谓，寻妻的人从尸体聚集处寻得妻尸，尚有初生的婴儿在她手臂弯曲处索乳。抚尸抚婴哭着向人询问，那人遥指街头一怀孕妇女。昨天腹破露出胎儿，今天胎儿出来又逢着饿狗。呜呼！鬼语啾啾妻莫呻吟，庆幸君临死前能让婴儿出生。

第三首记述寻爹惨象。童三尺，即三尺童子，意思是小孩。吹筒，筒即竹筒，意思是大口喘气。辟易，退避、惊退。《史记·项羽本纪》："项王嗔目而叱之，赤泉侯人马俱惊，辟易数里。"渠，他。《三国志·吴志·赵达传》："女婿昨来，必是渠所窃。"诗句意谓，寻爹的人是一个小孩，大口喘气欲喊却无力。扶着墙欲跌倒还扑向人，路上的狗遇到他亦退避。问他姓氏他频频摇头，对人说起爹爹也只是流泪。呜呼！寻爹不归娘正生病，寻爹之儿不知爹姓。

第四首记述寻儿惨象。九死，死至九次，极言其多。屈原《离骚》："虽九死其犹未悔。"铁汉，意思是铁石心肠的硬汉。狂胡，狂妄的胡虏，指日本侵略军。木更津，日本地名。空桑，典出《吕氏春秋》："有侁氏女子采桑，得婴儿于空桑之中，献之其君，其君令庖人养之察其所以然曰：其母居伊水之上，孕，梦有神告之曰：臼出水而东走，无顾。明日，视臼出水，告其邻，东走十里而顾其邑，尽为水。身因化为空桑，故命之曰伊尹。"诗句意谓，寻儿的人抱着一领破席，捡 3 个烧焦的尸体，其臂如墨。冒着九死一生的危险穿行于炮火丛中，不忍抛掉数节儿的尸体。真是人间母子寸心相连，铁汉见之荡气回肠，佛亦见之流泪。呜呼！狂妄的胡虏来自木更津（日本），难道都是空桑无母之人？

这一组《寻尸行》在内容与体式上均有自己明显的特色。作者采用古代乐府诗中常见的歌行体，诗句多为七言，间以杂言，语言通俗而富于变化，其音节、格律也比较自由。内容为根据客人的介绍具体描述日寇飞机轰炸后所呈现的一片悲惨景象，幸存者在遍地尸骸中寻夫、寻妻、寻爹、寻儿，实为人间悲剧，惨不忍睹。本诗直接揭露和控诉了当年日寇侵华的暴行，是一篇含血带泪的控诉书。

杭州解放歌

半年前事似前生，四野哀鸿四塞兵。
醉里哀歌愁国破，老来奇事见河清。
著书不作藏山想，纳履犹能出塞行。
昨梦九州鹏翼底，昆仑东下接长城。

赏析：

此诗写于 1949 年，录自《天风阁诗集》。1949 年 5 月 3 日杭州解放，作者喜作《贺新郎·一九四九年五月三日杭州解放予年五十作此示妇》《杭州解放歌》。

首联忆起新中国成立前夕的凄凉景况。哀鸿，语出《诗·小雅·鸿雁》："鸿雁于飞，哀鸣嗷嗷。"比喻流离失所的灾民。四塞，遍布。《汉书·元后传》："黄雾四塞终日。"诗句意谓，想起半年前的事如同前生一样，到处都是流离失所的灾民，到处布满了国民党军队。

颔联言终于等到解放之日。国破，杜甫《春望》："国破山河在，城春草木深。"河清，黄河水浊，少有清时，古人以河清为祥瑞的象征，此指杭州解放。诗句意谓，我常于醉里哀歌，为国家山河破碎而哀愁，老来终遇奇事，看到河清之时，即盼来杭州解放。

颈联言自己尚有西北壮游之心。藏山，古人著书藏之名山。《史记·太史公自序》："藏之名山，副在京师，俟后世圣人君子。"后称著作为"名山事业"。出塞，汉乐府《横吹曲》名，内容多写将士的边塞生活。

诗句意谓，我已著书不作藏山之想，穿上鞋子还能作出塞之行，即边塞之游。

尾联为想象中的壮游情景。九州，古代设置九州，后泛指全中国。鹏翼，鹏为传说中的大鸟，由鲲变化而成。《庄子·逍遥游》："怒而飞，其翼若垂天之云。"诗句意谓，昨夜梦见九州均在大鹏翅膀底下，从昆仑山东下可接长城，可谓鹏程万里！

此诗为杭州解放而歌，前四句反映新中国成立前国民党统治区的黑暗现实，后四句表达新中国成立后自己的喜悦心情与西北壮游的愿望。作者早年在陕西生活工作五年，留下颇为深刻的印象，因此打算故地重游。

虞姬墓

大风歌起霸图休，刀下蛾眉万古愁。
好替史公弥缺笔，虞姬墓与范家舟。

赏析：

此诗写于 1950 年，录自《天风阁诗集》。虞姬，亦称虞美人，为楚项羽的姬妾。虞姬墓位于垓下，在今安徽省灵璧县南沱河北岸。

"大风"二句，大风歌，汉高祖刘邦作，其辞曰："大风起兮云飞扬，威加海内兮归故乡，安得猛士兮守四方。"霸图休，意思是项羽的霸业宏图全已失败。蛾眉，原来比喻女子长而美的眉毛，亦可借作美女的代称。刀下蛾眉，指虞姬自刎而死。诗句意谓，刘邦大风歌起即宣告项羽霸业全休，虞姬自刎而死让人为之万古哀愁。

"好替"二句，史公，即太史公司马迁。范家，指春秋时越国大臣范蠡，相传越灭吴后，范蠡携西施泛舟五湖而去。诗句意谓，好想替司马迁《史记》弥补缺笔，即虞姬墓与范家舟，因《史记》未写出虞姬与西施的结局。

此系咏史之作，从眼前的虞姬墓想到传说中的范家舟，已属浮想联翩，且能归结到"好替史公弥缺笔"，更是妙语天成！

月轮楼

镜中螺髻越山低，床脚千帆蝶翅齐。
占断江天一枝笛，诗人家在月轮西。

赏析：

此诗写于 1953 年，录自《天风阁诗集》。月轮楼，在杭州钱塘江边的月轮山上，为之江大学宿舍。作者曾任之江大学教授，前后写过不少歌咏月轮楼的诗词。

"镜中"二句，螺髻，螺壳状的发髻，也比喻矗立耸起如髻的峰峦。辛弃疾《水龙吟·登建康赏心亭》："遥岑远目，献愁供恨，玉簪螺髻。"越山，越地诸山，此指钱江下游南岸诸山。床脚千帆，钱塘江上风帆点点，在月轮楼下驶过。诗句意谓，在月轮楼上可见镜中映出的越地诸山如螺髻一般显得很低，床脚下千帆如蝴蝶翅膀一样整齐飞过。

"占断"二句，江天，宽阔的江面与江上的天空。月轮西，月轮楼在月轮山西部。诗句意谓，一枝长笛的声音占断了辽阔江天，诗人家在杭州月轮山的西部。

这首小诗围绕月轮楼展开，即景抒情，意境深远。镜中螺髻与床脚千帆，于写实中有着丰富的艺术想象，一枝长笛可以占断江天，也属神来之笔。

自　赠

古如无李杜，我亦解高吟。
莫拾千夫唾，虚劳一世心。
江湖秋浩荡，魂梦夜飞沉。
脱手疑神助，青灯似水深。

赏析：

此诗写于 1960 年，录自《天风阁诗集》。这首五言律诗题为自赠，实为表达诗人诗词创作见解的自白，也是个人诗词写作艺术追求的自勉。

首联即出语惊人。古代如果没有李白与杜甫，我也能理解高声吟咏之事，即能通晓诗词创作。看似目空一切，实为颇有深意。

颔联表明何以"解高吟"的本意。千夫唾，众人的唾余。指出作诗贵在创新，莫拾别人唾余，否则便白白浪费了自己一世的苦心。

颈联转而写景。秋日江湖浩荡，深夜梦魂飞沉。这里于写景之中寓吟咏之事。江湖浩浩荡荡足以行吟，梦魂或飞或沉，深夜仍存思念。

尾联与首联呼应。青灯，即油灯，其光青莹，故名。意思是诗词创作如有神助，处于青灯之下诗思似有水深。

此诗出于方家手笔，立意不凡。开篇先声夺人，进而点明主旨。作诗不可因循前人，即使是李杜亦不能照搬，必须自出机杼，方属高吟之道。全诗虚实结合，不少写景笔墨亦显灵巧飞动。末句以比喻作结，更显余意隽永。

无闻注论词绝句，嘱题（四首）

一

几生修到住西湖，谁画我家词问图？
一角孤山可偕老，万梅花下等身书。

二

镜角青山也姓吴，几生修到住西湖。
西溪桥下清泠水。照我灯窗伴著书。

三

三十年华万里路，过梦关河尘与土。
几生修到住西湖，剑阁雁门挥手去。

四

前堤姓白后堤苏，舍北村桥号道姑。
画里扶筇诗里去，几生修到住西湖。

赏析：

这一组诗写于 1973 年，录自《天风阁诗集》。无闻，即吴无闻

（1917—1990），浙江乐清人，曾任上海《文汇报》驻北京记者。1972 年夏承焘夫人游氏去世后，与夏结为夫妻。论词绝句，夏承焘所著，吴无闻注释。作者应嘱题诗。

第一首写《瞿髯论词绝句》的发端，与西湖孤山有关。词问，《瞿髯论词绝句》一书初名《词问》。孤山，《西湖志纂》："孤山耸峙湖心，碧波环绕……为西湖最胜处。唐白居易诗：'蓬莱宫在水中央。'正谓此也。"等身书，《宋史·贾黄中传》："黄中……方五岁，父批每旦令正立，展书卷比之，谓之等身书，课其诵读。"诗句意谓，我几生修得住在杭州西湖，谁绘成我家词问的画图（指注论词绝句）？住在孤山一角可以偕老，万梅树下（指放鹤亭畔梅花）可读等身书。

第二首写与《瞿髯论词绝句》有关的西溪。青山也姓吴，指杭州吴山。《名胜志》："春秋时为吴南界，以别于越，故名吴。""凡城南隅诸山，蔓衍相属，总曰吴山。"西溪，《西湖志纂》："西湖北山之阴，过石人岭为西溪。溪水湾环，……凡三十六里。自古荡以西，并称西溪。"泠（líng），清凉。诗句意谓。镜角的青山也姓吴（即吴山），我几生修得住在西湖。西溪桥下清凉的溪水，映照在我灯前的窗户上伴我著书。作者曾写作《西溪词话》。

第三首写年轻时壮游之事。三十年华，作者三十岁以前曾两次游陕西。关河，关隘山河。剑阁，县名，在四川省北部。雁门，即雁门关，在陕西代县境内。诗句意谓，三十岁前曾行万里路，所经关隘山河的尘土均像在做梦一样。几生修得住在西湖，仍然想到剑阁、雁门去，即后来虽长住西湖，却仍想作西北之游。

第四首写在道姑桥畔继续著书。前堤姓白，指西湖白堤。《西湖志纂》：白沙堤"俗称白公堤，自孤山至断桥三里余。"《唐书·白居易传》："居易外迁杭州刺史，始筑堤，捍钱塘湖。"后堤苏，指西湖苏堤。杨慎《苏堤本事》："东坡既奏开湖，周视湖上曰：'若取葑草积之湖中为长堤，以通南北，则葑去而行者便矣。'堤成，杭人称曰苏公堤，祠公堤上。"村桥号道姑，杭州大学教工宿舍在道姑桥边。道姑桥后改名道古桥。扶筇（qióng），拄着手杖。诗句意谓，前堤姓白后堤姓苏，校舍北边的村桥名叫道姑，画里携杖诗里去，几生修得住在西湖。

作者写《瞿髯论词绝句》，从三十岁开始写作到成书，前后近五十年，其间都在之江大学、浙江大学、杭州大学工作。诗中反复提到"几生修到住西湖",反映能长期在西湖周边著书实属不易。诗中提到的孤山、吴山、西溪、白堤、苏堤、道姑桥,均与作者自身写作与论词对象有关。诗词看似写景纪游,实为写作纪事,方切题意要求。

湖楼纪事(二十三首选二)

玉泉探桂

杭州曲子唱回肠,桂子荷花劫几场。

谁谱蛙声入宫徵?湖天夜夜稻花香。

登初阳台

携筇来上最高台,水色湖光绘画开。

何用杯酒邀我去,直疑皓月近人来。

赏析:

《湖楼纪事》二十三首均为作者历年所写的与杭州西湖有关的纪事之作,今选其中二首,录自《天风阁诗集》。

《玉泉探桂》写于1974年3月。玉泉,位于杭州仙姑山北的青芝坞中,为西湖名胜之一。据《万历杭州府志》:"南齐建元中,灵悟大师昙超说法于此,龙君来听,抚掌出泉。"玉泉与虎跑、龙井统称杭州三大名泉。因其地多桂,故作者前来探看。

"杭州"二句,杭州曲子,指柳永《望海潮》。为何唱起此曲让人荡气回肠?相传因词中有"重湖叠巘清嘉,有三秋桂子,十里荷花"之句,金主完颜亮听后,更起侵吞南宋之心。后谢驿有诗咏此事:"莫把杭州曲子讴,荷花十里桂三秋。岂知草木无情物,牵动长江万里愁。"诗中说的就是因"桂子荷花"引起的几场劫难。

"蛙声"二句,语出辛弃疾《西江月·腋行黄沙道中》词:"稻花香里说丰年,听取蛙声一片。"宫徵,指乐曲,古乐分宫商角徵羽五声。这里指玉泉附近的农家种植水稻,所以有蛙声一片,且夜夜送来稻花的清香。

《登初阳台》写于1974年11月。初阳台,据《西湖游览志》:"相传葛洪修真于此,吸日月精华。其地高朗,宜远瞩,可观日出。"初阳台在宝石山葛岭的最高处，站在台上，向东眺望，可以看到远处的钱塘江一片浩瀚，东至东海。每当晴天破晓时，在这里看红日初升，景色极为壮丽。

"携筇"二句，筇（qióng），本为竹名，这里指手杖。诗句意谓，提着手杖登上最高台，眼前的山色湖光像绘画一样次第展开。

"何用"二句，化用李白《月下独酌》诗句："举杯邀明月，对影成三人。"皓（hào）月，明亮的月，即明月。诗句意谓，何用杯酒邀我前去，我简直怀疑天上的明月近人而来。实因登上高台才会产生这种感觉。

此系写景纪游之作。作者既写出了玉泉、初阳台的景物特色，又展开了丰富的艺术想象。"谁谱蛙声入宫徵？湖天夜夜稻花香。""何用杯酒邀我去，直疑皓月近人来。"均能给人留下思索和回味的余地。

挽朱德同志

白昼落长庚，六洲海岳惊。
艰危思缔造，渊默见威灵。
犹欲援饥溺，何能洗甲兵？
千秋钟鼎在，余事以诗鸣。

赏析：

此诗写于1976年7月，录自《天风阁诗集》。朱德（1886—1976），四川仪陇人。曾任中华人民共和国元帅、中央军委副主席、中共中央副主席、全国人大常委会委员长。1976年7月因病逝世，作者惊闻噩耗，写诗志哀。

首联言惊闻噩耗。长庚，即金星，它在天空中的亮度仅次于日、月，最亮时可以在白昼看见。六洲，即六州，泛指全中国。诗句意谓，白天落下了太白金星，六州的大海高山均为之震惊。

颔联言逝者一生的功绩。渊默，深沉静默。《庄子·在宥》："尸居而龙见，渊默而雷声。"威灵，威力，神灵。诗句意谓，思朱德同志缔造国家于艰危之时，现威力于深沉静默之中。

颈联言逝者关心祖国和人民的命运。饥溺，语出《孟子·离娄下》："禹思天下有溺者，由己溺之也；稷思天下有饥者，由己饥之也。"意思是对别人的苦难表示同情，并把解除这些苦难引为己任。洗甲兵，语出杜甫《洗兵马》："安得壮士挽天河，净洗甲兵长不用。"诗句意谓，逝者仍然想援助与解除被压迫人民的苦难，侵略与战争仍然存在，岂能洗甲兵而不用？

尾联言逝者的文治武功永在。钟鼎，语见《墨子》："琢之盘盂，铭于钟鼎，传于后世。"余事，指诗词写作是他的业余爱好。鸣，著称，闻名。诗句意谓，朱德同志的历史功绩将铭于钟鼎，永垂千古，治军从政之余还以诗作闻名于世。

此诗哀挽朱德同志，感情深挚，言少意多。对于逝者一生的功绩与崇高的品德给予高度评价。

八十自寿

深灯久已废翻书，多谢邻翁问起居。
小阕哦成容坐啸，稚孙学得莫嗔渠。
壮怀昔昔横江约，吟兴迢迢入蜀图。
闻道千花环北海，画船昨梦绕西湖。

赏析：

此诗写于 1979 年 1 月，录自《天风阁诗集》。当时，作者正值八十岁生日，遂作诗自寿。

首联言自己在北京疗养。意思是深夜灯下久已不去翻书，多谢邻家老翁过问我的生活起居。

颔联言日常生活的乐趣。小阕（què），对自己所作诗词的谦称，词一首也叫一阕。稚孙，幼小的孙儿。嗔（chēn），怒、生气。渠，他。诗句意谓，小曲吟哦而成，容我闲坐吟咏，幼小的孙儿在一旁学我念诗，不要责备他。

颈联忆当年壮游之事。昔昔，昔通"夕"，夜夜。《列子·周穆王》："昔昔梦为人仆，趋走作役，无不为也。"横江，即横江浦，在今安徽和县东南，与南岸的采石矶隔江对峙，形势险要。李白有《横江词》（六首）。迢迢（tiáo），遥远的样子。诗句意谓，想当年心怀壮志，夜夜想着横江之约，吟兴大发，仿佛已经到了遥远的四川（蜀国的版图）。

尾联回到晚年生活。北海，即北京北海公园。西湖，指杭州西湖。诗句意谓，听说北海已被千花环绕，昨夜我于梦中乘着画船绕游杭州西湖。

作者年已八十，欣然写诗自寿。文字朴实无华，闲坐吟咏之时，忆及当年壮游。结句"闻道千花环北海，画船昨梦绕西湖"，显示作者的心态平和自然，似已进入化境。

清平乐
鸿门道中

吟鞭西指，满眼兴亡事。一派商声笳外起，阵阵关河兵气。

马头十丈尘沙，江南无数风花。塞雁得无离恨，年年队队天涯。

赏析：

此词写于 1921 年，录自《夏承焘词集》。清平乐，词牌名。鸿门，在陕西省临潼新丰镇境内，古代项羽与刘邦会饮于此，史称"鸿门宴"。1921 年秋，作者应友人之招到北京任《民意报》副刊编辑。不久又转向西北，在西安担任教职。《清平乐》词即写于赴陕西鸿门的路上。

上阕写赴陕途中的所见所闻。吟鞭，扬鞭吟啸，意思是策马前行。兴亡，兴盛与衰亡，多指国家。商声，商为五音之一，此指凄怆的声音。笳，又称胡笳，军中常用的乐器。兵气，指当时军阀混战。词句意谓，扬鞭向西行，满眼都是兴亡之事。一派胡笳的凄怆之声从外面传来，关河到处是阵阵兵气，即充满战争的气氛。

下阕写去鸿门途中的所思所感。风花，风中吹落的花。塞雁，塞北的大雁。词句意谓，马头扬起十丈沙尘，江南正有无数被风吹落的花，塞北的大雁没有离愁别恨，年年成群结队飞向天涯。

此词即景抒怀，声情并茂。眼前十丈尘沙，忆中江南风花，已令人无限怅惘；笳声凄怆，塞雁南飞，又添增多少离恨。情景交融，耐人寻味。

望江南（七首）
自题月轮楼

秦山好，带水绕钱塘。一道秋光天上下，五更潮信月苍茫。窗户挂银潢。

秦山好，飞观俯西兴。沧海未生残夜日，鱼龙来啖半江灯。人在最高层。

秦山好，面面面江窗。千万里帆过矮枕，十三层塔管斜阳。诗思比江长。

秦山好，晴翠九龙环。隔个屏风住西子，露双佛髻是南山。东面爱凭栏。

秦山好，绝顶爱寻诗。花外星辰灯晶晶，云边栏槛雨丝丝，凉意薄罗知。

秦山好，隐几听惊雷。残险已无罗刹石，怒潮欲到子陵台。秋色雨中来。

秦山好，短咏写云蓝。谁坐秋香横一笛，满身淡月杏黄衫，唱我望江南。

赏析：

这一组词写于 1930 年，录自《夏承焘词集》。望江南，词牌名，又名《忆江南》。单调二十七字，五句三平韵，中间七言两句，以对偶为宜。月轮楼，为作者居住的之江大学教师宿舍，因为建在杭州钱塘江边的月轮山上，所以取名月轮楼。

第一首写月轮楼位于钱塘江畔。秦山，即秦望山。明田汝成《西湖游览志》第二十四卷《浙江胜迹》载："秦望山，去城南十二里，高一百六十丈。相传秦始皇东游江浒，欲渡会稽，登山而望，故名秦望。"带水，即一衣带水。《南史·陈本纪》："陈文帝谓仆射高颎曰：'我为百姓父母，岂可限一衣带水不拯之乎？'"比喻长江狭窄如一条衣带。后指虽有江河相间却不足为阻。潮信，即潮，因其涨落有定时，故称"潮信"。银潢，即银河。苏轼《天汉台》："银潢左界上通灵。"词句意谓，秦山的好在于，被钱塘江衣带般围绕。一道秋天的阳光照射下来，五更时潮水上涨，月色苍茫，从窗户看外面，天空上银河高挂。

第二首写西兴一带的钱塘江景色。飞观，高处观望。西兴，地名，在钱塘江南岸。鱼龙，鱼和龙，泛指鳞介水族。杜甫《秋兴》之四："鱼龙寂寞秋江冷，故国平居有所思。"词句意谓，秦山的好在于，可在高处俯视西兴。夜将尽时，大海上没有日光，鱼和龙来咬江中的灯。作者身在楼阁的最高层。

第三首写月轮楼周边的景色。十三层塔，指六和塔。诗思，作诗的动机与情思。词句意谓，秦山的好在于，山上月轮楼的每面窗户都面向钱塘江。航行千万里的帆船经过矮枕旁边（即睡在枕边就可看见江上的帆船），十三层的高塔挡住了西下的夕阳。我的诗思比大江还长。

第四首写作者在楼上向东眺望。晴翠，草木在阳光的照耀下映射出一片碧绿色。九龙，秦望山一带有九个龙头。佛髻，呈盘曲状发髻的美称。相传佛发盘曲为螺形，故称。南山，指西湖南岸群山。词句意谓，秦山的好在于，晴空之下九龙头一片翠色。隔个屏风（即南山）就是西湖，露出双双佛髻的是南山。我爱凭栏向东面眺望。

第五首写月轮楼上的夜景。晶晶（xiǎo），洁白光明的样子。栏槛，栏杆。槛为窗户下或长廊旁的栏杆。词句意谓，秦山的好在于，身居最高峰时爱寻诗意。天上的星辰像亮晶晶的明灯，栏杆就在云边上，天空下着丝丝细雨。我身上穿着薄薄的罗衫已感到凉意。

第六首写在月轮楼上观潮。隐几，依靠着几案。《孟子·公孙丑下》："隐几而卧。"罗刹石，《北梦琐言》："杭州（钱塘江）连岁潮头直打罗刹石。吴越钱尚父俾张弓弩，候潮至，逆而射之，由是潮退，罗刹石化而为陆地。"子陵台，即严子陵钓台，在桐庐富春江畔。词句意谓，秦山的好在于，可以依靠着几案听到有如惊雷的潮声。而今罗刹石上已无残留的险情，钱塘江怒潮要到桐庐严子陵钓台。秋天的景色在下雨时最美。

第七首写作者在月轮楼上赋诗的情状。云蓝，纸名。唐段成式在九江时自制，见段成式《寄温飞卿笺纸》诗序。意思是将短小的歌咏（指《望江南》词）写在纸上。秋香，秋日开放的花，多指菊花、桂花。杏黄，黄而微红的颜色。词句意谓，秦山的好在于，可将短小的歌咏写在纸上来歌颂它。是谁坐在秋天开放的花旁横吹一支竹笛，淡淡的月光洒满杏黄色的衣衫，唱我作的《望江南》。

作者当时在之江大学任教，入住月轮山上的教师宿舍月轮楼。因其周围景色优美，引发作者诗兴，调寄《望江南》，作《自题月轮楼》词七首，写景纪事，情景俱佳。作者笔下的钱塘江景与八月秋潮，秦山风光与六和古塔，凭栏远眺与楼上寻诗，诸多良辰美景，如诗如画，实属大家手笔。

石湖仙

题孤山白石道人像

朗吟人去。剩一片湖山，仍对尊俎。唤起老逋魂，能同歌远游章句。江湖投老，又看柳长亭几度。容与。招素云黄鹤何许？

红箫垂虹旧伴，忆黄月梅边新谱。环佩胡沙，肠断江南哀赋。听角长淮，送春南浦，此愁天付。携酒路马塍连夜风雨。

赏析：

此词写于 1931 年春，录自《夏承焘词集》。石湖仙，词牌名。姜夔自度曲，为友人范成大祝寿而作，范成大号石湖居士，故以石湖仙为名。此词牌双调八十九字，上、下阕各九句，六仄韵。孤山，位于西湖里湖与外湖之间，四面环水，一山兀立，故名"孤山"。白石道人，南宋词人姜夔，号白石，自称白石道人。西湖孤山上有白石道人塑像，当年作者调寄《石湖仙》为之题词。

上阕写"朗吟人去"与作者对白石道人的怀念。"朗吟"五句，朗吟人，朗诵吟咏之人，指姜夔。尊俎（zǔ），盛酒食之器。老逋，即宋代隐逸诗人林逋。远游，《楚辞》篇名，诗中有句曰："悲时俗之迫厄兮，愿轻举而远游。"章句，章节和句子。词句意谓，朗吟之人已去。剩下一片湖山仍旧面对着离散的宴席。想要唤起林逋的诗魂，与他一同歌唱远游。"江湖"四句，柳长亭几度，意思是几度于长亭折柳送别。容与，悠游自得。素云黄鹤，指姜夔。词句意谓，快要退隐的老人，能看几次长亭折柳。而今优游孤山，在何处才能召回白石道人？

下阕写姜夔与范成大交往的韵事与作者的深情凭吊。"红箫"四句，宋代诗人范成大把女婢小红赠给姜夔。姜夔携小红自苏州返回湖州，除夕大雪，途经吴江垂虹桥，有诗云："自琢新词韵最娇，小红低唱我吹箫。曲终过尽松陵路，回首烟波十四桥。"黄月梅边新谱，姜夔在范成大家作客，作《暗香》咏梅词："旧时月色，算几番照我，梅边吹笛。"环佩胡沙，姜夔《疏影》咏梅词："昭君不惯胡沙远，但暗忆江南江北。想佩环月夜归来，化作此花幽独。"江南哀赋，即北周文学家庾信《哀江南赋》。词中多处涉及姜夔的生活与创作经历，需结合上述作品加以理解。"听角"五句，听角长淮，淮水是南宋抗金前线，可闻号角之声。南浦，语见江淹《别赋》："送君南浦。"张铣注："南浦，送别之处。"马塍（chéng），《研北杂志》："西马塍皆名人葬处，白石没后葬此。"西马塍在杭州湖墅，即现在的马塍路一带。词句意谓，淮水流域可闻号角之声，关于战争与别离的愁怨都是上天给予的。我为祭奠白石道人携酒走在路上，正逢马塍连夜风雨。

作者不愧为"当代词宗"，谈起宋代词人姜夔、林逋、范成大的生平事迹，如数家珍；表达对于白石道人的回忆怀念时，一片深情。此词调寄《石湖仙》，切人切事，更属锦上添花！

鹧鸪天
九溪十八涧茗坐

滩响招人有抑扬，幡风不动更清凉。若能杯水如名淡，应信村茶比酒香。

无一语，答秋光。隔年吟事亦沧桑。筇边谁会苍茫意，独立斜阳数雁行。

赏析：

此词写于 1934 年，录自《夏承焘词集》。鹧鸪天，词牌名，又名《思佳客》。双调小令，五十五字，上下阕各三平韵，上阕第三、第四句与过片的两个三言句多作对偶。九溪十八涧，是深藏在西湖西南群山中的旅游胜地。溪水自杨梅岭发源，途中汇合了青溪、宏法等九个山坞溪流的水，之后穿林绕麓，又汇合诸多涧水，曲曲折折流入钱塘江。晚清学者俞樾认为，九溪十八涧"乃西湖最佳处"。茗坐，坐着品茗（喝茶）。1934年，作者游览九溪十八涧，且在茶室坐着品茗。

上阕写在九溪饮茶。滩响，沙滩流水的响声。幡风，《传灯录》："六祖初寓法性寺，风扬幡动，有二僧争论，一曰风动，一曰幡动，六祖曰：'非风非幡，仁者心自动耳。'"杯水，从《晋书·张翰传》"使吾有后世名，不如即时一杯酒"句中化出。词句意谓，溪水流动发出的响声似有抑扬，招人喜爱，人在溪水边虽幡风不动却更觉清凉。人如果能像杯中之水一样淡泊名利，自应相信春茶比酒还香。

下阕即景抒情，表达心境苍凉。沧桑，"沧海桑田"的缩语，意思是世事发生巨大变化。筇（qióng）边，竹林旁边。雁行（háng），群雁有序飞行排列成行。词句意谓，作者并无一语答谢秋光，隔年的吟咏之事也已发生沧桑变化。在竹林旁感叹无人能领会自己苍茫的心意，只能独自站立在斜阳之下去数天上飞行的雁行。

此系即景抒情之作，内容蕴藉含蓄。上阕涧边茗坐，有所颖悟，即人应淡泊名利。下阕默然无语，意绪苍茫，这实由家国之思引起，让人深长思之。

水龙吟

丁丑冬偕鹭山谒慈山叶水心墓，时闻南京沦陷。

九原人比山高，海云过垄皆奇气。草间下拜，风前共忍，神州凄涕。梁甫孤吟，南园尊酒，谁知心事。招放翁同甫，精魂相语，南渡恨，鹃声里。

沉陆相望何世。送千鸦、苍茫天水。遮江身手，可堪重听，石城哀吹。临夜回飙，排阊余愤，定惊山鬼。待铜铙伴打，收京新曲，唤先生起。

赏析：

此词写于1937年冬，录自《夏承焘词集》。水龙吟，词牌名。丁丑，农历丁丑年，即1937年。慈山，在浙江温州。叶水心，名适，字正则，宋代永嘉人。爱国学者，时人称水心先生。1937年冬，作者偕同友人吴鹭山拜谒慈山叶水心墓，时闻南京已沦陷。

上阕凭吊古人，感慨系之。"九原"二句，九原，地名，晋国卿大夫的墓地在九原，后用作墓地的代称。垄，坟墓。《战国策·齐策四》："曾不若死士之垄也。"词句意谓，墓地的主人比慈山还高，飘过此坟的海风皆有奇气。"草间"三句，神州凄涕，神州凄凉落泪，指中国许多地方沦陷。词句意谓，我们在草野之间下拜，在风前共忍，面对墓地的荒芜与神州的残破无法不凄然泪下。"梁甫"三句，梁甫孤吟，即梁甫吟，《乐府·楚调》曲名。《三国志》："诸葛亮好为《梁甫吟》。"《水心集》中亦有《梁甫吟》，意在实现孔明之志恢复汉室。南园尊酒，南园为韩侂胄的家园，陆游曾作《南园记》，叶水心做过韩家上宾。词句意谓，逝者生前曾作《梁甫吟》，且为韩侂胄尊前祭酒（上宾），可谁知他的心事？"招放翁"四句，南渡，宋高宗建都临安，史称南宋。因其自北渡过长江，所以叫南渡。放翁，南宋词人陆游，字放翁。同甫，南宋词人陈亮，字同甫。词句意谓，叶水心若与陆放翁、陈同甫再会晤，三人精魂相语，自当互明心曲，而宋室南渡之恨（即山河破碎北伐无望），只能留在杜鹃凄厉的鸣叫声里，这实为惨痛的亡国之音。

下阕怀古伤今，慷慨悲歌。"沉陆"三句，沉陆，即陆沉，比喻国土沉沦。《世说新语·轻诋》："遂使神州陆沉，百年丘墟，王夷甫诸人不得不任其责！"天水，赵姓郡望，宋帝姓赵。词句意谓，神州陆沉相望，千鸦相送，天水苍茫。实即赵宋江山已失，神州日落情何以堪。"遮江"三句，石城，石头城，即南京。叶水心知建康府（南京），曾经拒金兵于江上。吹，吹奏竽、笙等乐器。词句意谓，叶水心当年在南京抗拒金兵，他虽是可以阻挡金兵渡江身手之人，而今南京沦陷，逝者还能不能听到石头城上悲哀的乐声。"临夜"三句，回飙（biāo），疾风，暴风。曹植《杂诗》："何意回飙举，吹我入云中。"排闾，推开宫门。《楚辞·远游》："命天阍其开关兮，排阊阖而望予。"词句意谓，逝者满腔的家国之愤，化作临夜空中的暴风，足以惊天地泣鬼神。"待铜铙"三句，铜铙，乐器，似铃状。词句意谓，待用乐器铜铙伴奏，共唱收复南京的新曲的时候，再唤水心先生起来听。这里说明作者对于抗战胜利充满信心，定会奏起"收京新曲"，而且相信墓中人也会一起来听。

此词吊古伤今，意蕴深长。作者拜谒宋代爱国学者水心先生之墓，不论写人、写事、写景，无不倾注自己全部的感情，以致人我一体，古今交融。作者在南京初陷之时，即已预见收京之日，且"唤先生起"，共听"收京新曲"。正是这种坟前的倾诉与交流，将两个不同时代的爱国学者的心连接在一起，怎能不让人为之感佩。

洞仙歌
重到杭州

过江乡讯，负谢邻燕子，归梦年年画难似。怎招来旧月，正好听箫，又城角、吹愁如水。

六桥携酒约，盼得春来，第一番风遽如此。吩咐试妆人，慢画眉峰，怕明日、还无晴意。谁会我江湖种花心，又料理锄筇，杜鹃声里。

赏析：

此词写于1945年，录自《夏承焘词集》。洞仙歌，词牌名，唐教坊曲名，后用为词牌。双调八十三字，上下阕各三仄韵，上阕第二句是上一、下四句式，下阕收尾八言句是以一去字领下七言，紧接着又以一去字领下四言两句作结。此词音节舒徐，有骀荡摇曳之感。夏承焘《洞仙歌·重到杭州》为变体，全词双调八十一字，余均合律。作者意在抒发抗战胜利后重新回到杭州的心情。

上阕写拟回杭州时喜忧交集的心情。"过江"三句，过江，温州与杭州隔着钱塘江。谢邻，作者在温州的寓庐的名字。他当时住在温州谢池巷，宅名谢邻。词句意谓，传来可以过江的乡讯，有负温州谢邻自家寓所燕子，可惜归梦年年如画难以相似，即难于如愿。"怎招"四句，旧月，旧时岁月。城角，泛指城内偏僻的地方。这里意在表达盼望抗战胜利却又忧心重重。既属"正好听箫"，而又担心"吹愁如水"。

下阕写重到杭州恢复教学工作后的心情。"六桥"三句，六桥，杭州苏堤有六条桥。番风，亦作"幡风"，意思是旗幡与风。典出《景德传灯录》与《慧能大师》，比喻人的心境与心中的意念。遽（jù），骤然、惶恐。词句意谓，我与六桥携酒相约，盼得春的到来，只是第一番风（开始的心境）就如此让人仓惶。"吩咐"四句，试妆人，准备梳妆打扮的人。吩咐试妆人，慢画眉峰，因为怕明日还无晴意。这里明显流露出对于抗战胜利后时局的忧虑。"谁会我"三句，会我，懂得我。锄筇，筇竹可以作杖，这里指执杖荷锄。词句意谓，谁能领会我江湖种花的心思，在杜鹃声里，又将执杖荷锄，即恢复教学工作。

此词意在反映抗战胜利后作者重到杭州的复杂心境。"旧梦年年画难似。怎招来旧月，正好听箫""盼得春来"，词句充分表达了作者盼望抗战胜利的心情。"又城角，吹愁如水""第一番风遽如此""怕明日、还无晴意"，则对抗战胜利后的时局心存忧虑，并对国民党政权表示失望。一名爱国知识分子处于特定历史时期的心路历程表露无遗！

风入松

内人柔庄生日作，时寓湖上罗苑三年矣。

中年以后说恩情，饭软与茶清。正如久作西湖客，等闲忘黛碧螺青。双燕漫窥双影，孤山只爱孤行。

画船日日过娉婷，羡我好林亭。段桥沽酒西泠籴，不须嫌如此劳生。记取邻翁一语，他年画也难成。

赏析：

此词写于1948年，录自《夏承焘词集》。风入松，词牌名，唐代诗僧皎然有《风入松》歌，故名。双调七十六字，上下阕各六句，四平韵。内人柔庄，即作者的妻子柔庄。罗苑，在杭州西湖白堤，与平湖秋月比邻，当时是浙江大学教师寓所，作者在此已居住三年。

上阕言夫妇恩情。"中年"二句，作者时年48岁，故言人在中年。词句意谓，中年以后说起夫妻恩情，不怕生活清苦，唯求饭软茶清。"正如"四句，黛碧螺青，指青碧的吴山，如女人的眉黛。《隋遗录》载："殿脚女争效为长蛾眉，司宫史日给螺子黛五斛，号曰蛾绿。"螺子黛，画眉的颜料。漫窥，莫窥。孤山，在罗苑附近。词句意谓，虽然长久居于西湖，却连风光秀丽的吴山也很少去玩。"双燕漫窥双影"，指柔庄夫人居家好静，作者常独自一人去孤山散步。

下阕写生活清苦。"画船"二句，娉婷（pīng tíng），姿态美好，代指美女。词句意谓，每天游船上都有不少美女，羡慕我生活在罗苑这样美好的亭林之间。"段桥"四句，段桥，即断桥，原名段家桥。西泠，即西泠桥。籴（dí），买粮食。词句意谓，罗苑在断桥与西泠桥之间，所以说常去断桥买酒、西泠买粮，虽生活如此辛苦劳累，却无须嫌烦。我们应牢记邻舍老翁一语，否则他年想画也难成功，极言罗苑景色之美，应当珍惜。

作者当时住在湖上的罗苑，虽生活清苦却夫妻恩爱，如此劳生仍知足常乐。用语朴实无华，富有生活情趣。

浣溪沙

陪余冠英教授游西湖

乐府新词唱大堤，六桥来听翠禽啼。飙轮不用白铜蹄。

曲院重逢犹戒酒，西湖初到可无诗？临分莫负小桃枝。

赏析：

此词写于 1957 年，录自《夏承焘词集》。浣溪沙，词牌名。余冠英（1906—1995），江苏扬州人。我国古代文学研究专家，曾任清华大学、西南联大教授，中国社会科学院文学研究所研究员。1957 年间，余冠英因事来杭州，夏承焘陪同游览西湖。

上阕写陪同游览西湖景区。"乐府"二句，大堤，即大堤曲，乐府名。《古今乐录》："诞始为襄阳郡，仍为雍州刺史，夜闻诸女歌谣，因而作之。又有《大堤曲》，亦出于此。"六桥，杭州西湖苏堤有六条桥。翠禽，即翠鸟，常栖息在水边的树枝上。词句意谓，友人研究《乐府诗》，说乐府新词应唱大堤曲，而今来到杭州苏堤六桥，听水边翠鸟啼叫。"飙轮"句，飙（biāo）轮，御风而行的车，此指汽车。白铜蹄，曲名。《隋书·音乐志》："梁武帝在雍镇，童谣云：'襄阳白铜蹄，反缚扬州儿。'识者言，白铜马也，白金色也，及义师之兴，实以铁骑，扬州之士，皆面缚，果如谣言。即位后，帝自为词三曲，以被管弦。"词句意谓，这次游玩是乘汽车绕湖一周，而不用白铜蹄代步。

下阕希望友人赋诗，明年再次来游。曲院，即宋时的麹院，"曲院风荷"为西湖十景之一。小桃，桃花的一种，"上元前后即著花，状如垂丝海棠"。词句意谓，在曲院重逢时因有小病仍需戒酒，但初到杭州西湖岂可无诗？临近分别的时候盼望友人明年桃花开时再游西湖。

此词用语古朴典雅，切合二人名分地位，尽显现代诗词名家本色。

水龙吟

谒辛稼轩墓

坟头万马回旋，一笻来领群山拜。长星落处，夜深犹见，金门光怪。化鹤何归，来孙难问，长城谁坏。料放翁同甫，相逢气短，平戎业，论成败！

莫恨沂蒙事去，恨半生驰驱江介。词源倒峡，何心更恋，长湖似带？试听新吟，烟花万叠，山河两戒。待明年来仰，祁连高冢，兀云峰外。

赏析：

此词写于 1961 年，录自《夏承焘词集》。水龙吟，词牌名。当时，夏承焘曾偕杭州大学语言文学研究室的几位研究生到上饶市铅山县探访辛弃疾故居及墓地。作者调寄《水龙吟》，作《谒辛嫁轩墓》。

上阕写谒墓的情景。"坟头"五句，坟头万马，指坟头周围的群山。辛弃疾词："万马回旋，众山欲东。"长星，彗星。金门，在江西上饶，辛弃疾墓所在地。光怪，光景怪异。词句意谓，坟头被群山环绕，一人扶杖领群山来拜。彗星落处，深夜仍能看见金门有神奇怪异的现象，即辛氏冢上有光怪。"化鹤"七句，化鹤，典出《搜神后记》，言辽东人丁令威学道于灵虚山，后化鹤归辽。来孙，后代子孙。长城坏，即坏我长城。南朝檀道济官太尉，威名甚重，朝廷疑畏杀之。道济脱帻掷地曰："乃坏汝万里长城。"平戎业，平定异族侵略的事业。词句意谓，何时化鹤归来，儿孙责难相问，是谁坏我长城。料想陆放翁和陈同甫，相逢亦会因之气短，只能劝慰地说，抵抗侵略乃正义之举，不应论其成败。

下阕写逝者功业难成与今人营造新墓。"沂蒙"五句，沂蒙，即沂蒙山，辛稼轩在山东起义，转战于此。后因耿京被杀，起义军散。驰驱江介，意思是稼轩渡江南来以后，不曾留任中枢，发挥其运筹帷幄的作用。词源倒峡，意思是文词如泉涌，层出不穷。杜甫诗："词源倒流三峡水，笔陈横扫千人军。"长湖，江西上饶带湖，辛稼轩居住地。词句意谓，莫恨已经过去的沂蒙起义兵败之事，只恨驰驱江介，朝廷却并未重用。辛弃疾词源倒峡，志在恢复中原，无心留念带湖山区。"试听"六句，烟花万叠，杜甫诗："烟花一万重。"山河两戒，戒通"界"，古书上说我国山脉有南戒北戒。祁连高冢，汉武帝为霍去病造的坟，仿祁连山。当时上饶地方政府欲为辛稼轩营造新墓。词句意谓，新中国成立以来试听人们全新吟咏，节日烟花万重，南北各地山河面貌一新。待明年再来仰望，当有像祁连山一样高的坟兀立于云峰之外。

此词紧扣辛氏墓地展开，起于拜谒现存政府墓址，进而联系到这位立志抗金的爱国词人的一生功业，悲歌慷慨。最后以即将营造新墓作结，一气呵成。

玉楼春

北京看节日焰火，次日乘飞机南归，歌和一浮、无量两翁。

归来枕席余奇彩，龙喷鲸呿呈百态。欲招千载汉唐人，同俯一城歌吹海。

天心月胁行无碍，一夜神游周九塞。明朝虹背和翁吟，防有风雷生謦欬。

赏析：

此词写于1963年，录自《夏承焘词集》。玉楼春，词牌名，又名《木兰花》《西湖曲》。双调五十六字，上下阕各七言四句，三仄韵。一浮、无量两翁，即马一浮、谢无量两位老人。二人均系现代著名学者，曾作《玉楼春》词。作者当时在北京看节日焰火，次日乘飞机南归，遂以此词奉和。

上阕写在北京看焰火的盛况。龙喷鲸呿（qū），龙在吹气，鲸在张口。歌吹，歌声和乐声。鲍照《芜城赋》："廛闬扑地，歌吹沸天。"词句意谓，归来时枕席上尚余奇异的色彩，好似龙在吹气，鲸鱼张口，呈现千姿百态。欲招千载以前的汉唐时代的人，共同俯视那一城如海的歌声和乐声。

下阕写次日乘飞机南归。天心月胁，周益公跋杨万里集，谓万里的文章"皆扫千军、倒三峡、穿天心、透月胁之语"。九塞，古代称九处险要的地方。謦欬，欬嗽，可引申为言笑。《庄子·徐无鬼》："又况乎昆弟亲戚之謦欬其侧者乎？"词句意谓，读两翁诗文可以穿天心、透月胁、行无碍，一夜之间神游九塞。明天跨上虹背（乘飞机）和二翁歌吟诗词，预防有风雷生于言笑之间。

作者与马一浮、谢无量均系现代著名学者与词人，因此词作用语古朴典雅。写"看节日焰火"与"乘飞机南归"，均有与众不同之处，值得吟咏体味。

玉楼春

陈毅同志枉顾京寓谈词

君家姓氏能惊座，吟上层楼谁敢和？辛陈望气已心降，温李传歌防胆破。

渡江往事灯前过，十万旌旗红似火。海疆小丑敢跳梁，囊底阎罗头一颗。

赏析：

此词写于 1963 年，录自《夏承焘词集》。玉楼春，词牌名。陈毅时任国务院副总理兼外交部部长，工作之余酷爱诗词写作，1963 年间，曾赴作者北京寓所谈词。作者调寄《玉楼春》以纪其事。

上阕赞扬陈毅这位"将军诗人"的艺术才华。惊座，汉代陈遵为京兆尹，列侯有与同姓字者，每至入门，座中莫不惊动，因号其人为"陈惊座"。陈毅与陈遵同姓，所以说"君家姓氏能惊座"。吟上层楼，1962年陈毅曾访作者于上海国际饭店，且切磋诗艺，作者谦称将军吟上层楼谁敢与之唱和。望气，古代方士的一种占候术，望云气以测吉凶征兆。《史记·项羽本纪》："吾令人望其气，皆为龙虎，成五采，此天子气也。"传歌，传述诗歌，以歌相传。作者采用夸张的艺术手法，高度评价陈毅的诗词创作。说宋代词人辛弃疾、陈亮望其豪气心已降服，唐代诗人温庭筠、李商隐传其诗歌需防胆破。

下阕称颂陈毅元帅的历史功勋与社会影响。"渡江"二句，渡江，指1949 年 4 月中国人民解放军发动的渡江战役，百万雄师横渡长江。旌旗，旗帜的通称。《周礼·春官·司常》："凡军事，建旌旗。"词句意谓，陈毅元帅当年指挥第三野战军横渡长江的往事仿佛从灯前闪过，只见十万战旗红得像火一样。"海疆"二句，海疆，沿海疆域。跳梁，亦作"跳踉"，用以比喻跋扈的情状。阎罗，即阴间的主宰阎罗王。陈毅《梅岭三章》："此去泉台招旧部，旌旗十万斩阎罗。"词句意谓，海防前线的小丑（国民党反动派）敢于跳梁，就必将成为阎罗口袋里的头颅。

此词上阕言陈毅的诗词写作，下阕言渡江往事，对陈毅一生的文治武功做出了很高的评价。词中用典贴切，言少意多。既有辛陈、温李、惊座等古典，又有渡江往事、吟上层楼等近事，均能给人留下思索回味的余地。

鹊桥仙
题姜晓泉画李清照手持荼蘼像，忆往年过金华登八咏楼望双溪，因成此阕。

朗吟人去，听箫客到，老眼兵尘颏洞。一枝花影落征衫，忍重忆归来春梦。

兰舟挥泪，篷舟挥手，哀乐百年相送。双溪东去绕三山，莫更问离愁轻重。

赏析：

此词写于 1964 年，录自《夏承焘词集》。鹊桥仙，词牌名。双调五十六字，上下阕各五句，双仄韵。姜晓泉为浙江平阳画家，曾画南宋词人李清照手持荼蘼花像。八咏楼，在浙江金华。《金华志》："沈约为金华太守，题诗于元畅楼，后人更名为八咏楼。"双溪，浙江有东港、南港二水，流至金华城东南并入婺江，在二水合流处的一段叫双溪。

上阕写李清照手持荼蘼画像。"朗吟"三句，颏（hóng）洞，亦作"鸿洞"，漫无边际。兵尘颏洞，兵尘相连不断，意思是广大地区遭遇兵乱。词句意谓，朗吟之人（沈约）已去，听箫客（李清照）到，在词人的老眼里兵尘不断。实际上说李清照晚年在战乱中从北方流寓金华。"一枝"二句，归来，堂名。李清照与丈夫赵明诚婚后在归来堂看书饮茗。词句意谓，一枝荼蘼花落在征人衫前，不忍回忆昔日归来堂那犹如春梦一般的生活。

下阕写李清照晚年在金华生活凄苦。兰舟，小船的美称。李清照《武陵春》："闻说双溪春尚好，也拟泛轻舟。只恐双溪舴艋舟，载不动许多愁。"篷舟，像有篷的小船。李清照《渔家傲》："风且住，篷舟吹我三山去。"三山，传说中的仙山，即蓬莱、方丈、瀛洲。词句意谓，在兰舟中挥泪，在篷舟中挥手，此中的哀乐可相送百年。双溪向东流去即可绕过三山，不要再问离愁轻重。

此词围绕李清照手持荼蘼画像展开，联系到词人晚年在金华双溪的生活，切画、切人、切事，非研究宋词的名家难于写出。

玉楼春

乙卯正月十一日七十六岁生日，寻梅放鹤亭，
与无闻诵龙川句作此。

溪童野老同歌唱，不必巢居寻鹤氅。年年生日酒无缘，处处寻梅诗有怅。

收香藏白怜娇样，唤起龙川看气象。昨宵梦路绕孤山，百万玉龙迎短杖。

赏析：

此词写于 1975 年，录自《夏承焘词集》。玉楼春，词牌名。农历乙卯年，即 1975 年。放鹤亭，在西湖孤山北麓，为纪念宋代隐逸诗人林和靖而建。龙川，宋代词人陈亮，字龙川。作者于七十六岁生日之时，赴孤山放鹤亭寻梅，与夫人吴无闻诵龙川词句而作此词。

上阕写寻梅放鹤亭。巢居，即巢居阁，在孤山，为林后靖故居。鹤氅（chǎng），鸟羽制成的裘，用作外套，美称鹤氅。这里指林和靖。白居易《雪夜喜李郎中见访兼酬所赠》："可怜今夜鹅毛雪，引得高情鹤氅人。"词句意谓，看到溪边的儿童与乡间的老人同声歌唱，何必再到巢居阁去寻隐逸诗人林和靖。我年年生日与酒无缘，处处寻梅赋诗仍有怅然若失之感。

下阕因收香藏白为憾。收香藏白，朱希真《壶中天》词："见梅惊笑，问经年何事，收香藏白。"龙川句，陈亮《咏梅花》："欲传春信息，不怕雪埋藏。"百万玉龙，指雪。宋代张元《咏雪》："战罢玉龙三百万，败鳞残甲满天下。"词句意谓，此处收梅香藏白雪，显示出让人怜爱的娇艳模样，不妨唤起陈龙川，让他看看这种景象。昨晚梦中绕行在孤山路上，漫天飞雪似在欢迎拄着短杖的老人。

作者生日之时，虽与夫人寻梅诵诗，却仍有淡淡忧伤。究其原因，身处"文化大革命"后期，且在病中，实为境遇使然。

减字木兰花
乙卯秋日，北京诸词友邀游西山。

西山爽气，今日京华图画里。唤起辛陈，倘识尊前我辈人。
酒痕休浣，梦路江南天样远。如此溪山，容易重来别却难。

赏析：

此词写于 1975 年，录自《夏承焘词集》。减字木兰花，词牌名。农历乙卯年，即 1975 年，该年秋天，北京词友邀约作者同游北京西山风景区。

上阕写词友同游西山。爽气，明朗开豁的自然景象。辛弃疾《沁园春》："看爽气朝来三数峰。"京华，也作京师，为文物荟萃之地，故称京华。尊前，亦作"樽前"，酒尊前面。词句意谓，北京西山秋高气爽，今天的京华如在图画里一样，想要唤起南宋词人辛弃疾、陈亮，倘若他们能认识酒杯前的我辈词人。即邀与共饮，同赏京华美景。

下阕写作者游山时的心理活动。酒痕，白居易诗："襟上杭州旧酒痕。"浣（huàn），洗濯。词句意谓，酒痕休要洗去，作者梦回江南的路像天一样遥远。比如眼前的溪山，重来容易分别却难。

作者秋游北京西山有感，心情抑郁难解。结句"重来容易别却难"，可谓语浅意深。作者在京养病多年，时时思念江南故乡，却也难与京华分别。此种心境，一言难尽。

浣溪沙
郁达夫殉难三十周年

碧浪船迎樊榭翁，谪仙楼阁啸长风。两番梦境记初逢。
欲吊离魂何处去，六和塔顶晚霞红。越山终古浪花中。

赏析：

此词写于 1975 年，录自《夏承焘词集》。浣溪沙，词牌名。郁达夫（1896—1945），浙江富阳人，现代著名作家。抗战时期在香港、南洋一带从事抗日宣传活动，1945 年 9 月在苏门答腊被日本宪兵杀害。新中国成立以后被追认为烈士。1975 年，作者为纪念郁达夫殉难三十周年而作此词。

上阕言逝者生前所作的两篇小说。"碧浪"句，碧浪湖，在浙江湖州。清代文学家厉鹗，号樊谢，娶姬人月上于碧浪湖，郁达夫曾写小说以纪其事。"谪仙"句，唐代诗人李白，人称"谪仙"。安徽当涂有李白墓和太白楼，当涂江中有采石矶，郁达夫曾写小说《采石矶》。"两番"句，作者当年阅读这两篇小说，犹如两番梦境中得以与友人初逢。

下阕忆起与逝者一度在之江大学共事。六和塔，在杭州钱塘江畔的月轮山上，当年之江大学与之为邻。越山，越地诸山，即钱塘江下游南岸的山。词句意谓，欲吊友人离魂何处去，杭州六和塔顶的晚霞火红，越地群山自古以来就在钱塘江的浪花之中。逝者生前曾在之江大学任教，所以说离魂将与六和塔顶的晚霞及终古浪花中的越山同在。

此词为纪念郁达夫殉难三十周年而作，写法卓具特色。作者没有重点赞颂逝者的生平功业，而是从早年读过逝者的两篇小说与之江大学一度共事落笔，同样富有诗情且亲切感人，不失为别具一格的哀挽佳作。

水龙吟
总理周公悼词

昨宵海岳都惊，拿云千丈长松倒。当胸红旭，当年同画，山河杲杲。一代伟人，千秋公论，六洲此老。记西泠高会，灯边梦境，还制泪，温言笑。

百万工农素缟，耐霜风学童翁媪。九关豺虎，重闉魑魅，公心了了。大地江河，送公归去，神游八表。但云端一哂，祁连高冢，任长风扫。

赏析：

此词写于 1976 年，录自《夏承焘词集》。水龙吟，词牌名。周恩来于 1976 年 1 月 8 日因病逝世，一代伟人离开人间，举国同悲。当时，作者怀着沉痛心情写成这首《水龙吟·总理周公悼词》。

上阕言惊闻周公噩耗，赞颂其丰功伟绩。"昨宵"二句，拿云，能上揽云霄，比喻志气远大，本领高强。李贺《致酒行》："少年心事当拿云。"词句意谓，昨夜大海高山都为之吃惊，因为能上揽云霄的千丈长松竟倒下了。极言总理周公辞世让人震惊。"当胸"六句，红旭，红日。这里将毛泽东主席比喻为太阳。画，谋划、筹划。《史记·留侯世家》："为我画计。"杲杲（gǎo），明亮。六洲，即六州，《逸周书·程典》："维三月既生魄，文王合六州之侯，奉勤于商。"此指古九州之荆、梁、雍、豫、徐、扬六州。此老，对老人的尊称。词句意谓，当年胸中有一轮红日，与毛泽东主席一同谋划，使全国山河一片明亮。总理周公作为一代伟人，千秋自有公论，全国人民都尊此老。"记西泠"四句，西泠（líng），即杭州西泠桥，靠近孤山，杭州饭店、楼外楼均在附近。高会，盛会，指二十年前周总理陪外宾来杭，作者亦参与盛会。制，通"致"，以致。词句意谓，记起当年西泠盛会，已仿佛是灯边的梦境，但伟人温和的言笑仍能让人流泪。

下阕言送灵的哀情，赞其亮节高风。"百万"二句，素缟，通称"缟素"，本指白色丧服，这里指白花。翁媪（ǎo），老年男子和妇女。词句意谓，百万工农群众齐戴白花，老老小小均耐着风霜，即在寒风中送别伟人。"九关"三句，九关豺虎，宋玉《招魂》："虎豹九关，啄害下人些。"古人谓天门九重，故称九关。重阍（hūn），指宫门。《旧唐书·韩思复传》："帝阍九重，途远千里。"魑魅（chī mèi），鬼怪。杜甫诗："文章憎命达，魑魅喜人过。"了了，清清楚楚。词句意谓，天门九重有豺虎守关，帝阍九重有鬼怪当道，周公心中，清清楚楚。这里喻指林彪、"四人帮"反革命集团。"大地"三句，八表，八方之外，指极远的地方。词句意谓，大地江河亦在送公归去，让其神游到极远的地方。"但云端"三句，哂（shěn），笑。祁连高冢，汉武帝为霍去病筑的坟，仿祁连山状。词句意谓，总理周公的英魂在云端一笑，愿祁连高冢，任长风扫去。实际上总理周公的骨灰抛洒于江河大地，他却永远活在人民心中。

此词当时在《人民日报》的《战地增刊》上发表时，产生了颇为广泛的影响。作者情动于衷而言于外，长歌当哭，一气呵成。尤其是下阕，记述送灵哀情、赞颂总理亮节高风，感人至深。作者用典浑然天成而造语质朴自然，使此词成为哀悼周公的上乘之作。

菩萨蛮
己未春，与北京诸词友游西山大觉寺。

吟人尽道江南好，江南人却天涯老。客路看青峰，千峰晓霭中。
绿杨芳草地，伴作寻春计。同唱醉花阴，花深杯更深。

赏析：

此词写于 1979 年，录自《夏承焘词集》。菩萨蛮，词牌名。农历己未年，即 1979 年。西山大觉寺，在北京西郊旸台山麓，始建于辽咸雍四年。寺庙依山势而建，气势雄伟，寺内花木掩映，一向为游览胜地。1979年春，作者与北京诸位词友同游此地。

上阕写登山所见。吟人，即诗人。天涯，天边，极远的地方。词句意谓，诗人都说江南好，我这个江南人却在离家乡很远的地方终老。作客他乡的路人看着眼前的青峰，千峰都在拂晓的烟霭之中。

下阕写与词友同游之乐。醉花阴，词牌名，以李清照一首最为有名，结句为："莫道不销魂，帘卷西风，人比黄花瘦。"词句意谓，在绿杨芳草的地方，词人结伴寻找春天美好的风景。大家同唱醉花阴的词调，这里花事已深而酒杯更深。实写词友饮酒赋诗陶醉于花阴深处。

作者以清词丽句，极写游山之乐。结句"同唱醉花阴，花深杯更深"，更是平中见奇，意味深长。

减字木兰花
纪念秋瑾烈士

箫声剑气，谁识骅骝千里志？力挽狂澜，翠鬓挥戈上将坛。
拼将颈血，荡涤膻腥心如铁。花发西泠，慷慨高歌风雨亭。

赏析：

此词写于 1979 年，与吴无闻合作，录自《夏承焘词集》。减字木兰花，词牌名。作者为纪念清末杰出女革命家、民主革命烈士秋瑾而作。

上阕言秋瑾力挽狂澜挥戈上阵。箫声剑气，吹箫的声音与舞剑的光芒。骅骝，为周穆王八骏之一，亦称骏马。"翠鬓挥戈上将坛"是秋瑾烈士的诗句，翠鬓系秋瑾自称。词句意谓，箫声与剑气，谁识骏马千里之志？敢于力挽狂澜，鉴湖女侠挥动干戈登上将坛。

下阕言秋瑾拼将颈血激励后人。荡涤，冲洗、清除。膻（shān）腥，羊臊气、腥臭气。花，指自由之花。当年秋瑾墓前有副对联："丹心应结平权果，碧血常开自由花。"风雨亭，在杭州西泠桥附近，为纪念秋瑾烈士而建。词句意谓，我愿拼将颈上的热血，清除异族的腥臭之气，立志反清，心如坚铁。而今自由之花发自西泠桥畔，人们在风雨亭前慷慨高歌。

此词为纪念秋瑾烈士而作。作者慷慨高歌，盛赞人间女杰。箫声剑气，翠鬓上阵，拼将颈血，力挽狂澜。词句铿锵有力，鉴湖女侠的英雄形象跃然纸上。